박경리 「토지」와 탈식민적 페미니즘

푸른사상 현대문학연구총서 23

박경리 『토지』와 탈식민적 페미니즘

이미화

Postcolonial Feminism

푸른사상
PRUNSASANG

박경리 『토지』는 1897년부터 1945년까지를 주된 시대배경으로 형상화
된 작품이다. 따라서 작중 여성인물을 살필 때, 페미니즘이나 탈식민주
의로 따로 떼어 연구할 것이 아니라 이 둘을 묶어 함께 분석하여야 한다.
그래야만 일제 식민지 치하에서 살아낸 여성들의 삶을 제대로 분석할 수
있게 된다. 예를 들면 삼월이가 그렇다. 삼월이는 조준구와 삼수라는 두
남성의 성노리개다. 이런 삼월이를 페미니즘에서 분석하면 순결을 잃고
남성의 성노리개로 전락한 인물로만 '잠깐' 언급되고, 탈식민주의에서는
삼월이의 삶이 아예 '배제'되어 연구조차 되지 않고 있는 것이다. 삼월이
는 일본 제국주의에 의해 피식민지가 된 조선 최하층 여성이다. 탈식민
적 페미니즘으로 살필 때, 매우 중요한 여성 하위주체인 것이다. 즉 삼월
이가 성노리개로 전락하는 시대적, 환경적, 개인적 이유가 드러나야 한
다. 이것을 가능하게 하는 접근법이 탈식민적 페미니즘이다.

탈식민적 페미니즘은 탈식민주의에 토대를 둔 페미니즘 이론으로, 피
식민지의 경험을 가진 제3세계 여성의 이중 식민화를 설명하는 이론이
다. 억압적 지배사회 속에서 주변화되어온 타자들을 복원하는 것을 목표
로 삼는다. 그래서 기존의 진리, 객관성, 보편성, 중립성이라는 가치를
거부하며 이를 비판적, 구성적인 전략을 통해 변경시키는 것으로 발달하
고 있다. 데리다의 해체이론은 여기에 지대한 영향을 미친다. 탈식민적

페미니즘의 대표적 이론가인 가야트리 스피박의 이론에 가장 주요한 틀이 되기 때문이다.

그렇다면 해체는 무엇인가. 해체는 우리가 사용하지 않을 수 없는 무엇인가의 위험성을 인정하고, 우리의 현 자기정체성 장비처럼 그것 없이는 우리가 살아갈 수도 없고 기회를 포착할 수도 없는 아주 유용한 것들 자체를 비판하는 것이다. 지배담론들의 내부를 뒤집어놓는 것, 중심개념을 새롭게 자리매김하는 것, 다시-중심매기기 행위를 지지하는 것이다. 잘못을 가려내거나 진리에 도달하는 방법이 아니다. 그것은 적절성의 독재성에 급진적으로 의문을 제기하는 것이다. 제국주의의 유산 내에 규약화되어 묵시적으로 인정되고 있는 것을 추적하는 것이다. 차별적인 것이 묵인된 문화적, 정치적, 사회적 생산들의 체계적인 전유화에 대해 끊임없이 빈틈없는 경계를 하는 것이다.

이런 해체는 여성에게 반드시 필요하다. 여성은 최초의 피지배자였지만 또한 최후의 식민지이기도 하기 때문이다. 제3세계 여성의 경우, 그것도 서발턴 여성의 경우는 도처에 널려 있으면서도 여러 가지 운동들과 담론들에 의해서 비가시화되어 여러 사회세력들이 가하는 억압과 착취에 은폐되어왔다. 이렇게 은폐되어왔던 제3세계 여성들을 차이 속의 여성으로 다시 기입해내는 작업이야말로 탈식민성의 실체를 해명하기 위해 절실하게 요청된다. 즉 탈식민적 페미니즘은 여성을 드러내왔던 기존의 이분법을 해체하고 통문화적 보편화를 비판하며 본질주의를 재고하여 다시-중심매기기를 지향하는 이론이다. 이 책에서는 이런 탈식민적 페미니즘 관점에서 『토지』를 분석한다.

출간을 위해 물심양면으로 도와주신 아버지(이정갑), 어머니(박순자)께 사랑과 감사말씀을 올립니다. 천둥벌거숭이를 학문의 길로 인도해 주신 송명희 교수님, 고현철 교수님, 정찬영 교수님, 이성희 선생님께도 깊은 감사말씀을 올립니다. 사랑하는 가족들, 다정한 친구들, 훌륭한 동료들이 있어 행복하다는 말씀도 드리고 싶습니다. 더욱 정진하겠습니다.

2012년 10월
이미화

제1부

박경리 『토지』에
나타난 탈식민적 페미니즘

제1장 _____
서론

1. 탈식민적 페미니즘 연구의 필요성

'소설가 박경리'(朴景利 1926.10.28~2008.5.5)하면 가장 먼저 떠오르는 작품이 『토지』[1]일 것이다. 그만큼 『토지』는 박경리의 문학적 성과를

---

1 대하 장편소설 『토지』는 1969년부터 쓰기 시작하여 1994년 8월 15일에 집필을 끝낸 작품이다. 26년 만에 탈고한 것이다.(가람기획 편집부 엮음, 『한국현대문학 작은사전』, 가람기획, 2000, 204~207쪽) 오랜 동안 출간되다보니 『토지』는 여러 판본이 생기게 되었다. 잡지 게재 판본, 문학사상사 판본, 지식산업사 판본, 삼성출판사 판본, 솔출판사 판본, 나남출판사 판본이 그것이다. 그리하여 현재 원전의 경계가 분명하지 않게 되어버렸다. 26년이란 긴 시간 동안 창작되고 그것이 여러 매체에 연재되었으며, 중간에 작가의 수정 내지 개작이 있었던 데다 여러 출판사에서 불규칙하게 간행되었기 때문이다. 원형을 확정하여 정본을 만드는 일이 시급한 실정이다. 이런 상황 아래 본고는 솔출판사 판본을 기본 텍스트로 삼는다. 왜냐하면 솔출판사는 1994년에 새로 완성된 5부와 작가의 서문을 포함하여 최초로 완간본 16권을 냈기 때문이다. 물론 많은 누락과 탈락을 보인다. 이전 판본의 오류를 시정하지 못하고 오히려 일부분에서는 개악한 점도 있다. 하지만 최초의 완간본을 냈다는 점을 고려하여 이미 많은 연구자들이 기본 텍스트로 삼아왔다. 그만큼 중요한 텍스트이다. 그렇기에 필자도 이를 따르려 한다.(최유찬 외 공저, 최유찬, 「『토지』의 성립과 판본의 변이 양상」, 『『토지』의 문화지형학』, 소명출판, 2004, 15~84쪽)

대표하는 작품이며, 작가의식이 잘 반영된 작품이다. 『토지』는 이미 한국 문학계의 정전으로서 그 가치를 인정받고 있기도 하다. 이런 『토지』에 관한 연구는 1994년 완간 이후 매우 다양한 관점에서 이루어졌다. 처음 간행되기 시작한 1970년대에는 『토지』를 역사소설, 농민소설, 총괄체소설, 가족사소설, 민족사소설, 총체소설로 규정하였다. 그러다가 작품의 전체적인 윤곽이 드러나기 시작하던 1980년대에는 리얼리즘 분석이 많아졌다. 이후 작품이 거의 완결되어 가던 1990년대에 들어서 비로소 다양한 시각의 연구가 이루어졌다. 이 연구들은 대체로 『토지』가 다양한 인물들을 통해 민족의 문제, 한의 문제, 사랑의 문제, 일본 비판, 생명사상을 보여주는 작품이라는 것이다. 그 결과 『토지』의 주제는 인간 삶에 대한 진정성의 문제를 천착하고 있다고 정리되어졌다. 이 외에도 여성주의적 접근, 탈식민적 접근, 서술구조에 대한 연구, 대화성, 죽음, 동학 등을 다루거나 비교문학적으로 고찰하는 접근이 시도되고 있다.[2)]

이 책에서는 『토지』에 나타난 여성인물을 탈식민적 페미니즘 관점에서 연구할 것이기에 이와 관련이 있는 여성인물, 페미니즘, 혹은 식민−탈식민 연구들로 한정하여 연구사를 살펴본다. 먼저 여성인물, 페미니즘 연구들이다. 이 연구들은 주로 『토지』의 여성인물들이 전통적인 가부장제 사회에서 주체적 여성으로 성장하는 것을 분석하고 있다. 그리고 작품이 시기적으로 근대로의 이행기를 형상화하기에 전근대에서 근대 자본주의 사회로 변화하는 현상을 분석하고 있다. 이를 상세히 살펴보면 다음과 같다.

김명준은 『토지』를 최씨 여성 삼대의 갈등구조로 분석한다. 윤씨 부인, 별당아씨, 최서희가 신분이 낮은 남성과의 만남을 공통으로 가지고 있는 것에 주목하여 그녀들이 전통적 유교 윤리관과 신분질서를 깨뜨리

---

2 최유찬 외 공저, 이상진, 「수용환경의 변화와 해석의 지평」, 위의 책, 91~125쪽.

는 인물이라고 본다.[3] 이주연은 『토지』가 지닌 총체소설로서의 면모를 인물을 통해 분석한다. 역사의 혼돈 속에서 영혼의 길 찾기를 하는 최서희, 절대화된 이념을 거부하는 유인실, 개성적 자아에서 공동체적 자아로 성숙하는 이양현을 분석해낸다. 그러면서 구심인물들의 갈등이 전체와의 관련 속에서 이루어지고 있기에 총체소설로서의 면모를 가진, 열린 구성이 『토지』라 지적한다.[4] 이태동은 『토지』가 생명의 모태로서의 기능을 하는 작품이며, 여성중심적 이야기라 분석한다. 가정의 중심인물로서 모든 것을 탁월하게 처리하는 최서희처럼, 평사리 최참판댁 주변에서 일어나고 있는 변혁적인 좌절과 성공이 여성을 중심으로 이루어지고 있고, 이런 여성들의 가부장 사회와의 갈등을 그린 것이 『토지』라 본다.[5]

백지연은 『토지』가 여성의 근대체험에 관한 이야기라 분석한다. 1, 2부에 등장하는 최씨 가문 여성들과 평사리 농민여성들이 전근대적 운명질서에 붙잡혀 있다면 3, 4, 5부에 출현하는 여성들은 신교육을 받고 성장하여 전근대적 생활토양과 근대적 가치의 틈바구니에서 자신의 정체성을 고민한다. 즉 『토지』의 여성들은 많거나 적거나 왜곡된 근대체험의 자장 안에 있다고 한다. 그 자장은 봉건 신분질서, 낭만적 사랑, 근대적 문물체험으로 분석되고 있다. 이 연구는 중요한 의의를 가진다. 왜냐하면 백지연이 『토지』가 모성과 부덕의 신비화를 보여주는 작품이기에 '반여성적 봉건 이데올로기' 특성을 지닌 작품이라고 말하고 있기 때문이다. 한마디로 백지연은 『토지』가 여성문학적으로 딜레마를 안고 있는 작

3 김명준, 「박경리의 『토지』 연구 – '삼대담'의 갈등구조를 중심으로」, 단국대학교 석사학위논문, 1992.
4 이주연, 「『토지』의 인물과 총체성 연구」, 동국대학교 석사학위논문, 1995.
5 이태동, 「여성작가 소설에 나타난 여성성 탐구–박경리, 박완서 그리고 오정희의 경우」, 『한국문학연구』 19, 동국대학교 한국문학연구소, 1997.

품이라 본 것이다. 반면 이 연구는 『토지』의 여성들이 겪었던 이데올로기적, 사회적 억압의 체험들을 근대로만 읽고 있어 한계점 또한 가진다. 즉 『토지』를 일제 식민치하 역사로는 살피지 못한 것이다.[6]

정영자는 여성의 수난사로 『토지』를 분석한다. 진취적 집념의 최서희, 의지의 길여옥과 유인실, 희생과 봉사의 공월선, 고전적이며 전형적인 한국 여성상 함안댁, 가치관에 묶인 윤씨 부인 등 여성수난사로 읽고 있다. 『토지』를 애정과 가족관계에서 연구하고 있는 것이다.[7] 이상진은 『토지』가 『토지』 이전의 작품과 연결되는 여성들을 담고 있음을 분석한다. 남자에 대한 지배욕이 아닌 다만 눌리지 않으려는 마음으로 현실에 저항한 여성이 연속적으로 드러나기 때문이다.[8] 안세영은 『토지』의 인물유형을 융의 심리적 방법과 프라이의 신화적 방법을 적용하여 분석한다. 내향적 사고형 윤씨 부인, 외향적 감정형 임이네, 내향적 감정형 최서희, 외향적 직관형 임명희 등으로 분석해낸다. 이런 인물유형들이 인간 존엄성에 가치를 두고 있는 『토지』를 드러낸다는 것이다.[9] 조윤아는 『토지』에 등장하는 여성들이 신분이 다른 인간과의 껴안기를 하고 있는 것에서 무속신앙이 한국인의 전통의식임을 알 수 있다고 분석한다. 즉 박경리는 세상의 논리에 지배당하는 인간상보다는 이상적 세계로 나아가는 인간형을 그렸음을 분석해낸다.[10]

---

6 백지연, 「박경리의 『토지』─근대체험의 이중성과 여성 주체의 신화」, 『역사비평』 43, 역사문제연구소, 1998.

7 정영자, 「박경리 소설 연구」, 『수련어문론집』, 부산여자대학교 국어교육학과 수련어문학회, 1998.

8 최유찬 편저, 이상진, 「여성의 존엄과 소외, 그리고 사랑」, 『박경리』, 새미, 1998.

9 안세영, 「소설 『토지』의 작중인물 연구」, 동아대학교 석사학위논문, 1999.

10 조윤아, 「박경리의 『토지』연구─생명사상으로의 변모를 중심으로」, 『논문집』 7, 서울여자대학교 박사학위논문, 1999.

이수경은 『토지』 인물창조 양상을 분석한다. 성장해 가는 인물, 존재에 대한 집착과 탐욕으로 삶을 일관하는 인물, 당위에 대한 갈등과 좌절을 겪는 인물로 살핀다. 이때 인물들의 삶을 지배하는 모순들은 신분제, 전통윤리, 관습, 민족문제이다. 각각의 인물들은 자신이 처한 환경에서 모순을 풀어가며 인간 보편의 문제로 확대시켜 가는 양상을 보이고 있는데 유인실의 사랑도 이런 맥락에서 읽어야 한다는 것이다.[11] 이인복은 『토지』를 거대한 운명의 손길을 벗어날 수 없는 비극적 존재로서의 여성이 운명을 개척해 가는 이야기라 분석한다. 최서희나 윤씨 부인이 이를 대표한다. 즉 『토지』는 초기의 남성의존형에서 낭만적 애정 추구형으로, 다시 그것을 극복하고 대지적 생명 추구의 구원형 이미지로 고양되는 여성을 보여주는 작품이라고 분석한다.[12]

장미영은 『토지』에 나타난 갈등이 인간의 존엄과 자유, 평등한 인간관계와 타인에 대한 연민, 사람과 생명을 침해하고 억압함으로써 발생된다고 본다. 그 중 최서희와 김길상의 결합은 신분관계를 초월한 근대적인 개인의 모습이라 본다. 이때 최서희의 정신적 지향은 가문회복에 있기에 개인적 욕망과 전근대적 관습의 경계에서 갈등하는 여성이라 분석한다.[13] 박혜원은 『토지』의 인물들이 겪는 욕망이 운명적 신분에 대한 저항이라 분석한다. 임명희를 분석하면서 일본 제국주의는 전근대적인 인습과 전통에서 벗어난 근대적인 주체를 형성하는 데 기여하였지만 동시에 자율적인 성격을 지닌 근대적 주체로서 성립할 수 있는 가능성을 제한하고 있음을 밝혀낸다. 즉 『토지』는 역사적 현실에 대한 치열

---

11 이수경, 「『토지』의 인물 성격화 방법에 대한 연구」, 전남대학교 석사학위논문, 2001.
12 이인복, 「박경리 문학 연구」, 『지역학논집』 5, 숙명여자대학교 지역학연구소, 2001.
13 장미영, 「박경리 소설 연구−갈등 양상을 중심으로」, 숙명여자대학교 박사학위논문, 2001.

한 저항을 바탕으로 하는 자기 정체성에 대한 모색과 점검이라 본 것이다.[14)

오세은은 『토지』가 남성중심의 가족 의례를 여성이 수행함으로써 권력이동 현상을 보여준다고 분석한다. 여성이 가문의 영광을 복원하고 가문 내에서 여성의 권한을 강화시켜 여성중심의 연대성을 획득하는 작품이라 본다. 최서희와 김길상의 혼례, 최서희의 득남과 탄생 의례가 과감히 축약된 것도 의례가 혈육간의 의식 차원 행위가 아니라 연대적 행위이기 때문이라고 분석한다.[15) 강국희는 인물들의 자아 찾기가 『토지』라고 분석하고 자아와 유교적 이념이라는 소재를 여성인물들과 연결시킨다. 현실개척형 최서희, 현실안주형 윤씨 부인, 현실도피형 임명희 등으로 분석하고 있다. 그리하여 유교적 가부장제 사회에서 여성의 역할과 자아 찾기가 어머니, 아내, 며느리로서 이루어지고 있음을 밝혀낸다.[16)

이소운은 『토지』가 생명력이 넘치는 당당한 여성을 주인공으로 하고 있음을 분석한다. 최서희에 의해 가문계승이 이루어지는 것은 가족형태에 대한 정면도전이며 모계중심의 가족사를 의미한다. 그 결과 박경리가 도달하고자 하는 궁극적 진실은 여성해방이 아니라 인간해방, 더 나아가 인류의 문제임을 지적해낸다.[17) 정종진은 『토지』 인물의 외양묘사에서 작가의 성실성을 찾는다. 선역의 눈은 크고 빛나며, 악역은 귀녀처럼 작게 째지고 사납다고 '일관'하기에 인물들이 입체적이라기보다는 평면적이라고 분석한다.[18) 최재은은 본능적 욕구와 인간적인 실현 가능성에 대

14 박혜원, 「박경리 『토지』의 인물 연구」, 이화여자대학교 박사학위논문, 2002.

15 오세은, 「여성 가족사 소설의 의례와 연대성-「토지」, 「미망」, 「혼불」을 중심으로」, 『여성문학연구』 7, 한국여성문학학회, 2002.

16 강국희, 「박경리 『토지』의 여성인물연구」, 경희대학교 석사학위논문, 2004.

17 이소운, 「페미니즘 비평과 문학 교육」, 한국교원대학교 석사학위논문, 2004.

18 정종진, 「박경리 『토지』속의 인물 외양묘사 연구」, 『어문연구』 52, 어문연구학회, 2006.

한 욕망 중 어떠한 욕망에 더 강하게 지배받고 있는지에 따라 『토지』의 여성을 유형화한다. 본능적 욕구로서의 임이네, 가부장제에 대한 탈출욕망과 저항으로서의 윤씨 부인, 사회진출 욕망과 자아실현으로서 임명희, 자기존엄의 욕망과 사회적 자아각성으로서 최서희 등으로 분석한다. 즉 근대화 과정에서 여성인물들이 정체성을 확립해 나가는 여성소설이 『토지』라고 말한다.[19]

강찬모는 여사(女士)에 주목하여 『토지』를 살핀다. 가문적 여사로는 최서희, 민중적 여사로는 함안댁, 풍류적 여사로는 봉순이를 든다. 여성이 남성과 대등한 존재인데도 불구하고 역사·사회적으로 억압 받음으로써 본래성을 드러내지 못했던 점을 지적하고, 왜곡되어 잠재태로 남아있던 여성의 기개를 드러내고자 한 것이 『토지』라 본다.[20] 김은경은 굴절의 원리에 따라 『토지』의 인물을 분석한다. 『토지』의 인물들은 가치의 상대화를 통해 갈등상황에 대처하는데, 이러한 인물의 존재 방식을 굴절이라 한다. 주요 갈등상황은 가족의 문제와 관련되고 있다. 가족의 복원과 독립운동을 지원하는 최서희, 가족을 포기하고 독립운동에 참여하는 유인실을 통해 과도적 자아를 생성하는 작품이 『토지』라는 것이다.[21] 또한 박경리 소설에 등장하는 지식인 여성주체의 존재 양상을 밝힌다. 무주견적으로 법에 순응함으로써 정체성의 위기를 겪는 임명희, 법으로부터의 일탈과 사회적 주체 형성의 좌절을 겪는 홍성숙, 법에 대한 저항과 복종을 통해 새로운 주체를 형성하는 유인실을 분석한다. 이러한 여성을 통

---

19 최재은, 「박경리의 『토지』 연구─여성인물의 욕망을 중심으로」, 안동대학교 석사학위 논문, 2006.

20 강찬모, 「대하소설에 등장하는 여성의 인물 유형 연구─여사적 인물을 중심으로」, 『현대소설연구』 34, 한국현대소설학회, 2007.

21 김은경, 「박경리 『토지』에 나타난 '굴절'의 원리와 인물 정체성의 문제」, 『민족문학사연구』 35, 민족문학사학회, 2007.

해 박경리가 여성주체의 가능성에 무게를 두고 있음을 지적한다.[22] 이윤경은 『토지』가 자신이 주인인 세계를 구성하는 여성가장을 드러낸다고 지적한다. 최서희가 여성가장이 되는 것에 주목하였다. 즉 19세기 말 사회변화와 가부장적 물질주의에 맞선 여성가장이 궁핍에서 벗어나 자본주의적 질서에 합류하는 과정이 『토지』라 본 것이다.[23]

오혜진은 『토지』가 여성을 근대와 역사의 주체로 세우려 했다는 점을 분석해낸다. 이기적인 주체에서 윤리적인 주체로 변신하고 있는 최서희, 사랑이 시대와 불협화음하는 임명희, 근대적 사랑을 하는 봉순이, 가부장적 질서에 맞서 열정적 사랑을 하는 별당아씨를 살핀다. 그리하여 『토지』가 윤리적인 주체를 주인공으로 내세우며 강인하고 대사회적인 여성상을 추구하였지만, 다른 한편에는 구여성들을 통해 윤리적 주체가 될 수 없었던 점도 있다고 말한다. 이 연구는 타자화된 여성을 한 인간으로서 당당하게 근대와 역사의 주체로 세우려 했다는 점에서 큰 의미를 갖는다. 하지만 문제점도 있다. 그것은 거시적 차원이 아닌 미시적 차원에서 분석되고 있다는 점이다. 신여성과 구여성 모두 시대적 징후 속 인물로 보지만 그 징후들이 식민지와 전쟁이라는 극한적 상황 속에서 읽히지 않고 있다. 낭만적 사랑, 자유연애, 서구식 문물 및 사상 등으로 분석되고 있을 뿐이다.[24]

이렇게 전통사회가 구축했던 행위의 제약을 깨뜨리는 최씨 여성 삼대, 생명의 모태로서의 여성 중심 이야기, 근대 체험을 하는 여성들의 수난

---

22 김은경, 「박경리 문학에 나타난 지식인 여성상 고찰」, 『여성문학연구』 20, 한국여성문학학회, 2008.

23 이윤경, 「박경리, 박완서 소설의 여성 정체성 연구」, 이화여자대학교 석사학위논문, 2008.

24 오혜진, 「전근대와 근대의 교차적 여성상에 관해―박경리의 『김약국의 딸들』 『시장과 전장』 『토지』를 중심으로」, 『국제어문』 47, 국제어문학회, 2009.

사, 이상적 세계로 나아가려는 여성, 운명을 개척하는 여성, 근대적 여성 주체, 여성중심의 가족 의례, 모계중심 가족사, 지식인 여성의 주체 찾기, 가부장적 물질주의 시대의 여성가장, 여성들의 자유연애로 분석되고 있다. 즉 여성인물, 페미니즘 연구들은 『토지』가 가부장제 속 여성, 차별적 신분제도 속 여성, 근대적 여성주체 확립과 관련한 소설임을 밝히고 있는 것이다. 그런데 이때 연구되는 여성인물들은 주로 중심인물이나 비중이 높은 여성인물이 지배적이다. 이는 주변인물을 간과하고 있는 것이기에 시정되어야 하다. 더욱이 이 연구들은 공통적으로 『토지』가 일제강점기라는 시대 속에서 일제로부터 지배당하고 있었음을 간과하고 있다는 한계점을 지닌다. 즉 조선 여성이 전통 가부장제 사회에서 근대적 물질주의 시대로 변화하는 역사 속에서 근대를 어떻게 받아들이고 있는가에 집중되고 있을 뿐인 것이다. 따라서 기존의 여성인물, 페미니즘 연구는 『토지』의 여성인물들이 중심여성 위주로 분석되고 있는 문제점을 안고 있으며, 식민지 여성이란 사실을 간과하고 있는 중대한 문제점을 안고 있다.

이번에는 식민−탈식민으로 접근한 연구들이다. 여기서는 주로 『토지』가 탈중심주의 텍스트임을 분석하고 있다. 이를 상세히 살펴보면 다음과 같다. 김인숙은 『토지』가 획일적인 시대에 탈중심적 구성으로 대응하고 있다고 분석한다. 사건이 중점적으로 그려지는 대신 그에 대한 인물들의 반응으로서의 말이 형상화됨에 주목한 것이다. 중심인물과 주변인물이 끊임없이 자리를 바꾸는 방식으로 중심화하려는 지배 체제와 근대적 사유에 저항하는 작품이라 지적한다.[25] 박상민은 『토지』 작품 전체가 소설로 쓴 일본론이라 할 만큼 일본에 대한 언급이 많이 나오는 점에

---

25 김인숙, 「박경리 『토지』의 대화성 연구」, 연세대학교 석사학위논문, 2000.

주목한다. 그리고 이런 일본론은 조선이 민족적 존엄성을 지키고자 노력하는 일종의 해한의 방식으로 기능하고 있다고 지적한다.[26]

김성수는 『토지』를 일제로부터의 해방을 위해 투쟁하는 인물들의 고뇌와 욕망, 분노와 연민, 좌절과 희망의 서사를 형상화해낸 작품이라 분석한다. 『토지』의 진정한 의미는 이야기 시간의 길이 차원을 넘어, 이민족으로부터 빼앗긴 토지를 회복하기 위해 투쟁하는 수많은 인물들의 숭엄한 행동에서 한민족의 삶에 내포된 보편적 진실을 총체적으로 복원해내는 데 있다고 지적한다. 즉 『토지』 전체의 서사는 일제의 식민지 자본주의 정책이 조선에 뿌리내리는 전반적 과정 속에서 일제를 상징하는 기생지주 조준구의 악행에 대한 저항과 응징의 욕망이라고 분석한다.[27]

권은미는 탈식민 관점에서 『토지』를 분석한다. 『토지』가 일제의 식민지 자본주의에 대한 총괄적 대항서사로 읽는 경우가 많지 않았음에 주목한 것이다. 그는 일본이 타민족을 침략한 스스로를 정당화하기 위해 자신을 문명으로 한민족을 미개와 야만으로 정형화하지만 그 자체에 이미 양가성이 있다고 보았다. 그래서 호미 바바(Homi Bhabha)의 양가성 이론을 활용하여 휴머니즘, 계몽주의, 이데올로기를 분석한다. 그 결과 『토지』에 등장하는 수많은 인물들은 상황에 따라 다른 가치관을 드러내며 세계해석의 일원성에 의문을 제기하며, 미결정적이고 사후적인 관점은 권력의 외부로 벗어나려는 원심력을 제공한다고 분석해낸다.[28]

이상진은 박경리가 식민지배자들을 흉내내는 어린 피식민자였다는

---

26 박상민, 「박경리 『토지』에 나타난 일본론」, 『현대문학의 연구』 24, 한국문학연구학회, 2004.

27 최유찬 외 공저, 김성수, 「일제 상업자본의 유입과 식민지 근대의 양상」, 앞의 책, 139~155쪽.

28 권은미, 「박경리 『토지』의 탈식민적 양상 연구-소설적 형상화와 그 양가성을 중심으로」, 울산대학교 석사학위논문, 2006.

트라우마를 안은 채 『토지』를 집필했다고 본다. 트라우마는 식민 체험에서 비롯되는데, 박경리도 일제말기 식민 체험이라는 과거 기억의 억압 하에 『토지』의 후반부 글쓰기를 했기 때문이다. 즉 민족의 집단적이고 보편적인 기억에 의지하여 일제말기의 역사를 서술하는 가운데, 박경리의 기억이 중첩되고 구체적으로 활성화되고 있는 작품이 『토지』라는 것이다.[29]

이경은 『토지』에서 근대권력이 등장인물들의 몸과 질병을 통해 당대에 수용되는 양상을 분석한다. 몸과 질병으로 접근하는 것은 역사나 이데올로기가 아니라 일상사에 토대를 둔 근대의 수용 양식을 검토할 수 있게 하는 유효한 방법이라 보았기 때문이다. 질병에 비위생, 야만, 전근대의 낙인찍기를 행하는 근대권력을 검토함으로써 위생 이데올로기의 폭력성을 밝히고 있다.[30] 최유찬은 『토지』가 보는 이의 관점과 능력에 따라 다양하게 접근할 수 있는 초점심도가 깊은 다의적인 작품이라고 분석한다. 『토지』는 단순히 제3세계 문학이기 때문에 존중되어야 하는 것도 아니고, 동양적 세계관과 한민족의 세계관을 표현하고 있기 때문에 위대한 것도 아니다. 인간존재의 본질에 대한 탐구로서, 앞으로 인류가 이루어가야 할 삶의 형태에 대한 가치 있는 비전을 제시해 주는 작품이기에, 그 스스로 당당한 세계문학이라는 것이다.[31]

강찬모는 『토지』가 외부의 폭력에 의한 이산을 충실하게 전경화한 작품이라고 분석한다. 간도라는 수난의 땅에서 평사리 사람들이 그들의 고유한 문화를 지키며 살았고, 귀향할 수 있었던 원인을 유교의 수평적 인

---

29 이상진, 「식민 체험과 기억의 이쪽─박경리의 『토지』, 『환상의 시기』, 『옛날이야기』에 나타난 역사적 무의식」, 『어문학』 94, 한국어문학회, 2006.
30 이경, 「질병의 은유로 『토지』 읽기」, 『현상과 인식』 32, 한국인문사회과학회, 2008.
31 최유찬, 『『토지』를 읽는 방법』, 서정시학, 2008.

간관계에서 찾고 있다.[32] 이상진은 근대문물의 유입과 자본주의화가 조선인에게 미친 부정적 영향을 중심으로 식민주의를 비판하며, 물질주의가 지닌 반생명성, 반자연성을 우려한 작품이 『토지』라고 분석한다.[33] 또한 일본에 관한 담론을 찾아 정리하고 탈식민주의적 관점에서 분석한다. 그 결과 서사를 따라가며 식민지 조선을 더욱 힘들게 만드는 사악한 인물은 일본인이 아니라 조선인이며, 식민지배의 야욕을 자기 것으로 모방하려는 피식민자, 대리인이었음을 밝힌다. 이는 박경리의 반일이 결코 반일본인이 아님을 보여주는 것이며, 오히려 일본인조차 증오하고 혐오하는 일본제국의 침략 만행을 일본인을 통해 반성적으로 그려냄으로써 민족을 넘어선 인간에 대한 신뢰를 찾고 있다는 것이다. 즉 그간의 연구에서 지적된 것처럼 『토지』는 단순히 반식민주의, 반일론 색채를 드러내는 민족주의적 텍스트로 보기 어렵고, 식민주의의 예속도 배타도 아닌 제3의 관점에서 쓰여진 탈식민주의적 텍스트라는 것이다.[34]

이렇게 탈중심적 구성, 비판적 일본론, 일제로부터 해방되려는 투쟁적 서사, 식민지 자본정책에 대한 총괄적 저항, 피식민자로서의 트라우마를 지닌 작가, 근대권력, 이산의 현장, 탈식민적 텍스트로 분석되고 있다. 즉 식민-탈식민으로 이루어진 연구들은 『토지』를 일본에 대한 총괄적 서사로 보면서 탈중심주의를 밝혀내고 있는 것이다. 그러나 탈중심주의가 일제라는 시대를 분석하는 방법으로 사용되거나 남성의 삶을 분석하는 방법으로 사용되고 있지, 조선 여성들의 삶을 분석하는 방법으로는

---

32 강찬모, 「박경리의 소설 『토지』에 나타난 간도의 이주와 디아스포라의 귀소성 연구」, 『어문연구』 59, 어문연구학회, 2009.
33 이상진, 「『토지』에 나타난 동아시아 도시-식민주의와 물질성 비판」, 『현대문학의 연구』 37, 한국문학연구학회, 2009.
34 이상진, 「탈식민주의적 시각에서 본 『토지』 속의 일본, 일본인, 일본론」, 『현대소설연구』 43, 한국현대소설학회, 2010.

사용되고 있지 않다. 일본에 대한 총괄적 서사로 보면서 그 총괄적 서사에서 여성은 빠져 있는 것이다. 즉 조선 여성들이 일본에 대한 저항의 서사를 이어가고 있음은 전혀 나타나지 않고 있는 문제점을 지닌다. 이는 앞에서 살핀 여성인물, 페미니즘 연구들과 연계하여 볼 때 『토지』의 여성인물을 제대로 드러내지 못하는 한계로 수렴된다 할 것이다.

물론 박경리는 페미니스트가 아니라고 스스로 밝히고 있으며 『토지』를 집필할 때에도 여성중심으로 구성하지 않았다. 박경리는 말하기를, 집필할 때 가장 중점을 둔 것은 잠깐 스쳐지나가는 보부상 한 명도 작품에 등장할 때는 자신의 삶을 주체적으로 살아내는 인물로 그리는 것이었다. 그 결과 작가 자신이 가장 사랑하는 인물로 주갑이를 꼽는다. 주갑이는 기화를 짝사랑했던 자유로운 영혼을 지닌 남성이다. 즉 박경리는 남녀 모두에게 깊은 애정을 가지고 작품을 완성한 것이다. 그래서 『토지』는 페미니즘으로 분석하는 것에서 그쳐서는 안 된다. 또한 페미니즘으로 재단할 수 없는 많은 요소를 지니고 있다. 정확히 말하자면 『토지』는 페미니즘을 뛰어넘는 소설이다.

그럼에도 불구하고 이 책에서 『토지』의 여성인물을 살피려는 것은 기존 연구들의 문제점을 해결해야 한다고 판단했기 때문이다. 『토지』는 1897년부터 1945년까지를 주된 시대배경으로 형상화된 작품이며, 수많은 인물들을 통해 작가의식이 드러나는 작품이다. 그리고 작품 전체를 관통하는 인물이 최서희라는 점 하나만 보아도 박경리가 일제강점기를 살아내는 여성인물을 형상화하는 데에 얼마나 심혈을 기울였는지 짐작할 수 있다. 그런데 그동안 이루어진 여성인물에 대한 분석은 일제가 행한 폭압시대라는 연결고리와 전혀 연결되어 있지 않았다. 오직 전근대에서 근대로 이행하는 여성으로만 얽혀 있는 것이다. 이는 중대한 문제점이다. 조선 남성들은 동학운동을 하며 일제라는 시대에 항거한 인물로 보면서 여성은 사적 영역에 머물러 있다고 보는 것은 『토지』를 제대로 분석하지 못하는 것이기 때문이다. 조선 남녀를 같은 시대를 살아내는 인물들로 균등하게 살펴야 한다. 즉 이 책의 목표는 여성인물들이 일제강점기를 어떻게 살아내고 있는지를 드러내어 『토지』가 일본 제국주의 시대를 살아내는 조선 여성인물들의 대응 서사였음을 분명히 하려는 것이다.

이를 밝히기 위해 박경리 『토지』를 탈식민적 페미니즘 관점에서 연구한다. 왜냐하면 작중 여성인물을 살필 때, 페미니즘이나 탈식민주의로 따로 떼어 연구할 것이 아니라 이 둘을 묶어 함께 분석하여야 하기 때문이다. 예를 들면 삼월이가 그렇다. 삼월이는 조준구와 삼수라는 두 남성의 성노리개이다. 이런 삼월이를 페미니즘에서 분석하면 순결을 잃고 남성의 성노리개로 전락한 인물로만 '잠깐' 언급되고, 탈식민주의에서는 삼월이의 삶이 아예 '배제' 되어 연구조차 되지 않고 있는 것이다. 삼월이는 일본 제국주의에 의해 피식민지가 된 조선 최하층 여성이다. 탈식민적 페미니즘으로 살필 때, 매우 중요한 여성 하위주체인 것이다. 즉 삼월이가 성노리개로 전락하는 시대적, 환경적, 개인적 이유가 드러나야 한다. 이것을 가능하게 하는 접근법이 탈식민적 페미니즘이다.

두 번째 이유는 이분법에 있다. 『토지』는 억압, 통제, 지배를 받는 조선 여성들의 삶을 일반적으로 알려진 제3세계 여성들처럼 비극적인 삶으로만 그리지 않았다. 『토지』는 억압받기만 하는 여성이 아니라 다양한 여성들을 그려내고 있다. 즉 이분법이 아닌 다양한 여성들을 찾아내고 있는 것이다. 이처럼 이분법 해체의 정당성과 가능성에서 탈식민적 페미니즘이 지향해야 할 방향을 찾을 수 있다.

세 번째 이유는 역사의 뒤편에 있던 여성의 삶과 미시서사를 역사의 장 속으로 끌어와 그녀들도 주인공이 되게 해야 하기 때문이다. 주변부 여성의 복원은 한국 문학사적으로도 의미 깊은 일이 될 것이다. 왜냐하면 한국 문학사는 주변부로 인식되어온 여성들을 배제해왔던 사실이 있기 때문이다. 주변부 여성의 복원은 탈식민주의가 중요시한 탈중심화를 재각인시킬 것이며, 차이 속의 여성을 드러내는 작업이 될 것이다. 이런 이유들로 박경리 『토지』를 탈식민적 페미니즘 관점에서 분석하고자 한다.

2. 탈식민적 페미니즘이란

탈식민적 페미니즘(post-colonial feminism)은 탈식민주의[35]에 토대를 둔 페미니즘[36] 이론이다. 페미니즘 발달 과정은 크게 3세대로 구분할 수 있다. 첫째로 1세대는 남성과 같은 여성이고 싶었다. 여성도 남성과 동등한 권리를 갖는 인간주체여야 한다는 주장이다. 여성도 남성과 같은 인간 능력을 가진 주체이므로 동등한 참정권과 교육의 기회를 가져야 하며 가정에만 머물 것이 아니라 남성처럼 공적 영역으로 나아가 활동해야

---

35 탈식민주의(post-colonialism)는 식민주의 시기로부터 현재에 이르기까지 제국주의적 영향으로부터 자유로울 수 없었던 모든 문화를 포괄하는 통칭적 개념이다.(빌 애쉬크로프트 외, 이석호 옮김, 『포스트 콜로니얼 문학이론』, 민음사, 1996, 12쪽) 식민 과거를 치료하여 회복시킨다는 측면에서 그러한 과거로부터 이론적 의미를 만들고 획득하려는 연구 분야인 것이다.(릴라 간디, 이영욱 옮김, 『포스트식민주의란 무엇인가』, 현실문화연구, 2000, 17쪽) 이런 탈식민주의 인식의 저변에는 자아/타아, 백인/식민지인, 선/악, 문화/자연 등의 서열에서 후자가 열등하고 종속적인 위치로 고정된다는 사실에 대한 비판이 깔려 있다.(송명희, 「탈식민주의 페미니즘」, 『여성학 학술대회』, 부산대학교 여성연구소, 2001, 30쪽) 또한 서양의 지리적 확장과 식민지주의, 인종차별주의, 자민족중심주의와 결부된 지배의 양식인 오리엔탈리즘에 저항하는 탈오리엔탈리즘적 사유에 기반하고 있으므로, 서양 중심의 근대에 대한 비판도 깔려 있다.(고현철, 『탈식민주의와 생태주의 시학』, 새미, 2005, 31쪽)
36 페미니즘(feminism)은 미국과 프랑스로 양대별 될 정도로 문학을 대하는 접근법이나 비평의 방법론, 지적인 전통에서 커다란 입장의 차이를 보이고 있다. 이 중 프랑스 페미니즘 비평은 정신분석적 경향과 해체론적 언어분석의 성격을 강하게 띠고 있는데 특히 데리다로부터 큰 영향을 받았다. 송명희, 「한국과 프랑스의 여성주의 문학의 비교연구」, 『비평문학』 14, 한국문화사, 2000, 425쪽.

한다는 것이다. 둘째로 남성과 다른 여성이고 싶었다. 여성적인 것을 긍정적으로 부각하는 이론에서 새로운 가능성을 발견하고자 한 것이다. 여성과 남성의 차이에 관심을 기울여, 여성적인 것이 타자를 제외하거나 배제하지 않는다는 측면에서 새로운 사고방식을 위한 단초를 제공하였다. 셋째로 3세대는 동일성과 차이를 공존시킨다. 비판해야 하는 것은 동일성이나 차이가 아니라 배제의 논리 그 자체라고 본다. 무엇인가를 희생의 대상으로 만들어 배제하는 논리가 잘못이라는 것이다. 이렇게 페미니즘은 대립적 이원론의 도식을 넘어서 양자의 공존을 위한 토대를 마련해야 한다는 쪽으로 변화하고 있다.[37] 기존의 진리, 객관성, 보편성, 중립성이라는 가치를 거부하며 이를 비판적, 구성적인 전략을 통해 변경시키는 것으로 발달하고 있는 것이다.[38]

이런 변화의 연속선에 놓인, 탈식민적 페미니즘은 식민지의 경험을 가진 제3세계 여성의 이중 식민화를 설명하는 이론이다. 억압적 지배사회 속에서 주변화되어온 타자들을 복원하는 것을 목표로 삼는다.[39] 대표적 이론가로는 엘렌 식수(Helene Cixous), 루스 이리가라이(Luce Irigaray), 찬드라 모한티(Chandra Mohanty), 벨 훅스(Bell Hooks), 가야트리 스피박(Gayatri Spivak)이 있다. 이 글에서는 통문화적 보편여성을 산포하는 데에 결정적 역할을 한 스피박 이론에 집중하고자 한다. 그리고 필요할 경우 양가성[40]

---

37 이현재, 『여성의 정체성 — 어떤 여성이 될 것인가』, 책세상, 2007, 27~28쪽.

38 우줄라 I. 마이어, 송안정 옮김, 『여성주의철학 입문』, 철학과현실사, 2006, 34~35쪽.

39 유제분 엮음, 김지영 · 정혜욱 · 유제분 옮김, (유제분, 「저항담론으로서의 탈식민페미니즘」), 『탈식민페미니즘과 탈식민페미니스트들』, 현대미학사, 2001, 14쪽.

40 양가성이란 호미 바바가 말한 이론으로 혼성성이라 불리기도 하는데, 식민지적 모방에서 나타난다. 식민지적 모방은 '거의 동일하지만 아주 똑같지는 않은 차이의 주체로서' 개명된 인식 가능한 타자를 지향하는 열망이다. 다시 말해, 모방의 담론은 양가성을 둘러싸고 구성된다. 모방은 이중적 분절의 기호이다. 모방은 한편으로 개명과 규칙, 규율의 복합적 전략의 기호이며, 이때의 전략은 권력을 가시적으로 드러내면서 타자를

처럼 탈식민주의 비평이론을 활용할 것이며 페미니즘 비평이론도 보완적으로 활용할 것이다.

스피박은 데리다(Jaque Derrida)의 해체론을 활용한다. 스피박이 해체주의 철학자 데리다와 맺은 비평적 연대성은 텍스트와 세계 사이의 깔끔한 이항대립을 문제 삼아왔다는 점에 있다. 스피박은 세계가 제 권리를 빼앗긴 다른 집단들을 배제한 채 제1세계의 지배적 시각과 지정학적 위치에서 재현되는 상황을 폭로한다. 더 구체적으로 말해 많은 제3세계 여성들의 삶은 너무도 복잡하고 비체계적이어서 서구 비평이론의 어휘로는 어떠한 직설적인 방식을 취한다고 해도 알려지거나 재현될 수 없다고 주장한다. 스피박이 페미니즘에 기여한 것은 이처럼 서구 페미니즘이 계급, 종교, 문화, 언어, 국적의 차이에 상관없이 모든 여성들을 대변한다는 보편화 주장에 이의를 제기한 점이다. 스피박은 서구 페미니즘의 보편주장에 대해 제3세계 여성들의 역사적 경험에서 배우는 법을 배워야 한다고 경고하고, 서구 페미니즘이 자주 제3세계 여성들의 특수한 물적 조건, 역사, 투쟁을 간과하고 있다고 말한다.[41]

특히 스피박은 사이드(Edward Said)의 『오리엔탈리즘(Orientalism)』에서 오리엔트의 텍스트적 재현들을 분석하면서 '재현'이라는 개념은 결코 정확히 현실적이 될 수 없다고 강조한다. 재현은 대표와 묘사의 두 의미

전유한다. 그러나 모방은 또한 부적합의 기호이기도 하며, 식민권력의 지배 전략적 기능에 조응하고 감시를 강화하게 하면서, 또한 규범화된 지식과 규율권력에 내재적인 위협이 되는, 차이와 반항의 기호이기도 한 것이다. 식민담론의 권위에 미치는 모방의 효과는 심화와 방해의 이중성을 지닌다. 식민지국가 혹은 주체를 규범화할 때, 후기 계몽주의 문명의 꿈은 문명 자신의 자유의 언어를 소외시키고 그 규범에 대한 타자의 지식을 생산하기 때문이다. 그 같은 전략이 나타나는 것이 양가성이다. 호미 바바, 나병철 옮김, 『문화의 위치─탈식민주의 문화이론』, 소명출판, 2003, 178~179쪽.
41 스티븐 모튼, 이운경 옮김, 『스피박 넘기』, 앨피, 2005, 18~26쪽.

를 함축하고 있기 때문이다. 그들을 대변하여 말하면서 그들을 대표하는 입장과, 그들을 묘사하는 입장이다. 이 두 종류의 재현 간의 차이와 공모성을 인정하면서 그 둘 간의 유희가 중요하다고 본다. 이처럼 스피박은 단순히 타자를 하나의 지식의 대상으로서 구조하는 태도에 저항하면서 끊임없는 비판적 자세를 취한다.[42]

재현의 핵심은 본질주의다. 본질주의는 페미니즘과 탈식민주의 연구에서 중요한 부분을 차지하고 있다. 본질의 복원 불능에 대한 스피박의 철학적 논지는 본질주의와 지식 생산 간의 관계를 언급하고 있는 그녀의 「하위주체의 문학적 재현(A Literary Representation of the Subaltern)」에서 잘 드러난다. 지식은 정체성이 아니라 불가피한 차이에 의해 가능해지고 유지되어지는 것이라 한다. 그래서 알려진 것은 항상 지식의 과다 상태이며, 지식은 결코 그 대상에 적절한 것이 아니라는 점이다. 스피박은 비본질주의(경험적) 연구 작업에서 가장 바람직한 방향은 자신이 연구하고 있는 대상들을 다양하게 접근하면서, 본질주의를 반대하는 것이 아니라 그 기준 틀을 완전히 복수화하는 것이라고 설명한다. 본질들은 일종의 내용물이라, 모든 내용물이 본질이라고는 할 수 없다. 오로지 차이만이 타협적인 본질들을 표현할 수 있다. 페미니즘 운동에 있어 스피박이 우려하고 있는 것 중 하나는 다름 아닌 그것이 총체화하는 입장을 취하는 데 있다. 또한 소위 상류 페미니즘, 특권층의 여성들이 인종, 민족성, 계층 등 많은 차별적 요소들을 무시한 채 여성들을 대문자 여성[43]으로 정의하는 데 대해 우려하고 있다. 그리하여 스피박은 오늘날 여성들을 진정 차별적으로

---

42 한국영미문학페미니즘학회, 『페미니즘, 어제와 오늘』, 민음사, 2000, 233~234쪽.
43 기존 남성들에 의해 이상화되고 지식화된 고정된 여성성을 말한다. 흔히 보편적이고 정상적이라 생각했던 여성, 즉 실체의 여성이 아니라 여성화된 여성을 대문자 여성이라 부른다.

생각하기 위해서는 본질과 모험을 해야 한다고 주장한다.[44]

　스피박의 글들은 주변부와 중심부 그리고 그 둘 간의 관계 역학을 면밀히 조사하면서, 학문 분야의 지배담론들이 어떻게 그 주변부에서 무너지고 있는지, 그리고 그러한 주변부를 탐색하면서 그것이 정치적 대행체의 세계로 들어서는 데 필요한 전략적 움직임은 무엇인지에 관심을 보이고 있다. 해체론적 전략으로 스피박은 지배담론들의 내부를 뒤집어놓고 있는 것이다. 그리하여 그 중심개념을 새롭게 자리매김하는 것, 즉 **다시－중심매기기** 행위를 지지한다. 왜냐하면 해체는 잘못을 가려내거나 진리에 도달하는 방법이 아니며 그것은 새로운 글 읽기 전략이기 때문이다. 그것은 적절성의 독재성에 급진적으로 의문을 제기하는 자아성찰적 글 읽기이다. 탈식민화된 공간에서 가장 위급한 정치적 주장은 **제국주의**[45]의 유산 내에 규약화되어 묵시적으로 인정되고 있는 것을 추적하는 데 있다. 즉 중요한 것은 탈식민주의 담론에 관한 것이건 아니면 본질주의 담론에 관한 것이건 간에, 차별적인 것이 묵인된, 계층 정체성에 대한 혹은 젠더 정체성에 대한 문화적, 정치적, 사회적 생산들의 체계적인 **전유**[46]

44　한국영미문학페미니즘학회, 앞의 책, 239~242쪽.

45　제국주의(Imperialism)와 식민주의(Colonialism)는 거의 동일한 뜻으로 쓰이지만 엄밀히 구별하자면 제국주의는 지배하는 쪽에서의 움직임을, 식민주의는 피지배자 쪽에 미친 여파를 가리킨다. 태혜숙, 『탈식민주의 페미니즘』, 여이연, 2001, 34쪽.

46　전유란 한 언어가 자신의 문화적 경험을 담보하는 과정을 의미하거나, 혹은 모국어가 아닌 타자의 언어로 모국어의 정신을 전달하는 것을 의미한다. 즉 상호이질적인 문화적 경험들을 다양한 방식으로 전달하기 위해서 언어를 하나의 도구로 차용 및 선용하는 방식을 의미한다. 그러므로 포스트 콜로니얼한 문학은 중심부의 언어로 이야기하는 기득권을 가진 식민지 본국의 언어, 즉 영어를 폐기하고 그 언어를 각 주변부 국가의 모국어의 영향력 안에 유치시키려는 전유 행위 사이에 존재하는 긴장으로 씌어지는 문학이라고 본다.(빌 애쉬크로프트 외, 이석호 옮김, 앞의 책, 66쪽) 즉 전유는 지배문화와 담론의 언어를 바꾸어서 재구성하는 방법을 말하는데, 탈식민주의 문화에 있어 가장 의미심장한 요소가 된다. 전유는 모방의 반복이라는 개념을 내재하고 있는 것인데,

화에 대해 끊임없이 빈틈없는 경계를 할 수 있어야 하는 것이다.[47]

식민지도 그렇지만, '국가 없음'의 문제는 비단 국경 밖에 있는 난민이나 이주자의 경우에만 적용되는 것이 아니다. 신자유주의 시대를 살아가는 사람들, 특히 지구 남반구의 개발도상국에 거주하는 이들에게 광범위하게 일어나는 문제이다. 스피박은 국가를 인간다운 삶을 위해 필수적인 재분배 기능과 복지 기능을 포함한 추상적인 구조로 개념화할 필요성을 제기한다.[48] 또한 **'차이 속의 여성'**(여성이라고 다 동일한 여성 젠더가 각인된 것이 아니라 차이가 있다는 뜻에서)을 가시화하기 위해 노력한다. 여성의 몸은 구미의 자본주의, 매판자본가, 가부장제 등에 의해 다층적 억압을 받고 있으며, 구체적으로 어떠한 억압을 받느냐에 따라 여성 간에 차이를 지닌다. 이처럼 스피박은 여성이 겪는 억압과 착취의 현실을 들춰내는 동시에 차이 속의 여성을 가시화시킨다. 스피박은 안과 밖, 제1세계와 제3세계, 북반구와 남반구로 나누는 이분법을 넘어서 경계선을 넘어서는 새로운 사유체계를 모색한다. 왜냐하면 스피박은 구미의 언어와 문학과 시각이 보편적이지 않고 오히려 인식론적 폭력을 행사한다고 보기 때문이다.[49]

그 효과는 위장이다. 식민지적 모방은 거의 동일하지만 아주 똑같지는 않은 차이의 주체로서 개명된 인식 가능한 타자를 지향하는 열망으로, 모방의 담론은 양가성을 둘러싸고 구성되는 것이다. 그래서 전유는 서구 문명이 피식민자의 문화의 위치에서 다시 쓰여지면서 상호텍스트적으로 혼성화되는 교섭과 혼성성의 과정으로 나타나는데 그 속에 저항의 계기가 포함되어 있는 것이다. 이는 서구의 테크놀로지는 차용하면서 서구의 이데올로기는 거부하는 비판의 가능성을 내재하는 것이다.(고현철, 앞의 책, 50쪽)

47 한국영미문학페미니즘학회, 앞의 책, 244~253쪽.

48 주디스 버틀러 · 가야트리 스피박 지음, 주해연 옮김, 『누가 민족국가를 노래하는가』, 웅진씽크빅, 2008, 124~125쪽.

49 가야트리 스피박, 문학이론연구회 옮김, 『경계선 넘기-새로운 문학연구의 모색』, 인간사랑, 2008, 13~16쪽.

스피박은 해체와 정신분석학을 활용하여 **토착정보원**[50]의 **(불)가능한**[51] 관점이야말로 서구 문화가 자신을 합법적인 주체로 설립하는 과정에 가장 많이 기여했으면서도 잔여물로 남겨진 흔적이라는 점을 밝혀낸다. 스피박은 식민화/탈식민화라는 틀 자체를 포스트 식민이성의 내재적 문제로 비판하는 가운데 탈식민화를 근본적으로 다시 성찰할 것을 촉구한다. 그러한 성찰 자체도 불가능한 것인데, 가능성 쪽에 무게를 더욱 실어 가는 것이 우리의 과제라고 하였다.[52] 이때 유럽 계몽주의의 유산인 명칭들(주권성, 합헌성, 자기결정성, 국가, 시민, 문화주의)에 대한 현재 탈식민적 주장들은 오어법적 주장들임을 주지시킨다. 이런 **행동교섭능력**[53]으로서 탈식민성은 모든 진지한 존재론적 투신의 근간에 오어법이 있다는 사실을 보여줄 수 있다.[54]

해체론적 본질 비판은 우리 자신이나 타자들의 실수를 폭로하는 것이 아니라, 우리가 사용하지 않을 수 없는 무엇인가의 **위험성**을 인정하고, 우

---

50 스피박은 원주민(선주민)의 뜻으로 토착정보원이란 단어를 사용하였다. 토착정보원이 인간이라는 이름으로부터의 축출을 가리키는 표식이라고, 윤리적 관계의 불가능성을 지워버리는 표식이라고 생각했기 때문이다. 가야트리 스피박, 태혜숙 · 박미선 옮김, 『포스트식민 이성 비판』, 갈무리, 2005, 41쪽.

51 '(불)가능성'은 불가능성과 가능성 중 가능성 쪽에 무게를 두고 있는 읽기의 윤리다. 텍스트에 있는 여러 결들에서 각기 나름의 폐제가 실행된다는 점을 인식하고 하나 혹은 여러 기입처에서 텍스트의 안정성에 균열을 내는 읽기를 하기 위해서는, 환원불가능한 대타성을 지각하는 역능을 갖춘 윤리가 요청되는데 그것이 (불)가능한 읽기라 한다. 위의 책, 22쪽.

52 위의 책, 23~24쪽.

53 행동교섭능력(agency): 저항주체의 행위능력뿐만 아니라 갈수록 중요해지는 교섭능력(negotiation 주체와 타자 쌍방 간의 실질적인 협상이라는 뜻과 함께 최근에는 순수한 동일성을 복잡한 혼성성으로 바꾸어 가는 주체의 역동적인 능력 층위를 부각하는 이론적 개념) 둘 다를 포괄하는 용어인데 주체성의 본질화나 반본질화 모두를 막는 데 유용한 전략적 개념이다. 위의 책, 562쪽.

54 위의 책, 129~130쪽.

리의 현 자기정체성 장비처럼 그것 없이는 우리가 살아갈 수도 없고 기회를 포착할 수도 없는 아주 유용한 것들 자체를 비판하는 것이다. 그것은 우리가 본질주의자가 되는 경위에, 본질적인 여성적인 것이 여성적인 것의 본질이 되는 경위에, 3세계 자료에 대한 1세계의 관심이 새로운 지식형태들의 생산을 둘러싼 시혜적이라서 문제적인 본질주의적 욕망과 얽히게 되는 경위에 접근하도록 한다.[55] 여성은 최초의 피지배자였지만 또한 최후의 식민지이기도 하다. 그래서 제3세계 여성의 경우, 그것도 **서발턴**(subaltern)[56] 여성의 경우는 도처에 널려 있으면서도 여러 가지 운동들과 담론들에 의해서 비가시화되어 여러 사회세력들이 가하는 억압과 착취에 은폐되어왔다. 이러한 차이 속의 여성을 다시 기입해내는 작업이야말로 탈식민성의 실체를 해명하기 위해 절실하게 요청된다.[57] 탈식민주의는 식민주의가 전복된 것을 의미하는 것이 아니라 식민주의와의 비판적 연계를 의미한다. 포스트페미니즘[58]도 가부장제와 비판적 연계를 의미한다.[59]

따라서 탈식민적 페미니즘은 식민주의와 가부장제와 비판적 연계를 하는 이론이다. 즉 여성을 드러내왔던 기존의 이분법을 해체하고 통문화적 보편화를 비판하며 본질주의를 재고하여 다시-중심매기기를 지향하는

---

55 위의 책, 517쪽.
56 서발턴은 일반적으로 하층민·소외층을 일컫는데, 하층계급·하위주체 등으로 번역된다. 스피박은 서발턴을 기존의 정치담론으로 정의되지 않는, 피식민지인·여성 등 다양한 종속적 처지를 아우르는 용어로 사용한다. 그럴 때, 스피박은 상황에 따라 달리 해석될 수 있는 유연성을 살리면서 이 단어의 개념을 확장시켜 사용한다.(스티븐 모튼, 이운경 옮김, 앞의 책, 21쪽) 이런 여성 하위주체의 출발점은 마르크스의 프롤레타리아에서 시작되었다.(태혜숙, 앞의 책, 117~125쪽)
57 가야트리 스피박, 태혜숙 옮김, 『교육기계 안의 바깥에서』, 갈무리, 2006, 525쪽.
58 포스트페미니즘은 가부장적인 담론을 해체하면서 발전했고, 정신분석학과 탈구조주의, 포스트모더니즘, 탈식민주의와 같은 현대 사상의 주요 분석 전략으로 강화된 페미니즘이다. 소피아 포카 지음, 레베카 라이트 그림, 윤길순 옮김, 『포스트페미니즘』, 김영사, 2005, 7쪽.
59 앤 브룩스, 김명혜 옮김, 『포스트페미니즘과 문화이론』, 한나래, 2003, 14쪽.

이론인 것이다. 본고는 이런 탈식민적 페미니즘 관점에서 『토지』를 분석한다. 이것이 제3세계 여성으로 고정되어 있는 잘못된 시각을 바로잡을 수 있다고 판단하기 때문이다. 피식민지 여성의 고정성을 비판하고, 살아 움직이는 다양한 제3세계 여성을 드러낼 것이다. 『토지』는 강력한 일본이 조선을 장악하고 감시하고 있다는 담론을 유포하여 조선을 통제하고 있다. 그래서 직접 일본인이 등장하여 조선인을 억압하는 상황보다는, 조선인들 사이에서 일어나는 억압 현장을 보여준다. 이렇게 박경리는 조선 안에서 펼쳐지는 중심과 주변이 나뉘지 않는 삶을 통해 정형화되고, 정상적이며, 올바르다 믿어져왔던 기존 가치 체계에 도전하고 있는 것이다.

이 글에서는 크게 식민지 여성의 몸과 젠더, 제국주의 자본, 제국주의 문화로 구분하여 살핀다. 이론상 스피박은 여성의 재현과 주체구성관계에 강조점을 두면서, 제3세계 여성에게 미친 자본주의 영향과 제3세계 여성들이 가진 문화적 가치가 폄훼되는 것에 주의를 기울이고 있기 때문이다. 또한 박경리 『토지』도 여성의 다양한 삶을 형상화하면서 식민지 시기 자본주의 유입으로 인한 영향을 묘사하고 있고, 샤머니즘과 같은 조선의 문화를 통해 작가의식인 생명사상을 이야기하고 있기 때문이다. 그래서 제2장에서는 식민지가 된 조선에서 여성인물들이 어떻게 억압받아왔는지, 그 억압에 어떻게 저항했으며 혹은 좌절했는지, 그런 억압 속에서도 다양한 주체로 성장하는 삶을 이루고 있는지를 살핀다. 제3장에서는 제국주의 자본으로 인한 식민지 여성의 억압, 좌절, 성장의 다양한 삶을 살핀다. 제4장에서는 제국주의 문화론으로 인해 억압받는 식민지 여성, 문화를 흉내내다 좌절하는 여성, 문화의 억압을 경험한 후 성장하는 여성, 거부하는 여성 등을 살핀다. 제5장에서는 앞에서 살핀 제2장, 제3장, 제4장의 여성들을 정리하여 『토지』가 가지는 탈식민적 페미니즘의 전체적 의의와 구체적 의의를 살필 것이다.

제2장 _____
제국주의 성차권력과 식민지 여성의 몸·젠더

탈식민적 페미니즘의 문제의식을 현실과 접맥시키는 유용한 방법으로 몸[60]을 생각할 수 있다. 스피박은 이를 몸의 유물론이라 명명한다. 스피박이 주장하는 몸의 유물론은 '나의 몸은 나라는 존재의 주체적 방식'이란 인식이다. 예를 들면 나의 의식은 나의 몸을 통해 흐르고 다른 몸들과 만남으로써 의사소통을 한다. 그래서 몸이란 정신을 표현하는 수동적인 도구나 그릇으로 존재하는 것이 아니라 풍부한 잠재력과 가능성을 갖는 능동적이고 생산적인 것이다. 몸은 성적으로 특수성을 가지며 문화적, 계급적, 인종적으로 특별한 상황과 얽혀 있다. 이는 초역사적으로 존재하는 보편적인 몸의 삶이란 없다는 것이다. 특히 제3세계 여성의 경우 몸 자체가 이중, 삼중으로 착취가 일어나는 현장이기에 더욱 중요하다고 본다.[61]

---

60 몸과 영혼을 분리한다는 것을 전제로 할 때, 영혼이 몸을 지배한다는 유심론적 입장과, 몸이 영혼에 영향을 미친다는 유물론적 입장이 대두된다. 또한 영혼과 몸이 서로 평형적인 관계를 가지며 상호작용한다는 이원론적인 입장도 있다. 김정자 외, 『몸의 역사와 문학』, 태학사, 2002, 6쪽.

61 태혜숙, 앞의 책, 140쪽.

이런 몸의 형식 안에서 대문자 여성의 본질을 읽어내는 것은 남근중심주의 전략들 중 하나일 수 있다. 그러나 몸으로 집요하게 되돌아가는 페미니즘은 반페미니즘적 본질주의의 탄력성에 부분적으로만 대응할 따름이다. 즉 한 사람의 여자로서 말하는 페미니스트는 몸을 그저 읽어치우는 사람들과, 몸의 불가항력적인 힘을 파편적인 사회적 관계로 취하는 사람들 사이에 끼여 있다.[62] 그렇다면 몸의 유물론은 페미니즘에서 유효하다 할 것이다. 이런 몸의 유물론을 통해 보편적이지 않은 제3세계 여성을 드러낼 수 있기 때문이다.

젠더(gender)는 행위나 태도가 남녀별로 적절한 것으로 규정된 문화적 기대치를 말한다. 사회성원으로 성장하는 학습 과정 중에 얻게 되는 행동이다. 우리는 성역할을 습득하는 과정에서 남자 또는 여자에게 필요한 행위라든가 태도가 권장되고 그렇지 못한 경우에는 제재를 받았다. 그래서 남성이 실천해야 하는 역할과 여성이 실천해야 하는 역할이 다르다고 인식하게 되었다. 그러나 이런 성역할의 이분법적 인식은 남녀에게 완성된 주체로서 개발될 가능성을 배제하고 오히려 단면적인 존재에 불과한 인간을 낳게 만든다. 이는 우울증에 관한 조사에서 확인할 수 있다. 우울증 조사에 의하면 사회적으로 주어진 역할에 엄격한 남녀가 훨씬 우울증 빈도가 높게 나타난다. 즉 엄격하게 이분법적으로 나누어진 사회적 역할은 남녀 모두의 건강에 해가 될 수 있다. 그렇다면 이분법적인 사회적 성역할은 전복되어야 하는 것이다.[63] 이분법적인 성역할을 전복하는 것은 페미니즘에서 중요한 의미를 지닌다. 왜냐하면 페미니즘은 성차별주의와 성차별주의에 근거한 착취와 억압을 종식시키려는 운동이기 때문이

---

62 가야트리 스피박, 태혜숙 옮김, 앞의 책, 16~17쪽.
63 마가렛 L.앤더슨, 이동원·김미숙 옮김, 『성의 사회학』, 이화여자대학교출판부, 1997, 86~93쪽.

다. 성차별주의가 몸에 밴 사람이 여자인가 남자인가 어린애인가 어른인가에 상관없이 그 모든 성차별적 사고와 행동이 문제이다. 즉 성차별주의는 구조적으로 제도화된 문제인 것이다.[64] 남자에게 능동성과 긍정을, 여자에게 수동성과 부정을 주입시킨 문제적 제도였던 것이다.

인간의 성은 섹스(sex)와 젠더로 구분할 수 있다. 선천적으로 타고난 섹스와 후천적으로 길러진 젠더로 나눌 수 있다. 그런데 제국주의자에게 정복당한 식민지 여성에게 섹스와 젠더에 미치는 억압의 상황은 크게 다르지 않다. 왜냐하면 제국주의자에게 식민지 여성의 몸은 손쉽게 취할 수 있는 '정복의 대상'이며 그녀들로부터 획득할 수 있는 생활 속 편리도 '전리품'의 연속으로 당연한 것이기 때문이다. 즉 식민지 여성의 몸과 그녀들에게 허용된 성역할은 차이 나기보다는 연결되어 나타나는 측면이 강하다. 『토지』는 이런 식민지 여성의 몸과 젠더를 보여준다. 그래서 몸과 젠더를 함께 논의하려 한다. 『토지』의 조선 여성은 식민자로부터 남성으로부터 억압받는다. 그 억압에 대응하는 식민지 여성의 몸과 젠더를 살펴보자.

1. 제국주의 남성에 의한 식민지 희생양과 수동적 성역할

식민지 여성의 몸과 젠더라는 입장에서 볼 때 『토지』는 제국주의 남성에 의해 억압받는 식민지 여성의 몸과 젠더를 보여준다. 이는 정남희, 삼월이, 기성네를 통해 알 수 있다. 왜냐하면 정남희는 제국주의 남성에게 일방적으로 성폭행당하는 식민지 여성의 몸을 보여주기 때문이며, 삼월

---

64 벨 훅스, 박정애 옮김, 『행복한 페미니즘』, 백년글사랑, 2002, 19쪽.

이는 제국주의자를 흉내내는 두 남성에 의해 일방적으로 성폭행당하는 몸을 보여주기 때문이다. 그리고 기성네는 제국주의자를 흉내내는 남편에 의해 억압받는 아내를 보여주기 때문이다.

우선 정남희는 일본 장교에게 성폭행당해 피해자가 되는 인물이다. 그런데 남희가 당한 성폭행 피해는 일시적인 사건으로 처리되지 않는다. 남희는 성폭행 이후 성병에 걸리고 그 성병에 대한 주변 인물의 반응이 이어지면서 서사에서 계속 드러나는 인물이기 때문이다. 성병은 『토지』 전체에서 남희만이 걸리는 질병이다. 즉 남희는 '성병'으로 은유되는 식민지 희생된 몸을 보여준다.

다음으로 삼월이는 제국주의자를 흉내내는 조준구와 그의 하수인 삼수에 의해 겁탈당한다. 겁탈당한 삼월이는 조준구의 첩이라도 되면 나을까 싶어 두 남성의 계략에 저항하지 않는다. 그런데 상황은 더욱 나빠져 두 남성에 의해 성노리개로 교환된다. 삼수가 데리고 살면서 조준구가 생각날 때 빌리는 성노리개로 전락한 것이다. 그녀의 전락은 아비가 누구인지 모를 아이를 낳고 그 아이가 죽게 되면서 절정으로 치닫는다. 그리고 반미치광이가 되어 아이를 따라 죽으면서 삼월이의 서사는 마무리된다. 즉 삼월이는 '성노리개' '욕정의 제물' '반미치광이'로 은유되는 식민지 희생된 몸을 보여준다.

마지막으로 기성네는 술도가를 운영하며 일본인과 친분을 쌓기 위해 불철주야 노력하는 남편(두만)으로부터 철저히 버려지는 아내이다. 기성네는 순종적이며 헌신적인 아내였지만 남편으로부터는 구박만을 받는다. 왜냐하면 남편 두만은 기성네를 볼 때마다 자신의 열등했던 지난 과거가 떠오르기 때문이다. 열등한 식민지인이었던 과거를 벗어나 강력한 제국주의자가 되고 싶었던 두만이었다. 그런데 자신이 면천한 종의 핏줄이란 사실이 난쟁이 기성네를 볼 때마다 상기된다. 그래서 구박한다. 즉 기성네는 '난쟁이'로 은유되는 수동적 아내를 보여준다. 이들의 삶을 상세히 살펴보자.

> "사람이다! 쓰러져 있네."
> 귀남네가 초롱을 비췄을 때 맨 먼저 비명을 지른 것은 성환할매였다.
> "남아!"
> 하다가 성환할매는 중심을 잃고 나자빠졌다.
> "맞다 남희다! 이 사람아, 초롱은 나 주고 아아부터 안아들이라."
> 하다가 야무네는 아이 가슴에 귀를 대본다.
> "어서, 어서, 아아 몸이 얼음겉이 차다!"
> 귀남네가 남희를 방에까지 안고 들어왔을 때 허둥지둥 몸을 일으켜 방까지 달려온 성환할매는
> "세상에 이기이 무신 일고!"
> 하며 아우성을 쳤다. 그리고는 아이 옆으로 다가가 앉으며
> "남아! 아가! 눈 좀 떠봐라!"[65]

정남희[66]는 어둡고 추운 밤거리에 홀로 '쓰러져' 있다. 남희가 일본 장교에게서 당한 성폭행은 생명을 빼앗기는 행위였기에 '몸이 얼음' 같이 차다. 예전 들꽃을 꺾으며 노래를 부르던 천진난만했던 모습은 찾을 길 없고 어떤 음산한 절망감만이 깃들어 있다. 남희는 그후 일주일이 지나도 병색에 차도가 없고 점점 더 여위어 간다. 할머니가 이유를 물어도

---

65 박경리, 『토지』 전16권 중 15권, 솔출판사, 1993, 131쪽. 이후에는 『토지』 몇 권 몇 쪽으로 간략히 기술하겠다.

66 남희는 물지게를 지며 어렵게 생활하다 황태수 집 심부름꾼으로 일하며 야간학교를 다녀 선생이 된, 정석의 딸이다. 아버지 정석과 어머니 양을례의 사이가 좋지 않아 큰고모가 주는 눈칫밥을 먹으며 할머니 손에서 자란다. 그러던 중 양을례는 여학교를 보내겠다는 명목으로 남희를 몰래 데려간다. 남희는 어머니와 같이 살고 싶다는 한 가지 소망에 이끌려 따라간다. 남희를 찾으러 오빠 성환이와 할머니가 찾아왔을 때 남희는 그들을 외면한다. 할머니는 물벼락을 맞고 오빠는 불량배에게 몰매를 맞는 수모를 지켜보았으면서도 숨어버렸던 남희. 그 소녀가 눈둑길을 꾸물꾸물 기어서 할머니 품으로 돌아온 것이다.

대답이 없다. 남희가 당한 성폭행은 세계와의 단절을 초래하는 존엄의 침해였던 것이다.[67] 일반적으로 성폭행은 피해자에게 자신의 신체가 타인의 의지에 내맡겨져 있다는 의식을 갖게 하기에 자신감을 상실하게 만들고, 개인이 자신의 세계와 맺을 수 있는 모든 관계를 단절시킨다.[68] 즉 남희는 마비 상태에 빠지게 된 것이다.

남희는 성폭행당한 사실을 발설하지 않는다. 그러나 남희의 행동은 성폭행 사건을 표면화하는 적극성을 가진다. 왜냐하면 예전처럼 어머니 양을례에게 되돌아간 것이 아니기 때문이다. 양을례에게 갔다면 남희가 당한 성폭행은 없었던 일이 될 가능성이 크다. 어머니는 현재 일본 남자와 동거하고 있는 처지라 일본 남자의 입장을 고려하지 않을 수 없는 것이다. 반면 할머니는 다르다. 어떤 상황에서도 남희의 편을 들어줄 분이기 때문이다. 그러니 성폭행당한 후 어머니가 아닌 할머니에게 의탁한다는 것은 성폭행 사건을 표면화하는 적극성을 가진 행동이라 볼 수 있다. 이런 수행성은 남희의 행동교섭능력으로 읽힌다. 남희의 정신은 처참한 성폭행으로 마비되어 말로 옮길 수 없는 상태가 되었는데, 그녀가 해야 할 말을 그녀의 몸이 무의식적으로 대신해 표현하는 것이기 때문이다. 그렇게 남희는 피해상황을 가시화하고 있다.

　사람들 속에 있을 때나 혼자 있을 때나, 남희는 자유라는 그 자체에 대하여 느낌이 없었다. 말하자면 일종의 마비 상태라고나 할까. 산에서 아이가 다쳤을 때 죽을지 모른다는 공포 때문에 남희는 한번 울었다. 얼마 전에 연학이하고

67　박경리는 말했다. "어떤 궁핍보다 잊지 못하는 것은 존엄이 침해당하는 것이다. 결코 지워지지 않는 피멍 같은 것." 박경리, 『꿈꾸는 자가 창조한다―박경리의 원주통신』, 나남, 1994, 42쪽.
68　현대철학연구소, 문성훈, 「인정윤리의 개념적 구조」, 『이성의 다양한 목소리』, 철학과 현실사, 2009, 299~309쪽.

함께 오면서 오빠랑 할머니랑 부산에 찾아왔을 때 자신을 숨어버렸다. 그 말을 하고서는 흐느꼈다. 그것은 멀리멀리 달아났던 감정이 한순간 돌아와주었다고 나 할까. 사진관 옆에까지 왔다. 남희는 멈추어 섰다. 쇼윈도 가까이까지 간다. 여러 사람의 사진이 내걸려 있었으나 중심은 결혼 사진이었다. 신부는 머리에 꽃을 얹고, 한복에 면사포를 쓰고 있었다. 그리고 꽃다발을 안고 있었다. 남자는 검정 양복에 나비 넥타이를 하고 있었다. 무슨 생각을 하는 것도 아니었는데 남희는 골똘히 그것을 들여다본다. 한손에는 꽃다발 한손은 신랑 팔을 잡고 있는 신부, 남희는 한순간 부르르 떨다가 그러나 결혼 사진을 끝없이 바라보고 서 있는 것이었다.[69]

남희는 마비 상태에서 각성 상태로 변화한다. 이는 '아이가 다쳤을 때' 울었던 사건, '오빠랑 할머니'에 대한 죄책감 때문에 울었던 사건, 사진을 보며 '부르르 떨'었던 사건이 순차적으로 전개되면서 이루어지고 있다. 이런 과정은 남희가 삶의 의지를 되찾기 위한 움직임을 시작했다는 의미를 지닌다. 동시에 남희가 되살아나기 위해서는 많은 시간이 필요하고, 힘겨운 과정을 거쳐야만 함을 의미하는 것이기도 하다. 특히 결혼사진의 행복한 신부에 자신을 투사하면서 각성 상태로의 이행이 빨라진다는 것은 중요하다. 일제에 강탈당한 여성성을 되찾으려는 포기할 수 없는 의지를 찾아볼 수 있기 때문이다. 남희는 사진을 오랫동안 바라본 이후에서야 거리를 지나다니는 사람들 속으로 걸어 들어간다. 그들처럼 성폭행 당한 후 잃어버렸던 일상 속으로, 그 일상의 한 사람으로 다시 걸음을 내딛는 것이다. 이런 움직임은 중요하다. 왜냐하면 "근대 이후의 보편적 주체는 구체적인 삶의 장에서는 억압하는 자의 관점"이며, "억압받고 수탈당하는 자의 관점은 아니"[70]었기 때문이다. 즉 남희가 보여주는 움직임

---

69 『토지』 16권, 354~355쪽.
70 송무 외 엮음, 『젠더를 말한다』, 박이정, 2003, 68쪽.

은 억압받는 자의 관점에서 알 수 있는 주체라 할 수 있다. 피식민지 민족처럼, 철저하게 굴욕당하며 사는 사람에게 살려는 의지는 곧 승리하려는 의지가 될 수 있다. "강력한 자본과 제국의 힘에 포획되지 않는 하위주체 여성들의 삶을 보건대, 하위주체에게 삶의 법칙이란 그저 자기보존이 아니라 끊임없이 무엇인가로 생성되기 위해 자라고, 확장하고, 발전하려는 욕망이며, 개별존재의 힘을 향한 의지의 발현이며, 억압의 극복이다. 때로 하위주체에게 생존은 그것 자체가 억압의 극복이자, 새로운 주체생산이 가능한 지표가 된다."[71)]는 말에서도 짐작 가능하다. 남희의 각성 상태로의 이행은 억압받고 수탈당하는 자의 관점에서의 주체인 것이다.

『토지』는 편재하는 악과 조우하는 것을 인간 삶의 근본조건으로 간주하고, 악을 혐오하고 제거하는 데 관심을 두지 않는다. 오히려 악을 감내하면서 개인과 집단의 존엄성을 지켜나갈 수밖에 없는 인간의 현존 자체를 서술하는 데 초점을 맞춘다.[72)] 그렇다면 악[73)]을 감내하며 자신의 존엄성을 지켜나가는 남희는 현존하는 어린 조선 여성이 보편적, 정상적 인식으로는 결정할 수 없는 인물임을 보여준다 할 것이다. 성폭행의 희생자이기에 비극으로 마무리 되는 것이 순리일 것이나, 남희는 발전적이며 미결정적인 인물로 결말지어지기 때문이다. 마비 상태에서 각성 상태로 이동하는 인물로 남는 것이다. 남희는 성폭행이라는 심리적 상흔에 수동적으로 순응하기만 한 것도 아니며, 능동적으로 대처한 것도 아니다. 그러나 수동성에서 벗어나야 하며 능동성으로 나아가야 함을 깨닫는

---

71 케이트 밀렛, 김전유경 옮김, 『성 정치학』, 이후, 2009, 60쪽.
72 박상민, 「박경리 『토지』에 나타난 악의 상징 연구」, 연세대학교 박사학위논문, 2009, 158쪽.
73 인간은 자신의 의지와 사회질서의 안녕과 상관없이 개인적으로든 사회적으로든 자신의 의지와 능력을 넘어서는 광포한 힘에 맞닥뜨리게 되는데, 이를 포괄적으로 '악'이라고 할 수 있다. 정은경, 『한국 근대소설에 나타난 악의 표상 연구』, 월인, 2006, 19쪽.

다. 이것이 남희에게서 드러나는 해체적 정신[74]이다. 남희는 성폭행 상흔을 넘어서려 노력한다. 그 노력은 성폭행을 자신에게 일어난 가혹한 사건으로 인정하는 것에서 시작된다. 이후 자신에게 일어난 사건을 어떻게 안고 갈 것인가를 고민한다. 이 엄청난 사건을 어떻게 받아들일 것인가를 심각하게 고뇌한다. 즉 성폭행 사건이 일어난 원인에 대한 원망보다 지금의 자신을 주의 깊게 생각하는 자세를 가진다. 그 결과 남희가 내린 결론은 생산적인 미래를 추구해야 한다는 의지였다. 죽음이 아닌 삶을 향한 걸음을 내딛고 있는 해체적 정신의 소유자, 남희를 알 수 있는 것이다.

> 머리숱이 많고 눈이 작던 육군 중위, 그 사내가 비웃던 얼굴이 눈앞에 나타났다.
> "데테곤카! 데로!(나오지 못하겠나! 나와!)"
> 사내는 자동차 문을 열어젖히고 사기를 끌어내리고 용을 썼다. 사용인들이 우우 몰려나와 말렸다.
> "호자쿠나! 오마에노 무스메데모 나이쿠세니 나니오 즈베코베유운카!(짖어대지 마라! 네놈의 딸도 아닌 주제에 이러쿵저러쿵 지껄일 것 없다!)"
> "하라와타마데 구삿테루, 지쿠쇼! 구삿타 하라와타 에구루카라 데테고이! (뱃속까지 썩었어, 이 짐승놈아! 썩은 창자 도려낼 테니 나와라!)"
> "센진노 아맛코 히토리, 촛토 다노시미니 시탓테 소레가 난카! 이노치오 가케타 다이닛폰노 군진, 몬쿠 유우 야쓰라와 오란!(조선 계집애 하나 잠시 즐겼기로 그게 뭐 어떠냐! 목숨을 건 대일본제국의 군인, 누가 뭐라 할 놈들 없다!)"[75]

일본 남성에게도 일본 장교의 성폭행은 '뱃속까지 썩'은 행위로 느껴진다. 한때 친구였던 일본 장교의 대답은 그(일본 남성)조차 치떨리게 한

---

74 해체적 정신이란 부숨(dismantling)을 통해 비난하지 않고 변명하지 않는 주의 깊고 정황상 생산적인 정신이다. 가야트리 스피박, 태혜숙 · 박미선 옮김, 앞의 책, 134쪽.
75 『토지』 15권, 188쪽.

다. '조선 계집애 하나 잠시 즐겼기로' 이런 대답은 "식민지 조선에서 일본어가 타자를 배제하는 동시에 지배하는 권력의 메커니즘을 형성시켜 왔음을" 확인할 수 있게 한다.[76] 게다가 정복자들의 강간이 "영토획득을 축하하는 환유"[77]라는 의식을 확인시킨다. 하지만 그 환유의 정당화 속에 은폐되어 있는 일본 장교의 무의식을 우리는 짐작할 수 있다. 일본 장교는 '목숨을 건' 처지이기에 자신의 행위(성폭행)는 정당하다는 의식이다. 이런 의식은 일본 장교의 우월감 그 내면의 불안의식에서 비롯되고 있다. 전쟁터에 언제라도 불려갈 수 있고 불려가게 되면 언제 죽을지 모른다는 인식에서 비롯되고 있는 것이기 때문이다. 즉 죽음에 대한 공포를 가지고 있는 일본 장교를 보여준다. 일본 장교의 우월감, 그 속의 양가성은 공포였음을 알 수 있는 것이다.

일본 장교처럼, 폭력이 권력이라는 세간의 등식은 폭력수단을 통한 인간에 대한 인간의 지배로서 이해되는 정부에 근거한다. 하지만 폭력은 항상 권력을 파괴할 수 있다. 이를테면 총구로부터 가장 빠르고 완전한 복종을 가져오는 가장 효과적인 명령이 나올 수 있는데 그럴 때 총구로부터 결코 나올 수 없는 것은 권력이다. 그래서 순전히 폭력만을 통한 지배는 권력이 상실되고 있는 곳에서 작동한다.[78] 그렇다면 일본 장교가 남희를 성폭행하는 사건이 『토지』 5부 결말쯤에 나타나고 있다는 것은 중요하다. 이때는 일본이 제2차 세계대전에서 패망하기 직전이었다. 일본이 승리하고 있다는 전쟁의 함성, 전과만 대서특필되어 전해질 뿐인 시대였다.

---

76 손준식 · 이옥순 · 김권정, 김권정, 「동화와 저항의 기억―식민지 조선의 일본어」, 『식민주의와 언어―대만 · 인도 · 한국에서의 동화와 저항』, 아름나무, 2007, 132쪽.

77 가야트리 스피박, 태혜숙 · 박미선 옮김, 앞의 책, 417쪽.

78 줄리아 우드, 한희정 옮김, 『젠더에 갇힌 삶―젠더, 문화 그리고 커뮤니케이션』, 커뮤니케이션북스, 2006, 380~383쪽.

달리 말하면 제국주의자들의 마지막 몸부림이 한창이던 시기였던 것이다. 이런 시대를 반증하기라도 하듯 일본 장교의 폭력은 그가 지닌 공포를 짐작하게 할 뿐이다. 그렇다면 작가는 일본 장교의 성폭행을 통해 일본 제국주의의 권력 상실을 간접적으로 묘사하고 있는 것이라 할 수 있다.

반면 하위주체인 남희의 희생양 현상은 피식민자의 역전을 보여주게 된다. 왜냐하면 일본 장교의 권력과 폭력은 결국 일본 장교를 어리석고 비루한 인물로 절하시키는 반면 남희는 희생자를 넘어 더 강력한 저항의 지를 샘솟게 하는 인물로 절상시키기 때문이다.[79] 이는 식민지 여성의 정체성을 제국 남성이 일방적으로 물화시켜 놀이 대상으로 취급하는 것은 결국 제국 남성을 전락시키는 역효과를 생산하게 됨을 보여주는 것이기도 하다. 이런 남희는 미결정적 의미를 생산한다. "주변이라 명명된 것은 주변을 드러내는 만큼이나 은폐되어 있으며, 그/녀가 드러나는 곳에서 그/녀는 특이해진다"[80]는 말과 같이, 버려질 수밖에 없었을 것 같은 남희가 특이하게 희망을 꿈꾸는 것에서 알 수 있다. 제국주의 공리에 빠진 일본 장교와 그에게 희생된 남희의 관계가 역설적이라는 것에서 이는 보다 분명해진다.

"토착민이라는 말이 무엇을 의미하든 희생자일 뿐만 아니라 행위자"[81]라 할 때 토착정보원 남희를 떠올릴 수 있을 것이다. 남희는 희생자이지

---

79 장연학의 분노가 이를 보여준다. 장연학은 남희의 성병을 치유해주면서 일본에 대한 '진정한 분노'를 느낀다. 물론 식민주의자에게 있어서 여성은 정복된 사회의 전리품이거나 사용가능한 그 사회의 문화이거나 자원이라면, 식민지의 민족주의자에게 있어서 여성은 보호되어야 하는 민족의 도덕이고 자신이 보호해야 하는 대상(정현백, 『민족과 페미니즘』, 당대, 2003, 37쪽)이라 볼 때, 장연학의 반응은 자연스런 결과라 할 수 있다. 하지만 그보다 더 중요하게 다가오는 것이 저항의지인 것은 어쩔 수 없다. 남희는 순결한 성모 마리아와 닮아있기 때문이다.

80 가야트리 스피박, 태혜숙·박미선 옮김, 앞의 책, 254쪽.

81 위의 책, 277쪽.

만 희망을 찾아가는 행위자를 의미하는 인물로 읽히기 때문이다. 식민지의 여성이기에 손쉽게 성폭행당하는 희생자였으나 상처를 보듬어 안은 채 다시 일상의 삶으로 나아가는 행위자로 마무리되는 것에서 알 수 있다. 이런 남희의 재현은 조작되고 은폐되고 가치 절하된 식민지 여성의 희생을, 짓밟히기만 한 죽은 생명이 아닌 피멍든 산 생명으로 바로잡고 있는 의미를 지닌다고 볼 수 있다. 남희는 식민지 여성이 성폭행의 희생자로만 남지 않고, 한 개인으로서 끊어지지 않는 생명력을 지닌 고유한 생명체임을 강하게 드러내고 있다. 즉 남희는 성폭행의 희생자라는 보통명사를 고유명사화하는 위험을 비판한다.

정남희가 일본 장교에게 성폭행당한 식민지 여성의 몸 억압을 드러낸다면 삼월이는 제국주의 의식에 물든 남성에 의해 성폭행당하는 식민지 여성의 몸 억압을 드러낸다. 이는 같은 무게의 성폭행이라 할 수 있다. 왜냐하면 『토지』는 일본 남성에 의한 직접적 억압은 거의 묘사하지 않고 있는 반면 조선 남성이 식민자를 흉내내며 행하는 억압은 집중적으로 묘사하고 있는 작품이기 때문이다. 이때 식민자를 흉내내는 조선 남성은 제국에 대한 '의존 콤플렉스에 종속되어 행동하고' 있는 인물들이다.[82] 그래서 친일파, 밀정, 끄나풀이 행하는 억압상은 일본 남성의 억압을 간접적으로 보여주는 것으로 읽을 수 있으며 그런 만큼 매우 중요하다.

> "잔말 마라. 내 그년을 너에게 줄까 싶은데 어떠냐?"
> "아, 아니 무슨 말심을."
> 삼수는 몹시 당황한다. 삼월이를 데리고 살 생각은 조금도 없었다. 준구처럼 심심풀이라면 모를까 헌 계집을, 싫었던 것이다. 떠다 맡기려는 것 같아서 더욱더 그러했다.

---

82 프란츠 파농, 이석호 옮김, 『검은 피부, 하얀 가면』, 인간사랑, 1998, 124쪽.

"그렇지마는 갬히, 나리께서."

하는데 말을 막았다.

"그런 염려할 것 없네. 그년한테 무슨 임자가 있겠느냐. 자네가 얻어 살면 우
선 마님이 마음을 놓으실 게고."

하면서 준구는 씩 웃는다. 삼수는 그 저의를 단박 알아차렸다. 삼수에게 밀
어붙여 놓고 생각이 날 때는 좀 빌리자는 뜻이다.[83]

삼월이는 친일파 조준구와 그의 끄나풀 삼수에 의해 교환 가능한 도구
로 사물화된다. 그들이 삼월이를 두고 '너에게 줄까' '심심풀이' '좀 빌
리자' 는 담론을 행하는 모습에서 알 수 있다. 삼월이를 인간으로 보지 않
았던 것이다. 삼월이는 착하고 순수한 처녀였다. 하지만 계집종이기에
종놈 삼수와 공모한 양반 조준구에게 손쉽게 겁탈당한다. 당시 조준구는
일본의 권력을 등에 업은 권력자이며 삼수는 그런 조준구의 하수인이었
다.[84] 일제를 상징하는 기생지주 조준구[85]와 삼수는 남성이 여성을 지
배하는 생득적 우월성을 지닌 인물이었던 것이다. 아무런 양심의 가책도
없이, 거리낌 없이 삼월이를 교환 가능한 물건처럼 취급하는 그들의 행
동에서 생득적 우월성을 짐작할 수 있다. 하지만 이런 인식은 "인간을 두
집단으로 나누고 생득권에 따라 그 중 한 집단에 지배권을 줌으로써, 사
회질서는 이미 억압 체제를 확립한 동시에 정당화"[86]하는 모순을 안고
있는 한계를 지닌다. 즉 조준구와 삼수의 인식은 버려야할 인식인 것이
다. 그런데도 그들은 생득적 우월성을 이어간다. 이는 조준구와 삼수가
제국에 의존하고 있었기 때문이다. 앞으로 이백년은 더 넘게 조선을 지

---

83 『토지』 3권, 107~108쪽.

84 이미화, 「박경리 『토지』에 나타난 여성 하위주체의 저항」, 『한국문학논총』 51, 한국문
학회, 2009, 240~241쪽.

85 최유찬 외 공저, 김성수, 앞의 책, 155쪽.

86 케이트 밀렛, 김전유경 옮김, 앞의 책, 64~74쪽.

배할 것 같은 강력한 일본 권력에 그들은 발을 담그고 있다고 생각했기 때문이다. 제국주의 남성이 생각하는 식민지 여성은 손쉬운 정복의 대상이며 존엄성을 지닌 인간이 아니라 정복의 전유물일 뿐이라는 인식과 같다. 즉 삼월이가 식민지 '노비인 만큼 말썽이 없으리라 여겼고 책임이 없으니' 저지르기 쉬운 일이라 여겼던 두 남성은 제국에 대한 의존 콤플렉스를 지니고 있었던 것이다.

처음 조준구는 삼월이의 몸을 '살인이라도 하는 것 같은 기세'로 덮쳤다. 여자 노비는 일시의 노리갯감으로 가지고 놀다가 싫증나면 버리고 훌쩍 떠나버려도 어쩔 수 없는 시절이었다. 그렇게 쉽게 버렸던 삼월이를 조준구는 윤씨 부인이 죽고 그의 세상이 되었을 때 다시 찾는다. 조준구의 위치가 달라져버린 것이다. 조준구에게 예전은 일본을 동경하며 그들과 교분을 쌓으려 노력했으나 뜻대로 되지 않은 시절이었다면 윤씨 부인이 죽고 최참판댁 살림을 차지하게 된 지금은 최참판댁 재산으로 일본인들의 환심을 사기에 충분한 것이다. 이젠 일본인들과 교분이 두터우니 지배자 대열에 들어섰다고 느끼는 조준구에게 삼월이는 더욱 손쉬운 상대일 수밖에 없다. 한번 '허신한 계집'은 '언제나 제 물건'이라는 비윗살 좋은 자신감에 휩싸이게 된 것이다.

설상가상 삼수마저 조준구의 계략대로 행동한다. 삼월이를 아내로 맞은 후 인간 이하로 취급하고 학대한다. 동시에 마을 처녀 두리를 자신의 처로 삼고자 불철주야 노력한다. 두리뿐만이 아니다. 막딸네와도 잠자리를 가진다. 즉 삼수에겐 삼월이가 그저 성노리개, 쾌락의 도구였을 뿐이다. 그래서 아내 삼월이를 정식 처라고 생각하지 않을 수 있었고 처녀 두리를 얻으면 언제든지 가차없이 버릴 태세가 되어 있었던 것이다. 방탕한 생활을 하는 삼수는 조준구가 자신의 배후가 되었다는 생각에 힘입어 더욱 포악해진 것이다. 옛날처럼 아무 힘도 없는 하릴없는 종놈 신세가 아니라고 스스로 생각했다. 증명이라도 하듯 마을에서도 이미 그의 입김은 세다. 왜냐하면 조준구가 마을 사람들을 자신의 편으로 끌어들이기 위해서 곡식을 무상으로 퍼주고 있었는데, 그 곡식을 삼수가 분배하는 위치였던 것이다. 흉년에 허덕이는 마을 사람들이 잘 보여야 하는 위치가 된 삼수였다. 그러니 거칠 것이 없다. 하지만 두리를 아내로 얻고자 한 그의 계획은 실패로 끝난다. 그러자 그는 삼월이에게 낮에는 매일 폭언과 폭행을 하고, 밤에는 자신의 성적 쾌락을 채우기 위해 변태적인 성행위를 요구한다. 그렇게 삼월이의 얼굴에는 피멍이 가실 날이 없게 된다.

즉 삼월이는 제국주의자를 흉내내는 두 남성에 의해 사물화되고 교환된 것이다. 이런 삼월이의 몸은 식민지 여성이 타자로, 주체인 제국주의를 모방한 남성에 의해 일방적으로 욕구 배출구가 될 수밖에 없었던 상황을 짐작하게 해준다. 왜냐하면 삼월이는 보편적 종속지[87]로서의 여성을 대표하기 때문이다. 『토지』는 명성황후가 일본에 의해 시해되고, 그 사건이 사람들의 입을 통해 확산되면서 시작된다. 소문은 제국주의자에게 억압당하는 식민지 민족에게는 자신들이 살아가고 있는 시대를 이해하는 유력한 코드이다.[88] 그래서 소문은 실제 눈으로 확인한 것보다 강한 공포를 확산한다. "국모도 머리끄뎅이 끌고 가서 개같이 죽있다 카든데" 이런 공포는 여성을 무력하게 만든다. 삼월이처럼 여성노예는 더할 수밖에 없다.

그렇다면 삼월이는 식민지의 가장 가난한 하층의 여성이 폐제[89]되는

---

87 찬드라 모한티, 문현아 옮김, 『경계 없는 페미니즘』, 여이연, 2007, 15쪽.
88 태혜숙 외, 김연숙, 「사적 공간의 미시 권력, 소문」, 『한국의 식민지 근대화 여성공간』, 여이연, 2004, 214~215쪽.
89 폐제(foreclosure)는 라캉의 정신분석학에서 나오는 용어인데, 비유럽 주체의 주체화를 가로막고 배제한다는 뜻으로 쓰이고 있어 폐제(閉除)라는 말을 만들어 번역한다.(가야트리 스피박, 태혜숙 · 박미선 옮김, 앞의 책, 26쪽) 여기서는 비유럽 주체인 제3세계 여성 주체를 설명하는 용어로 사용한다. 왜냐하면 비유럽 여성들이 당하는 폐제와 제3

과정을 보여주는 인물인 것이다. 왜냐하면 삼월이는 주체화는 꿈도 꿀 수 없었으며 남성들만의 판단에 의해 일방적으로 배제된 여성이기 때문이다. 남성들의 성노리개 대상으로만 인식되고 교환되었던 계집종 삼월이는 그 남성들에게조차 쓰레기처럼 버려진다. 이는 삼월이가 아비가 누구인지도 모를 아이를 낳은 후부터 받게 되는 취급이다. 즉 두 남성에게 아이가 딸린 삼월이는 이제 성노리개로도 흥미롭지 않은 것이다. 그래서 두 남성은 그녀를 잊어가고 그녀의 몰골도 귀신 형상으로 변한다.

> "내가 구신겉이 보이나?"
> "누가 구신을 봤이야 말이제. 사람이 우째 구신 겉을꼬."
> 그의 말대로 모습은 수척하여 귀신이 저럴까 싶을 정도다. 그러나 그보다 요 며칠 사이 삼월이 전과 같지 않다는 것이 마음에 걸린다. 그 동안 병신처럼 말이 없고 반 정신이 나갔다고들 했었는데 어쩐지 하는 말에 조리가 있는 것 같기도 했고 노상 빛을 잃고 있는 눈동자가 야무지게 보여질 순간도 있다.
> '맘에 씨어서 그리 보이는 기지. 아무리 반 정신이 나갔다 카지마는 자식을 잃어부리고 지가 우찌 환장이 안 되겠노.'
> 열흘 전에 아이를 잃은 것이다. 이질을 앓았는데 약 한 첩 먹여보지 못하고 오히려 주위에서는 죽기를 바라는 야박한 인심 속에서 아이는 싸늘하게 식어 갔다.[90]

삼월이는 반미치광이가 되어버린다. 그녀의 반미치광이 행색은 그녀가 받은 몸의 억압을 상징한다. 지배자 조준구와 삼수는 삼월이를 어떻게 대해야 하는지를 알고 있다고 자부했다. 그녀는 식민지 여종이다. 그

세계 여성들이 당하는 폐제가 다르지 않기 때문이다. 비유럽 여성들이 그들의 의도와는 상관없이 주체화를 가로막히고 배제되었다면 제3세계 여성들도 그들의 의도와는 상관없이 주체화를 가로막히고 배제되고 있는 실정이기 때문이다.
90 『토지』 3권, 352쪽.

인식 하나만으로 삼월이의 의사는 무시한 채 그들 마음대로 그녀를 다루었던 것이다. 여종은 그래도 된다 생각했다. 이런 지배자 중심의 '인가된 무지'[91]에 순응한 삼월이는 결국 반미치광이로 전락한 것이다. 이를 뒤집어 생각하면 삼월이와 같은 행동이 비판받아야 하는 여성행동이라는 것이다. 지배받고 착취당하고 그러면서도 저항할 엄두조차 내지 못했던 삼월이. 하지만 아이러니하게도 그녀의 순응적 행위는 인가된 무지가 전복되어야 함을 보여준다. 동시에 식민지 여성 하위주체인 삼월이에게 행해지는 폭력구조는 제국주의 남성이 가진 위험성을 노출시킨다. 지배담론이 지닌 억압성과 폭력성의 위험을 드러내기 때문이다. 삼월이를 대체물로 인지하여 억압하고 폭력을 행사한 두 남성도 전락에 전락을 거듭하는 것에서 알 수 있다. 두 남성은 지배욕, 탐욕, 성욕의 노예가 되고 결국 그들이 그토록 믿고 의지하고 따르던 제국으로부터 버려진다. 조준구는 일제의 피라미 친일파로 생을 마감하고 삼수는 그런 조준구의 계략에 말려 죽는다. 즉 제국주의를 모방한 남성도 결국 제국으로부터 소외되는 위험성을 가지고 있었던 것이다.

삼월이의 죽음은 작품 서사에서 묘사되지 않고 있다. 단지 마을 사람들의 뇌리에 그녀가 반미치광이가 되어 마을을 헤매는 모습이 남아있을 뿐이고 자살했다는 소문이 전해질 뿐이다. 반미치광이, 귀신처럼 참혹한 모습으로 남겨진 삼월이를 무의식적으로나마 떠올리는 유일한 인물은 조준구 한 명이다.

---

91 '인가된 무지'는 주로 식민지배 엘리트층이 피지배자의 관념이나 문화에 대해 스스로 허용하는 오만한 무지를 가리킨다.(가야트리 스피박, 태혜숙·박미선 옮김, 앞의 책, 26쪽) 이 경우 조준구와 삼수는 식민지배층이 되고 삼월이는 피지배자가 될 수 있다. 조준구와 삼수는 일방적으로 권력과 폭력을 거리낌없이 행사하는 인물이기 때문이며, 삼월이는 아무런 죄도 짓지 않았지만 모든 억압을 받을 수밖에 없는 힘없는 인물이기 때문이다.

꿈에 삼월이를 보았던 것이다.

'그년이 목매달아 죽었던가? 물에 빠져 죽은 걸로 아는데?'

꿈속의 삼월이는 목이 매달린 상태로 공중에서 조준구를 따라오는 것이었다. 삼월이는 옆구리에 무엇인가를 끼고 있었다. 그것이 아이라는 것이다.

"아이?"

조준구는 꿈속에서 크게 외쳤다.

"예, 나으리 아입니다."

삼월이는 옆구리에 낀 것을 들어올렸다. 아이다. 아이도 목이 졸린 채 줄은 공중에서 흔들리고 있었다. 조준구는 무서워서 달아났다. 아무리 달아나도 목 졸린 아이와 삼월이는 따라왔다. 바위벽을 기어오르고 가시밭을 헤치고 들어가도 따라왔다.[92]

조준구의 꿈속에 삼월이는 잠깐 등장한다. 그런데 그 꿈이 의미하는 바가 중요하게 다가온다. '옆구리에 무엇인가를 끼고' 있었던 것처럼 사물화 취급만을 받아왔던 삼월이와 그녀의 아이, 그들의 저항성은 '바위벽을 기어오르고 가시밭을 헤치고 들어가도 따라' 올 정도로 강하여야 했음을 암시하기 때문이다. 되돌아보면 삼월이는 자신의 의지와는 상관없이 사고처럼 다가온 처녀성 상실 사건 이후부터 정상이 아니었다. 삼월이의 이런 행동은 비판되어야 한다. "성에 관한 망상은 권력에 대한 망상을 조장한다. 성이라는 가장 치명적인 억압체계를 폐기"[93]하지 못한다면, "권력과 폭력의 병든 광란 상태인 성 정치학의 중심부로 돌진하지 않는다면 해방을 위한 우리의 노력은 원시시대로 다시 향할 것"[94]이란

92 『토지』 7권, 137쪽.

93 폐기란 제국의 문화, 미학 그리고 그것의 적용 범주를 부정하는 것이다. 그 부정은 각각의 단어 속에 각인되어 있는 전통적이고 고착적인 의미의 토대를 거부하는 것을 의미한다. 빌 애쉬크로프트 외, 이석호 옮김, 앞의 책, 65~66쪽.

94 케이트 밀렛, 김전유경 옮김, 앞의 책, 67~72쪽.

말처럼 성에 대한 오도된 인식은 깨뜨려져야 하는 것이다. 결국 삼월이를 통해 지배자의 성에 대한 망상이 오도된 인식임을 알게 해준다. 삼월이는 성에 관한 망상, 그 위험의 희생자이며 그녀의 처절한 억압상은 성에 대한 망상이 폐기되어야 한다는 것을 보여준다.

삼월이의 비극은 성의식에서 주변성으로 밀려나 있는 여성의 권리를 중심으로 진입시켜야 한다고 촉구한다. 왜냐하면 여성의 성결정권이 여성이 아닌 지배자 남성중심으로 결정된다는 것은 반드시 전복되어야 함을 보여주기 때문이다. 박경리가 식민통치 과정에서 이루어진 통계적 숫자나 기록들 뒤편으로 사라져 삭제된 당대인들의 경험적 진실을 복원하여 『토지』의 세부서사를 구성[95]한 것은 그래서일 것이다. 식민지 계집종 삼월이의 성결정권이 배제되어 왔던 사실을 비판적으로 꼬집는 것에서 짐작할 수 있다. (삼월이처럼) 주변부 여성의 권리 찾기가 반드시 행해져야 할 중요한 사안임을 부각시키려는 의도였던 것이다. 이런 식민지 여성의 몸 억압은 젠더 억압으로 확대되어 나타난다. 이는 기성네가 보여준다.

> 비로소 두만은 떠나는 것을 단념한다. 잠시 동안 침묵을 지키던 두만네는 타협조로 말했다.
> "남자가 잘나믄 열 제집도 거느린다 안 하더나. 서로의 뜻이 안 맞아서 사람을 얻고 딴살림하는 거사 할 수 없는 일이라 치고, 또 니 아부지나 내가 그 일 때문에 니를 나무라는 거는 아이다. 묵기 싫은 밥은 웃묵에 밀어났다가 배고프믄 또 묵지마는 사람 싫은 거는 그럴 수 없다, 그런 말도 있인께. 그라고 밤낮 하는 말이 그 말이라 했는데 니가 조맨치라도 맘을 써준다믄 한 말을 와 또 할 기고. 우리 기성네, 시집온 연후에는 이적지까지 그런 머섬이 어디 있일꼬. 시부모 공경하고 형제간 우애 있고 참말로 그렇기 피나게 살림하는 제집 없다.

---

95 최유찬 외 공저, 김성수, 앞의 책, 140쪽.

자식을 못 낳았다 말가, 서방 없는 시집살이, 어디 한분 군담하까, 설움이 목구
멍까지 찼을 긴데 울고 갈 친정이 있단 말가."
　옷고름으로 눈물을 찍어낸다. 며느리 불쌍하여 흘리는 눈물이기도 했으나
어떡하든 아들의 마음을 조금이라고 돌려보려는 눈물작전이기도 했다.[96]

　기성네는 시어머니가 칭찬할 만큼 '군담' 한 번이 없다. 불평불만이 전
혀 없다. 이는 기성네가 "봉건적이고도 전근대적인 이데올로기들과 어지
럽게 얽혀"[97]있는 성차별적 구도 속의 삶을 고스란히 수행하는 인물임을
알게 해준다. 아내는 어떠한 일이 있어도 남편에게 순종하여야 하며 헌신
하여야 하며 인내하여야 하며 복종하여야 한다는 의식을 고스란히 수행
하는 것이다. 그렇게 그녀는 순종적 아내, 두 아들을 낳은 어머니, 착한
며느리, 머슴처럼 일하는 집안 노동자로 살아간다. 그런데 남편 두만이
는 기성네를 두고 쪼깐이(서울네)를 얻는다. 남편 하나에 아내가 둘이 된
것이다. 난쟁이 연분인지 두 아내가 다 키가 작다. 기성네와 쪼깐이의 키
가 꼭 같다. 같은 조건을 가진 두 아내. 그러나 기성네와 쪼깐이의 형편은
판이하게 다르다. 정실 아내 기성네는 두만이로부터 배척받는데, 둘째 아
내 쪼깐이는 두만이로부터 무한한 애정을 받는다. 기성네는 두만이가 가
난한 목수였을 때 부모님이 주선하여 결혼한 아내지만, 쪼깐이는 두만이
가 목돈을 마련한 상태에서 자신이 선택한 아내였다. 즉 두만이는 자신
이 가지고 싶어 하는 재산, 권력, 명예를 얻는 데 쪼깐이가 도움이 될 인
물이라 선택한 것이다. 그러니 본처 기성네보다는 쪼깐이가 사랑스럽다.
　반면 기성네는 본처라는 성역할 덕분에 옹호되기도 한다. 이는 시어머
니 두만네의 반응에서 알 수 있다. 두만네는 두만이 본처를 박대하는 것

96 『토지』 11권, 58~59쪽.
97 백지연, 앞의 논문, 336쪽.

이 늘 걱정이고 한이다. 본처 박대하는 놈 치고 잘 된 놈 못 봤기 때문이다. 아이들 크는 것 보고 먹고 입는 걱정이 없는 재미로 산다는 기성네. 즉 그녀는 성차별적 의식을 그대로 수행하는 전형적 인물이었던 것이다.

기성네는 글을 배운 적도 없고, 아버지 없는 가정환경에서 어머니의 병적인 과부설움을 늘 지척에서 듣고 겪으며 자라났다.[98] 이는 남성 가장이 없는 가정에서도 여성들은 자녀들에게 성차별주의적 사고를 가르쳤고 지금도 가르치고 있는 상황을 드러낸다. 이와 같이 사람들이 흔히 여성이 부양하는 가족은 자동적으로 모권제적일 거라고 생각하는 것은 아이러니가 아닐 수 없다.[99] 오히려 더욱 부권제의 양상을 보일 수 있다. 기성네가 그렇다. 자신의 어미는 가장 없이 온갖 설움 다 받고 살았는데 자신은 이만하면 '대금산'이라 말한다. 집에 등 붙이고 살지 않아도 가장이 있으니 자신을 '업수이 여기는' 사람이 없기에 그것만이라도 고맙다 말하는 것에서 알 수 있다. 기성네에게 아버지의 결핍은 남성의 필요성, 가장의 존재가치를 더욱 증폭되게 한 것이다. 그래서 그것만으로 만족감을 느끼고 있는 것이다.

기성네는 남편 두만이가 온갖 구박을 해도 만들어진 원시 상상력의 여인처럼 묵묵히 인내한다. 이는 기성네가 조작된 의식에 사로잡혀 있었기 때문이다. 스피박은 "과부희생, 여성의 주체 구성이 조작"[100]되었음을

---

98 한번은 기성네의 어머니 막딸네가 호박을 도둑맞는다. 그 도둑이 김평산의 아들 김거복이라 짐작한다. 평소 손버릇이 고약했던 놈이었기 때문이다. 그래서 막딸네는 악다구니를 퍼붓는다. 김평산에게 아들교육 제대로 시키라고 말한다. 그러자 평산이 막딸네를 마구 팬다. 감히 양반 남성에게 평민 여성이 무례하게 군다는 이유였다. 막딸네는 이것을 자신이 과부라 괄시받는 일 중의 하나로 생각한다. 막딸네는 그런 생각이 들 때면 지나치게 패악을 부린다. 그래서 그녀를 동정하던 마을 사람들조차 눈살을 찌푸리게 만든다.
99 벨 훅스, 박정애 옮김, 앞의 책, 163~164쪽.
100 가야트리 스피박, 태혜숙·박미선 옮김, 앞의 책, 334쪽.

밝혀야 한다고 말한다. 권력을 지닌 남성 가장, 그 가장에게 순응해야 하는 것이 보편적 여성이 취할 행동이라 생각한 기성네의 불행은 이를 증명한다. 기성네가 무조건 복종을 하니 두만이는 자신의 행동이 잘못된 것인지 전혀 느끼지 못한다. 오히려 자신은 더욱 존귀해지고 마음에 차지 않는 아내 기성네는 어떻게 취급해도 되는 하찮은 인물이 되어버린다. 두만이는 스스로에 대한 지나친 자만에 빠진 것이다. 이는 남성이 전략적으로 배제한 지식체에, 순응적인 기성네가 결과적으로 공모하는 양상이다. 기성네는 제국 남성의 의식이 더욱 가혹하게 변하도록 방조한 것이다. 기성네는 남성이 여성을 자신과 동등한 인격으로 생각하지 않는 것에 이의를 달지 않은 것이다. 이런 기성네의 순응적 수행성은 안쓰럽다. 시누이 선이가 보기에도 기성네가 측은하다. 선이는 어미(두만네)가 며느리를 두고 늘 측은해 하는 심사를 알 것 같다.

뒤에서 흥 잡히는 것을 아는지 모르는지 두만은 기성네를 탓할 때마다 무식꾼이라 했으며, 기성네가 있음으로 해서 자기 자신의 과거가 청산되지 못하는 것처럼 피해의식에 사로잡히는 것이다. 저게 왜 죽어주지 않는가. 자식의 앞날도 막을 것이며 집안의 불화도 저 계집 탓이 아닌가. 그러나 죄의식이 전혀 없는 것도 아니었다. 없어져주기를 바라는 마음이 강하면 강할수록 무서워지기도 했다. 자신이 살인이라도 범하지 않을까 싶어서.
'제사 모시고 그 길로 가야 했는데, 제에기.'
남들도 다 그렇게 생각했지만 두만이 자신도 어쩌다가 제사라든지 부모 생신이라든지 그리고 명절 같은 때 집에 왔다가는 날 새기 전에 황황히 도망치다시피 진주로 되돌아오는 것을 서울네의 투기 때문이라 착각하고 있었다. 기성네를 보거나 상기할 때마다 일어나는 자기 자신도 어쩔 수 없는 분노, 기실 서울네의 투기보다 그 분노의 감정에 쫓기어 두만은 진주로 내뺐는지 모른다.[101]

---

101 『토지』 11권, 54쪽.

기성네를 향한 두만이 지닌 '자기 자신도 어쩔 수 없는 분노'는 결국 '자신의 과거' 때문이었던 것이다. 이는 "식민지인은 식민국의 문화적 수준을 자신이 어느 정도 전유하고 있느냐에 따라 밀림의 신분을 초월하기도 하고 매몰되기도 한다."는 생각과 상통한다.[102] 즉 제국주의자를 흉내 내어 식민지인이란 위치를 벗어나고픈 두만이의 발버둥에 자신의 과거는 걸림돌이었던 것이다. 대대로 최참판댁 종이었던 과거가 몸서리치게 싫었던 김두만. 그의 이 같은 의식은 일제와 연결되어 세력을 쥐게 되자 더욱 가속화된다. 갑부 소리를 듣게 될수록 '자신의 과거=기성네'로 생각이 고착된다. 그래서 못난 아내가 더욱 역겨워진다. 기성네는 열등한 식민지인을 상징하기 때문이다. 열등한 식민지인에서 달아나고 싶었던 두만이다.

기성네는 남편 두만이로부터 철저히 요구되면서도 제거된 폐제의 여성이 된다. 가난한 집안 살림을 일으키고 군소리 한번 없이 열심히 일하며 남자가 원할 때 잠자리를 수월하게 가질 수 있는 여자. 아들까지 낳아줘 남성의 재산을 안전하게 다음 세대에게 안겨줄 수 있게 하는 여자. 마침내 남자가 버리고 싶을 때 죄책감조차 느껴지지 않도록 쉽게 이별을 받아들이는 여자. 이런 남성의 환상 속 여성 젠더 이미지를 고스란히 간직하고 끝까지 수호하는 여자가 된 후 버려지기 때문이다. 아름답지 않은 외모가 기성네를 보는 두만의 시선엔 천형같이 느껴졌다. 그가 부유해지면 질수록 더욱 그랬다. 이는 정복자의 특성과 같다. 정복자들이 전리품을 많이 가질수록 행하게 되는 행동패턴과 같은 것이다. 그렇게 두만이는 아내 기성네를 폭행하고 멸시하며 배제한다. 다른 여자에게 쉼없이 눈길도 돌린다. 이런 결과는 뒤집어 생각하면 기성네를 통해 수동적

---

102 프란츠 파농, 이석호 옮김, 앞의 책, 25쪽.

여성이 결국 불행한 여성임을 보여주는 것이다.

기성네는 가족을 보살피는 것에서 삶의 보람을 찾고 있는 인물이다. 그런데 그녀의 보살핌에는 자신에 대한 배려가 전혀 없다. 이것은 문제이다. 보살핌의 윤리는 자기희생을 전제로 하는 미덕이 아니다. 보살핌의 윤리는 자신과 타자를 모두 배려할 때 완성될 수 있으며 위계화의 위험, 대상화의 위험을 피해 갈 수 있다.[103] 아무리 보살핌이 가치로운 행위라 할지라도 자기말소와 여성의 정신에 대한 강간이라는 대가를 치러야 한다면 윤리적 정당성을 가질 수 없다. 진정한 보살핌은 자신에게 유해한 관계의 질곡을 끊을 것을 명령할 수 있어야 하기 때문이다.[104] 기성네의 보살핌은 이를 성취하지 못한 것이다. 그래서 기성네의 보살핌은 안쓰러움을 유발하고 있다. 즉 기성네의 보살핌은 비판되어야 할 여성 성역할을 보여주고 있다.

> 몸을 움직이려다 말고 기성네는 신음했다.
> "이자는 서방이라 생각지도 마라. 그놈 사람 아니다. 불쌍한 것, 무신 죄 졌다고."
> "어무이 개안십니다. 울지 마이소."
> "개안키는 얼굴이 퉁퉁 부었는데, 지금은 니도 니 정신이 아니라서 아픈 줄 모릴 기다마는 어이구 그놈 무상한 놈, 내 속에서 우찌 그런 놈이 나왔겄노. 지 동생 반만 닮아도 니 처지가 이렇지는 않을 긴데."
> "개안다 캐도 어무이는 자꾸 그러요. 지사 머 어무이 아버지가 기신께 무신 걱정이 있겠십니꺼. 가장한테 맞일 수도 있지요. 지는 하낫도 안 외로바요."
> "클 때는 안 그렇더마는 그놈이 꼭 거복이 그놈 겉다."
> "어무이도 참 비할 데다 비하지 우예 그런 데다 비합니까."
> "그 집구석도 한복이는 사람 노릇 하더마는, 우리 영만이맨치로 착하고 어질고 참말로 자탄이 절로 나온다."

---

103 이현재, 앞의 책, 94쪽.
104 조형 엮음, 양민석, 「모성의 사회적 확장과 여성 리더십」, 「여성주의 가치와 모성 리더십」, 이화여자대학교출판부, 2005, 79~82쪽.

"지가 맘에 안 차서 그렇지 다른 거사 잘못하는 기이 머 있십니까?".

"그래도 서방이라고 역성을 드는구나. 이 천치 겉은 사람아."

두만네는 손등으로 눈물을 닦는다.[105]

　수백 섬지기 땅 문서와 선영봉사를 기성네에게 맡기겠다는 두만이 아버지. 그 발언에 두만이는 기성네를 팬다. 기성네에게 분풀이를 한다. 죽일 듯 미쳐 날뛴다. 두만네는 그런 아들이 "꼭 거복이 그놈 겉다." 생각한다. 두만네에게는 일본의 가장 철저한 주구 김두수(거복)와 자신의 아들 두만이가 같게 느껴진다. 그만큼 두만이는 제국주의자 김두수와 마찬가지로 변모되어 있었던 것이다. 그런데 그 뭇매를 다 맞고도 기성네는 남편의 역성을 든다. 이는 기성네가 여성은 언제나 죄인이란 의식을 가졌기 때문일 것이다.[106] 여성에게 주입된 이런 죄의식은 여성을 종속적 인물이 되게 한다. 그렇다면 기존의 훈련받아왔던 여성 성역할은 교정되어야 할 모순을 안고 있는 것임을 알 수 있다. 여성이 상상한 행복한 모습이 아닌 것이다. 결국 기성네는 현존보다 선행했던 여성 성역할 의식이 상상된 관념적 허구임을 드러내고 있다.

　결국 기성네는 남성중심의 의식이 잘못된 것임을 강하게 드러내고 있는 셈이다. 그리고 아내, 여성 노동자의 불가해한 일방적 희생을 비판하는 역할을 하고 있다. 왜냐하면 남성의 우월감, 지배자의 우월감을 증폭시키는 부작용을 생산하고 있기 때문이다. 이분법적 여성 성역할은 일방적이고 배타적인 인식론이라 수용이 아닌 저항이 필요하다는 것을 보여

---

105 『토지』 11권, 76쪽.

106 여성은 언제나 모든 것에 대해 죄인이었다. 욕망이 있어도 죄, 없어도 죄. 불감증이라서 죄, 너무 뜨겁다고 해서 죄. 동시에 두 가지가 아니라서 죄. 너무 모성적이라서 죄, 충분히 모성적이 아니라서 죄. 자식이 있어서 죄, 자식이 없어서 죄. 먹여서 죄, 안 먹여서 죄. 엘렌 식수·카트린 클레망, 이봉지 옮김, 『새로 태어난 여성』, 나남, 2008, 175쪽.

주고 있다. 즉 기성네의 젠더 재현은 여성에게 주입된 수동적 성역할이 비극임을 보여준다.

인간이라는 이름으로부터 자발적으로 축출된 표식이었던 기성네를 통해, 남의 가장 순응적인 여성의 철저한 폐제를 짐작할 수 있다. 기존에 논의되어온 수동적 여성 성역할을 그대로 답습하면서 주체가 되지 못하고 오히려 배제되기 때문이다. 남성중심 의식에 비난하지 않고, 그녀가 불행하게 된 이유를 변명하려 하지도 않고, 언제나 주의 깊게 생각한다. 이런 그녀의 불행은 고정된 여성 성역할 의식이 전복되어야 할 여성의식임을 보여주는 것이다. 이는 내부로부터 낡은 구조로부터 전복의 전략적, 경제적 자원들을 빌려와야 한다.[107]는 말과 같이, 고정된 여성 성역할을 답습한 여성을 통해 성역할의 전복이 필요함을 보여주는 것이라 중요하다. 즉 기성네는 수동적 식민지 여성젠더의 전유가 결국 여성을 철저히 소외되게 만드는 것임을 드러내고 있다.

2. 제국주의와 가부장제에 의한 이중 유린과 젠더 비극 인식

『토지』는 식민지 여성들이 제국 남성에 의해 억압받는 것을 형상화하는 것으로 그치지 않는다. 식민지가 된 조선에서 여성들이 억압에 저항하는 모습을 밀도 있게 그려내고 있다. 이는 심금녀, 길여옥, 함안댁을 통해 알 수 있다. 왜냐하면 심금녀는 도망으로 은유되는 몸이기 때문이며, 길여옥은 성고문을 당해 미라 형상이 되었다가 다시 일어서는 몸이기 때문이며, 함안댁은 폐결핵을 앓으면서도 자신의 의지를 굽히지 않는

---

107 가야트리 스피박, 태혜숙 옮김, 『다른 세상에서』, 여이연, 2004, 406쪽.

젠더를 보여주기 때문이다.

우선 심금녀는 제국주의와 가부장제에 의해 이중 유린된다. 아버지가 술집에 팔아 작부가 되고, 제국주의자 김두수로부터 억압을 받는다. 그러나 금녀는 끝내 무릎 꿇지 않는다.

다음으로 길여옥은 아버지의 뜻에 의해 결혼하고, 남편의 외도 때문에 일방적으로 이혼당한다. 설상가상 일본이 정책적으로 금하는 전도사업을 하기에 감옥에 수감되어 성고문을 받는다. 하지만 여옥은 끝내 자신의 삶을 스스로 살아내겠다는 당찬 각오를 하는 인물로 남겨진다.

마지막으로 함안댁은 제국주의자를 흉내내고 싶어 하는 남편 김평산에게 억압받는 아내다. 그런데 아내 역할에 대한 인식이 앞에서 본 기성네와 다르다. 함안댁은 순응적 여성 성역할이 잘못된 것임을 인식하게 된다. 그래서 함안댁의 자살은 저항의 의미를 갖게 된다. 이들의 삶을 상세히 살펴보자.

> '어떻게 하면 달아날 수 있을까? 어떻게 하면,'
> 금녀는 김두수를 무서워하지는 않는다. 증오할 뿐이다. 너무 격렬한 증오심 때문에 불안이나 공포증이 없는 것이다. 목숨이 찢겨지는 한이 있어도, 자기 심장에 비수를 꽂는 광경을 상상하여도 도무지 무섬증을 느낄 수가 없다. 무섬증을 느끼기는커녕 전신을 내던지고 싸워야 하는 것에 대한 어떤 희열마저 솟아난다. 저항하고 증오하는 것도 일종의 정열인지 모른다.
> '두번 다시 윤 선생한텐 가지 말아야지. 두 번 다시는……'
> 해는 서편 쪽으로 기울어 차일 밖에 서 있는 사람들의 그림자는 동쪽으로 뻗는다. 저만큼 풀섶에 퍼질러 앉은 김두수는 궐련을 꼬나물고 튀튀하게 나온 입술을 젖히며 한 마차를 타고 온 나그네와 얘기를 나누고 있었다.
> '죽어버릴까? 차라리, 마차 바퀴에 깔려서 죽어버릴까? 아냐! 살아야지. 네가 이기나 내가 이기나 마지막까지…… 난 저 악당 놈한테 굴복하지 않어.'[108]

---

108 『토지』 4권, 258~259쪽.

심금녀는 김두수[109]에게서 달아났다가 붙잡히는 상황에서 등장한다. 그런데 누구나 두려워하고 경계하는 김두수를 금녀만은 두려워하지 않는다. 놀랍게도 '공포증'이 없다. 오직 '저항하고 증오'하는 의지만이 남아있다. 이는 '서편 쪽으로' 기우는 '해'가 있다면, '동쪽으로 뻗는' '사람들의 그림자'가 있는 자연적 현상처럼 자연적인 반응으로 나타난다. 그렇다면 금녀의 죽음과의 사투를 보여주는 독백은 의미 깊다. 식민지가 된 조선에서, 힘없는 조선 여인이 벼랑으로 내몰리는 상황에서는 저항하는 것이 자연적임을 알게 해주기 때문이다.

금녀는 잔혹하고 치밀한 일본 세력가 김두수에게 가장 치열하게 저항한 인물이다. 그녀는 정조(정신적)를 수호하기 위해 온몸으로 저항한다. 이는 시대상황과도 관계한다. 청국인으로 귀화하면 땅의 주인이 될 수 있음에도 농민들은 조선인이란 긍지를 지키는 것을 더욱 중시하여 귀화하지 않았던 시대, 나라는 빼앗겼으나 일본에 동화되지 말자고 외쳤던 시대, 국토와 주권을 빼앗은 왜놈들은 다음엔 우리 문화를 그 다음엔 민족의 얼을 빼앗으려 들 것이기에 저항하자던 시대와 관계한다. 금녀도 농민들처럼 처절한 고난 속에서도 조선 문화와 얼을 되찾고 간직하려 한 것이다.

김두수는 수많은 여자를 겪은 사내다. 여자를 농락하고 난 뒤 술집에 팔아먹은 일도 수없이 많다. 그런데 금녀에게만은 집념이 계속된다. 금녀가 '보기 드문 미인'이라서 그럴지도 모른다. 그러나 이런 의식은 김두수가 제국주의 남성중심의식을 지녔기에 일어나고 있다고 보는 것이 더 타당하다. 왜냐하면 제국 남성에겐 살아있는 온전한 여성을 위한 자리는 없

---

109 간도에서, 대일본제국의 주구요 역적이요 대악당 김두수는 활발히 활동한다. 일본말을 유창하게 구사하는 김두수는 중국말에도 능통하였고 게다가 조선인이다. 일본 영사관이나 헌병대나 혹은 경찰서에서 확보해 두고 싶은 인물인 것은 두말할 나위가 없다.

기 때문이다. 대신 "좋은 여성이란 남성이 그녀 위에 자신의 힘과 욕망을 시험할 수 있을 만큼 충분히 오랫동안 저항하는 여성이다."[110] 즉 끝까지 저항하는 금녀라 여성을 사물로 취급하는 제국주의 남성 김두수에게도 매혹적인 것이다. 이는 금녀가 "진작부터 자신을 받아들였음 옛날 옛적에 버렸을" 것이라는 김두수의 독백에서도 알 수 있다. '겨루기 위해 태어난 놈' 김두수는 그래서 금녀를 잡는 일을 절대 포기하지 않는다.

금녀가 김두수에게서 도망치고 다시 붙잡히는 삶을 살게 된 것은 가부장제에 원인이 있다. 왜냐하면 금녀는 아비가 투전에 재미를 붙여 가산을 탕진한 끝에 주정뱅이가 되고 끝장에는 딸을 술집에 팔아먹어 작부가 되었기 때문이다.[111] 이처럼 전통적으로 가부장제는 아버지에게 아내와 자식에 대한 거의 전적인 소유권을 허용했다. 신체를 학대할 수 있는 권한과, 살인과 매매 권한까지 포함했다. 그렇게 술집으로 팔린 금녀를 김두수가 몸값을 지불하고 샀던 것이다. 즉 금녀는 가부장제 아버지에 의해 제국주의자의 소유물로 전락하게 된 것이다. 가부장제의 영향은 여기서 그치지 않는다. 가부장제 의식은 여성들을 서로 대립시키는 것으로 이어진다. 창녀와 조신한 유부녀 사이에 강한 적대감을 만들어낸 것이다.[112] 이런 가부장제 인식은 금녀를 괴롭혔다. 금녀는 자의는 아니었더

---

110 엘렌 식수·카트린 클레망, 이봉지 옮김, 앞의 책, 143쪽.

111 이런 일은 금녀만이 겪는 비극은 아니었다. 두리는 아버지(봉기)가 삼수에게 두리를 은근슬쩍 내세워 최참판댁의 문전답도 얻어 부치고 쌀말이나 얻은 것이 화근이 되어 성폭행을 당한다. 삼수는 두리가 자신에게 시집을 줄 알았던 것이다. 그러나 봉기는 종놈에게 그것도 결혼한 종놈에게 딸을 줄 아버지가 어디 있느냐며 삼수를 면박 준다. 이에 화가 난 삼수는 두리를 '시체의 염을 할 때처럼 묶어' 겁탈한다. 딸의 처녀성은 거래될 수 있는 부계 재산이었고, 그것을 훔친 것은 일제의 세력이 확산되고 있다는 강박감으로 과대평가된 일제 권력의 버려진 한 귀퉁이(삼수)였던 것이다. 이런 일은 코보 딸, 막일꾼 처자 등 제 이름을 갖지 못한 많은 조선 여성에게서 드러나고 있다.

112 케이트 밀렛, 김전유경 옮김, 앞의 책, 75~97쪽.

라도 술집에 있었다는 사실로 인해 자신을 창녀라고 의식한다. 장인걸 덕분으로 김두수에게서 벗어난 금녀가 장인걸 앞에서 울 때 확인할 수 있다. 그때 금녀는 자신이 '과거에 술집여자'였다 말하며 운다. 즉 금녀에게도 창녀로 전락할 수밖에 없었던 기억, 즉 처녀성 상실이 콤플렉스였던 것이다.

금녀는 처녀성 상실로 인해 좌절하였으나 그것에 골몰하기보다 어떻게 하면 예전처럼 가치 있는 사람으로 미래를 살아갈 수 있을까에 골몰한다. 그래서 잃은 처녀성 대신 교육자, 독립운동가가 되는 실천행동으로 삶을 이어가겠다고 다짐한다. 중국에서 독립운동가를 돕는 삶을 살 때, 금녀의 명명이 '수냥'으로 변화되기조차 할 만큼 최선을 다한다. 이는 금녀가 다시 태어난, 진행 중인 주체[113]로 서는 것을 의미한다. 왜냐하면 명명이 달라진다는 것은 그녀의 삶이 변화되었다는 것을 충분히 암시할 수 있기 때문이다. 즉 토착정보원인 금녀는 처음엔 인간이라는 이름으로부터 축출된 표식이었으나, 자립함으로서 통제되지 않고 보편적이지 않은 차이나는 식민지 여성의 기표가 된 것이다. 아무것도 가진 것 없고 가족조차 없으며 도망만 다니던 금녀가 보편적인 상상을 넘어서는 성장을 이루고 있는 것에서 알 수 있다. 이를 증명이라도 하듯 김두수는 몰라보게 성장한 금녀를 알아보지 못한다. 물론 수냥을 지켜보는 다른 인물들도 수냥이 금녀임을 전혀 눈치채지 못한다.

억지로 끌어낸다. 실상 두수는 금녀가 어찌 되었을까 궁금해 견딜 수가 없었던 것이다. 혼자 가도 못 갈 것이 없는데, 뭔가 구실이 있어야 했다. 구실이, 왜

---

113 여성에게 있어서 중요한 문제는 그들의 침묵을 깨뜨리는 것이며 어머니의 몸을 파헤치는 것이며, 실제 또는 상징적 무덤과 감옥의 벽들을 무너뜨리는 것이며, 마침내 삶과 긍정을 따르는 것이다. 이를 식수는 진행 중인 주체라 한다. 한국영미문학페미니즘학회, 앞의 책, 171쪽.

구실이 있어야 하는지 알 수 없다. 무엇 때문에 오랜 세월을 그토록 집요하게 금녀 뒤를 쫓아다녔는지 그것도 이제 와서는 알 수가 없는 것이다. 시작부터 끝까지 달라진 것은 아무것도 없었다. 금녀를 사로잡음으로 하여 두수는 두 가지 목적, 그 어느 하나도 이루어질 수 없다는 것을 보다 확실하게 보는 것 이외 무엇이 있단 말인가. 다만 선택만이 남아 있을 뿐이다. 놓아주느냐 죽여버리느냐, 그것을 선택하는 일만 남아 있을 뿐이다. 그 어느 것도 원하지 않는 선택, 두수는 방문을 열어젖히고 차생을 떠밀어넣는다.

"앗!"

차생의 입에서 비명이 울렸다.

"볼 만하지?"

"이, 이게 어찌 된 일입니까?"

"어찌 되긴, 눈요기 자알 하게. 살갗이 비단결 같지 않아?"

"주, 죽었군요!"

순간 두수의 얼굴이 흙빛으로 변한다. 차생을 밀어젖히고 얼굴을 디민다. 금녀는 죽어 있었다. 벽에 머리를 부딪고. 두수가 차생이댁네를 정신없이 범하고 있을 때 금녀는 벽에 머리를 부딪고, 수없이 부딪고 죽은 것이다.[114]

김두수에게서 네 번이나 도망갔던 심금녀는 어두컴컴한 방에 '손발이 묶인 채' 송장처럼 나동그라져 잡혀있다. 그런 금녀가 머리를 수없이 박고 죽음을 앞당긴 처절한 저항을 행한다. 이는 옷을 입히려 해도 입힐 수 없었던 인도 여성 드라우파디와 같은 거부의 형상이다.[115] 제국주의 남

---

114 『토지』 7권, 332쪽.
115 (성고문 당한) 드라우파디가 일어선다. 그녀는 물을 땅에 부어버린다. 그리고는 자신이 걸치고 있던 옷 조각을 찢어낸다. 보초는 이 이상한 행동을 보고서 미쳤군 하며 명령을 받으러 달려 나간다. 보초는 죄수를 끌고 데리고 갈 수는 있지만, 이해할 수 없는 행동을 하는 죄수를 어떻게 해야 할지 모른다. 그래서 그는 자기 상사한테 물으러 간다. 이 소동은 감옥에 경보를 울린 듯하다. 세나나약이 놀라서 걸어 나간다. 그는 벌거벗은 드라우파디가 머리를 꼿꼿하게 든 채 밝은 햇빛을 받으며 자기 쪽으로 걸어오는 모습을 본다. 보초가 신경과민 상태로 뒤에 서 있다. 무슨 일인가! 그는 소리지르려고 하다가 멈춘다. 벌거벗은 드라우파디가 그 남자 앞에 서 있다. 허벅지와 음모가 말라

성이 의도하는 대로 움직이지 않은 금녀. 그녀는 식민지 여성의 저항성을 보여주고 있는 것이다. 금녀의 이런 위반은 의미 깊다. 왜냐하면 "제3세계 문학에 대한 우리 자신의 열광은 비유 속에서의 자유라는 번역의 이상(ideal)보다는 위반으로서의 번역논리에 더 많이 참여"[116]하게 되기 때문이다. 즉 식민지 여성의 몸 저항이 얼마나 끈질기고 강렬한 것이었는지를 위반을 통해 보여주는 금녀인 것이다.

반동일화[117] 주체인 금녀는 제국주의 남성이 지닌 가학증을 그들 스스로 깨닫게 하는 거울 역할을 한다. 김두수가 일본의 유능한 밀정이 된 이후 한번도 겪어보지 못한 두려움을 금녀로부터 처음으로 느끼는 것에서 알 수 있다. 김두수는 조선 여성들을 자신이 마음대로 사고 팔 수 있는 물건으로 취급했다. 그러나 금녀는 조선 여성이 물건이 아님을 그에게 강하게 인식시킨다. 그녀는 그로부터 달아남은 물론, 총으로 김두수를 쏘아 큰 상해를 입혔고, 포로가 되어 있는 절체절명의 상황에서

붉은 피로 범벅이 되어 있다. 두 젖가슴에 난 두 곳의 상처가 보인다. 이게 무슨 짓이란 말인가! 하고 그는 고함치려고 한다.(가야트리 스피박, 태혜숙 옮김, 『다른 세상에서』, 396쪽) 마하스웨타의 이야기에서 드라우파디는 결국 경찰관 앞에 완강히 버티고 서서 벌거벗은 채 뭉개진 유방을 드러내며 찢어진 질에서 피가 나는, 거부의 형상이다.(가야트리 스피박, 태혜숙 옮김, 『교육기계 안의 바깥에서』, 100~101쪽)

116 가야트리 스피박, 태혜숙·박미선 옮김, 앞의 책, 243쪽.

117 탈식민주의 대항 담론으로서의 성격은 알튀세의 이데올로기론을 발전시킨 페쇠의 논의를 통해 설명할 수 있다. 페쇠에 따르면 이데올로기가 개인을 주체로 호명함에 따라 주체가 구성되는 방식은 동일화, 반동일화, 비동일화로 나뉜다고 한다.(다이안 맥도널, 임상훈 옮김, 『담론이란 무엇인가』, 한울, 1994, 52~74쪽) 첫째는 지배 이데올로기에 동의하는 순응적인 주체들의 양식인 동일화 담론인데, 이는 지배 이데올로기를 그대로 수용하는 담론 양식이다. 둘째는 지배 이데올로기에 저항하는 반항적인 주체들의 양식인 반동일화 담론인데, 이는 지배 이데올로기를 아예 거부하는 담론 양식이다. 셋째는 지배 이데올로기의 틀에 편승하여 내부에서 저항하는 주체들의 양식인 비동일화 담론인데, 이는 지배 이데올로기를 표면적으로는 수용하면서 이면적으로는 거부하는 역설적인 통합의 담론 양식이다.(고현철, 앞의 책, 21쪽)

도 그가 예상하는 대로 행동하지 않았다. 그리하여 김두수에게 잡다/잡히다의 상황이 역전된 느낌을 준다. 김두수는 당황하고 두렵다. 이런 두려움은 김두수가 저질러온 무자비한 폭력을 스스로 되돌아보게 만든다. 자신의 폭력이 가혹했기에 저항력도 그만큼 강하게 되돌아오는 것이기 때문이다.

그렇다면 금녀는 식민자가 세뇌시킨 즉자[118]로 머물지 않고 대자가 되는 서발턴 여성의 깨어 있는 삶을 보여주는 인물이라 할 수 있다. 금녀는 배제에도 추방되지 않고 포섭에도 결박되지 않는 미결정적 인물이 됨으로서 제국주의 남성의 우월감을 분절시키고 있기 때문이다. 가부장제 남성들만의 교환 과정에서 대상으로 머물렀던 금녀는 교환되면서도 대상이 아닌 주체로 남는다. 금녀는 그녀를 배제하려 했던 가부장제에 의해서 추방되지 않는다. 그리고 제국주의자 김두수가 자신의 여자로 반드시 잡아두려 했던 여인이지만 결코 김두수에게 잡히지 않는다. 금녀는 결국 일본 제국의 앞잡이도 되지 않을 뿐더러 제국에 포섭되지 않는다. 이런 금녀를 통해 남의 가난한 여성이 삭제되지 않고 지배 체계 속에 저항의 기표로 살아 움직이는 형상을 보게 된다. 이는 존재해온 폭력구조들과 교섭하면서 독립이란 저항의식을 전유했던 금녀를, 제국주의 앞잡이 남성 김두수를 상대로 그를 제압하는 여성 금녀를, 미결정적인 존재가 되게 만든다. 불가능해 보이지만 가능한 여성을 그려냄으로서 말이다. 심금녀처럼 길여옥도 저항의 삶을 보여준다.

---

118 '대자'는 실존주의에 나오는 주요한 개념으로 의식하는 주체로서 실존을 수반한다. 의식적 주체로서 나는 다양한 방법으로 사물의 세계와 인간의 세계와 관계를 맺을 수 있다. 대자와 달리 '즉자'는 돌멩이가 존재하는 방식과 같이 단지 존재할 뿐이다. 즉 나는 어떤 사물이 존재하는 것과 아주 똑같은 장식으로 〈거기에 있는 단순한 사물처럼〉 실존한다. 가야트리 스피박, 태혜숙 옮김, 『교육기계 안의 바깥에서』, 554쪽.

여옥은 앙상한 손을 들여다본다. 뼈만 남은 손등 위로 지나가는 푸른 정맥, 여옥은 그 푸른 정맥을 볼 때 자신이 진정 살아 있구나 하고 생각하는 것이다. 취조관이 목을 비틀 때, 옷을 벗겼을 때 울부짖었다.

'주여! 저를 죽게 하소서! 주여! 저를 데려가주소서!'

여옥이 해골의 몰골이 된 것은 고문과 형무소 생활 때문만은 아니었다. 그의 영혼이 죽어가는 데 앞질러 육신이 망가졌던 것이다.[119]

길여옥은 일제가 금한 전도사업을 계속했기에 서대문 형무소에 감금된다. 어두운 지하 고문실에서 '취조관이 목을 비틀 때, 옷을 벗겼을 때' 받은 여옥의 고통은 '뼈만 남은 손등'으로 묘사된다. 그런데 그 '위로 지나가는 푸른 정맥'이 덧붙여져 묘사되고 있다. 이는 지옥과 같은 고통 속에서도 꺾이지 않는 저항의지와 생명력을 여옥이 간직하고 있음을 상징하기 위해서일 것이다. 서사의 진행과정에서 이를 확인할 수 있다. 여옥은 성고문을 당한 후 죽기 직전이 되어서야 풀려나고, 감옥에서 심한 고문을 받았기에 일어나 앉질 못하는 참혹한 광경이었다. 살아있는 것이 기적만 같았던 몸이었다. 하지만 봄이 가고 초여름에 접어들면서 여옥은 미라가 아닌 병자의 모습으로 회복된다. 즉 '푸른 정맥'은 미라→병자로 회복되는 여옥을 암시한 것이다.

여옥이 미라에서 환자로 회복되어가는 과정은 식민지 여성의 역전을 보여준다. 억압만을 받아온 여성이 푸르게 되살아난다는 의미인 것이다. 이는 전통적인 제국 남성의 상상력을 전복하게 만든다. 왜냐하면 전통적인 제국 남성의 상상력은 성고문을 받은 여인은 비참한 죽음을 당하거나 좌절하기 때문이다. 식민압제자의 폭력에 고스란히 억압당하면서도 식민압제자의 폭력에 무릎 꿇지 않는 여옥. 그녀는 제국 국가권력의 억압

---

119 『토지』 14권, 214쪽.

에 저항한 긍정적 기표가 될 수 있는 것이다. 그와 반대로 성고문으로 간접화되어 나타나는 제국의 국가권력은 여옥을 성고문하는 장소가 '어두운 지하'인 것처럼 부정적 이면을 드러내게 된다.

> "나하고 결혼합시다."
>
> "……"
>
> "그걸 여옥이 당신은 희망하지 않았소?"
>
> "했지요. 지난 가을까지는."
>
> "지금은 아니다 그 말인가요?"
>
> "네."
>
> "어째서?"
>
> "억새풀같이 살고 싶어서요."
>
> (중략)
>
> "그리고 또 하나 최 선생이 왜 결혼하자는 건가 그것을 난 알아요. 확신도 없으면서 결혼이라는 것에 불안을 느끼고 있으면서…… 우리가 가끔 이렇게 만나는 것, 이것만으로도 그 어떤 행복한 사람에 못지않은 거 아니예요? 우리가 젊어서 자손을 보아야 할 의무가 있는 것도 아니구 억새풀같이 단단하고 질기게, 걷고 싶어요. 우리 육신의 마지막이 어디인지 모르지만."[120]

여옥은 식민압제자의 성고문을 받았기에 여성으로서 가장 처참한 경험을 했다. 그런 그녀가 아무것도 가진 것 없으면서, 몸조차 만신창이가 되었으면서 홀로 걷겠다고 말한다. '억새풀' '단단하고 질기게' 살겠다며 최상길의 청혼을 거절한다. 이런 여옥의 담론은 제국에 대한 저항의 지를 그대로 이어가겠다는 신념을, 예전처럼 살겠다는 그녀의 다짐을 보여준다. 특히 걸어간다는 것은 뛰겠다는 것도 멈추겠다는 것도 아닌, 제 속도대로 자신에게 주어지는 미래를 겸허히 받아들이며 정면으로 부딪

---

120 『토지』 15권, 440~442쪽.

치겠다는 각오이다. 이는 여옥이 당면한 상황이 매우 심각한 시점에서 이루어지는 판단이라 더욱 중요하게 다가온다. 사람은 힘든 상황에 놓이게 되면 사랑하는 사람에게 의지하고 싶어진다. 그런데 여옥은 최상길이란 훌륭한 남성이 있는데도, 그 남성이 청혼을 하는데도 의지하지 않는다. 편하고 안정적이며 행복할 미래가 있는데도 거절한다. 그러면서 앞으로도 홀로 걷겠다는 말을 끝으로 작품에서 마무리되고 있다. 즉 그녀는 이혼[121]으로 받은 심리적 상흔과 제국 국가권력이 간접적으로 행사한 성고문으로 받은 심리적 상흔을 넘어서고 있는 것이다. 남편의 배신에도 좌절하지 않고 일본의 성고문에도 굴복하지 않으며, 자신에게 주어진 길을 누구에게도 의지하지 않고 홀로 살겠다는 강한 의지를 보여주는 여옥인 것이다. 박경리는 말했다. "삶이 지속되는 한 『토지』는 끝나지 않을 것이에요."[122] 그 끝없는 결정불가능한 삶을 여옥을 통해 보여주고 있는 것이다.

---

121 여옥은 이혼문제 때문에 옥신각신, 오라비와 사내 동생이 남편 오선권을 때려죽이겠다고 남편의 여자집에 쳐들어간 일이 있었고, 여옥의 자살미수 사건이며 참담했던 과거를 가지고 있다. 일찍부터 개화하여 남 먼저 기독교인이 된 여옥의 부친은 신앙이 독실하고 장래가 유망하다 하여 오선권에게 여옥을 주었다. 가부장제 아버지의 의지에 따라 진행된 결혼이었던 것이다. 게다가 사위를 아들 못지않게 사랑한 여옥의 부친은 넉넉하지도 못한 재산을 쪼개어 사위를 동경 유학까지 시켜주었다. 그러나 오선권은 유학 중에 사귄 여자로 말미암아 여옥에게 이혼을 요구하였고 종교도 버렸으며 방학에 귀국했음에도 여옥 앞에 모습을 나타내지 않았을 뿐만 아니라 사람을 보내어 유학에 소요된 비용을 변상하겠다는 심히 모욕적인 제의를 해왔던 것이다. 아버지의 뜻에 따라 이루어졌던 결혼이 남편의 일방적인 변심으로 깨지게 된 것이다. 즉 가부장제 의식에 사로잡힌 남성들에 의해 여옥은 일방적으로 상처를 받게 된 것이다. 그러나 여옥은 절망적 상황 속에 주저앉지 않는다. 여옥은 이혼장에 도장을 찍은 후 악몽 같은 세월을 털고 전도사업에 투신한다. 그리고 여옥은 명희에게 말한다. 결국엔 자기 자신이 서야, 혼자 일어설 수 있어야 한다고 강하게 조언한다. 한마디로 말해, 여옥은 남성 위주 성의식에 희생된 과거를 가졌으며 이를 극복하는 모습을 보여주고 있는 것이다.
122 박경리, 『가설을 위한 망상—박경리 신원주통신』, 나남, 2007, 320~321쪽.

이런 몸의 저항은 함안댁의 젠더 저항으로 확대된다. 함안댁은 자신의 삶에서 잘못된 것이 무엇인지 알고 있다. 그럼에도 일평생 중노동을 하며 얻게 된 자신의 '폐결핵'을 내버려둔다. 약 한 첩 쓰지 않는다. 이런 수행성은 자신이 살아온 순응적 삶, 수동적 여성의 삶을 끝까지 거부할 수 없다는 그녀의 몸부림으로 읽을 수 있다.[123] 잘못 살아온 삶인 줄 알지만 그럼에도 그만둘 수 없다는 절박한 심정을 반영한 것이다.

> 함안댁이 집으로 돌아왔을 때 코고는 소리는 여전했으나 마당은 텅 비어 있었다. 장독가에 호미를 놓고 손을 씻은 함안댁은 머리에 쓴 수건을 걷어서 손과 얼굴을 닦은 뒤 항아리의 뚜껑을 연다. 소금을 헤쳐 묻어둔 계란 하나를 꺼내다 말고
> '네 개 남았을 건데?…… 그놈, 거복이놈의 짓이구나!'
> 윗마을에 시집가는 처녀가 있어 명주저고리를 지어주고 얻어왔던 계란을 아무도 몰래 묻어놨었다. 닭을 치면 알을 낳기도 전에 잡아서 남편에게 바쳐야 했고 어디 닭뿐이겠는가, 돼지라도 그랬을 것이요 소라고 온전히 길렀을 것인가.
> "이년! 가장을 뭘로 아는 거야! 네년 발싸갠 줄 아느냐! 쌍년 같으니라구. 못 배워먹은 년!"
> 밥상을 걷어차는 행패를 당하지 않으려면 어떡하든 김치 된장 이외 먹음직스런 찬이 하나는 더 있어야 했다. (중략)
> 파국이 끓었을 때,
> "밥상 디려랏!"
> 꺽쇤 남편의 목소리가 울려퍼졌다.
> "예."
> 함안댁은 파국에 계란을 풀어넣고 솥에 넣어둔 밥그릇을 꺼내어 밥상을 차

---

123 기성네도 순응적 삶이긴 했다. 하지만 기성네의 순응적 수행성과 함안댁의 순응적 수행성은 다른 의미를 지닌다. 기성네는 무엇이 자신의 삶에서 잘못된 것인지 몰랐기에 끝까지 남편의 구박을 묵묵히 인내하였다. 하지만 함안댁은 순응적 삶의 비극성을 인지한 후에도 계속 이어간다. 이는 자신이 살아온 삶을 차마 거둘 수 없어 계속 이어간 것이다.

린다.

밥상을 받은 평산은 늘 그랬듯이 짜니 싱겁느니, 숟가락으로 밥을 푹푹 쑤시고, 그러나 무사히 먹어주었다.[124]

함안댁은 현모양처가 되고 싶다. 하지만 쉽지 않다. 오늘도 새벽까지 노름하고 온 남편은 집에 들자마자 '코고는 소리'를 내며 잔다. 반면 '호미'를 놓고 '머리에 쓴 수건'을 벗는 함안댁이다. 이들의 일상은 더욱 대조적으로 이어진다. 오후 늦게야 잠에서 깬 평산은 명령조로 밥을 주문하고, 아내는 최선을 다하여 바친다. 남편은 무위도식하며 밥을 먹기만 하는 반면, 아내 함안댁은 모든 노동을 도맡아 하면서 밥을 바친다. 이렇게 해도 평산은 함안댁에게 '쌍년' '못 배워먹은 년'이라고 욕설을 퍼붓는다. 그럼에도 다시 복종하는 내일을 사는 함안댁이다. 그녀는 진정 현부인을 본받으려 했고 부덕을 닦는 자신을 자랑스럽게 여겼던 것이다. 내훈서의 여인처럼 되고 싶었다. 이런 의식은 여성들에게 전해 내려온 관계에서 연유하고 있다. 함안댁이 한문책을 줄줄 읽어 내려갈 만큼 글을 잘 아는 해박한 여성인 것이 그녀를 더욱 병들게 하고 있다. 이는 양반가 집안의 여인들[125] 삶이 주로 처절한 비극으로 마무리되는 모습에서

---

124 『토지』 1권, 132~133쪽.
125 김진사댁 두 청상이 이를 대표적으로 보여준다. 김진사댁 두 청상은 온몸으로 조선 유교적 성의식을 실천한다. 어린 나이에 불의의 사고로 과부가 되었어도, 여성의 재가는 죽는 것보다 못하다 생각한다. 그래서 거짓으로 김진사댁 며느리가 마목에 걸렸다는 소문을 낸다. 지아비가 없는 여인에게는 이미 청춘은 없다 생각한 김훈장과 그녀들의 계책이었다. 밤이면 탈바가지를 쓰고 담을 넘어오는 괴한을 막기 위해서였다. 그렇게 김진사댁 청상들은 정절을 지킨다. 하지만 이런 삶은 비극이다. 오죽하면 제 마누라의 노동은 당연한 일로 치부하는 김평산도 그녀들의 노동은 불행하게 여긴다. 지나치게 보수적 성의식을 받든 여성들이라 개다리 양반 김평산마저 존중한 것이다. 그녀들의 삶은 마을 사람들에게 '송장과 진배없는 인생'으로 비친다.

도 짐작할 수 있다.

함안댁은 시집온 이후, 새벽닭이 울 때부터 밤늦도록 항상 노동한다. 두만네 수의 짓는 곳에서 임이네와 강청댁의 싸움을 말리며 등장하는 함안댁은 옛이야기를 잘하는 여인이다. 중인의 신분으로 향락한 양반에게 시집왔기에 남편의 양반 권위를 '떠받들며' 사는 여자. 무서운 가난과 포악한 남편을 불평 없이 견뎌내는 이 여자는, 열두 살 된 큰 아들 거복이와 일곱 살 된 둘째 아들 한복이가 있는데도 모든 일을 혼자서 한다. 하지만 남편 평산은 자식에게 글을 가르치고 집 안팎 모든 일을 해내는 헌신적인 아내를 '억머구리' 같은 계집이라며 오히려 욕을 한다. 제 복이 그것뿐이기 때문에 함안댁이 고생하는 것이라 증오한다. 남편 김평산이 이렇게 비뚤어질 대로 비뚤어진 것은 변화된 시대와 관계 있다. 물론 개인의 성품이 그렇기도 하겠지만, 김평산은 양반의 자손이 대접받지 못하는 세상이 된 것이 억울하다. 게다가 지금은 일본의 식민지가 된 조선이다. 그러니 더욱 양반의 권위는 땅에 떨어졌다 생각하는 것이다. 그리고 결코 다시는 예전의 호시절로 돌아갈 수 없다는 인식을 할 수밖에 없다. 그렇다면 일제의 편에 서서라도 권위를 지키고 싶다. 그러나 가진 것이 없다. 그는 일제의 눈에 들 만한 어떤 조건도 갖고 있지 못한 것이다. 그러니 "어느 세월이든 본시의 것을 오래 지키는 쪽은 서민"이고, "친일하고 삭발하고 양풍을 따라 의관을 바꾼 사람들은 모두 양반들"임에도 그는 그 어디에도 속하지 못하는 것이다. 그러니 더욱 가학적인 인물이 된다. 즉 함안댁은 이런 피해자의식을 지닌 남편에 의해 억압받게 된 것이다.

평산의 허풍을 믿어주는 사람도 그 혼자였다. 술집을 큰집 드나들듯이 하면서 닳아진 엽전 한닢 내어주는 남편은 아니었지만 서울 양반과 어울려다니는 그것만으로도 고마워서 함안댁은 더욱 뼛골이 빠지게 길쌈을 하고 들일을 하고, 삯바느질을 하고, 그러는 한편 남편에게는 땀내나지 않은 입성을, 때묻지 않은 버선을 하며 마음을 썼다.

'씨가 있는데 장사를 하시겠나 들일을 하시겠나, 이 난세에 벼슬인들 수울할까. 하기는 요즘 세상에는 벼슬도 수만금을 주고 사서 한다는데.'

고달픈 마음에서 자기 위안을 위해 하는 말은 아니었다. 그는 진정 이야기책에서 읽은 현부인을 본받으려 했고 부덕(婦德)을 닦는 자신에게 자랑스러움을 느끼었고 세상이 어지러우면 똑똑한 사람도 제 남편같이 허랑방탕하게 살 수밖에 없다고 믿는 것이었다.[126]

김평산은 조준구(서울 양반)와 관계를 맺어간다. 둘 다 양반이란 공통점을 지니고 있으며 동시에 동네 사람들에게 양반 대접을 받지 못하는 인물이다. 평산은 조준구에게서 동병상련을 느낀 것이다. 그리고 무엇보다 평산은 일본을 상징하는 조준구와 같은 사람이 되고 싶었다. 그래서 가까이 한다. 적어도 지금의 조준구는 최참판댁 만석살림을 가질 기회가 있는 것이다. 그런데 이런 평산이 조준구와 어울리는 것을 함안댁은 좋게 생각한다. 함안댁은 조준구가 어떤 인물인지 가늠할 겨를도, 필요도 없다. 그저 남편이 '서울 양반과 어울려다니는 그것만으로도 고마워서' 지독한 헌신을 한다. '이야기책에서 읽은 현부인'이 되려면 남편이 양반과 친밀하게 지내면서 과거 시정잡배와 어울리며 익혔던 행동을 버려야 했다. 그리되어야 자신이 꿈꾸던 현부인에 한걸음 다가갈 수 있는 가능성이 생긴다. 그래서 더욱 노력한 것이다. 하지만 이야기책이란 주입된 의식, 오도된 의식, 가상적 의식을 심어주는 매개체에 불과할 뿐이다.

"아가리 찢을라! 자빠져 자란 말이야!"
하다가 그는 함안댁의 멱살을 잡고 베틀에서 질질 끌어낸다.

---

126 『토지』 1권, 335쪽.

"왜 이러시요."

"으으잉! 죽여버려야지."

"왜 이러시오, 여보!"

평산은 함안댁을 쓰러뜨린다. 뼈만 남은 여자의 몸을, 메말라서 잎 떨어진 겨울나무 같은 여자의 몸을 주먹으로 마구 내지르며 머리끄덩이를 잡아끌며 발길질하며, 그러다가 울부짖으며 정욕을 채우는 것이었다.

한 번에 그치지 않았다. 송장같이 된 여자를 이리 뒤치고 저리 뒤치면서 다시 범하며 신음하는 평산은 공포에 몰린 구역질과도 같이 배설을 되풀이하는 것이었다.[127]

'아가리 찢을라' '질질 끌어낸다' '머리끄덩이를 잡아끌며' '발길질하며' 이런 평산의 언행들은 함안댁이 인간/짐승의 접경지대로 취급되고 있음을 드러낸다. 즉 열녀의 이면을 드러나게 하는 것이다. 함안댁의 자살을 평가하는 사람들의 말을 통해서도 열녀의 이면은 드러난다.[128] 그렇다면 함안댁은 결과적으로 열녀라는 고유명사를 보통명사화하면 일어나는 위험성을 보여주고 있는 것이다. 정당화되었고 은폐되었던 현모양처를 좇은 여성의 희생, 그 현존과 실체를 보여주고 있다.

함안댁은 결국 목을 매고 자살한다. 이는 매우 중요하다. 함안댁이 목을 매고 자살한다는 것은 식민지 여성 성역할의 비극을 인식한 행동이며, 그 좌절을 드러내는 것이기 때문이다. 아무리 힘든 일을 겪어도 자신이 중심을 잡고 현부인의 성역할을 성실히 수행하면 모든 것이 제자리로 돌아올 줄 알았다. 그런데 남편은 그녀가 생각지도 못한 무시무시한 살

---

127 『토지』 2권, 181쪽.

128 함안댁의 자살을 두고 마을 사람들은 남녀를 불문하고, 열녀는 열년데, 살인죄인의 열녀라 소용없다고 애통해 한다. 살구나무에 매달린 함안댁 시체는 치워줄 가족도 없다. 이를 본 남정네들도 김평산이 지금 그들 옆에 있다면 때려죽일 듯한 기세다. 결국 함안댁은 마을 남정네들이 대신 장사 치러주면서 비극적 인생이 마무리 된다.

인을 저지른 것이다. 노름에 폭행에 폭언, 이젠 살인까지 저질러 더 이상 희망을 품을 수 없도록 만든 것이다. 그래서 함안댁은 절망하고 그 좌절의 삶을 스스로 끊는다. 이런 함안댁의 자살은 순종적이며 희생적인 여성의 생애가 과연 올바른 것이었나 하는 되물음과 관련된다. 그녀는 마을 사람들의 시선에 양반으로 보여야 한다고 늘 생각했다. 몰락한 양반이긴 하나 그래도 양반집 며느리가 된 그녀의 행동을 마을 사람들이 주시하고 있다고 생각했다. 그래서 위엄을 지키려했고 약한 모습을 보이지 않으려 했다. 이는 옛날, 물을 길어오던 마을 여아에게 물 한 모금을 얻어 마시면서도 그 아이가 자신을 측은하게 생각하지 못하도록 해야 한다고 의식하는 모습에서도 알 수 있다.

함안댁의 자살은 여성 성역할의 순응에 대한 저항을 낳고, 기존 가치 체계의 수호를 전복해야 한다는 역설을 생산한다. 즉 함안댁의 현부인에 대한 수행성은 순응적 여성 성역할에 대한 일종의 되받아쓰기[129]인 것이다. 왜냐하면 순응적 여성 성역할을 수행한 함안댁의 결말이 일반적으로 상상되어온 행복한 결말이 아니라 놀랍고도 비참한 비극적 결말로 끝나면서 순응적 여성 성역할에 대한 허구성을 폭로하고 있기 때문이다. 현부인과 같은 여성 성역할 의식은 여성들에게 반나르시시즘을 주입시키는 문제가 있는 의식이다. 그 의식은 여성 스스로를 사랑한다는 점에서 나르시시즘이기는 하다. 그러나 "실제로 자신이 가지고 있지 않은 것을 사랑한다는 점에서 반나르시시즘인 것이다. 기존의 인식은 이렇게 비열한 반사랑의 논리를 만들어내어 여성을 통제하였다."[130]

---

129 되받아쓰기(write back)는 지배 언술에 의해 성전화된 텍스트를 새로운 시각으로 다시 쓰면서 지배 언술의 음모와 허구성을 폭로하는 방법이다. 빌 애쉬크로프트 외, 이석호 옮김, 앞의 책, 31쪽.
130 엘렌 식수 · 카트린 클레망, 이봉지 옮김, 앞의 책, 122쪽.

자신의 이름을 갖지 않고 함안댁, 거복이 어머니로 명명되는 함안댁은 사회적, 도덕적 의식에 의해 이미 만들어진 선입견에 사로잡혀 있었다. 그래서 자신이 인식한 것이 고유한 것이며 정상적인 것이며 보편적인 것이기에 절대복종해야 한다고 생각했다. 그래서 실천했다. 하지만 함안댁의 실천은 기존 성역할의 순응적 수행성을 넘어서야 함을 역설하는 효과를 생산한다. 그래서 철저한 순응주의자 함안댁의 좌절된 삶은 중요한 것이다. 게다가 함안댁은 계급으로는 하층일 수 없으나 하위계층여성이라 할 수 있다. 남편 김평산이 그녀를 대하는 태도가 그러했으며 양반집 며느리나 그녀의 노동력에 의해 남편과 아이들의 생계가 좌우되고 있다는 점에서 그러하다. 이는 젖어미 자쇼다와 같은 비극이기 때문이다.[131] 즉 함안댁은 그녀의 정체성과 노동력이 가치 상실되는 삶을 살아왔던 것이다.

함안댁은 성역할의식에서 이루어지는 자기결정성의 오어법을 드러내기도 한다. 함안댁의 현부인을 향한 자기결정성은 자신의 결정이 아니었던 것이다.[132] 자신의 결정이 아니라는 사실을 그녀가 의식하지 못했을

---

131 자쇼다의 그럴듯함은 정통가정들에 의해 상상되고 시험된 특정 역사적 순간에 그들이 하위주체로 존재했을 수 있다는 데 있다.(가야트리 스피박, 태혜숙 옮김, 『다른 세상에서』, 484~485쪽) 하위주체 자쇼다는 남편(브라만 계급)이 어느 부유한 집안의 막내아들에 의해 불구가 되는 바람에 그 집안의 젖어미가 된다. 반복해서 임신하고 수유능력을 갖추는 자쇼다의 상황이 남편과 가족을 부양하게 한다.(위의 책, 492~494쪽)

132 자기결정성의 오어법에 대해 이리가라이는 다음과 같이 말한다. 그녀는 가장 먼 곳에 있다. 그리고 수많은 칸막이들이 그 사이에 놓여 있다! 거울 저편으로 가는 것, 그것은 전혀 다른 일이다. 여러분들은 그들이 내게 결정적인 판단을 내린다는 것을 알았다. 자기들의 이익에 가장 적절하게 말이다. 그리하여 나는 어떠한 '내 자아'도 그들에 의해, 그들을 위해 적응된, 그들의 필요나 욕구에 따라 움직이는 '자아'의 다양성도 깨닫지 못한다. 그런데 이 자아는—나로부터—무엇을 원하는지를 드러내지 않는다. 나는 망연자실하다. 사실, 나는 늘 그래 왔다. 그러나 그것을 느끼지도 못했다. 나는 그들의 욕구에 나 자신을 맞추는 데 몰두한다. 반쯤 넋이 나간 상태에 있기보다는 말이

뿐이다. 함안댁은 "'으뜸가는' 이란 말이 제국적 권력에 한결같이 연관되듯이"[133] 으뜸가는 이야기책의 현부인을 모방해야 한다는 의식만을 알고 있었기에 현부인을 모방하려 했던 것이다. 그녀가 매몰되어 있었던 현부인 의식은 전통적으로 여성의 관계가 형성하여온 삶의 모습이었다. 즉 함안댁에겐 선택 가능한 것이 현부인을 따르는 삶이었을 뿐이기에 수행했던 것이다. 그런 함안댁이 살구나무에 목을 매고 스스로 생을 마감한다는 것은 순응적 여성 성역할의식에 대한 강한 저항을 보여주는 것이라 할 수 있다.

3. 제국 남성과 식민지 여성 사이의 성 금기 해체와 사회적 모성

『토지』는 식민지 여성이 억압에 저항하는 것뿐만 아니라 억압을 극복하며 성장하는 것도 밀도 있게 형상화하고 있다. 이런 여성의 몸과 젠더는 유인실과 최서희를 통해 알 수 있다. 왜냐하면 유인실은 조선 여성에게 드리워진 성 금기 의식과 사투를 벌이는 과정에서 주체로 성장하는 몸이기 때문이며, 최서희는 조선 여성이 사회적 대모로 성장하는 젠더를 보여주기 때문이다.

우선 유인실은 일본 남성 오가다와 진실한 사랑을 하는 인물이다. 그들의 사랑은 금기되어 있던 시절이다. 왜냐하면 제국주의자 남성과 식민지 여성의 사랑은 있을 수 없는 일이기 때문이다. 더구나 제국주의자를

다. 다른 쪽에서 오는 욕구에 말이다. 추구해야 할 다른 스타일, 다른 방식을 발견하지 못하게 할 것이다. '그녀에게는' 결코 '고유' 명사가 없고, 기껏해야 그녀는 '이상한 나라'에 있기 때문이다. 뤼스 이리가라이, 이은민 옮김, 『하나이지 않은 성』, 동문선, 2000, 14~27쪽.

133 가야트리 스피박, 태혜숙 · 박미선 옮김, 앞의 책, 334~339쪽.

모방하려는 식민지 여성이 아니라 제국주의자를 향해 치열한 저항행위를 하는 식민지 여성이 취할 행동은 결코 아닌 것이다. 그런데도 유인실은 제국에 대한 치열한 저항의식을 지닌 식민지 여성인 동시에 제국 남성의 아이를 낳는 식민지 여성을 보여주고 있다. 그것도 긍정적으로 보여주고 있다. 그래서 유인실의 성 금기를 넘어서는 몸의 형상화는 중요하게 드러나야 한다.

최서희는 생물학적 여성 젠더가 사회적 여성 젠더로 확대되는 삶을 통해 식민지 여성의 성장을 보여준다. 최서희는 모든 것을 빼앗기는 식민지 여성을 예고하면서 등장한다. 일본 제국주의자들이 활개치기 시작하는 조선에서 어머니 별당아씨를 잃고, 아버지 최치수를 잃고, 할머니 윤씨 부인을 잃고, 자신을 지켜줄 주변인들을 잃는 어린 시절을 겪기 때문이다. 그러나 최서희는 (그렇게 고아가 되어버림으로서 잃어버렸던) 그녀 소유의 전답을 모두 되찾는 서사를 갖는다. 그 서사의 진행 과정 중에 어린 시절 어머니로부터 받지 못한 모성을 스스로 회복하여 자신의 자식은 물론 자신의 주변인들을 보듬어 안는 사회적 대모로 성장하게 된다. 그래서 최서희는 식민지 여성의 성장을 보여주는 젠더로서 중요한 인물인 것이다. 이들의 삶을 상세히 살펴보자.

> "사랑은, 남녀의 사랑은 개인적인 것입니다. 그리고 나는 내 이상을 포기하지는 않을 거요."
> 인실은 오가다를 두 팔로 떠밀어낸다.
> "오가다상."
> "말하지 말아요."
> 오가다의 목소리는 절망적인 것이었다.
> "나 약속하겠어요."
> "무슨 약속!"
> "나, 오가다상을 위해 결혼 안 할 거예요. 혼자 살께요. 당신에게 하는 약속

이에요."

인실이는 울어버린다.

"용기가 없어요. 나는 겁쟁이예요. 부모 형제 때문에 그러는 건 아니에요. 허영도 아니에요. 남의 이목도 아니에요. 내가, 내가 나를 용서 못하는 거예요. 아시겠어요? 그리워하고 보고 싶어하고 그래도 난 내가 당신에게 가는 것을 허락할 수 없어요. 남에게는 이미 낙인이 찍혔어요. 더 이상 무슨 말을 듣겠어요? 이해하고 옹호해주는 사람은 소수 몇 사람에 불과하구요."[134]

일본 남성 오가다는 국가와 민족을 따로 떼어 생각했다. 그래서 '남녀의 사랑은 개인적인 것'이라 말할 수 있다. 하지만 조선 여성 유인실은 그렇지 못하다. 민족과 국가가 하나였던 인실은 '오가다상을 위해 결혼 안 할 거'라 말한다. 이런 이중어법[135]은 유인실이란 인물의 특징을 부각시킨다. 유인실은 특이한 여자이다. 철두철미한 배일사상에다 최신식 공산주의자, 쟁쟁한 두뇌들만 모인 계명회의 홍일점이다. 게다가 왜놈 애인을 갖고 있다. 이런 이중성을 지닌 유인실이 이중어법마저 사용하고 있다. 이는 유인실이란 인물이 민족과 국가라는 경계에서 고뇌하는 삶을 살아내는 인물임을 간접적으로 제시하는 것이다.

유인실이 민족과 국가의 경계에서 지독하게 고뇌하는 것은 여성 성의식과 관계있다. 식민지 여성이 국가와 결합하는 과정에서, 여성은 목숨을 걸고 지켜야 할 민족의 상징물이 된다. 식민주의와 민족주의 담론 모두에서 여성을 도덕과 연결시키고 있는 것이다. 이때 여성의 도덕성이란 여성의 규제된 성을 의미한다. 이 규제된 성은 제3세계에 두 가지 상반되는 효과는 가져왔다. 양자의 결합은 민족주의 운동 내에서 여성의 중

---

134 『토지』 9권, 438~439쪽.

135 이중어법은 and/or '~와/또는'을 동시에 표현하는 어법이다. 가야트리 스피박, 태혜숙·박미선 옮김, 앞의 책, 35쪽.

요성을 인지케 하거나 환기시키는 역할을 한 반면, 민족의 이익을 위해서는 여성의 이익을 희생할 수도 있다는 것을 은연중에 학습시켰다.[136] 즉 식민지 여성의 몸은 국가의식과 밀접한 관련을 가질 수밖에 없게 된 것이다. 하지만 "상상력과 지성적 사랑은 각자 안에 각자가 있어, 따로 떼어 내어 존재할 수 없다. 이것은 동일성이 내뿜는 강한 아우라와의 미결정적 공존"[137]을 그려내기 때문이다. 즉 식민지 여성이며 민족주의자인 유인실의 처절한 고뇌는 이처럼 경계선을 그어놓은 식민지 여성 성의식에서 비롯되고 있는 것이다.

그에 앞서 유인실에겐 문제적 의식이 있었다. 그것은 유인실이 기존 여성의 주체성에 대한 진보된 생각을 가진 점이다. 유인실은 자신의 할머니가 독립운동은 남성들이나 하는 행위라며 자신을 저지하려 했을 때 수긍하지 않는다. 여성도 독립운동을 남성과 다름없이 할 수 있는 주체라 생각했던 것이다. 이는 여성은 남성의 시각에서 정의되어왔기에 남성에 대조되는 타자였던 기존의 입장을 거부하는 것과 같다.[138] 여성 주체성에 대한 이런 비판적 인식을 유인실이 가지고 있다는 것은 매우 중요하다. 왜냐하면 유인실이 여성들을 가치 폄하하는 잘못 상정된 주체성에 대해 비판적 성찰을 해야 한다는 생각을 가진 인물임을 드러내기 때문이다. 남성들이 중심이 된 주체성 의미는 배제된 대상이 너무 많기에, 차이를 포섭할 수 있는 주체성이 되어야 한다. 즉 유목적 주체[139]가 되어야

---

136 정현백, 앞의 책, 23~38쪽.
137 가야트리 스피박, 태혜숙 옮김, 『다른 세상에서』, 130~133쪽.
138 여성은 남성과 관련해서 구별되고 규정되었지만, 남성은 여성과 관련해서 규정되고 구별되는 존재가 아니었다. 이수자, 『후기 근대의 페미니즘 담론―능동, 몸, 그리고 욕망의 변증법』, 여이연, 2004, 108쪽.
139 유목적 주체란 계급, 인종, 종족, 젠더, 나이 등 차별화의 축들이 주체구성에서 상호교차하고 상호작용하기에, 많은 것들이 동시에 발생하는 주체를 말한다. 여성들 사이의

한다. 그렇다면 이중적 특징을 지닌 유인실이 이중어법마저 사용하는 인물로 등장한다는 것은 상호교차하고 상호작용하기에 많은 것들이 동시에 발생하는 유목적 주체를 그리기 위한 전략이라 생각할 수 있다. 달리 말하면 유인실을 통해 『토지』가 유목적 주체로 성장하는 여성을 긍정적으로 그리고 있음을 알 수 있다. 이는 작가가 작품 속에서 그려내는 지식인 여성 중 유인실이 가장 긍정적인 여성이라는 것에서도, 민족의식을 깨달으며 성장하는 유인실로 서사가 진행되는 것에서도 짐작 가능하다.

유인실이 가진 민족주의는 하이픈이 없는 민족국가[140]였다. 그래서 자신을 '갈보, 왜갈보'라 생각할 수밖에 없었다. 민족과 국가를 하나로 생각한 그녀는 오가다를 그저 정신적으로 사랑했을 때에도 자신을 '용서받지 못할 여자' '민족반역자' '매춘부보다 더러운 여자'라 생각했다. 이런 인실이 이중어법을 사용하고 있다. 이것은 그만큼 유인실이 작품 속 누구보다도 깊이 성 금기 때문에 고뇌하는 인물임을 드러낸다. 유인실은 오가다를 사랑하는 마음을 놓을 수 없다. 그렇다고 오가다에게 갈 수도 없다. 오가다를 사랑하나 사랑하지 않는 삶을 살아야 하는 것이다. 즉 유인실의 몸은 성 금기와의 피투성이 전투를 예고한다. 이런 성 금기

차이를 이해하면서 젠더 혹은 성차라는 문제에 우선권을 부여할 수 있다. 즉 유목적 주체는 사회적으로 코드화된 사유방식과 행동방식에 안착되기를 거부하는 비판적 의식이며, 관습집합의 전복을 노린다. 중심이라는 개념들, 여하한 종류의 기원들, 진정한 정체성들을 총체적으로 와해시킨다. 로지 브라이도티, 박미선 옮김, 『유목적 주체』, 여이연, 2004, 26~251쪽.

140 "항상 민족과 일치한다고 여겨지는 민족국가도 아니지요. 민족에 기반하지 않은 국가도 있고, 한 국가 안에서 민족적 기반의 차이 때문에 안보 문제로 경합을 벌이기도 합니다. 이런 의미에서 국가라는 단어는 '민족'이라는 단어와 분리될 수 있습니다. 영어에서 민족-국가(nation-state)는 민족과 국가를 하이픈으로 연결해서 표기합니다. 여기서 하이픈의 역할은 무엇일까요?" 주디스 버틀러·가야트리 스피박, 주해연 옮김, 앞의 책, 12쪽.

의식들은 사실 여성보다는 남성에게, 피지배층보다는 지배층에게 유리하게 만들어진 의식이다.[141] 즉 식민지 여성이 극복해야 할 중요한 사안인 것이다. 유인실은 성 금기를 넘어서기 위해 오빠 유인성에게 오가다를 사랑하는 마음을 밝힌다.

> 신음하듯 뇌인다.
> '그놈은 누구냐! 오가다 그놈은 어떤 놈이냐!'
> 민족의식 없이, 거의 동족같이 상종해온 오가다 지로, 그의 결점까지 인간적인 매력으로 보아왔다. 더 솔직히 말하자면 동생같이 생각하기도 했었다. 그러했던 오가다가 갑자기 흉물같이 압도해온다. 송충이같이 징그러운 존재로 의식을 점령해온다. 이민족, 정복자, 거대한 발바닥으로 강산을 깡그리 밟아 뭉개는 괴물. 인성은 머리를 흔든다. 그런 악몽에서 빠져나오려고 몸부림치듯이. 누이동생을 사랑한다는 이유만으로, 또 결혼을 하겠다는 것도 아니요 맺어질 수 없기 때문에 어느 누구와도 결혼을 아니 하겠다는 인실의 감정 그 자체 때문에 오가다는 돌연 괴물로 변신한 것이다. 판단이나 이해나 사려가 끼어들 여지 없이, 어떻게 처리를 해야 하는가조차 떠오르지 않는 본능적인 거부 반응만이 아우성이다. 남자들은 더러 일본 여자와 관계를 맺었고 인성도 그런 사내들을 몇 보아왔다. 물론 바람직한 일로는 생각지 않았지만 이렇게 격렬한 치욕과 혐오감을 갖게 하지는 않았다. 저 북만주 땅에서 독립군을 토벌하는 일병(日兵)에게 능욕당한 조선의 여인들이 자결로써 생을 결산한 사건들은 가슴에 응어리져 남아 있는데.
> 한동안 오누이는 대좌한 채 침묵을 지킨다.[142]

유인실은 처음엔 남성적 주체성을 수호하고 있었다. 그래서 일본 남성을 사랑하는 자신을 자책했다. 하지만 유인실은 행동교섭능력을 발휘한다. 오빠에게 사실대로 말한다. 조선 남성과 협상하고 싶었던 것이다. 하

---

141 박상민, 앞의 논문, 24쪽.
142 『토지』 9권, 443쪽.

지만 유인실의 이런 발언은 오빠를 고뇌에 빠뜨린다. 유인성도 유인실만큼 열려 있는 인물이다. 그런데도 오가다와 유인실의 사랑은 용서가 되지 않는다. 두 사람이 사랑을 맺겠다는 것도 아닌데 용서가 되지 않는다. 그렇다면 특별히 일본인을 증오하지 않았던 오빠 유인성조차 거부감이 드는 두 사람의 사랑에는 무언가 걸림돌이 분명히 있는 것이다. 그것은 조선인 내면에 각인된 무의식적 흔적에서 비롯되는 것이라 생각된다. 조선 남녀 모두 민족을 배신하지 말아야 한다는 하이픈이 없는 민족국가의식이 무의식적으로 작용한 것이다. 이 원중심이 가진 전략적 배제가 유인성에게 각인되어 있었던 것이다. 하지만 이런 원중심이 조선 여성에게는 더욱 가혹했다. 왜냐하면 성과 도덕을 결합시키는 민족의식이 남성에겐 '바람직하지 않은 일'로만 여겨지는 (제국주의자와 식민지인의) 사랑인 반면 여성에겐 '자결'해야 할 가장 중요한 일이 되는 (제국주의자와 식민지인의) 사랑이기 때문이다. 이는 토착정보원인 여성의 몸과 식민압제자인 남성의 성결합이 금기였음을 보여주는 동시에, 식민지 여성 성의식이 조선 남성의 시각이 중심을 이루고 조선 여성의 시각이 주변을 이룬 가치관임을 보여준다. 그래서 민족의식에 의해서 오가다도 유인실도 유인성의 뇌리에는 갑자기 '괴물'로 부상하는 것이다.

그렇다면 제국주의 일본 남성과 성기결합을 하는 조선 여성을 백안시하는 것은 하이픈이 없는 민족국가를 중시하는 식민지 남성들이 중심을 이룬 식민지 여성 억압의식이라 할 수 있다. 제국주의자와 식민지 남성이 식민지 여성의 성을 억압하는 데 공모하고 있었던 것이다. 스피박은 "지배적인 것과 싸우는 몇몇 잔여적인 것을 활용하자 제안한다. 그렇게 하는 것이 무엇으로도 환원할 수 없이 우리를 변화시켜왔다"[143]고 보기

143 가야트리 스피박, 태혜숙 · 박미선 옮김, 앞의 책, 526쪽.

때문이다. 그렇다면 성 금기라는 지배적 의식에 투쟁한 유인실의 행동은 조선 여성의 성의식이 변화되어야 한다고 촉구하는 것으로 읽을 수 있다. 더구나 유인실의 그런 투쟁이 패배가 아닌 생산적 결과를 낳는 서사로 이어지고 있어 더욱 중요한 의미를 지닌다.

> 오가다는 안경 속의 속살을 좁히며 쇼지를 쳐다보고 있었다. 토끼처럼 좋아서 깡총깡총 뛰는 아이, 구김살이라곤 찾아볼 수 없었다. 처음 보는 아이도 아니었지만 오가다는 처음 보듯이, 찬하가 인실에게 말했듯이 샛별처럼 영롱했다. 그리고 그 모습 속에는 마치 각인처럼 인실의 자취가 있었다. 콧날에서 눈 언저리에는 특히 짙게 인실의 자취가 있었다. 오가다는 저도 모르게 한숨 짓는다. 이 신비스런 조물주의 귀한 은혜를 도시 어떻게 해야 할지 오가다는 막연했다. 다만 막연했을 뿐이다.[144]

쇼지라는 '샛별처럼 영롱'한 생산적 결과로 귀결되는 서사이다. 이는 작가가 유인실의 성 금기 해체를 긍정하고 있음을 알 수 있다. 쇼지 '모습 속에는 마치 각인처럼 인실의 자취가 있었다.' 이런 서술이 계속되고 있다는 것은 이를 뒷받침한다. 그렇다면 유인실의 몸 재현은 전략적으로 조작되어왔던 제국중심, 남성중심, 합리적 성 중심을 깨뜨리는 것이며 산포시키는 것이다. 정당화되지 말아야 하는 중심적 성, 그 의식에 괴로워하며 삶을 이어온 유인실이기 때문이다. 그런 유인실의 수행성은 금기된 성의식의 경계를 넘고, 그 경계 깨뜨림이 긍정임을 보여주고 있어 주목하여야 한다.

유인실이 성 금기를 깨는 행동을 수행하는 것은 자기 자신에 대한 존엄에서 비롯되고 있다. 이는 그녀가 어떤 상황에서도 어떤 장소에서도

---

144 『토지』 13권, 479쪽.

당당하다는 점에서 짐작할 수 있다. 한낱 야간학교 선생으로 있을 때 그 학교의 운영자인 조용하에게 방직공장 여학생의 성추행 사건을 배상받고자 찾아갔을 때도 그랬고, 오가다의 아이를 임신하고 조찬하와 공원에서 만났을 때도 그랬다. 오가다의 아이를 임신한 사실을 부끄럽게 생각하지 않는다. 단지 그 아이의 앞날을 걱정할 뿐이다. 존엄을 지키는 인물들의 양태는 자신이 옳다고 믿는 바대로 행동하며 비천하게 굽히지 않겠다는 의지로 드러날 수 있는데[145] 유인실이 그에 속하였던 것이다.

저항은 패권주의, 자본주의, 제국주의에 맞설 수 있는 가장 강력한 힘이다. 민족주의에 토대를 둔 저항이 없다면 예속, 불평등, 비인간화는 더욱 심화될 것이다.[146] 그렇다면 식민지 지식인 여성으로서 가장 긍정적으로 그려지는 유인실이 조선 여성으로서 가장 금기되었던 일본 남성과 성행위를 한다는 것은 의미 깊다. 자신이 원해서 한 일본 남성과의 성행위는 저항의 의미를 지니기 때문이다. 즉 유인실의 저항(오가다와의 사랑)은 식민지 여성에게 금기되었던 성을 민족국가란 경계의식을 넘어 인간으로 풀어내고 있는 것으로 볼 수 있다. 인간과 인간의 사랑이라 두 사람은 맺어질 수 있었던 것이다. 여기서는 탈식민주의와 페미니즘으로 볼 때 페미니즘이 더욱 부각된 것이다.

그럼에도 불구하고 유인실은 끝내 자신에게 일어난 이 엄청난 사실을 앉은 채로 받아들일 수는 없었다. 그래서 떠난다. 조국을 떠나 만주에서 다시 시작하겠다고 다짐한다. 그녀가 조국을 떠나는 행동을 취하는 것은 도망으로 볼 수도 있다. 그러나 그렇지 않다. 유인실은 한순간이나마 자신이 소홀히 했던 조국애를 따라 조선을 떠난 것이다. 처음에 가지고 있

---

145 최유찬 편저, 이상진, 앞의 책, 123~124쪽.
146 박종성, 「탈식민주의에 대한 성찰—푸코, 파농, 사이드, 바바, 스피박」, 살림출판사, 2006, 81~91쪽.

던 여성과 남성의 구분없이 독립운동을 위해 헌신해야 한다는 그 열정을 실현시키고 싶어서 떠난 것이다. 여기에서 유인실의 행위는 다시 탈식민주의를 부각시키게 된다.

하지만 유인실은 만주로 떠나 와서도 언제나 오가다를 그리워하고 사랑한다. "일본이 망할 때까지, 그때까지 살아 있다면 우리는 다시 만날 수 있을 거예요. 당신을 잊지 않겠어요." 이런 그녀의 이중어법 사용은 계속된다. 이는 양가성이다. 사랑하고 증오하는 감정이 함께 드러나기 때문이다. 뿐만 아니라 "규칙에 저항하면서 규칙 내부에 있는 담론"을 보여주고 있다.[147] 이런 양가성은 유인실을 평생 아포리아[148] 속에서 벗어나지 못하도록 만든다. 또한 유인실이 갖는 아포리아는 규정된 성의식에 폐퇴하지 않는다. 일본 남성과 조선 여성의 성이 금기여야 한다는 의식을 어겼으면서도 그것에 의해 파괴되지 않는다. 쇼지라는 그녀의 아들이 제국주의와 식민지라는 억압 상황이 없는 삶을 일구어나갈 미래가 언젠가는 찾아올 것이라는 암시로 서사가 마무리 되고 있는 점에서도 이를 알 수 있다.

이런 유인실은 하나도 둘도 아닌 여성인 것이다. 사람들은 꼭 여성을 한 사람으로, 더 나아가 두 사람으로 결정할 수 없다. 그녀는 꼭 들어맞는 정의를 거부한다. 게다가 그녀에게는 고유명사도 없다. 항상 여성이란 성은 당신들이 그녀들에게 부여하고, 빌려주는 단일함 그 이상이고 전혀 다른 것이다.[149] 그렇다면 꼭 들어맞는 고유명사를 찾을 수 없는 유

---

147 호미 바바, 나병철 옮김, 앞의 책, 186쪽.
148 아포리아(aporia)란 해결될 수 없는 회의에 부딪히는 것을 말한다.(가야트리 스피박, 태혜숙 옮김, 『다른 세상에서』, 209쪽) 즉 의미를 결정할 수 없는 어떤 것이다. 스피박은 아포리아를 도덕적인 딜레마로 다시 써야 한다고 생각한다.(가야트리 스피박, 문학이론연구회 옮김, 앞의 책, 83쪽)
149 뤼스 이리가라이, 이은민 옮김, 앞의 책, 35~39쪽.

인실은 결정불가능한 인물인 것이다. 앞으로 어떤 삶을 살아갈지 알 수 없는 인물이기 때문이며, 강한 의지 하나만을 믿고 무엇이든 할 수 있는 인물이기 때문이다.

기존 인식은 아이를 버리는 여성을 부정적으로 생각하지 않은 적이 없었다. 하지만 유인실의 모습은 이를 위반하고 있다. 그녀가 아이를 입양시킨 채 떠나는 모습이 고뇌하는 인간의 모습으로 그려지고 있기 때문이다. 오히려 유인실의 고뇌가 처절하다 느껴질 정도다. 신생아 유기는 합리적 의지에의 접근으로 봤을 때 비합리적이다. 그러나 유인실은 그 비/합리의 경계를 깨뜨린다. 지탄받아 마땅하나 지탄할 수 없다. 그녀가 아들을 버린 이유는 그 아들이 살아내야 할 미래를 바꾸기 위한 행동이었다.[150] 즉 유인실은 지식의 조직체처럼 이미 만들어진 성의식을 배격하고 있는 것이며, 일방적이고 배타적으로 이어져왔던 성이란 언술 체계에 저항하고 있는 것이다.

식민지 여성의 성결정권이 배제되어왔다가, 민족애로 포섭되고, 그것을 어겼기에 추방당하는 여성을 유인실은 보여준다. 뒤집어 생각하면 유인실을 통해 앎으로 지식화되어 왔던 조국애 속에 여성 정조관이 박제되어왔던 것은 아닌가, 그 위험성을 노출하고 있는 것으로 볼 수 있다. 그래서 해체적이다. 해체란 기존의 인식이 지닌 위험성을 드러내는 다시 읽기의 작업이기 때문이다. 유인실의 수행성은 성의식에 비판적 협상이 필요함을 제기한다. 그녀의 성 금기 해체는 부정이 아니라는 점에서 더

---

150 철저한 에스노중심주의 유인실이다. 여기서 주목할 점은 유인실의 거침없는 직접 비난과 저항에도 제국 권력은 유인실에게 위해를 가하지 않는다는 것이다. 오히려 조용하 같은 일본 권력자들은 그녀를 '다이아몬드'로 이해한다. 이 점은 중요하다. 유인실은 피투성이가 되면서도 민족이란 경계와 싸우는 긍정적 인물임을 보여주기 때문이다. 그리고 모든 형태의 폭력을 종식시키는 일을 가장 우선적인 의제로 삼아 행동하는 여성이라 제국주의자들 눈에도 보석으로 보이는 것이다.

욱 그러하다. 즉 유인실은 성에 대한 중심문화를 재구성하도록 의식을 유도하는 역할을 한다.

유인실은 히도미 혹은 인실로 명명되는데, 이런 이중 명명은 유인실이 경계의 인물임을 암시한다. 게다가 유인실은 만주에서 독립운동을 하는 현재진행형 인물로 종결되고 있다. 이는 유인실이 유목적 주체로서 진리의 비진리를 향해 매진하는 성장형 인물임을 드러낸다.

이런 식민지 여성의 몸 성장은 젠더로 확대된다. 식민지 여성의 젠더가 억압받고 저항하며 성장하는 과정은 최서희가 보여준다. 최서희는 『토지』의 기본 골격을 이루는 인물이다. 최서희가 받는 억압은 몸으로 직접적으로 다가오는 것이 아니다. 최서희는 의식에 의한 억압을 받게 된다. 제국주의자가 바라보는 식민지인을 향한 의식, 남성중심적 의식을 지닌 사람들이 바라보는 여성에 대한 의식에 의해 억압을 받는다. 여성이 몸으로 직접 받는 억압은 분명하고 확실하게 드러나는 반면 최서희처럼 사람들의 시선에 의한 억압은 분명하게 드러나는 것은 아니다. 그래서 오히려 더 중요하다. 보이는 억압보다는 보이지 않는 억압에서 벗어나는 것이 더 어렵기 때문이다. 즉 최서희는 식민지인으로서 그리고 여성으로서 억압받는 것이 사회적 시선에 의해 이루어지는 특징을 가진다.

다섯 살 여아로 작품에 등장하는 최서희는 최씨 가문의 유일한 혈육이다. 가부장제 사회에서 아들이 아닌 딸로 혈육이 마무리된다는 것은 치명적인 결함이다. 가문의 대가 끊긴다는 의미이기 때문이다. 처음 조준구가 서울에서 평사리로 내려와 안착하는 이유도 여식 하나만 있는 최씨 가문의 가계에서 비롯되었다. 조준구가 보기에도 최씨 가문은 위태로운 것이다. 서서히 약해질 최씨 가문이 짐작된다. 그러니 자신이 설 자리가 분명 있을 것이란 확신이 선 것이다.

물론 윤씨 부인이 최씨 가문 소유의 전답을 시찰하기 위해 길을 떠날 때 최서희를 대동하는 것도 앞으로 토지를 잃게 될 상황을 짐작하고 있었기 때문이다. 강해지는 일본, 약해지는 조선에서 남아도 아닌 여식이 살아가야 하는 현실은 누가 보아도 그러하다. 즉 윤씨 부인이 시찰하는 토지를 통해 '식민지 전락→토지 상실→토지 회복→식민지 살아내기'를 보여주는 서사를 예감할 수 있다.

> "참말이지, 애기씨 자라시는 기이 여삼추만 같습니다. 애기씨만 자라서 살림채를 잡으시면 소인은 죽어도 눈을 감겠십니다."
> 수동이는 눈물을 떨어뜨리기 일쑤였다. 그러지 않는다 하더라도, 연하고 아직은 미숙한 머릿속에 거듭거듭 못을 박지 않는다 하더라도 조숙하고 영민하며 기승하고 오만한 서희가 그 동안 어려운 일들을 겪어내면서 굳힌 것은 경계심과 주어진 모든 것을 지켜나가리라는 결심뿐이었다. 앞으로 자신의 신상에 변화가 있으리라는 예측도 과민하게 받아들여지고 있는 터이어서 마음의 무장은 밤낮으로 불경처럼 외워대는 세 사람의 기대 이상으로 강인한 것이었다.
> '어디 두고보아라. 내 나이 어리다고, 내 처지가 적막강산이라고, 지금은 나를 얕잡아보지만 어디 두고보아라.'
> 그런 앙심은 이미 아이가 가지는 성질의 것은 아니었다. 그것을 두려워하는 사람은 역시 조준구다. 아침이면 봉순이를 거느리고 서희는 윤씨 부인 상청에 나가 상식을 올리고 곡을 하는데 조준구는 그 곡소리가 질색이었다. 온갖 저주와 최씨 가문을 마지막까지 지키어나갈 것을 맹세하는 것 같은, 저주와 다짐을 하기 위해 해가 지고 다음날이 새어 상청에 나가기를 기다린 듯, 처절한 울음이었다. 날로 새롭게 날로 결심을 굳히는 듯, 곡성을 들을 때마다 조준구는 한기를 느끼곤 했다.[151]

윤씨 부인의 예감은 적중했다. 겨우 아홉 살에 서희는 천애고아가 된다. 호열자(콜레라) 때문에 죽다 살아난 최서희. 평사리 마을을 휩쓴 호

---

151 『토지』 3권, 77쪽.

열자로 많은 사람들이 죽어나갔는데 그 중에 윤씨 부인(할머니), 봉순네(엄마 같은 침모)가 있었다. 시시때때로 만석살림을 노리는 조준구와 홍씨에게서 서희를 지켜줄 방패가 이제는 없는 것이다. 최서희는 모든 재산을 빼앗길 위기에 처하게 된다. 그런데 그녀는 그때 오히려 더욱 강해진다. 모두의 눈에 약자로 남을 것 같은 최서희가 스스로 강하게 단련이 된다. 이는 기존 인식에 대한 저항이라 할 수 있다. 빼앗김이 연속되는 식민지 어린 딸이지만 그 딸이 가지고 있는 생명력을 보여주는 것이기 때문이다. 마을 사람들이 볼 때 고아가 된 서희에게서 만석살림은 지켜질 수 없는 재산이다. 어리고 약한 소녀가 감당할 수 없는 것이 상례이다. 그래서 마을 사람들은 최참판댁이 '조참판댁'으로 넘어갈지 모른다 생각한다. 그만큼 조준구가 호시탐탐 노리고 있었다. 게다가 조준구의 배후에는 강대해지는 일본제국이 있다. 일본을 의지처로 삼은 조준구에겐 거칠 것이 없는 것이다. 제국의 세력을 짊어진 조준구가 식민지인이며 게다가 어린 여식 최서희를 몰아낼 것은 명약관화하다. 달리 말하면 어린 여식만 혼자 남았기에 일본의 세력을 등에 업은 조준구에게 모든 재산을 빼앗길 것이라는 사람들의 시선에 최서희는 시달린 것이다. 모두들 최서희가 어서어서 자라서 살림채를 잡기를 소원한다. 그러나 시간은 원한다고 빨리 흘러가 주는 것이 아니다. 즉 그녀가 성장하는 것은 지금 이룰 수 있는 사안이 아니라는 말이다. 이렇게 마을 사람들과 최서희 주변의 인물들 모두 최서희가 빼앗길 수밖에 없는 위기의 인물임을 인정하고 있다. 이런 인정의 시선에 그녀는 억압받는다.

설상가상 최서희는 가부장제 의식에 사로잡힌 외가친척들에 의해 더욱 고립된다. 어머니가 불륜을 저지르고 집을 나갔기 때문이다. 당시 남성이 아닌 여성의 불륜은 범죄다. 남성에겐 흔히 있는 일이지만, 여성에겐 결코 일어나선 안 되는 일이다. 그러니 어머니(별당아씨)의 죄는 외가

마저 죄인으로 만들어버린다. 그리고 그녀의 딸(최서희)이 모든 재산을 빼앗기는 위기에 처한 현실 속에서도 속수무책 도움의 손길을 건넬 수 없게 만든다.

정리하자면 최서희는 어리고 더구나 여식이기에 최참판댁을 지켜나갈 수 없을 것이란 사회적 시선에 놓이게 된다. 가부장제 남성중심 사회에서 어머니가 저지른 불륜은 최서희를 더욱 천애고아로 만든다. 외가에 친척이 있는데도 아무 도움도 받지 못하고 오히려 외면당하는 서러움만 겪게 된다. 이럴 때 조준구는 호시탐탐 최참판댁 만석살림을 빼앗으려 한다. 어린 여식이며 조선이 나라를 빼앗기는 상황에서 어른 남성이며 일본 세력을 쥔 조준구를 당해낼 수는 없는 것이다. 그러니 최서희는 모든 전답과 곡간의 곡식과 패물들을 속수무책 빼앗긴다. 이런 때 그녀의 처절한 '곡성'은 그녀의 맹세를, 마음의 무장을 드러내는 것이 당연하다. "외톨박이가 되어 헤매거나 혹은 병들거나 상처받아 힘이 약해진 맹수가 유독 사납듯이" 서희의 경우도 그런 것이다.

최서희의 빼앗김은 여기서 끝나지 않는다. 결정적으로 최서희 인생마저 빼앗길 위기에 놓인다. 자신이 저주하는 조준구의 꼽추 아들 조병수에게 시집가야 할 위기에 처한다. 홍씨가 혼사를 마구잡이로 진행시키기 때문이다. 하소연할 곳도 없고, 결혼을 막아줄 구원자도 없고, 자신에게 힘을 보태줄 주변인도 없는 상황에서 열두 살 최서희는 진정 벼랑에 몰린다. 그러니 아무리 조병수가 선한 인품을 지닌 사람일지라도 그런 것은 보이지 않는다. 오직 조준구와 홍씨에 의해 걸려든 수렁으로 조병수가 인식되는 것이다. 그렇게 최서희는 조병수에게 병적으로 공포를 느끼게 된다. 그렇다면 최서희가 조병수를 보면서 느끼는 공포감은 제국주의자에게 빼앗김을 당하는 그 연장선의 공포감일 것이다. 그래서 최서희는 간도로 미련없이 떠나게 된다.

잃어버린 황금시대에 대한 향수[152]처럼, 유년기는 결핍의 최초 발현이고, 이 결핍은 자연 속에서 보충을 부른다.[153] 최서희는 그래서 달라진다. 그에게는 꿈이 없다. 현실이 있을 뿐이다. 자기 자신을 위해 왜곡된 현실만이 있을 뿐이다. 이처럼 최서희는 식민지가 된 조선, 그 시대적 상황과 떨어질 수 없다. 박경리는 말한다. "1차 세계 대전이 일어날 즈음, 조선은 지극히 폐쇄적인 사회인 동시 잊혀진 땅이었으며 주권조차 빼앗긴 민족이었습니다. 그러나 그 전쟁과 우리 민족은 결코 무관하지 않았습니다. 소설 속에서는 최서희가 망명간 간도 땅에서 곡물무역을 하게 됩니다. 전쟁으로 인하여 백두의 국제시세가 뛰는 바람에 백두를 매점해놨던 최서희는 엄청난 이윤을 남기는데 1차 세계대전은 한 개인 최서희의 운명을 결정적으로 바꾸어놨습니다."[154] 즉 최서희는 왜곡된 시대 그 현실을 반영하는 삶인 것이다.

여하간 법회에 나온 서희는 주변에 대하여 겉으론 무관심하였다. 쳐다보거나 말거나 수군거리거나 말거나, 여전히 강한 자긍심과 어릴 적부터 익혀온 당당하고 의젓한 언행에는 변화가 없었다. 사람들은 서희의 그런 태도를 당연지사로 받아들이는 눈치였다. 그가 짊어지고 온 문벌도 문벌이려니와, 타고난 미모도 미모려니와, 사람들은 무엇보다 이미 거상(巨商)으로 군림하게 된 그의 재력을 두려워했고 그들로서는 상상할 수 없는, 대담하고 결단성에 넘쳐 보이는 그 저력에 한풀 꺾이고 마는 성싶었다. 시샘을 한다거나 허물을 찾는다 하기에는 여러 면으로 영 동떨어진 인물이긴 했다.[155]

152 김형중, 「정신분석학적 서사론 연구─한국 전후 소설을 중심으로」, 전남대학교 박사학위논문, 2003, 국문초록 참조.
153 자크 데리다, 김웅권 옮김, 「그라마톨로지에 대하여」, 동문선, 2004, 258쪽.
154 박경리, 「문학을 사랑하는 젊은이들에게」, 현대문학, 2003, 13쪽.
155 『토지』 4권, 173쪽.

간도에서 거상으로 성장한 최서희는 일본 제국주의자가 주관하는 법회에 나온다. 많은 일본인들 사이에서 최서희가 보여주는 '강한 자긍심' '어릴 적부터 익혀온 당당하고 의젓한 언행'은 식민지 여성 이미지를 전복한다. 식민지 여성은 힘없고 가난하고 억압당하는 이미지를 갖고 있었기 때문이다. 게다가 조선 민족의 현실은 오계에 발붙일 곳이 없는 형국이었다. 그러니 최서희의 당당함은 중요하다. "서희가 고아이듯 1919년 3·1운동이 일어난 조선도 고아"라고 서술자가 말하듯, 최서희는 식민지가 된 조선 민족, 그 민족의 여성이 살아가는 모습의 존귀함을 드러내는 인물이 될 수 있는 것이다. 즉 최서희는 오계에 발붙일 곳 없는 조선 민족의 딸로서 제국주의자가 가진 인가된 무지에 저항하는 성역할을 수행한 식민지 여성인 것이다. 제국주의자가 생각하는 식민지인이란 의식에, 남성중심에서 생각하는 여성이란 인식에 저항하는 강한 식민지 여성을 드러낸다. 이런 최서희의 행동교섭능력은 아내와 어머니의 성역할을 수행할 때에도 계속된다.

종놈 길상의 아내가 되기를 선택한 최서희는 괴롭다. 조선은 예전부터 여성의 계급은 남편에 의해 좌우되었기 때문이다. 여성이 남성에 종속되어 결정되는 인식을 어떻게 하면 바꿀 수 있을까 고뇌한다. "하인하고 혼인했다 해서 최서희가 아닌 거는 아니야, 나는 최서희다. 최참판댁 유일무이한 핏줄. 나는 그 종을 최서희의 머리칼 하나 안 다치고 최서희 윗자리에 앉힐 테다." 이런 생각에 골몰한다. 이는 종에게 시집가는 자신을 바라보는 사회 시선을 어떻게 바꿀 수 있을까 궁리하는 것이다. 즉 최서희는 종에게 시집갔기에 지위하락을 겪는 것이 당연하다는 전통 유교 가부장제의 사회시선에 굴복할 수 없다. 자신의 계급은 그대로 유지하면서 종이었던 남편을 오히려 더욱 존귀한 인물로 만들고 싶다. 그래서 최서희는 어느 부인네 이상으로 공손하게 자신을 변화시킨다. 이런 계획은 성공한다. 누구도 최서희를 종의 아내로 생각하는 사람은 없다. 오히려 길상이가 독립운동을 하는 잘나고 뛰어난 능력 있는 남성으로 인식될 뿐이다. 최서희는 본격적으로 독립운동에 힘을 쏟는 길상을 알면서 모른 척 한다. 그래야 길상이 활동을 자유롭게 할 수 있었다. 독립운동가의 아내로서도 "여성이 중심에 선 가족사"[156]의 주인공으로서도 현명하게 행동하고 있는 것이다. 최서희는 자신의 존재가치를 잊지 않는다. 언제나 최서희란 이름에 걸맞게 행동한다. 일본인뿐만 아니라 조선 남녀 모두 그녀를 우러러볼 정도로 성공적으로 실천한다. 누구의 아내로 최서희는 드러나지 않는 것이다. 최서희와 김길상으로 대등하게 존재한다. 이는 길상의 출옥이 이십 일 남짓 남았을 때 구마가이 경부가 최참판댁에 찾아가는 사건에서도 알 수 있다.

> 지혜로워야 한다는 의식은 늘 서희 마음 밑바닥에 깔려 있었다. 그래서 묵살 대신
> "알지 못하는 두 여성을 두고 닮았다든가, 어느쪽이냐, 질문부터 애매하지만, 덩달아서 애매한 답변 하기는 싫습니다. 총독 통치 하에 있는 이곳에서 제일선을 담당하고 계신 구마가이씨께서도 감상에 빠질 분은 아니겠지만, 저희들 역시 당신네들 감시 속에서 죄 없이 전전긍긍 세월을 보내야 하니 감상에 빠질 겨를도 없겠습니다만."
> "하아, 이것 한 방 맞았군요."
> 구마가이는 머리를 긁는 시늉을 했다. 그러나 그의 심중은 편안치가 않았다. 남자라는 자각에 주먹질을 당한 것만 같았다. 별안간 자기 자신이 왜소해진 것을 느낀다. 여자라면 다소간의 차이는 있겠으나 그런 화제에 동요하는 것이 상식이다. 최서희라는 여자는 예외라는 것을 알면서도 기분이 묘해진다. 대단한 여자다. 구마가이 같은 베테랑도 공략하기 어려운 여자다. 서장이 그런 말을 하지 않았어도 구마가이는 그것을 알고 있었다. 알고 있었는데 새삼 무서운 여

---

156 백지연, 앞의 논문, 338쪽.

자라는 것을 느낀다. 말이 신랄하다든지 의미가 깊다든지 그런 것보다 서희가 자아내는 분위기에는 생래적(生來的)인 당당함, 그것이 구마가이를 위압했다. 당당함뿐이랴. 발톱을 감춘 암호랑이 같은 영악함이, 언제 앞발을 들고 면상을 내리칠지 모른다는, 그것에는 다분히 선입견도 있었다. 분통이 터진다. 그러나 터뜨리지 못하게 서희의 말에는 잘못이 없었고 허식이나 수식이 없다. 허식도 수식도 없다는 것은 괘씸하다. 일본서는 최상급에 속하는 여자를 내보였는데 눈썹 하나 까닥이지 않고 오히려 불쾌해하다니, 일본이 모욕을 당하였다. 조선 사람 거반이, 친일파만 빼면, 낫 놓고 기역자 모르는 무식꾼조차 일본을 모멸하고 비웃는 것은 다반사가 아니던가. 구마가이 경부는 그것을 모르는 바보인가. 바보가 아니다. 그들의 모멸이나 비웃음은 원성이요 약자의 자위다. 그러나 서희는 원성도 자위도 아닌, 조선의 문화, 그 우월의 꽃 속에 앉아 허식도 수식도 할 필요가 없는, 제 얼굴을 내밀고 있으니, 날카롭고 예민한 사내다. 엷은 그 입술이 상당히 깊게 넓게 느낀다.[157]

경부 구마가이 젠타는 길상의 의병활동을 감시하기 위해 길상의 아내 최서희를 찾아온다. 그러나 길상에 대해서는 아무것도 알아내지 못한 채, 시즈카고젠과 요도기미를 최서희와 비교하며 최서희를 추켜올리기에 여념이 없다. 하지만 최서희에겐 우이독경이다. '일본서는 최상급에 속하는 여자'를 '조선의 문화, 그 우월의 꽃 속에 앉아' 이겨내는 최서희를 확인할 뿐이다. 최서희는 제국 일본이 조선을 지배하는 시점에서도 일본의 최고 문화지성인과의 비교에서 우위를 선점한 것이다. 이는 매우 중요하다. 최서희가 조선 문화의 표상으로 묘사되고 있는 것을 알 수 있음은 물론, 최서희란 여성 개인으로서 일본의 세력 앞에 당당히 맞서고 있음을 알 수 있기 때문이다. 이런 행동교섭능력에 의해 최서희는 제국주의자들이 바라보는 (억압받는 것이 당연한) 식민지 여성이란 인식을 깨뜨린다.

---

157 『토지』 11권, 134~135쪽.

이는 간도로 쫓겨난 이산민[158] 이미지를 깨뜨리고 있는 것이기도 하다.

최서희가 제국주의 남성의 인식보다 우위에 있다는 것은 조준구와 대면하는 장면에서 분명해진다. (제국 권력을 등에 업고) 최서희에게서 모든 것을 빼앗았던 조준구와 대면한 상태에서 그녀가 직접 평사리 집문서를 돌려받기 때문이다. 이때 최서희는 오천원을 주고 집문서를 되찾는다. 무일푼으로 쫓아내도 되었을 조준구에게 거금을 준 것이다. 최서희는 조준구가 양심과 돈 중 무엇을 선택하는지 보고 싶었다. 제국주의 앞잡이의 치졸한 끝이 어디까지일지 궁금했던 것이다. 예상대로 조준구는 돈을 선택한다. 그래서 최서희는 '회심의 미소'를 짓는다. 간도에서 평사리의 땅을 되찾았을 때는 이해할 수 없는 '미친 것' 같은 웃음을 웃었던 최서희가 회심의 미소를 짓는다. 이는 식민지 여성으로서 제국주의자 남성을 비로소 이겼음을 확신한 것이다. 그래서 온전한 자신의 이성으로부터 우러나오는 미소를 짓는 것이다.

최서희는 어머니로서의 성역할에서는 모범답안 같은 수행성마저 보여준다. 서희는 환국과 윤국 두 아들을 기여 제 젖을 먹여 키운다. 융(Carl Gustav Jung)은 유아기 신경증의 근거를 '어머니'에게서 찾는다. 즉 모성원형은 모성콤플렉스를 낳는다는 것이다. 이 모성콤플렉스는 긍정적 측면으로 작동하기도 하는데 모성본능의 과도한 증대는 모든 시대, 모든 사람들의 입에서 칭찬되어온 어머니 상으로 만든다는 것이다.[159] 서희는 모

---

158 이산(디아스포라, diaspora)은 국외로 추방된 소수 집단 공동체, 모국으로 귀환하려는 희망을 포기하였거나 또는 처음부터 그러한 생각을 갖지 않은 이주민 집단, 대부분 폭력적으로 자기가 속해 있는 공동체로부터 이산을 강요당한 사람들 및 그들의 후손을 가리키는 용어다.(정은경, 『디아스포라 문학』, 이룸, 2007, 14~16쪽) 여기서는 마지막의 뜻으로 사용한다.

159 C.G.융, 한국융연구원 C.G.융저작번역위원회 옮김, 『원형과 무의식─융 기본 저작집』 2, 솔, 2002, 204~208쪽.

성콤플렉스로 인해 긍정적 어머니 상을 갖추게 된 것이라 할 수 있다. 왜냐하면 어머니(별당아씨)와 너무 어린 나이에 이별한 상처가 두 아들을 키우는 데에 채찍질로 작용하기 때문이다. 자신의 아이들에게는 자신의 어머니와 같은 어머니는 되지 말아야겠다는 의식에서 비롯되는 사랑을 보여주고 있는 것이다.

공노인과 임역관의 도움으로 서희가 잃었던 토지를 되찾고 조선으로 돌아갈 수 있게 되었을 때 그녀의 모성은 다시 확인된다. 서희는 최참판댁을 일으키고 원수들을 치는 목적 외에 자신의 아이들을 풍요한 토양에 심어야 한다고 생각한다. "너희들을 말귀에 달고서 만주 땅을 헤맬 순 없다" 생각한다. 그렇게 돌아간 조선에서도 어머니로서 최선을 다한다. 중학생 환국이는 아버지가 종이라는 말에 친구 순철이를 때린다. 그 일로 경찰서에 잡혀 있는 환국이에게 서희는 "아버님은 종이 아니며 나라 위해 몸 바친 분"이라 답변해준다. 계명회 사건으로 길상이 간도에서 잡혔을 때에도 서희는 환국에게 "기죽지 마라, 넌 아버님 아들이고 내 아들이다. 무모하게 칼을 뽑으면 안 되느니라. 개죽음은 우리의 손실이고 그들의 이득이 된다."며 다독인다. 이렇게 최서희는 환국이에게 아버지에 대한 자부심을 심어주기도 하고, 윤국이가 학생운동으로 순사에게 쫓기는 신세가 되었을 때도 잘 지켜낸다. 게다가 봉순이의 딸(양현)을 친딸처럼 사랑한다.

이런 최서희는 전통적인 여성적 상상력을 지녔고 동시에 급진적인 여성적 상상력을 지닌 인물이라 할 수 있다. 왜냐하면 "서희의 의식은 조선 오백 년 동안 구축해 놓은 반가의 독선이 빚은 뿌리 깊은 정신구조"이면서 그것을 넘어서는 의식이기 때문이다. "세차게 몰아치는 근대의 바람 앞에 퇴락한 빈 집 같은 형식을 고수하는 사양의 후예들하고는 다르"다. 최서희는 허용과 금지의 이분법을 분절한다. 서희는 "과감하게 껍데기를 찢어발기고 핵을 보존키 위해 오히려 양반의 율법에 반역"까지 한다. 하인과 혼인한 것이 그것이며, 오랑캐들이 사는 북방에 가서 세계대전의 호경기에 만주서 곡물과 두류에 투자하여 일확천금을 얻은 것이 그것이며, 빼앗긴 가산과 수모에 대한 보복과 가문의 재기를 위하여 교활무쌍한 술수를 서슴지 아니했던 것이 그것이며, 진주로 돌아온 후 호적상 김서희로 둔갑하고 김길상이 최길상으로, 그리하여 두 아들에게 최씨 성을 가지게 한 것이 그것이다.

> 철부지처럼 훌쩍훌쩍 울고 싶은 심정을 외면하듯 서희는 평사리를 외면하는 것이다.
> 두 가지 일, 하나는 상현이 용정촌을 떠나기 전에 남긴 말이며 다른 하나는 꼽추도령 병수와의 혼인을 강요당하였던 십여 년 전의 일이다. 독기를 뿜어내듯 내뱉은 상현의 말은 그에 대한 사랑 때문에 깊은 상처를 남겼으나 병수와 얽힌 사연은 전율 그 자체였다. 고국으로 돌아온 후, 평사리 마을이 멀지 않은 곳에 있다는 실감과 함께 걸러내어도 여전히 남아 있는 가장 더러운 찌꺼기 같은 혐오는 때때로 충격같이 그에게 엄습해오는 것이었다. 가엾은 불구자 병수의 뜻도 아니었으며 잘못도 아니었는데 그러나 이해의 여지가 없을 만큼 충격적인 혐오감에는 늘 견딜 수 없는 공포까지 동반하는 것이었다. 병수가 싫었다. 너무 싫었기 때문에 무서웠다. 반드시 너의 신랑이 되어야 할 병수라는 홍씨의 말이 병수의 존재를 악몽으로 만들어버린 것이다.
> '나를 꼽추하고 혼인하라고? 그 더러운 병신하고!'
> 병수는 서희 의식 속에 마귀로, 괴물로밖에는 존재하지 않는다.[160]

하지만 최서희도 넘지 못할 공포가 있다. 조병수에 대한 심리적 상흔이 그것이다. "차이화와 함께 지속되는 지연의 궤적을 흔적"[161]이라 부른

---

160 『토지』 7권, 271~272쪽.
161 가야트리 스피박, 태혜숙 · 박미선 옮김, 앞의 책, 578쪽.

다. 최서희는 이 지연되는 공포를 간도에서 거상으로 성장하면서 상쇄하려 노력했다. 그러나 여전히 찌꺼기는 남아 있어 평사리가 아닌 진주에 정착한다. 결국 최서희에겐 괴물 조병수가 없어지지 않는 것이다. 이런 조병수에 대한 공포는 최서희가 힘없는 식민지 여성이었던 경험 때문에 더욱 강하다. 즉 최서희는 어린 시절 겪었던 식민지 여성의 참상을 잊지 않고 있었던 것이다. 그래서 밖으로는 친일을 안으로는 독립운동을 지원하며 일본과의 거리를 팽팽히 유지하는 양가성을 가지게 된 것이다. 양가성은 "잠재적이고 전략적으로 반란적인 항의를 포함"한다.[162] 그렇다면 최서희가 간도에서도 조선에서도 친일을 더해야겠다는 말을 한다는 것은 일본 제국주의에 대한 반란적인 항의를 하겠다는 의지를 드러내는 것으로 읽을 수 있다. 최서희의 양가적 담론은 그래서 사용되고 있다. 이런 이중어법은 친일 행위를 하지만 친일파가 아니라는 확언이며 저항적 민족주의자임을 포함한 말이다.

최서희는 불확정적 인물이다. 넘어져야 하는데 일어서고, 달릴 수 있는데 걷는 인물이기 때문이다. 누구에 의해서 무엇 때문에도 아닌, 자신의 결정에 따라 생을 만들어나갔던 인물이다. 그래서 제국이 통제할 수도, 남성이 통제할 수도, 전통 유교가 통제할 수도 없었다. 토착정보원이고 이산민이고 고아였던 최서희의 이런 불확정적 삶은 식민지 여성의 통문화적 보편화라는 이미지를 산포시킨다. 가난하고 억압받고 교육받지 못했으며 타자화되는 식민지 여성 이미지를 흩뜨린 것이다. 그렇게 최서희는 인가된 무지에 저항하는 기표가 된다. 불가능성 중 가능성에 무게를 두고 식민사회를 바라본 박경리가 그려낼 수 있는 가장 강력한 기표 말이다. 결코 제국주의자가 포섭할 수 없었던 인물, 제국주의자의 우위

---

162 호미 바바, 나병철 옮김, 앞의 책, 189쪽.

에 선 인물을 보여준다. 이런 최서희는 자궁선망의 생을 살았다. 윤씨 부인을 선망하고, 남편이 아닌 자신 위주로 부부 연을 맺고, 아이들을 자신의 의지대로 키운 것에서 알 수 있다. 최서희는 식민지 백성을 품는 어머니, 식민압제자를 위협하는 어머니가 된 것이다.

　최서희는 할머니가 되어서도 긍정적 성역할을 변함없이 수행한다. 오히려 더욱 확대된다. 오십 세를 갓 넘긴 서희는 옛날 윤씨 부인과 마찬가지로 오백섬지기 땅문서를 동학당에게 건네준다. 독립운동을 이제 직접 돕는다. 물론 친일 행위는 여전히 한다. 그래야만 사상범으로 옥에 갇힌 남편을 지켜낼 수 있으며, 징용, 학도병, 정신대로 끌려갈 위기에 놓인 자식들을 지켜낼 수 있기 때문이다. 이런 최서희의 미모에도 처음으로 쇠락의 흔적이 나타난다. 최서희는 아름답기는 했으나 '몹시 수척' 해져 있다. 이는 일제 말기란 암흑기, 그 암담한 상황을 살아내는 식민지 여성의 모습을 의미하는 것이다. 천황의 일본 항복 방송이 있던 날, 서희는 '자신을 휘감은 쇠사슬'이 요란한 소리를 내며 땅에 떨어지는 것을 느낀다. 식민지란 상황이 쇠사슬과 같이 최서희를 옭아매고 있었던 것이다. 즉 최서희는 항일의 정신을 숨기며 친일의 행위를 드러내는 표면과 이면이 다른 양가적 삶을 살아왔던 것이다. 한마디로 말해 최서희는 식민지 여성의 삶을 전유한 인물인 것이다. 친일파란 손가락질을 받으면서도 결국 억압받는 조선 민중을 보살피고 돌보겠다는 소망을 실천했으며, 일본 제국주의의 폭력을 피해 지리산에 은거한 조선 사람들을 돕는 사회적 대모로 성장했던 것이다. 따라서 최서희는 모성을 회복하여 생명존엄을 실천한 "윤리적 주체"[163]이며 동시에 식민지 딸, 어머니, 아내, 할머니였음을 알 수 있다.

---

163 오혜진, 앞의 논문, 327쪽.

제3장 _____
제국주의 자본과 식민지 여성의 사회성

제국주의가 자본주의 경제 체제를 도입함으로써 식민지는 새로운 국면으로 접어든다. 『토지』는 이를 보여준다. 농업을 본업으로 믿고 하늘의 순리에 따라 살던 농민들에게 커다란 변화가 일어남을 묘사한다. 구둣발로 조선 강토를 유린하던 일본 제국주의는 이제 자본으로도 조선 강토를 유린하게 된 것이다. 총칼만 무서운 게 아니라는 것을 조선인들은 절감할 수밖에 없다. "어디로 가든지, 특히 소도시나 소읍 같은 곳은 거의가 다 그러한데, 양과점을 위시하여 담배 가게, 이발소, 목욕탕, 대개 그런 비슷한 업종은 일본인 경영"이며, 그런 곳에서 일어나는 일상은 가슴 아프다. "과자점의 하얀 앞치마 입은 오카미상은 동전을 내미는 아이를 노려보기 일쑤였고 과자집게가 아이 손에 닿지 않게 사탕을 떨어뜨려주곤 했었다." "식민지의 서민들과 일본인 업주와의 관계는 늘 그런 식이었고 거래라는 것도 대강 그런 정도였다." 이렇듯 "일본 업주는 소비자를 거지 보듯 오만불손하였고 식민지의 가난한 백성은 내 돈 내고도 빌어서 먹는 시늉을 해야만 했다." 목불인견인 것이다.

이런 참상은 식민지인이 자본을 소유하고 있느냐 아니냐에 따라 더욱 차이난다. 가난한 식민지 여성에게는 억압이 더 지독했던 것이다. "일인 들이 들어오면서부터 곳곳에 세운 성곽과도 같은 거대한 청루"에서의 삶은 이를 증명한다. 예를 들자면 코보 딸이 대표적이다. 코보 딸은 청 루에서 몹쓸 병에 걸려 죽는다. "옛날에는 기생으로 팔아서 잘 되믄 딸 덕도 보고, 대신에 사람 대접을 못 받았는데, 요새는 청루"라 조선 식민 지 하층 여성에게 닥치는 억압이 더욱 가혹하게 변화되어 있다. "기생이 야 이름이 더러바서 그렇지 맘묵기에 따라 행실이 좋을라 카믄 그렇기 할 수도 있는 일이지마는 또 기생집에 오는 손님도 그렇고, 청루란 막가 는 곳이라. 소 잡는 도살장이하고 다른 기이 하나도 없다더구마. 뱃놈, 왜놈 할 것 없이 하룻밤에도 몇씩이나" 그러니 가난한 조선의 딸들은 내 몰릴 대로 내몰리고 있는 것이다. 즉 제국주의 자본이 들어오기 전과 비 교해서 식민지 여성이 느끼는 억압의 강도는 훨씬 심하다.

이처럼 『토지』는 일제강점기에 토지를 둘러싸고 벌어지는 수난과 극 복의 거대한 드라마인 동시에, 식민지 반봉건 사회로부터 근대적 자본주 의 체제로 이행되어 나가는 과정을 그리고 있다. 그래서 방대한 서사 전 체를 관통하고 있는 일제 자본주의의 유입 양상과 그 전개 과정에 대한 작가의 비판적 인식에 주의해야 한다.[164] 이는 "젠더와 발전의 문제를 떠나면 인권문제는 종종 경제와 관련"[165]되고 있다는 점에서도 마찬가 지로 중요하다. 그렇다면 여기서는 제국주의 자본과 식민지 여성의 대응 이 어떠한지를 살펴보자.

---

164 최유찬 외 공저, 김성수, 앞의 책, 139쪽.
165 가야트리 스피박, 문학이론연구회 옮김, 앞의 책, 47쪽.

1. 생존적 소유와 식민지 여성의 사회적 생명성

제국주의 자본과 식민지 여성이라는 입장에서 볼 때 『토지』는 제국주의 자본을 소유하지 못해 억압받는 식민지 여성을 보여준다. 이는 중년아낙과 영선네를 통해 알 수 있다. 왜냐하면 중년아낙은 작품에 단 한 번 등장하면서 일제의 만행에 의해 억울하게 억압받는 가난한 조선 민중의 비극을 전형적으로 보여주는 인물이기 때문이며, 영선네는 이와 반대로 사회적으로 가장 극한으로 내몰렸던 최하위계층이 제국 자본을 얼마간 소유하고 있었기에 죽음으로 치달리지 않는 삶을 보여주는 인물이기 때문이다. 이들의 대조적인 삶은 식민지 여성의 생명성이 생존적 소유와 관계함을 보여준다.

우선 중년아낙은 아들의 도시락 반찬을 사기 위해 일본인 상점에 갔다가 거지 취급을 받게 되는 인물이다. 그녀는 노랑김치의 가격을 물었을 뿐이다. 그런데 일인 여업주는 그녀의 물음에 대답은커녕 무조건 팔지 않겠다며 중년아낙을 쫓아낸다. 일인 여업주는 중년아낙의 차림새가 가난하기 때문에 물건을 팔지 않은 것이다. 그리고 벌레를 쫓듯 쫓아내려 한 것이다. 이런 중년아낙의 사건은 가난한 식민지 여성의 억압상을 알게 해준다.

반면 영선네는 누가 보아도 억압받을 만한 대상이다. 왜냐하면 백정의 신분이기 때문이다. 그런데 영선네는 중년아낙과 달리 얼마간의 자본을 소유하고 있다. 신분으로는 중년아낙보다 하위계층이나 자본을 소유하고 있다는 점에서 중년아낙보다 더 나은 생활을 하게 된다. 즉 자본 소유가 식민지 여성의 삶에 미치는 영향이 큰 것이다. 이들의 삶을 상세히 살펴보자.

국가 없음과 마찬가지 입장에 놓인 식민지 여성들이 당하는 억압은 세계적으로 비슷한데, 여기에 기여한 일련의 사건들은 "자본과 밀접한 관계가 있다."[166] 제국주의 자본은 식민인을 판단하는 식민압제자의 가치 결정인자이기 때문이다. '중년쯤 보이는 아낙' (이후 중년아낙)은 식민지 생존적 소유조차 하지 못해 억압과 박탈, 강제, 구속, 결핍 속에 노출되는 인물이다. 그녀는 식민압제자가 원한 적합한 연구대상으로서의 인물인 것이다. 식민압제자는 야만적 모델을 원했고 중년아낙은 초라한 몰골에 아는 것이 없는 토착정보원이었다. 식민압제자에게 이런 야만적 인물은 제거되어야 할 필연성을 갖기에 중년아낙은 식민압제자의 식민 이유를 정당화하는 대상이 된 것이다. 하지만 "고유명사를 보통명사로 바꾸어버리고 그것을 번역해서 사회학적 증거로 삼는 것만큼 위험한 여흥은 없다."[167] 즉 (식민지 여성) 중년아낙을 억압하는 제국주의자의 모습에서 오히려 제국주의자들의 차별의식을 알 수 있게 된다.

그의 시선이 간 곳은 일본인 식료품 가게였다. 갑작스런 그의 동작이어서 나머지 두 사람의 시선도 그곳으로 따라간다.

"노랑김치, 이거, 이거 말이요. 좀 팔라 카는데 와 그래요?"

중년쯤 보이는 아낙이 안쪽에 노랑물이 든 통을 손가락질하며 말했다.

"우란요, 우라나이. 앗찌니 이께(안 판다, 안 팔아. 저리 가아)!"

기름방울이 둥둥 떠 있을 것만 같은 살찐 일본 여자가 팔을 내저었다.

"무신 말인지 알아들을 수가 있어야제. 거기 젊은이들 통변 좀 해주소. 빌어묵을 자석이 원족가는데 벤또 반찬에 노랑김치를 싸오라 해싸아서 왔더마는,"

아낙은 울상이다.

"보소. 오까미상,"

삼석의 눈빛이 험상궂다. 일본 바람을 쐬었으니 일본말이야 유창했고.

"아니 오까미상이라니!"

166 주디스 버틀러 · 가야트리 스피박 지음, 주해연 옮김, 앞의 책, 79쪽.
167 가야트리 스피박, 태혜숙 · 박미선 옮김, 앞의 책, 331쪽.

여자의 눈이 까끄름해진다.

"오까미상이지 그라믄 오꾸가다(奧方: 부인의 존칭)라 할까요?"

악의적인 비꼼에 여자는 머쓱해진다.

"장사는 물건을 팔게 돼 있소. 조선사람 돈엔 똥이 묻었나? 와 안 팔겠다는 거요."

삼석이 바싹 다가선다.

"고노 바까야로우(이 바보새끼), 뭐라 카노!"

얼굴이 벌게져서 여자가 떠든다.

"아주머니, 안 팔려 하는데 살 것 없소. 시장 안에 들어가보시요."

홍이는 우선 아낙을 밀어낸다.

"아이구, 얄궂어라. 물건 안 팔라 카는 장시가 어디 있노? 아이구, 얄궂대이. 아니꼽고 더러바서,"

아낙이 비실비실 물러나고 삼석은 두 주먹을 불끈 쥔다. 근태는 얼굴이 노오래져 있었다.

"삼석아, 그따위 왜년 상대할 것 없다. 미친 짓 하지 말고 가자, 가아. 허허어, 이 사람이, 오기도 부릴 때 부리는 거지, 자아 자,"

홍이 삼석의 팔을 잡아끄는 것을 본 일본여자는 약해서 꽁무니 빼는 줄 알았던지 한층 기승해져서 소매가 미끄러져 내려간 허연 팔뚝을 내두르며 찢어발기는 소리를 질러댄다.

"내 것 안 판다는데 무슨 건방진 소릴 짖어대는 게야! 일등국민인 우리가 너거들 야만인한테 네, 네, 고맙습니다, 하게 돼 있느냐구! 오까미상? 혓바닥을 잘라줄까? 고노 쿠소다레(이 똥싸개)! 일본인한테 덤비는 조선놈의 새끼는 모조리 부다고야(돼지우리, 유치장이란 말)에 처넣어버릴 테다!"[168]

'일본인 식료품가게'에서 마주한 '기름방울이 둥둥 떠 있을 것만 같은 살찐 일본 여자'와 '울상'인 중년아낙은 대조적이다. 이는 조선 내에서 주인이 된 일본인과 그들로 인해 오히려 행랑아범 신세로 전락한 조선인을 단면적으로 보여준다. 제국주의자와 식민지인의 상황은 매매의 주체

---

168 『토지』 8권, 414~415쪽.

와 객체조차 주객전도시킨 것이다. 일반적으로 매매의 주체는 소비자다. 그러나 일인 여업주와 중년아낙의 거래는 판매자를 주체로 만든다. 이런 상황은 가속화하여 일인 여업주는 '일등 국민'이 되고 중년아낙은 '야만인'이 되는 대조로 이어진다. 일인 여업주는 조선인을 '돼지우리'에 처넣어야 한다고 말하기까지 한다. 일인 여업주에겐 중년아낙이 가난한 조선인이란 자체만으로 인간/동물의 접경지대로 취급 가능한 하찮은 인물로 생각되었던 것이다. 그래서 일인 여업주는 무턱대고 '우란요, 우라나이. 앗찌니 이께(안 판다, 안 팔아. 저리 가야)!'라 강하게 외칠 수 있었던 것이다. 이런 일인 여업주의 오만한 발언은 중년아낙이 조선 여성이기 때문에 더 거리낌 없이 나올 수 있었다.[169] 그렇다면 중년아낙의 재현은 역사적 현실에서 보호받지 못한 여성, 조선 여성이기에 겪을 수밖에 없는 어쩔 수 없는 고난을 보여주는 것이라 할 수 있다. 주목되지 못했던 중년아낙의 삶처럼 "주변의 역사를 검색하는 것은 여성사를 의기양양하게 쓰는 데"[170]에 꼭 필요하다. 즉 중년아낙은 사람을 무턱대고 무시하며 멸시하는 식민압제자들이 인간에 대한 차별의식을 가지고 있음을 보여주는 인물이다.

일인 여업주의 수행성은 일본 제국주의자의 나르시시즘을 드러내며 일인 여업주의 승리가 역설적으로 읽히게 하고 있다. 왜냐하면 일인 여업주의 비합리, 비인간화, 폭력성을 노출하기 때문이다. 게다가 일인 여업주의 오만은 일본과 영국의 제국주의 지배방식이 대립됨을 보여준

---

169 『토지』에는 억압받는 현상이 하나의 특징을 갖고 있다. 일본 남성에 의한 조선 여성의 억압→제국주의 남성(친일파)에 의한 조선 여성의 억압→제국주의 남성에 의한 조선 남성의 억압→일본 여성에 의한 조선 여성의 억압 순으로 일어난다는 것이다. 이런 순서로 볼 때, 일본 여성이 조선 여성을 억압하는 것은 조선 남성보다도 더 약한 존재이기 때문일 것이다.

170 가야트리 스피박, 태혜숙 · 박미선 옮김, 앞의 책, 339쪽.

다.[171] 일인 여업주에겐 정체성 퍼포먼스도 자기훈육도 없다. 오히려 일인 여업주는 심리학자가 말하는 제국주의자의 콤플렉스를 보여준다.[172] 즉 일인 여업주는 제국주의자들이 지닌 장점보다는 단점을 부각시키는 효과를 낳고 있는 것이다. 이런 일인 여업주의 콤플렉스는 사회적 콤플렉스를 반영한 것으로 읽을 수 있다. 일인 여업주만큼 무조건적으로 식민지인을 억압하는 일본인이 『토지』에는 거의 나오지 않는다는 점에서 짐작 가능하다. 중년아낙이 한 번만 등장하면서 억압받는 식민지인을 전형적으로 보여준다고 볼 때 일인 여업주도 한 번만 등장하면서 억압하는 제국주의자를 전형적으로 보여준다고 할 수 있는 것이다. 즉 일인 여업주는 조선 여인을 억압하는 제국주의자의 전형적 모습을 보여주며, 사회적 콤플렉스를 지닌 제국주의자를 보여준다.

나아가 일인 여업주는 식민압제자가 가진 내면의 심리적 상흔을 짐작할 수 있도록 해준다. 제국주의, 자본주의 수혜자가 되지 못할 때 겪을지도 모를 억압상황을 식민압제자들은 두려워하고 있었던 것이다. 제국으로부터 추방되지 않기 위해, 권력과 앎이란 지식에 복종하고 있음을 타

---

171 강인함, 냉철한 판단력, 심지어 초인적 인간상으로 대변되는 영국 남성성은 불안해진 제국의 위상을 보전하기 위해 대영제국이 선택한 이데올로기적 담론의 결과다. 영국인들은 인도라는, 전혀 다르고 보다 공개되어 있는 무대에서는 도덕적인 차원뿐 아니라 정치적으로도 적절하게 행동해야 했다. 인도라는 공개적인 무대에서 영국인들은 제국주의 첨병으로서의 위상에 걸맞는 행동을 취해야 했다. 강인한 남성성에 바탕을 둔 식민지배자의 이상적인 정체성 퍼포먼스는 식민피지배자들에게 과시하기 위한 것일 뿐 아니라, 지배자 스스로의 자기훈육을 목적으로 하고 있다. 박형지 · 설혜심, 『제국주의와 남성성』, 아카넷, 2004, 42~50쪽.

172 콤플렉스는 억압된 감정의 주체이고 항상 심리적 장애를 일으키며 많은 경우 신경증의 증상마저 일으키는 것으로 정의된다. 원형은 이런 콤플렉스와 똑같이 기능한다. 원하는 때에 나타나거나 사라지거나 하여 자주 난처한 방법으로 우리의 의식적인 의도에 장애를 주거나 수정을 가한다. 이런 특수한 성질은 개인의 콤플렉스가 그 개개의 역사를 갖듯이 원형적인 성질을 갖는 사회적 콤플렉스 또한 그 역사를 갖는다. 칼 구스타프 융 외, 권오석 옮김, 『무의식의 분석』, 홍신문화사, 1993, 28쪽.

인에게 증명해야 했다. 다시 말해 식민압제자들도 식민국의 문화적 수준을 향유하고 있어야 한다는 강박의식 속에서 헤어나지 못하고 있었던 것이다. 그래서 권위 콤플렉스, 지배자 콤플렉스에 경도되어 자기훈련과 자기통제를 못하는 일인 여업주가 되어버린 것이다. 달리 말하면 종속되지 않기 위해 종속시키려 한 일인들의 몸부림인 것이다. 일인들 역시 제국으로부터 감시받고 훈련받고 교정받는 수감자였던 것이다. 양자택일을 강요받아온 것은 식민지인뿐만 아니라 제국주의자도 마찬가지였다. 즉 제국주의자의 폭력은 열등감의 재생산으로 읽힌다. 일인들의 열등감 → 우월감 → 가학증 → 열등감으로 드러나기 때문이다. 일본 제국주의자들이 지닌 심리적 상흔이 공격성을 생산하고 있는 것이다.

중년 아낙이 지불하려 한 돈을 전염병처럼 끔찍스럽게 생각한 일인 여업주의 행동은 중년아낙과 같은 식민지 가난한 백성에게 능동적으로 저항해야 함을 일깨우게 한다. 중년아낙에게 닥쳐온 냉대는 가혹했던 것이다. 중년아낙은 제국주의와 자본주의에서 약자인 여성의 처지를 감내하는 순종적 여인이었다. 저항하는 어떤 행동도 하지 않았다. 그런데도 이유 없이 차별받고 업신여김당하고 내쫓긴다. 이런 억울함은 토착정보원인 중년아낙에게 제국주의 자본 규칙에 내재한 불평등과 비인간화를 느끼게 만든다. 그 감정은 전이되어 홍이 친구들이 분노하는 모습으로 나타난다. 홍이와 친구들은 자신들이 당하는 일이 아님에도 의기를 발휘할 수밖에 없게 된다. 그래서 일인 여업주와 싸움이 터질 뻔 한다. 하지만 그런 싸움에선 반드시 식민지인이 절대적으로 패배한다. 그래서 이를 악물고 참는다. 이런 사건은 식민지인에게 제국주의자들이 지닌 인가된 무지에 저항하지 않고 순응하는 것은 변해야 할 행동임을 말하는 것이라 할 수 있다. 왜냐하면 중년아낙마저 '얄궂대이'를 반복할 수밖에 없도록 만드는 부당한 것이기 때문이다. 중년아낙도 변화의 필요성을 느끼고 있는 것이다. 그래서 중년아낙은 전처럼 순응만 하는 여인에서 변화할 것을 암시하는 인물로 남게 된다. 즉 중년아낙은 식민지 여성이 겪는 자본에 의한 억압상을 대표하고, 식민지 여성에게 내재된 저항의식이 표출되어야 하는 타당성을 보여준다.

지나치게 많은 결핍 속에 중년아낙은 보충하려는 욕망조차 갖지 못했었다. 무엇 때문에 노랑김치를 살 수 없는지도 모른 채 그저 당하는 여인이었다. 이런 순수한 여성의 비극은 억압된 것들의 회귀를 일으킨다. 무언가 부당하다는 인식을 깨닫도록 유도한다. 그리고 일인이 중년아낙을 가혹하게 대하는 것은 그녀가 가난해서이다. 그러니 식민지 백성들은 힘, 권력, 부를 길러야 한다 다짐하게 만든다. 중년아낙의 사건은 바로 '역사의 뼈아픈 진실'[173]이기 때문이다. 중년아낙은 식민지인들에게 경거망동하지 말고 살아남아 후일을 도모하자는 생산적 정신을 가지게끔 유도하는 인물인 것이다.

명명한다는 것이 언어의 시원적 폭력이라고 하면 중년아낙은 마땅히 식민지 가난한 하층 여성으로 억압받는 인물이다. 이름을 전혀 갖지 못하고 있기 때문이다. 그런 중년아낙은 제국주의 자본에서 밀려난 조선 여인의 비극을 보여준다. 그래서 살아남기 위한 위반이 필요함을 드러낸다. 즉 제국 자본을 소유하지 못하면 개돼지 취급을 받는 어쩔 수 없는 상황이므로 제국 자본을 생존적 의미에서 소유해야 함을 말하고 있는 것이다. 중년아낙이 미처 갖지 못한 이런 생존적 소유는 영선네가 실천하고 있다.

---

173 식민지 수탈의 상징인 조선총독부와 동양척식주식회사, 더 나아가 식민지 본국으로서 동아시아를 침탈한 일제의 정치·경제적 부조리함과 일본 문화의 호전성에 대한 비판을 기조로 『토지』는 한민족의 삶으로부터 생성되는 역사적 경험의 진실을 작품 전편에 구현해내고 있다. 최유찬 외 공저, 김성수, 앞의 책, 139~140쪽.

"나는 그만 절에서 공양주하고 함께 있었으믄 싶습니다."

하고 말했다. 영광과 영선은 비로소 모친이 독실한 불교신자였던 것을 상기했다.

"사돈댁도 가깝고 오며 가며."

영광과 영선은 그러는 어미를 설득하려 했지만 자식들 집에 가서 살지 않겠다는 영선네의 의지를 꺾을 수 없었다.

"그것도 마 괜찮겠십니다. 당분간 절에 기시믄서 관수 명복도 빌고 그러는 기 이 신양에 좋을 깁니다. 너거들도 너무 우기지 마라. 어무이가 편한 대로 해야 하는 기라."

강쇠는 단(斷)을 내리듯 말했다. 영광과 영선은 서로 바라보며 한숨을 내쉬었다. 왜 자식들과는 함께 살지 않으려 하는가, 영선이나 영광은 알고 있었다. 자식의 앞길을 막아서는 안 된다는 영선네 결심을. 어쩌면 그는 지상에서 사라지고 싶었는지 모른다. 그만큼 그의 출생의 멍에는 무겁고도 가혹한 것이었다.[174]

식민지 최하층 여성인 영선네는 중년아낙과는 좀 다르다. 영선네는 백정의 피를 물려준 죄의식 때문에 평생 죄인처럼 자식을 대한다. 자식들과 같이 살지 않겠다는 것이 '자식의 앞길을 막아서는 안 된다'는 의식에서 비롯될 만큼 그녀에게 '출생의 멍에'는 무겁다. 영선네는 남편의 죽음 앞에서 자신이 죽고 남편이 살아야했다며 운다. 이런 영선네의 외마디는 그녀의 피투성이 삶을 대변한다고 볼 수 있다. 영선네는 아들 영광을 통해, 혹은 남편 관수를 통해 우회적으로 나타난다. 그녀가 작품 전면에 직접 나타나는 경우는 거의 없다. 비켜남의 미학[175]으로 묘사되고 있는 것이다. 영선네는 백정의 딸로 태어났기에 받았을 것 같은 억압상을 간접적으로 드러내는 인물이다.

---

174 『토지』 13권, 160~161쪽.
175 김은경, 「갈등구조를 통한 박경리 『토지』의 담론특성」, 『비교문학』 33, 한국비교문학회, 2004, 273쪽.

영광은 어미 쪽을 닮아 잘생긴 아이였다. 아비는 못난 편이지만 친할머니도 젊은 시절에는 고운 여자였다. 장인이 생존해 있을 때,

"백정의 자식 인물 좋으믄 머하노. 인물 좋은 것이 화근이라……"

혼자 한탄하곤 했었다.

"별말심을 다 하십니다. 이제 세상은 달라져가고 있인께 너무 걱정 마시이소."

장인에게 타박을 주며 위로하기도 했었다. 문제의 발단은 강혜숙(康惠淑)이라는 여학생 때문인데, 그들은 양가의 부모 몰래 편지를 주고받는 사이였던 것이다. 혜숙이 집에서 그 일을 먼저 알았고, 그것까지는 좋았는데 어떻게 해서 밝혀지게 되었는지 백정의 외손자라는 것이 탄로되어 일이 크게 벌어졌던 것이다. 관수는 신변에 위험을 느끼게 되었으며 영광은 학교에서 퇴학을 당했다. 강혜숙이 사는 곳은 뛰어넘을 담조차 없는 철벽인 것을 영광은 비로소 깨달은 것이다. 자랑스러웠던 그의 청춘은 산산조각이 났다.[176]

아들 영광은 순수한 연애를 했을 뿐이다. 하지만 그의 연애는 범죄를 저지른 것과 같은 결과를 가져왔다. 영광의 아버지인 '관수는 신변에 위험을 느끼게 되었으며 영광은 학교에서 퇴학을 당' 할 만큼 사람들은 강하게 단죄하였다. 그러니 조선 최하층계급인 영선네가 당했을 괴로움은 충분히 짐작된다. "아이들의 수모도 감수해야 했으며 의복도 백정의 표지가 있어야 했던 세월"의 흔적이 남아 있었기 때문이다. "세상이 달라져가고 있다고는 하나 마음속에 찍혀 있는 피차간의 낙인들은 일조일석에 없어질 것이" 아니었다. 즉 날 것의 인간이며 토착정보원인 영선네는 한 번도 조명 받지 못한 음지의 인물이다. 역사적 현실 재현에서 가장 소외되기 쉬운 계층인 것이다. 그런데 영선네는 놀랍게도 『토지』를 처음부터 끝까지 이끄는 인물로 남겨진다. 작품 중간에서 죽거나 사라지지 않고 억압받는 여성으로서 매우 핍진한 삶을 작품 끝까지 영위한다. 그래

---

176 『토지』 11권, 43쪽.

서 중요한 인물이다.

이런 인물에겐 '권리를 가질 권리'가 보장되어야 한다. '권리를 가질 권리'란 법적으로 보장되는 것은 아니지만, 그렇다고 해서 자연적인 것도 아니다. 법적인 경계 밖에 서 있을 때조차, 이 권리는 법적인 보호와 보장을 요구한다. 이런 의미에서 권리란 이중으로 존재한다고 볼 수 있다. 거리에서의 권리의 요구와 사람들이 부르는 노래 사이에서, 권리를 가질 권리가 행사되고 있기 때문이다. 후자는 어떤 법으로도 보장되지 않지만, 자연 상태가 아니라 사회적 조건인 평등에 속하는 것이다. 담론뿐 아니라 노래를 포함한 다른 표현 양식 속에서 형성되는 사회적 상태이다.[177] 즉 백정이라고 하는 사회적 조건은 사람들이 부르는 노래처럼 권리를 가질 권리를 요구한다. 그런데 제국주의 남성과 계급 그 모든 인가된 무지에 그대로 노출되어 고통받는 영선네는 권리를 가질 권리조차 요구하지 않는다.

거의 무저항에 가까운 이런 영선네의 삶은 그런데도 긍정이다. 식민치하에서도 여전히 막강했던 신분차별, 아니 식민치하라 더욱 과격하게 차별받는 것일 수 있다. 송관수는 평민이지만 아내가 백정이라 업신여김 당한다. 그러니 영선네의 처지야 말해 무엇 하겠는가. 억눌려왔던 식민지 백성들이 그들의 분함을 풀 배출구로 영선네 가족을 생각한 것인지 모른다. 백정의 딸은 사람도 여성도 아니었기에 더욱 손쉬웠을 것이다. 그렇게 쉽사리 인간/짐승의 접경지대에 놓인 인물이었다. 이는 백정 각시놀이[178]에서 증명된다. 그런데도 영선네는 원망하는 삶이 아니라 자책

---

177 주디스 버틀러 · 가야트리 스피박 지음, 주해연 옮김, 앞의 책, 65쪽.
178 군중 속에서 백정네 딸 하나를 잡아낸 사람들이 그녀의 치마를 찢고 속곳을 벗기는 것이 놀이였다.

하는 삶을 산다. 모든 억압과 굴레는 자신에게서 비롯된다는 원죄의식을 지녔던 것이다. 그런데 이 원죄의식이 아이러니하게도 그녀를 긍정적 인물로 만든다. 왜냐하면 "해체의 가장 급진적인 도전은 사유를 미래로 양도되는 텍스트의 텅 빈 부분으로 개념화하는 것"이기 때문이다.[179] 영선네의 원죄의식에 의한 이해할 수 없는 순응은 텅 빈 부분으로 독자를 이끌고 있다. 그러면서 자기훈련과 자기통제를 늘 견지하였던 영선네를 평범한 인물로만 볼 수 없도록 주의를 환기시킨다. 달리 말해 비인간적인 기존 체계에 저항하는 것도 마땅하나, 그 저항의 또 다른 양태로서 순응적 수행성과 자기절제의 방법이 있음을 내비치고 있는 것이라 볼 수 있다. 억압된 것들의 회귀가 반드시 폭력이나 적극적 저항에서만 드러나는 것이 아니라 소극적 저항, 순응적 수행에서도 드러날 수 있음을 보여준다. 언제나 자신을 반성하고 자신의 행위에서 결함을 찾고 자신의 흔들리는 소신을 바로잡기 위해 애쓰는 모습에서 영선네의 긍정성은 나타나고 있다.

영광은 그 생각을 하며 골목을 지나서 집 앞에 이르렀다.
"어머니."
낮은 목소리로 부르며 살그머니 대문을 흔든다. 그 순간 방문 여는 소리, 발짝 소리, 대문의 빗장 푸는 소리, 영선네가 얼굴을 내밀었다. 손목에는 염주를 걸고 있었다. 옷매무시는 단정했고, 그는 대문 흔드는 소리에만 귀를 기울이고 있었던 것 같았다.
"안 주무시고 계셨어요?"
순한 양과 같이 심약해진 것 같은 영광의 모습을 유심히 쳐다보던 영선네는
"아니다, 좀 일찍 일어났다."
대답을 하면서도 얼굴을 피하는 영광을 계속해 쳐다본다. 집 안으로 들어간

179 가야트리 스피박, 태혜숙 옮김, 『교육기계 안의 바깥에서』, 50쪽.

영광은 자기 거처방으로 곧장 들어갔고 영선네는 우두커니 마루에 선 채 거부하는 것과도 같이 닫혀진 아들 방의 방문을 멍하니 바라보다가 염주를 팔에서 벗겨 안방에 놔두고 부엌으로 내려간다.

자랄 때부터 그랬었다. 영광은 아들이기보다 어렵고 힘들었으며 두려운 존재였다. 어렵고 두려웠다는 것은, 그것은 숭배하는 마음이기도 했다. 그 감정은 맹목적이며 신앙에 가까운 것이었다. 영선이나 막내 영구는 여느 어머니와 마찬가지로 영선네에게는 그냥 딸이며 아들이었으나 영광은 그렇지 않았다. 부산에 있을 때, 혜숙의 어머니가 쳐들어와서 백정의 자식이 어찌 감히 남의 집 귀한 딸자식을 넘보느냐, 하며 갖은 수모를 가하고 떠났을 때, 영선네는 내 잘난 아들! 하며 울었다. 영선네의 그 숭배감 속에는 깊은 죄의식이 있었다. 백정의 피를 물려준 죄의식이었다.[180]

영선네와 영광이가 살아가는 '집'에서 일어나는 이런 평화로운 일상은 매우 중요하다. 당시 조선인들은 거지로 전락해 있었기 때문이다. 등짐장수가 그리운 님 기다리듯 손님을 기다리던 기막히게 가난한 시절이었다.[181] 그러니 영선네가 집 안에서 대문을 열어주는 것은 자본의 보호를 받고 있음을 드러낸다. 특히 '손목에는 염주를 걸고 있었다.'처럼 일하는 어머니가 아니라는 점은 자본을 얼마간 지닌 삶임을 드러낸다. 이처럼 영선네의 삶은 지독한 가난에 쫓긴 삶이 아니라, 적당한 자본 소유를 하고 있는 것이다. '거처방' '안방' '부엌'이 있는 집에서 영선네는 보호받는다. 즉 영선네가 피투성이 삶 속에서도 절망하지 않는 원동력에는 제국주의 자본 소유를 생존적 의미에서 하고 있다는 점을 들 수 있는

---

180 『토지』 15권, 245~246쪽.
181 조상 대대로 살던 땅에서 쫓겨 산 설고 물 설은 남의 고장에서 사는 처지도 그렇겠지만, 소도시로 소읍으로 밀려나와 방황하는 무리의 참상 또한 목불인견이다. 그들 무리를 살펴보건대 거리마다 밥 빌러 다니는 걸인들이 태반이요, 부두, 정거장, 여관, 저잣거리에는 팔짱 낀 지게꾼이 그리운 님 기다리듯 짐을 기다리는 광경이 그들의 형편이었다.

것이다.

"자기 자신이 페미니스트라고 이야기하는 많은 특권 계급 여성들은 빈곤의 여성화에 대하여 간단히 등 돌려 버렸다."[182] 하지만 "해방의 기제로서 일 그 자체라기보다는 경제적 자기충족의 관점에서 이야기할 때, 우리는 한 걸음 나아가서 어떤 유형의 일이 해방적인가에 대하여 논의해야 한다."[183] 영선네의 '염주'는 이런 자기충족적인 자본을 상징한다. 영선네는 제국 자본을 아예 가치 절하한 것이 아니라 자본 소유의 가치를 알고 있었으며 적절히 활용한다. 정확히 말해, 영선네는 자본을 소유하기보다 거리를 두면서 산다. 남은 재산을 지리산 절에 시주하여 그곳에서 홀로 여생을 보내는 모습에서 알 수 있다.

이런 영선네에게서 결코 지울 수 없는 흔적은 계층의식이다. 그녀의 심리적 상흔도 계층의식에 의해 지속되고, 죄책감도 원죄의식도 계층의식에 의해 가속화되었다. 언제 어디서나 죄인이었던, 착하고 선하고 무비판적이었던 영선네에겐 제국주의 기획이든 가부장제 기획이든 자본의 기획이든 무엇이나 자신의 탓이었다. 사회를 비판하지 못한 인물이다. 하지만 영선네에게서 비판정신이 결여된 것은 사회가 그녀의 의식을 매몰시킬 만큼 강압적이었음을 반증하는 것이기도 하다. 그녀가 말하지 못하고 살아온 고통의 시간이 어떠했을지 짐작 가능하기 때문이다.

"우리가 특정한 관점을 지니고 특정한 행위를 하는 이유를 의식적으로 탐색하건 하지 않건 간에 우리의 사고와 행위를 틀 지우는 심층적 구조는 실재한다."[184] 그렇게 볼 때 영선네의 행위 모두에는 계급에 대한

---

182 벨 혹스, 박정애 옮김, 앞의 책, 99쪽.
183 위의 책, 117쪽.
184 위의 책, 55쪽.

사회가 심어놓은 공포가 자리하고 있었던 것이다. 전략적으로 배제되었고, 추방되었고, 소외되었던 영선네의 희생은 그래서 영선네를 가치 절하할 수 없는 것이다. 잘못은 신분차별이란 중심화된 기존 가치관과 신분차별의식이 변화할 줄 모르는 주변인들에게 더 많기 때문이다. 더구나 가장 억압받는 위치에 있어, 가장 내부 식민화가 될 가능성이 높았던 영선네는 결코 내부 식민화되지 않는다. 영선네는 끝내 식민지 에스노중심주의적 인물로 남는다. 이는 뒤집어 생각하면 인심 좋은 시혜적인 제국주의자들이 유포한 동화정책이 거짓임을 드러내는 것이다. 조선에서 가장 핍박받던 계층에게도 제국주의자들의 달콤한 선전 문구는 유혹적이지 않았던 것이다. 즉 '제국주의자를 흉내내고 싶어 하는 식민지인' 이란 기존 의식에 균열을 가하는 영선네인 것이다.

영선네는 중심의 해체가 필요함을 말하는 역할을 한다. 영선네의 무저항, 무비판, 순응적 실천행위는 불가능성 중 가능성에 무게를 둔 것이기 때문이다. 짐승처럼 다루어진 그들은 인간이라는 이름으로부터 시원적으로 축출된 표식이었고, 축출된 표식으로 생을 마감했다. 하지만 마감된 그들의 생이 타자들에게 역전되어 사회, 시대, 인식의 변화가 촉구되어야 함을 깨닫게 만든다. 이렇게 영선네는 최하층 토착정보원의 입장을 전유한다. 이런 영선네의 순응은 규칙 깨뜨리기를 낳고 있다. 비합리적, 비인간적, 폭력적인 기존인식이 노출되도록 유도하기 때문이다. 내몰린 주변적 인물 영선네는 주변의 긍정성을 통해 중심을 흔든다. 하위주체 영선네의 역전, 생의 긍정성 회복은 그래서 중요하며 의미 깊다.

전통적인 하위계층 여성 상상력을 그대로 수용한 인물이면서 상상력을 파편화하는 인물이 영선네인 것이다. 즉 영선네를 통한 재현은 제국주의 자본 소유가 식민지 여성에게 생존적 소유로서 필요함을 드러낸다. 생존적 소유가 있었기에 사회적 생명성을 이어가고 있는 영선네를 보면 알 수 있다.

2. 제국주의 자본 소유와 친일 여성에 대한 타자의 시선

『토지』는 제국주의 자본을 소유하지 못했기에 억압받은 인물을 형상화하는 것으로만 그치지 않는다. 그와 반대로 제국주의 자본을 소유한 식민지 여성도 밀도 있게 그려낸다. 제국주의 자본을 소유한 식민지 여성은 홍씨와 양을례를 통해 알 수 있다. 왜냐하면 홍씨는 오로지 제국주의 자본만을 소유하기 위해 매진한 삶이었기 때문이며, 양을례는 제국주의 자본을 소유하여 '지적 허영'을 채우려했던 삶이었기 때문이다.

우선 홍씨는 서울에서 살다가 남편 조준구를 따라 평사리로 내려온 인물이다. 서울 부유한 집안에서 태어나 자란 홍씨는 물욕이 대단히 강하다. 남편이나 자식과도 자기 물건을 나누어 쓰는 법이 없다. 그런 홍씨에게 남편 조준구는 최참판댁 만석살림을 자신들이 차지할 수 있는 기회가 곧 올 것이라며 기다리라 말한다. 그러니 홍씨는 조준구의 계략을 돕게 되고 만석살림에 대한 욕심이 늘어만 간다. 하지만 홍씨는 거저 얻게 된 최참판댁 만석살림으로 인해 더욱 비인간적으로 변한다. 남편과도 이혼하고 자식과도 외면하면서 홀로 처참한 죽음을 맞이하게 된다. 그런 그녀를 바라보는 마을 사람들의 시선도 곱지 않다.

반면 양을례는 여학교를 다녔다는 지적인 허영심은 있었지만 물질에 대한 욕심은 없었던 인물이다. 그런데 남편 석이가 기생 봉순이를 정신적으로 사랑한다는 사실에 분노를 느끼면서 달라진다. 무엇으로 보나 자신보다 못한 봉순이를 남편이 진심으로 아낀다는 사실이 치욕스럽다. 그 결과 가난하고 거지와 다름없이 살아왔던 과거를 지닌 시집 식구들에 대한 불만이 결국 터져버리게 된다. 그래서 석이와 이혼한다. 이후 그녀는 자신의 지적 허영심을 채우기 위해 물질에 집착한다. 부를 지니게 되면 누구도 자신을 무시하지 못할 것이라 생각했기 때문이다. 그래서 제국주의적 남성들과 함께 살기 시작한다. 그러나 이런 선택은 결국 그녀의 딸마저 불행하게 만든다. 그래서 마을 사람들은 야차와 같았던 임이네보다도 양을례를 더 비인간적인 사람이라 생각한다. 이들의 삶을 상세히 살펴보자.

> 홍씨는 패악스럽고 욕심이 많은 데 비하여 우둔하고 요사스럽지는 않았다. 최참판댁에 온 후부터 그가 하는 일이란 몸단장이요, 맛난 것을 양껏 청해 먹는 그것이 일과였다. 조준구는 윤씨 부인에게 처가 신세를 졌다고 했는데 그것역시 빈 말이었다. 홍씨의 문벌은 조씨네보다 떨어지는 편이었으나 살림은 유복했다. 그러나 홍씨가 물려받아 온 것이라곤 사치하는 기풍과 남에게 나눌 줄모르는 인색함뿐이었고, 그 습벽은 남편에 대해서도 예외는 아니어서 아무리준구가 곤란을 겪어도 홍씨는 자기 소유의 귀이개 하나 내어놓는 일이 없었다. 병신이지만 하나밖에 없는 자식에게조차 그의 생각은 마찬가지였다. 그럼에도준구는 홍씨에게 꼼짝 못했다. 그것은 애정하고는 다른 것인 듯싶었다. 어쩌면아들 때문이었는지도 모른다. 홍씨는 꼽추의 원인을 준구에게 몰아붙였던 것이다.[185]

홍씨는 '패악스럽고 욕심이 많은 데 비하여 우둔하고 요사스럽지는 않았다.' 이는 양면성을 지닌 홍씨를 보여준다. 욕심은 있지만 착하게 살 수도 악하게 살 수도 있는 변화 가능한 인물이었던 것이다. '몸단장이요, 맛난 것을 양껏 청해 먹는' 홍씨가 처음부터 악인이었던 것은 아니다. 오히려 단순하다. 하지만 공으로 얻게 된 만석살림으로 인해서 '사치'와 '인색함'이 과잉 증가하게 된다. 즉 제국주의 자본을 손쉽게 소유하는

---

185 『토지』 2권, 371쪽.

친일 여성이 되면서 타락하게 된 것이다. 이는 "오로지 '나'와 '내 것'만이 중요한 나르시시즘 문화가 판을 치는 나라에서는 탐욕이 횡행할 수밖에 없듯이"[186] 홍씨도 물질에 가치를 두게 되면서 타락한 것이다.

홍씨는 하나밖에 없는 아들이 꼽추인 '원인을 준구에게 몰아붙였던' 만큼 일본적 사디즘과 유사한 인식을 가지고 있었다. 이런 인식으로 인해 일본 제국주의를 다른 사람보다 더 자연스럽게 받아들일 수 있었다. 일본적 사디즘은 일본적 마조히즘과 관계되는 심리이다. 우선 일본적 마조히즘이란 다른 사람으로부터의 벌을 피하기 위해서 자진해서 자벌함으로서 자아의 안정을 얻고 자아의 쾌감을 얻을 수 있다는 간접적인 마조히즘이다.[187] 자조, 자책, 자숙이라는 형태로 자기의 결점, 자기의 죄과, 자기 자신에 대한 규제를 선수침으로서 결국은 책임회피와 면제를 노리는 심리적인 방위의 메커니즘이다. 이에 비해서 책임을 다른 사람에게 전가하는 심리적인 공격의 메커니즘이 일본인 특유의 일본적 사디즘이다.[188] 즉 홍씨는 자신의 책임을 조준구에게 전가하고 싶었던 것이다. 이런 홍씨였기에 호열자로 최참판댁 많은 이들이 죽어나갈 때 자신의 처소에서 한 발짝도 나가지 않고, 음식을 끓여먹으며 혹시라도 자신에게 병이 옮을까만 전전긍긍하였다. 그러다 호열자로 윤씨 부인이 별세하자, 홍씨는 당장 거처를 안채로 옮긴다. 꿈에 그리던 고방열쇠를 차지하고 가장집물을 챙긴다. 그리곤 최서희를 친척집에서 데려다 놓은 고아 취급을 한다. 그렇게 홍씨는 대놓고 달라진다. 욕구(한계가 있다)를 채우려는 인물에서 욕망(한계가 없다)을 채우려는 인물로 변화

---

186 벨 훅스, 이경아 옮김, 『벨 훅스, 계급에 대해 말하지 않기』, 모티브북, 2008, 90쪽.
187 미나미 히로시, 서정완 옮김, 『일본적 자아』, 소화, 1996, 65~69쪽.
188 위의 책, 71쪽.

한 것이다. 양껏 밥을 먹고 배가 부른 것으로 만족하던 지난날의 홍씨가 아니다. 더 많은 재물을 소유하려는 생각에 빠지게 된 것이다. 이것을 서술자는 홍씨가 '살이 올라 두루뭉실' 해진 외관을 묘사하면서 드러낸다.

> 분단장에 여전히 패물을 차고 어제와는 다르게 옥색 갑사 치마저고리를 입은 홍씨는 하루라도 고방 근처를 배회하지 않고는 배길 수 없는지 또 나타났다.
> "곡식을 또 내는 거냐?"
> 기웃이 들여다보며 못마땅해서 말했다.
> "아, 아닙니다. 나리께서 챙겨보라 하시기에."
> "가난은 나라서도 못 구한다 하는데 곡식섬을 꺼내가면 어쩌누. 굶어죽는 것도 팔자소관 아니겠느냐?"
> "그러기 말입니다."
> "마른 논에 물 붓기야. 아무 소용 없는 짓이라니, 내 곡식만 축낼것 없어."
> 동감이면서 내 곡식이라는 말에는 삼수도 냉소를 머금는다.
> '내 곡식이라꼬? 참말이지 비우가 좋기는 엔간히 좋다. 하기사 사람 팔자 알 수 없는 기라. 지난 가슬까지만 해도 뒤채에서 밥술이나 얻어묵던 주제에 땅땅 울리는 꼴이라니 가소롭구나.' [189]

공으로 얻은 만석살림을 거리낌 없이 '내 곡식' 이라 말하는 홍씨로 변한 것이다. 부가 위험한 것은 사람을 나쁘게 만들어서가 아니라 자기밖에 모르는 병적인 자기도취 상태에 빠트릴 수 있기 때문이다. 그런 상태에 빠진 사람은 공동체에서 반드시 몰아내야 한다.[190] 삼수가 보기에도 자기도취에 빠진 홍씨의 언행은 지나치다. 그런 자기도취는 가족으로부터도 홍씨를 경계의 대상이 되도록 만든다. 남편도 홍씨를 멀리하고 아

---

189 『토지』 3권, 81쪽.
190 벨 훅스, 이경아 옮김, 앞의 책, 64쪽.

들도 홍씨를 멀리한다. 게다가 괴물이라 지칭되는 꼽추 아들을 낳은 홍씨가 아들보다 오히려 더욱 괴물스럽게 묘사된다. 이는 홍씨가 조병수를 키운 과정에서 알 수 있다. 홍씨는 아들 조병수가 창피스러웠다. 그래서 서울서 열두 살이 될 때까지 조병수는 어둠침침한 골방에서 자랐다. 홍씨가 불구 자식이라며 밖으로 내보내지 않았기 때문이다. 어머니이지만 아들 병수의 내부에 숨은 청량한 오성을 알아보지 못하고 그저 외양만을 보고 혐오스러워한 것이다. 마을 사람들은 이런 홍씨를 인간 이하로 생각한다.

양반집 여인의 상식을 넘는 폭력과 폭언, 극심한 잔인성도 홍씨를 비인간적이라 느끼는 인식에 한 몫을 한다. 이는 홍씨가 삼월이를 매질하는 모습에서 가장 극명하게 드러난다.[191] 홍씨에겐 남편도 남이요 아들도 남이다. 홍씨 자신과 자신의 수중으로 들어와 쌓여가는 재물만이 중요하다. 원래 염치를 차릴 줄 몰랐던 홍씨가 재물 축적으로 인해 소유물에 절대가치를 두는 비인간으로 급속히 전락한 것이다. 이는 "물질문명과 친일감정으로 흐르는 경박하고 천한 허영주의에는 반기를 든다는 작가의 신념"[192]이 반영된 것이다. 이런 홍씨 눈엔 자신을 제외하고는 모두 약탈자로 보인다. 자신이 최서희의 재산을 가로챘기에, 그 투사였던 것이다. 하지만 홍씨처럼 무산 계급을 약탈이나 일삼는 계급으로 왜곡시

---

191 남편 조준구와 삼월이의 일(성관계)을 알게 되었을 때, 홍씨는 삼월이를 가두어놓고 닦달을 한다. 개돼지를 폭행하듯 팬다. 한번으로 끝나지 않는다. 이 사건을 전해들은 사람들은 삼월이가 차라리 죽는 편이 낫다 생각할 정도다. 그만큼 무지막지하게 삼월이를 매질했던 홍씨다. 그런데 놀랍게도 홍씨는 남편에 대해서는 심히 노해 있는 것 같지 않다. 이는 홍씨가 자신보다 약한 이에게 가혹한 인물임을 드러낸다. 세월이 지나도 홍씨의 이런 의식은 변함없다. 홍씨는 향심을 찾아간다. 한 달 동안 집에는 얼씬도 하지 않은 조준구를 찾으러 온 것이다. 그러나 조준구는 남산 쪽에 숨겨둔 이화학당 다니는 신여성과 지내는 중이다.
192 백지연, 앞의 논문, 349쪽.

켜 경멸하고 두려워하는 것만큼 공동체적 가치를 위협하는 것도 없다.[193] 그러니 마을 사람들이 홍씨를 멀리하고 경멸하는 것은 자연스런 현상이다.

"해체 기획은 필연적으로 내부로부터 작동하며 그 구조들을 구조적으로 빌려와, 말하자면 그것들의 요소들과 원자들을 따로 떼어낼 수 없기 때문에 언제나 어느 정도 자승자박의 측면이 있다."[194] 홍씨도 제국주의 자본 소유가 탈취, 착취, 억압의 제국 중심적 자본 양식이며, 그것은 온전한 자신의 재물이 될 수 없는 자승자박의 측면이 있음을 보여준다. 홍씨는 만석살림을 탈취한 후 최참판댁 종들에게 돌아갈 정당한 세경도 주지 않고 일을 시키는 착취를 저지른다. 여기서 끝나지 않는다. 홍씨는 마을 사람들이 반기를 들지 못하도록 토지경작을 조건으로 자신에게 복종하도록 억압한다. 그러나 그렇게 하여 가지게 된 자본은 그녀의 온전한 재산이 되지 못하였다. 홍씨와 조준구는 더 많은 재산을 가질 요량으로 투자를 하기 때문이다. 금광에 투자하여 사기를 당하고 사기 당한 것을 메우기 위해 또 투자하는 악순환을 반복한다. 이때 홍씨 내외에게 사기를 친 인물들은 제국주의적 인물들이다. 즉 제국주의적 인물들이 보기에도 홍씨 내외처럼 탈취를 통해 재산을 불린 피라미 친일파는 그저 이용 대상일 뿐이었던 것이다. 제국주의적 인물들은 그들을 모방한 친일파마저 사용가치로 평가한 것이다. 이런 홍씨의 삶은 제국주의 자본을 소유하여도 그 소유한 자본으로부터 배제되는 이면을 드러낸다.

"나도 상가에는 가보지 못했고, 알뜰히 기별해주는 사람도 없었으니, 그래 일 끝난 뒤 얘기만 들었지요. 거, 사람이 그리 살다 갈 게 아니더군요. 방안의

---

193 벨 훅스, 이경아 옮김, 앞의 책, 70쪽.
194 가야트리 스피박, 태혜숙 옮김, 『다른 세상에서』, 78쪽.

악취 때문에 염도 제대로 못했다 하질 않겠소? 살았을 때보다 죽은 형상이 더 무서웠다 했으니 짐작할 만한 얘기지요."

홍씨의 몇 촌간 동생이라던 사내를 우연히 만나 들은 얘기는 조준구의 등골을 서늘하게 했다.

"병석에 일 년 넘게 있었으니…… 기와는 얹었다 해도 오막살이나 다름없는 작은 집을, 뭐 옛날의 몸종이라든가요? 그 계집한테 죽고 나면 그 집을 주기로 하고 시중을 들게 했다든가, 그러니 오죽했겠습니까?"[195]

'알뜰히 기별해주는 사람도 없었' 던 죽음으로 홍씨는 마무리된다. 이는 원만한 인간관계가 결핍되어 있었던 홍씨를 보여준다. 그런 홍씨의 몸에서는 '악취' 가 풍긴다. 즉 '악취' 는 홍씨의 물질 소유의 과잉을 상징한다. 악취로 인해 '염도 제대로 못' 한 비참한 죽음을 맞게 된 것은 물질과 관계되기 때문이다. 사기 당한 후 남은 최참판댁 살림이라도 남편과는 나누지 않겠다는 홍씨의 판단에서 부부는 헤어졌다. 이후 몸종과 단 둘만 살아왔던 것이다. 그 몸종과도 유대관계는 형성되지 않았다. 그러다 죽은 홍씨는 '죽은 형상이 더 무서웠다' 고 묘사되고 있다. 이는 제국주의 자본 소유의 부정성을 드러내는 것이다. 양반 홍씨의 최후는 작품 속에서 가장 끔찍한 죽음으로 남는다. 임이네와 견주어도 손색없는 비극적 죽음으로 나타난다. 정리하자면 홍씨는 제국주의 세력에 편승해 무노동으로 얻게 된 자본으로 인해 아무도 가까이 가지 않는 썩은 시체로 남겨진 것이다.

홍씨, 홍성숙, 임이네, 평산과 같은 악인은 죽은 형상이 더 무섭거나, 살았으되 죽은 것과 다름없는 삶을 이어가는 공통성을 가진다. 이들 모두 제국주의 자본 소유가 인생의 목표였던 인물이다. 즉 제국주의 자본

---

195 『토지』 9권, 312~313쪽.

소유에서 은폐되고 제거되어왔던 부정성을 드러내고 있는 것이다. 달리 말하면 제국주의자를 흉내낸 인물을 통해 제국주의 자본 소유의 위험성을 보여주는 것이라 할 수 있다. 제국주의 모방자 그들 스스로가 사용가치로 삭제되고 있으며 제외되고 주체화되지 못하는 양태이기 때문이다. 그렇게 흉내낸 자들의 위험성은 제국주의 자본 소유의 규칙 깨뜨리기를 촉구한다. 제국주의 자본 소유는 행복을 향한 것이 아닌 것이다. 제국주의 자본 소유는 소유자조차 불행하게 만드는 것임을 알 수 있다. 제국주의 자본 소유와 그런 모방적 삶은 처참한 소외로 홍씨를 진입시켰다. 인간관계의 유일한 끈인 몸종과의 유대관계마저도 자신이 죽고 나면 '집을 주기로 하고 시중을 들게' 했다는 것에서 알 수 있다. 홍씨 또한 사물화를 피해갈 수 없었던 것이다. 그렇다면 홍씨가 한 자본 소유는 자본 소유이면서 자본을 결코 소유하지 못하는 것이다. 물욕으로 똘똘 뭉친 유기체였던 홍씨는 결국 대자가 아닌 즉자로서 생을 마감하게 된다. 즉 홍씨는 제국주의 자본 소유가 소유자마저 사물화시키는 위험성을 안고 있음을 보여준다.

그렇게 홍씨는 역사의 실제적인 교훈을, 승리하는 자가 또한 패배자라는 연중 계속되는 비판을 되풀이하고 있다. 내부 식민화가 철저했던 친일 여성 홍씨가 타락하면서 나타나는 결과가 그렇다. 홍씨는 어머니 되기와 여성 개인주의의 대립에서 (소유하기 위한) 개인주의를 철저히 선택한 여인이다. 이런 홍씨의 재현은 제국주의 자본 소유를 대표하는 동시에 제국주의 자본 소유의 비극성을 다시 제시하고 있는 것이다. 자본의 요구에 적합화[196]되었던 홍씨는 제국주의 자본 소유의 은폐된 주

---

196 가치문제를 결정짓는 요소들 중 하나가 주체의 서술이다. 현대 관념론적 주체 서술은 의식이, 유물론적 주체 서술은 노동력이 담당한다. 의식은 생각이 아니며 주체가 대상

변성을 깨닫게 하는 역할을 하고 있는 것이다. 그런 홍씨는 역전을 낳는다. 제국주의 자본을 소유한 홍씨를 바라보는 마을 사람들의 시선이 그러하다. 홍씨를 대하는 마을 사람들은 제국 자본에 여성이 동화되면 다가올 부정성을 깨달을 뿐이기 때문이다. 그래서 마을 사람들은 더욱 제국주의적 소유욕에 비난과 힐난을 쏟게 된다. 역작용을 낳는 홍씨인 것이다. 마을 사람들이 배타적인 질서 속에 감추어져왔던 모순적인 속성들을 인지하게 만든다. 마을 사람들은 '소유=풍족=행복'과 '무소유=결핍=불행'의 관계라는 말을 늘 들어왔다. 그래서 많은 뒷돈을 주어서라도 순사자리에 오르고 싶어 했다. 순사가 되면 제국주의 자본을 쥐게 될 것이고, 그리 되면 먹고 입고 사는 걱정이 없어 행복할 거 같다며 부러워했던 것이다. 그런데 친일 여성 홍씨의 삶은 그것과 차이나고 있기에 마을 사람들은 제국주의 자본 소유에 관한 역작용을 깨닫게 되는 것이다.

홍씨의 명명은 홍씨다. 너무나 이기적인 여인이었기에 ~댁, ~네, ~어머니로 명명되지 않는다. 독자적 이름 없이 성만 지닌다. 양반집 아녀자들이 주로 그랬다. 하지만 홍씨의 명명은 양반집 아녀자이기 때문이 아니다. 정호 어머니와 비교해보면 알 수 있다. 정호 어머니는 사대부집 며느리이지만 신씨라는 이름 대신 어머니로 불린다. 즉 홍씨의 명명이 홍씨이기만 한 것은 그녀의 이기적인 모습에서 연유한다. 이는 조병수가 조준구의 병 수발을 들고 있으나 어머니의 생사에 대해 전혀 묻지 않는

을 향해 갖는 환원 불가능한 의향이다. 마찬가지로 노동력 역시 노동이 아니며 오히려 노동력 자체에 적합해지는 혹은 초적합해지는(super-adequate 이후 계속 나오는 적합화, 초적합화는 자본의 요구에 대한 주체의 순응정도를 가리킴) 상태 이상으로 남도록 하는 환원 불가능한 주체의 가능성이다. 가야트리 스피박, 태혜숙 옮김, 『다른 세상에서』, 16쪽.

모습에서 알 수 있고, 조준구가 아내의 죽음을 알면서도 한 번도 찾아가지 않는 모습에서 알 수 있다. 그리고 우리는 여기서 홍씨가 여성이라서 더욱 배타적인 인물이 됨을 상기할 수 있다. 조준구와 홍씨는 둘 다 똑같이 조병수를 아들로도, 한 개인으로도 인식하지 않았다. 그런데 그 결과는 판이하게 다르다. 조준구는 중풍에 걸려 오갈 곳 없었을 때 조병수의 지극한 병수발을 받는 반면 홍씨는 차갑게 외면받는다. '아버지=위엄=권위=거리감'으로 인식되었다면 '어머니=사랑=보살핌=친밀감'으로 인식되어온 기존 의식에 의한 외면이라고 할 수 있는 것이다. 이렇게 홍씨가 행한 지나친 물질 소유는 그녀가 아버지가 아닌 어머니이기에 더욱 비인간적이고 파렴치하며 공포스럽게 느껴진다. 이런 홍씨와 마찬가지로 양을례도 제국주의 자본을 소유하는 인물이다.

을례는 을례대로 여분이 없는 생활, 시모나 남편 전적에 대한 모멸감, 그런 것들을 합쳐서 시집을 잘못 왔다는 후회와 아울러 떠받쳐주어도 뭣한데 아편쟁이 기생한테 진실을 쏟는다는 것에 광란적인 질투를 느끼게 됐던 것이다. 그리고 살도 피도 안 닿는 생판 남인데 돌보아줄 이유가 없지 않느냐는 주장은 엉뚱하게 영호에게 가서 불꽃을 튀기는 일이 번번이 있었다. 살도 피도 안 닿은 남의 자식 맡아 있을 이유가 없지 않느냐, 하숙비는 준다지만 우리가 하숙치는 사람이냐, 기화에 대한 악감정을 간접적으로 영호를 통해 발산했지만 어지간히 심하게 굴어도 아이가 참을성이 있고 비뚤어진 곳이 없어서 지내왔는데 오늘 저녁, 저녁상을 받았을 때, 그것은 순전히 악의에 찬 짓이었다. 영호와 석이는 늘 겸상을 했었다. 한데 석이 밥그릇엔 보리 알갱이 하나 볼 수 없는 쌀밥이었고 영호 밥그릇엔 쌀알 하나 구경할 수 없으리만큼의 보리밥이 담겨져 있었던 것이다. 얼굴이 시뻘겋게 부풀은 석이는 잠자코 밥그릇을 바꾸어났다. 슬금슬금 눈치를 보며 밥상머리를 맴돌던 을례는
"밥그릇을 바꾸는 법이 어디 있소? 제가끔 자기 밥그릇이 따로 있는데,"
"뭣이! 이년아!"
순간 밥상을 때려엎고 벌떡 일어선 석이는 을례의 뺨을 후려갈겼다. 때린 것은 혼인 후 처음 있는 일이요 년자를 놓고 욕을 한 것도 처음 있는 일이었다.

을례는 악을 쓰며 덤벼들었다. 석이네는 눈을 껌벅거려 놓고 아들을 나무랐고, 어린것 둘은 왕왕대며 울었다.[197]

양을례는 '여분이 없는 생활' 때문에 '광란적인 질투'를 느끼게 되는 인물이다. 즉 일상에서 겪게 되는 자본의 결핍이 그녀에겐 무엇보다 문제였던 것이다. 물지게꾼이었던 남편의 전적, 팔래품이나 팔며 살았던 시어머니의 전적처럼 식민인의 가난은 그녀의 의식적인 허영을 매울 수 없었다. 뿐만 아니라 나아질 것 같지 않은 일상의 가난은 견디기 힘들었다. 양을례는 검정 치마 자주색 저고리를 입은 처녀로 처음 등장했다. 조그마한 코가 귀엽게 생겼었다. '입모습은 다소 하부죽했으며 눈꼬리가 긴' 양을례는 얼굴도 빠지지 않고 상냥하고 손끝 야물었기에 좋은 신부감이었다. 그래서 석이네는 아들과의 혼사를 진행시켰다. 하지만 그런 양을례가 변한 것이다. 지난 일에 대해 신경질적인 반응을 보이는, 교만과 허식이 있는 여자가 된 것이다.

양을례는 철저히 내부 식민화되어가는 토착정보원의 모습을 보여준다. 순진한 처녀→석이 처→독립군을 잡으러 다니는 나형사의 첩→일본 남자와 동거하는 삶이기 때문이다. 스피박은 말한다. "중심 자체가 주변이 되도록 제시할 수 있는 유일한 방법은 주변의 바깥에 머물며 중심을 비난하는 손가락질을 하는 게 아니라 나 자신을 중심에 연루시키면서 그 중심을 주변으로 만들 정치가 어떤 모습일지 감지하는 것이다." "해체론자는 자신을 중심(안)과 주변(바깥) 사이를 왔다 갔다 하는 매개체로서 이용하는 가운데 치환을 서술할 수 있을 것이다."[198] 즉 철저히 내부 식

---

197 『토지』 8권, 434~435쪽.
198 가야트리 스피박, 태혜숙 옮김, 『다른 세상에서』, 223쪽.

민화되어가는 양을례가 이 중심과 주변의 매개체 역할을 하는 인물이며 해체론자의 입장에서 살펴야 할 중요한 인물이다.

양을례는 사가미라는 요정을 경영한다. 일본인 정부와 함께 운영하는 고급 요정이다. 그리고 현재 일본 남자의 사랑을 받고 있다. 이는 양을례가 권력의 중앙에 있음을 의미한다. 그런데도 양을례조차 일본의 피해자가 된다. 이는 "하위(주변부)가 상위(중심부)를 가로지르는 이른바 '제한된 침투성'이 가능할 때, 구미 중심의 획일적 시각을 해체하여 본래 상태로 되돌려 놓는 것이 가능하다"[199]는 점에서 중요하다. 즉 토착정보원인 양을례는 일본이 원한 제국주의자를 모방하는 인물이며, 그런 양을례의 비극은 제한된 침투성이 좌절하는 것이기에 의미 깊다. 사용가치가 없어지면 누구든 가차 없이 버려지는 도구가 됨을 보여주기 때문이다. "사용가치와 교환가치의 공모성은 사적인 것이 사회적인 것의 가능성에 의해 측정되고 사적인 것 내부에 사회적인 것의 가능성을 담고"[200] 있음을 보여준다. 그렇다면 양을례와 같이 가차없이 버려지는 사용가치가 말소된 친일파의 모습은 사적인 개인의 좌절은 아닌 것이다. 양을례의 좌절은 그녀만의 사적인 것이 아니라 식민지 친일파 여성의 사회적 모습이라 할 수 있다.

> "남희를 귀여워했고 점잖으며 교양도 있어 뵈든데…… 속았어요, 그날."
> 하다가 여자는 말을 끊었다.
> "그날."
> 또 말이 끊어졌다. 한참 있다가
> "그날, 그놈이 와서, 차 타고 구경가자 했던가 봐요. 그래 그 철없는 것이 따

---

199 가야트리 스피박, 문학이론연구회 옮김, 앞의 책, 17쪽.
200 가야트리 스피박, 태혜숙·박미선 옮김, 앞의 책, 260쪽.

라갔던 모양이에요. 우리는 몰랐지요. 나중에 알았을 때 그 사람 얼굴빛이 달라지더군요. 안절부절못하고, 저녁때 아이를 집 앞에 내동댕이치는 것을 보고 그 사람이 달려나가서 차를 막아섰지요."

여자는 이제 그 사람이라고 표현했다.

"시비가 붙었어요. 원래 야쿠자 출신인 그 사람이 아이구치(단도)까지 휘두르는 소동이 벌어졌는데 무슨 소용이 있겠어요? 일 당한 뒤 무, 무슨 소용이."

을례는 말을 잇지 못하고 손수건을 다시 꺼내었다.

"지쿠쇼! 고로시테야루, 고로스! 기사마가 닌겐카!(짐승놈! 죽여주겠다. 죽일 거야! 네놈이 인간인가!)"

아이구치를 휘두르고 덤비며 입이 찢어져라 소리소리 지르던 사내 얼굴이 악몽처럼 을례 뇌리에 스쳐 지나갔다. 남편이라 부를 수도 없는 사내, 일본인과 동서하는 여자도 거의 없었지만 그런 처지일 때는 작부보다 더욱더 천시하며 철저하게 집요하게 따돌림을 당해야 하는 조선인 사회를 등지고 살아온 세월. 돈으로 치장하고 돈으로 가꾸어 위세를 부려본들 무슨 소용인가, 진정 무슨 소용인가.[201]

양을례는 동거하는 일본 남성을 '그 사람'이라 칭하면서 '남편이라 부를 수도 없는 사내'라 생각한다. 이는 양을례가 민족국가의 사이, 경계선 속에 놓인 삶을 선택하고 살아왔지만, 결국 자신의 내부에 남아있는 민족국가 의식을 벗어나지 못하고 있음을 드러내는 이중어법이다. 그런 이중어법이 사용되는 이유는 그녀가 식민지 여성이기 때문이다. 당시는 '일본인과 동서하는 여자도 거의 없었지만 그런 처지일 때는 작부보다 더욱더 천시하며 철저하게 집요하게 따돌림을 당해야 하는' 사회였다. 그래서 '돈으로 치장하고 돈으로 가꾸어 위세를 부'린 것이다. 즉 양을례는 제국주의 자본에 의지하여 자신에게 결핍된 많은 삶의 요소를 위장하려 한 것이었다.

201 『토지』 15권, 187~188쪽.

양을례가 첫 남편을 떠난 이유는 남편의 정신적 외도를 참아내지 않겠다는 표면적 이유와 지적 허영심을 채우기 위해서는 가난에서 벗어나야 한다는 이면적 이유가 함께 작용하였다. 하지만 이런 실행 속에서 자신의 아들과 딸을 개돼지 기르듯 한 실수를 저지르고 만다. 그래서 어린 아들과 딸은 시어머니가 데려가게 되고, 자신은 더욱 타락하게 된다. 그 타락은 나형사의 첩이 되면서 가속화된다. 나형사는 순사이기에 권력을 쥐고 있고 당시 권력은 재산을 소유할 수 있는 막강한 힘이었다. 하지만 나형사는 본처에게 돌아가고 싶어 한다. 양을례는 패악을 쓰며 말려보지만 뜻대로 되지 않는다. 결국 나형사와도 헤어지게 되고 조선 여성들이 가장 꺼려하는 일본 남성과 동거하는 사이가 된다. 일본 남성은 제국주의자 바로 그것이기 때문이다. '그 사람'은 제국주의자이면서 야쿠자 출신이니 당연히 식민지에서 권력과 재산을 가질 수 있다. 그렇게 양을례는 자본을 쥘 수 있는 방향으로 계속 거침없이 나아간 것이다. 지적 허영심을 채우기 위해서는 남들이 자신을 우러러 보아야 한다. 그러기 위해서는 물질을 소유하는 것이 가장 빠른 방법이라 생각한 것이다. 하지만 양을례는 겉모습은 제국주의자를 흉내내는 데에 성공했으나 내면까지는 제국주의자가 될 수 없었다. 그래서 동거하는 일본 남성을 남편이라 부르지 못하고 '그 사람'이라 부르는 (거리를 여전히 가지고 있는) 것이다.

일본인에 가까운 사람이 되고자 부단히 노력한 양을례는 가장 희귀했던 조선 여인의 삶을 선택하고 실천했다. 그러면서 타인의 시선을 의식하지 않기 위해 최선을 다했다. 오직 앞만 보고 달렸다. 그렇게 양을례는 제국주의자가 되려고 능동적 행동교섭능력을 수행했다. 그러나 '점잖으며 교양도 있어 뵌' 일인 장교는 그녀의 딸을 죄의식 하나 없이 유린한다. 양을례의 지적 허영심으로 보았을 때 본받을 만한 긍정적인 일본 장교가 자신의 딸을 유린한 것이다. 그러니 자신이 그토록 추구한 지적 허영심이 잘못된 가치관이었음을 느낄 수밖에 없다. 그렇다면 지적 허영심을 채우기 위해 제국주의 자본을 소유하려 한 자신의 고군분투적 삶도 허망한 것이 된다. 지적 허영심 그것부터 본질적으로 잘못 상정된 인식이었기 때문이다. 즉 양을례의 행동교섭능력은 제국 자본의 규칙 깨뜨리기가 필요함을 드러낸다. 일본 제국주의를 흉내내면 제국주의 자본을 소유하게 되고 그렇게 되면 지적 허영심도 채울 수 있고 타인들의 눈에도 우러름을 받을 수 있는 인물이 될 것이란 양을례의 상상이, 성취될 수 없는 상상임을 보여주는 것에서 알 수 있다. 그러니 제국주의 자본이 상상하는 규칙은 깨뜨려져야 하는 것이다. 나아가 남의 가장 내부 식민화된 친일파 여성조차 제국주의자들에겐 배제되는 인물이 될 뿐임을 보여준다.

어찌보면 양을례는 합리적 의지를 따르려했던 것이다. 재물을 가지면 행복해질 것이란 상상이 근대가 마련한 합리적 의지이기 때문이다. 그래서 남희를 데려왔던 것이다. 재물이 있으니 공부를 시킬 수 있고, 공부를 시켜 더 행복하게 만들어 줄 수 있을 것이란 생각에서 남희를 데려왔다. 하지만 그녀의 이런 생각은 이면적 이유를 숨기고 있는 표면적 이유였다. 양을례는 자신의 지적 허영심을 보충하기 위해 자신이 물질을 선택했던 것처럼, 남들보다 우월하다는 욕망을 완성시키고 싶어서 남희를 데려왔다. 여식을 공부시키는 것은 식민지 여성들 중 일부만이 해낼 수 있는 특별한 능력이다. 그런데 자신에겐 재물이 있다. 그러니 식민지 타 여인들보다 뛰어난 입장에 서있다. 그런 자신을 드러내기 위해서는 남희를 공부시키는 것이 최적의 방법이었다. 남희는 자신이 가난할 때 버린 자식이며 엄마가 딸을 기르는 것은 정당한 일이며 남들의 눈에도 그렇게 비칠 것이다. 그렇게 되면 남희가 어렸을 적에 자신이 못해 준 모성도 충분히 전해줄 수 있고, 자신의 죄가 조금은 덜어질 것이라 생각했다. 하지만 양을례의 그런 생각은 상상일 뿐이었다. 남희는 오히려 불행해진다. 식민압제자를 모방하면 그들처럼 될 줄 알았던 양을례의 착각이었던 것이다. 그렇게 양을례에게 식민제국의 자본 소유는 자신과 딸을 더욱 비참하게 만드는 소외의 결과만을 가져왔다. 이는 제국에 동화되었기에 더욱 비참하게 억압당하는 친일 여성을 보여주는 것이다. 제국에 동화된 여성도 하릴없는 식민지 하층계급 디아스포라 유랑민으로 남을 뿐임을 알 수 있다. 양을례는 어디에도 마음 붙일 곳 없는 경계 밖 인물이 될 뿐이다. 조선은 자신이 버렸고 일본 제국주의자는 양을례를 포섭하려 하지 않는다. 결국 양을례가 제국 자본으로부터 얻은 것은 가족공동체의 와해뿐이다. 철저히 흉내낸 양을례의 행위는 그렇게 제국주의 자본에 대한 비판의식을 강화하게 만드는 결과를 낳고 있다. 이는 양을례를 바라보는 마을 사람들의 시선이 한결같이 차갑다는 점에서도 알 수 있다.[202)]

"그래 차부에 사람들이 쌈을 하고 있길래 나도 기웃이 디리다봤지요. 그런 망신이 세상에 어딨겠십니까? 기가 차서. 성환, 그 여자하고 친정어매 두 사람이, 참말로 못 볼 것을 봤십니다. 그 두 사람이 나형사를 자동차에서 끌어내릴라 카고 나형사는 여자 얼굴에 주먹질을 하는데 여자 얼굴은 코피가 터져서 피범벅이 되고, 차마, 수라장이더마요."

"그거는 와! 와 그랬던고?"

판술네가 아들 앞으로 바짝 다가앉는다.

"처음에는 나도 와 그라는지 몰랐지요. 옆의 사람 말이, 하참, 기가 맥히서, 참말로 낯짝 두꺼분 사람도 있더마요."

"낯짝 두꺼불 정도가 아이다. 그 제집은 쇠가죽 개가죽을 썼는 기라. 아아들

---

202 석이를 학교에서 쫓아냈던 사건, 자식들을 개돼지 기르듯 하고 가차 없이 버렸던 사건, 나형사 첩이 되었을 때 나형사를 본처 집에 못 가게 실랑이를 벌이던 사건. 이런 사건을 일으키는 양을례를 바라보는 마을 사람들의 시선을 통해 드러난다.

생각을 하믄, 아아들, 그 제집 사람 아이다. 임이네도 미버했지마는 그거는 유도 아닌 기라. 핵교도 댕깄다는 제집이. 목을 쳐 직일 년!"

영팔노인은 흥분한다.[203]

마을 사람들에게 양을례는 자식을 타락시키는 임이네보다도 두려운 존재로 회상된다. 즉 양을례의 재현은 제국주의 자본 소유를 대표하고, 그 비극성을 다시 제시하고 있는 것이다. 그렇게 양을례는 비극적인 제국주의 자본 소유의 기표가 된다. 제국주의 자본의 요구에 적합화되었던 그녀는 제국주의가 주입시킨 유용한 것이 지니는 위험을 보여준다. 제국으로부터 자본으로부터 가치 상실되고, 남성으로부터 가족으로부터 공동체로부터 버려지게 되기 때문이다. 게다가 제국주의자들이 만든 피식민주체의 원형, 그 은폐된 비극성을 표출하고 있는 양을례의 후회가 『토지』 5부 결말부에 나타난다는 것은 제국주의자가 주입시킨 식민지 여성의 전미래[204]가 붕괴되어야 함을 암시하는 역할을 한다. 양을례의 제국주의 자본 소유는 그녀 스스로 자신의 정체성을 물화하는 역작용을 낳고 있다. 이는 유기체로서 욕망실현을 위해 동분서주하였던 그녀가 끝내 대자가 되지 못하고 즉자가 되면서 서사가 마무리 되는 것에서도 알 수 있다. 게다가 양을례는 자신이 그토록 믿고 따랐던 일본에 의해 즉자로 취급된다. 이는 제국주의 흉내내기의 비극성, 정치적인 지식의 위험성을 경고하는 것이다. 지배자가 만들어놓고 주입시킨 지식이 (인간의 사물화와 같은) 은폐된 수많은 이면을 가진 허상임을 보여주는

---

203 『토지』 10권, 268쪽.

204 미래의 어떤 행위가 시작되기 전에 이미 완료되어 있을 미래를 '전미래'라 한다. 그러한 미래란 결코 일어나지 않겠지만 항상 미래에 완료될 것이다. 이것이 가장 실제적인 확신이다. 가야트리 스피박, 태혜숙 옮김, 『교육기계 안의 바깥에서』, 50쪽.

것이다.

양을례는 석이의 아내였고 아이들의 어머니였으나 ~댁, ~네로 불리지 못한다. 성환 어미로 불렀다가 그렇게 부른 사람이 마을 사람들로부터 갖은 타박을 받는 것에서 알 수 있다. 마을 사람들은 그런 명명을 감히 허락하지 않았다. 그녀는 어머니가 아니라고 보았기 때문이다. 즉 양을례는 자신의 이름으로 명명되어 누구보다 주체가 될 수 있었으나 가장 소외된 타자가 된다. 그것은 양을례의 모성에 원인이 있다. 모성적 배려는 물질로는 보충되지 않는 것이다. 그런데 양을례는 자본을 소유하게 되자 모성을 보충하려 했다. 그녀의 모성 보충은 결국 이루어지지 않지만 말이다. 이런 양을례는 제국주의 자본 소유와 친일 여성을 바라보는 사회시선의 변화를 통해, 제국이 퍼뜨린 동화정책의 허구성을 보여준다. 그러면서 제국주의 자본의 위험성을 알리고, 제국주의 자본 소유에 의해 요구되면서도 소외된 식민지 여성을 보여준다.

3. 제국주의 자본 활용과 식민지 여성의 저항적 민족주의

『토지』는 제국주의 자본을 소유하여 타락하는 친일 여성뿐만 아니라 제국주의 자본을 소유하여 긍정되는 식민지 여성도 밀도 있게 형상화하고 있다. 제국주의 자본은 인간에게 필요한 삶의 한 부분이었던 것이다. 제국주의 자본을 소유하고 활용하여 성장하는 인물은 공노인 처와 공월선을 통해 알 수 있다. 왜냐하면 공노인 처는 '재물=많은 짐'으로 생각하여 제국주의 자본을 독립지사들을 돕는 곳에 활용한 인물이기 때문이며, 공월선은 '욕심없는'이란 단어와 같이 자본과의 거리두기를 성공적으로 수행한 자본을 활용하는 인물이기 때문이다.

우선 공노인 처는 간도 용정촌에서 객주업을 하는 인물이다. 남편 공노인은 유능한 거간이라 돈도 많이 모았을 것 같은 부부다. 그러나 이들은 돈이 없다. 이들 부부는 조선 동포를 돕는 것을 낙으로 삼고 살기 때문이다. 어렵다고 손을 내미는 조선인에겐 먹을 것과 일자리를 제공하고, 고아가 되어 떠도는 조선 아이가 있다면 양자양녀로 받아들여 키운다. 조선을 떠나 간도로 쫓겨난 처지가 자신들의 처지와 같다고 보았던 것이다. 이는 정착하지 못하는 조선 백성이 자본을 소유하기만 한다는 것은 어리석은 행동이라 본 것이다. 그래서 재물을 짐으로 생각했다. 그런 생각이 공노인 처와 그의 남편을 제국주의 자본을 활용하는 사람으로 만든다.

　다음으로 공월선은 무당의 딸이기에 무당이 되었어야 할 팔자를 안고 태어난 인물이다. 그래서 사랑하는 용이와 결혼도 가능하지 않다. 조선 최하층 계급이 당하는 설움도 겪는다. 이런 월선은 조선에서는 주막집을 경영하고 간도 용정촌에서는 국밥집을 경영하며 늘 생산적인 사회활동을 한다. 그렇게 돈을 모은다. 하지만 월선은 자신이 버는 돈에 집착하지 않는다. 그녀는 재물을 단지 사랑하는 용이와 그의 아들 홍이를 위해 쓸 뿐이다. 이런 월선 밑에서 자란 홍이는 독립운동가를 돕는 사회적 인물로 성장한다. 홍이는 재물의 노예인 친어머니(임이네)를 닮지 않고 월선을 닮으면서 성장한 것이다. 홍이는 삶이 힘겨울 때마다 월선을 떠올리며 올바른 길로 간다. 그렇다면 월선의 자본은 조선의 독립을 위해 저항하는 삶을 사는 홍이를 키우는 거름이 된 것이라 볼 수 있다. 즉 공노인 처가 사회를 위해 직접적으로 재물을 활용한 인물이라면 월선은 사회를 위해 간접적으로 재물을 활용한 인물인 것이다. 이들의 삶을 상세히 살펴보자.

엄살을 떠는 것은 아니었다. 공노인의 형편은 사실이 그러했다. 늙은 두 내외 객주업만으로도 어렵잖게 지낼 터인데 어찌된 영문인지 거간까지 겸했으면서도 저축된 돈은 없었다. 공노인댁이 살림을 헤프게 살기는 했다. 무슨 인연으로서든지 공노인을 거쳐서 용정에 정착하게 된 사람들과는 항상 친척처럼 오가고 지내는데 그냥 오가고 지내는 게 아니었다. 늘 장무새가 없네 양식이 없네 땔감이 없네 하고 손 벌리는 사람이 많았다. 그럴 때마다 어이구 우리 좀 적게 먹지 하며 퍼주기를 잘하는 공노인댁이요, 공노인 역시 돈 떨어진 나그네 그저 재워주고 먹여주고 일자리 마련해주고, 그의 말대로 그것은 당연지사로 알고 있었으니 장 밑에 돈이 모일 까닭이 없다.

"허, 도둑놈도 사귀어두면 해로울 게 없지. 다 쓰일 때가 있거든. 왜놈 앞잽이 말고는 다 내 동포 아닌가?"

이따금 공노인은 호기스런 말도 했으나 사실 대사를 경영하는 처지가 아닌 바에야 언제 어떻게 도둑을 써먹는단 말인가. 그보다 공노인은 간도 땅의 조선 사람들을 수풀에 앉은 새로 봤을 것이다. 뿌리를 박을 수 없는 남의 땅, 제비는 제비끼리, 물오리는 물오리끼리 날으듯, 철 따라서 무리지어 떠날 때 날개 하나만 믿고 떠나듯이 공노인은 방랑의 자기 생애에서 용정 땅을 반드시 종착역으론 생각지 않았는지도 모른다. 방랑자에겐 많은 짐이 필요 없는 것이다.[205]

공노인 부부는 간도에서 '객주업'과 '거간'을 겸하며 상업 활동을 활발히 한다. 그런데 '저축된 돈'이 없다. 이런 대조는 그들 부부의 삶이 합리적 방법을 통한 자본 소유이면서 동시에 자본 소비를 함을 드러낸다. 그런데 그들의 소비는 주로 이타적이다. 이는 자본 활용인 것이다. 간도에까지 마력을 뻗치는 왜놈 앞잡이에게 굴복하지 않기 위해서는 공노인 부부처럼 자본을 소유하고 있어야 하고, 그 소유가 동포를 돕는 곳에 사용될 때 긍정적임을 짐작하게 해준다. 즉 자본 소유와 그 활용의 긍정성을 드러내기 위해 공노인 부부의 삶은 대립을 통해 작품에 등장하고 있는 것이다.

---

205 『토지』 4권, 214쪽.

공노인 부부처럼 "자신의 재산으로 자신만 아니라 자신이 몸담고 있는 공동체의 행복까지 증진시키려 애쓰는 부자들은 소수이지만 부가 악이 아니라는 좋은 증거다."[206] 그렇다면 제국주의 자본에 의한 가치판단이 소유/무소유에 의해 좌우되기보다는 제국주의 자본이 어떻게 활용되느냐에 따라달라진다는 것을 드러내야 한다. 이는 제국주의 자본의 긍정성, 부정성이 아닌 활용성이 드러나야 한다는 의미이다. 일반적으로 물질에 동화되려한 인물들은 비극이었다. 왜냐하면 물질은 흔히 독이었기 때문이다. 그러나 공노인 처는 제국주의 자본이라는 경제 체제를 활용하여 물질을 소유하고, 소유한 물질을 적절히 활용하여 독립운동에 힘을 보태고 있다. 그녀의 이런 물질 활용은 제국 자본을 약으로 활용한 것이다. 즉 공노인 처의 물질 활용은 제국주의 자본의 가치를 소유와 무소유가 아닌 활용에서 찾고 있어 중요하게 다루어야 한다.

공노인 처의 자본 활용은 제국주의자가 침식해 들어오는 사회에 대한 저항이라 볼 수 있다. 왜냐하면 특정인만이 가진 개성은 그가 사회적으로 다양한 경험을 겪었음을 보여주기도 하지만, 이런 사회적 힘에 저항하는 기원의 일부이기도 하기 때문이다.[207] 즉 제국주의 세력이 침식해 들어오는 간도에서 공노인 처가 수행하는 조선 동포에 대한 배려는 제국주의 자본 소유와 그 활용의 민족주의적 정당성을 드러내기 위한 저항이라 볼 수 있는 것이다. 역사적 현실 재현에서 소유/무소유로 가치 결정되었던 제국주의 자본의 새로운 가치결정성을 드러낸다.

공노인 처의 저항은 그녀가 가진 민족주의 의식에서 비롯되고 있다. 제국주의자들은 공노인 처와 같은 식민지 여성은 자매애를 베풀기 어렵

---

206 벨 훅스, 이경아 옮김, 앞의 책, 110쪽.
207 마가렛 L. 앤더슨, 이동원 · 김미숙 옮김, 앞의 책, 86~93쪽.

다는 사실을 이미 알고 있다. 이런 인간된 무지를 가지고 있었다. 하지만 공노인 처는 제국주의자들의 인간된 무지를 깨뜨린다. 자매애를 실천하기 위해서는 많은 재산이 필요한 것이 아니다. 재산의 양보다는 민족에 대한 애정이 더 큰 무게를 가진 것이 자매애라 판단한다. 그래서 많지 않은 재산이지만 기꺼이 나눈다. 민족끼리의 단결이 잃은 조국을 찾는데 도움이 될 것이라는 판단에서다. 즉 저항적 민족주의를 지닌 공노인 처이기에 이산민이 된 조선 동포를 '수풀에 앉은' 가엾은 '새'로 본 것이고 적극적, 능동적으로 조선 동포를 도운 것이다.

> "갈아입을 옷 가지고 왔구만."
> 방씨는 이유 없이 공노인을 흘겨본다.
> "이 옷은?"
> 앉음새를 고치며 한복은 황송해한다. 연추로 떠날 때 여벌로 가져왔던 바지 저고리로 갈아입고 벗어놓았던 겹옷, 빨아서 진솔같이 새로 지은 옷이었다.
> "고맙습니다."
> "이젠 겹옷 가지고는 안 될 것 같아서 솜을 좀 두었소."
> "길상형님이 내복도 사주시고 했는데, 수고시럽게."
> "미안해 할 것 한푼 없구마. 낙으로 생각하고 아들 옷이다 하고, 우리 늙은네 한텐 자식이 없인께."
> 사연은 서글펐으나 조글조글 주름이 진 얼굴의 미소는 종전과 다름없이 앳되고 밝다.
> "제에기, 자식 없는 게 자랑인가? 젊은 사람을 보았다 하면 그 말을 못해서 몸살이라니까."
> 공노인은 담뱃대를 입에 문 채 핀잔이다.
> "어이구, 어이구, 예에, 이녁은요? 내 말 사돈이 한다든가?"[208]

---

208 『토지』 7권, 306~307쪽.

한복이는 독립운동 자금을 조선에서 간도로 배달해야 할 임무를 맡았다.[209] 평사리에서 평범하게 농사만 지으면 살던 농부 한복이가 거금을 몸에 숨기고 국경을 넘어 낯선 간도에 도착해 있는 불안한 상황인 것이다. 그런 극도의 불안감을 공노인 처가 덜어준다. 한복이가 벗어놓은 옷을 말없이 기워온 그녀의 행동은 한복이의 마음을 따뜻하게 데워준다. 공노인 처의 따뜻한 마음에 한복이는 안정을 얻게 된 것이다. 공노인 처의 동포에 대한 수행성은 이와 같다. 그리고 공노인 부부의 말싸움, 그들의 사랑싸움에 한복이는 "마음이 편안해진다." 싸움을 보면서 편안해진다는 반어는 중요하다. 이는 어떤 대가도 바라지 않고, 무엇 때문도 아닌, 약자를 보살피는 것에서 그저 행복을 느끼는, 퍼주기를 잘하는 공노인 처(방씨)의 행복을 짐작할 수 있게 하기 때문이다. 그리고 한복이가 간도로 온 것이 옳은 선택임을 한복이 스스로 확신하게 해준다. 이후 한복이는 임무를 완수하고 무사히 조선으로 돌아간다.

공노인 처와 같은 보살핌의 행위는 사적 공간에 머물지 않는 보살핌이다. 그녀의 보살핌은 독립운동과 관계되는 것이기에 사적 공간에 머물지 않고 사회적으로 억압받는 집단적 타자를 위한 힘으로 확장되고 있다.

---

209 한복의 형이 간도에서 가장 유능한 밀정 김두수이기에 선택된 임무였다. 제국주의자들의 눈을 피해 독립운동 자금을 안전하게 운반할 인물로 한복이만 한 사람이 없다고 판단한 독립지사들의 부탁을 받았던 것이다. 처음 독립운동의 자금조달 제의를 받았을 때 한복이는 망설였다. 형과 자신의 운명이 너무나 기가 막혔기 때문이다. 형은 일본 제국주의의 유능한 밀정으로 독립군을 잡으며 살아가는데 동생은 조선 독립을 위해 사용될 막대한 군자금을 운반해야 하는 운명에 놓여 있다는 사실이 가혹하게 느껴졌던 것이다. 게다가 형은 한복에게 그리움의 대상이다. 어린 시절 어머니(함안댁)의 죽음이 있었던 이후 한 번도 만나보지 못한 형이기 때문이다. 그런 형을 만날지도 모른다는 예감은 그를 불안하게 만들었다. 형을 만나면 자신의 의지가 약해져서 독립운동 자금을 운반하고 있다는 비밀을 발설할지 모른다는 불안감이 들었기 때문이다. 게다가 한복이는 난생 처음 조선을 떠나 간도로 와 있는 상황이라 더욱 불안하다.

더구나 공노인 처는 여러 명의 조선 아이들을 양자로 들여 키웠고, 그들이 자립할 수 있도록 도왔다. 그래서 공노인 처는 사회적 대모로 볼 수 있다. 물론 이때의 사회적 보살핌은 남성이 소망하는 모습일 수 있다. 조선인이 궁지로 내몰리는 상황이기 때문이다. 그래서 보수적 성역할의 확장이라 볼 수도 있다. 그러나 그렇지 않다. 공노인 처의 보살핌은 인간에 대한 보살핌이라 보는 것이 더 타당할 것이다. 박경리는 말한다. "진실에 대한 끊임없는 물음과 생명에 대한 자비, 혹은 연민이 핵이 되는 선(善)성의 추구 없는 아름다움이란 종이꽃과도 같은 것이 아닐까요."210) 즉 공노인 처의 보살핌은 시대적 필요를 넘어 인간에 대한 보살핌으로 확장되며 제국주의 자본을 활용한 행동이 된다.

이런 공노인 처의 생은 해체적이다. 고정된 의미 대신 미결정적 의미를 낳기 때문이다. 고정된 의미에서는 비극적 인물이어야 한다. 여성이면서 아이를 생산하지 못하는 인물이었던 것이다. 아이를 낳지 못한다는 치명적 결함은 그녀에게 일방적 피해자로 작용할 충분한 사유임에도 그녀는 불모지 자궁에 의해 희생되기보다 한 사람의 온전한 개인으로 성장한다. 이는 "아내가 남편의 아이를 낳지 못하는 한 부부간의 행복은 불안정한 상태에 있게 되어 이 완벽한 인간애의 모델은 그때부터 남편 쪽으로 전이될"211) 것이라고 보는 기존의 전략적 배제가 무력할 수 있음을 보여주는 것이다. 즉 공노인 처의 성장은 미결정적 여인을 드러내는 것이다. 어느 하나에 의해 결정될 수 없는 여성을 보여준다. 물론 여기엔 남편 공노인의 사랑이 큰 몫을 하고 있다. 하지만 무엇보다 큰 몫을 한 것은 스스로를 평가절하 하지 않는, 꺾이지 않는 자존감을 지닌 그녀의

---

210 박경리, 『가설을 위한 망상─박경리 신원주통신』, 59~60쪽.
211 루스 이리가라이, 이은민 옮김, 앞의 책, 56쪽.

의식이다. 그 의식이 그녀를 상승시켰다.

공노인 처는 맹목성이 아닌 자기결정성으로 여성성을 받아들인 것이다. 여성이 아이를 생산하지 못한다는 것이 결점이긴 하나 여성의 삶 전체를 좌우할 정도로 중요한 것은 아니라는 생각을 가졌다. 그래서 남편과의 대등한 관계를 유지한다. 친구 같은 관계를 생이 다하는 그날까지 계속하는 행복한 부부다. 여기서 내부 식민화되지 않은 여성을 알 수 있다. 공노인 처는 여성에게 부여된 의무, 책임에 매몰되지 않았던 것이다. 그리고 이런 공노인 처의 수행성은 과부의 자기파괴희생을 넘어서 남녀의 협력을 보여준다. 늘 남편과 함께 일하고 함께 쉬고 함께 어려움을 극복하고 있다. 풍요로운 자궁이란 보통명사에서 탈락되었던 공노인 처의 긍정적 복원은 그래서 중요하다. 공노인 처의 긍정적 복원은 여성의 삶은 언제나 어느 때나 무엇 하나로 재단할 수 없는 다양하고 결정불가능한 것임을 보여줄 수 있기 때문이다.

"야. 이제 오시오? 좀 더디었구만."

송장환의 옆에 선 이상현, 그는 주갑을 바라보고 있었다.

"뜻하지 않은 일이 생겨서 지체됐어요."

"뜻하지 않은 일이라면?"

순간 주갑의 표정은 오줌마려운 사람같이 변한다.

"용정의 공노인댁 할머니가 돌아가셨어요."

"야?"

"우리가 상제 노릇 했지요. 그러노라 늦었소."

"어이구매! 그, 그러면 어째 이 주갑이는 부르지 않았단가?"

노기를 띤다.

"공 노인이 폐스럽게 못하라 당부를 해서요. 그러나 용정서 사람들이 많이 와주어 외롭지는 않았소."

"그놈의 영감탕구, 나를 서푼어치로밖에 안 보았구만. 아이구, 인정스런 안 늙은이였는디, 전에는 내 옷도 빨아주고, 으흐흐홋…… 돌아가실 줄은 알았지만 어이구 으흐흐흣……"212)

공노인 처의 초상은 '송장환' '상현' '주갑'과 같은 독립지사들에 의해 진행된다. 이것은 인간이라는 이름으로부터 축출되었던 공노인 처가 인간의 진정성을 드러내는 대문자 인간, 보편 인간으로 되돌아왔음을 증명하는 것이다. 그녀의 호상은 그래서 중요하다. 공노인 처는 중독, 야심, 지배욕, 탐욕이란 정신에 흔들리지 않고 유혹되지 않았다. 제국주의 자본은 흔히 자본을 소유한 사람을 중독되게 해왔다. 하지만 공노인 처는 그런 예상을 빗나가며 중독되지 않는다. 이는 위기에 처한 민족이 시대를 살아내는 방법을 공노인 처가 긍정적으로 보여주는 것이며, 잘 보이지 않는 서발턴의 힘을 공노인 처가 긍정적으로 보여주는 것이다. 한마디로 공노인 처는 '유적 생명이며 유적 존재'213)가 된 것이다. 자신의 삶을 실천적으로 자신이 이끌어갔으며 그런 삶이 식민지가 된 조선 사회에 생명을 불어넣는 힘으로 확대되고 있기 때문이다. 그렇게 공노인 처는 본연의 주체가 된다. 대상화되지 않고 자신의 삶을 자신이 이끌어가는 주체적이고 헌신적인 인물인 것이다.

자본의 요구에 대해 초적합화되었던 하위주체 공노인 처는 제국주의 자본이 가진 유용한 것이 지니는 위험에서 벗어난다. 자본에 중독되지 않고 자본과의 거리두기를 실천하고 있기 때문이다. 이 자본과의 거리두

---

212 『토지』 9권, 257쪽.

213 유적 생명은 여성이 그렇다고 가정되는, 남성을 공고하게 하는 타자라기보다 전적인 타자의 지점이다. 여기서는 고유명사가 없다. 유적 생명은 각 여성주체의 유적 존재가 고유성에 접근하기 이전 공간이다. 그래서 보봐르는 〈어머니〉를 하나의 상황으로 본다. 보봐르에게서 즉자는 임신, 유적 생명과 같은 자연의 법칙에서 말하는 여성이며, 대자는 성인으로서 양육하는 어머니와 아이이다. 가야트리 스피박, 태혜숙 옮김, 『교육기계 안의 바깥에서』, 278~281쪽.

기는 제국주의 자본의 규칙 깨뜨리기를 보여준다. 자본은 소유가 아닌 활용으로 가치가 생산되는 것임을 드러내고 있는 것에서 알 수 있다. 공노인 처의 제국 자본에 대한 이런 수행성은 이중적 특징을 가진다. 제국주의 자본이 지닌 양면긍정성을 드러내는 동시에 제국주의 자본을 가진 자와 그렇지 못한 자의 차이가 불분명함을 드러낸다. 제국주의 자본을 가진 자도 못 가진 자도 제국에 포섭되지 않는 공통성을 지니는 인물임을 보여준다.

공노인 처는 이미 만들어진 피식민주체의 원형을 전복시킨다. 식민지 여성은 복종적이며 순종적일 것이라고 주입되어온 상상을 전복하기 때문이다. 공노인 처는 그런 상상의 전복을 위장된 서열화에 굴복하지 않는 모습으로 보여준다. 아이가 없는 것의 서열, 남/여의 서열, 가진 자와 못 가진 자의 서열, 상층계급과 하층계급의 서열이 부정확함을 드러내는 것이다. 그녀는 아이가 없다. 여자다. 덜 가진 자다. 하층계급이다. 그러나 누구보다 사랑받고 주체적인 삶을 산다. 그렇게 공노인 처는 '기관 없는 신체'[214]로서 자신의 정체성을 일구는 여성이다. 즉자가 아닌 대자가 된다. 공노인 처는 조선 민족의 저항적 민족주의를 긍정적으로 실천하면서 배타적인 제국주의자들처럼 우월감과 열등감에 휩싸이지 않는 것에서 알 수 있다.

공노인 처는 민족국가의식의 재생산에 기여한 삶을 살았다. 이는 민

---

214 기관 없는 신체(body without organ)란 들뢰즈와 가타리가 『앙티 오이디푸스』에서 제출한 개념이다. 욕망이란 항시 신체와 연결되며 일사불란한 통일성을 갖춘 그런 조직화/기관화되는 고통에 시달린다. 그런데 기관 없는 신체는 기관화되지 않은 신체로서 욕망이 신체 위에 등록되지 않은 상태다. 욕망이 등록되지 않았으니 신체의 기관은 자체에 부여된 역할을 수행할 리 만무하다. 따라서 욕망하는 기계들과 기관 없는 신체 사이에 명백한 갈등이 발생한다. 기관 없는 신체에 욕망이 등록되어야 기관 없는 신체는 유기체가 된다. 가야트리 스피박, 태혜숙 옮김, 『교육기계 안의 바깥에서』, 552쪽.

족국가를 하이픈의 소멸에서 바라본 의식이다. 민족과 국가가 따로 떼어 생각될 수 없음과, 민족을 보살피는 것이 국가를 보살피는 것이 됨을 보여주기 때문이다. 제국주의는 식민지 정부가 제국의 지속적인 착취기구의 연속선상에 놓이도록 식민정부를 조직화했다. 공산주의혁명 역시 식민적 착취에서 예외가 아니었다. 경제뿐 아니라 정치도 민족국가의 쇠퇴를 밀어붙였다.[215] 그렇다면 공노인 처는 스스로가 국가 없음을 겪어봤기에 더욱 민족국가의 소중함을 지키려 한 것이라 볼 수 있을 것이다.

이런 공노인 처의 수행성은 벌거벗은 인물의 민족국가 지키기가 될 수 있으며 제국주의 자본에 대한 인식을 비판적 협상 테이블로 유도하는 것이 될 수 있다. 제국주의 자본에 대한 인식을 소유에서 활용으로 바꾸어놓는 수행성이기 때문이다. 그럴 때 공노인 처에게 방어기제는 소통이었다. 식민지 민족국가의 구성원으로서 내쫓긴 식민지인 간의 소통을 기도했고, 부부로서 남편과 아내의 소통을 원활히 했으며, 베푸는 자와 베풂을 받는 자 간의 소통을 꾀하였던 것이다. 이는 자기배려다. 그래서 상위계층이 하위계층에게 베푸는 시혜적인 보살핌으로 전락하지 않고 있다.

방씨 혹은 공노인 처로 명명되고 있는 여인은 명명 속에 내재한 여성 성역할의 한계를 넘어 개인 주체로 발전한다. 공노인 처가 사회적 대모가 된다는 것은 의미 깊다. 위반을 통해 본연의 주체로 성장한 식민지 여성을 보여주고 있는 것이기 때문이다. 이렇게 공노인 처처럼 더듬거리는, 우물거리는, 말없는 식민지 여성의 저항은 식민지 여성을 통문화적 보편화하여 바라보는 시각을 와해시켜야 한다고 역설하게 만든다.

---

215 주디스 버틀러 · 가야트리 스피박 지음, 주해연 옮김, 앞의 책, 80~81쪽.

공노인 처와 마찬가지로 제국주의 자본을 소유가 아닌 활용한 인물로 공월선도 있다.

> '새북마다 생각하요. 오늘은 들판에 나가서 일을 하자고. 해가 솟으면 그 생각은 간 곳이 없고 계집들 얼굴이 뫼구(墓鬼)겉이 보이는 거를 우짜겠소? 어매 잘못이요. 신발은 발에 맞아야 한다 했소. 손바닥만한 남으 땅뙈기 부치묵고 사는 농사꾼이 망하믄 얼매나 망할 기며 흥하면 얼매나 흥하겠소? 어매는 무당 딸하고 혼살 하믄 망한다 안 했소? 우떻게 망합니까? 다 부질없는 말이요. 소용없는 말이요.'
>
> '원망 마라. 그기이 다 니 팔자 아니가. 니 말대로 부질없는 일이다. 쏟아진 물을 다시 담을 수는 없으니께. 그거는 그렇다마는 니 맘묵기 탓이 아니가? 니 말대로 손바닥만한 남으 땅뙈기 부치묵고 사는 농사꾼이 망하믄 얼매나 망하고 흥하믄 얼매나 흥하겠노. 그거는 그렇다마는 우리 집안이 양반이 아니라도 조상은 종도 아니고 갖바치도 아니고 무당도 없었네라. 와 니가 그거를 생각 못하노.'[216]

용이는 꿈에서 돌아가신 어머니를 뵙는다. 그러나 꿈에서조차 월선을 단념하라 어머니는 말한다.[217] 월선이 무당의 딸이기 때문에 맺어질 수

---

216 『토지』 2권, 352~353쪽.
217 용이와 월선은 처녀총각 때 첫사랑이다. 그러나 용이는 어머니의 반대에 부딪혀 월선과 결혼하지 못한다. 월선은 용이에게 짐이 되지 않기 위해 20살이나 많은 절름발이 남자에게 울면서 시집간다. 그러나 월선은 그 남자에게서 도망친다. 평사리에 돌아온 월선은 주막을 운영한다. 그 소문을 들은 용이는 주막을 찾는다. 모든 여자들에게 야릇한 심화를 일으키는 잘난 용이는, 장날이면 어김없이 장터 월선네 주막에서 술을 한 잔 마신다. 그렇게 다시 만난 용이와 월선이다. 그러나 용이에겐 이미 아내 강청댁이 있었다. 육례로 만난 가속을 박대하면 못쓴다는 생전의 어머니 말이 여전히 그를 붙잡는다. 용이는 죽은 모친에 대한 효성으로 인해 강청댁을 버리지 못한다. 그러다 월선이 용이를 보기 위해 한밤에 몰래 마을을 다녀간다. 이 사실이 소문이 나고, 그 소문을 들은 강청댁은 월선 주막에 찾아가 월선의 머리채를 쥐고 주먹질, 옷 찢기 등 월선을 향해 콩 튀듯 때린다. 월선은 그 뭇매를 고스란히 맞는다. 이후 월선은 다시 조선을 떠

없는 것이다. 썩은 양반이라도 양반은 양반, 천하일색이라도 무당은 무당인 시대였다. 이처럼 무당에 대한 뿌리 깊은 천대는 월선과 용이를 가로막는다. "비천하기를 피로써 낙인찍힌" 무당이었다. 무당인 어미를 따라 무당이 되었어야 할 월선은 용이를 사랑하는 마음 때문에 무당이 되지 않는다. 하지만 평생을 무당이란 신분의 벽에 괴로워한다. 이런 인식은 광인과 죄수가 감시와 처벌과 교화의 대상이 되어야 한다는 인식 체계처럼 지배권력을 정당화하기 위해 고안된[218] 것일 뿐인데도 그 힘은 막강했다. 그 인식 체계를 받아들이는 월선은 자신을 두고 강청댁과 혼인한 용이에게 한 번도 원망의 마음을 품지 않는 헌신적 인물이 된다. 조선 사회의 가장 천한 신분으로 태어난, 날 것의 인간 월선은 착하고 염치 바른 여인이기에 사랑하는 사람과 맺어질 수 없다. 사랑을 잡을 수도 없는 천형[219]을 지닌 팔자라 자신을 생각했던 것이다. 이 토착정보원의 삶은 비극으로 치달을 법도 한데 누구보다 여한이 없는 생을 마감한다. 그 이유에 자본이 있다.

"아이구 분해라! 사고무친(四顧無親)한 곳에 이런 설움 줄라꼬 끌고 왔던가? 이러크름 사람을 괄시하는 법이 어디 있단 밀이오? 주야로 손발 잦아지게 종질 해가믄서 새주둥이 겉은 입 하나 사는 것뿐인데, 우떤 년이 우떻게 속새질을 했는지는 모르겠소만 무신 죄를 겼길래 불러다놓고 이렇기 죄인 추달하듯이,

---

난다. 만남과 헤어짐이 반복되자 용이는 미칠 것 같다. 월선이 떠난 뒤 식음을 전폐한 용이는 허깨비 같이 변한다. 그렇게 괴로워하던 어느 날 꿈을 꾼다.

218 박종성, 앞의 책, 51쪽.

219 『토지』에는 천형을 지닌 인물이 제법 등장한다. 천형은 괴물이나 성 금기, 혹은 신분으로 나타난다. 조병수는 꼽추이기에 괴물로 부상한다. 양소림은 손등의 혹 때문에 괴물로 부상한다. 유인실은 일본 남성을 사랑한다는 점에서 오가다와 함께 괴물로 부상한다. 영선네는 백정이라는 신분이 천형으로 작용하고, 월선은 무당의 딸이라는 신분이 천형으로 다가온다. 그런데 이들 모두 착하고 순수하다는 공통점을 가진다.

억울하고 분하고, 이래가지고 우찌 살겠소! 내가 따로 작량을 했다믄 내 귀한 자식 멩줄인들 성하까."

"머라꼬? 홍이 멩을 두고 맹세한다 그 말가!"

"야, 내 청백하니 멋엔들 맹세 못하겠소?"

"고슴도치도 제 자식은 귀타 카는데, 천하에 몹쓸 기집!"

얼굴이 파라랗게 질린다. 임이네는 태도를 표변하고 운다.

"내가 뭣 따문에 따로 주무니를 차겠소. 옷 입고 밥 묵으믄 고만이지. 가닥 다른 자식 임이가 있으니 의심을 하는지는 모르겠소만 제집 자식 출가시키믄 고만이지 내 죽은 뒤 물 떠줄 홍이가 있는데 머한다꼬 딴맘 묵을 기요. 성님한 테 자식이라도 있이믄 모르까 헐헐단신 우리 홍이를 그리 귀키 생각하는데 살 림이 어디 갈 기라꼬."

월선이를 성님이라 부르는 것도 희귀한 일이거니와 누그러져서 호소하듯 우는 데, 그러나 결국 자기 자신이 결백하다는' 것에 대해서는 한치 양보가 없었다.[220]

공월선은 식민지가 된 조선을 떠나 간도에 정착한다. 간도 용정촌에서 이산민 월선은 국밥집을 운영한다. 그곳에서 자행되는 임이네의 귀신같 은 도둑질에 용이는 보다 못해 문초를 한다. 그러나 임이네는 실토는커 녕 아들 홍이를 걸고 결백을 주장한다. 그 과정에서 임이네는 월선을 '성 님'이라 칭한다. 재물을 가진 월선을 존중하는 것이다. 이것은 중요하 다. 임이네는 타인을 존중하는 성품이 아니다. 자식도 중요하지 않다. 오 직 자신만이 소중한 사람이다. 게다가 월선과 임이네는 평범한 사이가 아니다. 용이를 가운데 두고 두 여자는 사랑의 라이벌 관계인 것이다. 용 이가 사랑하는 사람이 월선이라면 용이가 사랑해야 할 사람은 임이네이 기 때문이다. 월선은 총각시절 풋사랑인 반면 임이네는 용이의 아들을 낳은 여자다. 그래서 임이네는 월선이를 경계한다. 월선과 자신의 처지

---

220 『토지』 4권, 19쪽.

를 늘 가늠한다. 자신이 월선이보다 다섯 살 아래인 것에 안도하고, 자신이 월선이보다 예쁘고 건강한 것에 안도하고, 무엇보다 용이의 하나밖에 없는 핏줄 홍이를 낳은 것에 안도한다. 그러나 용이의 마음속에 월선이가 크게 자리하고 있다는 것을 알기에 항상 불안하다. 그래서 임이네는 월선이가 싫다. 그런 월선이를 임이네가 마음에서 우러나와서 하는 호칭은 아니라도 형님이라 칭하는 것이다.

임이네에게 중요한 것은 언제나 자신이다. 이는 용정촌에 대화재가 나서 가게가 불탔을 때, 더욱 분명해진다. 아들 홍이가 불 속에 있을 지도 모르는 상황에서 임이네가 걱정한 것은 잿더미가 된 자신의 돈뿐이다. 그런 임이네가 이후 새로 차리게 될 가게에서 제외된다. 최서희가 임이네를 들이지 말라 명령했던 것이다. 임이네에겐 청천벽력이다. 새 가게에서 자기가 제외되리라는 것은 꿈에도 생각지 못한 일이다. 그리되면 사랑스런 은전이랑 지전을 만질 수 없게 된다. 재물에 대한 꿈을 결코 버릴 수 없는 임이네는 잘못을 월선에게 돌린다. 장사를 할 땐 '성님' 하던 존댓말은 손아래, 마치 집에서 부리는 종을 대하듯 표변한다.[221] 그렇게 표변하는 태도의 밑바탕엔 무당이던 월선 어미가 영향을 미치고 있다. 임이네는 무당의 딸인 월선과 같이 안 사는 것도 좋은 것이라 말하기 때문이다.

임이네의 언동은 은폐된 자기부정성을 보여주는 거울이다. 자신의 신분(평민, 용이의 처, 홍이의 어머니)에서 오는 우월감의 이면을 짐작케

---

221 월선이 가진 재물 때문에 사람의 태도가 표변하는 것은 임이네만이 하는 특별한 행동이 아니라는 데에 중요성이 있다. 공노인을 따라갔던 월선이 평사리로 돌아와 조촐한 집 한 칸을 장만해서 혼자 살고 있을 때를 보면 알 수 있다. 먹고 살 걱정이 없어진 월선에게 마을 남정네들은 흑심을 품는다. 남정네들은 월선에게 잘 보이려 앞다퉈 노력한다. 무당 딸이라며 업신여기던 과거와는 판이하게 달라진 것이다. 월선의 가치는 어느 대가댁 마님 부럽지 않다.

하기 때문이다. 월선을 손아래 사람처럼 대할 때, 어두운 자기 과거를 떠올리는 임이네를 보면 알 수 있다. 즉 임이네가 지닌 위계적 신분의식은 결국은 자신의 양피지적 불안감, 공포, 죄책감에서 더욱 강화되고 있는 양태인 것이다. 인도의 불가촉천민[222]과 같은 조선의 무당 신분에 대한 구별짓기 욕망은 임이네가 억압받고 약탈당하고 폭력에 노출되어왔던 심리적 상흔을 지닌 인물임을 알게 해 준다. 임이네의 심리적 상흔이 월선이란 대상에게 투사되어 나타나는 것이 신분에 대한 구별짓기 행위였던 것이다. 즉 식민지로 전락한 조선 여성 임이네는 자신이 가진 (내몰리는) 공포에 의해 더욱 치열하게 신분에 대한 우월감을 지니게 되었던 것이다. 달리 말하면 월선은 식민지로 전락한 조선인이기에 타고난 하위계층 신분에 의해 더욱 억압받게 된 것이라 할 수 있다.

이런 월선의 생은 온통 불가능으로 둘러쳐져 있었다. 무당의 딸은 사람도 아니었으며 더구나 식민지 이산민 여성은 더욱 그러했던 것이다. 그러나 월선의 삶은 불가능성을 가능성으로 바꿀 수 있음을 보여준다. 왜냐하면 최하층 신분이 겪어야 하는 고통을 겪고, 최하층 신분이 잃어야 했던 것을 잃는데, 이런 전유가 월선을 그리 대하는 상대방을 오히려 최하층 인간상으로 투사할 뿐이기 때문이다. 식민지 이산민이 된 최하층 신분을 전형적으로 살아내면서 신분 체계의 위험성을 알리는 월선인 것이다. 즉 보다/보여지다의 대립과, 고통을 주다/고통을 겪다의 대립[223]을 산포하는 월선을 확인할 수 있다.

---

222 인도의 불가촉천민(untouchables)은 인도 카스트 제도 〈브라만-크샤트리아-바이샤-슈드라〉에서 최하층인 슈드라보다 못한 신분으로 일반인과 어울려 살 수도 없어 마을 밖에 떨어져 거주하면서 주로 오물청소 등을 담당한다. 가야트리 스피박, 태혜숙 옮김, 『다른 세상에서』, 373~374쪽.
223 루스 이리가라이, 이은민 옮김, 앞의 책, 51쪽.

월선의 얼굴은 주먹만했다. 몸도 오그라든 것처럼 작아졌다. 본래 뼈대가 가늘었던 여자, 그 가는 뼈대가 드러난 손은 차마 눈뜨고 볼 수가 없다. 옛날과 다름없는 것은 푸른기를 띤 눈뿐이다. 아니 옛날보다 더 크고 더 맑게 빛나는 눈동자에는 이상하게도 어떤 충만감조차 넘실거린다. 육체적인 고통이 멎는 순간의 그의 눈은 항상 그러했다.

"홍아."

"응."

"니는 후제 커서 이사가 됐이믄 좋겠다."

"공불 많이 해야지 내가 어떻게?"

"그렇구나. 공불 많이 해야겠제? 공부 많이 하는 것도 그리 좋은 거는 아니다. 공부도 할라 카믄 피가 마를 긴께. 그라믄 니는 그만 하동 가서 장시를 하는 기이 좋겠다. 베장시, 비단장시 말이다. 난리가 나도 짊어지고 달아나믄은 팔아감시로 굶지는 않을 긴께 안 그렇나? 그렇제?"

"옴마는 참,"

"부자도 안 좋을 기고 너무 기찹아도 못 살 기고 그냥저냥 묵을 만치 하고 사는 기이 젤 좋다. 식구들이 화목하고 자식은 서넛 낳아서 나는 똑 그랬이믄, 우리 홍이가 그랬이믄 싶다."[224]

월선은 암에 걸려 임종직전에 놓여있다. 그녀는 죽을 것 같은 고통이 조금이라도 덜해지면 반드시 홍이를 찾아 이야기를 나눈다. 홍이에게 마지막까지 애정을 다 쏟는 것이다. 피가 섞이지 않은 이들 모자는 그래서 누구보다 다정하다. 이들의 대화에서 월선의 자본에 대한 가치관을 알 수 있다. 월선은 자본을 소유하지도 무소유하지도 않는 적당한 거리두기가 필요함을 깨닫고 있다. '묵을 만치'란 자본 소유를 깨닫는다. 아마도 그녀가 살아왔던 삶이 늘 쫓겨 다니는 식민지 이산민의 유랑적 삶이었기에 더욱 그러했을 것이다. 이는 '하동 가서 장시를 하는 기이 좋겠다. 베

---

224 『토지』 6권, 288~289쪽.

장시, 비단장시 말이다. 난리가 나도 짊어지고 달아나믄은 팔아감시로 굶지는 않을 긴게 안 그렇나?'에서 확인할 수 있다. 재물이 중요한 것이 아니라 살아남기 위한 방편으로 재물이 필요하다는 월선의 인식이다. 이는 자본의 활용이다. 그런 인식을 지닌 월선을 작가는 '더 크고 더 맑게 빛나는 눈동자'엔 '충만감'이 넘실거리는 모습으로 묘사하고 있다. 그렇다면 작가도 자본에 대한 거리두기를 긍정적으로 보고 있는 것으로 이해할 수 있을 것이다. 월선의 장례는 호상이 된다.[225]

월선은 물질을 소유하지만 물질에 좌우되지 않는다. 이산의 기억은 그녀를 절제하도록 유도했던 것이다. 여름에는 농사짓고 겨울에는 산에서 벌목꾼으로 일할 계획을 세운 용이는 홍이를 남겨두고 월선이 곁을 떠난 적이 있다. 용이는 벌목 일을 하여 번 돈을 월선과 임이네에게 반씩 나누어준다. 그럴 때면 월선의 얼굴에선 빛이 났다. 홍이 크면 장가 갈 밑천 하겠다며 좋아하는 월선이다. 이렇듯 "비극적이고 낭만적인 사랑"[226]을 하는 월선에게 재물은 홍이의 장래를 위한 축적이며, 용이와의 사랑을 유지하기 위해 사용될 뿐이다. 즉 자본은 사용가치로 둔 채 자본과의 거리두기를 이끌어내고 있는 것이다. "낭만적인 반자본주의적 연속주의 판본에서 사회적 가치의 가장 안전한 자리를 제공하는 것은 바로 사용가치의 자리"[227]라고 한다. 월선은 이를 수행한 인물이라 할 수 있다. 자본을 소유

---

225 홍이는 불쌍한 엄마가 죽는 것이 가슴 아프다. 친어머니가 있어서 더욱 불쌍하고 가슴아프다. 격렬하게 흐느낀다. '우리 엄마' 월선이 죽는다고 운다. 월선은 죽음에 대비하는 것이었는지 사랑하는 사람을 기다리는 맘에선지 늘 몸을 닦아 달라했고 머리를 빗겨 달라했다. 용이가 산판일을 끝내고 드디어 왔다. 월선을 안아 무릎 위에 올린다. '우리 많이 살았다. 여한은 없제, 나도 없다.' 용이 돌아와서 이틀 밤을 지탱한 월선은 정월 초이튿날 새벽에 숨을 거둔다. 홍이와 용이가 빈소를 지키고 문상객도 많다. 생전에는 외로웠던 월선이었으나 죽어 누워 있는 그의 빈소는 쓸쓸하지 않다.

226 백지연, 앞의 논문, 343쪽.

227 가야트리 스피박, 태혜숙 옮김, 『다른 세상에서』, 331쪽.

하지 않겠다는 반자본주의적 수행성을 행한 인물이기 때문이며 자본을 사용가치로 올바르게 활용하는 인물이기 때문이다. 월선의 절제력은 자본의 사용가치를 깨닫고 자본을 활용하는 것으로 발전한 것이다.

월선은 자본의 사용가치, 교환가치, 잉여가치[228] 모두 긍정적으로 활용하고 있다. 자본의 사용가치를 활용하는 것은 그녀의 조촐한 생활과 음식 걱정이 없이 용이와 사랑할 수 있는 것에 만족하는 모습에서 알 수 있다. 교환가치를 활용하는 것은 국밥집에서 국밥과 교환되는 금전을 두고도 욕심쟁이 임이네와 큰 탈 없이 동거할 수 있는 모습에서 알 수 있다 (물론 월선이 일방적으로 참아준다). 잉여가치를 활용하는 것은 홍이의 장래를 위해 유익하게 사용할 수 있을 만큼의 유산을 남길 수 있는 것에 만족하는 모습에서 알 수 있다. 이 모든 모습들이 월선이 재물을 소유하려는 모습은 아닌 것이다.

지배와 착취 속에 무방비 상태로 노출된 수감자였던 월선은 너무 다양하고 시시때때로 다가오는 인식소적 폭력에 시달렸던 생애였다. 젠더 성역할에서도 쫓겨난 월선이었다. 그런데 놀랍게도 그런 월선이 유적 존재이자 유적 생명이 된다. 이런 월선의 성장은 매우 중요한 의미를 지닌다.

---

228 「젖어미」에서 출현하는 (교환)가치와 그것에 대한 즉각적인 전유는 다음과 같이 주제화할 수 있다. 자신의 아이들을 위해 어머니 몸에서 생산되는 모유는 사용가치다. 사용가치에 남아도는 것이 있을 때 교환가치가 발생한다. 사용되지 않고 남는 것이 교환된다. 자쇼다의 모유에서 (교환)가치가 등장하자마자 그것은 전유된다. 자쇼다가 최적의 수유를 위한 최상의 조건 속에 있을 수 있도록 그녀에게 좋은 음식과 성적 서비스가 제공된다. 그녀는 아마 필요노동을 통해 자기 아이들을 위한 모유를 생산하며, 잉여노동을 통해 주인집 아이들이 먹을 모유를 생산한다. 자쇼다가 잉여를 생산할 최상의 조건 속에 있도록 노동의 성적 분리는 쉽사리 역전된다. 남편이 가사 일을 맡게 된 것이다.(가야트리 스피박, 태혜숙 옮김, 「다른 세상에서」, 492~494쪽) 여기서는 스피박이 자쇼다를 분석하는 사용가치, 교환가치, 잉여가치의 뜻으로 월선의 자본을 분석한다.

왜냐하면 식민지 억압받는 최하위계층 월선이가, 그것도 여성이면서 아이를 낳을 수 없는 불모의 몸인 월선이가 아이를 기르는 풍요로운 대지가 되었기 때문이다. 즉 삭막하고 모성 부재여야 할 인물이 따뜻한 모성애를 지니고 있는 것이다. 아이러니하다. 이는 신분의 위계질서는 태어나는 것이 아니라 사회가 만드는 것임을 말하고 있다.

공월선 만큼 돌아가신 어머니를 반복하여 많이 회상한 인물은 없다. 월선의 이러한 행동은 아비가 누구인지도 모르고 태어나고 자란 이력 때문이기도 하지만, 어머니가 원한 삶을 자신이 수행하지 못한 자책 때문이기도 하다. 모계적 가족이력을 지닌 월선에게 어머니는 아버지이며 어머니였다. 자웅동체적 어머니였다. 그 어머니의 흔적이 월선을 욕망에 사로잡히지 않도록, 반성을 계속하게 하는 원동력이 되었던 것이다. 어머니의 한(恨), 그 흔적의 반복적 생산은 자궁선망인지 모른다. 자신(월선)이 아이를 낳지 못하는 불모지가 되었기에 더욱 강렬한 자궁선망 말이다.

월선의 방어기제는 승화라 볼 수 있다. 왜냐하면 자신에게 다가오는 모든 고난을 감내하면서 주위 사람들을 변화시키기 때문이다. 특히 홍이를 변화시킨다. 그녀의 아들로 성장한 홍이가 신분에 구애되지 않고 사람들을 대하는 것에서 알 수 있다. 홍이는 백정의 사위 송관수를 가장 존경하며, 그의 아들 송영광을 자신의 친형제처럼 아끼고 사랑한다. 게다가 간도에서 독립운동을 적극 지원하는 삶을 살아간다. 홍이는 저항적 민족주의자가 된 것이다. 홍이가 이렇게 자신의 삶을 성실히 살아갈 수 있게 된 것은 월선 덕분이다. 홍이는 친어머니 임이네로 인해 뒤틀려 있었지만[229] 월선을 생각하며 평정심을 찾을 수 있었다. 그래서 홍이는 어린

---

229 용이의 약으로 삶은 오골계를 몰래 먹은 임이네와 홍이는 난투극을 벌인다. 피차 말 없이 투닥거리는 소리. 무엇이 될까 백정이 될까 남사당이 될까 홍이는 밤늦게까지

시절 월선과 뛰놀던 간도에서 독립지사들과 왕래하며 그들을 도우며 살아가고 있다. 이는 월선에 대한 그리움으로 인해 더욱 간절해졌던 자신의 미래 모습이었다. 어린 시절 홍이는 일본 아이의 책보를 강에다 던진 일이 있었다. 일본 아이들이 조선인을 경멸하였던 것이다. 당시 홍이는 독립지사의 아들 정호와 자주 어울리면서 정호를 닮아가고 있었다. 그 모든 과거 속에는 늘 함박웃음을 웃으며 자신을 따뜻이 품어주던 월선이 있었다. 그러니 어린 시절과 다르지 않게 살아가고 있는 지금이 만족스러운 홍이인 것이다. 결과적으로 월선은 홍이가 저항적 민족주의 의식을 유지할 수 있도록 지대한 영향을 미친 인물인 것이다.

월선의 명명은 공월선이란 성을 가지고 있고, 간도 엄마란 대모성 또한 가진다. 이는 월선이가 삼월이, 귀녀와 같은 식민지 최하층 여성임에도 그들을 뛰어넘는 사회적 인물이 될 수 있는 가능성을 지니고 있었음을 암시한다. 그런 월선은 더듬거리는, 우물거리는, 말없는 최하위계층의 위대한 긍정성을 드러낸다. 결코 재단할 수 없는 생명체의 성실한 삶을 보여주기 때문이며 최하층계급의 신분 깨뜨리기를 보여주기 때문이며 저항적 민족주의자를 키운 사회적 모성이기 때문이다. 이처럼 벌거벗은 삶, 피투성이의 삶도 지배자 의도대로는 결정되지 않는 미결정적 삶임을 월선은 보여준다. 한마디로 월선은 억압된 타자의 복원이며, 그 복원이 생산적이다.

거리를 헤맨다. 악마로 태어났으면 악마로 사는 거다. 독립된다고 천사가 될까 아버지는 산송장이고 그 어미는 야차 같다. 밤마다 돈을 세겠지. 홍이는 미친 듯 웃는다. 홍이는 자신의 어미가 짐승같다. 징그럽고 몸서리쳐지는 자신이 더욱 밉다. 홍이가 월급 축내어 고기 사왔다고 길길이 뛰기도 한다. 고기는 말입니다. 아버지 상에는 맨 국, 내 그릇엔 기름덩이 몇 개, 그러고는 그만이지요. 홍이는 울음을 터뜨린다. 홍이는 자신이 살모사가 될까봐 무섭다 말한다. 어미를 죽이는 뱀. 아버지만 없다면 떠나고 싶은 것이다.

월선은 자본의 요구에 대한 주체의 순응 정도에서 초적합화를 보여주었다. 자본을 활용하고, 홍이가 저항적 민족주의자가 되도록 이끈다. 공노인 처처럼 직접적 자본으로 사회에 기여한 것은 아니지만 월선이 보여주는 자본의 긍정성과 사회적 모성은 간접적으로 사회에 기여하고 있다. 자본이라는 유용한 것이 지니는 위험에 빠지지 않고 거리두기를 성공적으로 수행하면서 말이다.

제4장 ———

제국주의 문화론과 식민지 여성의식

제국주의는 여러 형태의 저항을 초래하였다. 문화도 그 저항의 하나이다. 19세기의 알제리, 아일랜드, 인도네시아와 같은 다양한 지역에서 일어난 무장 저항과 함께 거의 모든 곳에서 문화적 저항이라고 하는 상당한 노력이 있었다.[230] 제국주의는 단순한 축적과 획득의 행위가 아니었기 때문이다. 제국주의는 어떤 영토와 인민이 지배받기를 요구하고 간청한다는 관념을 포함하는 현저한 이데올로기적 형성에 의해, 동시에 지배와 연대관계를 갖는 지식이라는 형태에 의해 지원되고 추진된 것이었다. 그 결과 고전적인 제국 문화의 용어는 열등, 하위 인종, 종속 인민, 의존, 확장, 권위와 같은 말과 개념으로 가득했다. 이런 문화에 대한 개념은 비판되거나 거부되어야 할 필요성이 있는 것이다.[231]

제국주의자는 사회진화론[232]적 의식을 가지고 있었는데 그로 인해 식

---

230 에드워드 사이드, 박홍규 옮김, 『문화와 제국주의』, 문예출판사, 2005, 20쪽.
231 위의 책, 60쪽.
232 19세기에 사회진화론이 확산되면서 식민전쟁은 점점 더 문명을 확산시키기 위한 전쟁으로 간주되어갔다. 유럽인들은 적수들이 문명화된 예의범절을 모른다고 보았기

민지인을 야만인, 미개인으로 상정하여 그들과의 차이를 차별화하게 되었다.[233] 이런 차별화는 제국주의자들이 바라보는 "문화란 본래 집합성에 대한 질문을 요구"[234]하는 것이란 사실을 묵인한 결과를 낳게 되었다. 그러니 "우리의 과업은 한 문화권의 이성 주장에 외부자뿐만 아니라 내부자도 맞서는 전투적 절규로서 문화, 외부자들의 이국성에 붙이는 우아한 이름으로서 문화라는 두 전략 양쪽을 바라보는"[235] 시각이 반드시 필요하다.

『토지』는 제국주의자들이 퍼뜨린 문화 개념에 대응하는 식민지 여성을 보여준다. 일본 제국주의자들에 의해 식민지가 된 조선에서 여성들이 오도된 제국주의 문화의식 아래에서 어떻게 대응하며 살아가고 있는지 살펴보자.

1. 제국주의 문명화 문화론과 식민지 비/제도권 여성 교육

제국주의 문화와 식민지 여성이라는 입장에서 볼 때 『토지』는 제국주의 문명화 문화론에 억압받은 식민지 여성을 보여준다. 이는 정호 어머니와 옥선자를 통해 알 수 있다. 왜냐하면 정호 어머니는 더럽고 냄새나

에, 규율 잡힌 병사들이 야만인과 반문명화된 인종에 대항하여 펼치는 원정을 식민전쟁이라 정의하기도 했다. 위르겐 오스터함멜, 박은영·이유재 옮김, 『식민주의』, 역사비평사, 2006, 74쪽.

233 이미화, 「박경리의 탈식민주의 페미니즘 연구」, 『한국문학이론과 비평』 40, 한국문학이론과 비평학회, 2008, 364쪽.

234 문화를 가정하기 위해서 집합성을 가정해야 한다. 하지만 보통 우리는 집합성을 문화의 토대로서 가정한다. 가야트리 스피박, 문학이론연구회 옮김, 앞의 책, 67~68쪽.

235 가야트리 스피박, 태혜숙·박미선 옮김, 앞의 책, 489쪽.

며 어둠침침한 곳에서 생활하는 야만적인 하위계층 여성이기 때문이며, 옥선자는 제국주의 문명화 문화론자가 주입한 제도권 의식을 따랐으나 철저히 폭력으로 내몰리는 여성이기 때문이다.

우선 정호 어머니는 야채 장사를 하며 가족의 생계를 책임지는 여가장이다. 그녀는 매우 가난하며 그녀가 사는 집은 놀랄 만큼 초라하다. 그런데 정호 어머니에게서는 누구도 범접하지 못할 위엄이 있다. 전통 유교 사상과 예의범절을 목숨처럼 지켜나가는 김훈장이 보기에도 그녀는 예사인물이 아니다. 그녀의 정체는 작품 속에서 가장 지체가 높은 사대부였던 것이다. 그런 정호 어머니가 야만인과 다름없는 생활을 하는 것이다. 이는 제국주의 문명화 문화론에 대한 비판을 유도하게 한다.

다음으로 옥선자는 일인 선생들이 가르치는 학교에 다니고 있는 조선 여학생이다. 제국주의자들이 주입하는 문명론을 교육받고 있는 여성인 것이다. 그녀가 다니는 학교 안에서는 수업을 할 때나 쉴 때나 조선어 사용이 금지되어 있다. 그리고 조선 여학생들의 생활 태도는 항상 보이지 않는 누군가의 감시를 받고 있다. 여학생은 깨끗해야 했고 단정해야 했고 조신해야 했고 말조심을 해야 했다. 그런 상황에서도 옥선자는 잘 적응하고 있었다. 그런데 수업 도중 일인 선생이 천황을 숭배하며 눈물을 흘리는 모습에 그만 작은 웃음소리를 내고 만다. 그녀는 이 실수 하나 때문에 무시무시한 폭력에 내몰린다. 이는 제국주의자들이 식민지 여성을 문명화 문화론으로 교육시켜 야만에서 벗어나게 하려고 교육을 한 것이 아니라는 사실을 보여준다. 옥선자는 제국주의 문명화 문화론이 숨기고 있는 이면을 짐작하게 하는 인물인 것이다. 즉 정호 어머니는 내부자가 맞서는 전투적 절규로서의 문화를 보여줄 수 있는 인물이며, 옥선자는 외부자들의 이국성에 붙이는 우아한 이름으로서의 문화를 보여줄 수 있는 인물이다. 이들의 삶을 상세히 살펴보자.

얇은 천장에 울둑불둑 고르지 못한 벽이나마 깨끗했고 종이 냄새가 풍겨왔다. 야채장수 아주머니, 외딴 곳의 누추한 농가, 김훈장은 물론 길상이도 그 이상의 아는 바가 없다. 두 사람은 동시에 숨을 내쉰다. 마음놓고 찾아왔다가 호되게 뺨이라도 맞은 것 같은 기분이라 할까.

아무튼 이리하여 김훈장은 농가의 하숙인이 된 셈인데 집안의 식구라고는 늙은 시어머니와 며느리, 그리고 열다섯 살, 열한 살의 손자, 넷이었다. 찢어지게 가난한 중에도 손자들은 용정에 있는 학교에 보내고 있었으며 큰아이는 중학에 다닌다고 했다. 상대가 여인네와 아이들이니 체면상 김훈장은 집안 내력을 물어볼 수 없었고 그들은 그들대로 집안 일을 말하는 일이 없었으므로 김훈장의 궁금증은 풀리지 않았으나 무섭게 법도를 지키는 이네들 생활태도에서 상사람이 아님은 물론 범상한 사람들도 아닌 것을 짐작할 수 있었다.[236]

정호 어머니가 사는 집은 '울둑불둑 고르지 못한 벽'을 지닌 '누추한 농가'이다. 이는 정호 어머니가 처한 환경이 야만적임을 보여준다. 그런데 그 집은 '깨끗했고 종이 냄새가 풍겨왔다.' 게다가 그 집 식구들은 '무섭게 법도를 지키는' 공통성을 가지고 있다. 이는 정호 어머니의 삶의 태도는 문명적임을 보여주는 것이다. 이처럼 '야채장수 아주머니'(정호 어머니)는 야만과 문명을 동시에 가지고 있다. 그래서 그녀는 '그 이상의 아는 바가 없다.'로 더 알아야지만 진정한 모습을 찾을 수 있는 불가해한 인물로 나타난다. 그저 '짐작'으로 정호 어머니를 볼 뿐인 것이다. 이는 제국주의가 퍼뜨린 문명화 '문화론'[237]은 원거리가 아닌 근거리에서 보아야 한다는 것을 의미한다. 왜냐하면 정호 어머니는 표면으로 판단할 수 없는 문화의 힘을 내재한 인물이기 때문이다. 이런 정호 어머

---

236 『토지』 4권, 92쪽.
237 『토지』 일본론은 전체적으로 문화론적인 시각에서 서술되고 있으며, 대개가 은유적이고 세련된 분석이 뒤따르고 있다. 그러나 일본의 물질주의와 반생명성을 드러내는 제국주의에 대한 비판, 현인신에 대한 비판은 매우 직설적이다. 이상진, 「탈식민주의적 시각에서 본 『토지』 속의 일본, 일본인, 일본론」, 430쪽.

니가 제국주의 문명화 문화론과 차이나는 삶을 살고 있는 것이다.

스피박은 말한다. 문화란 특정한 사회의 복잡한 전략적 상황에 우리가 부여하는 이름이다. 이성을 넘어서는 행동 패턴만을 주장하는 우리 문화는 유럽 계몽주의 문화가 본연의 이성을 갖는다는 주장과 대립된다.[238] 정호 어머니는 이 대립의 정당성을 드러내는 것이며, 일본의 '문명화 문화론'[239]이 정당하지 않은 주장임을 드러낸다. 왜냐하면 야만의 생활을 하는 '이네들 생활태도에서 상사람이 아님은 물론 범상한 사람들도 아닌 것'을 알 수 있기 때문이다.

정호 어머니는 누구보다 많이 배우고 지혜로우며 덕이 있는 고귀한 가문의 며느리였을 것이다. 집안에 감도는 법도가 그것을 암시한다. 그럼에도 일인들이 말한 야만과 비위생 속에서 산다. 정호 어머니는 식민압제자가 가져온 제국주의 폭력 아래 집안이 풍비박산이 되었고 남성 가장이 부재하게 되었으며 그 결과 가난 속에 있는 것이다. 조선 유교 가부장제에서라면 가장 상층계급이었을 사람이 식민압제자로 인해 최하층계급으로 전락한 것이다. 즉 일본이 말하는 야만적이며 비위생적이며 배우지 못한 날 것의 인간으로 바뀐 것은 그녀 탓이 아니다.

간도로 이주한 후 거지와 다름없는 이산민 생활을 이어가면서도 정호

---

238 가야트리 스피박, 태혜숙·박미선 옮김, 앞의 책, 486~487쪽.
239 『토지』에 나타난 문명화 문화론은 한마디로 '문명이 야만의 반여'로 쓰이는 것이다. 일본인들은 조선 사람들이 긴 담뱃대를 애용하는 것과 요강을 사용하는 것을 야만이라고 침을 뱉어가며 욕지거리를 한다. 김두수와 조준구는 조선이란 변함없이 가난하고 게으르기 짝이 없는 백성들의 땅이며 희망 없는 백성이니까 일본의 통치를 받아야 한다 말한다. 반면 조선인들은 양과점을 위시하여 담배 가게, 이발소, 목욕탕, 대개 그런 비슷한 업종이 일본에서 건너왔고 일본인에 의해 경영된다는 사실에서 적개심이나 거부의 감정을 가진다. 그런 감정에는 유교사상에 길들여진 조선 백성들의 잠재된 의식 속에 예절과 검소 그 격조 높은 선비정신의 잔영이 있기 때문이다. 그러니 문명이 야만의 반여로 쓰이는 데에 모순을 느낀다. 문명은 생존문제를 훨씬 넘어서서 자행되는 야성이라 본다.

어머니가 고귀한 법도를 그대로 지켜가고 있다는 것은 야만/문명이란 이분법을 다시 생각해야 함을 말하는 것이다. 정호 가족을 휩싼 법도는 그래서 식민지 문명화 문화론을 비판할 수 있는 근거가 된다. 디아스포라 토착정보원인 정호 어머니는 일본 제국주의 문명화 문화론에 균열을 내고 있는 것이다. 야만이면서 동시에 문명이기 때문이다.

이런 정호 어머니의 재현은 제국주의 문명화 문화론의 허구와 식민지 여성교육의 오독을 드러낸다. 교육받지 못한 조선 여성은 야만에서 벗어날 수 없다는 식민압제자의 의식이 잘못된 것임을 드러내기 때문이다. 정호 어머니는 식민지 제도권 교육을 전혀 받아본 적이 없다. 그런데도 긍정적이며 누구보다 자식들을 훌륭하게 키워낸다. 이는 교육에 대한 다른 의식을 표출하는 것이다. 즉 기존 제국주의자에 의해 객체로 취급된 정호 어머니를 담론의 주체로 바꾸어 이야기함으로써 식민지 교육이 제국주의자의 은혜가 아님을 드러낸다. 오히려 식민지 교육은 (조선 백성이 스스로 행한) 독립운동의 일환이었던 역사적 현실을 드러내고 있다.

정호 어머니가 행한 인가된 무지에 저항하는 방법은 폭력을 사용하는 적극적 저항이 아니라 다음 세대를 교육시켜 힘을 비축하자는 미래지향적, 수동적 저항이었다.[240] 식민지 여성은 수동적 저항을 택할 수밖에

---

240 간도에까지 일본 측이 세운 간도보통학교라는 것이 들어선다. 송장환 선생은 통분한다. 간도도 일본판이 되어 버릴까봐 걱정스럽다. 간도에서의 교육은 독립운동의 일환이다. 일본에 동화되어선 안 된다 송장환은 목청을 높인다. 국토와 주권을 빼앗은 왜놈들은 다음 우리의 문화를 빼앗고 우리 민족의 얼을 뺏을 것이다. 싸우기 위해 글을 배우는 것임을 잊지 말자 외친다. 지금은 우리 당대만을 생각해서는 안 된다. 양전옥답 물릴 생각 말고 피땀나게 자손들을 가르쳐야 한다. 자손들에게 애국애족하는 마음을, 빼앗긴 조국을 찾아야 한다는 근본을 심어주어야 한다. 독립이란 국토와 문화를 되찾고 지키는 것이다. 국토가 육신이라면 문화는 영혼이기 때문이다. 송장환 선생을 통한 이런 발언은 박경리의 작가의식이다. 즉 송장환은 담론으로, 정호 어머니는 실천으로 제국주의 문명화 문화론에 저항하고 있다.

없는 철저한 감시와 통제를 받고 있었던 현실이었다. 그럴 때 "가르치기란 인식론적이고 담론적일 뿐만 아니라 무엇보다 윤리적인 필수사항이며 '비판'이다."[241] 즉 정호 어머니는 자녀교육에서 오늘을 비판하는 미래를 보았던 것이다. 지금은 어쩔 수 없이 당하지만, 후일에라도 억압을 벗어나기 위해서는 인가된 폭력에 저항하는 행위가 필요하다 본 것이다. 이를 위해 적극적 저항뿐만 아니라 소극적 저항도 반드시 필요하다 느꼈던 것이다. 아마도 정호 어머니는 남편과 가족들을 독립운동으로 잃어봤던 여인이라 더욱 소극적 저항으로 눈을 돌렸던 것이라 짐작된다.

우리는 무엇보다도 제국의 상상력을 배양한 문화를 신중하고 포괄적으로 보고자 노력해야 한다. 우리가 여전히 축하하고 있는 문화라는 것은 그다지 유해하지 않게 된 제국주의 문화에 불과하기 때문이다.[242] 그렇다면 정호 어머니는 제국의 상상력을 배양한 문화, 그 유해한 제국주의 문명화 문화론을 비판하는 역할을 한다고 볼 수 있다. 왜냐하면 더럽고 야만적인 삶 속에서 고귀함을 지키는 (불)가능한 삶을 보여주기 때문이다. 이런 정호 어머니의 수행성은 불가능성 중 가능성에 무게를 두고 문명화 문화론을 보도록 (비판적)인식을 유도한다.

> "모두가 다 고생이네."
> 멍석 위의 그릇들을 함지박에 옮겨놓으며 신씨는 혼잣말처럼 뇌었다. 그릇을 옮겨놓을 때마다 풀발이 서고 악센 삼베치마에서 서걱서걱 천이 부딪는 소리가 들린다. 허리도 굵고 손목도 굵고, 햇볕에 그을러 구릿빛 나는 신씨 얼굴에 땀이 흘러내린다.
> "고생이사 머…… 고생을 낙으로 삼고 살 수도 있겠지마는,"
> 손등으로 땀을 훔치는 월선을 물끄러미 쳐다보는 신씨

---

241 가야트리 스피박, 태혜숙·박미선 옮김, 앞의 책, 23쪽.
242 에드워드 사이드, 박홍규 옮김, 앞의 책, 64~65쪽.

"자네도 입이 없는 여잘세."

하고 빙긋이 웃는다. 과묵하기론 신씨도 마찬가지, 월선의 처지를 소상하게 알고 있는 신씨는 측은한 마음에서 위로의 말을 하고 싶었겠지. 그러나 천성이 그렇기도 하려니와 사대부집 여인으로 감정의 억제가 일상이었으니 얄싹한 말돌림을 삼가는 것이겠는데, 그러나 자네도 입이 없는 여잘세, 한 말에는 고통에 순종하는 착한 마음을 칭찬하고 아울러 나도 말은 못하나 자네 슬픔은 알고 있네, 하는 뜻도 있었을 것이다.

여벌의 소반 하나가 없는 가난한 살림살이. 함지박에 담아와서 멍석에 폈던 음식 그릇을 도로 함지박에 담으니 정호가 얼른 그것을 들고 부엌으로 간다. 홍이도 덩달아서 멍석 위에 남은 빈 그릇을 거둬들고 정호 뒤를 따라 부엌으로 쫓아간다.

'이상타? 울 옴마는 사내자식이 부석에 들어오믄 못쓴다 카더마는, 정호는 나보다 공부도 잘하고 양반이라 카는데 와 부석에 들어갈꼬?[243]

드디어 '사대부 집 여인'으로 정호 어머니의 정체가 밝혀진다. 하지만 '풀발이 서고 억센 삼베치마'와 '여벌의 소반 하나가 없는 가난한 살림살이'가 그녀의 현주소다. 즉 일본 제국주의자들이 주장하는 바처럼 식민지인은 가난하다, 게으르다, 더럽다 같은 야만적 인식소를 보여준다는 것은 일제가 일방적으로 퍼뜨린 오도된 의식임을 알 수 있다. 달리 말하면 제국주의 문명화 문화론이 '지연된 고유한'[244] 문명화 문화론임을 보여주는 것이다. 토착정보원은 인간이라는 이름으로부터 축출된 표식이었기에 가난의 반복은 피할 수 없는 것이었다. 정호 어머니는 식민지 여성이기에 일할 기회가 없고, 일할 수 있는 자리가 없었다. 그래서 부지런히 행상을 해도 되풀이되는 가난은 원치 않아도 식민지인을 야만으로 떨어뜨렸다. 식민지인이 게으르고 가난하고 비위생적인 것은 일본인의 통

---

243 『토지』 4권, 280~281쪽.
244 데리다는 말한다. 고유한 것을 노출시킨다는 것. 이런 고유한 것이란 지연된 고유한 것의 대체물인데, 이 대체물은 사회적 · 도덕적 의식에 의해 고유한 것으로 인식되고, 자기정체성을 보장해 주는 도장, 즉 비밀이다. 자크 데리다, 김응권 옮김, 앞의 책, 204쪽.

치 체제가 원인인 것이다. 이럴 때 양반가 아들 정호가 '음식 그릇을 도로 함지박에 담' 아 부엌으로 가져가는 것은 의미 깊다. 정호 어머니의 자식교육이 진보적이며 올바른 교육[245]이었음을 증명하기 때문이다.

그렇다면 일본이 재구성한 문명화란 인식소적 폭력은 민족에 따라 부여된 편파적인 의식일 것이다.[246] 왜냐하면 일본 문화와 조선 문화를 구별하는 의식에 조선인 혐오증이 영향을 미쳤기 때문이다. 그러니 식민지 여성에게 교육의 기회가 주어지고 있음을 들어 문명이란 합리성을 내세우는 식민압제자들의 논리는 식민지인을 통제, 감시, 교정, 훈련하고자 하는 그들의 야심, 지배욕, 탐욕일 뿐이다. 일본 제국주의자들은 그들에게 부재한 문명마저도 상승시켜 식민지 지배를 합법화하는 명분을 얻고자 하였던 것이다. "조선사람들 머리통 속에 일본은 강자다, 하는 관념이 고약같이 눌어붙어서" "그들의 빈약하고 보잘것없는 문화까지 승격하게 했다."는 서술에서도 알 수 있다. 즉 "다양한, 대체로 적대관계에 있는 개별 진영에 의해 우리와 그들로 구분된 것"[247]이 문화였기에 가능한 일본적 재구성이었던 것이다.

---

245 교육은 사회현상과 불가분의 관계로서, 지금의 틀에 꽉 짜인 형식교육으로서의 학교교육만을 대상으로 하지 않는다. 어린아이로부터 할머니, 할아버지까지, 선생과 스승의 가르침을 배우는 단계에서부터 자기 스스로 교육을 창출할 수 있는 단계까지 모두 배우고 익히며 올바른 삶을 실행하는 그 모든 것에 교육의 의미를 부여할 수 있다. 임금희, 「『토지』에 나타난 교육 양상」, 『한국문예비평연구』 22, 한국현대문예비평학회, 2007, 186~189쪽.

246 사이드는 말한다. 문화는 때로는 공격적으로 국민이나 국가와 연결된다. 즉 우리를 그들로부터 구별하고, 거의 언제나 어느 정도의 외국인 혐오와 연결된다. 이러한 의미의 문화는 정체성의 원천이고, 우리가 최근 문화와 전통으로의 회귀에서 보듯이 더욱 전투적인 원천이 된다. 이러한 회귀는 지적 · 도덕적 행동의 엄밀한 규범의 확립을 수반하고, 문화 다원주의와 잡종성과 같이 비교적 자유로운 철학과 연결되는 수용적 태도와 반대된다. 과거 식민지였던 지역에서는 이러한 회귀가 다양한 종교적 · 민족주의적 원리주의를 낳고 있다. 에드워드 사이드, 박홍규 옮김, 앞의 책, 22~23쪽.

247 위의 책, 39쪽.

제국주의에는 "이익을 둘러싼 또는 이익을 넘어 끝없이 순환되고 재순환되는 관념이 있다. 그것은 품위 있는 남녀에게, 원격 영토와 그 원주민은 지배를 받지 않으면 안 된다는 생각을 받아들이게 하고, 다른 한편으로 그것은 식민지 종주국의 에너지를 활성화하여 이러한 품위 있는 남녀가, 종속적이고 열등하며 미개한 인민을 지배한다는 것을, 영속적이고 거의 형이상학적인 사명감으로 제국을 받아들이게 한다는 것이다."[248] 그렇다면 문명과 야만은 이분되는 것일 수 없음을 드러내는 정호 어머니는 제국주의가 말하는 문명론의 비판에서 의미심장하다. 식민지인에게 다가온 문명화 교육론에 좌우되지 않는 정신을 보여주기 때문이다. 정호 어머니의 비/문명화 삶은 문명화란 명분 아래 억압받아왔던 것들의 정당성과 진리를 회귀시킬 수 있다. 이런 정호 어머니이기에 문화권의 이성 주장에 내부자로서 맞서는 인물인 것이다.

정호 어머니에겐 조선 오백년, 그 고귀한 조선 민족의 백성이었다는 자긍심이 흔적으로 남아있었다. 이 흔적이 제국주의 공리의 권력—지식으로도 통제되지 않고 교화되지 않는 진리의 비진리로서의 정호 어머니를 유지시키고 있다. 이는 그녀의 가족 공동체가 문명화론에 굴복하지 않는 정신의 고결함을 지켜가는 삶을 계속하고 있는 것에서도 알 수 있다. 제국주의 문명화 문화 속에서 비/문명화인 이들 가족공동체의 긍정성은 제국이 주입한 고유한 문명화 의식을 산포하기에 충분하다.

정호 어머니는 비/문명화를 대표하고 문명화의 은폐되고 재구성된 오어법을 다시 제시하는 재현적 인물이다. 야만과 문명이 공존하고 있는 삶이면서 문명이 지배자의 문화와 다른 문화를 배제하려는 의식 아래 형성된 것임을 보여주기 때문이다. 자쇼다처럼 하위주체화된 정호 어머니는

---

248 위의 책, 62쪽.

문명화 문화론을 역전하고 있다. 주변성으로 배제되고 추방되었던 비/문명화의 특질들이 주변이 아님을 보여, 경계를 깨뜨리고 있는 것에서 알 수 있다.

정리하자면, 문명화는 제국의 억압적, 약탈적, 폭력적 통제방식이었다. 예속, 불평등, 비인간화를 부추기는 도구로 문명화를 사용한 식민압제자였던 것이다. 이런 문명화 문화를 유포하여 포섭하려 한 일인들의 계략은 배제의 전략에서 비롯되었다. 동화주의란 미명 아래 양자택일을 부추기고 식민지인의 추방을 가속화하기 위한 전략말이다. 그러나 조선이 고귀한 민족이었다는 선험적 흔적은 식민지인에게 문명화 문화론의 허구성을 파악할 수 있게 만들었다. 그래서 제국주의 문명화 문화론은 산포된다. 문명화 문화론은 국가 없음 속에 이산민이 된 식민지인에게 민족－국가의 하이픈을 강화하고자 한 제국주의자의 계략이었다. 그러나 오히려 식민지인에게 민족국가의 하이픈을 삭제시키는 역작용을 한다. 그래서 말없는 하위주체 정호 어머니의 위반은 강한 저항력을 생산한다. 이처럼 정호 어머니가 식민지 문명화 문화론을 비제도권 여성교육 안에서 산포시키는 인물이라면, 옥선자는 그것을 제도권 여성교육 안에서 산포시키는 인물이다.

> "우리들은 보다 더 긴장해야 한다. 전선에서는 매일매일 천황폐하를 위하여 대일본제국의 남아들이 죽어가고 있다. 총후(銃後)의 우리들 마음가짐이 안한(安閑)하다면 그것은 불충이다. 우리는 이번 성전에 신명을 다 바쳐서 승리로 이끌어가야 하며 천황폐하의 거룩한 빛이 사해(四海)를 덮고 생명 받은 자 그 모든 것들이 폐하 앞에서 감읍하는 세상을 만들어야 한다. 귀축(鬼畜) 영미(英米)는 머지않아 이 지구에서 사라질 것이다. 기필코 우리는 그놈들을 몰아낼 것이며 오로지 매진할 뿐이다. 그러나 가장 명심해야 할 일은 천황폐하의 신금(宸襟)을 편안하게 하는 일로서, 우리 오기미(大君)는 억조창생의 어버이시며 군왕이시며 또한 현인신이시다. 우리는 일사불란, 마지막 피 한방울까지 바쳐

서 국가 만대의 안녕은 물론 팔굉일우의 이상을 완수해야 하며 영원토록 와가 기미(나의 君, 내 님)의 옥체를 보위해야 한다…… 우리 유카바, 미즈쿠 가바네, 야마 유카바, 구사무스 가바네, 오키미노 헤니코소 시나메, 가에리미와 세지."

마지막 부분에 와서 이시다 선생은 눈을 지그시 감고 노래 구절을 암송했다. 바다에 가면 물에 잠기는 시신, 산에 가면 풀이 우거지는 시신, 오로지 대군 옆에서 죽겠노라, 결코 돌아보지 않으리, 대강 그러한 뜻인데 『만엽집(萬葉集)』에 실린 오토모 야카모치[大伴家持]의 노래 일부에다 곡을 붙인 것으로서 일본 해군의 의식가(儀式歌)였으나 요즈막에 와서는 학교에서도 의식가로서 빈번히 불리게 되었다. 태평양전쟁의 여파인 듯, 아무튼 거기까지는 괜찮았다. 그런데, 이시다 선생은 하얀 손수건을 꺼내었다. 안경을 걷어 눈물을 닦으며

"오오 덴노사마[天皇樣 · 천황님] 덴노사마."

하는 것이 아닌가. 반의 삼분의 일쯤 되는 일본 아이들은 엄숙한 표정으로 감격해 있었지만 조선 아이들은 말똥말똥, 더러는 웃음을 참느라 애를 쓰는 것이었다. 피골이 상접한 사내가 우는 것도 그랬지만 덴노사마라는 용어 자체가 잘 쓰이지 않는 것이었고 다분히 희극적 표현이었기 때문이다. 가령 예를 들면 센세이사마[先生樣] 했다면 그것은 무식하고 신분이 낮은 사람이 존경을 표하기 위한, 지나친 것으로 간주하는 게 통례다. 수쇼사마[首相樣] 다이진사마[大臣樣] 하고 부르지 않기 때문이다. 한데 불행하게도 교실 한구석에서 낄낄낄, 아주 낮은 웃음 소리가 났다.

"다레카[누구냐]!"

(중략)

달려간 이사다 선생은 선자의 가슴팍, 교복을 움켜쥐고 교단 앞까지 질질 끌고 나왔다.

"고노 후추모노, 한갸쿠샤(이 不忠者, 叛逆者)!"

뺨을 연달아 갈긴다. 그러더니 선자를 벽면 쪽으로 끌고 가서 벽에다 머리를 짓찧기 시작했다. 쓰러지니까 발로 차고 짓밟고 이시다는 완전히 짐승이 되었으며 들린 사람 같았다. 학생들 속에서 고함과 울부짖는 소리가 났다. 일본 학생들만은 차갑게 구타 장면을 지켜보고 있었다. 무서운 폭행이다. 선자의 비명과 이시다의 으르렁거리는, 포효하듯 외쳐대는 소리, 무시무시한 폭행이다.[249]

---

249 『토지』 14권, 310~312쪽.

이시다 선생은 '성전에 신명을 다 바쳐서 승리로 이끌어가야 하며 천황폐하의 거룩한 빛이 사해를 덮고' '폐하 앞에서 감읍하는 세상을 만들어야 한다.'고 말한다. 이는 낯선 자의 진리 가치가 식민지의 진정한 역사로 삽입되도록 주입시키는 것과 같다. 왜냐하면 이시다 선생의 이런 말을 반복해서 듣는 조선 여학생은 이시다 선생의 말과 같이 인식하게 될 것이기 때문이다. 이시다 선생의 말이 진리이든 비진리이든 상관없이 그의 말대로 인식하게 될 것이다. '아무튼 거기까지는 괜찮았다. 그런데,' 이시다 선생은 '눈물을 닦으며' '덴노사마'라 불렀다. 그때 '불행하게도 교실 한구석에서' '웃음 소리가 났'다. 이시다 선생의 지나친 군국주의 충성심에 불행하게도 반응을 보인 옥선자였던 것이다. 즉 옥선자는 운이 나빠 폭력 속에 내몰린다. 이 점은 매우 중요하다. 옥선자는 식민지인 중 유독 눈에 띄게 일본 제국주의자에게 저항한 인물이 아니다. 저항력이 만연한 인물이 아닌 것이다. 그저 평범한 식민지 여학생이었다. 그렇다면 옥선자는 개인이 아닌 민족(식민지 여학생)을 상징하는 인물로 읽을 수 있다.

옥선자는 누구에게 종속된 신민인지를 주지시키려 하는 이시다 선생에게 무시무시한 폭행을 당한다.[250] 옥선자에게 종속민족, 열등민족임을 각인시키려는 이시다 선생이었다. 그는 무의식적으로 자신을 일본의

---

250 "그 민족에게 그들이 누구에게 종속된 신민인지 주지시키고자 이 여행을 착수했다. 그들은 이 점을 제대로 알고 있지 않았고, 구르카인들(Goorkahs)에게 정복되고서 또 이 나라를 지나간 소수의 유럽인들을 보고서 우리 존재를 들었을 뿐인 것 같다는 생각이 들어서였다." 버치는 말을 타고 인도를 달리면서 자신을 대표적인 이미지로 본다. 그가 보고 말한 것에 의해 소문은 정보로 바뀌고, 히말라야 산악 지대에 있는 유럽인의 형상은 낯선 자에서 주인으로, 대문자 주체로서 주권자로 재각인된다. 토착민이 (서구인의 자아를) 공고히 하는 종속된 소문자 주체로 움츠러들 때에도 그렇다. 낯선 자의 진리 가치가 이 거친 지역들의 진정한 역사로의 삽입을 위한 준거로 확립되고 있는 중이다. 가야트리 스피박, 태혜숙 · 박미선 옮김, 앞의 책, 307~308쪽.

대표적 이미지로 생각한 것이다. 그래서 주인으로, 대문자 주체로서의 힘을 보이려 한 것이다. 그 앞에 무기력하게 무방비 상태로 노출된 식민지 여학생의 일상을 옥선자는 보여주고 있다.

흔히 "지배의 문화 속에서 모든 사람은 폭력이 사회적 통제의 수단으로서 적절한 것이라고 생각하게끔 사회화된다."[251] 일본은 이런 사회화가 더 강력했다. 왜냐하면 무사의 전투적 의식을 지닌 일본은 유교조차 충을 중시하는 의식으로 발전시킨 나라이기 때문이다.[252] 옥선자를 대하는 이시다 선생은 이를 증명한다. 사이드는 말한다. 제국의 사업은 모든 종류의 준비가 문화라는 틀 속에서 갖추어졌고, 그 결과 제국주의가 그 문화 속에서 어떤 종류의 일관성을 확보하고 일련의 경험을 가지며 나아가 지배자와 피지배자의 공존도 가능하게 한다.[253] 하지만 이시다 선생의 폭행은 다른 효과를 낳는다. '완전히 짐승이 되었으며 들린 사람 같았다.' '으르렁거리는' 이시다 선생의 묘사를 통해서도 짐작할 수 있지만, 사실 일제는 무시무시한 폭행으로 동의를 확보해왔다. 그것을 수행하는 이시다 선생은 동의와 반대로 식민지인에게 '고함과 울부짖는 소리가' 나도록 유혈의 공포를 심는다. 이 공포는 공존이 아닌 전복을 유도하게 만든다.

---

251 벨 훅스, 박정애 옮김, 앞의 책, 144쪽.
252 오직 힘 있는 자만이 살아남을 수 있었던 전국시대를 평정한 도쿠가와는 이완된 무사 계층의 도덕적 해이를 극복하고 지배 체제를 정비하고자 조선으로부터 유교를 통치 이데올로기로 받아들였다. 일본에서 유교는 종적인 인간관계를 근간으로 신분차별을 인정하고 대의명분을 내세워 군신관계와 충군애국을 강조한다는 점에서 지배 체제를 견고히 하는 적합한 이데올로기로 작용한다. 특이한 것은 조선이나 일본은 모두 유학의 충효사상을 중시했는데, 조선에서는 효가 충보다 우선시 되었다면 일본에서는 효보다 충을 중시했다는 차이점이다. 일본지역연구회, 『일본은 우리에게 무엇인가?』, 책사랑, 2002, 48~49쪽.
253 에드워드 사이드, 박홍규 옮김, 앞의 책, 62~63쪽.

그렇다면 이시다 선생의 폭력은 문명화 문화론자의 야만성을 보여주는 것이다. 서양인들로 하여금 야만인이라고 명명할 사람들과 최초로 만날 수 있도록 해준 것은 아메리카의 발견을 통해서이다. 야만인들의 풍속을 묘사하는 데 완벽한 만장일치가 이루어진 부분은 원시민족들은 언제나 열정적으로 전쟁을 행한다는 것이다. 즉 특별히 호전적인 성격에서 야만성을 찾아내고 있다.[254] 즉 옥선자를 무시무시하게 폭행하는 일인 선생은 제국주의자가 지닌 야만성을 보여주는 것이다. 문명자라 일컬어지는 그들이 야만자임을 보여준다. 그렇게 일인 선생의 맹목적 천황 숭배는 역설적 효과를 낳는다.

옥선자가 다루어지는 행태는 토착정보원이 인간이라는 이름으로부터 축출된 표식임을 확인시켜준다. 식민지 여학생이 제도권 교육 속에서 받고 있는 문명화 문화론의 억압상이기 때문이다. 이는 식민자를 날 것의 인간으로 맹목적으로 매도하는 제국주의자들의 의식이 야만, 원시, 교육받지 않은 것임을 투사한다. 제국주의자들이 자행하는 폭력을 통해 제국주의 문명화 문화론의 위험성을 알 수 있는 것이다. 달리 말하면 옥선자는 외부자들의 이국성에 붙이는 우아한 이름으로서의 문화를 드러내는 인물인 것이다. 이런 토착정보원 옥선자의 재현은 문명화 문화론의 검은 얼굴 하얀 가면을 드러내고 있다.

남들은 내성적이며 소극적으로 보는 상의였으나 기실 그의 내부에서는 반항의 정열이 불타고 있었다. 아버지가 그리울 때, 아버지 신변에 불안을 느낄 때 반항의 열정은 한층 치열해졌으며 여자 혁명가를 꿈꾸기도 했다. 그 아버지의 소식이 요즘 뜸해진 것이다. 해서 우울했던 참에 옥선자의 구타사건이 발생하

---

254 삐에르 끌라스트로, 변지현·이종영 옮김, 『폭력의 고고학 - 정치 인류학 연구』, 울력, 2003, 246~247쪽.

여 상의를 경악하게 했다. 옥선자가 싫고 좋고 그런 것을 떠나서 상의는 전율과도 같이 일본을 일본인을 증오했다.[255]

'옥선자가 싫고 좋고 그런 것을 떠나서 상의는 전율과도 같이 일본을 일본인을 증오했다.' 이는 옥선자가 희생자이면서 상의를 변화시키는 행위자가 됨을 보여준다. 옥선자는 종속민족이나 열등민족[256]이라는 생각에 대해 아무런 저항을 보여주지 않는다. 그것이 상의에게 큰 충격을 주었던 것이다. 옥선자와 같은 정신적 태도는 제국의 억압을 심화시키게 될 것이다. 왜냐하면 제국 권위의 기초는 식민자의 정신적 태도에서 기인하는 것이기 때문이다. 이처럼 식민지인이 "종속을 받아들이는 것—고국과 공통의 이해관계에 있다고 하는 적극적인 의식에 의한 것이든, 그 밖에 다른 선택을 할 수 없다고 하는 무력감에 의한 것이든 간에—에 의해, 제국은 지속되었다."[257] 그래서 반정신이 나간 옥선자의 복종[258]은 상의를 독립지사가 되도록 유도한다. 옥선자의 복종이 역전되어 식민지 여성들에게 저항력을 기르도록 만들고 있는 것이다.

옥선자의 복종은 공포에서 기인한다. 옥선자는 이시다 선생의 구타에서 비로소 제국주의 문명화 문화론의 이면에 숨은 공포를 절감한 것이

---

255 『토지』 14권, 322쪽.
256 종속민족이나 열등민족이라는 관념은 식민지 관료 사이에 너무나도 널리 퍼졌고, 그들은 인도나 알제리를 통치하면서 바로 이 개념을 지극히 당연한 것으로 실천했다. 이 개념은 폭넓게 받아들여졌고, 19세기 전반을 통하여 아프리카에서의 제국 영토 확보 경쟁에 불을 지폈다. 에드워드 사이드, 박홍규 옮김, 앞의 책, 23쪽.
257 위의 책, 63쪽.
258 옥선자가 일인 선생에게 수모를 당하고도 학교를 그만둘 수 없는 이유는 정신대 때문이다. 시집 안 간 처녀가 학교를 다니지 않으면 갈 곳은 정신대뿐이었다. 달리 말하면 옥선자는 정신대의 간접적 희생자인 것이다. 밝고 쾌활하던 옥선자가 산송장처럼 의식은 놓아두고 몸만 움직이는 좀비가 되어서도 학교를 놓지 못하는 것이 조선의 현실이다.

다. 이럴 때 옥선자가 다니는 학교 내에서의 조선어 금지령은 중요하다. 학교라는 통제된 구역 안에서 내려진 금지령이라 더욱 강하게 개인들에게 작동하는 규율이기 때문이다. 조선어를 사용하느냐 하지 않느냐가 개인이 말문을 엶과 동시에 판단되고 보고될 수 있다. 그래서 조선 여학생들은 정신을 바짝 차리고 있어야 한다. 이렇게 언어를 통제하는 것은 옥선자의 억압 상황을 더욱 심화시킬 수 있다. 운이 없어 지독한 폭력에 내던져진 경험을 한 옥선자가 여전히 벗어날 수 없는 감시를 계속적으로 받고 있다는 의식을 심어놓는 것이다. 학교라는 곳은 그렇게 일거수일투족을 통제하는 곳으로 옥선자에게 각인된다. 그런 각인 속에서 학교를 다녀야만 하는 옥선자였다. 그렇다면 제국주의자가 식민지 학생을 교육시킨다는 명목으로 행하는 '시원적 폭력'[259]은 옥선자가 다층적 억압을 받고 있음을 보여준다. 그러니 공포에 눌려 반정신이 나간 복종을 하게 되는 것이다. 이처럼 옥선자는 토착정보원의 행동교섭능력이 능동이 아닌 강압에 의한 수동일 수 있는 현실을 드러낸다. 일인 선생에게 가혹한 폭행을 당한 후 허수아비 같은 행동교섭을 수행하는 옥선자의 행동은 그녀의 선택이 아니었던 것이다. 그것은 옥선자의 선택도 잘못도 아닌 식민지 여학생이기에 취할 수밖에 없는 이미 주어진 한계였다. 이런 옥선자의 수동적 수행성이 식민지 여학생의 수난을 핍진하게 드러내고, 제국

---

259 문자 없는 사회라는 표현에는 어떠한 현실도 어떠한 개념도 부합하지 않을 것이다. 이 표현은 문자의 통속적인, 다시 말해 민족중심적인 개념을 남용하는 민족중심적인 몽환에 속한다. 문자의 멸시는 이러한 민족중심주의에 극히 만족한다는 것이다. 여기에는 하나의 외관상 역설만이 있다. 완벽하게 일관된 하나의 욕망이 공표되고 실현되는 그런 모순들의 하나만이 있다. 고유한 것을 말소할 능력이 있는 사회, 다시 말해 폭력적인 사회에 문자 언어 일반의 사용을 어떻게 부정할 수 있는가를 자문할 것이다. 왜냐하면 차이의 유희 속에서 분류된 고유한 것의 말소로서의 문자 언어는 시원적인 폭력 자체이기 때문이다. 자크 데리다, 김웅권 옮김, 앞의 책, 198~200쪽.

주의 문명화 문화론의 야만성을 가감 없이 드러내고 있기에 제국주의 문명화 문화론의 규칙 깨뜨리기라 할 수 있다.

옥선자에게 가혹한 폭력은 아포리아가 되어 해결될 수 없는 회의로 남아 있다. 그럼에도 계속 학교를 다니는 옥선자는 미결정적인 존재인 것이다. 쉽게 판단내릴 수 없는 여성이기 때문이다. 그리고 서술도 이를 뒷받침한다. 옥선자의 눈빛은 무엇인가를 "어떤 의지를 지닌 듯도 하고 그렇지 않은 듯"도 하여 무엇을 생각하고 행동할 것인지 예측하기 어려운 인물로 결말지어지고 있다. 즉 옥선자는 표면으로는 제국이나 강자 중심에 복종하는 듯이 보이나, 이면으로는 내부의 저항력을 더 깊이 간직한 인물이다. 비동일화 주체인 옥선자를 알 수 있다.

옥선자는 제국주의 문명화 문화론의 위험성을 보여주었다. 제국주의 문명화 문화론이 가진 문명/야만이란 이분법을 비판해야 한다는 의식을 깨닫게 하는 존재였던 것이다. 나아가 옥선자는 제국주의 문명화 문화론에 식민지의 제도화된 교육을 받은 여성조차도 애초부터 전략적 배제 대상이었던 사실을 확인시켜준다. 일본은 그저 허수아비처럼 산송장처럼 자신들의 의도대로 움직이는 정신이나 생각이 없는 식민지 여성을 원했던 것이었음을 짐작할 수 있다.

"노예제가 인권의 근본적 침해인 까닭은 자유의 박탈 때문이 아니라, 특정한 사람들을 자유를 위한 투쟁의 가능성에서 배제했기 때문이다."[260] 이시다 선생의 폭행은 옥선자가 투쟁의 가능성을 잊어버리도록 유도하였기에 노예제와 다를 바가 없다. 그런 옥선자의 순응은 전복적이다. 저항해야 한다는 의지를 생산하도록 유도하는 것이기 때문이다. 그녀가 겪은 억압적, 약탈적, 폭력적 상흔은 그녀의 육체와 정신에 트라

---

260 주디스 버틀러 · 가야트리 스피박 지음, 주해연 옮김, 앞의 책, 28쪽.

우마[261]가 되어 영원히 지워지지 않는다. 그러나 일인들이 생산하는 이런 식민지인의 트라우마는 식민지인을 예속, 불평등, 비인간화로 이끌기보다는 식민지인들의 저항의지를 생산하는 효과를 낳는다. 상의의 변화가 이를 뒷받침한다. 즉 문명화 문화론에 도착증을 가진 식민압제자들에 대한 옥선자의 순응은 위반의 명제를 뒷받침한다고 볼 수 있다. 옥선자의 순응은 순응이지만 순응으로만 볼 수 없는 양가성을 지닌 것이다.

명명에서도 옥선자는 일본식 이름(다마카와)으로 호명되었다. 그럼에도 일본 선생에게 가혹하게 매질당한다. 이는 옥선자가 동화자라서, 타민족이라서, 덜 동화되어서이다. 즉 다중 억압을 받는 옥선자인 것이다. 이렇게 비합리적이며 부정확한 규율이 숨어있었던 제국주의 문명화 문화론이었다. 더듬거리는, 우물거리는, 말없는 하위주체 옥선자의 구타 사건은 그래서 의미 깊다.

2. 제국주의 강자지향 문화론과 식민지 신여성

『토지』는 제국주의 문화론에 억압받는 식민지 여성을 형상화하는 것으로 그치지 않는다. 제국주의 강자지향 문화론을 적극적으로 수용하여 비극이 되는 여성, 강자지향 문화론을 경험한 뒤 성장하는 여성도 밀도 있게 그려내고 있다. 이는 배설자와 임명희를 통해 알 수 있다. 왜냐하면

---

261 한국 근대 역사의 트라우마(Trauma)는 식민 체험에서 비롯된다.(이상진, 「식민 체험과 기억의 이면 ─ 박경리의 『토지』, 『환상의 시기』, 『옛날이야기』에 나타난 역사적 무의식」, 326쪽) 트라우마는 정신생활에서 짧은 기간 내에 엄청나게 강한 자극의 증가를 가져오는 체험을 가리킨다. 그런 강도 높은 자극은 익숙한 방식으로 해소되거나 처리될 수 없다.(경희대학교 인문학연구소, 이정희, 「트라우마와 여성 성장의 두 구도」, 『여성문화의 새로운 시각』, 월인, 1999, 324쪽)

배설자는 제국주의 강자지향 문화론을 적극적으로 수용했기에 한낱 고 깃덩어리로 버려지는 인물이기 때문이며, 임명희는 이와 반대로 제국주의 강자지향 문화론을 경험한 후 '박제된 학'에서 벗어나 성장하는 인물이기 때문이다.

우선 배설자는 제국주의 강자지향 문화론을 향유하는 인물이다. 제국주의자 아래에서 무용가로 성공할 만큼 그녀는 제국에 철저히 내부 식민화된 신여성이다. 배설자는 그렇게 일본을 위한 유능한 스파이가 된다. 조선 독립지사들을 유혹하여 기밀을 빼내고 독립운동 단체가 와해되도록 만든다. 그녀의 공헌은 지대하여 만주에서 조선으로 활동 영역이 더 좋아지는 혜택도 받는다. 조선에서 배설자는 무용 발표회도 가지며 변함없이 스파이 활동을 이어간다. 그러다 만주에서 활동할 때 그녀가 파멸시킨 독립지사의 칼을 맞고 죽는다. 그런데 그녀의 죽음은 한낱 가십거리로 취급된다. 제국주의자들은 그들을 위해 불철주야 노력한 배설자마저 도구로서만 의식할 뿐인 것이다. 그래서 배설자는 제국주의 강자지향 문화론을 적극적으로 수용하여 비극이 되는 신여성을 보여줄 수 있다.

반면 임명희는 긍정적 신여성을 보여주는 인물이다. 임명희도 제국주의 강자지향 문화론을 경험한다. 그녀는 일본 제국으로부터 귀족 작위를 받은 대실업가 조용하의 아내가 되기에 강자지향 문화론을 전유하게 된다. 세인들의 관심을 받는 신데렐라가 된 것이다. 사람들은 모두 그녀를 부러워했다. 그러나 임명희는 도리어 자신의 삶이 생명력을 잃어간다고 느낀다. 처녀 적 임명희를 아는 사람들은 그녀가 여성교육의 선구자가 될 것이라 생각했다. 똑똑하고 전문대학 교육을 받은 신여성이기 때문이다. 하지만 명희는 그런 주위의 기대가 버거웠다. 그래서 조용하와 결혼하였다. 여성교육의 선구자가 되지 않아도 되는 도피처가 결혼이었던 것이다. 조용하와 결혼하면 고급 레스토랑, 음악회와 같은 문화생활을 여유롭게 누릴 것이라 그녀는 상상했던 것이다. 하지만 조용하와의 결혼은 그녀를 박제된 학과 같이 만들 뿐이었다. 그래서 임명희는 남편에게 이혼을 요구한다. 그리고 처녀 적과 같이 다시 약자가 된다. 이후 많은 좌절을 겪게 된다. 하지만 그런 시련들은 그녀를 더 단단한 인물로 성장하도록 만든다. 임명희는 식민지 조선 민족을 위해 자신의 재산을 기부하기도 하고 아픈 가족과 친구를 돌보기도 하는 여성이 된다. 사회에 기여하는 긍정적 신여성으로 성장하는 것이다.

경험과 문화가 중첩되는 영역에서만큼 지식인의 발언이 결정적으로 작용하는 경우가 없다. 이때 우위에 선 권력은 당연히 자기 완결적인 서양 사회 측이 되고, 어용 지식인들이 그 옹호자이자 이데올로거로서 봉사한다.[262] 아니면 바라보기에 좋은 대상이 된다.[263] 그렇다면 제국주의 이데올로기에 봉사하는 신여성으로 배설자를, 바라보기에 좋은 신여성으로 임명희를 들 수 있겠다. 이들의 삶을 상세히 살펴보자.

홍성숙의 옆에 앉아 있는 여자, 방금 무용가라고만 소개한 배설자라는 여자의 경우도, 젊기야 훨씬 젊었으나 맑고 잘생겼다 할 수 없는 그 얼굴이며 빼어나게 균형잡힌 몸매며 안자의 말대로 치렁치렁, 주름이 많이 잡히고 긴 검정 새틴 치마에 역시 검정빛 블라우스의 차림이며, 지방 도시에서는 볼 수 없는 모습이라 제아무리 세련되었다 하더라도 이화감(異化感)이 드는 것은 사실이다. 어쨌거나 나란히 불빛 아래 앉은 두 여자는 몹시 희극적으로 보이기도 했지만 비극적으로 볼 수도 있었다.[264]

---

262 에드워드 사이드, 박홍규 옮김, 앞의 책, 104~105쪽.
263 루스 이리가라이, 이은민 옮김, 앞의 책, 34쪽.
264 『토지』 13권, 333~334쪽.

배설자는 최서희로부터 후원을 받고 싶다. 재력가로부터 후원을 받아 무용 발표회를 여는 것은 배설자에겐 당연한 일이다. 그래서 배설자는 홍성숙을 꾀어 최서희 집에 막무가내로 방문한 것이다. 그들을 마주 대하고 앉은 최서희의 기분은 좋지 않다. 배설자의 첫인상이 그리 유쾌하지 않은 것이다. 신교육을 받아 '무용가'가 되었다는 배설자는 '긴 검정 새틴 치마'에 '검정빛 블라우스'를 차려입고 있다. 그런 차림은 최서희에게 배설자 자체를 느닷없는 횡액처럼 느껴지게 했다. 돌연한 방문이었으며 방문한 사람이 온통 검다는 것은 상대를 기분 좋게 할 리가 없었던 것이다. 흔히 저승사자도 느닷없이 나타나며 검정색 의상을 입었다. 게다가 배설자처럼 온몸을 검정색 의상으로 입고 나타나는 인물은 작품 전체에서 오직 그녀뿐이다. 이는 작가가 검정색을 통해 배설자가 제국주의적 인물임을 암시하려는 것으로 읽힌다. 왜냐하면 검정색은 색깔 중에서도 가장 강력한 색이기 때문이다. 무지개색 크레파스를 칠해 놓아도 그 위에 검정색을 입히면 검정색 밖에 볼 수 없다. 그래서 검정은 강함과 비극을 상징할 수 있는 다의어다. 강함과 비극은 제국주의자들이 가지는 특징이기도 하다. 작가는 일제치하에서 겪은 일을 "지내놓고 보니 당시 일본의 작태는 만화라 할밖에 달리 표현의 길이 없다. 우리 민족혼, 민족성을 말살하려고 광분했던 그들, 그러나 그들이 그럴수록 스스로 그들 자신의 인간성이 붕괴해 간 것은 아이러니컬한 일이었다."[265] 라고 회상하는 것과 일맥상통한다.

더구나 검정은 '제아무리 세련되었다 하더라도 이화감이 드는' 색이라 표현하고 있다. 이는 제국주의에 물든 배설자는 섞일 수 없는, 타협할 수 없는 거리감을 상대방에게 주는 인물임을 분명히 하는 것이다. 그래

---

265 박경리, 『만리장성의 나라』, 동광출판사, 1990, 7~8쪽.

서 '몹시 희극적으로 보이기도 했지만 비극적으로 볼 수' 있는 인물로
나타난다. 그렇다면 배설자를 묘사하면서 희극이며 비극이란 이중어법
을 사용한다는 것은 배설자가 제국주의적 인물임을 다시 한 번 분명히
하는 것이다.

이중어법으로 묘사되는 배설자는 팜므파탈의 전형이다. 남성을 유혹
하고 남성을 파멸시키는 여인이다. 이는 제국주의자의 특성과 닮았다.
"제국주의는 어떤 사람들을 매혹하여, 종종 말할 수 없는 비참함을 타인
에게 초래"266)하기 때문이다. 제국주의적 인물 배설자도 괴기와 사악함
이 보일락 말락 떠도는 얼굴에 아름답기 그지없는 몸매를 지닌 악녀다.
즉 배설자는 제국 상상계 안에서 교육받았기에, 밀정 이외의 다른 것은
알지 못했던 신여성인 것이다.267)

> "나는 너를 반드시 죽여야만 했다. 만주에서도 너의 행적은 열 번 죽어 마땅
> 했는데 국내로 들어와서도 넌 스파이로 계속 활약을 해왔어. 시간 끌 것도 없
> 고 더 이상 고통 주고 싶지도 않아."
> 사내는 품에서 비수를 꺼내어 신음하듯 낮은 소리를 내며 설자 가슴을 향해
> 찔렀다. 소생을 두려워하듯 사내는 다시 목을 향해 칼을 찔렀다. 그리고 숲속
> 을 향해 칼을 던진 뒤 터덜터덜 언덕을 향해 내려간다.
> 설자 자신이 중얼거린 대로 부친이 죽은 후 만주 벌판에서 썩은 고기를 쪼아
> 먹는 까마귀같이 살았을 무렵, 설자가 관계한 사내 중의 하나가 이 사람이었
> 다. 순진한 청년이었던 그는 어쩌다 운수 불길하여 배설자 유혹에 빠져서 헤어
> 나지 못하게 되었고, 독립지사의 딸이며 부친은 왜경에 의해 살해되었다는 허
> 언에 속았으며 철없이 형의 활동 상황을 발설한 그것이 빌미가 되어 상당한 독

---

266 에드워드 사이드, 박홍규 옮김, 앞의 책, 56쪽.
267 동화된 예전 식민지 사람은 유럽적 세속적 상상계 안에서 훈련받는다. 그녀는 다른
　　편에 있는 것을 하나도 "알지" 못한다. 가야트리 스피박, 태혜숙 옮김, 『교육기계 안
　　의 바깥에서』, 322쪽.

립운동의 조직이었던 것이 파괴되었고 형과 그의 동지 한 사람이 일본헌병에 의해 총살되고 말았던 것이다. 형의 넋을 위로하는 마음도 있었겠지만 사내는 배설자를 죽이지 않고는 설 자리가 없었던 것이다. 배설자는 그 공로로 서울까지 피신해 올 수 있었다. 그리고 곤도는 그의 뒤를 봐주게 된 것이다. 어쨌거나 배설자는 그의 죄값으로 쥐도 새도 모르게 비참한 최후를 맞이했으며 그의 생애는 끝이 났다.

　이틀 후 소나무에 묶여진 채 처참하게 죽은 배설자의 기사가 신문에 났다. 신문은 치정으로 몰아가는 추측 기사였고 무용가라는 신분이 밝혀져 있었다. 일본 경찰의 정보원이라는 진실이 밝혀졌다면 사람들은 당연히 독립운동 단체의 테러였을 것이란 생각에 미쳤을 터이지만, 설사 취재하는 기자들이 그 사실을 알았다손 치더라도 그것은 기사화할 수 없는 사안이었다. 아닌게아니라 그 사건은 그것으로 슬그머니 신문 지상에서 사라지고 말았다.[268]

　배설자는 '스파이로 계속 활약을 해왔' 던 것이 원인이 되어 '썩은 고기를 쪼아먹는 까마귀같이' 죽게 된다. 그녀의 제국주의 수행성은 자해행위란 결과를 가져온 것이다. 이는 『토지』가 제국주의 일본과 일본의 주구 노릇을 한 일본 앞잡이까지도 식민정책에 희생된 생명체로 그리고 있음을 증명한다. 일본은 열등한 콤플렉스에 경도되어 만화경적인 식민지배를 했다는 측면에서 스스로 희생된 것이며, 일본 앞잡이로 전락한 조선인은 동족에 대한 피의 배반으로 고통 받았다는 측면에서 희생된 생명체라는 것이다.[269]

　배설자의 죽음은 '이틀 후' '슬그머니' 주변 사건으로 처리된다. 신문 지면의 가십거리로 취급될 뿐 아무도 관심을 두지 않는다. '추측기사' 처럼 조사조차 하지 않고 처리되는 배설자의 죽음이다. 이는 배설자가 철

---

268 『토지』 15권, 390~391쪽.
269 이미화, 「박경리 『토지』에 나타난 탈식민주의 페미니즘 연구–저항의식으로 사용된 민족주의, 문화, 차연」, 『한국문학논총』 49, 한국문학회, 2008, 139쪽.

저히 요구되었기에 제거된 가장 비극적인 인물임을 보여준다. 그만큼 배설자의 폭력은 가해자와 피해자 모두에게 부정적 영향을 미쳤던 것이다. 식민지에 거주하며, 제국주의 기획을 그대로 따랐던 여인은 제국주의 공리의 권력-지식을 소유하길 갈망하였기에 그것 때문에 파괴된 것이다.

배설자는 만주에서 혁혁한 공을 세웠기에 조선에서 활동하게 된 인물이다. 제국주의 강자지향 문화론[270]이 이상화한 성공한 여성이 된 것이다. 그러나 배설자는 토착정보원이면서도 토착정보원이 되지 못하고 일본 식민압제자도 되지 못한 배제된 인물로 철저히 버려진다. '소나무에 묶여진 채 처참하게 죽은 배설자의 시신'은 이를 보여준다. 소나무는 조선을 상징하는 나무이며, 그 나무에 묶여진 채 죽었다는 것은 민족-국가의 하이픈을 드러내는 것이기 때문이다. 즉 식민지의 반역자가 식민지인으로 처리되어 죽은 것이다. 이는 '수행적인 모순성'이다.[271] 배설자는 식민압제자가 원하고 기획한 신여성의식을 가졌기에, 오히려 수행적인 모순성을 함의하는 인물이 된 것이다. 여기서 일본 제국주의자들의 동화정

---

270 『토지』에 나타난 제국주의 강자지향 문화론은 한마디로 '강한 것이 정당하다'는 것이다. 일인들이 들어오면서부터 곳곳에 세운 성곽과도 같은 거대한 청루처럼 칼날과 섹스가 그들의 강자지향 문화론이다. 파괴하고 약탈하고 정복하고 그런 자들이 강자다. 그런 생각에 중독된 식자들이 팽배하다. 이 강국이라는 관념은 그들의 빈약하고 보잘 것없는 문화까지 승격하게 했다. 반면 조선인들은 힘이 세다 하여 뺏으려는 생각부터 하는 것은 야만적인 것이며, 마구 빼앗아 처먹고 배가 터져서 죽는 것도 바보라고 생각한다. 점잖지 못하게 원색적으로 조선인을 멸시하는 것도 그만큼 일본은 문화적인 콤플렉스를 가지고 있기 때문이라 본다.

271 데리다는 아리스토텔레스의 돈호법 "오 나의 친구들이여, 친구가 없도다"에서 수행적인 모순성의 함의를 중요하게 생각한다. 그리고 데리다는 "너무나 많은 친구를 가진 사람은 사실 친구가 없다"는 겹겹이 싸인 사실 확인문의 결과를 중요하게 여긴다. "우리는 차이가 중요할 때마다 이런 차이에 가까이 가야 한다. 즉 말하는 양상에서, 문장의 의미에서, 철학소의 연속에서, 그곳에 굴복하거나 작용하는 정치에서 이런 차이에 접근해야만 한다." 가야트리 스피박, 문학이론연구회 옮김, 앞의 책, 74쪽.

책도 알 수 있다.[272] 일본이 행한 동화정책의 실제는 비동화였던 것이다.

> 설자의 악랄함, 가증스런 이중 성격, 점액질과도 같은 탐욕, 그리고 그의 육
> 체의 비밀을 아는 만큼 파멸의 구렁창에 빠진 남자가 있을 것이란 상상은 어렵
> 잖은 일이었다. 그런데 곤도는 어떤 안도감을 느끼는 것이었다. 자신이 할 일
> 을 남이 해주었다는 묘한 안도감이었다. 배설자도 이제는 어지간히 써먹었다.
> 시국이 시국인지라 웬만큼 성가시다 생각하는 인물들은 대게 묶어놓고 삼엄한
> 전시 체제하에, 국내에서의 활동은 거의 불가능했으며 어쨌거나 지식인들을
> 총동원하다시피, 별다른 저항 없이 학병 문제도 일단락된 상태여서 한숨 돌리
> 는 판국인데 배설자가 뭐 그리 요긴할 것인가. 쓸 만큼 쓰고 버리는 것이 그 세
> 계의 생리다. 매장하건 추방하건 별 문제가 되지 않았지만 곤도는 쾌락에 대한
> 욕구를 아주 버리지는 못하였고, 청산할 수 있는 자신의 의지를 확신할 수도
> 없었던 참이어서 남이 해결해준 데 대하여 안도를 했던 것이다. 참으로 배설자
> 의 맞수다운 사내의 생각이었고 한낱 고깃덩어리로 최후를 맞이한 여자나 여
> 생을 고깃덩어리로 살아갈 사내나 따지고 보면 피장파장이다.[273]

배설자의 애인 곤도가 '안도감'을 느끼고, '어지간히 써먹었다' 과거
를 떠올리며, '쓸 만큼 쓰고 버리는 것이 그 세계의 생리' 임을 되새기는
것은 사물화되어왔던 배설자의 존재가치를 드러낸다. 그녀의 가치는
'고깃덩어리' 였던 것이다. 왜냐하면 "권력은 자기 이해관계에 의해 정의
되는 지배계급에 의해 유지되기 때문이다."[274] 즉 제국 강자지향 문화에
서 강자는 제국주의자만이 될 수 있을 뿐이다. 배설자의 철저한 공모에
도 제국에선 전략적 배제를 늦추지 않았던 것이다. 배설자는 제국주의자
가 원한 모든 조건을 갖추었어도 결국 제국에 유입될 수 없는 조선 민족

---

272 국가 없는 자라는 범주는 민족국가에 의해 재생산될 뿐만 아니라, 민족과 국가를 강제로
　　 끼워 맞추려 하며 이 둘 사이의 하이픈을 쇠사슬처럼 사용하려는 권력의 작동에 의해 끊
　　 임없이 재생산된다. 주디스 버틀러 · 가야트리 스피박 지음, 주해연 옮김, 앞의 책, 22쪽.
273 『토지』 15권, 391~392쪽.
274 가야트리 스피박, 태혜숙 · 박미선 옮김, 앞의 책, 371쪽.

이었던 것이다. 철저히 식민화되었기에 철저히 배제된 배설자는 사용가치가 고갈되자 버려지는 소모품이었을 뿐이다.

그래서 배설자는 제국 강자지향 문화론의 비극을 보여준다. 제국 강자지향 문화를 향유한 인물이면서 그것 때문에 희생되는 인물이기에 제국 강자지향 문화를 비판하도록 유도한다. 제국 강자지향 문화를 전유한 배설자는 자신의 계급, 민족, 성적, 자본적 열등 지위를 보충하기 위해 일본 스파이가 되어야 한다 생각했다. 철저한 일본 스파이가 되면 그 모든 것을 충족시킬 수 있을 것이라 생각했다. 그러나 배설자의 스파이 활동은 양가적이다. 결핍되고 부재하였던 강자가 되기 위해 (강한) 밀정이 되었지만 그로 인해 자신이 대체물로 가치 상실되었다. 배설자의 정부 곤도조차 그녀의 죽음을 처리해야 할 일로 회상하는 것에서 알 수 있다. 이는 제국주의 인식소적 폭력을 그대로 수용하고 활용한 존재마저 인식소적 폭력의 피해자가 됨을 보여준다. 그렇다면 강자지향에 중독되어 야심으로 똘똘 뭉친 배설자의 탐욕은 양면부정인 것이다. 즉 제국 강자지향의 전유가 소외를 가져온다고 할 때 배설자는 빠질 수 없다.

배설자는 식민압제자가 가장 반긴 스파이가 되어서 식민압제자의 검은 얼굴을 드러내는 인물이다. 이런 배설자의 재현은 친일파도 희생자라는, 특히 문화라는 오도된 의식에 의한 희생자라는 사실을 드러낸다. 배설자는 친일파 신여성을 대표하고 그들 내면의 은폐된 사물화를 다시 제시하는 인물이기 때문이다.

배설자의 강자지향의식은 음경선망이라 볼 수 있다. 지배자의 권력을 갖고 싶어 했으며 남성을 유혹할 때 배설자의 자세가 음경적이다.[275] 이

---

275 배설자는 균형 잡힌 아름다운 몸을 지녔다. 헤어날 수 없는 매력을 지닌 자신의 백만 불짜리 다리는 그녀의 자신감을 부채질 한다. 그래서 모든 남자들이 자신에게 유혹될

런 배설자의 패배는 결국 제국주의자를 흉내내려하는 의식이 전환되어야 함을 말한다. 친일파 신여성, 돈에 대한 욕망, 권력에 대한 욕망, 지배하려는 욕망에 사로잡힌 유기체 배설자는 비극이기 때문이다. 거기 단순히 있는 사물로서 장례가 치러진다. 배설자가 따르려 한 정치적인 지식, 제국주의 의식이 그것을 흉내내는 사람에게 얼마나 치명적 왜곡을 가져오는지 알 수 있다. 제국주의자도 될 수 없으면서 욕망을 충족시키지도 못하고 대체물이 되어 소외되는 배설자였던 것이다.

일본 제국주의를 위해 최전방에서 고군분투한 배설자에겐 심리적 상흔이 있었다. 밀정 아버지의 까마귀 같은 죽음이 그것이다. 자신은 그런 죽음을 맞지 않으려 더 전문적으로 능력 있는 스파이가 되고자했던 것이다. 스파이 활동은 패권주의, 제국주의에 자신을 진입시켜 줄 것이라 믿었다. 그러나 결과는 반대로 나타났다. 예속, 불평등, 비인간화로 자신을 유입시킨 꼴밖에 되지 않았다. 이는 일방적으로 배제되지 않기 위해 능동적으로 포섭되려 한 (배설자의 스파이) 활동도 식민지인을 제국에 포섭시키는 방법은 못되는 것임을 보여준다. 왜냐하면 일본은 조선과 하나가 될 필요가 없기 때문이다. 다만 다스리기 좋은 복종만이 필요할 뿐이다.

배설자는 스파이가 된 자신을 후회한 적이 단 한 번도 없다. 신교육을 받고 제국주의자를 흉내내면 강자가 될 것이라는 기존 지식 체계에 매몰되었던 것이다. 일본 제국주의자들이 조선인을 포섭하고 회유하려 공약으로 선전하는 검은 지식에 매몰된 것이다. 배설자는 신교육을 받으면서 얻게 된 앎과 지식의 한계를 살피지 못했던 것이다. 그녀가 익힌 신교육은 제국주의자들에 의해 만들어진 지식이었다는 한계를 미처 살피지 못

것이라는 자신감을 지닌다. 그렇게 그녀는 모든 남성을 유혹하고 어떤 남성도 사랑하지 않는다.

했다. 강자지향 문화론을 전유한 배설자의 비극은 그래서 해체적이다. 강자지향 문화론의 내부에서 철저히 익히고 수행하면서 오히려 강자지향 문화론의 위험성을 알리기 때문이다.

배설자는 작품 속 가장 유능한 스파이임에도 지위가 없다. 혁혁한 공을 세웠으면서도 지위로 보상받지도 재물로 보상받지도 못하고 있다. 단지 만주에서 조선으로 활동 지역이 조금 나아졌을 뿐이다. 이는 밀정 김두수가 순사부장으로 승진하는 것과 비교하면 여성 차별을 알 수 있다. 백만불짜리 여성적 매력으로 혁혁한 전공을 세워도 가시적 보상이 따르지 않는다. 그런데도 흔들림 없이 악행을 저지르는 배설자는 즉자였던 것이다. 이렇게 제국주의 강자지향 문화를 흉내내다 비극적 인물이 되는 배설자가 있다면 이와 반대로 성장하는 여성도 있다. 임명희가 이를 보여준다.

"빈정거린다고 생각지 말아. 난 그들을 이해한다구. 그 젊은 친구는 낙양의 지가를 올린 천재작가요, 나는 번역 부스러기나 하는 뭐 그런 처지지만 적어도 문필에 뜻을 두고 있는데 그만한 이해를 못하겠나. 어느 세상이든 진짜 가짜는 있는 법이라구. 요즘의 풍토가 그런 모양이더라만 신학문을 한 남성들이 무식한 조강지처를 내치고 자신의 반려로서 신여성과 결혼한다는 것을 정당시하는 경향이 있는데, 애정도 없이 조혼하여, 하긴 조선의 남자치고 조혼 아닌 사람은 거의 없으나, 하여간 이모(李某)처럼 사랑을 위해 번민하는 것에는 이해도 동정도 할 수 있고 한 천재가 좌절해도 안 될 것이요, 장차 큰 열매를 맺게 된다면 희생자에겐 안됐지만 보상도 되는데, 그러나 무책임하게 시류를 좇아서 마치 껍데기만 핥고서 남녀평등을 부르짖는 신여성과 마찬가지로 이혼의 자유, 결혼의 자유를 내세운다면 그같이 경박한 일이 어디 있겠어? 개중에는 기방 외입과 마찬가지 기분으로 신여성이란 색다르니까, 한단 말이야. 네 앞에서 할말은 아니다만 기생 첩에다 신여성 첩도 두자는 놈이 실제로 있다고. 결국 호기심의 대상이다 그거야. 말이 엇길로 갔다만, 뭐냐, 그러니까, 아직도 조혼 풍습이 있는 이 땅에서 대개의 신여성은 이십 세를 넘겨야 혼인을 하게 되니 더러는 처자 있는 남자."
　　하다 말고 명빈은 입맛을 다신다.[276]

『토지』는 임명빈이 동생 명희에게 결혼을 종용하면서 신여성의 문제
가 본격적으로 담론화된다. 임명빈은 동생 명희의 우유부단함을 문제 삼
는다. '빼어난 용모에 지적인 세련미'를 가진 동생 명희는 처자 있는 이
상현을 사랑하고 있다. 그러나 명희는 소극적이며, 정열이 부족했기에
이상현과도 이루어질 가능성이 없다. 본처와 이혼시키고 자신이 이상현
의 아내가 되는 일을 해낼 성품이 아닌 것이다. 그런데도 이상현만을 해
바라기 하는 애처로운 상태에 놓여 있기에 오빠가 나선다. 애매모호하게
세월만 가고, 그래서 자의반 타의반 독신주의라는 또 하나의 막연한 곳
에 기착한 명희였기 때문이다. '여성교육의 선구자. 선구자 될 생각도 없
으면서 뭘 여자가 시집이나 가지, 하면 불쾌해지는' 신여성인 것이다. 자
발적으로 아무것도 못하면서 최고교육을 받았다는 자부심은 있어서, 그
무거운 짐짝 같은 선생, 직장, 여성교육의 선구자, 그걸 끌고 막연한 독
신주의자가 되는 것을 막고 싶다. 그래서 결단을 내리도록 유도하는 것
이다. 다시 말해 임명희는 처음 등장에서는 신여성의 허울에서 놓여나지
못한 여성이었다. 『토지』는 이처럼 신여성이 '호기심의 대상'이었던 사
실을 인정하는 서술진행을 보인다. 그래서 '무책임하게 시류를 쫓아서
마치 껍데기만 핥고서 남녀평등을 부르짖는 신여성'으로 강선혜를 보여
주고 있고, '기방 외입과 마찬가지 기분으로 신여성이란 색다르니까' 그
렇게 돈 많은 사람의 첩이 되는 신여성(조준구의 신여성 첩)을 보여주고
있다. 그러나 거기에서만 그치지 않는다. 『토지』는 신여성의 의미를 고

---

276 『토지』 7권, 355~356쪽.

뇌하는 임명희를 통해 깊이 천착한다.

명희는 몸 전체를 돌리듯 하며 창을 향해 목을 비튼다. 유리창 밖에는 목련
이 가지를 뻗고 있었다. 꽃은 이미 썩은 사과 빛으로 시들어버렸고 잎이 돋아
나고 있었다.

'나는 생각을 잃어버린, 다리도 목도 다 부러져버린 인형일까? 현실 같지가
않아. 누가 내 손가락 하나를 부러뜨려버린다 해도 아플 것 같지가 않아. 피도
흐르지 않을 것 같다. 나는 사람일까? 저기 저 계속하여 끝없이 주절대는 사내
도 사람일까? 점심을 가져가는 농부의 아낙, 가래질을 하는 농부, 그들보다 천
배 만 배 불행한 나와 저 사나이. 왜 화가 나지 않지? 나는 지금 모욕감도 없다!
구경꾼을 넘어서서 난 이제 송장이 되었나?'

조용하고 결혼을 생각한다. 얼레설레 아차! 하는 사이에 이루어졌던 결혼.
그가 귀족이 아니었고 자산가가 아니었고 교육받은 신사가 아니었고, 그랬다
면 과연 결혼이 이루어졌을지 그것은 의문이다. 차디찬 눈빛과 창백해 보이는
지적인 용모에 명희 마음이 조금은 끌렸던 것을 부인하지는 못할 것이다. 쾌적
한 곳에서 풍파 없이 자신을 달래가며 살 수 있으리라는 확신이 전혀 없었던
것도 아니었을 것이다. 그때 상황은 꽃과 관계가 없고 저 푸른 하늘과도 관계
가 없고 음악회, 그 분위기와 관계가 있었는지 모른다. 고급 레스토랑의 하얗
게 풀먹인 식탁보와 관계가 있었는지 모른다. 아아 하며 명희는 자기 자신에
대한 수치 때문에 비로소 입술을 깨문다.[277]

'꽃은 이미 썩은 사과빛으로 시들어버렸고 잎이 돋아나고 있었다.'에
서 '꽃'은 박제된 학이 되어버린 임명희를 의미한다면, '잎'은 그녀가
박제된 학에서 벗어나 창조의 생명을 깨닫는 성장을 할 것임을 의미한다
고 볼 수 있다. 봄에 꽃을 피우는 목련은 본래 꽃이 지고 나서야 잎이 난
다. 그렇게 목련은 성장한다. 그와 같이 명희도 '박제된 학=인형=송장'
과 같았던 어제를 반성하고 새롭게 태어난다는 의미이다. 반성하고 뒤돌

---

277 『토지』 10권, 321~322쪽.

아보고 뉘우치고 자신을 채찍질하는 과정을 명희는 수없이 겪는다. 명희가 행하는 이런 반성은 중요하다. 명희처럼 자신의 삶을 "이해하고(앎) 이것을 통제하는 것(행위)은 가장 강력한 의미에서 비판적인 과업일 수 있"[278])기 때문이다. 작품 속에서 명희만큼 자신의 삶을 되돌아보고 되돌아보며 자신을 채찍질하는 인물은 없다. 그만큼 명희는 많은 반성을 거치기에 누구보다 현명한 미래를 만들어나갈 가능성을 지닌다.

'얼레설레 아차' 이는 구석에 몰린 선구자 신여성의 처지, 독신주의 상황을 표현하는 의태어이다. 명희는 그렇게 결혼을 정신없이 했다. '귀족=자산가=교육받은 신사=차디찬 눈빛=지적인 용모'의 조용하는 '음악회, 고급 레스토랑, 풀먹인 식탁보'와 같았다. 즉 지체 높고 부유하며 권력의 중심에 선 강한 남자 조용하라면 분명 최고의 문화생활을 자신이 누릴 수 있게 해 줄 것 같았다. 세상의 '풍파'로부터도 지켜줄 것 같았다. 그래서 결혼했다. 사랑한 적은 없지만 명희에게 유혹적이었던 것이다. 하지만 명희가 상상한 문화생활은 현실과 달랐다. 현실은 사람들 보기에만 고급 문화생활이었던 것이다. 생명이 없는 문화였던 것이다. 그걸 깨달았기에 '꽃' '푸른 하늘'처럼 자연이 소중함을 느낀다. 자연은 살아 움직이는 생명력을 지닌 것이라 문화와 대조적이다. 그렇다면 명희가 꿈꾼 문화생활은 생명이 없는 물질문명을 의미하는 것이며 강자지향 문화론에 의해 만들어진 세계였다고 할 수 있을 것이다. '표상에 의해 만들어진 세계'[279])였음을 명희는 깨닫는다.

남편 조용하는 지배, 착취, 인식소적 폭력에 만연되어 그것이 자신의

---

278 가야트리 스피박, 태혜숙·박미선 옮김, 앞의 책, 129쪽.
279 "두말할 필요도 없이 우리는 상품만이 아니라 표상에 의해서도 만들어지는 세계에 살고 있다. 그리고 표상─그 표상의 생산, 표상의 순환, 표상의 역사, 표상의 해석─이야말로 바로 문화의 요소다." 에드워드 사이드, 박홍규 옮김, 앞의 책, 138쪽.

당연한 생득적 우월성이며 권력이라고 생각했다. 그러니 자연 명희는 정신적 폭력에 노출될 수밖에 없다. 첫 아내도 가차없이 버린 남편이 명희에게도 그럴 것은 명약관화하다. 첫 아내는 명희를 얻기 위해 조용하가 버렸다. 『제인 에어』의 버사 메이슨처럼 버려졌다. 제국주의와 자본과 남성이란 절대적 권력을 지닌 조용하가 두려워할 것은 없었다. 그런데 조용하는 더 큰 문제를 안고 있다. 명희를 사랑한다기보다는 아우와의 사랑 쟁취과정에서의 승리에 더욱 만족과 희열을 느낀다. 르네 지라르(Rene Girard)의 욕망의 삼각형처럼, 동생 찬하로 인해 명희에게 가는 집착이 강해지는 인물이다.[280] 여자를 사랑하기보다 경쟁을 사랑하는 조용하였던 것이다. 일본 군국주의자가 열망하는 강자의 사랑을 하고 있는 조용하인 것이다. 이런 남편을 극복하는 명희라, 상상된 불가능한 시각이 존재함을 현존재로 보여준다 할 것이다. 누구도 상상하지 못한 이혼을 단행하는 명희를 보면 알 수 있다. 명희의 극복은 남편이 가하는 정신적 폭력에서부터 시작한다. 시동생을 사랑하지 않느냐는 남편의 시선에서 자유롭지 못한 명희였다. 남편은 그런 명희에게 더욱 상처를 주기 위해 세상이 다 알도록 홍성숙과 불륜을 저지른다. 그렇게 명희는 겉만 화려하고 속은 죽어가고 있었다. 박제된 학이 되어가는 명희였던 것이다. 그런데 명희가 이런 남편을 한 치 망설임도 없이 떠나버린다. 조용하는 그런 행동을 하는 명희에게서 충격을 받는다. 그래서 조용하는 다시 그녀를 쟁취하기 위해 부부간 겁탈을 자행했다. 부부간 겁탈은 육체를 통한 '영혼의 도살'이다. 죽어가던 영혼마저 도살당한 명희는 그래서 통영에서 투신자살을 결행한다.

어떤 사내의 도움으로 되살아났을 때 명희는 생각한다. "내게는 창조

---

280 이미화, 「박경리 『토지』에 나타난 여성 하위주체의 저항」, 247~248쪽.

의 능력이 없다. 인간의 생명이 생명이기 위해선 창조적 능력이 있어야 하는 거 아닐까? 창조의 능력" 생명체의 진정한 이유를 그렇게 깨달아간 다. 그리고 명희는 상처를 극복하기 시작한다. 반면 사랑에서도 강자이 길 원했던 조용하는 겁탈 이후 나락으로 떨어진다. 암에 걸렸다는 판정 을 받은 후 면도칼로 자살한다. 한 번도 패배한 적이 없었던, 강자에 집 착했던 조용하의 최후는 이렇게 쓸쓸하고 비참하다. 그렇다면 임명희는 약자, 피해자, 내몰린 인생을 살면서 강자를 이긴 승자가 된다. 조용하와 임명희의 싸움은 주체성을 인식한 명희의 승리로 끝난 것이다. 이것이 명희를 상상된 (불)가능한 존재로 만든다. 명희는 좌절해야 할 것이 당연 한 삶이었으나 그처럼 강력한 세력에게 오히려 상처를 입히며 성장하는 인물이 되고 있기 때문이다. 이런 명희를 통해 일본 제국주의와 조선의 싸움도 약자의 패배가, 패배가 아닌 것임을 짐작할 수 있다. 뒤집어 생각 하면 명희는 일제에 의해 창조의 능력, 창조의 문화까지도 부정당하는 조선을 은유하는 인물로 읽을 수 있다. 그리고 조선이란 식민국이 (불)가 능한 승리를 이룰 것임을 암시하는 역할을 하고 있는 것이다.

임명희는 제국주의 강자지향 문화론이 팽배할 때 조선 여인으로서는 단연 강자였던 이력을 지닌 인물이다. 귀족이며 자산가인 조용하의 정실 아내였던 것이다. 그런데 명희는 그 자리를 내던진다. 이혼한 여성은 죄 인인 시대에 자신이 이혼을 결정하고 빈 몸으로 다시 시작한다. 임명희 는 세인들의 시선을 의식하면서도 그 시선의 통제를 벗어나기 시작한 것 이다. 그렇다면 임명희는 제국주의 강자지향 문화론을 향유한 전유적 인 물이다. 강자가 되어 강자지향 문화론의 위험성을 알리기 때문이다. 제 국주의 강자지향 문화 속에 살면서 그것에 물들지 않고 그 문화가 지닌 위험성을 내부에서 보여준다.

임명희는 식민지 신여성의 오독성 또한 첨예하게 드러낸다. "신여성의 화려한 겉모습보다는 시대와의 부조화에 따른 갈등이나 고통 등을 상세하게 각인"[281]시키는 인물이기 때문이다. 신여성이 호기심의 대상인 것이 사실이긴 하다. 그러나 그렇게 호기심의 대상이 된 것은 그녀들만의 문제는 아니었다. 신여성에겐 그들이 의도하지 않는 사회적 시선이 작용했던 것이다. 사회적 시선에 의해, 신교육을 받았다는 사실이 그녀들에겐 혜택보다는 무거운 짐으로 먼저 다가오게 된 것이다. 그렇게 신여성에겐 사회로부터 떠맡겨진 책임감과 과중한 의무감이 짓눌렀던 것이다. 그 의무감으로부터 벗어나는 것은 쉬운 일이 아니었다. 그래서 더 많이 고뇌하고 노력해야 주체로 설 수 있었다. 그렇다면 '신여성'이라며 이미 주입된 인식에도 문제는 있는 것이다. 그래서 '신여성'에 대해 비판적 협상이 있어야 함을 보여주는, 자기훈련을 통한 자기배려에서만 주체로 설 수 있음을 보여주는 임명희는 중요한 것이다.

토착정보원 임명희의 재현은 오독된 강자지향 문화와 식민지 신여성을 바로잡는 역할을 하고 있다. 역사적 현실에서 살아가는 것은 이상과는 달랐다. 이상화된 여성 삶이라 생각했던 신데렐라의 삶은 오인되어 왔던 것이다. 신데렐라의 삶(박제된 학)이 아니라 피투성이의 삶이 여성의 삶임을 명희는 분명하게 보여준다. 그래서 바라보기에 좋은 신여성으로 우뚝 서게 된 명희도 처음부터 긍정적인 신여성은 아니었음을 드러내고 있는 것이다. 명희도 처음 '선구자' 여성이라 명명될 땐 "본연의 주체=대가 주체에서 논의되다 밀쳐졌다."[282] 그러나 고뇌를 통해 본연의 주체로 변화하게 된다.

---

281 오혜진, 앞의 논문, 339쪽.
282 여성이 대가 주체에 의해 철학의 외부에 놓이게 될 때 그녀는 우연한 수사학적 제스
    처에 의해 폐제되는 것이 아니다. 그녀는 논의되다가 밀쳐진다. 가야트리 스피박, 태
    혜숙 · 박미선 옮김, 앞의 책, 71쪽.

'시시각각이 절망이다. 시시각각이 무의미하다. 그러나 달래야지. 타일러야지. 우리는 이렇게밖에 갈 수 없고 모두가 다 그렇게 갔다. 일이 보배라 했던가? 돌보아주고 보살펴주고, 그래 일이 보배다. 그런데 여옥이는 어째 그리 평화스럽게 웃을 수 있을까? 그건 무엇을 의미하는 것일까? 지금까지 볼 수 없었던…… 처참한 그 몰골을 하구서.'

거대한 총독부 청사, 그 위용을 자랑하는 건물을 등뒤로 하고 걸어 내려온 명희는 서대문 쪽에서 나타난 전차에 올랐다. 불빛은 환했으나 전차 안에는 드문드문 승객들이 웅크리듯 앉아 있었다. 앉을 자리는 있었지만 명희는 손잡이를 잡고 서서 차창 밖 서울의 겨울밤을 내다본다.

'그 몰골을 하구서, 살아 있는 것이 기적만 같은 그 몰골을 하구서 평화스럽고 밝은 웃음이, 이상하다, 이상하다.' [283]

임명희는 '절망' '무의미'를 넘어선다. 그리고 지금은 유치원을 경영하고 있다. '거대한 총독부 청사'를 '등뒤로' 외면하고 '서울의 겨울밤' 속으로 홀로 걷는다. 이는 명희가 고립, 외로움을 가진 조선을 선택한 것을 의미한다. 나아가 '이상하다, 이상하다'처럼 여옥의 몰골에서 충격을 받고 각성을 한다. 이런 반성과 각성이 명희를 사회적 인물로 성장하도록 변화시킨다. 올바른 신여성관을 이제 본격적으로 실천한다. 유치원을 경영하며 오빠를 돕고 여옥을 돕고 지리산 사람들을 돕는다. 사회적 보살핌을 수행하는 강인한 여성이 된 것이다. 이는 주체의 경계, 자아의 경계에서 고뇌했고, 경계를 넘어 발전하는 작품 속 유일무이한 여성 임명희를 보여준다. 제국 강자지향 문화론에 의해 억압된 타자로 남을 뻔했던 명희는 이를 넘어서고 있는 것이다.

조용하의 가학성, 공격성에 억압받아온 과거는 기억흔적이 되어 명희를 괴롭혔다. 그래서 통영의 작고 허름한 폐교에서 세상과 단절된 나날

---

283 『토지』 14권, 162쪽.

을 보내기도 했다. 하지만 명희는 감옥에서 산송장이 되어 나온 여옥을 보며 깨닫는다. 여옥의 미소, 그 미칠 것 같은 이해불가능한 긍정성에서 깨닫게 된다. 명희의 이런 의식은 투사다. 자신 내부에서 역경을 딛고 긍정적 인생을 살겠다는 의지 발현으로 읽히기 때문이다. 지배의 기원을 파괴하고 위반의 정당성을 생산하는 명희인 것이다. 명희가 억압받아온 지배자의 의식은 정당한 의식이 아니었다. 남편이 명희를 의심하는 것도 사회가 명희를 의심하는 것도 명희의 행동과는 관계없이 그들만의 판단에 의한 것이었다. 즉 지배자들이 가진 의식 자체가 이미 여성을 억압하는 것이었다. 그러니 그런 억압을 극복하는 명희는 억압에 저항해야 한다는 정당성을 드러내고 있는 것이다. 조선에서 부정적으로 여겨지는 신여성이란 단절되고 트이고 깨진 길의 역사를 새롭게 잇는 것이다. '임명희'로만 명명되는 분명한 주체가 된다. 가부장적 언술에, 제국주의 언술에 처참하게 희생되었던 임명희는 위반을 통해 진행 중인 주체로 선다. 사고와 실천을 체현하는 발전적 여성이 된다.[284]

"해체는 존재론적 충동을 (남성)인간의 이름을 쓰는 데 연루된 하나의 프로그램으로 본다."[285] 즉 남성 인간의 이름을 쓰는 것이 얼마나 위험한지를 보여주는 명희이기에 해체적이다. 제국주의자이며 철저한 남근중심주의자 조용하가 가진 위험성을 보여주는 것에서 알 수 있다. 이는

---

284 명희는 독립된 생활을 하면서 예전의 애잔하던 모습은 이제 볼 수 없다. 스스로 강해져가고 있는 것이다. 명희는 예전에 양녀로 삼았으면 했던 양현과의 만남을 이어가고, 일제의 고문으로 피폐해진 여옥과 오빠 명빈 그리고 강선혜를 도우며 산다. 여옥과 명빈은 명희의 주선으로 지리산에서 건강을 회복하고, 명희는 지리산에 도피한 수많은 사람들의 식량문제를 해결하는 것에 일조하기 위해 거금 오천 원을 희사한다. 그래서 명희는 아이를 낳지 못한 여성임에도 유적 생명, 유적 존재가 된다. 생물학적 어머니보다도 사회학적 어머니에서 긍정성이 더 많이 찾아지듯이, 명희는 긍정적으로 발전한다.
285 가야트리 스피박, 태혜숙 옮김, 『교육기계 안의 바깥에서』, 235쪽.

제국주의, 남근중심주의에 패배하지 않고 극복하는 명희가 보여주는 비진리이다. 왜냐하면 "진리의 본성이란 사람이 행동할 수 있도록 진리라고 전유하는 것으로부터 언제나 심연처럼 (반복되는 미확정적 거울 비추기의 구조에서) 떨어져"[286] 나오기 때문이다. 그렇다면 패배하지 않고 강자를 극복한 명희는 예상하지 못한 긍정성을 드러내기에 비진리가 되는 것이다. 여성을 일컫는 진리가 진리의 비진리이듯 명희는 미결정적인 존재인 것이다. 이는 남편이나 시부모나 사회가 명희 자신이 아닌, 명희를 둘러싼 부와 지위로 그녀를 대상화하였으나 끝내 주체로 살아남고 있는 것에서 알 수 있다. 대상화를 극복하고 자기화를 이룬 명희는 강자지향이라는 유용한 것이 지닌 위험을 인지하고 비판한 인물인 것이다.

임명희가 수행하는 강자지향의 거부는 교훈을 준다. 그 교훈은 자기자신으로 서야 진정한 강자임을, 누구도 억압하지 않고 억압받지 않는 자매애를 갖춘 강자임을 보여주는 것이다. 이런 임명희의 거부는 중요하다. 임명희가 진행 중인 주체임을 보여주기 때문이다. 명희의 결혼생활은 감시, 훈련, 교정 받는 억압적 시간이었다. 그렇게 박제된 학이었지만 그 몸을 스스로 파헤치고 상징적 무덤을 깨뜨리고 삶의 긍정을 찾아낸다. 그래서 명희는 언제나 주어 자리에 올 수 있는 존재자[287]로 우뚝 서게 된다. 이런 발전은 반성을 통해 이루어지고 있다. 주체가 반성적 사유 속에서 자기 곁에 있을 때 비로소 주체는 자기가 된다. 주체의 자유는 타자와의 관계에서 발생하는 것이라기보다는, 타자와의 관계로부터 벗어나 독립성과 자립성을 얻음으로써 발생한다.[288] 즉 늘 반성하고 뒤돌아

---

286 위의 책, 240쪽.
287 이기상, 『존재와 시간―인간은 죽음을 향한 존재』, 살림출판사, 2006, 99~117쪽.
288 김상봉, 앞의 책, 266~278쪽.

보는 명희는 그래서 사회의 감시로부터 자유로울 수 있었고, 자신의 죄책감에서 벗어나올 수 있었다. 그리고 주체가 될 수 있었던 것이다.

이처럼 임명희는 강자→날 것의 인간→강자가 되는 통과의례적 인물이다. 사회적 시선에 사로잡힌 채 보여지는 시선에만 급급했던 위선적 삶이 긍정적으로 변화한다. 이는 제국 강자지향 문화론의 이면을 비판적으로 드러내는 것이기도 하다. 임명희의 행동교섭능력은 전투적이다.[289] 피투성이로 만신창이가 되어 자살을 시도하기까지 했다. 하지만 임명희는 자기 내부의 갈등을 극복하고 존재자로 서고 있다. 『토지』에서 서술자는 말한다. 신분에 대한 절망도 극복되어야 하고, 강자도 극복되어야 하며, 강국도 극복되어야 하며, 일본은 마땅히 극복되어야 한다고 말한다. 명희가 행한 반성을 통한 자립의식 생산은 이런 극복의 힘을 보여주는 것이다.

3. 지배문화 경계짓기와 식민지 여성의 탈식민화

『토지』는 제국주의 문화론을 적극적으로 수용하여 비극이 되는 여성, 문화론을 경험한 뒤 성장하는 여성을 그리는 데서만 그치지 않는다. 『토지』는 지배문화를 거부하는 인물도 밀도 있게 형상화하고 있다. 이는 김서방댁과 송영환 처를 통해 알 수 있다. 왜냐하면 김서방댁은 지배문화

---

289 인간은 존재론적 삶을 살기를 누구나 바란다. 존재론적 삶은 평화를 가져올 수 있기 때문이다. 세계에 평화를 가져오고 모든 전쟁을 저지하려면 당신과 나라는 개인 속에서 혁명이 일어나야 한다. 내면적 혁명이 일어나야 한다. 왜냐하면 타인이 평화를 가져올 수는 없기 때문이다. 외부의 전쟁을 종식시키려면 당신 내부의 전쟁을 종식시키는 일부터 시작해야 한다. 크리슈나무르티 · 지두, 권동수 옮김, 『자기로부터의 혁명』, 범우사, 1985, 228~229쪽.

가 제거하려 노력한 요소들을 많이 가지고 있었는데 그런 김서방댁이 긍정적 인물이 되기 때문이며, 송영환 처는 지배문화에 순응했기에 아편을 찌르는 비극적 인물이 되기 때문이다. 즉 이들은 지배문화의 경계를 거부해야 한다는 의식을 공통적으로 보여주며 여성의식의 탈식민화가 반드시 추구되어야 함을 반증하는 인물인 것이다.

우선 김서방댁은 옷매무새가 단정치 않은 인물이다. 한복 저고리 고름이 풀려있는 것도 예사이며 치마가 내려가 있는 경우도 많다. 그런 그녀가 입은 옷이 깨끗할 리 없다. 약간 모자라서 그런 차림을 하고 다니는 것이 아니라는 데에 그녀의 특징이 있다. 김서방댁은 평범한 아낙이다. 깨끗해야 한다는 의식을 가지고 있지 않을 뿐이다. 위생에 신경 쓰지 않는다. 그리고 김서방댁은 일본 제국주의자가 금지한 조선의 무속신앙을 숭배한다. 웬만한 일은 자신이 직접 처방한다. 남편이 앓을 때도 자신이 직접 객구를 물리며 남편이 낫기를 바란다. 그런 김서방댁은 조준구에 의해 빈 몸으로 최참판댁에서 쫓겨나게 되고, 일본 제국주의 장병으로부터 더럽다며 발길질을 당한다. 그런데 김서방댁이 당하는 억압이 오히려 그녀를 억압하는 인물들을 부정적 인물로 부각시킨다. 그렇게 김서방댁은 지배문화를 이행하지 않는 인물이나 긍정적이다.

반면 송영환 처는 지배문화를 고스란히 수용하는 인물이다. 아름답고 교육받았으며 부잣집 맏며느리이다. 아들을 두고 있어 부러울 것이 없다. 남편의 말에도 순종하는 여자다. 그러나 그녀는 자신의 의사를 밝히지 않는 순종성 때문에 비극적 삶으로 내몰린다. 스님과 내연의 관계라는 헛소문에 어떤 행동도 취하지 않은 것이다. 침묵하는 송영환 처의 태도 때문에 그녀의 남편은 지독한 의처증 환자가 된다. 의처증에 걸린 송영환의 매일 같은 매질이 이어진다. 결국 그들 부부는 아편쟁이가 되고 만다. 즉 송영환 처는 지배문화가 주입하고 있었던 여성의식을 고스란히 수행하고 있었던 탓에 비극이 되는 인물이다. 그렇다면 송영환 처는 비극적 결말을 보여줌으로써 지배문화를 거부해야 한다고 촉구하는 인물인 것이다. 이들의 삶을 상세히 살펴보자.

김서방댁은 부지런히 살았고 계집은 자식 놓을 때 자식 놓고 지지고 볶으면서 살아도 가장 밑에서 살아야 좋다는 구습여인이다. 더럽고 옷매무새가 단정치 않다. 남편에게도 할 말 다한다. 그녀의 말솜씨는 이길 자가 없다. '입이 화근'이요 '업덩어리'다. 늘 깨끗지 못한 차림에 다소 분에 넘치는 오지랖을 가졌다. 하지만 김서방댁은 그녀의 나눠먹기 좋아하고 넉넉한 인심에 의해 평범한 아낙으로 나타난다. 그런 김서방댁은 객구를 물린다든지 여러 가지 민간요법을 스스로 행한다. 호리병에 입 맞추기와 같은 조선의 무속을 믿는다. 이는 "삶의 형식적 실천인 생활세계에서 일어나는 변천은 종교적 제도로부터 정의해왔다."[290]는 측면에서 중요하다. 즉 김서방댁의 탈식민화가 긍정되고 있는 것이다. 탈식민화는 식민지 이전 자국의 문화와 언어를 다시 회복하거나 문화적 합병을 제안하는 방법이다.[291] 이렇게 자국의 문화를 이어간다는 것은 식민지 상황에서는 너무나 중요한 사안이다. 왜냐하면 제국은 일어섰다 무너지고 정권도 왔다가 사라지지만 문명은 유지되며 그 중 종교만은 서구가 낳지 못하였기 때문이다.[292]

남이는 보따리 하나 겨드랑에 끼고 울면서 시집을 갔고 김서방과 개똥이는 쫓겨났다.
삼수의 세력이 약해지면서부터 언론이 되살아난 마을에서는 이 소문이 퍼지자 여론이 분분했다. 저마다 한마디씩 했다.

---

290 가야트리 스피박, 태혜숙 옮김, 「교육기계 안의 바깥에서」, 435쪽.
291 고현철, 앞의 책, 20쪽.
292 새뮤얼 헌팅턴, 이희재 옮김, 「문명의 충돌」, 김영사, 1997, 47~74쪽.

"해도 너무 한다. 도무지 경우에 없는 일 아니가. 세상에 그럴 수가 있나."

"김서방으로 말할 것 같으믄 최참판댁에 찌꺼미 아니가. 마님만 살아 기싰으믄 백섬지기쯤 띠어 내주어도 주었일 사람 아니가. 종도 아니겠고 머심을 살아도 삼십 년 넘기 살았이믄 그 새경만 해도 얼마겠노. 때 찌었고 더러븐 심사 아니가."

"내쫓을라꼬 생각했던 기지 머."

"체모 없는 짓이제."

"체모? 법도 없는데 무신 체모고."[293]

　김서방댁은 딸 '남이'와 아들 '개똥이'와 함께 쫓겨난다. 그들 가족의 공동체가 어처구니없이 붕괴된다. 남이 혼인 비용에 관해 조준구 내외에게 따졌던 것이다. '법'도 체면도 지켜지지 않았던 시대에 내몰리는 식민지 여성이 된다. 이처럼 어디에서나 '장광설' '넋두리'를 쏟아내는 김서방댁이다. 이때 김서방댁이 행하는 장광설은 중요하다. 김서방댁이 담론의 생산자라는 점을 보여주기 때문이다. 사이드는 말한다. 이야기는 식민지화된 사람들이 자신의 정체성과 자기 역사의 존재를 주장하기 위해 사용하는 수단이 된다. 국가 그 자체는 바로 이야기다. 이야기하는 힘, 또는 타인 이야기의 형성이나 출현을 막는 힘이야말로 문화에서도 제국주의에서도 지극히 중요하고, 문화와 제국주의를 연결하는 요인의 하나가 된다. 가장 중요한 점은 식민지 세계에서 해방과 계몽이라는 거대한 이야기가 사람들을 동원하여 제국주의적 예속에 대해 반항하고 그것을 파괴하게 한다는 것이다.[294] 즉 김서방댁의 장광설, 담론을 형성하는 의식은 제국주의 예속을 비판하는 방향으로 나아가기에 중요하다. 이는 김서방댁이 자신이 당하는 억울한 일들을 말로 풀어내고 그 이야기를

---

293 『토지』 3권, 336~337쪽.
294 에드워드 사이드, 박홍규 옮김, 앞의 책, 21~22쪽.

들은 사람들이 분개하는 서사에서 알 수 있다. 김서방댁은 최참판댁에서 쫓겨난 후 그녀가 만나게 되는 사람들 전부에게 이야기를 한다. 조준구가 득세하는 상황이 잘못되었다는 한탄을 하고, 언제쯤 자신과 같이 억울하게 내몰린 사람들이 정당한 보상을 받을 수 있게 될까 걱정한다. 그녀의 담론은 이야기를 듣는 상대방에게도 공감을 일으키며 소문이 된다. 김서방댁의 비판적 담론이 소문이 되고 옆마을로 퍼져나가는 것은 원주민이 행하는 교란이라 볼 수 있다. 그래서 중요하다. 원주민이 지배적인 담론에 대해 모순을 느끼거나, 그것에 도전하거나, 또는 그것을 교란시킬지도 모르는 무엇을 말하리라고는 상상할 수도 없는 것이 보통이었다.[295]

날 것의 인간, 교육 받지 않은 김서방댁은 쫓겨난 후 겨우 연명한다. 이는 식민지 여성농민의 설움이다. 즉 김서방댁은 당대의 세태를 반영함으로써 사회의 총체성을 드러내기도 하고, 현재의 역사화에 기여하기도[296] 하는 인물인 것이다. 그녀는 근실하고 믿음직한 최참판댁 마름이었던 남편의 삶에 대한 어떤 보상도 받지 못하고, 왜인의 세상이 된 조선에서 거지처럼 내몰린다. 남편 김서방이 살아있었다면 그렇게 속수무책 내몰리진 않았을 것이다. 그렇다면 남성의 노동과 여성의 노동을 다르게 생각한 의식에도 원인은 있다. 김서방댁도 '삼십 년 넘기' 최참판댁을 위해 일했다. 그러나 그녀의 노동은 가치로 환원되지 않는 여성의 노동이었던 것이다. 그런 그녀가 지배문화를 분절한다. 일본 제국주의자가 그토록 경멸한 비위생, 비합리, 문맹자인데도 긍정되기 때문이다. 김서방댁의

---

295 위의 책, 36쪽.
296 홍성암, 「가족사, 연대기소설 연구—안수길의 『북간도』와 박경리의 『토지』를 중심으로」, 『한민족문화연구』 7, 한민족문화학회, 2000, 140쪽.

수행성은 지배자가 주입시키려한 경계들을 깨뜨리고 있는 것이다. 교육 받지 못한 벌거벗은 삶의 긍정성은 그래서 중요하다. 특히 떡장사를 할 때 받는 제국 지배자의 억압(위생을 퍼뜨려 폭력으로 식민지 여성을 다스린 왜놈 별순사[297])은 지배문화의 이면을 비추는 거울 역할을 한다.

> 말하는 김서방댁은 배가 고픈 표정이다. 월선이가 나가자 김서방댁은 봉순에게 떡 먹기를 권하면서
> "참말이제 장사도 해묵기가 어렵다."
> "나 애기씨한테 가서 말 좀 해보께요."
> "말 마라. 집안만 시끄러버질 기다. 참말이제 어서어서 애기씨나 커서 그 살림 차지하믄 나 달리서 갈 긴데."
> "그기이 어디 쉽겄소."
> "그러니 분통이 터지지. 묵은 식구들은 모두 추풍낙엽이 되고 애기씨 혼자서, 말 들으니께 왜놈들이 득세하니께 조가네도 득세하게 된다 그러는데 참말로 심장이 상해서. 그저께는 길가에 떡함지를 놔두었다고 왜놈 별순사라 카든가 순사라 카든가, 곰겉이 생긴 놈이 지나가다가 발길질을 해서 떡함지를 엎어 부리고."
> "왜놈으 순사가요?"
> "음, 알아듣지도 못할 말을 씨부리믄서 지랄을 하는데 옆구리에 긴 칼이 철거덕철거덕 소리를 내는 바람에 우찌나 무섭든지 내사 그만 떡함지 내부리고 달아날라 안 했나."[298]

언술 체계의 생산자 '말하는 김서방댁'은 쫓겨난다. 그녀처럼 '묵은 식구들은 모두 추풍낙엽이 되고' 조준구의 일본 세력이 득세한다. 그렇

---

297 위생 담론(질병의 은유)은 국가적인 감시와 통제의 권력을 호출한다. 근대 의료제도는 의사보다는 경찰을 통해서 실현된다. 그래서 질병의 은유를 절단시키는 작중인물들의 풍부한 동력을 통해 몸과 일상에 각인된 저항의 잠재력을 확인할 수 있다. 이경, 앞의 논문, 116~128쪽.

298 『토지』 3권, 346쪽.

게 '혼자서' 고아가 된 최서희처럼 조선도 혼자서 싸운다. 그 와중에 쫓겨난 김서방댁은 식민지 여성의 내몰림이 점차 확대되어가고 있음을 보여준다. '발길질을 해서 떡함지를 엎어' 버리는 식민압제자들의 행위가 그것이다. 그들의 행위는 식민지를 문화로 지배하는 것이 아님을 알게 한다. 그들의 지배는 인종차별에 의한 지배였다. 발길질에 의해 이루어지는 이질성의 축출인 것이다. 주인과 노예의식을 지닌 왜놈 별순사였기에 가능했다.[299] '긴 칼'은 이런 왜놈 별순사의 폭력과 권력을 상징한다. 즉 폭력에 의해 유지되는 두 개의 종족이 사는 세계였던 것이다. '우찌나 무섭든지'처럼 공포에 몰린 김서방댁이 내버리고 달아나려 했던 '떡함지'는 생계의 마지막 수단이었다. 그만큼 공포는 확산일로를 걷고 있었다.

계몽은 모든 비합리성과 결별하고 인류를 합리적 세계로 인도해 줄 사상적 뿌리로 생각되어졌다. 계몽은 분석을 선호하고, 자유를 찬양하고, 신화와의 단절을 기획했다. 계몽 사상가들은 합리화된 유토피아를 꿈꾸었던 것이다.[300] 최소한 "일본 제국주의가 원하는 것은 미신타파 자체보다는 조선민족의 창조성과 그 창조성의 원천인 혼을 삭제시키고 공동화시켜 그 위에 문명(일본)을 다시 기입"[301]하는 일이었다. 그런데 김서방댁이 마법화의 긍정성을 드러내고 있는 것이다. 이는 지배문화가 갖고

---

299 프롤레타리아나 외국인 노동자나 정상 피부색을 가지지 않은 소수 인종과 마찬가지로 여성도 그들은 인간으로 간주하지 않는다. 그저 도구로 파악될 뿐이다. 더럽고, 어리석고, 게으르고, 음험한 등의 자질을 가진 도구였다. 두 개의 종족이 있어야 한다는 것은 역사의 상투적 행위다. 주인 종족과 노예 종족은 아이러니를 내포한다. 이질적인 것의 몸뚱이는 없어지지 말아야 한다. 그러나 그 힘은 정복되어져야 하며 주인에게 귀속되어야 한다. 적합한 것과 부적합한 것이 있어야 한다. 깨끗한 것이 있으니 더러운 것이, 부자가 있으니 빈자가 있어야 한다. 엘렌 식수·카트린 클레망, 이봉지 옮김, 앞의 책, 126~127쪽.
300 노명우, 『계몽의 변증법 ─ 야만으로 후퇴하는 현대』, 살림출판사, 2005, 104~141쪽.
301 권은미, 앞의 논문, 19쪽.

있는 배제의 속성, 그 위험성을 드러내는 것이며 문화는 이분법적 경계 짓기여서는 안 된다고 비판하고 있는 것이다. 즉 지배문화도 의도적인 침묵을 전제로 한 것임을 알게 한다는 점에서 중요하다. 특기할 만한 예외 없이 모든 것을 보편화하는 담론은, 비유럽 세계의 의도적인 또는 비의도적인 침묵을 전제로 한다. 거기에는 동화가 있고, 포섭이 있으며, 직접 지배가 있고, 강제도 있다. 그러나 식민지화된 사람들의 소리에 귀를 기울여야 한다거나, 그 사고방식을 알아야 한다는 주장은 정말 거의 없다.[302] 김서방댁의 언술 체계와 마법화 부각은 그래서 의미 깊다. 미신적, 비합리적, 비위생적인 문화의 불가능성 중 가능성에 무게를 두고 (식민지 여성) 김서방댁은 비판하고 있는 것이기 때문이다. 식민지 문화가 지배문화로 재단할 수 있는 것을 넘어섬을 보여주는 것이기도 하다.

김서방댁의 재현은 마법화와 비위생과 비합리를 대표하며, 그것들의 긍정성을 다시 제시하는 묘사라 할 수 있다. 그렇게 김서방댁은 지배문화를 분절하는 기표가 된다. 그리고 김서방댁의 마법화, 비위생, 비합리가 긍정되는 것은 문화적 가치는 중층결정되는 것임을 보여준다. "사회성 기입에서 중층결정되는 문화적 가치의 유희를 가르쳐야 한다. 그러한 시인되지 않은 전유를 중층결정하는 조항들이야말로 현 지구성의 실체"[303] 이기에 더욱 힘써야 한다.

지배자가 퍼뜨리고 통제하는 의식을 거부하고 있는 김서방댁은 디아스포라로 남지만 움막에서도 삶의 의지를 붙잡고 있는 현재진행형 인물이다. 미결정적 인물인 것이다. 돼지우리와 같은 움막생활은 그녀의 탓이 아니다. 지배문화의 일방적 배제, 안팎의 공모가 출구 없는 하락을 유

---

302 에드워드 사이드, 박홍규 옮김, 앞의 책, 128쪽.
303 가야트리 스피박, 태혜숙 옮김, 『교육기계 안의 바깥에서』, 134쪽.

도한 것이다. 오히려 제국주의 기획에 철저히 내몰리고 가족의 해체를 경험하고 제국 권력−지식에 눈물 흘렸던 김서방댁이 억압 속에서도 진행형으로 남아있다는 것은 승리를 의미한다. 억압받은 자의 패배가 진정한 패배가 아니듯이 김서방댁의 초라하고 비위생적이며 억울한 패배가 진정한 패배가 아닌 것이다. 즉 김서방댁은 패배자가 아닌 불확정적 토착정보원이 된다. 비위생, 비합리, 문맹자라 억압받으면서도 예전과 같이 정직하게 살아가고 있기 때문이다.

김서방댁은 지배문화를 분절한 행위자로 남게 된다. 그녀의 비위생은 부정이 아니기 때문이며 지배문화를 수행하지 않은 김서방댁은 식민압제자가 즉자로 취급하였으나 대자가 되어 잘못된 현실의 논리성을 깨닫고 퍼뜨리는 인물이 되기 때문이다. 그녀는 정치적인 지식을 비판한다. 거지화된, 비교육화된, 비문화화된 조선인은 식민인에 대한 일방적이고 배타적이며 편협한 의식임을 드러낸다. 지배문화가 의도한 것은 지식의 원형감시방식을 통한 수월한 통제였음을 다시 확인시킨다. 게다짝 끌고 기저귀 차고 조선인을 밟는 일인들은 지배문화의 수호자로, 피지배자는 파괴자로 이분법적 구분을 하게 한 것은 식민압제자들이 주입한 지배문화와도 맞지 않다. 즉 김서방댁을 더럽다고 억압한 순사를 통해 지배문화는 구별짓기의 방법으로 사용된 것임을 알 수 있다. 식민압제자는 따라하기를 유도한 것이 아니라 구별짓기가 필요했던 것이다. 구별짓기 그것이 지배문화로 조선인에게 주입되어왔던 것이다. 앎−권력−지식이 협력하여 식민지 여성을 추방하고 있는 것이다. 이런 지배문화는 역설적이다. 위생을 강조할수록 비위생을 조장하고 탈마법화를 강조할수록 마법화를 재생산하는 것에서 알 수 있다. 표면적으론 억압된 타자로 마감하지만 억압된 타자가 아닌 김서방댁은 그래서 매우 가치 있는 인물이다.

김서방댁으로만 명명되어 있을 뿐 자기 이름이 없다. 이런 김서방댁은 민족의 생물학적 문화적 유형을 묘사한다. 어느 면으로 보나 조선의 순박한 아낙이기 때문이다. 김서방댁은 수동적 자세로 위반을 행한 것이라 할 수 있다. 뭔가 미심쩍은 억압적 규율에 복종하지 않고 비판적 언술을 생산하는 것이 그 증거다. 이런 김서방댁과 반대로 지배문화에 순종하는 사람도 있다. 송영환 처가 이를 보여준다.

> 서희는 회색에 가까운 갈매빛 치마에 흰 은조사 깨끼적삼, 수수한 차림새였고 화장기도 전혀 없는 얼굴이었지만 사람들 속에서 두드러지기로는 넓고 훤하게 트인 이마만으로도 충분하다. 나란히 앉은 송병문 씨의 자부 장씨와 서희는 여러모로 대조적이다. 장씨는 서희같이 이목구비가 깎은 듯 단정하고 윤곽이 완전무결하게 아름다운 여자는 아니었다. 서희같이 위엄과 자부에 가득 찬 모습도 아니었다. 총명함이 눈빛 속에 여실한 그런 여자도 아니었다. 어딘지 얼되고 멍청이 같았는데 매력이랄까, 어리석으면서도 사람의 마음을 홀리는 것 같은 미묘한 것이 있다. 진득진득하면서도 불쾌하지 않고 전혀 자기 의지를 가지지 않은 허한 구석이 있는 여자.[304]

최서희와 '나란히 앉은' '장씨'(송영환 처)로 등장한다. 이는 두 여인이 비교와 대조의 특징을 갖는다는 의미를 지닌다. 송영환 처가 서희와 비견될 만큼 뒤처지지 않는다는 의미와 서희와는 다른 삶의 과정을 보여준다는 의미를 동시에 갖는다. 다른 의미를 지닌 같은 인물을 상징하는 것이라 할 수 있다. 서희가 지배문화에 저항한 반면, 송영환 처는 지배문화에 순응한다. 이 점이 두 아름다운 여인들의 삶이 대조적으로 변화하는 가장 중요한 요소다.

---

304 『토지』 4권, 173~174쪽.

송영환 처는 아름다운 육체를 지녔다. 스물여덟 살이며 아들 하나를 두었고 집안에서는 다음 태기를 고대하고 있다. 그런 송영환 처를 운흥 사의 중 본연스님이 혼자 사모하고 있다. '전혀 자기의지를 가지지 않은 허한 구석이 있는 여자'이기 때문이다.[305) 송영환 처는 운흥사 중과 내연의 관계라는 심상찮은 소문에 휘말리게 된다. 그녀와는 아무런 상관도 없는 해괴한 소문이었다. 이 해괴한 소문으로 인해 송영환 처는 어떤 잘 못도 없이 벼랑 끝으로 몰린다. 이는 여성 정조관의 보수성을 탈피해야 함을 강력히 보여주는 것이며, 여성과 남성 모두가 여성에게만 짐을 지 운 잘못된 정조관을 가지고 있었음을 보여주는 것이다.

소문은 대부분 사실과 비사실의 경계가 모호하다. 진실과 허구를 넘나들며 남겨진 흔적이 소문인 것이다. 그것은 일시적인 집단사건으로서 단지 인구에 회자되는 순간에만 잠시 존재할 뿐이다. 그러나 소문은 그 자체로 일상사 전반을 좌우할 수도 있고 전쟁, 혁명과 같은 역사적 급변기에 집단적 메커니즘을 작동하는 강력한 힘을 발휘하기도 한다.[306) 송영환 처에게 소문은 보수적 성의식, 그 허상을 알몸 그대로 노출하게 한다. 소문의 장본인이 장씨라는 점 하나만 가지고 날이면 날마다 욕설하고 폭행하는 남편에게서 알 수 있다. 이런 일은 남녀의 정조에 대한 관념이 엄청나게 양극화되어 있었기에 가능하다. 남편 송영환은 사람들이 자신을 비웃을지도 모른다는 착각에 빠져 아내를 폭행하기 때문이다.[307) 즉 여

---

305 『토지』에서는 등장인물들의 외양이 간결하고 반복적으로 묘사되지만, 아주 가끔가다 외양묘사와 관상학적 판단을 병행하는 수법을 쓰기도 한다.(정종진, 앞의 논문, 344쪽) 송영환 처가 관상학적 판단을 병행하는 외양이었던 것이다.

306 태혜숙 외, 김연숙, 앞의 책, 214~215쪽.

307 당시, 아내의 바람은 남편에게 최악의 치명타였다. 이는 익란이 박효영 의사에게 상처를 주기 위해 그의 후배와 달아난 사건에서도 짐작할 수 있다. 아내에 의해 내소박을 당하는 것은 남자에게 가장 모욕적인 일이기 때문이다.

성정조의 파수꾼은 대사회였음을 보여주고 있다.

"여성이 욕망의 대상을 찾아 나서서는 안 된다. 이것이 바로 기사도적 사랑의 양면성이다. 한편으로 존경과 신격화의 대상인 그녀는 우상과도 같이 찬사와 경의를 받는다. 그녀는 성모 마리아와 같은 지위와 명예를 갖는다. 그러나 다른 한편으로 그녀는 무력하다. 그녀는 타자의 욕망에 의해 좌우된다."[308] 그렇다면 누구보다 행복하고 안락한 삶을 영위해야 했던 송영환 처가 아편쟁이 행려병자로 어디에서 죽었는지 살았는지도 모른 채 작품이 마감된다는 것은 중요하다. 이는 타자의 욕망에 좌우된 여성을 보여주기 때문이다. 스피박은 말한다. "남성적인 것을 해체하기보다는 여성적인 것을 찬양하고 싶어 하기 마련이다. 하지만, 이러한 찬양의 주체, 독립 선언의 주체는 어떤 여성이란 말인가? 만일 이 주체가 우리가 해체하기를 거부하는 바로 그 남성들과 암묵적으로 공모하는 결과를 수반한다면, 끈질긴 비판이 요구될 것이다."[309] 이것이 지배문화의 허점이다. "여성의 욕망은 어디에도 없다. 그녀는 말없이 남아 있으며, 자신의 의지에 반해서 행동하고 그로테스크한 이식에 의해 남근을 소유한다. 이렇게 책임을 전가하면서 자신에게 수동적인 역할을 허용한다."[310] 이런 의식이 송영환 처를 날 것의 인간으로 전락하게 한다. 즉 지배문화란 남근중심을 벗어나지 않은 모순된 문화였던 것이다.

> 내가 왜! 왜! 무엇 땜에 모멸을 받느냐! 저 계집년 때문이다! 계집년 때문이다! 오직 저 계집년 때문에 내가 행셀 못하게 됐다! 일찍이 감히 누가 내게, 나를! 그리고 집에 돌아오면 영환은 어김없이 장씨에게 매질이다. 아내의 부정이

---

308 엘렌 식수·카트린 클레망, 이봉지 옮김, 앞의 책, 215쪽.
309 가야트리 스피박, 태혜숙·박미선 옮김, 앞의 책, 178쪽.
310 가야트리 스피박, 태혜숙 옮김, 「다른 세상에서」, 64쪽.

나 결백은 이미 문제가 아닌 것이다. 초상 때야 말할 나위 없지. 수십 수백의 눈동자, 웃음 소리, 조롱 소리.

'방마다 그득그득 들어앉아서 내 흉을 볼 게야. 놀림감이 되고 웃을 게야. 음 얼마나 애통하시오? 하면서도 그네들은 날 비웃는다. 내 뒤에서 웃고 내 앞에서 웃고, 계집년 때문이다!'

장씨는 지척에 있지 아니한가.

"이 계집! 무슨 낯짝으로 머릴 풀었어! 상복은 왜 입고오!"

영환은 그렇다손 치더라도 쥐어박히든 떠밀리든 처분대로 하십시오, 그런 모습으로 명청해 있는 장씨 태도도 괴이쩍긴 했었다. 노하거나 눈물을 흘리거나 아니면 억울하다는 말 한마디라도 있을 법한데, 그럴수록 많은 일가친지로부터 중놈하고 내통하기는 한 모양이로구나, 그러니 저리 죽여줍쇼 하지 않겠어? 풍문이 아니라 사실로서 받아들이리라는 것도 장씨는 깨닫지 않는 모양이었다. 그러니까 그 역시 영환과 마찬가지로 일종의 병인지도 모른다. 천성은 소심하고 판단성이 없는데 부잣집 맏아들로서 욕망의 좌절을 본 일이 없는 영환에게 비대한 혹같이 자라난 것이 자만심과 이기심이다. 그러니까 그것은 자질이 아닌 것으로서 예민하기보다 차라리 우둔한 편인 성품과는 반대로 자만심과 이기심에 한해선 어떤 경우에도 반응은 과민하였다. 과민하다는 것은 영환의 경우 우둔하다는 것과 통할 수 있는 것인지 모른다. 우둔하다는 말이 나왔으니 장씨의 경우 너무나 빠르고 쉽게 고통이나 불행에 무감각해져버리고 습관화된다는 것도 우둔함과 통하는 것이라 할 수 있을 것이다.[311]

시아버지 송병문의 초상이 치러지는 날이다. 그 수많은 사람들이 모인 자리에서 송영환은 더욱 포악해진다. '저 계집년 때문이다' 처럼 식민자의 책임전가의식을 가진 송영환에게 '아내의 부정이나 결백은 이미 문제가' 아니었다. 송영환에게 문제는 이해득실인 것이다. 남편 송영환은 만주 갑부의 첫 아들이며 민족학교를 팔아 이윤을 추구하는 것이 더 타당하다고 생각하는 인물이다. 제국이 주입시킨 의식에 따라 합

---

311 『토지』 6권, 31~32쪽.

리적 판단을 내리는 인물이다. 이해득실에 따라 상황을 달리 받아들이는 인물인 것이다. 그러다보니 아내의 괴소문이 자신에게 실을 가져오기에 치명적이다. 하지만 "소문은 처음에 들은 내용과 나중에 기억한 내용이 반드시 연속적이거나 동일하지 않다. 들은 내용을 환기하는 것은 모두 원래의 들음이나 계시 사건을 기술적으로 암송하는 것이다."[312] 이렇게 부정확한 소문이 나에게 얼마나 손해를 입혔나, 그 생각이 송영환의 합리적 판단을 막는다. 제국주의적 남성중심의식이 그를 몰아갔던 것이다.

사도─마조히즘이란 '일종의 병'에 이들 부부는 걸린다. 그 병의 원인은 여성에게 주입되어온 의식에서 찾을 수 있다. 여성에게만 인내를 바라는 일방적 의식이 문제였다. 토착정보원인 송영환 처는 지배문화의 경계선이 남성중심으로 그어졌기에 발생하는 비극을 고발하고 있다. 송영환 처의 재현은 지배문화가 지배문화 안의 여성조차도 보호하지 못하는 여성 배제의 규율임을 드러내기 때문이다. 송영환 처를 통해 기존 여성의식, 지배문화의 경계도 식민지 여성을 통제하기 용이하도록 규제된 수단이었을 뿐임을 알 수 있다. 지배문화의 경계는 금지와 허용을 실천하느냐 아니냐에 중요성이 있는 것이 아니라 여성이 통제되고 다스려지는 용이성과 관계했던 것이다. 그것도 부정확하게 관계했다. 즉 여성은 지배문화에서 손쉽게 내몰리는 위태로운 상태인 것이다. 포섭이 아닌 배제의 대상으로서의 여성이었다.

이처럼 "여성은 수동적이거나, 아니면 존재하지 않는다. 그녀에게 남겨진 것은 생각할 수 없고, 생각되어지지도 않는다. 그녀는 사고의 대상이 되지 못하며, 대립 관계에 들지 못하며, 아버지와 쌍을 이루지도 못

---

312 가야트리 스피박, 태혜숙 · 박미선 옮김, 앞의 책, 376쪽.

한다(아버지는 아들과 쌍을 이룬다)."313) 송영환 부부의 의식이 그랬다. 특히 지배자 남성위주 가치관에 매몰되어 자신을 잃어버린 송영환 처는 현재가치가 타인의 손에 의해 좌우되었다. 올바른 판단을 할 수 있고, 자신을 보호할 수 있는 지적 능력을 충분히 지녔으면서도 실천하지 않은 채 지배문화에 맹목적으로 복종한다. 그리고 그런 수행성이 오히려 지배문화의 맹독성을 가속화하고 있다. 이는 송영환 처가 지배문화의 위험성을 알리며, 지배문화의 경계를 분절하는 인물임을 알게 해준다.

송영환 처의 행동교섭능력은 무저항이었다. 무방비 상태 무감각 상태에서의 복종이 폭력을 극단으로 치닫게 했고 지배문화의 결점을 드러나게 했다. 송영환 처의 맹목적 복종이 독자들에게 규칙 깨뜨리기의 필요성을 깨닫게 한다. 지배문화에서 추구한 여성의식은 송영환 처와 같은 인물을 반복 재생산하는 역할을 할 것이기 때문이다. 송영환 처가 가진 여성의식은 성역할 충실성에만 초점이 맞추어진 의식이었다. 여기서 여성교육(지식)과 문화의 괴리를 볼 수 있다. 즉 식민지 여성의식은 문화 향유자가 되기 위한 것이 아니라는 데에 결함이 있다.

송영환 처는 아포리아에 빠져든다. 복종, 순종, 교육받아 온 삶을 실천하는데 왜 자신의 삶은 비극인지 이해할 수 없다. 이런 해결될 수 없는 회의 속에 무기력해진다. 이는 절망은 무기력을 부르는 것과 같다.314) 즉 송영환 처는 본질주의자 혹은 유용한 것을 따르면 계속될 수 있는 위험을 이 무기력한 아포리아로 드러낸다. 어린 아들에게 사랑을 베풀지도 못하고 자신이 학대받고 있다는 사실을 알면서도 손 쓸 생각조차 없으며 그저 살아만 있다. 집안에 놓여있는 나무처럼 그 자리에 심어졌기에 그

---

313 엘렌 식수 · 카트린 클레망, 이봉지 옮김, 앞의 책, 115쪽.
314 자크 데리다, 김응권 옮김, 앞의 책, 97쪽.

박경리 『토지』와 탈식민적 페미니즘

곳에 있듯이 그렇게 송영환의 집에 있는 것이다. 이는 순응이 가져오는 위험성을 나타낸다. 순응하는 여인의 사물화를 보여주기 때문이다. 뒤집어 생각하면 여성은 기존 사실에 대항해야 함을 보여주는 것이다.

불미한 소문과 남편의 학대, 그리고 아편을 했던 장씨는 집나간 채 소식 모르게 된 지도 오래였다. 양귀비같이 아름다웠던 장씨에 비하면, 그보다 나이는 훨씬 아래지만 염씨는 막일꾼 같은 아낙이었다. 영환의 시중들 사람은 있어야 했고 가세가 기울었으니 어쩌겠는가. 아무일도 못하고 폐인이다시피 돼버린 송영환, 나이도 육십을 넘겼으니 어떤 여자이든 살아주는 것만으로 고맙게 여기지 않으면 안 될 형편이었다. 빚에 다 떠내려가는 것을 겨우 매갈잇간만을 건져내어 생계는 그것으로 이어가고 있는데 그나마 남의 손에 맡겨둔 채 송영환은 일체 돌보지 않았으므로 생활은 항상 쪼들리는 것이었다.[315]

송영환 처는 '양귀비'로 은유된다. 양귀비는 적절히 사용하면 약이지만, 남용하면 치명적인 독이다. 송영환 처의 여성의식(순응)은 이렇게 긍정성과 부정성을 함께 가졌던 것이다. 그런데 송영환 처는 긍정성에만 몰두한 나머지 부정성을 경계하지 않았다. 그래서 파괴된다. 즉 양귀비는 송영환 처의 양가적 아름다움(순응성)을 상징하고 있는 것이다. 이런 아름다움은 봉순이도 갖고 있었다. "그녀는 스스로에 대해 거리를 두도록, 남성이 보기 원하는 대로의 여성을 보도록 (보지 않도록) 유도되었다. 그런데 그런 여성이란 거의 아무것도 아닌 존재에 불과하다."[316] 즉 남성이 원한 아니마였던 두 여성은 똑같이 아편쟁이로 생을 마감한다. 봉순이는 물에 빠져 죽고, 송영환 처는 행려병자로 죽는 비극을 겪는다. 이처럼 지배문화에서 여성은 '날 것'이었다. 아무리 노력하여도 지배문

---

315 『토지』 12권, 257쪽.
316 엘렌 식수 · 카트린 클레망, 이봉지 옮김, 앞의 책, 121쪽.

화에 속할 수 없었던 것이다.

지배문화에 순응하며 그저 묵묵히 하루하루를 견뎌내는 송영환 처다. 그녀는 매일 이어지는 폭행과 폭언에 무방비로 노출된다. 그럼에도 지배문화에 대한 흔들림 없는 믿음을 가진다. 하지만 그녀처럼 지배문화에 대해 비판하지 않고 변명하지 않는 태도는 오히려 그녀를 바라보는 상대방에게 위반이 필요함을 인식하게 한다. 그리하여 불합리한 구조를 깨야함을 느끼게 한다. 이는 정황상 생산적인 결과를 낳는 것이다. 송영환의 자기중심적 판단은 나르시시즘을 조장했고, 아내의 무저항은 남성의 나르시시즘을 증폭시키는 기폭제가 되었다. 반대가 없는 찬성은 다이너마이트의 뇌관역할을 한 것이다. 그렇게 송영환 처는 여성의식과 지배문화의 허점을 드러내는 기표가 된다. 너무도 오랫동안 자기 눈으로 보지 못하고 남의 눈에 보여지기만 했기 때문에 그녀는 창백해지고, 쪼그라들고, 늙고, 줄어들었다. 대자가 되지 못한 즉자로 남은 것이다. 이는 공노인이 마당에서 햇볕을 쬐고 있는 눈언저리가 퍼런 송영환 처를 보며 '그 집의 나무와 같다' 생각하는 것에서도 알 수 있다. 거기에 놓여있는 돌멩이에 지나지 않는 즉자였던 것이다. 그렇다면 지배문화의 언술 체계를 따를 때 발생하는 가해자 측의 편집증과 피해자 측의 무기력은 저항과 전복의 필요성을 인지케 만든다.

"아름다우나 수동적인, 그래서 매력적인. 이런 모든 신비는 그들에게서 나온다. 인형놀이를 좋아하는 것은 남성들이다."[317] 즉 지배문화가 자생적 권력－지식이 아니라 의도된 배타적 권력－지식임을 드러낸다. 여성에게만 훈련과 교정을 반복하는 의식이 된 데는 남성들의 놀이가 된, 지배문화의 생득적 우월성이 영향을 미친 것이다. 이를 타파해야 한

---

317 위의 책, 117쪽.

다. "남근중심주의는 적이다. 모두의 적이다. 여성들뿐만 아니라 남성도 역시 손해를 보기 때문이다. 물론 그 손해의 양상은 다르다. 그러나 그 정도는 여성들만큼이나 심각하다."[318] 송영환의 비극은 이를 증명한다. 송영환도 아편쟁이가 되었으며 가진 것 하나 없는 불행한 노후를 연명하는 인물로 남겨진다. 그렇다면 무력을 방어기제로 선택한 송영환 처가 아편쟁이 행려병자로 죽은 것은, 수동성이란 극단적일 경우 죽음과 맞닿아 있는 것임을 드러낸다.[319]

송영환 처의 복종은 조선 민족의 생물학적, 문화적 유형을 묘사하는 동시에 비판하는 힘을 가지고 있다. 깨닫고 벗어나는 우리 과제의 일부는 바로 남성주의자, 제국주의자 이데올로기 구성체에 우리가 가담하고 있음을, 필요하다면 탐색 대상 속으로 들어가 침묵이라도 측정해서 명료하게 밝히는 것이다.[320] 끝순, 장씨, 송영환 처, 송병문 씨네 자부로 불렸던 여인은 한 번도 주체이지 못했다. 송영환 처의 말없는 변명은 가장 큰 진실을 담고 있었지만 남성언어로는 이해 불가능했기에 폭력의 무한 반복으로 갔다. 지배문화 언술을 사고와 실천을 통해 체현한 송영환 처의 처절한 비극은 그래서 여성의식의 탈식민화와 지배문화의 빠른 변화를 촉구하게 만든다.

318 위의 책, 149쪽.
319 위의 책, 155쪽.
320 가야트리 스피박, 태혜숙 · 박미선 옮김, 앞의 책, 396쪽.

제5장 _____
탈식민적 페미니즘으로 본 『토지』의 의의

　『토지』에 나타난 여성인물들은 탈식민적 페미니즘으로 보았을 때 진행 중인 주체로서의 주변부 여성을 복원하고 있다는 점에서 전체적 의의를 찾을 수 있다. 『토지』는 차이나고 지연되는 개별여성들을 드러내고 있다. 그 여성인물들은 제국주의자와 남성들이 가하는 억압 속에서도 좌절하거나 저항하거나 극복하는 다양한 삶을 통해 성장해 가는 각개 여성들을 보여준다. 이는 제3세계 여성에게 들씌운 통문화적인 보편 여성 이미지를 깨뜨리는 것이기에 의미 깊다. 게다가 주목되지 못한 하위주체여성, 주변부 여성을 긍정적으로 복원시키는 것이라 더욱 중요하다.

　이런 결과는 박경리 『토지』가 이분법이 아닌 '사이'의 여성을 형상화하고 있다는 점에서 나타나는 것이다. 역사의 강자였던 제국주의자와 남성이 주장해온 지배의 정당성을 깨뜨리는 여성을, 결코 지배될 수 없는 여성 개인을 드러내고 있는 작품인 것이다. 역사에서 배제되어왔던 소외계층을 역사의 장으로 끌어들이고 있는 작품이다. 이것이 가능했던 것은 박경리가 '인간의 소외와 존엄성'에 가치를 두고 작품을 구현했기 때문이다. 박경리는 인간을 소외시키지 않는다. 소외되지 않은 존엄한 인간 개개인을 드러낸다. 존엄한 인간 개개인 그것이 '사이' 의 인간을 표출하게 만들고 있다. 즉 박경리 『토지』는 제국주의자에게 억압받고 남성에게 억압받는 여성을 그리는 데에서 나아가 어떤 억압 속에서도 극복하는 주체, 성장하는 진행 중인 주체로서의 여성을 그리는 데에 중점을 두고 있는 작품인 것이다. 이를 구체화하면 다음과 같다.

1. 식민지 여성의 몸과 젠더에 대한 비판적 교섭

『토지』는 제국주의 성차권력과 식민지 여성의 몸 그리고 젠더를 다양하게 드러내고 있다. 우선 식민지 여성의 몸과 젠더가 억압받는 모습을 보여준다. 이는 제국주의 남성에 의해 희생되는 식민지 여성의 몸으로 나타나기도 하고 수동적 성역할을 고스란히 수행하는 아내의 삶으로 나타나기도 한다. 다음으로 식민지 여성의 몸과 젠더가 저항하거나 혹은 좌절하는 모습을 보여준다. 이는 제국주의와 가부장제에 의해 이중으로 유린되는 식민지 여성의 몸이 저항하는 모습으로 나타나거나 식민지 여성이 인식해 온 젠더가 비극임을 깨닫는 모습으로 나타나기도 한다. 마지막으로 식민지 여성의 몸과 젠더가 성장하는 모습을 보여준다. 이는 제국 남성과 식민지 여성 사이의 성 금기를 해체하는 여성의 몸으로 나타나기도 하며 식민지 여성이 개인이 아닌 사회적 모성으로 성장하는 모습으로 나타나기도 한다. 이런 모습들은 탈식민적 페미니즘으로 보았을 때 식민지 여성에게 주입되어온 성의식, 전형적 성역할 의식은 반드시 비판적 교섭이 필요함을 역설하고 있다는 의의를 가진다.

우선 5부의 중심적 인물[321] 정남희와 1부의 주변적 인물 삼월이는 식민지 여성의 몸에 다가오는 억압을 보여준다. 남희는 '성병'으로 은유되는 몸이다. 남희는 등장인물 중 유일하게 성폭행으로 인해 성병에 걸린다. 저항할 힘이 없는 어린 남희의 몸에 닥친 폭력의 기호는 그녀를 식민지 희생양의 기표가 되게 한다. 마찬가지로 삼월이는 '욕정의 제물' '성노리갯감' '반미치광이'로 은유되는 인물이다. 겁탈, 농락이란 단어들로 드러나는 몸이다. 반미치광이로 살 때는 오롯이 몸만이 살아 움직이게 되는 인물이다. 더욱이 그녀가 넋이 나갔을 때, 낮에는 집안에서 온갖 궂은일을 도맡고, 밤에는 삼수의 성 학대와 폭력에 시달렸던 점을 상기한다면 더욱 그러하다. 사디스트 삼수의 '쾌락적 매질'과 울분의 주먹질은 그치지 않는다. 그러다 최참판댁 모든 사람들로부터 잊혀지는 존재가 된다. 모두들 그녀를 귀신 취급한다. 3부의 주변적 인물 기성네는 이런 여성의 몸 억압이 젠더로 확대되는 상황을 보여준다. 기성네는 남성 부재의 설움을 선험적 흔적으로 가진 여인이다. 그래서 남편에게 절대권력을 쥐어준다. 기성네의 이런 수동적 젠더 재현은 비극이다. 순응적인 식민지 여성이 행복할 것이란 상상은 제국과 남성중심의 이상화일 뿐임을 보여준다. 아내가 아닌 노동자이며 제국 남성이 벗어나고픈 과거로 취급되는 기성네인 것이다. 기성네를 통해 식민지 여성 젠더에 대한 맹목적 순

---

321 중심적 인물과 주변적 인물은 『토지』, 솔출판사, 1993년 판본에 나와 있는 분류를 참고하였다. 솔출판사 판본은 각 부마다 주요인물을 설명하고 있는데, 그 분류는 다음과 같다. 1부 주요인물—최서희, 윤씨 부인, 귀녀, 별당아씨, 강청댁, 공월선, 두만네, 임이네, 홍씨. 2부 주요인물—최서희, 봉순(기화), 공송애, 공월선, 심금녀, 임이네. 3부 주요인물—최서희, 봉순(기화), 강선혜, 길여옥, 김숙희, 민지연, 숙이, 유인실, 임명희, 임이네, 홍성숙. 4부 주요인물—최서희, 임명희, 유인실, 강선혜, 길여옥, 민지연, 숙이, 양소림, 홍성숙. 5부 주요인물—최서희, 이양현, 길여옥, 모화, 유인실, 이상의, 임명희, 정남희, 황덕희.

응은 변화되어야 함을 보여준다. 그래서 기성네의 젠더는 '난쟁이'로 은유된다. 난쟁이란 왜소하고, 배제되고, 힘없고, 순응적인 여성 성역할을 떠올리게 하는 것이다. 즉 식민지 여성에게 내면화된 수동적 성역할은 깨뜨려져야 함을 말하고 있는 것이다. 이런 재현의 모습들은 탈식민적 페미니즘 특징을 가진다.

첫째, 성폭행으로 입은 피해상황을 말이 아닌 행동으로 가시화하는 행동교섭능력을 보여준다. 남희의 행동은 성폭행사건을 표면화하는 적극성을 가진다. 성폭행 당한 후 어머니가 아닌 할머니에게 의탁하는데, 이런 수행성은 어린 토착정보원의 입장을 전유한 남희의 행동교섭능력이다. 그녀가 해야 할 말을 그녀의 몸이 대신해 표현하는 것으로 읽히기 때문이다.

둘째, 하위주체에게 생존은 억압의 극복이자 새로운 주체생산이 가능한 지표임을 보여준다. 남희의 마비 상태에서 각성 상태로의 이행은 억압받고 수탈당하는 자의 관점에서의 주체를 드러내는 것이다. 악을 감내하며 자신의 존엄성을 지켜나가는 남희는 조선 여성이 보편적, 정상적 인식으로는 결정할 수 없는 진리 결정불가능한 인물임을 보여준다. 성폭행의 희생자이기에 비극으로 마무리 되는 것이 순리일 것이나, 남희는 발전적이며 미결정적인 인물로 결말지어지기 때문이다.

셋째, 제국주의 남성 내면에 잠재해 있는 공포를 드러낸다. 일본 장교의 공포에 쫓긴 성폭력은 이를 보여준다. 정복자들의 강간이 영토획득을 축하하는 환유라는 의식 속에 은폐되어 있는 일본 장교의 무의식을 우리는 짐작할 수 있기 때문이다. 일본 장교가 가진 죽음에 대한 공포를 확인할 수 있는 것이다. 게다가 작품 결말쯤에 남희의 성폭행사건이 놓여있는 것을 보아도 짐작할 수 있다. 일본 장교의 성폭력을 통해 일본 권력 상실을 암시하는 것이다. 그래서 제국주의 공리에 빠진 나르시스 일본 장교에게 희생된 남희의 관계는 역설적이 된다. 토착정보원 남희는 희생자이지만 희망을 찾아가는 행위자로 남는다.

넷째, 성조차 없는 날 것의 인간이 일방적으로 대상화되고 배제되는 상황을 통해 인가된 무지가 전복되어야 함을 보여준다. 조준구와 삼수는 제국주의적 남성의식을 가졌다. 이런 두 남성에 의한 삼월이의 몸 유린은 조선 여성이 타자로, 주체인 남성과 제국에 의해 일방적으로 욕구 배출구가 될 수밖에 없었던 상황을 보여준다. 지배받고 착취당하고 그러면서도 저항할 엄두조차 내지 못했던 삼월이었다. 하지만 아이러니하게도 그녀의 말없는, 순응적 행위는 인가된 무지가 전복되어야 함을 보여준다. 지배자 중심의 인가된 무지에 순응한 삼월이는 결국 반미치광이로 전락하기 때문이다. 이는 삼월이와 같은 행동이 비판받아야 하는 여성행동임을 반증하는 것이다.

다섯째, 여성에게 이미 주입되어 왔던 성에 관한 망상을 그대로 좇아서는 안 된다 경고한다. 삼월이는 이런 위험성을 그녀의 처절한 억압상을 통해 보여주고 있다. 지배 이데올로기에 동의하는 순응적인 주체들의 양식인 동일화 담론을 따랐던 삼월이가 침묵 속에 비극적으로 생을 마감하는 모습에서 알 수 있다. 삼월이의 비극은 성의식에서 주변성으로 밀려나 있는 여성의 권리를 중심으로 진입시켜야 한다고 촉구하게 만든다.

여섯째, 부권제를 수호하는 여성은 가부장적 연속성을 이어주는 도구가 됨을 보여준다. 기성네는 본처라는 성역할 때문에 억압과 배척을 받는다. 기성네가 너무 착해서 답답할 정도이니 집안이 되는 거라 생각한다. 하지만 종족에서 종족으로 가문에서 가문으로 여성비유가 움직이고 있다는 것과, 여성 자신의 고유한 정체성이 모두 몰수되더라도 여성상이 가부장적 연속성을 구문화한다는 것은 도구로서의 여성을 보여주는 것이다.

일곱째, 식민지 여성의 불가해한 일방적 희생은 비판되어야 함을 보여준다. 두만의 기성네를 향한 자기 자신도 어쩔 수 없는 분노는 버리고 싶은 자신의 과거 때문이었다. 자신의 과거가 기성네로 생각이 고착된 것이다. 그래서 못난 아내가 더욱 역겨워진다. 기성네는 지난날의 두만 즉, 열등한 식민지인을 상징하는 것이기 때문이다. 이는 수동적이며 순응적인 여성 성역할이 지니고 있었던 은폐된 부정성과 주변성을 보여주는 것이다. 그리하여 식민지 여성에게 순응적인 여성 성역할을 고착화하는 행위를 하지 말도록 유도한다.

여덟째, 여성에게 주입된 죄의식은 극복되어야 하며, 훈련받아온 여성 성역할도 교정되어야 할 관념적 허구임을 드러낸다. 기존 여성 성역할에 대한 거부의 필요성을 역설하는 것이다. 여성에게 주입되어온 수동적 성역할을 받아들인 기성네는 능동적 저항만큼이나 제국주의 남성중심을 비판하는 역할을 한다. 이는 지배와 착취로 점철된 인식소적 폭력에 무방비였던 기성네를 통해, 수동적 여성 성역할만을 강요받아온 여성인식들은 결코 보편적이며 정상적이며 당연한 인식이 아님을 보여준다.

다음으로 제국주의와 가부장제에 의해 이중으로 유린당하는 여성의 몸과 젠더이다. 이들은 억압에 저항한다. 심금녀, 길여옥, 함안댁이 이를 보여준다. 2부의 중심적 인물 심금녀는 처음 등장도 김두수로부터 도망 중인 상황에서 시작하고 있으며, 마지막 자살은 김두수로부터 영원히 도망치는 것이다. 이때의 도망은 공포에 쫓겨 달아나는 것이 아니라, 속박으로부터 벗어나고자 하는 저항이었다. 이런 반복이 네 번에 걸쳐 일어나고, 이 과정 속에서 가부장제 남성들의 성유린, 성결정권의 일방적 행사가 나타난다. 금녀는 달아나다, 노려보다, 팔려가다, 싸우다 같은 동사가 적극 활용되는 인물이다. 이것은 금녀의 저항이 적극적이고 능동적이었음을 드러낸다. 금녀와 마찬가지로 3, 4, 5부의 중심적 인물 길여옥도 저항의지를 굳건히 간직하는 현재진행형 몸이다. 길여옥은 자살시도(몸의 파괴)→전도부인 활동(회생)→성고문(몸의 파괴)→미라→병자(회생)처럼 몸의 파괴와 회생의 과정을 반복한다. 이런 반복은 그녀가 가부장제 남성에 의한 억압에 파괴되고 식민압제자에 의한 억압에 파괴되었기에 나타나는 저항의 모습이다. 반면 억압에 저항하는 식민지 여성이 좌절하기도 하는데 이는 젠더에서 나타난다. 1부의 주변적 인물 함안댁이 가진 '폐결핵'은 식민지 현모양처의 비극을 은유하는 질병이다. 또한 목을 매고 자살하는 것은 식민지 성역할의 비극을 드러낸다. 즉 남성중심 유교담론이 의도한 식민지 여성 성역할에 순응한다는 것은 목매다, 혹은 처형을 의미하는 것임을 분명히 한다. 이는 함안댁이 말라가는 반면 평산이 복어마냥 부풀어 오르는 대조에서도 알 수 있다. '길쌈품'과 '노름', '마르다'와 '부풀다'의 대조는 함안댁의 식민지 순응적 성역할의식을 비판하게 한다. 이런 함안댁은 옛이야기를 잘한다. 이는 그녀가 기존의 담론을 확대 재생산하는 역할을 함과 동시에 식민지 남성중심을 비판하는 이중적 역할을 하는 인물임을 상징한다. 즉 함안댁은 주입된 식민지 성역할에 대한 순응적 수행성을 통해 그런 여성의식은 산포되어야 하며, 남성중심 유교담론은 분절되어야 함을 보여준다. 남성중심 유교담론이 지닌 위험성을 보여주는 것이다. 이런 재현의 모습들은 탈식민적 페미니즘 특징을 가진다.

첫째, 이중적 억압에 저항하는 토착정보원을 보여준다. 금녀의 죽음과의 사투는 그래서 의미 깊다. 식민지가 된 조선에서 힘없는 조선 여인이 저항하는 이유를 알게 해준다. 조선 여성은 지나치게 내몰리기 때문에 저항하는 것이다. 가부장제에 내몰리고 제국주의자에게 내몰렸다. 금녀는 아비가 딸을 술집에 팔아먹어 작부가 되었고 그런 금녀를 밀정노릇을 통해 자본을 모은 김두수가 몸값을 지불하고 샀던 것이다. 금녀의 의사와는 전혀 상관없는 전략이었다. 그래서 금녀는 끊임없이 도망친다.

둘째, 제국주의자 남성의 폭력을 되받아치는 거부의 형상을 보여준다. 금녀가 행하는 저항에 두수는 공포를 느낀다. 김두수의 폭력을 되받아치는 금녀인 것이다. 머리를 수없이 박고 죽음을 앞당긴 금녀의 처절한 저항의식은 옷을 입히려 해도 입힐 수 없었던 거부의 형상이다. 이렇게 잡다/잡히다의 상황을 역전시킨다. 그리고 이런 금녀의 자살은 타의로 빼앗겼던 순수함(처녀성)을 자의로 되찾으려는 몸짓으로 읽힌다. 금녀는 여성 정조라는 기존 사실에 대항한 디아스포라 서발턴 여성의지를 보여주기 때문이다.

셋째, 어떤 상황에서도 다시 싹이 트는 결정불가능한 여성을 보여준다. 길여옥이 미라에서 환자로 회복되어가는 과정은 피식민 여성의 역전이다. 여옥은 제국주의 남성의 괴물성과 파괴성에 대한 해체적 정신을 드러낸다. 제국주의 남성의 폭력은 무엇으로도 정당화될 수 없는 비판받아 마땅한 것이며, 이런 폭력-권력의 관계가 통하지 않는 식민지 여성이 있음을 드러내기 때문이다. 즉 제국주의 남성의 폭력-권력은 위험성을 안고 있다. 그 위험성이란 다름 아닌 폭력을 행사하는 그들 스스로를 인간이란 가치체계에서 내모는 반작용이 내재해 있다는 점이다.

넷째, 식민압제자가 가한 국가적 폭력의 위험성과 남성 가부장제가 가한 성차별적 폭력의 위험성을 보여준다. 여옥과 최상길은 서로를 사랑하나 남녀의 사랑이 아닌 '우정'의 삶을 살기로 한다. 이는 우리가 비판하면서도 친밀하게 서식하고 있는 하나의 구조에 불가능한 '아니요'라는 태도를 취하는 것이다. 게다가 여옥 스스로 쉼 없이 벌거벗은 삶 속으로 걸어 들어가는데, 이는 제국주의자나 남성이 수행하는 상징적 기능들을 무력하게 만들겠다는 의지의 표현으로 읽힌다. 그래서 여옥은 역전을 보여준다.

다섯째, 역사적 현실 속에서 아름답게 미화되고 숭앙되었던 수동적이며 순응적인 여성 성역할의 은폐된 부정성을 보여준다. 함안댁은 진정 현부인을 본받으려 했고 부덕을 닦는 자신을 자랑스럽게 여겼으나 현실의 삶은 반대의 결과를 가져왔다. 남편으로부터 갖은 구박을 다 받는다. 함안댁은 내훈서가 말해왔고 자신이 익혀온 지식을 실천하려 했을 뿐이었다. 그런 함안댁의 젠더 비극은 남성중심 유교담론의 분절을 촉구하는 역할을 한다.

여섯째, 재산과 부계의 고유한 이름 둘 다를 생산하기 위해 식민지 여성은 음핵의 억압 속에서 성역할을 수행했음을 보여준다. 함안댁은 계급으로는 하층일 수 없으나 하위계층 여성이 된다. 남편의 대우가 그러했으며 양반집 며느리이나 그녀의 노동력에 의해 남편과 아이들의 생계가 좌우되고 있다는 점에서 그렇다. 여성의 정체성과 노동력이 가치 상실되고 있는 것이다. 이런 함안댁의 현부인의식에 의한 수행성은 순응적 여성 성역할에 대한 되받아쓰기인 것이다. 현부인의식은 여성들에게 반나르시시즘을 주입시키는 문제적 의식임을 보여주기 때문이다.

일곱째, 만들어진 여성 주체의 원형을 탈피해야 함을 보여준다. 함안댁은 열녀라는 고유명사를 보통명사화하면 일어나는 위험성을 보여준다. 함안댁처럼 무조건적 복종은 단지 여성을 피해자로 낳을 뿐이다. 개인마다 다르게 적용되어야 할 열녀의식임을 함안댁의 젠더 비극은 드러내고 있는 것이다. 현부인이라는 여성 성역할의식에 내재한 보편성, 진리성, 정상성, 객관성을 비판하고 그 위험성을 드러내어 순응적 여성 성역할의식을 전복해야 함을 역설하게 만든다.

마지막으로 억압 속에서도 저항하고 다양한 주체로 성장하는 식민지 여성의 몸과 젠더는 3, 4, 5부의 중심적 인물 유인실과 작품 전체의 중심적 인물 최서희가 보여준다. 유인실은 성 금기를 긍정적으로 해체한다. 식민지 여성의 몸이 개인과 민족 사이에서 갈등하고 대립하고, 마침내 경계를 넘는 모습을 그린다. 오가다의 아이를 임신했을 때 그녀는 '감방' 속에 있는 듯 느꼈다. 임신 중에 오히려 죽음 직전의 몸과 같이 여위어 간다. 이런 유인실의 임신한 몸은 금기의식과의 사투를 증명한다. 홀몸 →임신 →홀몸으로 유인실의 몸이 변하듯 유인실의 의식은 금기를 깨고 자신의 신념을 지켜낸다. 그래서 유인실의 몸은 생명에 대한 진실을 반영한 것이 되며, 주체로 성장하는 식민지 여성의 몸을 보여주는 것이다. 이런 몸의 성장은 식민지 여성의 젠더에서도 확대되어 나타난다. 작품 전체의 중심인물 최서희는 식민지가 된 조선에서 내몰리는 딸이었다. 그 딸이 아내와 어머니가 됨으로서 주체로 서고, 할머니가 되어 사회적 인물이 되는 과정을 보여준다. 진행 중인 주체로서 산 인물인 것이다. 이런 최서희의 삶은 지나치게 성공적이다. 이는 식민지 여성이 약한 여성만이 아니라는 것을 생산적으로 보여주기 위해서이다. 그래서 최서희란 영웅적 인물이 나타난 것이다. 제국주의 기획을 습득하고 그것을 전유하고 저항의지를 키워온 최서희는 대항가족과 가족공동체 모두를 지켜내는 강한 사회적 대모가 된다. 제국주의 공리의 지식 권력을 따르는 듯하나 역전시키는 방법을 통해서 이를 성취한다. 욕망을 지녔으면서도 중독, 야심, 지배욕, 탐욕에 물들지 않았던 여인은 식민압제자를 주눅 들게 하는 인물이 된다. 작품 전체에서 이런 인물은 남녀를 통틀어 최서희뿐이다. 이런 재현의 모습들은 탈식민적 페미니즘 특징을 가진다.

첫째, 하이픈이 없는 민족국가의식을 지닌 유목적 주체를 보여준다. 이중성을 지닌 유인실이 이중어법마저 사용하고 있다. 이는 유인실이란 인물이 민족과 국가라는 경계에서 고뇌하는 삶을 살아내는 인물임을 제시하는 것이다. 유인실에겐 문제적 의식이 있다. 여성의 주체성에 대한 인식이 잘못되어 있다는 진보된 생각을 가진 것이다. 여성과 남성은 같다. 그렇기에 독립운동의 최전선에서 여성이 매진하는 것은 자연스러운 현상이라 보았고 그것을 실천한다. 이는 기존 여성은 남성의 시각에서 정의되어왔기 때문에 남성에 대조되는 타자였던 입장을 거부하는 것이다. 그리고 유목적 주체로 성장하는 여인을 긍정적으로 그리는 데 기여한다.

둘째, 조선인 내면에 각인된 성 금기라는 지배적 의식에 투쟁하는 여성을 보여준다. 조선 남녀 모두 민족을 배신하지 말아야 한다는 하이픈이 없는 민족국가의식을 가지고 있었다. 그런데 이 원중심이 가진 전략적 배제가 여성에게는 더욱 가혹했다. 성과 도덕을 결합시키는 민족의식이 남성에겐 바람직하지 않은 일로만 여겨지는 제국주의자와 식민지인의 사랑인 반면 여성에겐 자결해야 할 가장 중요한 일이 되기 때문이다. 이는 선주민 여성의 몸과 식민압제자 남성의 성결합이 금기였음을 보여주는 동시에, 식민지 여성에 대한 성의식이 조선 남성의 시각이 중심을 이루고 조선 여성의 시각이 주변을 이룬 가치관임을 보여준다. 제국주의 일본 남성과 성기결합을 하는 조선 여성을 백안시하는 것은 피식민 남성들이 중심을 이룬 식민지 여성 억압의식인 것이다. 유인실은 이런 지배적 의식에 투쟁한 것이다.

셋째, 지식화되어 왔던 조국애 그 속에 여성 정조관이 박제되어 왔던 위험성이 있음을 보여준다. 쇼지라는 샛별처럼 영롱한 생산적 결과를 낳는 유인실이다. 이는 작가가 성 금기 해체를 긍정하고 있음을 보여준다. 유인실의 몸 재현은 전략적으로 조작되어 왔던 제국중심, 남성중심, 합리적 성 중심을 깨뜨리는 것이며 산포시키는 것이다. 정당화되지 말아야 하는 중심적 성에 괴로워하며 삶을 이어온 유인실을 통해 알 수 있다. 그런 유인실의 수행성은 금기된 성의식의 경계를 넘고, 그 경계 깨뜨림이 긍정임을 보여준다. 유인실은 가장 격렬하게 일본 제국주의에 저항하는 의식을 지닌 여성인 동시에 가장 진실하게 일본 남성과 사랑하는 이중적 인물이다. 하지만 비굴하지도 파괴되지도 않는 인물이다. 그래서 유인실은 박경리가 창조해낸 가장 긍정적인 신여성이라 일컬어지는 것이다. 이런 유인실은 하나도 둘도 아닌 여성이다. 그녀는 꼭 들어맞는 정의를 거부한다. 그렇게 유인실은 결정불가능한 인물인 것이다.

넷째, 열등한 식민지일 수밖에 없다는 제국주의자들의 시선에 저항하는 여성을 보여준다. 최서희는 빼앗김이 연속되는 식민지 어린 딸이지만 그 딸이 가지고 있는 생명력을 보여준다. 게다가 최서희의 강한 자긍심, 어릴 적부터 익혀온 당당하고 의젓한 언행은 식민지 여성 이미지를 전복한다. 최서희는 식민지가 된 조선 민족, 그 민족의 여성이 살아가는 모습의 존귀함을 보여주는 대표적 인물이 되기 때문이다. 최서희는 최씨 가문의 딸로서 인가된 무지에 저항하는 성역할을 수행한 인물인 것이다. 이런 전복의 중심에 거상이란 자본 소유가 있다. 열등한 식민지인이란 고정된 의식, 그 종속된 여성의식에 저항한 것이다.

다섯째, 제국주의 기획을 습득하고 그것을 역이용하고 저항의지를 키워온 생명존엄을 실천하는 주체적인 여성을 보여준다. 토착정보원이고 이산민이고 고아였던 최서희의 불확정적 삶은 식민지 여성의 통문화적 보편화라는 이미지를 산포시키고 있다. 가난하고 억압받고 교육받지 못했으며 타자화되는 여성 이미지를 흩뜨리기 때문이다. 그렇게 최서희는 인가된 무지에 저항하는 기표가 된다. 불가능성 중 가능성에 무게를 두고 식민사회를 바라본 박경리가 그려낼 수 있는 가장 강력한 기표가 된다. 최서희는 조선 문화의 힘을 내재화한 인물이었으며 그것으로 일본인들의 내면에 이중적으로 투영되어 있던 양가성을 드러내게 만든 인물이었고, 모성성을 회복하여 생명존엄을 실천한 주체적 여성이었다. 늘 진행 중인 주체로서 산 인물인 것이다.

따라서 탈식민적 페미니즘으로 보았을 때 제국주의 성차권력과 식민지 여성의 몸 그리고 젠더는 정남희, 삼월이, 기성네, 심금녀, 길여옥, 함안댁, 유인실, 최서희를 통해 식민지 여성에게 주입되어온 성의식, 전형적 성역할의식이 변화해야 함을 보여준다. 인가된 무지에 반드시 저항해야 함을, 말할 수 없는 하위주체 여성과 중심인물들의 삶을 통해 보여주고 있는 것이다. 성의식과 전형적 성역할의식은 비판적 교섭이 반드시 필요함을 보여주고 있다.

2. 제국주의 자본의 위험성과 사회적 활용

『토지』는 제국주의 자본과 식민지 여성의 사회성을 다양하게 드러내고 있다. 우선 제국주의 자본을 소유하지 못해 억압받는 여성을 보여준다. 이는 식민지 여성에게 소유는 생존하기 위해 반드시 필요한 것이며 사회적 생명성을 이어주는 토대가 됨을 드러낸다. 다음으로 제국주의 자본을 소유하였지만 그로 인해 오히려 좌절하는 여성을 보여준다. 이는 제국주의 자본을 소유하고 있는 친일 여성을 바라보는 타자들의 시선이 곱지 않다는 점에서 암시되고 있는데, 친일 여성들은 자본을 소유한 이후 더욱 비인간으로 타락하는 인물로 나타나고 있다. 마지막으로 제국주의 자본을 소유하여 오히려 성장하는 여성을 보여준다. 이는 제국주의 자본을 활용하는 식민지 여성이 저항적 민족주의 의식을 지니고 실천하는 모습으로 나타난다. 이런 모습들은 탈식민적 페미니즘으로 보았을 때 제국주의 자본이 가진 위험성을 노출하는 동시에 제국주의 자본은 소유/무소유가 아닌 활용에서 가치가 발생하고 있음을 드러내고 있다는 점에서 의의를 가진다.

우선 3부의 주변적 인물 중년아낙과 작품 전체에 등장하면서 가장 사회적으로 내몰렸던 주변적 인물 영선네는 제국주의 자본을 소유하지 못해 억압받는 여성을 보여준다. 중년아낙은 내 나라에서 행랑아범 신세가 된 조선인을 대표한다. 게다가 그녀는 여성이기에 더욱 손쉽게 억압받고 있다. 이런 중년아낙은 자본 소유의 필요성이 식민지 사회적 생명성과 관계함을 드러낸다. 소유하지 못하면 자기 존엄성의 마지막조차 지킬 수 없는 척박한 시대였던 것이다. 식민지인이 국가 없음에 놓이지 않기 위해서라도 소유는 필요불가결한 것이다. 인간/동물 접경지대에서 동물 취급을 받지 않기 위해서라도 필요한 것이다. 중년아낙의 비극은 자본 무소유에서 이루어지고 있다. 반면 영선네는 국가 없음을 절절히 느낀다. 그녀도 '쇠가죽처럼 핏빛에 얼룩진 백정네 인생'이며, 자갈밭에 굴러 있는 인생이었던 것이다. 그럼에도 중년아낙처럼 일방적으로 제국주의 자본의 피해자로만 남지 않는다. 이는 영선네가 제국주의 자본을 얼마간 소유하고 있었던 것에서 연유한다. 제국주의 자본 소유가 그녀의 사회적 생명을 지탱해주는 토대가 되고 있는 것이다. 백정이란 신분으로 인해 '죄인'으로 은유되는 영선네는 국가 없음이 아닌 민족국가의 일원으로 남는다. 즉 인간/동물의 접경지대를 깨뜨리는 긍정적 소유를 드러내고 있는 것이다. 이런 재현의 모습들은 탈식민적 페미니즘 특징을 가진다.

첫째, 제국주의자에게 자본을 무소유한 식민지 여성은 인간/동물의 접경지대로 취급되기에 살아남기 위해서는 위반이 필요함을 보여준다. 제국주의자와 식민지인의 거래는 매매의 주체와 객체조차 주객전도시킨다. 일인 여업주의 수행성은 일본의 나르시시즘을 드러내며 일인 여업주의 승리가 역설적으로 읽히게 하고 있다. 일인 여업주의 자본에 의한 따라하기와 구별짓기는 식민압제자의 양가적 욕망인 것이다. 제국 자본을 소유하려한 일인들의 의식 속엔 생득적 공포감이 있었기 때문이다. 제국주의자들도 제국의 문화적 수준을 전유하고 있어야 한다는 강박의식 속에서 헤어나지 못하고 있었던 것이다. 종속되지 않기 위해 종속시키려한 일인들의 선험적 흔적을 알 수 있다. 양자택일을 강요받아온 것은 식민지인뿐만 아니라 식민압제자도 마찬가지였던 것이다.

둘째, 억압된 것들의 회귀를 촉구한다. 중년아낙은 식민압제자의 열등감, 인종차별의식이 지닌 모순성을 적나라하게 보여준다. 인가된 무지에 저항하지 않는 의식은 변화가 필요함을 보여준다. 이는 중년아낙이 '얄궂대이'를 반복하는 것에서 알 수 있다. 중년아낙에게 돌아온 것은 지나친 경멸이기에 그녀조차 의식의 변화가 필요함을 느낀다. 즉 중년아낙은 전처럼 순응만 하는 여인에서 변화할 것을 암시하는 인물이기에 미결정적인 존재가 된다. 그렇게 중년아낙은 제국주의자들의 물질주의와 배타적 민족주의가 가진 이분법적 가치관을 비판하는 효과를 낳는다. 지극히 순종적인 중년아낙도 노랑김치사건은 억압된 것들의 회귀를 일으킨다. 그녀뿐 아니라 이를 지켜보고 있는 식민지인들의 가슴에도 억압된 것들의 회귀를 촉발하게 한다.

셋째, 최하위계층은 권리를 가질 권리조차 요구할 수 없었음을 보여준다. 영선네는 인간/짐승의 접경지대에 놓여있었다. 그런데도 자신이 가진 원죄의식으로 인해 모든 것을 인내한다. 이런 영선네의 인내는 끝내 부정적이지 않다. 오히려 이는 억압된 것들의 회귀가 반드시 폭력이나 적극적 저항에서만 드러나는 것이 아니라 소극적 저항, 순응적 수행에서도 드러나고 있음을 보여준다. 영선네의 행위 모두에는 계급에 대한 사회가 심어놓은 공포가 자리하고 있었던 것이다.

넷째, 빈곤의 여성화에 있어서 여성에겐 해방의 기제로서 자기충족의 관점이 필요함을 보여준다. 시원적으로 축출된 표식이었고, 축출된 표식으로 생을 마감한 영선네지만 마감된 그녀의 생이 타자들에게 역전되어 사회, 시대, 인식의 변화가 촉구되어야 함을 깨닫게 한다. 즉 생존적 소유가 있어야 사회적 생명성을 유지할 수 있음을 보여준다.

다음으로 제국주의 자본을 소유하였지만 그로 인해 오히려 좌절하는 여성은 1부의 중심적 인물 홍씨와 3, 4, 5부의 주변적 인물 양을례가 보여준다. 홍씨는 더럽다, 유별난 화장, 호사스런 몸치장, 염치가 없다, 욕심 많다, 가장집물을 챙긴다, 극악무도, 오막살이 작은 집으로 특징되는 인물이다. 즉 '더럽다↔호사스런 몸치장↔오막살이 작은 집'이란 대조의 반복에 의해 자본에 의한 양가성을 보여주는 전형적 인물이다. 이런 홍씨를 바라보는 타자의 시선이 곱지 않다. 양반이면서도 가장 추악한 인물이 된다. 마찬가지로 양을례도 제국 자본 소유를 통해 '지적 허영'을 채우려했던 인물이라 타자의 시선이 곱지 않다. '광란적인 질투'로 은유되는 양을례는 제국주의 자본 소유로 인해 타락하고 소외된다. 중요한 것은 일본 남성과 동거하기에 타락한 것이 아니라는 점이다. 양을례는 동거하는 일본 남성과 사이가 좋다. 양을례의 비극은 과잉된 제국주의 자본 소유와 그 자본이 위험한 보충이었던 점에서 발생하고 있다. 즉 '허영이 빚은 참상'을 통해 친일 여성이 행하는 제국주의 자본 소유의 부정성을 보여준다. 이런 재현의 모습들은 탈식민적 페미니즘 특징을 가진다.

첫째, 제국주의 자본 소유는 병적인 자기도취 상태에 빠뜨려 소유욕에 매몰된 사람으로 유도하는 양가적 특징이 있음을 보여준다. 공으로 얻은 만석살림을 거리낌 없이 '내 곡식'이라 말하는 홍씨는 가족으로부터도 경계의 대상이 된다. 역설이 사용되고 있는 것이다. 마을 사람들은 홍씨를 인간 이하로 생각한다. 홍씨의 삶은 제국주의 자본 소유의 환상과 대조되고 있는 것이다. 즉 홍씨의 재현은 제국주의 자본 소유, 그 구조의 내면에서 일어나는 양가성을 보여준다. 제국주의 자본을 소유하여도 그 소유한 자본으로부터 배제되는 양가성을 드러내기 때문이다.

둘째, 제국주의 자본 소유가 소유자마저 사물화시키는 위험성을 안고 있음을 보여준다. 흉내낸 자의 제국주의 자본 소유, 그 위험성을 보여주는 것이다. 염도 제대로 못한 비참한 죽음, 죽은 형상이 더 무서웠다는 것은 제국주의 자본 소유의 부정성을 노출하고 있는 것이다. 홍씨에겐 제국주의 자본이 양가적이다. 이런 홍씨가 한 자본 소유는 자본 소유이면서 자본을 결코 소유하지 못하는 것이다. 자본의 요구에 적합화되었던 홍씨가 제국주의 자본의 위험성을 보여주고 있다. 제국주의 자본의 소유가 소유자마저 사물화시키는 위험성을 안고 있음을 드러내고 있는 것이다.

셋째, 철저히 내부 식민화되어가고 있는 토착정보원의 비극을 보여준다. 일본인 정부와 함께 고급 요정을 운영하는 양을례는 일본 남자의 사랑을 받고 있다. 권력의 중앙에 있는 것이다. 그런데도 양을례조차 피해자가 된다. 이런 양을례의 비극은 사용가치가 없어지면 누구든 가차 없이 버려지는 도구가 됨을 보여주는 것이다. 양을례와 같이 가차 없이 버려지는 사용가치가 말소된 친일파의 모습은 사적인 개인의 좌절이 아니라, 폐제되고 소외되는 친일파 여성의 사회적 모습이라 할 수 있다.

넷째, 제국주의 자본 전유가 소외의 결과를 가져옴을 보여준다. 양을례는 제국주의 자본으로 자신에게 결핍된 삶을 위장하려 하였다. 그러나 양을례의 행동교섭능력은 제국 자본의 규칙 깨뜨리기를 보여준다. 제국에 동화되었기에 더욱 비참하게 억압당하는 식민지 서발턴을 보여주기 때문이다. 제국에 동화된 여성도 하릴없는 하층계급 디아스포라 유랑민으로 남을 뿐임을 보여준다. 양을례는 어디에도 마음 붙일 곳 없는 경계 밖 인물이 된 것이다. 제국주의자들이 만든 피식민주체의 원형, 그 은폐된 비극성을 표출하고 있는 것이다. 유기체로서 욕망실현을 위해 동분서

주하였던 그녀가 끝내 대자가 되지 못하고 즉자가 되면서 서사가 마무리 되는 것에서도 알 수 있다. 제국주의 흉내내기의 비극성, 정치적인 지식의 위험성을 경고하는 것이다.

마지막으로 제국주의 자본을 소유하고 활용하여 성장하는 식민지 여성은 2부의 주변적 인물 공노인 처와 1, 2부의 중심적 인물 공월선이 보여준다. 공노인 처는 제국주의 자본을 활용한다. '재물=많은 짐'으로 생각하는 것이다. '객주업↔저축된 돈이 없다.' 이런 대조적 삶은 제국주의 자본의 활용에 중점을 둔 그녀의 생애를 드러낸다. '인정스런 안늙은이'로 회자되는 공노인 처는 독립지사 우두머리 송장환이 상제 노릇을 할 정도로 사회적 대모로 성장한다. 제국주의 자본을 소유해야 한다는 인식이 아닌 활용해야 한다는 인식으로 변모시키는 인물인 것이다. 그녀의 민족주의적 활용은 자본의 긍정성이며, 제국 자본이 주입해온 전미래를 해체하는 것이다. 제국 자본이 주입해온 이미 완성되어 있는 미래는 오지 않을 것이며, 그런 전미래는 위험한 상상력만을 생산하는 와해되어야 할 상상임을 경고한다. 마찬가지로 공월선은 자식을 생산하지 못하는 자신의 처지를 다행이라 생각하면서도 버려진 아이 하나 길러볼까, 자식을 바라는 인물이었다. 월선은 자본을 생산하고, 출산을 재생산하지 못하는 인물인 것이다. 그녀의 자본 생산은 잉여자본과의 거리두기를 수행한다. 이 거리두기는 그녀를 무당의 딸이었던 최하층 신분에서 상승시키는 효과를 가진다. 홍이와의 '피가 섞이지 않은 모자관계'를 강하게 결속시키고 행복한 여인이 되게 하였으며 홍이가 저항적 민족주의자로 성장할 수 있도록 정신적 지주가 되어 주었다. 이는 월선이 제국주의 자본 소유의 긍정성과 활용의 가치를 드러내면서 이루는 결과들이다. 이런 재현의 모습들은 탈식민적 페미니즘 특징을 가진다.

첫째, 제국주의 자본을 활용하여 식민압제자에게 저항해야 함을 보여준다. 공노인 처의 자본 활용은 사회에 대한 저항이었던 것이다. 역사적 현실 재현에서 소유/무소유로 가치 결정되었던 제국주의 자본의 가치결정성을 드러낸다. 자본은 소유가 아닌 활용에서 가치가 결정된다는 것을 드러내고 있다. 저항적 민족의식을 지닌 공노인 처는 이산민이 된 조선 동포를 '수풀에 앉은' 가엾은 '새'로 보고 적극적, 능동적으로 조선 동포를 돕는다.

둘째, 제국주의 자본이 가진 양면긍정성을 보여준다. 공노인 처가 행하는 동포에 대한 보살핌의 행위는 사적 공간에 머물지 않는 보살핌이다. 사적 공간에 머물지 않고 사회적으로 억압받는 집단적 타자를 위한 힘으로 확장되고 있다. 시대적 필요를 넘어 인간에 대한 보살핌으로 확장되며 제국주의 자본을 활용한 행동이 되고 있는 것이다. 이런 공노인 처의 생은 해체적이다. 고정된 의미 대신 미결정적 의미를 낳기 때문이다. 고정된 의미에서는 비극적 인물이어야 한다. 여성이면서 아이를 생산하지 못하는 인물이었던 것이다. 아이를 낳지 못한다는 치명적 결함은 그녀에게 일방적 피해자로 작용할 충분한 사유임에도 그녀는 불모지 자궁에 의해 희생되기보다 한 사람의 온전한 개인으로 성장한다. 즉 공노인 처는 제국주의 자본에 대한 인식을 비판적 협상 테이블로 유도한다.

셋째, 자본의 요구에 대해 초적합화된 대자를 보여준다. 하위주체 공노인 처는 제국주의 자본이 가진 유용한 것이 지니는 위험에서 벗어난다. 자본에 중독되지 않고 자본과의 거리두기를 실천하고 있기 때문이다. 이 자본과의 거리두기는 제국주의 자본의 규칙 깨뜨리기를 보여준다. 자본은 소유가 아닌 활용으로 가치가 생산되는 것임을 실천으로 보여준다. 그렇게 공노인 처는 기관 없는 신체로서 자신의 정체성을 일구는 대자가 된다. 조선 민족의 저항적 민족주의를 긍정적으로 보이면서 배타적 제국주의자들처럼 우월감과 열등감에 휩싸이지 않는다. 이는 양자택일하지 않고 향유하면서도 적당한 거리를 가진 공노인 처를 통해서 드러난다.

넷째, 신분 체계의 위험성을 보여준다. 최하위계층의 여인, 배우지도 못했고 생을 선택하지도 못했고 사랑을 잡을 수도 없는 천형을 지닌 월선이의 삶은 비극으로 치달을 법도 한데 누구보다 여한이 없는 생을 마감한다. 그 이유에 자본이 있다. 월선의 삶은 불가능성을 가능성으로 바꿀 수 있음을 보여준다. 왜냐하면 최하층 신분이 겪어야 하는 고통을 겪고, 최하층 신분이 잃어야 했던 것을 잃는데, 이런 전유가 월선을 그리 대하는 상대방을 오히려 최하층 인간상으로 투사할 뿐이기 때문이다. 그렇다면 이산민이 된 최하층 신분을 전형적으로 살아내면서 신분 체계의 위험성을 보여주는 것이다. 보다/보여지다의 대립과 고통을 주다/고통을 겪다의 대립을 산포하는 월선이다.

다섯째, 제국주의 자본에 대한 거리두기를 수행하는 유적 존재를 보여준다. 월선은 자본을 소유하지도 무소유하지도 않는 적당한 거리두기가 필요함을 깨닫고 있다. 아마도 늘 쫓겨 다니는 식민지 이산민 삶이었기에 더욱 그러했을 것이다. 재물이 중요한 것이 아니라 살아남기 위한 방편으로 재물이 필요하다는 인식이다. 월선은 억압된 타자의 복원이며, 그 복원이 생산적이다. 왜냐하면 월선은 자본의 요구에 대한 주체의 순응 정도에서 초적합화를 보여주며, 자본을 활용하는 인물이 되고, 홍이가 저항적 민족주의자가 되도록 이끄는 인물이기 때문이다. 공노인 처처럼 직접적으로 자본으로 사회에 기여한 것은 아니지만 월선이 보여주는 자본의 긍정성과 사회적 모성은 간접적으로 사회에 기여하고 있다. 자본이라는 유용한 것이 지니는 위험에 빠지지 않고 거리두기를 성공적으로 수행한 월선이다.

따라서 탈식민적 페미니즘으로 보았을 때 제국주의 자본과 식민지 여성은 중년아낙, 영선네, 홍씨, 양을례, 공노인 처, 공월선을 통해 제국주의 자본의 위험성을 드러내어 자본의 사회적 활용이 필요함을 보여주는 의의를 가진다. 왜냐하면 식민지 여성은 제국주의 자본을 소유하거나 무소유하거나에 따라 가치 결정되는 것이 아니라 자본의 활용양태에 따라 가치가 결정된다는 것을 보여주고 있기 때문이다. 사회에 기여하는 활용의 정도에 따라 가치가 결정되는 자본이었다. 이는 제국주의 자본에 대한 인식을 비판적 협상 테이블로 유도하는 것이다.

3. 제국주의 문화 전유와 위반의 필요성

『토지』는 제국주의 문화론과 식민지 여성의식을 다양하게 드러내고 있다. 우선 제국주의 문화에 억압받는 식민지 여성을 보여준다. 이는 제국주의 문명화 문화론에서는 식민지 여성에게 가해지는 억압의 정도가 해당 여성이 식민지 제도권 교육을 받았느냐 아니냐에 따라 구분됨을 나타내고 있다. 다음으로 제국주의 문화를 흉내내다 좌절하는 여성, 제국주의 문화에 억압받았으나 이를 극복하고 성장하는 여성을 보여준다. 이는 제국주의 강자지향 문화론과 식민지 신여성이 관계하는 모습으로 나타난다. 마지막으로 제국주의 문화를 거부하는 식민지 여성을 보여준다. 이는 지배문화 경계짓기가 잘못 상정된 것이기에 식민지 여성은 탈식민화의 의식을 가지고 있어야 하는 것으로 나타나고 있다. 이런 모습들은 탈식민적 페미니즘으로 보았을 때, 제국주의 문화를 통한 계몽은 식민지 여성을 억압하기 위해 제국주의자가 퍼뜨린 오도된 인식임을 드러내는 의의를 가진다. 즉 제국주의 문화론이 식민지 여성의식을 억압하는 기제로 사용되었던 점을 확인시켜주며 동시에 제국주의 문화론에 패배하지 않는 살아있는 여성들을 보여준다.

우선 제국주의 문화론에 억압받은 식민지 여성은 2부의 주변적 인물 정호 어머니와 5부의 주변적 인물 옥선자가 보여준다. 정호 어머니는 '위엄, 법도, 뼈대가 굵고' 같은 단어로 은유되는 문화적 의식을 지닌 인물이다. 그런데도 가장 비위생적인 삶을 산다. 정호 어머니를 통해 식민지 문명화 문화론이 지향한 문화론과 여성교육에 대한 의식이 오도된 것임을 보여준다. 비제도권 여성교육의 인물이면서 가장 긍정되는 의식을 지닌 인물이다. 정호 어머니는 문명화 문화론을 산포하고, 문명화 문화론에 맞선 조선 민족의 고귀함을 이끌어낸다. 반면 옥선자는 일본의 문명화 문화론에 패배한다. 그런데 그 패배가 문명화 문화론의 어두운 이면을 드러내는 역할을 한다. 옥선자는 아직 정체성이 확립되지 않은 여학생이다. 식민지 제도권 여성교육을 받는 학생인 것이다. 이런 옥선자의 '산송장'과 같은 의식은 제국 문명화 문화론이 현인신에 대한 '광신자들'을 양산하고 있음을 드러낸다. 그래서 팔굉일우를 부르짖으며 '눈물을 흘리는 일인선생↔웃는 옥선자'의 대조는 문명화 문화론과 식민지 제도권 여성교육에 숨어있었던 폭력성을 보여준다. 즉 옥선자는 문명화 문화론이 지지한 제도권 여성교육과 상반되는 결과를 보여줌으로써 그 관계를 깨뜨리고 있다. 이런 재현의 모습들은 탈식민적 페미니즘 특징을 가진다.

첫째, 문명화 문화론은 원거리가 아닌 근거리에서 보아야 한다는 것을 보여준다. 정호 어머니는 표면으로 판단할 수 없는 문화의 힘을 내재한 인물이기 때문이다. 정호 어머니는 식민지 문명화 문화론과 차이나는 삶을 산다. 이런 정호 어머니가 행한 인가된 무지에 저항하는 방법은 폭력을 사용하는 적극적 저항이 아니라 다음 세대를 교육시켜 힘을 비축하자는 미래지향적, 수동적 저항이다. 즉 적극적 저항뿐만 아니라 소극적 수행성도 반드시 필요하다 느꼈던 것이다. 일본이 재구성한 문명화란 인식소적 폭력은 민족에 따라 부여된 편파적인 의식인 것이다. 일본은 그들에게 부재한 문명마저도 상승시켜 식민지 지배를 합법화하는 명분을 얻고자 하였다. 이는 다양한, 대체로 적대관계에 있는 개별 진영에 의해 우리와 그들로 구분된 것이 문화였기에 가능한 일이었다.

둘째, 비/문명화 삶은 문명화란 명분 아래 억압받아왔던 것들의 정당성과 진리를 회귀시킬 수 있음을 보여준다. 정호 어머니는 비/문명화를 대표하고 문명화의 은폐되고 재구성된 오어법을 다시 제시하는 재현적 인물이다. 문명화 문화론은 국가 없음 속에 이산민이 된 식민지인에게 민족—국가의 하이픈을 강화하고자 한 식민인의 계략이었다. 그러나 오히려 식민지인에게 민족국가의 하이픈을 삭제시키는 역작용을 한다. 그래서 말없는 하위주체 정호 어머니의 위반은 강한 저항력을 생성시키며, 문화의 재전유를 유도한다.

셋째, 문명화 문화론자들의 야만성을 보여준다. 옥선자는 식민지 문명화 문화론을 제도권 여성교육 안에서 산포시키는 인물이다. 그녀는 식민지인 중 유독 눈에 띄게 일인들에게 저항한 인물이 아니다. 저항력이 만연한 인물이 아닌 것이다. 그저 평범한 식민지 여학생이었다. 하지만 옥선자는 누구에게 종속된 신민인지를 주지시키려 하는 이시다 선생에게 무시무시한 폭행을 당한다. 옥선자에게 종속민족, 열등민족임을 각인시키려는 이시다 선생이었다. 그러나 그는 문명화 문화론자들의 야만성을, 야만의 역설을 보여줄 뿐이다. 문명자라 일컬어지는 그들이 야만자임을 보여준다.

넷째, 식민지 여성의 순응은 타자에게 저항해야 한다는 의지를 생산하도록 유도하기에 전복적임을 드러낸다. 옥선자의 복종은 공포에서 기인한다. 옥선자가 다니는 학교 내에서의 조선어 금지령은 이 공포를 증폭시키는 요소가 된다. 학교라는 통제된 구역 안에서 내려진 금지령이라 더욱 강하게 개인들에게 작동하는 규율이기 때문이다. 식민압제자가 학생을 교육시킨다는 명목으로 행하는 문자를 통한 시원적 폭력은 옥선자가 다층적 억압을 받고 있음을 보여준다. 그리하여 문명화 문화론은 폭력에 의한 통제였음을 보여준다. 폭행을 당한 후에도 계속 학교를 다니는 옥선자는 미결정적인 존재가 된다. 쉽게 판단내릴 수 없는 여성인 것이다. 중요한 것은 그녀의 복종이 역전되어 식민지 여성들의 저항력을 키우게 만든다는 것이다. 지나치게 억누르면 튕겨나가는 고무공과 같이 옥선자의 반정신이 나간 순응은 저항의지를 생산하도록 유도한다. 문명화 문화론에 도착증을 가진 식민압제자에 대한 옥선자의 순응은 위반의 명제를 뒷받침한다. 그래서 옥선자의 순응은 순응이면서 순응이 아니다.

다음으로 제국주의 문화론이 행하는 억압을 극복하기 위해 몸부림치다 좌절하는 여성과 제국주의 문화론에 억압받았으나 이를 극복하고 성장하는 여성이 있다. 이는 5부의 주변적 인물 배설자와 3, 4, 5부의 중심적 인물 임명희가 보여준다. 배설자는 부정적 신여성이다. 긴 검정 새틴 치마에 검정 블라우스 차림으로 등장하여 강자지향 문화론의 비극을 보여준다. 그녀의 옷차림이 바로 힘 있고 무서운 강자지향 문화이며 식민지 신여성을 은유한다. 희극이며 비극이라 지칭하는 것도 배설자의 제국지향의식과 오도된 식민지 신여성의식을 무작정 따라한 것을 비판하는 이중어법이다. 특히 배설자의 끔찍한 죽음은 '파멸=검정=타살'을 보여준다. 제국 강자지향의 비극을 드러내는 배설자인 것이다. 반면 임명희는 긍정적 신여성을 드러낸다. 명희가 처음부터 긍정적 신여성이었던 것은 아니다. 그녀는 의식의 변화를 통해 성장한다. 즉 임명희는 강자지향 문화론의 상상계와 실재계를 보여준다. 제국주의 강자지향 문화론은 음악회, 고급레스토랑으로 은유되어 조용하를 대부호로 인식케 했다. 하지만 그 실재계는 처참했다. 제국 강자지향 문화론의 실재계는 도덕적 공포, 학대, 유희, 장난 같이 임명희를 사물화하고 있으며, 사물화는 조용하마저 면도칼 자살로 몰아갔다. 달리 말해 임명희는 제국 강자지향 문화론의 허와 실을 체험하며 성장하는 신여성의식을 보여준 것이다. 진행 중인 주체로 성장하는 긍정적 신여성이다. 특히 임명희는 '박제된 학' 으로 은유되는데 이 박제된 학이 바로 강자지향 문화론의 생명 불모성을 드러내는 상징인 것이다. 박제된 학에서 진행 중인 주체가 되는 임명희는 강자지향 문화와 신여성의 규칙 깨뜨리기를 보여준다. 이런 재현의 모습들은 탈식민적 페미니즘 특징을 가진다.

첫째, 제국주의 강자지향 문화론을 맹목적으로 수행한다는 것은 타자성의 역설이 발생하게 됨을 보여준다. 무용가라는 신교육을 받은 배설자는 제국주의 강자지향 문화론이 이상화한 성공한 여성이다. 그러나 배설자는 토착정보원이면서도 토착정보원도 되지 못하고 일본 식민압제자도 되지 못한 배제된 인물로 철저히 버려진다. 타자성의 역설이 일어난 것이다. 식민압제자가 원하고 기획한 신여성의식을 가졌기에 오히려 수행적인 모순성을 함의하는 인물이 된다.

둘째, 제국 강자지향 문화론은 흉내낸 존재마저 인식소적 폭력의 피해자로 만듦을 보여준다. 제국 강자지향 문화론은 제국주의 기획이었던 것이다. 그 기획을 그대로 따랐던 배설자는 제국주의 공리의 권력−지식을 소유하길 갈망하였기에 파괴된다. 특히 소나무에 묶여진 채 처참하게 죽은 배설자의 시신은 수행적인 모순성을 함의한다. 이는 사물화되어 왔던 배설자의 존재가치를 드러내고 있다. 배설자의 철저한 공모에도 제국에선 전략적 배제를 늦추지 않는 것이다. 배설자는 제국주의자가 원한 모든 조건을 갖추어도 결국 제국에 유입될 수 없는 조선 민족국가였던 것이다. 제국주의 인식소적 폭력을 그대로 수용하고 활용한 존재마저 인식소적 폭력의 피해자가 됨을 보여준다. 그렇다면 배설자의 재현은 친일파도 희생자라는, 특히 문화라는 오도된 의식에 의한 희생자라는 사실을 드러낸다. 배설자는 신여성 친일파를 대표하고 신여성 친일파의 은폐된 사물화를 다시 제시하는 인물이다. 강자지향의 비극을 기표하게 된다.

셋째, 강자지향 세계란 표상에 의해 만들어진 세계임을 보여준다. 임명희는 신여성의 의미를 깊이 천착하는 인물이다. 반성하고 뒤돌아보고 뉘우치고 자신을 채찍질하는 과정을 명희는 수없이 겪는다. 명희는 이혼할 것을 요구했다. 홀로 서겠다는 임명희의 생명성 인식, 창조적 능력 추구는 중요하다. 세인들의 시선을 의식하면서도 그 시선의 통제를 벗어나기 시작한 것을 의미하기 때문이다. 그렇다면 임명희는 제국주의 강자지향 문화론을 향유한 전유적 인물이다. 강자가 되어 강자지향 문화론의 위험성을 알린다. 즉 유보하고 제한된 침투성을 보여주는 인물인 것이다. 제국주의 강자지향 문화 속에 살면서 그것에 물들지 않고 그 문화가 지닌 위험성을 내부에서 보여준다. 강자지향 세계란 표상에 의해 만들어진 세계였던 것이다.

넷째, 억압된 타자도 반성과 각성이란 위반을 통해 진행 중인 주체로 설 수 있음을 보여준다. 임명희는 반성과 각성을 수없이 하면서 사회적 인물로 성장한다. 제국 강자지향 문화론에 의해 억압된 타자로 남을 뻔했던 명희는 이를 넘어서고 있는 것이다. 지배의 기원을 파괴하고 위반의 정당성을 생산하는 명희이다. 명희가 억압받아온 지배자의 의식은 정당한 의식이 아니었기 때문이다. 남편이 명희를 의심하는 것도 사회가 명희를 의심하는 것도 명희의 행동과는 관계없이 그들만의 판단에 의한 것이었다. 즉 지배자들이 가진 의식 자체가 이미 여성 억압으로 끌어가고 있는 것이다. 그러니 그런 억압에 좌절이 아닌 극복을 하는 명희는 억압에 저항해야 한다는 정당성을 드러내고 있는 것이다. 조선에서 부정적으로 여겨지는 신여성이란 단절되고 트이고 깨진 길의 역사를 새롭게 잇는 것이다. 이는 제국주의 언술에 처참하게 희생되었던 임명희가 위반을 통해 진행 중인 주체로 서면서 이루어진다.

마지막으로 지배문화를 거부하는 여성이 있다. 이는 1부의 주변적 인물 김서방댁과 2, 4부의 주변적 인물 송영환 처가 보여준다. 김서방댁은 부스스, 퍼주다, 추방, 차이다, 쫓겨나다로 특징되는 내몰리는 인물이다. 비위생, 비합리의 전형이었던 것이다. 더욱이 마법화를 수행하는 인물이다. 처음 등장부터 불결한 옷매무새로 나타나더니 마지막 퇴장도 돼지우리 같은 움막으로 들어가는 것으로 나타난다. 즉 김서방댁은 지배문화가 제거하려 노력한 요소들을 모두 가지고 있었다. 그런데 놀랍게도 그런 김서방댁이 긍정적이다. 이는 기존 지배문화의 오도된 의식을 분절하는 효과를 가진다. 게다가 김서방댁은 끝도 맺음도 없는 지겨운 장광설로 은유되는 인물이다. 그녀의 장광설은 유의해 들어주는 청자가 없다. 이는 여성 배제의 현실을 꼬집게 한다. 김서방댁은 지배문화를 거부하는 탈식민화 의식을 지닌 여성인 것이다. 반면 송영환 처는 지배문화에 순응했기에 폐인이 된다. 작품 속에서 아편을 찌르는 여인이다. 양귀비같이 아름다웠던 장씨가 아편쟁이 행려병자가 된다. 이는 지배문화에 순응적이었던 여성이 부정적 인물로 전락하는 것을 보여준다. 송영환 처는 서희와 나란히 앉은 송병문 씨의 자부로 등장했다. 이렇게 서희와 겨룰 만큼 지배문화의 중심에 놓여있었던 여인의 전락은 의미 깊다. 즉 서희와 지배문화에 대응하는 의식이 대조적이었던 점을 재각인시킨다. 이는 여성의식의 탈식민화가 반드시 추구되어야 함을 반증하는 것이다. 이런 재현의 모습들은 탈식민적 페미니즘 특징을 가진다.

첫째, 토착정보원이 담론의 생산자가 되어 제국의 검은 얼굴을 투사할 수 있음을 보여준다. 김서방댁은 담론의 생산자다. 반면 지배자는 원주민이 지배적인 담론에 대해 모순을 느끼거나, 그것에 도전하거나, 또는 그것을 교란시킬지도 모르는 무엇을 말하리라고는 상상할 수도 없었다. 즉 김서방댁은 이것을 교란한 인물이다. 김서방댁의 억울함은 제국의 검은 얼굴을 투사한다. 날 것의 인간, 교육 받지 않은 김서방댁은 일본 제국주의자가 그토록 경멸한 비위생, 비합리, 문맹자인데도 긍정되기 때문이다.

둘째, 문명화 문화론이 갖고 있는 배제의 속성 그 위험성을 보여준다. 구별짓기 그것이 문명화 문화론으로 조선인에게 주입되어왔던 것이며, 앎−권력−지식이 협력하여 식민지 여성을 추방하고 있음을 보여주기 때문이다. 그들의 행위는 식민지를 문화로 지배하는 것이 아니었다. 그들의 지배는 인종차별에 의한 지배였다. 이질성의 축출인 것이다. 김서방댁은 역사적 현실에서 마법화는 제거되어야 한다 생각되었던 대상의 긍정성과 가치를 보여준다. 즉 문명화 문화론이 배제한 마법화의 긍정성을 드러내며, 문명화 문화론이 갖고 있는 배제의 속성, 그 위험성을 드러내는 것이다. 문명화 문화론도 의도적인 침묵을 전제로 한 것이었다. 김서방댁의 언술 체계와 마법화 부각은 그래서 의미 깊다. 미신적, 비합리적, 비위생적인 문화의 불가능성 중 가능성에 무게를 두고 비판하고 있는 것이다. 식민지 문화가 문명화 문화론으로 재단할 수 있는 것을 넘어섬을 보여준다.

셋째, 기사도적 사랑의 양면성을 지닌 여성 정조관을 탈피해야 함을 보여준다. 여성과 남성 모두가 여성에게만 짊을 지운 정조에 관한 책임의식을 탈피해야 함을 보여준다. 송영환 처에게 소문은 보수적 성의식, 그 허상을 알몸 그대로 노출하게 한다. 그녀의 남편은 소문의 장본인이 장씨라는 점 하나만 가지고 날이면 날마다 욕설하고 폭행한다. 이런 일이 가능한 것은 남녀의 정조관념이 엄청나게 양극화되어 있었기 때문이다. 즉 여성 정조의 파수꾼은 대사회였음을 보여주고 있다. 이는 기사도적 사랑의 양면성이다. 송영환 처가 아편쟁이 행려병자로 어디에서 죽었는지 살았는지도 모른 채 작품이 마감된다는 것은 그래서 중요하다. 지배문화란 남근중심을 벗어나지 않은 모순된 문화였던 것이다.

넷째, 지배문화의 경계란 식민지 여성을 통제하기 용이하도록 규제된 수단이었음을 보여준다. 송영환 처는 지배문화의 경계선이 남성중심으로 그어졌기에 발생하는 비극을 고발하고 있다. 송영환 처의 재현은 지배문화가 지배문화 안의 여성조차도 보호하지 못하는 여성 배제의 규율임을 드러낸다. 포섭이 아닌 배제의 대상으로서의 여성이었다. 지배자 남성위주 가치관에 매몰되어 자신을 잃어버린 송영환 처는 현재 가치가 타인의 손에 좌우되었던 여인이다. 올바른 판단을 할 수 있고, 자신을 보호할 수 있는 지적 능력을 충분히 지녔으면서도 실천하지 않은 채 지배문화에 맹목적으로 복종한다. 그리고 그런 수행성이 오히려 지배문화의 맹독성을 가속화한다. 이는 송영환 처가 지배문화의 위험성을 알리는 인물이 되게 한다. 그리하여 지배문화의 경계를 분절해야 한다는 효과를 낳는 인물이 된다. 여기서 여성 교육(지식)과 문화의 괴리를 볼 수 있다. 식민지 여성의식은 문화 향유자가 되기 위한 것이 아니라는 데에 결함이 있다. 즉 송영환 처는 본질주의자 혹은 유용한 것을 따르면 계속될 수 있는 위험을 무기력한 아포리아로 드러낸다.

다섯째, 아내의 자기파괴희생은 여성을 영원히 억압된 타자로 남게 하기에 위반이 필요함을 보여준다. 소멸되어야 할 여성의식이 아내의 자기파괴희생이다. 이런 여성의식의 결점을 보여줌으로써 발전을 촉구하는 것이다. 송영환 처는 여성의식과 지배문화의 허점을 드러내는 기표다. 무력을 방어기제로 선택한 송영환 처가 아편쟁이 행려병자로 죽는 것은 수동성은 극단적일 경우 죽음과 맞닿아 있는 것임을 보여주는 것이다. 즉 송영환 처의 복종은 조선 민족의 생물학적, 문화적 유형을 묘사하는 동시에 비판하는 힘을 가지고 있다.

　따라서 탈식민적 페미니즘으로 보았을 때 제국주의 문화론과 식민지 여성의식은 정호 어머니, 옥선자, 배설자, 임명희, 김서방댁, 송영환 처를 통해 제국주의 문화를 전유하는 행위에는 위반이 필요함을 보여주는 의의를 가진다. 이는 식민지 여성 계몽이란 의식 자체를 깨뜨려야 함을 보여주는 것이기도 하다. 제국주의 문화를 전유한 인물들의 삶은 계몽이 여성을 통제하기 위해 퍼뜨린 오도된 인식임을 보여주기 때문이다. 그래서 제국주의 문화론에 억압받는 것이 패배가 아니며, 제국주의 문화론을 수용하여 그것을 이용하는 것이 승리가 아님을 보여준다. 즉 제국주의 문화도 중층결정되는 것임을 보여준다.

제6장 _____
결론

    박경리 『토지』에 나타난 여성인물을 탈식민적 페미니즘 관점에서 분석하였다. 이를 정리하면 다음과 같다. 제2장 제국주의 성차권력과 식민지 여성의 몸 그리고 젠더 재현은 세 가지 양상으로 구분할 수 있다. 첫째, 제국주의 남성에 의한 식민지 희생양과 수동적 성역할이다. 이를 알아보기 위해 정남희와 삼월이, 기성네를 통해 분석했다. 정남희와 삼월이는 제국 남성에 의해 성폭행당한 공통점을 가지는 반면 성폭행에 저항하는 방법이 다른 인물이며, 기성네는 이런 몸의 억압이 젠더로 확대되는 인물이기 때문이다. 우선 남희는 식민지 여성의 희생을 짓밟히기만 한 죽은 생명이 아닌 피멍든 산 생명으로 바로잡고 있다. 다음으로 삼월이는 전통적이라고 왜곡되어온 제국주의 남성중심의 상상력이 만들어낸 식민지 하위계층 여성의 전형이다. 순종적 여인이라 제국 남성들의 가학증에 그대로 내맡겨졌던 동일화 인물이다. 침묵 속에 비극적 생을 마감하는 그녀의 모습은 말할 수 없는 여성 하위주체를 보여준다. 인가된 무지에 반드시 저항해야 할 필요성을 제기하는 인물이다. 즉 이들은 그녀들의 해체적 수행성을 통해 제국 남성중심주의가 공모하여 파괴한 식민지 일방적 희생양으로서의 여성이 아닌, 그 이상의 불가해한 인물을 드러내고 있다. 마지막으로 기성네는 제국주의 공리가 이미 주입시킨 권력-지식을 그대로 수용한다. 기성네의 이런 순응은 남편을 더욱 나르시시즘에 빠지게 한다. 이는 여성에게만 주어진 불가해한 일방적 희생을 비판하게 만든다. 대자가 되지 못한 즉자로 전락하는 수동적 여성을 보여주기 때문이다. 이미 조작된 언술 체계에 포섭된 수동적 성역할을 답습함은 기존 권력을 확대 재생산하게 만드는 위험성이 있다. 즉 수동화된 성역할을 깨뜨려야 함을 역설한다.

둘째, 제국주의와 가부장제에 의한 이중 유린과 젠더 비극 인식이다. 이를 알아보기 위해 심금녀와 길여옥, 함안댁을 통해 분석했다. 심금녀와 길여옥은 제국주의와 가부장제에 의해 이중 유린을 겪은 공통점을 지니는 반면 그에 대한 저항의 방법이 다른 인물이며, 함안댁은 이런 몸의 억압이 젠더로 확대되는 인물이기 때문이다. 우선 금녀는 인간이라는 이름으로부터 축출된 표식이었으나, 자립함으로써 제국주의에 통제되지 않는다. 적극적으로 저항하고 식민압제자로부터 벗어나기 위해 치열한 행동교섭능력을 실천한다. 동시에 식민압제자에게 공포를 깨닫게 하는 역전이를 생산한다. 다음으로 여옥은 식민압제자와 남성중심의 지배 체계를 깨뜨린다. 식민압제자가 가한 국가적 폭력(성고문)의 위험성을 노출시키며, 남성 가부장제가 가한 성차별적 폭력의 위험성을 노출시킨다. 여옥은 파괴와 회생의 과정을 반복하는 몸을 통해서 이를 드러낸다. 즉 이들은 식민지 여성의 몸은 이중 억압으로도 여성의 생산적 저항을 막을 수 없었음을 드러낸다. 마지막으로 함안댁은 여성의 일방적 희생을 기저로 하는 현부인의 허위성을 적나라하게 보여주는 인물이다. 역사적 현실 속에서 아름답게 미화되고 숭앙되던 순응적 여성 성역할, 그 은폐된 부정성을 재현하고 있는 것이다. 현부인을 흉내내려한 함안댁은 순응적 여성 성역할이 가진 자기파괴희생을 비판하도록 유도한다. 순응적 여성 성역할에 대한 되받아쓰기인 것이다. 즉 함안댁은 남성중심 유교담론을 답습하는 식민지 여성 젠더의 비극인식을 드러내어 현부인으로 숭상되었던 여성상을 깨뜨린다. 주입된 성역할에 대한 순응적 수행성을 산포하는 것이다.

셋째, 제국 남성과 식민지 여성 사이의 성 금기 해체와 사회적 모성이다. 이를 알아보기 위해 유인실과 최서희를 통해 분석했다. 유인실은 여성에게 금지되었던 성을 민족 집단이란 경계의식을 넘어 인간으로 풀어내고 있다. 여성의 도덕성에서 여성의 규제된 성은 제국주의와 남성이 식민지 여성의 성을 억압하기 위해 형성한 지식임을 드러낸다. 앎으로 지식화되어 왔던 조국애, 그 속에 여성 정조관이 박제되어왔던 것은 아닌가 그 위험성을 노출하고 있다. 지배적 의식이었던 성 금기와 투쟁했고 그 투쟁이 경계를 넘는 생산적 결과를 낳는 긍정적 인물이다. 이런 여성의 몸이 확대되어 젠더로 나타나는 최서희는 빼앗김이 연속되는 식민지 어린 딸이지만 그 딸이 가지고 있는 생명력을 보여준다. 게다가 최서희는 강한 자긍심, 어릴 적부터 익혀온 당당하고 의젓한 언행으로 식민지 여성 이미지를 전복한다. 유적 생명이면서 유적 존재가 되는 최서희다. 어머니 되기와 여성개인주의가 대립이 아닌 상호협력이어야 함을 보여준다. 토착정보원이고 이산민이고 고아였던 최서희의 불확정적 삶은 식민지 여성의 통문화적 보편화라는 이미지를 산포시키고 있다. 불가능성 중 가능성에 무게를 두고 식민사회를 바라본 박경리가 그려낼 수 있는 가장 강력한 기표다. 따라서 식민지 여성의 몸과 젠더 재현은 식민지 여성의 성과 성역할에 대한 비판적 교섭을 촉구하고 있다.

제3장 제국주의 자본과 식민지 여성의 사회성은 세 가지 양상으로 구분할 수 있다. 첫째, 생존적 소유와 식민지 여성의 사회적 생명성이다.

이를 알아보기 위해 중년아낙과 영선네를 통해 분석했다. 중년아낙과 영선네는 제국주의 자본제에서 소유가 필요함을 드러내는 공통성을 지닌 반면 소유에 따라 상반되는 취급을 받고 있는 인물이기 때문이다. 중년아낙은 일제의 만행에 의해 억울하게 희생된 조선 민중을 드러내는 전형적 인물이다. 명명한다는 것이 시원적 폭력이라면 이름을 갖지 못한 중년아낙은 그래서 의미 깊다. 이런 중년아낙이 가난하다는 이유로 식민압제자에게 거지취급을 받는다. 내 나라에서 행랑아범 신세가 된 조선인은 소유하지 못하면 자기존엄성을 지킬 수 없었던 척박한 시대였던 것이다. 중년아낙을 폐제하는 식민압제자의 모습에서 일본인 의식 속에 들어있는 자본에 의한 양가성을 알 수 있다. 자본의 따라하기와 구별짓기는 식민압제자의 양가적 욕망이었던 것이다. 그에 비해 영선네(백정)는 역사적 현실 재현에서 가장 소외되기 쉬운 계층이나, 작품을 처음부터 끝까지 이끄는 저력을 지닌 인물이다. 인간/짐승의 접경지대에 놓였던 영선네는 소외되지 않는다. 오히려 삶을 지혜롭게 헤쳐온 존엄한 여성이 된다. 영선네가 비극적 삶 속에서도 타락하지 않는 것은 자본을 얼마간 소유하고 있었기 때문이다. 식민지 여성에게 생존적 소유는 그만큼 필요불가결했던 것이다.

둘째, 제국주의 자본 소유와 친일 여성에 대한 타자의 시선이다. 이를 알아보기 위해 홍씨와 양을례를 통해 분석했다. 홍씨와 양을례는 제국주의 자본을 소유하기 위해 몸부림친 친일 여성이란 공통성을 지니는 반면 그 과정이 차이나는 인물이기 때문이다. 홍씨는 괴물이라 지칭되는 꼽추 아들보다 더욱 괴물로 상징되는 어머니다. 이런 역설은 그녀가 소유한 자본의 가학성을 비판하게 만든다. 홍씨에게 물질 소유에 대한 강박은 물질이 곧 자아란 고착상태에 이르게 한다. 그런 홍씨를 바라보는 마을 사람들의 시선은 곱지 않다. 홍씨는 마을 사람들이 지배의 기원에 관해 비판하게 만들고, 위반의 명제 그 가능성을 모색하게 하는 역작용을 낳는다. 그에 비해 양을례는 제국 자본 소유로 인해 더 많이 타락하고 소외되고 배제된다. 인가된 무지를 적극적으로 따랐던 양을례는 순응이 아닌 저항의 필요성을 말하는 인물이다. 양을례는 식민제국의 자본 소유가 소외의 결과를 가져옴을 보여준다. 마을 사람들 모두로부터 배척되는 인물이기 때문이다. 자본의 요구에 적합화되었던 양을례는 제국주의가 주입시킨 유용한 것이 지니는 위험을 보여준다. 흉내내기 그 치명적인 의식의 위험성을 경고하고 있다.

셋째, 제국주의 자본 활용과 식민지 여성의 저항적 민족주의다. 이를 알아보기 위해 공노인 처와 공월선를 통해 분석했다. 공노인 처와 공월선은 제국주의 자본을 활용한 식민지 여성이란 공통점을 지니는 반면 저항적 민족주의를 드러내는 방법이 차이나는 인물이기 때문이다. 공노인 처는 시대적 필요를 넘어 인간에 대한 보살핌을 행하는데, 그 기반에 제국 자본의 활용이 있다. 그녀는 제국 자본을 활용하면서 저항적 민족주의를 실천한 것이다. 그녀는 자본을 협력과 상생의 자본으로 생산하고 있다. 그에 비해 월선(무당의 딸)은 자신의 신분에서 오는 열등감에 초점이 두어지기보다는 그녀를 바라보는 타자들의 우월감, 그 우월감의 이면을 반증하는 거울로 의미를 갖는다. 월선의 생은 온통 불가능으로 둘러쳐져 있었다. 그러나 월선은 불가능성을 가능성으로 바꿀 수 있음을 보여준다. 이는 월선이 자본을 활용하면서 이루어낸 성과다. 월선은 자본의 소유/무소유가 아닌 활용을 보여주고 있으며, 그런 자본 활용이 그녀를 신분 상승시킨다. 그리고 홍이가 저항적 민족주의자가 되도록 영향을 미친다. 따라서 제국주의 자본과 식민지 여성의 사회성은 제국주의 자본의 위험성을 인식시키고 자본의 사회적 활용이 중요함을 드러낸다.

제4장 제국주의 문화론과 식민지 여성의식은 세 가지 양상으로 구분

할 수 있다. 첫째, 제국주의 문명화 문화론과 식민지 비/제도권 여성교육이다. 이를 알아보기 위해 정호 어머니와 옥선자를 통해 분석했다. 정호 어머니와 옥선자는 문명화 문화론의 허위성을 드러내는 공통점을 지닌 반면 여성교육의 유무에서 상반되는 인물이기 때문이다. 정호 어머니는 제국주의 문명화 문화론과 상반되는 삶을 산다. 문명이 야만의 반어로 쓰이는 모순을 지적한다. 이런 수행성은 불가능성 중 가능성에 무게를 두고 있었기에 가능했다. 정호 어머니가 야만과 비위생에 노출된 것은 그녀의 잘못이 아니다. 일본의 통치 체제 때문인 것이다. 일본이 재구성한 문명화란 인식소적 폭력은 민족에 따라 달리 부여된 편파적인 의식임을 드러낸다. 이런 문명화 문화론의 오독을 노출시키기에 정호 어머니는 해체를 전유하는 인물이다. 근대교육을 받지 못한 그녀의 변함없는 고귀함은 그래서 의미심장하다. 예속, 불평등, 비인간화를 부추기는 도구로 문명화 문화론을 사용한 식민압제자였던 것이다. 반면 옥선자는 여학생이다. 제도권 교육을 받고 있다. 그런데도 제국주의 문명화 문화론에 의해 억압받는다. 이는 문명/야만을 비판하는 의미를 지닌다. 제국주의자의 문명지향이 곧 야만임을 드러낸다. 일인 선생의 맹목적 천황숭배는 그래서 역설적이다. 인간의 양면성, 천황숭배 이면에 깃든 폭력성을 표면화하고 있다. 일인 선생의 무시무시한 폭력에 노출되었던 옥선자의 이해할 수 없는 순응은 타자에게 저항해야 한다는 의지를 생산하도록 유도한다. 그래서 전복적이다. 옥선자는 문명화 문화론이 지지한 제도권 여성교육과 차이나는 결과를 보여줌으로써 그 관계를 깨뜨린다.

둘째, 제국주의 강자지향 문화론과 식민지 신여성이다. 이를 알아보기 위해 배설자와 임명희를 통해 분석했다. 배설자와 임명희는 제국주의 강자지향 문화론을 향유한 공통점을 지닌 반면 신여성으로서 그런 문화 향유에 상반되는 대응을 하는 인물이기 때문이다. 배설자는 신여성의 위험성을 노출한다. 식민압제자가 원하고 기획한 신여성의식을 가졌기에, 가장 일본에 헌신한 여성이다. 일본 밀정, 유능한 스파이다. 그런 그녀의 삶은 철저히 비극이 된다. 배설자는 철저히 요구되었기에 제거된 것이다. 제국주의 강자지향 문화론도 그렇지만 일본의 경우는 모순이든 논리적이든, 그 어느 것이든 간에 실리를 위한 방편이겠으나 우리의 경우는 일종의 환상이었다. 그 없는 것을 위해 있었던 것은 오직 수난뿐임을 배설자는 보여준다. 반면 임명희는 표상에 의해 만들어진 세계에 살았다. 제국주의 강자지향 문화론을 전유한 인물이다. 강자지향 문화론의 위험성을 알리고, 거기서 스스로 물러난다. 결론을 유보하고 제한된 침투성을 보여주는 인물인 것이다. 문화적 혼종성을 겪어내면서 강자가 지닌 은폐성, 오독성, 부정성을 보여준다. 임명희는 문화적 혼종성을 경험하면서 올바른 신여성의식을 실천한다. 강자지향 문화론과 신여성의 규칙 깨뜨리기인 것이다.

셋째, 지배문화 경계짓기와 식민지 여성의 탈식민화다. 이를 알아보기 위해 김서방댁과 송영환 처를 통해 분석했다. 김서방댁과 송영환 처는 지배문화가 지은 경계에 억압당하는 공통점을 지닌 반면 여성이 탈식민화되어야 함을 드러내는 방식에서 차이나는 인물이기 때문이다. 김서방댁은 구습의 여인이다. 일본 제국주의자가 그토록 경멸한 비위생, 비합리, 문맹자다. 그런 김서방댁이 굽히지 않는 저항의지를 통해 제국의 검은 얼굴을 투사한다. 제국주의 기획에 철저히 내몰리고 가족의 해체를 겪고 제국 권력－지식에 눈물 흘렸던 김서방댁이다. 김서방댁의 재현은 마법화와 비위생과 비합리를 대표하며, 그것들의 긍정성을 다시 제시한다. 지배문화에 대한 거부가 주는 교훈을 보여준다. 지배문화가 지닌 가학성, 공격성을 비추어 식민지 여성의식의 탈식민화가 긍정임을 보여준다. 반면 송영환 처는 여성에게 만연되어온 아니마를 탈피해야 함을 보여준다. 교양 있는 송영환 처의 비극은 그래서 의미 깊다. 제국에 물든 남편의 의도대로 복종까지 하는 송영환 처의 욕망은 어디에도 없다. 그런 그녀가 아편쟁이 행려병자로 작품은 마감된다. 남성이 원하는 대로의 여성이었던 송영환 처가 보여주는 여성의식은 교양이 있든 없든 거의 아무것도 아닌 존재에 불과한 여인을 생산함을 보여준다. 순응이 가져오는 위험성을 나타내는 것이다. 주입되어온 여성의식이 지배문화의 경계를 깨뜨리는 탈식민화를 향해 변화되어야 함을 드러낸다. 따라서 제국주의 문화론과 식민지 여성의식은 제국주의 문화를 전유하는 여성인물들의 삶을 통해 (식민지 여성을 통제하기 위한 수단으로 문화가 사용되기에) 위반이 필요함을 보여준다.

이렇게 탈식민적 페미니즘으로 본 『토지』는 전체적으로 진행 중인 주체로서 주변부 여성을 복원하고 있다는 점에서 의의를 찾을 수 있다. 반면 여성인물 위주로 탈식민적 페미니즘을 분석하였기에 『토지』의 일부만을 파악하였다는 지적을 받을 수도 있다. 왜냐하면 『토지』는 본론에서 살펴보았듯이 '간접화된' 지배에 대한 식민지 여성의 대응을 보이기 때문이다. 즉 『토지』는 탈식민적 페미니즘이 전면적으로 드러나 있는 작품이 아닌 것이다. 조선 민중 개개인이 그들의 환경 속에서 그들이 주체가 되어 살아내는 작품이다. 제국주의에 대항하기 위해 나온 작품도 아니며, 가부장제 남성위주 의식구조에 대항하기 위해 나온 작품도 아니다. 그러니 제국주의 남성에 대립하지 않는 식민지 여성을 간과하고 있다는 전체적 한계를 가진다. 나아가 여성인물이 가진 부분적 문제점도 발견할 수 있었다. 그것은 『토지』가 여성에게 닥치는 억압을 조선이 식민지가 된 국가적 일로 표현하고 있기보다는 한 여성이 살아내는 삶의 여러 가지 개인적 환경으로 나타내고 있다는 점이다. 한마디로 탈식민적 페미니즘 관점으로 보았을 때 『토지』는 '전형적이며 아름다운 식민지 여성' 이

'개인적'으로 억압받는 상황을 보여주고 있는 작품이라 할 것이다.

앞으로도 박경리 『토지』에 관한 탈식민적 페미니즘 연구는 계속되어야 한다. 왜냐하면 주변부 여성에 대한 우리의 시각은 이미 그녀들의 중요성을 인식하고 있기 때문이다. 물론 이 글이 안고 있는 문제점을 해결하기 위해서도 계속 연구되어야 한다. 이 글은 여성인물에 대해 살펴본다고 했으면서도 일부에게만 한정된 연구가 되어버렸다. 이 점을 보완하기 위해서 필자도 계속 연구해 나갈 것이다. 부디 많은 연구자들의 다양한 시각에 의해 탈식민적 페미니즘 연구가 계속되었으면 한다. 그렇게 될 때 주변부 여성에 대한 인식은 더 긍정적으로 변할 것이다.

제2부

박경리의 작가의식과
여성 하위주체의 저항

제1장 _____
박경리의 탈식민적 페미니즘 연구
•• • 「토지」의 여성인물을 중심으로

1. 들어가며

탈식민적 페미니즘은 제3세계 여성이 받아왔던 이중적 억압을 밝혀내어 그것에 저항하고, 억압된 삶을 전복하는 것을 목표로 하는 이론이다. 물론 제3세계 여성은 식민자와 남성의 시각에 의해서 문학작품 내에서 이중으로 억압받았고 그녀들의 삶이 왜곡되어 온 것이 사실이다. 그러나 억압의 상황에만 골몰하는 것은 진정한 해방이 될 수 없다. 즉 제3세계 여성은 억압당하는 집단으로만 묘사되어, 특정 역사를 지닌 개별 여성으로서의 물질적 실재는 잊혀진 채 모두 억압받는 그룹으로 동질화되는[1] 문제점을 안게 되었다. 예를 들어 흑인 여가장을 작품화할 때 기계처럼 일만 하는 사이보그로 그리고 있는 것은 흑인 여성의 존엄성을 깡그리

---

1 여기에 대해 찬드라 모한티는 제3세계 보통 여성은 성적으로 제한된 여성이라는 젠더와 제3세계의 존재라는 무지, 가난, 교육받지 못한, 인습에 얽매이는, 가족 지향적인, 희생적인 인물로 제시된다고 한다. 유제분 엮음, 김지영 · 정혜욱 · 유제분 옮김, 「탈식민페미니즘과 탈식민페미니스트들」, 현대미학사, 2001, 25~97쪽.

없이 하는 문제점을 갖는 것이며, 서구 여성을 주체적인 삶을 사는 모습으로 그려내는 것과 대조적인 현상이므로 바로 잡아야 한다는 것이다. 제3세계 여성이란 명칭도 스스로 억압과 배제의 논리 속에 이원화되어서 명명된 하나의 체계라는 비판적 인식이 퍼져가고 있는 상황이다. 제3세계라는 단어 자체가 서구인의 시각에서 바라본 명칭임을 인식하게 된 것이다. 그렇기에 과연 어떤 삶이 흔히 말하는 제3세계 여성의 왜곡되지 않은 진실[2]한 삶인가 조망해보아야 할 때가 지금이라 생각된다.

『토지』(26년간 집필)는 일제 식민지하의 조선 민중을 그리면서 일본 제국주의 식민자가 등장하기보다는 피식민자 중 일제 앞잡이의 만행을 통해 일본을 고발하고 조선 민중의 저항 의지를 표출한다. 일제에게는 조선 농민 전체가 배제와 차별의 대상이었던 시대에 묵묵히 인권을 지켜간 피식민지 농민, 여성의 삶을 진솔하고 다양하게 형상화해낸다. 여성의 삶은 이중의 억압 속에서도 피식민지 역사를 지닌 개별 여성으로 각각 그려지고 있다. 이는 잠깐 스쳐지나가는 보부상 한 명도 작품에 등장할 때는 자신의 삶을 살아내는 주체적인 모습으로 그려내고 있다고 박경리(1926.10.28~2008.5.5) 스스로 밝히고 있는 것에서도 알 수 있다. 탈식민적 페미니즘에서 여성의 삶이 주체적으로 형상화되었느냐는 중요한 의미를 가진다. 왜냐하면 제3세계 여성은 흔히 이중의 억압을 받아 온 인물로만 살펴온 기존의 논의가 가진 문제점을 벗어날 수 있기 때문이다. 그렇기에 『토지』를 텍스트로 삼으려 한다.

따라서 이 글에서는 박경리의 탈식민적 페미니즘을 『토지』에 등장하

---

2 태혜숙은 식민지 체험을 아직 극복하지 못한 그 무엇으로 여기지 않고, 고통에 가득한 경험 속에서 독자적인 창조력, 한계를 돌파할 수 있는 그 무엇을 지닌 것으로 이해할 필요가 있다고 말한다. 태혜숙, 『한국의 탈식민 페미니즘과 지식생산』, 문화과학사, 2004, 297쪽.

는 여성인물을 통하여 살펴볼 것이다. 조선 여성으로서, 각각의 개별여성으로서 시대를 주체적으로 살아낸 모습은 역사의 질곡을 살아온 사실적인 제3세계 여성의 삶을 찾아내는 작업이 될 것이며, 탈식민적 페미니즘이 추구하는 진정한 해방을 맞이하는 길이 될 것이다.

2. 박경리의 탈식민적 페미니즘

탈식민적 페미니즘3)은 탈식민주의4)에서 영향 받아 이루어진 페미니즘이다. 탈식민주의도 억압받는 피식민자의 입장에서 이론화된 작업이며, 페미니즘도 억압받는 여성의 입장에서 이론화된 작업이란 공통점5)으로 인해 학제간 상호교류가 가능하게 되어 이룩된 것이다. 페미니즘은 여성과 남성이 동등한 권리를 갖는다는 평등의 개념에서 제기된다. 이전에는 여성과 남성에 대한 차이6)의 논리가 오독되어 차별의 의미를 가졌

---

3 스피박은 탈식민적 페미니즘 연구를 진전시킨 작가로 벨 훅스(Bell Hooks), 데니즈 칸디요티(Deniz Kandiyoti), 케투 카트락(Ketu Katrak), 와흐니마 루비아노(Wahneema Lubiano), 트린 티 민하(Trin-ti Minh-ha), 찬드라 탈파드 모한티(Chandra Talpade Mohanty), 아이와 옹(Aiwa Ong), 사라 술래리(Sara Suleri)를 든다. 자신의 책도 그들과 함께한다 말한다. (가야트리 스피박, 앞의 책, 29쪽) 탈식민적 페미니즘은 타자에 관심을 기울이고, 저항 담론으로 기능하며, 세상에 대한 책임감으로 인간해방을 향한 기본적인 책임의식을 갖는다.(구본기, 「가야트리 스피박의 탈식민 페미니즘 비평이론에 대한 기독교윤리학적 접근」, 감리교신학대학교 석사학위논문, 2007, 28쪽)
4 탈식민주의는 식민지라는 억압의 역사가 남긴 식민지배의 잔재를 밝혀 우리의 의식구조에 고착되어 온 식민담론에 저항하고 이를 비판하는 것이다. 영토에 대한 침략처럼 보이지는 않지만 정신적 문화적 지배의 주요 기제들을 밝혀내어 이를 극복하려는 작업이다. 태혜숙, 「탈식민주의 페미니즘」, 앞의 책, 33~34쪽.
5 유제분 엮음, 앞의 책, 14쪽.
6 차이는 어떤 구성요소들 간의 구분이라 한다. 차이는 구성요소들 간의 관계를 만들어내며 그 차이적 관계에 의해 대상에 대한 의미부여나 인식이 가능해진다. 가령 왕관은 왕권 체계 내에서의 패랭이, 갓, 사모 등과의 관계 속에서 비로소 신성한 의미를 얻는다. 나병철, 「근대 서사와 탈식민주의」, 문예출판사, 2001, 110쪽.

기 때문이다. 가부장제 사회에서는 여성을 사적 영역과 모성적 존재로만 국한시켜 여성을 억압하고 차별하는 데 이용하였다. 여성은 공적 영역인 사회적 역할을 이행할 수 없는 존재였던 것이다. 이제는 차이가 아닌 다름[7]의 논리로 넘어가야 할 때이다. 다름은 여성과 남성을 비교의 대상으로 보지 않기 때문이다.

탈식민주의도 페미니즘처럼 차이의 의미를 지니고 있다. 식민자와 피식민자는 차이를 가진다. 식민자가 강자이면 피식민자는 약자가 되고 식민자가 문명이면 피식민자는 야만이 되는 것이다. 이 차이는 동화[8]의 원리를 작용시켜도 결코 만날 수 없는 차연[9]의 원리를 가진다. 차이는 따라서 차별의 근거가 될 수밖에 없는 것이다. 식민자는 사회진화론[10]의

---

7 다름은 민족이 어떤 과정을 거쳐 구성되느냐로 볼 때, 간단히 말해 독일이 독일인 것은 독일이 프랑스가 아니기 때문이다. 이런 다름에 근거한 민족의 형성은 식민체제 하에서의 피식민인의 민족 공동체 형성에서는 결정적 요인이다. 왜냐하면 제국주의란 보편성의 이름으로써 세계를 지배했던 이념과 실천이었으며 따라서 민족의 특성을 규정하는 제한성을 무시한 데서 나왔던 체계였기 때문이다. 고부응, 『초민족 시대의 민족정체성-식민주의, 탈식민 이론, 민족』, 문학과지성사, 2002, 108~110쪽.

8 호미 바바는 피지배자가 식민권력에 의해 제국에 동화되는 것은 결코 같아지는 것이 아니라 거의 같지만 똑같지는 않은 양가성을 지닐 수밖에 없다고 한다. (태혜숙, 『탈식민주의 페미니즘』, 앞의 책, 37쪽) 양가성은 프로이트에게서 빌렸는데, 프로이트는 그것이 상호대립적인 본능의 쌍들이 거의 비슷하게 발전되었을 때 일어난다고 한다. 사랑에는 뜻밖에도 미움이 규칙적으로 동반된다는 것이다. (피터 차일즈·패트릭 윌리엄스, 김문환 옮김, 『탈식민주의 이론』, 문예출판사, 2004, 257~258쪽)

9 지배권력은 피지배자의 차이를 억압해 동일성의 체계를 만들려 하지만 완전히 소멸되지 않는 차이의 반작용에 의해 체계의 동일성은 늘상 연기된다. 이질적인 차이에 의해 지배 체계의 동일성이 연기되는 현상은 데리다가 말한 차연에 다름 아니다. 나병철, 『탈식민주의와 근대문학』, 문예출판사, 2004, 113~115쪽.

10 19세기에 사회진화론이 확산되면서 식민전쟁은 점점 더 문명을 확산시키기 위한 전쟁으로 간주되어 갔다. 유럽인들은 적수들이 문명화된 예의범절을 모른다고 보았기에, 규율 잡힌 병사들이 야만인과 반문명화된 인종에 대항하여 펼치는 원정을 식민전쟁이라 정의하기도 했다. 위르겐 오스터함멜, 박은영·이유재 옮김, 『식민주의』, 역사비평사, 2006, 74쪽.

영향으로 인해 피식민자를 야만인 미개인으로 상정하여 그들과의 차이를 차별화한다. 이 차별화를 전복하기 위해서는 피식민자는 폭력을 사용할 수밖에 없으며 이 폭력은 피식민자의 민족주의[11]에 그 기반을 두게된다. 제국주의를 비판하는 논자들은 제국주의를 전복하기 위해 마련된 피식민자의 민족주의도 비판하게 되는 악순환을 맞기도 했다. 피식민자의 민족주의가 결국은 제국주의 역사를 재인식하게 만드는 결과를 낳는다는 우려 때문이었다. 하지만 프란츠 파농이 역설한 피식민자의 민족주의(저항적 민족주의)가 긍정적인 행위가 되는 것은 사실이다. 피식민자의 민족주의는 식민자나 제국주의의 민족주의와는 다른 양상을 보이기 때문이다. 제국주의나 식민자의 민족주의[12]는 주체만을 생각해 타자를 배제하였다면 피식민자의 민족주의는 아래로부터 형성된 민족주의이기에 타자를 포섭하는 민족주의가 된다.

따라서 탈식민적 페미니즘은 둘의 공통점인 차이도 차별도 아닌 다름의 원리로 돌아가야 한다는 특징을 가진다. 이런 다름의 원리가 성공하기 위해서는 억압, 저항, 배제, 소외 등 다양한 기제들에서 타자를 포섭하고 보살피는, 살아있는 것은 모두 존엄성을 가진다는 생명존중의 사상으로 전개되면 성공할 수 있다는 희망을 박경리는 『토지』에서 보여준다. 우선 『토지』[13]에서 조선 여성의 삶이 인간존엄을 지켜간 삶임을 보여주

---

11 퇴행적 민족주의(즉 민족주의를 이용하여 독재를 하는 경우)는 비판받아야 하지만 저항적 민족주의를 폐기하는 것은 잘못이다. 저항적 민족주의가 폭력적 · 배타적이어서 나쁘다는 것은 지배자의 논리다.(박종성, 앞의 책, 38~91쪽)

12 식민지인은 자민족중심주의에 근거한 인종차별적인 편견 아래 피식민지인을 보았다. Edward W. Said, 박홍규 역, 『오리엔탈리즘』, 교보문고, 2000, 271쪽.

13 이 글은 주 텍스트로 박경리, 『토지』 전21권, 나남출판, 2005를 선택하여 분석했다. 왜냐하면 솔출판사가 1998년에 출판권을 반납하면서 3~4년 동안 품절 또는 절판되어 책을 구하기 어려웠다가 나남출판이 2002년 1월 판형을 새롭게 출간하여 100만 부 넘게 대량 판매한 스테디셀러이기 때문이다. 토지 전16권을 전21권으로 새롭게 바꾸면서 한

게 된 박경리의 작가의식을 먼저 살펴보자. 이는 작가가 인지하고 있는 시대양상을 알게 하여, 억압적 시대임에도 불구하고 생명존엄성을 지켜 간 제3세계 여성의 삶이 더욱 가치 있었음을 알게 할 것이다.

첫째, '조선을 야만인·미개국[14]으로 차별화하는 것'이다.(4권 62~65 쪽) 긴 담뱃대를 이용하는 것과 요강을 사용하는 제 나라와 다른 풍습을 제국의 우월[15]을 믿는 국수주의자였던 일본의 차별적 인식을 비판하며, 일본이 물질문명의 선진국이 될 수 있었던 것은 오랜 옛날(신라)부터 문화의 수혜국인 조선을 미개국으로 왜곡했기에 가능한 것이었다 말한다.

둘째, '조선무속이 한 나라의 문화유산인 만큼 보존할 가치가 있다'고 한다.(6권 254쪽) 일본이 무속을 미개라 하며 없애려 하는 것은 이 나라 문화를 없애려는 수작이라 비판한다.

손에 들어오도록 크기를 작게, 쉽게 읽을 수 있도록 활자는 크게, 본문 중에 나오는 어려운 방언들은 괄호 안에 그 뜻을 병기함으로써 독자들의 쉬운 독서를 유도한 장점을 갖고 있다.(기호일보 http://www.kihoilbo.co.kr 2005년 1월 10일) 『토지』의 내용을 서술할 때에는 이 책에서 사용된 박경리의 용어들을 되도록 살려서 사용하였고, 표기는 (1 권 1쪽)과 같은 형태로 기술하겠다.

14 푸코는 지배계급이 피지배계급에 특정한 지식과 규율을 강요함으로써 진리의 장을 구성하는 언술 체계를 생산한다고 말한다. 노동계층이 비위생적이고 게으르며, 식민지인이 열등하다는 언술은 지배 이데올로기가 자의적·일방적으로 만들어낸 하나의 담론인 것이다. (박종성, 앞의 책, 51쪽) 이렇게 푸코의 계보학적 시선으로 볼 때, 인간을 대상으로 한 지식은 권력관계 속에서 생성된다. (미셸 푸코, 오생근 옮김, 『감시와 처벌―감옥의 역사』, 나남출판, 2004, 13쪽) 서양인들로 하여금 야만인이라고 명명할 사람들과 최초로 만날 수 있도록 해준 것은 아메리카의 발견을 통해서이다. 야만인들의 풍속을 묘사하는 데 완벽한 만장일치가 이루어진 부분은 원시민족들은 언제나 열정적으로 전쟁을 행한다는 것이다. 즉 특별히 호전적인 성격에서 야만성을 찾아내고 있다. (삐에르 끌라스트로, 변지현·이종영 옮김, 『폭력의 고고학―정치 인류학 연구』, 울력, 2003, 246~247쪽)

15 열등한 아시아라는 의식에 괴로워하면서 동시에 아시아를 깔보는 우월감을 팽창시키는 일본이다. 강상중, 이경덕·임성모 옮김, 『오리엔탈리즘을 넘어서』, 이산, 2000, 90쪽.

셋째, '세상이 우리 스스로 바뀔 뻔했던 동학[16]'을 왜국에 대한 항쟁의 시작으로 의병의 총본산'으로 파악한다.(6권 321쪽)

넷째, '현인신을 받들어 모시는 대일본제국의 욱일승천' 덕분에(10권 198~199쪽) 거지 중 상거지도 조선 땅에 발을 들여놓고 보면 종놈이 종놈 부리는 신세로, 하등에서 중등으로 올라가게 된다. 관동대지진 때 칼 들고 대창 든 놈들이 바로 그런 계층이며 그렇게 군중의 심리를 이끈 일본이다. 식민지 조선에 나와 있는 일본인[17]들은 질이 떨어지는 편이다. 그들은 어떤 점에서든 월등한 조선인에 대해서는 예의가 바르고 저자세로 나온다. 강자지향의 그들 역사 때문이며, 역사를 왜곡하려는 것도 일본의 선험적 열등의식 때문이라 본다.

다섯째, '민족의식은 악도 되고 선도 되는 것이다. 피정복자에게 민족의식은 항쟁을 촉구하는 것이지만 정복자에게 민족의식은 정복을 고무하는 것'이다.(12권 64쪽) 빼앗긴 자가 원망하고 증오하는 것은 그리하여 민족주의를 구심점으로 삼는 것은 비장한 아름다움으로 받아들일 수 있지만, 도끼 들고 강탈한 자의 민족주의는 호도합리화에 불과하고 진실이 아니다. 일본의 민족주의[18]는 군국주의이며 황도주의일 뿐이다. 진정한

---

16 동학은 아래로부터의 민족주의에 해당한다. 앤더슨에 따르면 자유와 평등을 현실화하려는 상상적 공동체와 대중을 예속화해 특권을 유지하려는 관주도 민족주의의 대립이 설정된다. 전자는 아래로부터의 민족주의이며 실제로 평등한 민족공동체에 접근해 가는 반면 후자는 위로부터의 민족주의로서 민족이념을 특권층을 위한 집단 이데올로기로 이용한다. 나병철, 『근대 서사와 탈식민주의』, 앞의 책, 189쪽.

17 식민지는 일본 본토에 이익을 제공하는 장소뿐만 아니라 감당하기 어려운 방탕아들, 곧 범죄자, 빈민 그밖의 바람직하지 않은 과잉 인구를 보내는 장소로서 유용했다. 강상중, 위의 책, 89~90쪽.

18 일본이 민족국가에서 제국주의로 나아간 과정은 억압의 이양을 통해서다. 서양의 타자인 일본은 오리엔탈리즘을 일본식으로 받아들여 뒤처진 아시아를 상정, 탈아입구의 논리로 주변국을 타자화하는 아시아 멸시관을 만들었다. 또 천황의 신민으로서의 일본국

민족주의는 외적의 침입을 끊임없이 받으며 싸워서 제 나라를 지키는 데서 싹트고 자라는 것이다.

여섯째, '칼날과 섹스는 일본의 수천 년 역사의 진수'(13권 15쪽)이며, 일등국민을 되뇐다는 것 자체가 열등감을 가진 증거이다.

일곱째, '일본의 천황 칭호는 개미가 우산 쓰고 가는 격으로 황당무계한 것'이다.(15권 22쪽) 옥황상제도 천과 황이 함께 있지 않으니 일본의 천황보다는 자리가 낮다 비판한다.

여덟째, '차원 높은 문화예술도 일본은 없다. 조선인을 멸시하는 것도 일본은 문화적인 콤플렉스[19]를 가지고 있기 때문'이다.(15권 126~129쪽) 조선의 예술은 생명[20]이 내포된 힘의 예술인 것에 반해, 일본은 칼로써 힘을 소모하기에 창조에 바칠 힘이 없고 따라서 일본의 문화는 빈곤할 수밖에 없다. 야만적인 탄압은 공포에서 오는 것, 생명이 없다는 것,

---

민이라는 개념을 만든다. 천황에 예속됨으로써 그 반대쪽을 예속시킬 수 있는 국가질서를 낳은 것이다. 나병철, 위의 책, 197~199쪽.

19 파농은 백인들이 권위 콤플렉스, 지배자 콤플렉스에 주도되어 행동하고 있을 때, 말라가시인들은 의존 콤플렉스에 종속되어 행동할 수밖에 없었다고 한다. (프란츠 파농, 이석호 옮김, 『검은 피부, 하얀 가면』, 인간사랑, 1998, 124쪽) 거기에 비해 일본은 피식민지인 조선에 대한 문화적 콤플렉스까지 가졌기에, 서양에 대한 미개국으로서의 콤플렉스와 결합하여 더욱 이중화된 콤플렉스를 노정할 수밖에 없게 된다.

20 박경리의 작품들을 연구한 글들은 생명존중사상이 박경리 문학의 핵심임을 밝힌다. 이덕화, 『박경리와 최명희, 두 여성적 글쓰기』, 태학사, 2000. 조윤아, 「박경리 '토지'의 생명사상적 변모에 관한 연구」, 서울여자대학교 박사학위논문, 1999. 김혜창, 「박경리 소설의 여성성 연구」, 충북대학교 박사학위논문, 1999. 최유찬 편, 강창민, 「박경리의 시에 나타난 자유의 표상」, 『박경리』, 새미, 1998. 이상진, 「박경리의 '토지' 연구−인물 형상화를 중심으로」, 연세대학교 박사학위논문, 1998. 이금란, 「박경리 소설에 나타난 가족 이데올로기 연구」, 숭실대학교 박사학위논문, 2006. 강국희, 「박경리 '토지'의 여성인물 연구」, 경희대학교 석사학위논문, 2004. 권은미, 「박경리 '토지'의 탈식민적 양상 연구−소설적 형상화와 그 양가성을 중심으로」, 울산대학교 석사학위논문, 2007. 김영철·이명희·여지선, 『문학체험과 감상』, 건국대학교출판부, 2002. 이외에도 나열하기 힘들 정도로 많다.

창조하지 못한다는 것은 곧 일본 스스로도 피해자인 셈이다.

아홉째, '동화주의[21]는 실패할 수밖에 없다. 소수 교양 있는 조선 사람 말고는 모두 왜놈 쪽바리라 부른다.' (15권 131쪽) 결코 일본은 조선을 지배하지 못할 것이다.

열 번째, '휴머니즘을 결여한 새 질서는 허구이며 허구에서 시작되는 파괴는 남뿐만 아니라 자신도 무너지고 마는 결과를 초래' 한다.(18권 22~23쪽) 일본의 패망이 이를 증명한다.

3. 탈식민적 페미니즘으로 본 『토지』의 여성인물

박경리는 여성과 남성을 가르는 이분법적 판단을 하지 않는다. 인권이란 이름 아래, 생명이란 이름 아래 남성, 여성, 식민, 피식민, 동물, 식물, 하늘, 땅을 가르지 않고 하나로 본다. 생명은 모두 다 애참한 삶을 살아가는 것이기 때문이다. 애참한 삶을 살아가는 생명이기에 지배에 저항할 수 있었고, 삶이란 고난 속에서도 스스로 주체적[22] 삶을 인식하고, 저마다 각자의 입장에서 살아내기 위해 노력하는 것이다. 박경리는 『토지』의 집필 동기[23]를 삶과 생명을 나타내는 색과, 죽음을 나타내는 색의 대결

---

21 호미 바바는 문화적 차이에 대해, 비슷해야만 하고 완전히 똑같아서는 안 된다고 분명히 선을 긋는다. 따라하기와 구별짓기라는 양가적 욕망이 작동함으로써 피지배자는 잡종이 된다. 박종성, 앞의 책, 57~59쪽.

22 주체란 '나는 ○○이다.' 라고 언표할 때 성립한다. 곧 자기의식이다. 그러나 주체에 대한 이런 규정은 붕괴된다. 주체는 '나는 ○○이다' 를 통해서가 아니라 '○○되기' 를 통해서 존재한다. 이정우·조광제·김석수 외 공저, 『주체』, 이연기, 2001, 12~14쪽.

23 "『토지』는 외할머니가 어린 나에게 들려주던 얘기로 (중략) 거제도 어느 곳에, 끝도 없는 넓은 땅에 누렇게 익은 벼가 그냥 땅으로 떨어져 내릴 때까지 거둘 사람을 기다렸는데, 이미 호열자가 그들을 죽음으로 데리고 갔지요. 외가에 사람들이 다 죽고 딸 하나가 남아 집을 지켰다고 해요. 나중에 어떤 사내가 나타나 그를 데리고 어디론가 사라졌

이라 회상한다.

생명존엄을 중시한 탈식민적 페미니즘을 가진 박경리이기에 태초의 모성성[24]과 샤머니즘을 전제로 하여 『토지』가 창조될 수 있었다. 여성인물들[25]을 살펴봄으로써 이를 밝히고자 한다. 여기에서는 최서희와 유인실을 대표적으로 살펴볼 것이다. 왜냐하면 최서희는 『토지』를 처음부터 끝까지 이끌어간 여성이기에 여성인물들을 대표할 수 있고, 유인실은 박경리의 일본 제국주의에 대한 사상을 어느 인물보다 분명히 대변하는 여성이기 때문이다. 또한 두 여성은 각자 뚜렷한 차별성도 지니고 있다. 최서희는 조선 문화를 내면화하여 일제에 저항한 소극적 민족주의자인 반면 유인실은 철두철미한 배일사상 아래 적극적으로 저항한 민족주의자의 면모를 보인다는 차이점을 갖기 때문에, 두 여성이 박경리의 탈식민적 페미니즘을 간략하게나마 다양성 있게 보여준다고 생각된다.

는데, 객줏집에서 설거지하는 그 아이의 지친 모습을 본 마을 사람이 있었대요. 이 얘기가 후에 어떤 선명한 빛깔로 다가왔지요. 삶과 생명을 나타내는 벼의 노란색과 호열자가 번져오는 죽음의 핏빛이 젊은 시절 내내 나의 머리를 떠나지 않았어요." 박경리, 『가설을 위한 망상−박경리 신원주통신』, 나남, 2007, 320~321쪽.

24 가부장제가 강요한 모성 양식은 인간관계 단절성, 내외 역할 분담론, 음양적 인간론이다. 이런 가부장적 모성 양식은 극복의 대상이지만 인간적 모성 양식은 앙양할 만하다. 인간적 모성 양식은 약자 관점을 우선시한다. (조형 엮음, 정대현, 「성기성물−리더십의 여성주의적 가치」, 『여성주의 가치와 모성 리더십』, 이화여자대학교출판부, 2005, 37~39쪽) 따라서 인간적 모성 양식은 보살핌의 윤리로 인식될 수 있다.

25 박경리의 『토지』에는 수없이 많은 여성인물들이 등장하는데 그 중 탈식민적 페미니즘으로 살필 수 있는 인물로는 최서희, 유인실, 임명희, 공송애, 정남희 등이 있다. 임명희는 조용하라는 일본 제국주의 가부장제 남편 아래 신음하는 삶을 살다 이혼을 요청하고 이후 지리산의 청년들을 지원하는 주체적 삶을 사는 인물이다. 공송애는 길상을 사랑하다 김두수의 꾀임에 빠져 인생을 망치는 일본 제국주의와 폭력적 남성에 희생당하는 인물이다. 정남희는 열여섯 어린 나이에 일본 장교에게 겁탈당해 정신적 공황 상태를 경험하는 인물이다.

1) 최서희 - 조선 문화의 표상

최서희는 탈식민적 페미니즘 관점에서 보았을 때 세 가지 특징을 갖는다. 첫째, 전통적인 가부장적 신분질서에 저항한 여성이다. 둘째, 친일행위를 하는 가운데서도 조선 고유의 문화적 우월을 내면화함으로써 식민자 스스로 부끄러움을 느끼도록 만든 여성이다. 셋째, 부모로부터 받지 못한 모성을 스스로 회복하여 피지배 민중을 보살피[26]는 실천적인 인물이다. 서희의 삶을 따라가면서 이를 살펴보자.

서희는 고아다. 부모 부재로 인한 슬픔으로 다른 아이들보다 더 많은 지혜를 가지며 성장한다. 할머니 윤씨 부인은 어린 서희를 귀애하며 보살피고 성장하도록 돕지만 호열자(콜레라)가 마을을 휩쓴 후 유명을 달리하신다. 사랑을 받고 성장해야 할 시기에 서희는 아버지로부터도 어머니로부터도 보살핌을 받지 못한다. 할머니 한 분이 서희를 보살피지만 부모의 사랑은 아닌 것이다. 프로이트[27]는 히스테리의 가장 기본적인 특징으로 끊임없는 치환을 간주한다. 갈망이 히스테리의 가장 주요한 특징인 것이다. 서희는 부모의 사랑을 갈망하지만 존재하지 않기에 자신의 존엄을 지키는 것으로 갈망을 치환하게 된다. 모든 인간의 욕망[28]은 핵심적인 곳으로 접근해 가보면 생존이라는 원초적 욕망을 만나게 된다. 서희는 생존의 본능으로 자기보존의 본능 중 위기에 처한 신분 지키기의

---

26 보살핌이란 자신뿐 아니라 타자와의 관계를 동시에 배려하면서 아무에게도 상처를 주지 않는 것이다. 모두에게 상처가 되지 않을 때 관계가 지속될 수 있다. 보살핌의 윤리는 자기희생을 전제로 하는 미덕이 아니라, 자신과 타자를 모두 배려할 때 완성될 수 있으며 위계화의 위험, 대상화의 위험을 피해갈 수 있게 된다. 이현재, 『여성의 정체성 - 어떤 여성이 될 것인가』, 책세상, 2007, 76~94쪽.
27 여성문화이론연구소 정신분석세미나팀, 『페미니즘과 정신분석』, 여이연, 2003, 102쪽.
28 멜린다 데이비스, 박윤식 옮김, 『욕망의 진화』, 북21, 2003, 107쪽.

욕망이 강하게 작동하게 된다.

어린 길상과 봉순이 둘만이 서희 곁을 지킨다. 서희는 자신에게 불리해져만 가는 현실 앞에 길상이나 봉순이에게 의지하는 자기 처지를 생각하게 되면 참을 수 없는 곤욕감에 몸을 떤다. 무료하고 지루한 나날, 서책에 묻혀 시간을 보내며 지식과 지혜를 기른다. 언문 이야기책, 여러 가지 한서, 신문, 일본책까지 여식으로서 박학하고 세상 물정에 밝아간다. 인간은 자신의 의지와 능력을 넘어서는 광포한 힘에 맞닥뜨리게 되면 이를 포괄적 악[29]이라 상정하게 된다. 서희는 일제 식민지가 되어버린 조선의 고아다. 이러한 자신의 포괄적 악에 맞서서 미래를 준비하기 위해 더욱 포악하고 음험하고 교만하게 행동한다. 어린 그녀가 할 수 있는 살아내기 방법이다. 그런 그에게는 꿈이 없다. 자기 자신을 위해 왜곡된 현실만이 있을 뿐이다. 혈혈단신이 된 서희는 할머니가 숨겨둔 금괴를 밑천으로 간도로 떠난다.

간도에서의 서희는 길상의 도움으로 거상이 된다. 일본인이 주최하는 법회에서 사람들은 서희의 강한 자긍심과 당당하고 의젓한 언행을 당연지사로 받아들일 만큼 홀로 서게 된다. 그녀의 문벌, 타고난 미모, 특히 거상으로 군림하게 된 그의 재력을 두려워했고 그들로서는 상상할 수 없는, 대담하고 결단성에 넘쳐 보이는 그 저력에 한풀 꺾이고 만다. 박경리가 서희를 타고난 미모와 거상으로 그린 것은 강자지향의 일본을 의식했기 때문이다. 자본주의 식민 체제와 무를 숭상한 일본은 자신들보다 강한 자 앞에서는 비굴해지는 면을 가졌기에 일제 식민지를 살아내야 하는 서희를 부러 그렇게 그려낸 것이다. 서희는 아버지의 절친한 친구였던 이동진의 군자금 요청도 거절한다. 서희는 하동으로 돌아갈 사람이라 자

---

29 정은경, 「한국 근대소설에 나타난 악의 표상 연구」, 월인, 2006, 19쪽.

신을 생각했기 때문이다. '삭풍이 몰아치는 만주 벌판까지 와가지고 독립운동에 부화뇌동하여 고향으로 돌아갈 수 없는 몸이 될 수는 없다'는 생각에, '자신의 원수를 갚을 수만 있다면 친일인들 아니할까'(5권 214쪽) 생각한다. 지각적 현전[30]의 태도라 할 수 있다. 일제시대 고향과 재산을 빼앗기고 남부여대 떠나와 일시 안주한 간도에서 이기지도 못할 민족운동을 하는 것은 지각적 현전으로 보았을 때는 어리석은 짓이다. 그녀는 친일이 조선 민족으로서는 악에 해당한다는 것을 알지만 고향으로 돌아가야 한다는 목적을 달성하기 위해 악을 행한다.

서희는 열아홉에 사랑하던 이상현을 불러들여 의남매 되기를 간청하고 길상을 남편[31]으로 맞으려 한다. 서희는 갈등하는 길상을 붙잡기 위해 길상의 여자라는 옥이네가 거처하는 숙소로 찾아간다. 볼품없고 가난에 찌든 아이까지 딸린 과부와의 관계를 숨기지 않고 떠벌리고 다녔던 것이 길상의 슬픔이라는 것을 느낀 서희는, 세상에 나서 처음으로 혼자 걸어본다. 그때 일본인 상점이 눈에 띈다.

앞치마를 입고 제법 격식을 갖춘 고조오(점원)가 뛰어나오면서
"이럇샤이(어서 오십시오.)"

---

30 지각적 현전은 '지금 여기 있음'으로, 이것은 앎이 아니라 신념이다. 세계란 우리가 세계에서 장악한 바 그것이요, 세계란 확인된 것이라기보다는 당연한 것으로 간주된 것이고, 밝혀진 것이라기보다는 은폐되지 않은 것, 반증되지 않는 것이다. 모리스 메를로 퐁티, 남수인·최의영 옮김, 『보이는 것과 보이지 않는 것』, 동문선, 2004, 50쪽.
31 서희와 길상의 결혼을 신분제도의 타파로 연구한 논문들은 상당히 많다. 그 중 최재은은 서희와 길상의 관계에서 서희가 우위를 차지한다는 점에 주목한다. 신분이 동등하지 않은 남녀의 만남에서 남성이 우월한 경우는 흔하지만 그런 경우 봉건제 가부장사회에서는 신분이 그대로 존속될 수 있었다. 하지만 남성의 신분이 열등한 경우는 신분소멸의 장치가 될 수 있다고 보았다. 최재은, 「박경리의 '토지' 연구—여성인물의 욕망을 중심으로」, 안동대학교 석사학위논문, 2006, 44쪽.

서희를 살펴본 고조오는 질린 듯 연신 꾸벅꾸벅 절을 한다.

"나니가 고이리요우데스까(무엇을 찾으십니까)."

서희가 멍해지며 쳐다보노라니까 비로소 조선여자인 것을 깨달은 고조오는 더욱 허리를 굽신거린다. 조선사람이면 모두 초라하고 거지 같다는 소견머리 로서는 일종의 경이였을 것이다.

'히야! 애라이, 미분노 다가이 히도라시이나아(야아! 대단히 높은 신분의 사 람인가 보다).'

그래서 도움을 청하듯

"겐상 쫏또(겐씨 잠깐만)."

주판질을 하며 장부정리를 하고 있던 반토오(책임자)를 부른다.

"나니까(뭐냐)?"

고개를 든 그도 서희를 보자 후닥닥 놀란 시늉을 하며 일어선다. 두 손을 싹 싹 비비면서 비굴한 웃음을 띠며

"나니가 고이리요우데스까."

말이 통할까? 근심스런 표정을 지으며 묻는다.

"오도꼬노 에리마끼(남자 목도리),"

똑똑한 발음이다.

"하아, 하아, 고자이마스, 시바라꾸, 하이. 쫏또 오마찌 구다사이(네, 네, 있 습니다. 잠시 좀 기다려주십시오)."

아름답고 고귀해 보이는 조선여자가 일본말 쓴 것이 그에게는 크나큰 영광 이었던가. 의기양양해서 진열장을 열고 진열장 유리 위에 남자용 목도리를 펴 놓는다. 서희는 여러 개의 목도리를 차례차례 넘겨보고 나서 그 중의 진갈색을 하나 뽑아낸다.

"이꾸라(얼마냐)?"

"하아, 하이, 고엔데 고자이마스(네, 네, 오 원입니다)."

서희는 지갑을 꺼내어 십 원을 내어준다. 거스름과 함께 물건을 꾸려준 반토 오는

"하꾸라이힝데스카라(박래품이어서)."

그래서 비싸다는 얘긴 모양이다. 방아 찧는 것만큼이나 방정 맞게 절을 해대 는 꼴을 본체만체 오복점을 나선 서희는 (6권 117~118쪽)

박경리는 피식민지인의 식민지 언어구사능력[32]이 결코 피식민지인의 야만의 신분을 초월하기 위한 것으로만 작용한 것이 아니라 식민자의 양가적[33] 인간판단의 척도가 됨을 보여준다. 서희는 오복점에서 조금도 식민과 피식민을 구분 짓는 행동을 하지 않는다. 오히려 식민과 피식민을 구분 짓는 쪽은 일인 상인들이다. 일인들은 서희가 일본말로 남자 목도리를 달라고 하자 아름답고 고귀해 보이는 조선 여자가 일본말을 쓴 것에 크나큰 영광을 느끼며 서희가 상점을 나갈 때에도 방아 찧는 것만큼 방정맞게 절을 한다. 박경리는 오복점사건에서 식민언어에 대한 구사능력은 피식민지인보다 오히려 식민자에게 더 중요한 인간에 대한 가치판단척도가 되는 양가성을 띠고 있음을 보여준다.

서희와 길상은 서로 외면하며 용정으로 돌아가는 마차에 오른다. 그런데 내리막길을 달리던 마차가 뒤집히고 서희는 다리뼈가 부러지는 사고를 당한다. 이로써 서희와 길상은 혼인을 하게 된다. 서희는 환국과 윤국 두 아들의 어머니가 된다. 그리고 기여 제 젖을 먹여 키운다. 융[34]은 유아기 신경증의 근거를 어머니에게서 찾는다. 즉 모성원형은 모성콤플렉스를 낳는다는 것이다. 이 모성콤플렉스는 긍정적 측면으로 작동하기도 하는데 모성본능의 과도한 증대는 모든 시대, 모든 사람들의 입에서 칭

---

32 파농은 앙띨레스에 사는 흑인들은 불어 구사능력에 따라 백인화의 정도를 평가받는다고 한다. 불어를 얼마나 잘 구사하느냐에 따라 인간 됨됨이가 가늠된다는 것이다. 식민지인은 식민국의 문화적 수준을 자신이 어느 정도 전유하고 있느냐에 따라 밀림의 신분을 초월하기도 하고 매몰되기도 한다는 것이다. 프란츠 파농, 앞의 책, 24~25쪽.

33 호미 바바는 백인 식민지배자는 피식민지인 앞에서 지배욕망과 더불어 두려움을 느낀다고 주장한다. 검둥이가 추워서 떨고 있다. 이에 대한 식민지배자의 반응은 검둥이가 분노에 치를 떨고 있는 것으로 짐작한다는 것이다. 이것은 백인의 불안감, 불안에 대한 편집증을 드러내는 것이다. 박종성, 앞의 책, 57~59쪽.

34 C.G.융, 한국융연구원C.G.융저작번역위원회 옮김, 『원형과 무의식 - 융 기본 저작집 2』, 솔, 2002, 204~208쪽.

찬되어온 어머니 상으로 만든다는 것이다. 서희는 모성콤플렉스로 인해 긍정적 어머니 상을 갖추게 된다. 두 아들에게 제 젖을 먹여 자라게 하며 이후 지리산에 은둔하는 조선의 민중들을 보살피는 면모를 갖추게 되는 것이다. 공노인과 임역관의 도움으로 서희는 잃었던 땅[35]을 되찾는다. 서희에겐 이제 최참판댁을 일으키고 원수들을 치는 목적 외에 자신의 아이들을 풍요한 토양에 심어야 한다. '너희들을 말귀에 달고서 만주 땅을 헤맬 순 없다'(8권 295쪽) 생각한다.

'친일파 최서희, 내게는 아직 친일파가 필요하다.' '서희의 고정관념은 조선 오백 년 동안 구축해 놓은 반가의 독선이 빚은 뿌리 깊은 정신구조라 할 수 있다. 세차게 몰아치는 근대의 바람 앞에 퇴락한 빈 집 같은 형식을 고수하는 사양의 후예들하고는 다르다. 서희는 과감하게 껍데기를 찢어발기고 핵을 보존키 위해 오히려 양반의 율법에 반역까지 하지 않았던가. 하인과 혼인한 것이 그것이며 오랑캐들이 사는 북방에 가서 세계대전의 호경기에 만주서 곡물과 두류에 투자하여 일확천금을 얻은 것이 그것이며 빼앗긴 가산과 수모에 대한 보복과 가문의 재기를 위하여 교활무쌍한 술수를 서슴지 아니했던 것이 그것이며, 진주로 돌아온 후에도 호적상 김서희로 둔갑하고 김길상이 최길상으로 그리하여 두 아들에게 최씨 성을 가지게 한 것 등이 그것이다.'(9권 223~225쪽) 기존의 가부장제에 저항하고 기존의 식민지 현실을 이용하는 최서희, 스스로 자기 존엄을 지키기 위한 삶의 투쟁방법으로 선택한 것이다. 서희의 자기존엄 지키기는 모성성과 결합하면서 생명존엄으로 발전하게 된다.

환국이는 아버지가 종이라는 말에 친구 순철이를 때리고, 서희는 환국

---

35 땅은 최서희의 가문과 평사리에 대한 집착일 뿐 아니라, 과거의 질서와 전통, 뿌리에 대한 집착이며, 이는 민족사적으로는 내 땅과 뿌리, 전통을 수호할 터전 마련을 위한 자주독립의 열망으로 볼 수 있다. 최유희, 앞의 논문, 133쪽.

이 아버님은 종이 아니며 나라 위해 몸 바친 분이라 답변해 준다. 서희는 환국에게 '기죽지 마라, 넌 아버님 아들이고 내 아들이다. 무모하게 칼을 뽑으면 안 되느니라 개죽음은 우리의 손실이고 그들의 이득이 된다. 공부를 안 하는 것은 쉽고 하는 것은 어렵다. 사내는 어려운 길을 택해야 할 것'(11권 284쪽)이라며 다독인다. 서희는 항일의 길로 소극적 준비론[36]을 택한 것이다.

길상의 출옥이 이십 일 남짓 남았을 때 구미가이 경부가 최부자댁에 찾아간다. 서희를 시즈카고젠과 요도기미에 비교된다 말한다. 일본서는 최상급에 속하는 여자를 내보였는데 서희는 눈썹 하나 까닥이지 않고 오히려 불쾌해한다. 서희의 생래적인 당당함. 일본이 모욕을 당한 것이다. '서희는 원성도 자위도 아닌 조선의 문화, 그 우월의 꽃 속에 앉아 허식도 수식도 할 필요가 없는, 제 얼굴을 내밀고 있다.'(14권 270쪽) 서희를 우월한 조선 문화[37]의 꽃으로 표상한 것이다. 박경리는 조선의 문화, 생명력을 지닌 창조성에 중점을 두어 일제 식민지 아래에서 조선이 동화되거나 소멸되지 않는 원인을 설명한다. 조선은 생명력을 가진 정신문화의 힘을 가진 민족이다. 반면 일본은 칼을 숭상하는 무의 문화를 가졌다. 그렇기에 생명력이 없다. 그러므로 조선을 야만이다 미개다 하며 동화시켜야 한다는 일본의 모든 구호는 결국 처음부터 거짓이다. 문화의 힘이 어

---

36 일제시대 독립운동에는 독립준비론, 실력배양론, 외교독립론 같은 소극적인 노선과, 독립전쟁론, 절대독립론, 무장항쟁론 등 적극적인 노선이 대립 갈등하고 있었다. 정선경, 「박경리의 '토지' 연구─민족운동의 흐름과 일본관을 중심으로」, 성신여자대학교 석사학위논문, 1998, 30쪽.

37 문화정체성의 확립은 국민문화를 급조해 낸다든가 전통을 내세워 민족적 자만심을 심어줘 성급하게 국민적 통합을 이루어 내려는 권력 엘리트들의 전통조작 차원이 아니다. 이것은 문화적 주체로서 스스로 삶을 표현하고 만들어갈 수 있음을 의미하는 것이다. 설성경·최유찬·김영민 외 공저, 『세계속의 한국문학』, 새미, 2002에서 참조.

디에 있느냐 그것을 밝히는 것은 식민지배의 정당성을 전복할 수 있는 길이 되기 때문이다.

서희는 박효영의 자살소식을 듣고 흐느껴 운다. 비로소 서희는 어머니와 구천이의 사랑을 이해할 수 있게 된다. 길상은 서희를 닮은 관음탱화[38]를 완성한다. 서희는 징용과 학병을 피해 지리산 속에 숨은 수많은 청년들을 돕는다. 학병으로 차출된 윤국이를 지켜달라는 그런 기분이다. 천황의 일본 항복 방송이 있던 날, 서희는 자신을 휘감은 쇠사슬이 요란한 소리를 내며 땅에 떨어지는 것을 느낀다.

이처럼 개인적으로도 민족적으로도 위기에 처한 상황에서 최서희는 처음에는 자기존엄을 지키기 위해, 가문과 토지를 지키겠다는 일념을 소망하게 된다. 그리고 간도로의 이주와 길상을 남편으로 맞이하는 것으로 기존 가부장제 신분질서에 대한 저항을 실천하고, 이후 평사리 토지를 되찾았기에 조선으로 돌아오면서 두 아들을 온전히 지켜내겠다는 보살핌을 전제로 한 원초적 모성성을 갖게 된다. 조선 진주에서 새롭게 최부자댁으로 살아가는 삶은 항일의 정신을 숨기며 친일의 행위를 드러내는 표면과 이면이 다른 이중적 삶이지만, 억압받는 조선 민중을 보살피고 돌보겠다는 소망은 지리산에 은거한 사람들을 돕는 것으로 드러난다. 따라서 최서희는 조선 문화의 힘을 내재화한 인물이었으며 그것으로 일본인들의 내면에 이중적으로 투영되어 있던 양가성을 드러내게 만든 인물이었고, 모성성을 회복하여 생명존엄을 실천한 주체적인 여성이라 할 수 있다.

---

38 관음이 여성으로 표현되는 것은 보편적인 현상이다. 자비심과 이타성, 모성성을 관음은 근본특질로 갖는다. 조현설·김승호·박상란 외 공저, 박상란, 「한국 불교설화에 나타난 여성상」, 『한국 서사문학과 불교적 시각』, 역락, 2005, 170쪽.

2) 유인실―성에 대한 민족적·가부장적 금기의식을 지닌 저항적 민족주의자

유인실은 탈식민적 페미니즘 관점에서 보았을 때 세 가지 특징을 갖는다. 첫째, 『토지』의 인물들 중 가장 철두철미한 배일사상을 가진 저항적 민족주의의 여성이다. 둘째, 성에 대한 민족적·가부장적 금기의식의 소유자이다. 셋째, 끝내 자신의 주체성을 찾기 위해 이산의 현장을 살아가는 인물이다.

동경 일본여대에서 공부한 여성 지식인 유인실은 특이한 여자다. 철두철미한 배일사상에다 최신식 공산주의자, 쟁쟁한 두뇌들만 모인 계명회의 홍일점이다. 미모를 겸비한 여학교 선생님인 유인실은 성희롱당한 여학생을 대변하는 역할도 한다. 게다가 왜놈 애인을 갖고 있다. 피식민지가 된 조국을 위해 투쟁하는 일에 여성과 남성이 구분된다고 생각하지 않기에 독립운동에 실천적으로 뛰어들지만 일본 국적을 가진 오가다 지로를 사랑하게 된 것에 절망한다. 계명회사건으로 감옥에 같이 투옥되었던 오가다가 일본으로 돌아갈 때 '당신은 일본인이며 나는 조선여자예요. 우리는 절대로 합칠 수 없습니다. 친구도 될 수 없어요.'(12권 369쪽) 냉정하게 말한다. 한 개인으로서의 사랑보다는 일본과 조선이라는 민족의 위치가 더욱 절실했던 유인실은 친구도 될 수 없는 그들의 관계에 여성으로서 아파한다. 한 남자만을 사랑할 수 없는 저항적 민족주의를 견지한 여성인 것이다. 용서받지 못할 여자, 민족반역자, 뿐인가 매춘부보다 더러운 여자, 정신적 사랑만을 했을 때에도 갈보, 왜갈보라 스스로 생각한다. 인실은 오가다상을 위해 결혼 안 하고 혼자 살겠다 맹세하며 운다.

'용기가 없어요. 나는 겁쟁이예요. 부모 형제 때문이 아니요 허영도 아닌 남의 이목 때문도 아닌 내가 나를 용서 못해서예요. 그리워하고 보고 싫어 하고 그래도 난 내가 당신에게 가는 것을 허락할 수 없어요.' (12권 372~373쪽) 유인실은 박경리의 반일의식[39]을 보여주는 인물인 동시에, 반일의식을 넘어서기 위해 무엇을 해야 하는가를 보여주는 인물이기도 하다. 박경리는 유인실을 통해 '일본이 이웃에 폐를 끼치는 한 우리는 민족주의자일 수밖에 없고, 피해를 주지 않을 때 비로소 우리는 민족을 떠나 인간으로서 인류로서 손을 잡을 것이며 민족주의도 필요 없게 된'[40] 다는 것을 보여준다.

'칼로써 힘을 빼고 황폐해진 정신으로는 파괴가 있을 뿐 창조는 없다. 일본이 즐겨 말하는 조선의 사대주의 그게 진실이라면 고유하고 독특한 문화는 있을 수가 없다. 평화는 무력이 아니다. 평화는 한의 대상이며 생명에의 지향이다. 오늘날 결과가 어떠했든 이건 악의 승리, 하지만 결정은 아니다. 점잖지 못하게 원색적으로 조선인을 멸시하는 것도 그만큼 일본은 문화적인 콤플렉스를 가지고 있다는 것이다.' (15권 121~127쪽) 박경리는 자민족중심주의 민족주의로 읽힐 만큼 유인실의 입을 빌려 일본의 문화에 대한 항변을 거침없이 한다. 그러나 이것은 저항적 민족주의로 읽혀야 옳다. 저항적 민족주의는 우리 민족문화의 주체적 가치를 밝히고 일본 민족문화와의 다름을 말하는 것이기 때문이다. 박경리는 일본인에 의해 조직적으로 왜곡되어 있었던 조선의 문화를 두드러지게 말하기 위해 일본의 문화적 콤플렉스를 든 것이지, 일본의 문화가 가치가 없기에 조선의 문화로 그들을 가르치고 동화시키려는 것은 아니다.

'당신들은 정복자로서 조선백성을 내려다보지만 조선백성은 결코 당신들을 우러러보진 않는다. 소수 교양 있는 사람말고는 모두 당신들을

---

39 박경리는 "나는 철두철미 반일 작가이지만 결코 반일본인은 아니"라고 말한다. 박경리, 『생명의 아픔』, 이룸, 2004, 36쪽.
40 위의 책, 196쪽.

왜놈, 쪽바리라 부른다. 결코 일본은 조선을 지배하지 못할 것이다.' (15권 131쪽) 박경리는 일본의 동화주의가 결코 완성될 수 없음을 그들의 창조성이 없는 문화적 특성에서 찾는다. 칼을 숭상하는 일본에겐 생명의 힘을 살릴 문화가 없으며 생명이 없기에 창조성이 없다는 논리이다. 동화주의는 처음부터 이루어질 수 있는 것이 아니었다. 왜냐하면 동화주의를 실행하려는 일본도 언어제국주의[41] 같은 일본인과 조선인을 구분하는 정책을 실행하였고, 조선인은 문화적으로 상위에 있지 않은 일본을, 더구나 조선인을 멸시하고 억압하는 일본을 존경할 만한 근거를 가질 수 없기 때문이다.

인실과 오가다는 하룻밤을 보낸다. 이후 임신한 사실을 알게 된 인실은 유인성에게 자신의 장사비로 돈을 달라 부탁한다. 신념대로 살기 위해, 강하게 살기 위해 돈이 필요하다 요구한다. 쇼지를 혼자 낳은 인실은, 쇼지를 찬하에게 맡기고 만주로 떠난다. 이국땅으로 떠나는 인실에 대해 모성을 포기한 것으로 읽는 것은 옳지 않다. 모성을 포기했다면 쇼지를 낳지 않았을 것이다. 박경리의 생명존엄이 들어있다. 모성과 현실 사이에서 스스로 선택을 해야 하는 인실은 자기가 낳은 쇼지를 기르는 것도 중요하지만 쇼지를 억압이 없는 더 좋은 세상에서 살게 하기 위해 항일의 길을 걷는 것을 선택한 것이다. 식민지 아버지와 피식민지 어머니의 아들로 태어난다는 것은 이미 불행한 미래를 마련해 놓은 것이기 때문이다.

---

41 언어제국주의는 식민지 종주국어(고쿠고)의 보급에 그치지 않고 종주국 내의 지방방언(조선어)에 대한 억압까지 포함하는 말이다. 미우라 노부타카 · 가스야 게이스케 엮음, 이연숙 · 고영진 · 조태린 옮김, 오구마 에이지, 「일본의 언어 제국주의—아이누류큐에서 타이완까지」, 『언어제국주의란 무엇인가』, 돌베개, 2005, 71쪽.

일본 여자들에겐 그런 갈등이 별로 없는 것 같다. 노리코의 경우도 거의 그것을 못 느끼는 것 같았다. 하기는 일본여자하고 사는 조선남자는 더러 있지만 일본남자와 조선여자가 함께 사는 그런 것은 본 일이 없으니까. 조선여자는 아예 쇠대문을 내려놓고, 그 쇠대문을 뚫고 나왔으니 저 여자는 피투성이가 될 수밖에 없지. 그런 의식의 차이는 어디서부터 시작된 것일까. 모화사상이 지배적이던 시절에도 여자가 이민족을 맞아들인다는 것은 생명을 잃는 것보다 더한 일이었다. 그들은 삶의 모든 것을 잃었다 생각했고, 세상도 그들에게 가혹했다. 그들은 고국과 절연하지 않으면 안 되었다. 인실 씨도 만주나 중국으로 가겠다는 말을 했다. 그것은 영원히 고국에는 아니 오겠다는 뜻은 아니었을까. 그 의식의 벽에 갇힌 옛날의 조선여인들, 그리고 오늘날 대부분의 여자들, 인실 씨는 그들과 조금도 달라진 여자가 아니더란 말인가? 오히려 그들보다 더 철저하게 물론 정조관도 그러했겠지만 반일사상의 불덩이가 같았던 여자가 스스로 자기 자신을 배신했다. 그의 말대로 새로 태어나기 위하여? 알 것 같기도 하지만 참으로 엄청난 이율배반이다. 그는 적어도 사회주의에 물든 여자가 아닌가. 사람은 누구나 관습적 의식과 사상에 다소는 간격이 있게 마련이지만 인실 씨는 어느 측면에서도 그 도랑이 너무 깊고 넓다. 그것은 극복되어야 해. 모순이야, 모순. 자신을 찢어발기는 결과밖에는 없다. 진실, 진리? 그것은 과연 옳기만 한가? 선, 절대 선일 수만은 없다. 인간이 죽는 건 하나의 진실이다. 그 진실 때문에 인간은 죽음의 공포에 쫓기며 간다. 하면은 그것을 극복하는 것밖에 인간은 달리 길이 없는 것이다. (15권 297~298쪽)

조찬하가 아내 노리코와 유인실을 비교하며 떠올리는 대목이다. 조선 여성의 성에 대한 당시대의 가치판단을 보여준다. 어느 나라 여성보다도, 조선 여성이 이민족을 맞아들인다는 것은 생명을 잃는 것보다 더 가혹한 일이었다. 일제 식민지 시기에 조선 민중이 가졌던 가부장제 사상을 대변하는 것이기도 하다. 오가다는 다만 여자를 사랑했고 인실은 다만 남자만을 사랑할 수 없었다. '나는 생명보다 더한 것을 후회 없이 다 드렸어요.' '생명보다 중한 것, 그것은 단순히 여자의 순결을 두고 하는 말이 아니라' 인실에게 생명보다 더한 것이란 '조국과 내 겨레를 배신했다는 바로 그것이었다.' '일본이 망할 때, 그때까지 살아 있다면 다시 만날 수 있을 것이며 당신을 잊지 않겠다'(18권 176쪽) 말한 인실은 오가다와 헤어[42]진다.

이처럼 저항적 민족주의자 유인실은 조선 여인이란 정신의 감옥에서 결코 자유로울 수 없었다. 이민족과의 결혼과 혼전 성관계는 금기였다. 일본 남자와의 결혼은 아니될 말이며, 미혼으로 아이를 출산한 것은 그녀를 고국에서 떠나도록 만들기에 충분했다. 유인실은 결국 오가다와의 사랑을 연기하는 것으로 저항적 민족주의를 고수한다. 일본이 이웃에 폐를 끼치지 않을 때, 오가다와 유인실의 사랑은 식민과 피식민의 관계가 사라질 때만 이루어질 수 있다 생각한 것이다. 유인실은 고국에 죄인이며 여성으로서 사랑하는 남자에게 죄인이다. 그렇지만 피 흘리는 조선을 사랑한 한 주체적 여인이기에 고국을 위해 먼 이국땅에서 조선 독립을 위한 항쟁을 끊임없이 하는 삶을 살 것을 다짐한다. 따라서 조선의 민족적·가부장적 여성의 성에 대한 금기의식에서 자유로울 수 없었던 유인실은, 그러나 이산의 삶을 선택함으로써 다시 조선 민족의 일원으로 힘차게 도약하려 한다.

4. 나오며

『토지』는 기존의 논의에서 탈식민적 입장을 갖추지 못하다가, 2007년

---

42 푸코는 정신이 하나의 환영이거나 관념적 결과라고 말해서는 안 된다 한다. 반대로 정신은 실재하며, 그것은 하나의 실재성을 갖고 있고, 정신은 신체의 주위에서, 그 표면에서, 그 내부에서, 권력의 작용에 의해 끊임없이 만들어지는 것이며, 그 권력이야말로 감시받고 훈련받고 교정받는 사람들, 광인, 유아, 초등학생, 피식민자, 어떤 생산기구에 묶여 살아 있는 동안 계속 감시당하는 사람들, 그러한 모든 사람들에게 행사되는 것이다. 미셸 푸코, 앞의 책, 61쪽.

권은미[43])에 의해 탈식민적 연구 성과를 보게 된다. 하지만 권은미의 논문은 양가성을 통해 일본 제국주의와 자본주의에 대한 저항력을 형성시켰다는 것을 밝힌 것이기에, 이 글과는 전혀 다른 양상을 띤다. 이 글은 제3세계 여성의 왜곡되지 않은 주체적인 삶에 초점을 맞추었고, 그 과정에서 저항적 민족주의자로 살아간 여성의 삶을 조명했다. 진정한 탈식민적 페미니즘이 되기 위해서는 생명존엄의 정신을 가질 때 이루어질 수 있다는 것을 박경리가 『토지』를 통해 우리에게 전달하고 있다는 것에 주목했다. 생명존엄 정신은 인간에게선 약자지향의 원초적 모성성에서 찾을 수 있고, 이때의 모성은 자신과 타자를 모두 배려하는 보살핌의 의미를 갖는 단어로 사용되는 것이다.

탈식민적 페미니즘 관점에서 보았을 때 최서희는 조선 문화의 힘을 내재화한 인물이었으며 그것으로 일본인들의 내면에 이중적으로 투영되어 있던 양가성을 드러내게 만든 인물이었고, 모성성을 회복하여 생명존엄을 실천한 주체적인 여성이라 할 수 있다. 유인실은 철두철미한 배일사상을 가진 여성이었지만, 조선의 민족적·가부장적 여성의 성에 대한 금기의식에서 자유로울 수 없는 인물이었다. 그러나 이산의 삶을 선택함으로서 저항적 민족주의 의식을 고수하는 주체적 여성이라 할 수 있다.

『토지』는 탈식민적 페미니즘에서 보았을 때 안타까운 점도 있다. 그것은 최서희와 유인실 두 여성 모두 아름다운 미모를 겸비한 유형적 인물이란 것과 두 여성들의 주체적 삶의 모습이 거상이나 선생님과 같이 힘

---

43 『토지』가 지닌 저항력을 드러내기 위해 호미 바바의 양가성 이론을 제시한다. 일본 제국주의는 스스로 문명에 위치시키고 한민족을 열등의 항인 야만이나 미개의 항에 위치시켜 이를 정형화했고 그곳에서 일본은 스스로 모순에 부딪치며 양가성을 드러낸다는 것과, 자본주의도 화폐를 통해 인간의 삶이 지니는 질적 가치를 양적 가치로 전환시킴으로서 스스로 양가성을 드러낸다는 것을 밝힌 논문이다. 권은미, 앞의 논문, 4~71쪽.

있고 성공한 민중의 모습이란 점이다. 그러나 박경리가 그리고자 한 『토지』의 시대적 배경이 일제하라는 점을 감안한다면 이런 이점을 갖지 않고서는 너무나 힘들고 고달픈 여성의 삶만이 제시될 수밖에 없게 된다. 『토지』는 우리 민족의 한인 발전적인 소망의 염원을 표출하기 위해서 유형적 여성인물을 산출하는 한계를 갖게 된 것이라 생각된다.

제2장

박경리 『토지』에 나타난 탈식민적 페미니즘 연구

●● 저항의식으로 사용된 민족주의, 문화, 차연

1. 들어가며

박경리의 『토지』는 일제 식민지하 조선 농민의 진실한 삶을 그린다. 식민지하라는 시대적 배경은 지식인, 농민, 여성, 남성 누구에게는 고달픈 삶을 안겨주었다. 나아가 『토지』에서는 제국주의 일본과 일본의 주구 노릇을 한 일제앞잡이까지도 식민정책에 희생된 생명체로 그리고 있다. 일본은 열등한 콤플렉스에 경도되어 만화경적인 식민지배를 했다는 측면에서 스스로 희생된 것이며, 일제 앞잡이로 전락한 조선인은 동족에 대한 피의 배반으로 고통 받았다는 측면에서 희생된 생명체라는 것이다. 이것은 박경리가 식민과 피식민, 남성과 여성, 억압과 저항 그 모두를 생명체가 살아가는 치열한 삶의 형식으로 읽었음을 의미한다. 박경리는 우주에서 가장 중요한 것은 생명이라 본다. 이런 정신은 이후 환경운동에 참여하는 양상으로 나타나기도 한다.

박경리의 『토지』가 탈식민적 페미니즘으로 읽히는 근거도 여기에 있다. 탈식민적 페미니즘은 식민과 피식민, 남성과 여성이란 이분법에서 후자가 억압되고 저항해온 역사, 즉 피식민지 여성이 식민자와 남성으로부터 이중의 억압을 당해온 역사를 밝히는 것을 목적으로 한다. 그러나 억압과 저항의 역사에만 몰두한다면 탈식민적 페미니즘이 지향하는 억압과 배제의 상흔을 넘어서는 진정한 해방은 이룩될 수 없다. 모한티[1]는 이것을 통문화적 보편화라 말하며 심각성을 지적했다. 그녀는 흔히 제3세계 여성(피식민지 여성)은 억압당하는 집단으로 묘사되어 특정 역사를 지닌 개별 여성으로서의 물질적 실재는 잊혀진 채, 모두 억압받는 그룹으로 동질화되어 있음을 문제로 본다. 한 국가의 역사적 · 사회적 맥락을 떠나서는 여성 현실을 설명할 수 없는 것이다. 피식민지 경험을 가진 우리나라도 마찬가지이다. 일제강점 아래 핍박받았던 역사적 상흔에 경도되어, 실제 식민지 시기 조선 여성의 삶을 사실적으로 바라보는 시각이 자칫 흐려졌던 것은 아닌가 반성해 보아야 할 시점이다. 식민지배와 여성억압의 역사를 벗어나기 위해서는 다른 시각이 필요하다. 그 다른 시각을 박경리는 『토지』를 통해 우리에게 전달하고 있다.

이 글에서는 박경리의 『토지』를 분석할 때 탈식민적 페미니즘 시각에서 볼 것이다. 여성인물 최서희의 삶처럼, 박경리는 조선 여성으로서 자신의 생명을 스스로 가치 있게 살기 위해 노력해 온 주체적 여성을 주로 형상화하였는데, 이런 작가의식은 과연 어디에서 출발하고 있는지를 궁구하려는 것이다. 다시 말해 박경리가 조선 여성의 삶을 이중의 억압만 당해온 것으로 그리지 않게 만든 박경리의 작가의식에 초점을 두고자 한다. 이것을 저항의식으로 사용된 민족주의, 문화, 차연을 통해 살펴볼 것이다.

---

1 유제분 엮음, 김지영 · 정혜욱 · 유제분 옮김, 『탈식민페미니즘과 탈식민페미니스트들』, 현대미학사, 2001, 25~97쪽.

2. 탈식민적 페미니즘

탈식민적 페미니즘은 벨 훅스(Bell Hooks), 데니즈 칸디요티(Deniz Kandiyoti), 케투 카트락(Ketu Katrak), 와흐니마 루비아노(Wahneema Lubiano), 트린 티 민하(Trin-ti Minh-ha), 찬드라 모한티(Chandra Mohanty), 아이와 옹(Aiwa Ong), 사라 술래리(Sara Suleri), 가야트리 스피박(Gayatri Spivak)[2]에 의해 크게 진전된다.

제3세계 주체성을 회복하는 매개 역할을 수행하기 위해서는 원래의 뿌리에서 단절되지 않는 것이 중요하다. 그 뿌리란 파농이 말해온 저항적 민족주의[3]이다. 그런데 저항적 민족주의를 말할 때 항상 따라붙는 문제가 제국주의의 주체중심주의를 모방한 것으로 치부되어 진정한 해방의 담론이 될 수 없다는 지적이다. 기실 민족주의는 배제의 속성을 지니고 있다. 이 배제의 속성이 외부화하여 공격적이고 부정적으로 분출된 것이 제국주의이다. 즉 민족주의는 제국주의의 배타적인 민족주의를 넘어서야 올바르게 작동[4]할 수 있게 된다. 타자를 존중하는 민족담론을 찾아야 하는 것이다. 그 타자 존중의 민족담론이 저항적 민족주의이다.

저항적 민족주의는 자유와 평등을 현실화하려는 아래로부터의 민족주의로, 실제로 평등한 민족공동체에 접근해 가는 타자중심적 민족주의[5]라 할 수 있다. 때문에 탈식민주의를 넘어서는 역할을 할 수 있다. 조선

---

2 가야트리 스피박, 태혜숙·박미선 옮김, 『포스트식민 이성 비판』, 갈무리, 2005, 29쪽.

3 고부응 엮음, 이경원, 「탈식민주의의 계보와 정체성」, 『탈식민주의-이론과 쟁점』, 문학과지성사, 2004, 56~57쪽. 고부응, 『초민족 시대의 민족정체성-식민주의, 탈식민 이론, 민족』, 문학과지성사, 2002, 108쪽.

4 고현철, 「탈식민주의와 문화적 민족주의 문학의 상관성 연구」, 『비교한국학』 제10호, 국제비교한국학회, 2002, 66쪽.

5 나병철, 『근대 서사와 탈식민주의』, 문예출판사, 2001, 189~197쪽.

에서는 일본 제국주의에 맞서 저항적 민족주의가 나타난다. 일본 제국주의 시기 혹은 지배적 시기에 일어나는 민족주의는 억압받는 피식민자에게 폭력에 대항하는 역할을 수행하게 하며 이 경우 민족주의는 선한 민족주의 혹은 정당한 민족주의라 볼 수 있다.[6] 조선에서 저항적 민족주의는 양반이 주축이 된 위로부터의 저항적 민족주의와 조선 민중이 주축이 된 아래로부터의 저항적 민족주의로 구분할 수 있는데, 『토지』의 동학은 아래로부터의 저항적 민족주의, 즉 타자중심적 민족주의에 해당한다.

일본이 제국주의로 나아간 과정은 서구와 다르다. 일본은 서양의 타자로서 구미열강의 침략에 대해 위기의식을 가지고 있었고, 자유민권운동의 실패로 인해 아래로부터의 자본주의화가 좌절되었다. 일본은 자율적인 주체를 형성하기 어려웠고 자유로운 주체이념 대신 억압의 이양을 통해 독립된 국민의식을 형성했다. 천황에 예속됨으로써 독립된 국가와 국민을 형성하는 일본 특유의 초국가주의 형태를 띠게 된[7] 것이다. 이런 특수성으로 인해 더 가혹한 수탈을 받은 조선 민중을 파악하는 데에는 그래서 세심한 주의가 필요하게 된다. 식민자는 문명을 피식민자에게 전해주는 것으로 식민지배의 당위성을 갖는다. 하지만 일본과 조선은 문명의 측면에서는 동등했다. 따라서 일본은 왜곡된 문명과 야만을 조선에 주입시키는 결과를 초래하게 된다.

문명은 크게 씌어진 문화다. 문명과 문화는 주어진 사회에서 면면히 이어져 온 세대들이 우선적으로 중요성을 부여한 가치, 기준, 제도, 사고방식을 담고 있다. 제국은 일어섰다 무너지고 정권도 왔다가 사라지지만 문명은 유지되며 정치적, 사회적, 경제적, 이념적 격변의 와중에서도 살아

---

6 고현철, 위의 논문, 66~67쪽.
7 나병철, 위의 책, 199쪽.

남는다. 그래서 문명은 유구하고 진화한다고 말한다. 20세기 거대한 정치 이념으로 자유주의, 사회주의, 무정부주의, 마르크시즘, 민족주의, 파시즘, 민주주의 등은 한결같이 서구에서 나왔지만, 종교만은 서구가 낳지 못하였다. 어떤 문명이나 문화에서든 가장 핵심이 되는 요소는 언어와 종교이다.[8] 따라서 진정한 저항은 대항문화를 창조해나가는 것으로 이룰 수 있다. 저항적 문화를 활성화시키는 가장 유력한 방법은 창조적 예술을 생산하는 것[9]이라 한다. 조선과 일본의 문화를 비교할 때 이것은 중요한 위치를 점하게 된다. 제3세계 여성들은 식민주의와 가부장의 이중 억압에 대항하는 수단으로서 언어와 문화를 효과적[10]으로 사용해야 한다.

일본은 조선에 언어제국주의를 행사했다. 언어제국주의는 식민지 종주국어의 보급에 그치지 않고 종주국 내의 지방방언에 대한 억압까지 포함한다. 일본어(고쿠고, 일본제국의 표준 언어, 國語)는 단순히 많은 언어 중 하나가 아니고 일본제국이 서양과 대결하기 위한 일본 문화의 핵심이고 현지주민에 대한 권위의 근거이자 주민들의 사상을 일본화하기 위한 수단이었다. 고쿠고 습득 정도는 문명화의 척도이면서 일본국가에 대한 충성심의 척도로 여겨졌다. 일본의 언어정책은 청일전쟁을 전후로 본격적으로 이루어졌다. 일본에서 고쿠고를 설정하기 시작한 것은 식민지에서 동화수단으로 입말이 필요[11]했기 때문이다. 즉 동화의 수단으로

---

8 새뮤얼 헌팅턴, 이희재 옮김, 『문명의 충돌』, 김영사, 1997, 47~74쪽.

9 나병철, 『탈식민주의와 근대문학』, 문예출판사, 2004, 24~45쪽.

10 고부응 엮음, 앞의 책, 158~169쪽.

11 일본제국은 아주 짧은 기간 동안 국민국가를 형성하고 제국주의화한 뒤 붕괴한 나라다. 1868년 메이지 유신부터 1945년 제국이 붕괴하기까지 80년도 채 안 되는 시간이었다. 미우라 노부타카·가스야 게이스케 엮음, 이연숙·고영진·조태린 옮김, 오구마 에이지, 「일본의 언어 제국주의—아이누류큐에서 타이완까지」, 『언어제국주의란 무엇인가』, 돌베개, 2005, 71~79쪽.

조선의 문화와 조선의 말을 저급한 것으로 왜곡한 것이다.

하지만 동화주의는 차연의 특성을 가진다. 지배권력은 피지배자의 차이를 억압해 동일성의 체계(가부장제, 식민지 사회, 자본주의)를 만들려 하지만 완전히 소멸되지 않는 차이의 반작용에 의해 체계의 동일성은 늘상 연기된다. 차연[12]이 일어나는 것이다. 차연의 저항은 피지배자의 차이를 활성화시켜 지배권력의 행사 과정에서 나타나는 틈새를 열어젖힘으로써, 지배자가 스스로 와해되게 만든다. 이는 동일화하려는 지배권력을 무력화시키는 것일 뿐, 그 상대자를 배타적으로 배제하는 것이 아니다. 차연의 저항은 지배자의 대립과 동일성의 논리를 와해시켜 그 대상과의 차이의 관계를 회복함으로써 독립된 주체성을 얻게 된다. 이때 피지배자가 획득한 독립된 주체성이란 타자와 차이의 관계를 유지하려는 차연의 주체성[13]이다.

진정으로 해방되기 위해서는 대립의 위치에서 식민주의 담론을 의도적으로 해체하기보다는, 배제와 종속의 상호관계의 위치에서 권력과 저항의 작용을 주목하는 일이 필요하다.[14] 탈식민주의가 식민주의의 탈피와 극복이라는 원래의 목적을 수행하지 못하고 엉뚱한 방향으로 흘러가고 있는 실정이다. 페미니즘, 마르크스주의, 탈식민주의 그 어느 것도 성, 계급, 인종을 모두 아우르는 메타내러티브가 될 수 없다.[15] 이런 상황에서 진리는 서사의 관점에서 이해되고 있다. 즉 우리가 이제까지 진

---

12 불어로 차연, 디페랑스(differance)는 차이 디페랑스(difference)와 똑같이 발음되기 때문에 눈으로는 식별되지만 소리로는 식별이 안된다. a를 지닌 차연에 의해 꼼짝도 할 수 없는 상태로 갇혀 있다. 차연은 시간화에 따른 지연과 공간화에 따른 차이를 뜻한다. 자크 데리다, 김보현 옮김, 『해체』, 문예출판사, 1996, 119~120쪽.

13 나병철, 『탈식민주의와 근대문학』, 앞의 책, 110~115쪽.

14 위의 책, 106쪽.

15 고부응 엮음, 앞의 책, 31~48쪽.

리로 믿어왔던 사상, 과학, 국가적 합의, 역사가 실상은 한 편의 꾸며진 서사임을 드러낸다. 진리는 서사가 아니지만 결코 그 자체로 표상되지 않으며 서사 이외에는 달리 접근할 수 있는 통로도 없다.[16] 따라서 서사의 장치를 이용하여 식민지배하 생명체의 삶을 진실하게 그려내는 작업은 진정한 해방을 위해 더욱 뜻 깊은 작업이 될 것이다.

3. 박경리 『토지』[17]에 나타난 탈식민적 페미니즘

『토지』는 열린 텍스트이다.[18] 여기에서는 박경리가 『토지』를 통해 피식민지 조선 여성의 삶을 주체적[19]으로 그릴 수 있게 한 작가의식을 알아보려 한다. 피식민지 조선 여성의 삶을 최서희를 통해 간략히 보자. 최서희는 『토지』를 이끌어간 중심인물인 동시에 피식민지 조선 여성으로서 지난한 삶의 경험을 가지고 있는 인물이기도 하다.

최서희는 탈식민적 페미니즘 관점에서 보았을 때 세 가지 특성을 가진다. 첫째, 전통적·가부장적 신분질서에 저항한 인물이다. 이는 길상을 남편으로 맞이하는 것으로 기존 가부장제 신분질서에 대한 저항을 실천

---

16 나병철, 「근대 서사와 탈식민주의」, 앞의 책, 19~20쪽.
17 주 텍스트로 박경리, 「토지」 전21권, 나남출판, 2005를 선택하여 분석한다.
18 김양선, 「허스토리의 문학」, 새미, 2003, 311~312쪽.
19 『토지』는 국권을 상실한 전환기 시대에 한국인이 정체성을 잃지 않고 한국적 문화와 전통을 여전히 지키고 있는 모습을 보여주고 있다.(이우화, 「박경리 '토지'에 나타난 전통적 가치관에 관한 연구」, 한국교원대학교 석사학위논문, 2003, 114쪽) 이 외에 주체성을 이룩한 여성상이 등장하는 글이 많이 있다.(이덕화, 「박경리와 최명희, 두 여성적 글쓰기」, 태학사, 2000. 김혜창, 「박경리 소설의 여성성 연구」, 충북대학교 박사학위논문, 1999. 이상진, 「박경리의 '토지' 연구－인물형상화를 중심으로」, 연세대학교 박사학위논문, 1998. 이금란, 「박경리 소설에 나타난 가족 이데올로기 연구」, 숭실대학교 박사학위논문, 2006)

한 것에서 알 수 있다. 둘째, 친일행위를 하는 가운데서도 조선 고유의 문화적 우월을 내면화한 인물이다. 이는 구미가이 경부와의 만남에서 드러난다. 구미가이 경부는 시즈카고젠과 요도기미에 서희가 비교된다 말한다. 일본서는 최상급에 속하는 여자와 닮았다는데도 서희는 눈썹 하나 까닥이지 않고 오히려 불쾌해 한다. '일본이 모욕을 당하였다. 조선사람 거반이, 친일파만 빼면, 낫 놓고 기역자 모르는 무식꾼조차 일본을 모멸하고 비웃는 것은 다반사가 아니던가. 구미가이 경부는 그것을 모르는 바보인가. 바보가 아니다. ……그러나 서희는 원성도 자위도 아닌, 조선의 문화, 그 우월의 꽃 속에 앉아 허식도 수식도 할 필요가 없는, 제 얼굴을 내밀고 있으니'(14권 270쪽)에서 박경리가 서희를 문화의 꽃으로 그리고 있음을 볼 수 있다. 셋째, 부모로부터 받지 못한 모성을 스스로 회복하여 피지배 민중을 보살피는 실천적인 인물이다. 이는 평사리 토지를 되찾은 후, 간도에서 조선으로 돌아오면서 두 아들을 온전히 지켜내겠다는 모성성을 갖게 된 서희가 진주에서 새롭게 최부자댁으로 살아가면서 항일의 정신을 숨기고 친일의 행위를 드러내는 표면과 이면이 다른 삶에서 나타난다. 서희는 이중적 삶 속에서 억압받는 조선 민중을 보살피고 돌보겠다 마음먹고 지리산에 은거한 사람들을 돕는 것이다.

따라서 최서희는 조선 문화의 힘을 내면화하여 일제에 저항한 민족주의자였으며, 모성성을 회복하여 조선 민중을 보살피고 실천한 주체적인 여성임을 알 수 있다. 또한 일제가 실행한 동화주의 정책에 물들지 않은 인물이었다. 이처럼 박경리가 조선 여성을 능동적이고 주체적인 인물로 그리는 것은 작가의식으로 다음의 세 가지 저항의식을 가졌기 때문에 가능했다.

1) 동학을 통한 저항적 민족주의

박경리는 일제 식민지[20] 조선 민중에게 일어나는 역사적 상황들을 사실에 근거하여 진솔하게 전개한다. 일제 식민지하 '서울 제물포 사이에 철도가' 놓이고, '전등불'이 휘황한 것은 좋으나 '우리 땅에 우리 일꾼 부려서 역사를 한 것이 아'닌 점, '우리 금광을 각 나라들이 파헤쳐 가는 실상'과 '왜인이 인삼을 약탈'해 가는 나라의 사정을 개탄하는 현실인식을 드러낸다. 작가는 '풍요한 대지, 삼엄하고 삭막한 대지, 대지의 그 양면 생리는 농민의 생리요, 농민은 대지의 산물'(3권 176쪽)이라 보고 조선 현실을 농민이 주체가 되어 살아내는, 그 중에서도 여성의 삶을 능동적으로 그려낸다.

박경리는 '일병 일개 소대쯤 되는 병력'이 마을을 지나갈 때 그들에 대한 증오와 공포심은 마을 사람들 마음 깊은 곳에서 일어나고 있음을 밝힌다. '국모를 끌어내어 불에 태워 죽였다는 행악과 곳곳에서 자행되었다고 전해오는 가지가지 횡포'(3권 333~334쪽)로 인한 것이다. '무장한 왜병들이 이 땅에 와서 활보하는 것은 이미 오래된 일이요' 그네들이 '노략질에 영일이 없는 것은 삼척동자도 알고 있는 사실이다.'(3권 339쪽) 이 같은 시대인식은 박경리가 조선 민중이 살아가는 방법으로 저항적 민족주의를 드러내게 만든다. 저항의 방법에는 적극적 방법과 소극적 방법 두 가지가 있는데, 윤보 같은 농민들이 주도한 동학을 통한 방법은 적극적 방법에 해당하는 반면, 교육[21]을 통한 준비론은 소극적 방법에

---

20 일본은 1894년에 청일전쟁을 전후하여 식민사상이 확립된다. 강만길 외, 박홍규, 「일본 식민사상의 형성과정과 사회진화론」, 『일본과 서구의 식민통치 비교』, 선인, 2004, 57쪽.
21 교육은 구국운동의 강력한 수단으로 인식되었고 1920년대에는 실력양성을 통한 문화 민족주의 운동의 핵심이 된다. 엄미옥, 「한국 근대 여학생 담론과 그 소설적 재현 연구」, 서강대학교 박사학위논문, 2007, 1쪽.

속한다. 소극적 방법론을 내세운 무리는 주로 강 의원 같은 지식인이나 학교 선생님, 서희 같은 여성들이 자식을 키우는 방법으로 나타나고 있다. '양전옥답 물릴 어리석은 생각 말고 피 땀나게 자손들을 가르쳐야 한다. 가르친다는 것도 근본이 애국애족하는 마음, 내 나라 내 겨레를 잊어서는 아니되고 배반해서는 아니되고 한 길 한 마음 빼앗긴 조국을 찾아야 한다는 것을 심어주는 것이다.' (7권 248~249쪽) 박경리는 소극적 준비론도 공존하고 있었음을 보인다.

중요한 것은 『토지』에서 동학[22]은 세상을 우리 스스로 바꿀 뻔했던 조선운동의 핵심이라는 것이다. 즉 동학을 기반으로 한 저항적 민족주의 의식을 박경리가 가지고 있음을 보인다. 당시 동학을 잊어버린 채 일본에 경도된 지식인들은 서구 문물의 유입만이 세상을 바꿀 수 있는 방안이라 생각하고 있었다. 박경리는 이 점이 잘못된 것임을 지적하며 안타까워한다. 그리고 일본 제국주의가 고수하는 민족주의는 조선의 민족주의와는 근본적으로 다르다는 의식을 뚜렷이 드러낸다. 민족의식은 '악도 되고 선도 되는' 것이기에 식민자의 민족주의와 피식민자의 민족주의는 다르다는 의식이다. 조선 민중의 저항적 민족주의는 제 나라를 지켜내는 것이기에 진정성을 갖는다는 주장[23]이다.

태어난 생명들이 다 고르게 배불리 먹을 수 있고 무리에서 따돌림받지 않고 업신여김을 받지 않고 복되게 사는 것을 꿈꾼 것이 어디 오늘만의 염원이던가?

---

22 문학의 제재로 선택된 동학은 동학혁명이 주요내용이다. 동학의 정신문화는 지식인·민중 모두에게 수용된다. 동학은 개벽세상, 한울님에 대한 심고, 시천주 주문, 궁궁을을이 심리와 결부된다. 임금복, 『동학 문학과 예술 그리고 철학』, 모시는사람들, 2004, 15~70쪽.
23 "일본이 이웃에 폐를 끼치는 한 우리는 민족주의자일 수밖에 없다."에서도 『토지』에서 보이는 일본에 대한 작가의식을 읽을 수 있다. 박경리, 『생명의 아픔』, 이룸, 2004, 196쪽.

(중략) 천지만물 생명 있는 일체의 염원 아니겠는가. 하낫도 새삼스러울 것이 없지. (중략) 정치의 형태가 달라져야 한다는 염원이 우리나라에서는 진작부터 백성들에 의해 폭발했었다는 일을 서양 사회주의 하는 젊은이들이 깡그리 잊고 있는 것이 나로선 안타깝네. (중략) 조선에서는 소련에 앞서서 동학혁명의 전쟁이 있었네. 동학농민전쟁. (19권 348~349쪽)

박경리는 세상이 달라져야 한다고 말한다. '세상이 한번 바뀔 뻔했던 동학[24]당 난리 때처럼. 왜국에 대한 항쟁의 시작도 동학군이요 의병의 총본산'도 동학으로 본다. 또한 동학이 일종의 사교로 치부되어 있는 현실을 비판한다. 그는 '조선 사람, 일본 사람들이 민주주의와 사회주의 마르크시즘 그런 것들은 새로운 사상'이라 하여 '이상적인 정치형태라 신봉'하면서 '보국안민의 정치적 요체를 간직한 동학을 거들떠보지 않는'(14권 22쪽) 것을 비판한다. 동학이 조선 민중의 이상적인 정치형태의 하나였음을 다시 각인시키는 것이다.

애국심이나 국수주의는 출발에 있어선 아름답고 도덕적이다. 그러나 그것이 강해지면 질수록 추악해지고 비도덕적으로 된다. 빼앗긴 자나 잃은 자가 원망하고 증오하는 것은 합당하지만, 또 민족주의를 구심점으로 삼는 것은 비장한 아름다움으로 받아들일 수 있지만, 도끼 들고 강탈한 자의 애국심, 민족주의는 일종의 호도합리화에 불과하고 진실과는 관계가 없어. 흔히들 국가와 국가 사이, 민족과 민족 사이엔 휴머니티가 존재하지 않는다고들 하지. 그 말은 국가나 민족을 업고서 저지르는 도둑질이나 살인은 범죄가 아니라는 것과도 통한다. 하여 사람들은 얼굴 없는 하수인, 동물적인 광란에도 수치심 죄의식이 없게 된다. 군중은 강력하지만 군중 속의 개인들은 무책임하다. (14권 90쪽)

---

24 『토지』에는 아래로부터의 근대화 과정이 드러나고 있는데 동학농민운동이 그것이다. 박은정, 「'토지'에 나타난 박경리의 역사관 연구」, 한국외국어대학교 석사학위논문, 2005, 23쪽.

박경리에게 민족의식은 이중성을 갖는 것이다. 그리하여 피정복자에게 민족의식은 항쟁을 촉구하는 것이지만 정복자에게 민족의식은 정복을 고무하는 것으로 변화한다. '일본의 민족주의는 군국주의이며 황도주의' 일 뿐, '진정한 민족주의' 는 아니라고 한다. 박경리는 그 근거로 민족주의는 '외적의 침입을 끊임없이 받으며 싸워서 제 나라를 지키는 데서 싹트고 자라는 것' 인데, '일본은 외적의 침입이 거의 없었던 섬나라'(15권 27~28쪽)이기 때문이라 말한다.

이처럼 박경리는 조선 민중이 주축이 된 동학이 조선 민중의 이상적 정치형태였음을 독자에게 재각인시킨다. 동학을 바탕으로 이루어진 조선의 저항적 민족주의는 타자중심적 민족주의가 될 수 있다. 왜냐하면 동학은 하위계층으로 배제되어 왔던 사람들에 의해 성립되어 배타성을 가지고 있지 않거니와, 주체 중심적인 제국주의 일본에 저항하기 위한 수단으로 선택한 자유와 평등을 현실화하는 민족담론이기 때문이다. 또한 일본이 이웃나라에 피해를 주는 이상 조선이 저항적 민족주의를 견지하는 것은 정당성을 가질 수 있기도 하다.

2) 샤머니즘에 바탕한 창조적 대항문화

피식민지가 진정한 저항을 이루는 방법으로는 대항문화를 창조하는 길이 바람직하다고 한다. 이때의 대항문화는 언어와 종교를 통해 이루어진다. 박경리는 일제 식민지하에서 출생한 사람이다. 하지만 그녀는 일본으로부터는 배울 것이 전혀 없었다[25]고 말한다. 왜냐하면 조선의 언어와 종교는 이미 일본이 가진 고쿠고와 무의 문화를 넘어서는 숭고함을

---

25 박경리, 『가설을 위한 망상－박경리 신원주통신』, 나남, 2007, 332~333쪽.

지니고 있다고 판단했기 때문이다. 박경리는 조선의 전통 샤머니즘이 종교로서 중요한 가치를 지니고 있었음을 인식하고 그것에 주목한다. 샤머니즘이 문화유산으로서 보존할 가치가 있는데, 일본이 유독 이를 없애려 하는 것은 조선 문화를 깡그리 없애려는 전략[26]임을 『토지』를 통해 드러낸다. 조선의 전통인 샤머니즘은 생명존엄의식을 가졌기에 이를 바탕으로 이룩된 조선의 문화[27]는 창조력을 지니게 된다.

박경리가 『토지』에서 창조적 문화에 집착한 데에는 이유가 있다. 개화기 당시 일본과 조선은 대등한 문화[28]를 지니고 있었다. 일본이 충을 숭상한 무의 문화를 지녔다면 조선은 효를 숭상한 문의 문화[29]를 지니고 있었다. 그런데 일본은 조선 문화를 말살하여 조선이 피식민지임을 각인

---

26 조선총독부는 조선의 민간신앙을 연구하여 귀신(1929), 풍수(1931), 무격(1932) 전3부를 저술하였다. 조선의 민간신앙을 한낱 미신으로 간과하는 데 머물렀다면 그토록 방대한 작업이 오랜 시간에 걸쳐 진행되지는 못했을 것이다. 표층에 나타나는 왜곡된 모습에도 불구하고, 그 심층의 저변에는 외세가 두려워하고 경계하고자 했던 민간신앙의 본질적 요소(생활이상의 발현, 가족애, 향토애, 공동체의 결속력 등)가 존재하고 있었다. 이수경, 「'조선총독부 조사자료'에 나타난 조선의 민간신앙」, 『일본연구』 제32호, 한국외국어대학교 일본연구소, 2007.6, 60~71쪽.

27 문화를 통한 저항력 구축은, 정치적 투쟁과 같은 적극적 저항성과 동일선에서 시대의 저항력으로 기능하고 있다.(권은미, 「박경리 '토지'의 탈식민적 양상 연구─소설적 형상화와 그 양가성을 중심으로」, 울산대학교 석사학위논문, 2007, 7~8쪽) 문화적 정체성이 이기적 자부심으로 변한 예가 일본이다. 문화왜곡, 황국사관에서 그 면모를 볼 수 있다.(전경옥, 『문화와 정치』, 숙명여자대학교출판부, 2006, 72쪽) 권은미의 논문은 『토지』가 지닌 저항력을 드러내기 위해 호미 바바의 양가성 이론을 사용한다. 일본 제국주의는 스스로 문명에 위치시키고 한민족을 열등한 항인 야만이나 미개의 항에 위치시켜 이를 정형화했고 그곳에서 일본은 스스로 모순에 부딪치며 양가성을 드러낸다는 것과, 자본주의도 화폐를 통해 인간의 삶이 지니는 질적 가치를 양적 가치로 전환시킴으로서 스스로 양가성을 드러낸다는 것을 밝힌다.

28 강만길 외, 이나미, 「일제의 조선지배 이데올로기─자유주의와 국가주의」, 『일본과 서구의 식민통치』, 앞의 책, 97~98쪽.

29 한준석, 『문의 문화와 무의 문화』, 다나, 1991, 62~87쪽. 일본지역연구회, 『일본은 우리에게 무엇인가?』, 책사랑, 2002, 48~49쪽.

시키기 위해 야만과 미개[30]라는 의식을 조선에 유포시킨 것이다. 이에 저항하기 위해 박경리는 물질문명으로 앞선 일본이라도 조선 문화가 가진 창조적 힘을 가지지 못했다는 점을 부각시킨다. 일본은 결코 조선보다 우월할 수 없음을 증명하려 한 것이다.

> 내가 무속도 보존할 가치가 있다 한 것은 그 속 검은 왜놈들이 저희들 미신은 뒤로 감추고서 야만이다, 미개다 하는 수작을 빤히 알기 때문이라구. 그것이 다 이 나라 문화를 깡그리 없이 하자는 수작이거든. 그러니 내가 보존하자는 것은 미신을 보존하자 그것은 아니라구. 무속도 우리 백성들이 살아온 자취요 풍속이라면, 그걸 아주 싹 지워버릴 수는 없어. (6권 256쪽)

박경리는 '무속이 한 나라의 문화유산인 만큼 보존할 가치가 있다'고 말한다. 조선의 무속을 없애려는 일본은 오히려 '전체가 미신 덩어리'라 한다. 왜냐하면 소위 '일본에는 신궁'이라는 게 있는데, '고대 의장을 한 신관이라는 자가 있어서 하얀 종이를 오린 신대 같은 것을 흔든다.' '그게 무당하고 다를 것이 조금도 없다'(6권 255쪽)는 것이다. 일본인이 저희들 미신은 뒤로 감추고서 조선의 무속만을 야만이다 미개다 하는 수작은 조선의 문화를 깡그리 없애자는 수작이라 비판한다.

> 점잖지 못하게 원색적으로 조선인을 멸시하는 것도 그만큼 일본은 문화적인 콤플렉스를 가지고 있다 할 수 있을 거예요. (중략) 조선의 예술은 생명이 내포된 힘의 예술이에요. (중략) 칼로써 힘을 빼는데 무한한 힘이 소요되는 창조에 바칠 힘이 있겠느냐, 일본의 문화적 빈곤은 바로 거기에 이유가 있고 칼

---

30 일본은 조선에서는 미개를 상징적으로 드러내는 것을 찾을 수가 없었다. 조선에서는 미개를 대신하는 것으로 민족성이라는 라벨이 붙여졌다. 빈곤, 불결, 교활 등이 조선인의 민족성이라는 것이 강조됐다. 미즈노 나오키, 정근식, 고마고메 다케시, 마쓰다 요시로, 정선태 옮김, 『생활 속의 식민지주의』, 산처럼, 2007, 23~25쪽.

을 삼가며 치지 않고 내 나라를 지키는 데 그친 조선은 당연히 창조에 그 힘을 살렸다, 전 그렇게 보고 싶은 거예요. 비애가 아닌 생명의 힘. (중략) 일본의 야만적인 탄압은 공포에서 오는 거예요. 거듭되는 학살은 당신네들 공포의 표현입니다. 당신네들이 용기다 생각하고 있는 것은 용기가 아닌 잔인성이에요. (중략) 애국이라는 말을 빌린 공범의식, 당신들의 애국심은 공범의식이지요. (15권 126~129쪽)

박경리는 일본의 문화적 콤플렉스와 조선의 창조적 힘을 드러낸다. 그는 '일본의 경영은 식민지 백성들의 하층구조에까지 스며들어 일상화'되어 가고 있지만, '조선인은 잠재된 의식 속에 예절과 검소 같은 높은 선비정신의 잔영이 있기'에 일본 것이 '저속하고 치졸'(13권 11쪽)해 보였을 것이라 말한다. 그리고 '일본이 강국이라는 관념은 그들의 빈약하고 보잘것없는 문화까지 승격'하게 만들었음을 밝힌다.

박경리는 문화에 대한 입장을 제시하기도 한다. '문화란 다소간에 서로가 영향을 줄 수 있는' 건데 처지에 따라 강조하는 것은 불공평한 일이다. 오늘 '조선이 힘이 없다 해서 걸핏하면 중국의 속국이었다' 들먹이는데 그건 '의도적인 악의'다. '한자의 경우'도 그렇다. '글자란 엄밀히 말해서 전달의 수단이지 내용은 아니다. 한자를 우대하기론 일본도 마찬가지'였고 '당신네들한테도 우리를 거쳐 중국 것이 들어갔고 또 우리 것도 가져갔다면 모화사상에다 모조사상도 성립'이 된다. '조선의 예술은 고유한 것이며 독특한 것'(15권 117쪽)이다. '칼로써 힘을 빼고 황폐해진 일본정신으로는 파괴가 있을 뿐 창조는 없게 된다.' '평화는 조선과 같이 생명에의 지향에 의해 이루어지는 것'(15권 121쪽)이지 일본과 같이 무력에 의해서 이루어지는 것이 아니라 말한다.

한걸음 더 나아가 박경리는 차원 높은 문화예술도 일본은 없다고 한다. '조선의 예술은 생명이 내포된 힘의 예술인 것'에 반해, '일본은 칼로써 힘을 소모하기에 창조에 바칠 힘이 없'[31]고 따라서 일본의 문화는 빈곤할 수밖에 없다. 일본의 야만적인 탄압은 공포에서 오는 것이다. '칼날과 섹스[32]'는 일본의 수천 년 역사의 진수'(13권 15쪽)이며, '일등국민을 되뇐다는 것 자체가 열등감'(14권 75쪽)을 가진 증거라 말한다.

박경리는 '일본이 물질문명의 선진국으로 대비약할 수 있었던 것은 오랜 옛날부터 문화의 수혜국인 조선을 미개국으로 왜곡했기에 가능' 했음을 밝힌다. '일본의 무사도 정신은 제국주의를 받아들일 수 있는 터전이 되었고 일본 국민들은 별 저항 없이 전쟁의 정열 속으로 휘말려 들어가 애국이라는 이름으로 국가 권력자를 위해 기꺼이 목숨을 던지게 되었다.' 그리하여 조선은 '미거하고 우매한 백성으로 치부되어 일본의 희롱을 받게 되었다.'(4권 62~65쪽) 그러나 정신문화의 시대는 오고 물질문명의 시대는 갈 것이라 예언한다. 박경리는 인간존엄을 찾게 될 후일 그렇게 되리라 생각한다. 박경리는 일본인이 말하는 '조선인은 게으르고 거지가 많게 된 실정은 총독부에 책임이 있다'(13권 14쪽)고 맹렬히 비판한다.

이처럼 박경리는 창조적 대항문화를 샤머니즘에서 찾아내고 이를 중시하는 인식을 가지고 있었다. 샤머니즘의 생명존엄정신이 조선 문화를 창조적 생명력을 지니게 한 것으로 보고 있다. 일본이 물질문명을 앞세워 조선을 미개·야만으로 왜곡하려 했지만, 그것은 오히려 일본 스스로 문화적 콤플렉스를 드러낼 뿐, 일본의 물질문명은 타자를 억압하는 생명

---

31 박경리는 비생명적 일본 문화를 비판한다. 이상진, 앞의 논문, 국문요약 참조.
32 "아무리 물질이 풍요하고 기술이 상승한다 하더라도 인간 또는 생명의 본질적 탐구 없이는 야만성을 면치 못한다. 일본의 군국주의는 에로티시즘과 그로테스크, 난센스 그리고 황도주라는 틀 속에서 필연적으로 발생한 것이다." 여기에서도 박경리가 일본의 문화적 특성을 칼과 섹스에서 찾고 있음을 알 수 있다. 박경리, 『가설을 위한 망상-박경리 신원주통신』, 앞의 책, 60~61쪽.

파괴적 특성을 지니기에 생명을 창조하는 조선 문화를 말살할 수는 없음을 말한다.

3) 일제 동화주의의 속성, 차연

일제는 문화적으로 대등한 조선을 지배하기 위해 이데올로기에 의존하는 경향을 보였다. 즉 조선인이 일본인화되어 일본에게 충성심을 가지도록 만드는 정책을 펴게 된 것이다. 언어제국주의도 그 정책의 하나이며, 조선인과 일본인의 결혼을 장려한 것도 동화정책의 일환이었다. 하지만 지배자의 이미지로 피지배자를 변형시킨다는 논리는 피지배자에 의해 역방향으로 전유되어 도리어 지배자를 위협하는 응시의 치환을 가져[33]오게 된다. 박경리는 이 점을 인식하고 있었다. 즉 일제 동화주의가 지닌 모순점에 의해, 일제는 동일화하려는 지배권력으로써 자체적으로 무력화될 수밖에 없으며 조선은 독립된 주체성을 확보하게 되는 양상을 띠게 됨을 『토지』를 통해 드러낸다.

일본과 조선은 결코 동화될 수 없는 상황임을 박경리는 우선 '일본 현인신 숭배'에서 원인을 찾아낸다. '살찐 돼지보다 죽지 부러진 한 마리의 송학이 초라한 것'은 당연한 일이다. '살찐 돼지는 옹졸하고 볼품없는 발톱에 편자를 끼우고 먹세 좋고 더러운 주둥이에 포문을 물리면서 현인신인들 아니될까' 하여 '유구한 문화에다 기원 이천 육백 년의 대일본제국은 욱일승천이라, 우러러보게 훌륭한 것은 당연하고 당연한 일이다.' (10권 198쪽) 죽지 부러진 송학 조선을 살찐 돼지 일본은 기세 좋게 먹어 들

---

33 박지향·김철·김일영·이영훈 엮음, 이철우, 「일제하 법치와 권력」, 『해방 전후사의 재인식』, 책세상, 2006, 165쪽.

어간다. 동일화를 통해 조선인까지 현인신을 숭배하도록 만들려는 대일
본제국을 보여준다. 하지만 현인신을 받드는 것, 천황과 국체라는 절대
주체에 자기를 던지는 것은 주체화되는 것이 아니라 오히려 객체화되는
것이다. 왜냐하면 허위주체[34]가 되는 모순점을 내재하고 있기 때문이다.
허위주체란 비판과 저항의 여지를 남겨두지 않는 주체로, 폭력에 의해 동
일화된 꼭두각시를 말한다. 또한 현인신 자체가 허위[35]이기도 한 문제점
을 안고 있는 일본이기에 그들을 흉내[36]내려 할 사람은 없게 된다. 일제
동화주의는 이처럼 동질화될 수 없는 차연의 속성을 지니고 있다.

박경리는 '거지 중 상거지도 조선 땅에 발을 들여놓고 보면 사정이 달
라진다. 게다짝을 쳐들면 아이들이 달아나고 길가에 오줌을 싸지르면 모
두 슬금슬금 피해 가고, 술 처먹고서 조선놈 치고받아도 주재소 갈 염려
는 없고, 잘하면 땅뙈기 얻어내어 머슴새끼 부려가면서 지주도 되고. 하
등에서 중등으로 올라온 놈의 호기야 상상할 만한다.'(10권 263쪽)며 종
놈이 종 부리는 신세가 됐으니 대일본제국에 충성을 다하는 악순환이 되
풀이 된다고 말한다. '식민지 조선에 나와 있는 일본인들은 질이 많이 떨
어지[37]는 편'(19권 118쪽)이었음에 주목한 것이기도 하다. 생명체를 존중

---

34 이정우 · 조광제 · 김석수 · 장미란 · 정수복, 『주체』, 이연기, 2001, 32~33쪽.

35 "만세일계, 신도사상, 칼이 본질적으로 허위다. 허위이기 때문에 내용이 공동상태로서 빈
곤을 면치 못한다." 박경리는 일본 현인신이 허위임을 그들이 추구하고 간직한 이와 같은
특성에서 찾아낸다. 박경리, 『문학을 지망하는 젊은이들에게』, 현대문학, 1995, 200쪽.

36 흉내는 유사성과 비유사성 즉 거의 똑같지만 완전히 똑같지는 않은 차이를 요구하기
때문에 양가적이다. 피터 차일즈 · 패트릭 윌리엄스, 김문환 옮김, 『탈식민주의 이론』,
문예출판사, 2004, 268쪽.

37 강상중도 같은 의견을 보인다. 식민지는 일본 본토에 이익을 제공하는 장소뿐만 아니
라 감당하기 어려운 방탕아들, 곧 범죄자 빈민 그 밖의 바람직하지 않은 과잉 인구를
보내는 장소로서 유용했고, 그래서 일본 본토에서는 가질 수 없는 성적인 체험을 유발
하는 장소이기도 했다. 강상중, 이경덕 · 임성모 옮김, 『오리엔탈리즘을 넘어서』, 이산,
2000, 80~90쪽.

하는 조선인으로서 이런 일본인과 동일화는 될 수 없는 것임을 보인다.

박경리는 일본의 천황 칭호는 '개미가 우산 쓰고 가는 격으로 황당무계한 것'이라 밝힌다. '옥황상제도 천과 황이 함께 있지 않으니'(15권 22쪽) 옥황상제보다도 지위가 높은 일본의 천황 칭호는 어불성설이라 비판한다. 황당무계한 천황 칭호에서도 일본 스스로 문제점을 내재하고 있음을 응시의 치환을 통해 밝히고 있다.

> 절망하지 말라. 민중들은 아직 순결하다. 친일파는 말할 것도 없지만 지식인들이 일본이라 할 때 대다수 민초들은 왜놈 왜년이라 한다. 역사적인 자부심과 피해의식은 그들 속에 굳게 간직되고 있다. 그들은 일본인을 두려워하면서도 모멸하고 복종하는 체하면서도 결코 섬기지 않아. 그들은 조선의 대지이며 생명이다. (18권 320쪽)

박경리는 동화되지 않는 민중의 힘을 믿고 있기에 희망을 버리지 않는다. 백성들은 자라고 있으니까 '민중은 지도자가 키우는 게 아니라 스스로 크는 것'이니 조선이 결코 일본에 동화되어 정복되지 않을 것이라 말한다. 박경리는 조선 민중을 물에, 일본을 접시에 비유하여 동화될 수 없는 차이를 지니고 있음을 보이고, 동화되지 않는 것이 하늘의 순리임을 말한다. '우리 백성을 모두 물이라 비유한다면은 왜놈의 그릇이란 접시바닥. 조선백성이 홍수를 이룰 만큼 많은데 그 얄팍한 접시바닥에 담겨질 수 있겠소? 담았다 담겼다 생각한다면 그것도 망상이요, 담으려 하고 담기려 한다면 그것은 역리'(13권 57쪽)라 보는 것이다.

박경리는 생명존엄을 중시하는 조선이 일제에 동화되지 않는 이유로 일본의 휴머니즘 결여를 들기도 한다. '휴머니즘을 결여한 새 질서는 허구이며 허구에서 시작되는 파괴는 남뿐만 아니라 자신도 무너지고 마는' 결과를 초래한다는 것을 일본의 패망이 증명한다고 본다. '세상은 민족과 민족의 투쟁이 없어지고 억압하는 자와 억압당하는 자의 투쟁으로 진행되어야' 하며, 그렇게 될 때 비로소 지상에는 '식민지라는 존재가 없어질 것'(20권 120쪽)이라 말한다. 식민주의는 모두에게 파괴적인 힘으로 남는다는 것을 말한 것이다.

이처럼 박경리는 일제 동화주의가 차연의 속성을 지니고 있음을 인식하고 있었다. 일본 현인신 숭배는 허구이기에, 천황 칭호는 황당무계하기에 동일화는 지연된다. 또한 조선과 일본은 물과 접시, 생명존엄과 휴머니즘의 결여라는 차이로 인해 끝내 동일화는 지연될 수밖에 없다. 조선과 일본은 차이에 의해 동화되는 실체를 가질 수 없으며, 실체는 유보되게 되는 것이다. 따라서 박경리는 조선과 일본의 차이를 활성화시켜, 일본이 본질적으로 가지고 있는 문제점을 밝혀내었으며, 일본 스스로 와해될 수밖에 없음을 말한다.

4. 나오며

박경리 『토지』는 조선 여성의 능동적 삶을 그려내는 작품이다. 이는 서구여성이 주체적인 삶을 살아왔다는 것과는 달리, 제3세계 여성은 흔히 식민자와 남성으로부터 이중의 억압을 받아왔기에 주체적이지 못한 삶을 살아왔다고 왜곡되어온 기존의 이분법적 인식을 불식시키는 의미를 가진다. 박경리가 조선 여성을 바라보는 이런 인식의 기저에는 저항적 민족주의, 창조적 대항문화, 일제 동화주의의 차연성을 작가의식으로 지니고 있었기 때문에 가능했다.

우선 박경리는 동학을 기반으로 한 저항적 민족주의 의식을 갖고 있었다. 동학은 세상을 바꿀 뻔했던 조선운동의 핵심이며 조선민족주의의 바탕이다. 일본 제국주의가 고수하는 민족주의는 배타적 민족주의인 것에 반해, 조선의 저항적 민족주의는 제 나라를 지켜내는 것이기에 진정성을 갖는다고 본다.

다음은 샤머니즘을 바탕으로 한 창조적 대항문화를 갖고 있음을 인식하고 있었다. 무속 샤머니즘은 문화유산으로서 보존할 가치가 있는데 유독 일본이 조선 무속을 없애려 하는 것은 조선 문화를 말살하려는 전략이다. 조선이 피식민지임을 각인시키는 방법으로 야만과 미개의식을 유포시킨 것이다. 이에 저항하기 위해 박경리는 물질문명으로 앞선 일본이라도 조선 문화가 가진 창조적 힘을 가지지 못했음을 부각시킨다.

마지막으로 일제 동화주의가 지닌 모순점, 차연을 인식하고 있었다. 이 모순점은 응시의 치환을 통해 제시된다. 일제 동화주의는 조선과 일본의 차이로 인해, 동일화는 지연될 수밖에 없는 차연의 속성을 지닌다. 결코 조선 민중을 동화시키지 못할 것이며, 생명존엄이 없는 일본이 오히려 패망의 길을 걸을 것임을 말한다.

제3장

박경리 『토지』에 나타난 여성 하위주체의 저항

1. 들어가며

박경리의 『토지』는 조선 민중이 자주국가에서 주권을 침해당하는 국가로 전락하는 경험을 함으로써 사회와 개인의 가치관이 변화하고 삶의 양태가 달라져 기본적 인성마저 파괴되는 실정을 그렸다. 이민족의 주권 침탈은 믿을 수 없는 풍문으로 접근한 후, 강압적인 개인의 등장으로 현실을 인식시켰고, 총을 겨눈 공포를 확산하여 조선 사회를 지배했다. 박경리는 일제가 교묘한 공포조작을 통해 일망감시[1]를 구축하고 침략과 통제를 자행함을 보인다. 일제가 자행한 파놉티콘은 어디서나 어느 때나 누구나 감시당한다는 강박관념을 유포해 민중의 자기통제를 유발하고, 스스로 자신을 제한하게 만들어 규율준수의 불안 속에 살게 한 파놉티콘

---

1 권력은 자기 모습을 내보이지 않으면서 모든 것을 보게 되는 일망감시장치의 구조를 통해 개인을 감시하고 통제하는 방법을 완벽하게 실현할 수 있었다. 육체적으로 잔인하게 처벌하는 방법보다 감시하는 방법에 의존한 권력의 전략으로 인간의 육체는 규율에 길들여진 것이다. 벤담의 일망 감시시설(Panopticon)은 이러한 조합의 건축적 형태이다. 미셸 푸코, 오생근 역자, 『감시와 처벌 ─ 감옥의 역사』, 나남출판, 2004, 13~309쪽.

의 전형적 유형이다.

『토지』는 일제의 조선 통치가 개화개명정책에 동조하며 앞장선 양반
에게서 시발되어, 하층민의 다양한 욕망을 채워줄 것이란 사탕발림으로
일제 앞잡이나 밀정을 양산한 결과를 가져왔음을 보인다. 일제는 직접
조선인의 원망대상이 되지 않도록 하기 위해 일제 앞잡이나 밀정을 통해
조선의 내부분열을 유도함으로써 일석이조의 효과를 거뒀다. 내부분열
은 검은 얼굴에 하얀 가면을 쓴 일제를 자연스럽게 받아들이게 하였고,
일부 조선인 스스로 내선일체화를 지향하게 했던 것이다. 하지만 조선은
쉽사리 동화되지 않았다.

이 글은 피식민지 조선에 작용한 권력과 감시의 통제 아래에서 조선
여성들이 어떤 삶을 살아가게 되었는지를 살펴보는 것에 목적이 있다.
흔히 제3세계 여성의 삶은 억압당하는 집단으로만 인식되어 왔었다. 그
러기에 『토지』의 여성들이 존엄한 생명체로서의 개별적 삶을 살아내는
모습을 밝히는 일은, 제3세계 여성을 문학작품 내에서 왜곡[2]해왔던 기
존의 현상을 바로잡는 데에 도움을 줄 것이다. 이를 위해 『토지』의 여성
하위주체[3] 석이네가 살아온 삶을 중심으로 하여, 즉 석이네가 아내로 살

---

2 제3세계 여성에 대한 왜곡은 흔히 제3세계 여성은 억압당하는 집단에만 주목하여 묘사
   된 점이다. 특정 역사를 지닌 개별 여성으로서의 물질적 실재는 잊혀진 채, 모두 억압받
   는 그룹으로 동질화되어 있는 문제점이 있다. 찬드라 모한티는 제3세계 보통 여성은 성
   적으로 제한된 여성이라는 젠더와 제3세계의 존재라는 무지, 가난, 교육받지 못한, 인습
   에 얽매이는, 가족 지향적인, 희생적인 인물로 제시된다고 한다. 이는 교육받고 현대적
   이며 자신의 육체와 성을 관리하고 스스로 결정하는 자유를 가진 이미지와 대조적이며
   이것이 동질화된 문제점임을 지적하고 있다. 여성은 구체적인 역사적, 정치적 실천 내
   에서 만들어져야 하는 것이다. 유제분 엮음, 김지영 · 정혜욱 · 유제분 옮김, 『탈식민페
   미니즘과 탈식민페미니스트들』, 현대미학사, 2001, 25~97쪽.
3 여성 하위주체의 출발점은 마르크스의 프롤레타리아에서 시작된다. 제3세계의 부르주
   아 지식인 여성과 구분되는 하층여성들을 말하는 것으로 생산위주의 자본주의 체계에
   서 중심을 차지하던 프롤레타리아 계급을 포괄하여 성, 인종, 문화적으로 주변부에 속

았던 시대를 1세대로, 어머니로 살았던 시대를 2세대로, 할머니로 살았던 시대를 3세대로 설정하여 살펴볼 것이다.

석이네를 중심으로 살피는 이유는, 석이네는 박경리가 밝히고 있듯이 "모두 힘들게 살아왔고 비극적 삶을 끝낸 사람들도 많"은데, 유독 "불행의 여신은 석이네 식구들에게 달라붙어 떨어질 줄 모르"고, "조선의 순결한 딸들은 어떤 업을 짊어졌기에 일본군대 야수 같은 몸뚱이 밑에서 살이 썩어 가야만"(21권 304쪽)[4] 하는지를 대표적으로 보여주기 때문이다. 석이네와 같은 하위주체 여성의 삶을 고찰하다보면 사실적인 제3세계 여성의 삶이 결코 비극으로만 끝나지 않는다는 사실을 알 수 있다. 덧붙여 하위주체 여성만을 연구대상으로 하지는 않았다. 당시는 조선 남성이든 여성이든, 상위계층이든 하위계층이든 누구나 일제의 억압과 감시를 벗어난 삶을 살지는 않았기에, 여성 전반이 연구대상이 되어야 공정한 여성의 삶을 드러낼 수 있다고 생각하기 때문이다.

2. 남성위주 성의식 파기와 1세대 저항

『토지』는 1897년 한가위 축제로 시작된다. 성질이 팔팔하던 농부 정한조는 단발하고 양복 입은 서울양반 조준구에게 경의를 표하지 않는데,

---

하는 사람들로 확장되었다.(태혜숙, 『탈식민주의 페미니즘』, 여이연, 2001, 96~117쪽) 이것을 가야트리 스피박은 영국 제국주의와 인도 가부장제하에서 이중으로 억압당하는 인도 여성들이 자신들의 처지를 말할 수 없는 상황에 주목하며 하위주체를 억압과 예속 상태로부터 해방시키기 위해 이들에게 말을 걸어 스스로 목소리를 낼 수 있는 전략을 주장하고, 이때 노동자, 농민, 여성, 피식민지인 등 주변부적 부류를 서발턴이라 칭했다.(박종성, 『탈식민주의에 대한 성찰─푸코, 파농, 사이드, 바바, 스피박』, 살림출판사, 2006. 60~66쪽)

4 박경리, 『토지』 전21권, 나남출판, 2005를 텍스트로 삼았다. 이후로도 (몇 권 몇 쪽)으로 간략히 기술하겠다.

이 일로 석이네(정한조의 처)의 불행은 시작된다. 정한조는 멀리 조준구가 보이자 인사하지 않고 먼저 자리를 떴던 것이다. 이를 괘씸하게 여긴 조준구였다. 그러던 중 평사리에 의병운동이 발발하여 조준구가 죽을 위기에 처했었다. 조준구는 그 분함을 풀기 위해 결백한 정한조에게 뒤집어 씌웠고, 결국 정한조는 일본 병사들에게 끌려가 총살되었다. 석이네의 남편 정한조는 일제의 세력을 등에 업은 조준구의 분풀이 대상으로 생을 마감한 것이다.

당시는 일제의 세력이 침투하기 시작한데다 오일장에 아내를 내보내지 않던 조선 유교적 가부장제 가치관이 표면화된 시대였다. 농사지을 땅도 재산도 없으며 남편은 의병활동 죄목으로 죽고 졸지에 과부가 된 석이네의 삶은 평탄치 않게 전개된다. 내용상 석이네는 남편이 총살되는 시점까지 등장하지 않는데, 당시에는 가장이 가족을 대표하는 권력자였기 때문이다. 갑오경장을 겪은 후였음에도 사농공상의 가치 체계가 견고하였고, 여성들은 생물학적 결정론[5]에 따라 무의식적 자동감시자가 되어 이성애 중시, 신분차별, 남녀성차별, 이분화된 성별역할의식을 내면화한 시대였다. 부계로 이어지는 가문중시사상, 남성폭력의 일반화, 모성애와 현모양처의 여성성을 바람직하고 정상적이라 간주했던 것이다. 유교 가부장제가 구축한 '사람의 도리'란 파놉티콘에 감시당하고, 일제의 침략 세력이 미미한 힘을 보조해 주고 있는 시대였다.

---

5 성은 자연적으로 타고난 본능이라는 입장이다. 개인 또는 집단 간의 성적인 차이를 성기의 구조나 생식 기능의 차이 또는 성호르몬이나 유전자의 차이 등을 들어서 설명하고 있다. 일반적으로 남성중심사회에서는 남성들은 강력하고 억누를 수 없는 성적 욕망을 가지고 있어서 적극적이고 주도적인 반면, 여성들은 성적 욕망이 없으며 수동적이고 수용적이라고 간주된다. 이러한 남녀의 성적 정체성의 차이를 생물학적 성차에 의해서 결정된 것으로 보고 이를 자연적인 것 또는 정상적인 것이라 보는 관점이다. 한국성폭력상담소 엮음, 조영미, 「한국 페미니즘 성연구의 현황과 전망」, 『섹슈얼리티 강의』, 동녘, 2005, 15~16쪽.

신령에 관한 행사는 대행자인 무격(巫覡)에게 맡겨버리고 실행하는 것은 삼강오륜의 생활방식으로서 신비와 운명에 자신들 의지를 위탁하였으면서도 오로지 단 하나의 이성이며 실천과 노력을 도모하는 것이 유교적 인생관은 아니었었는지. 식자들뿐만 아니라 서민들이 즐겨 쓰는 도리(道理)라는 말이 있는데 자식된 도리, 부모된 도리, 사람의 도리, 형제의 도리, 친구의 도리, 백성의 도리, 이 도리야말로 생활의 규범이다. 천재를 제신의 노여움으로 감수하듯이 무자비한 수탈 속에서 가난도 이별도 견디어야만 하고 도리를 준열한 계율로 삼아온, 이 자각(自覺) 없이 고행해온 무리가 조선의 백성이요 수구파의 넓은 들판이다. 조선 오백년 동안 씨 뿌려 놓은 유교사상의 끈질긴 덩굴이며 무수한 열매인 것이다. 이 공자의 서자(庶子)들이 지금 도도히 흘러들어오는 약육강식하는 무리를 맞이하는데 과연 무엇으로, 사람의 도리로 대적한단 말인가. (4권 62~63쪽)

석이네가 아내로서의 삶을 사는 1세대[6]의 서사는 별당아씨와 구천이가 광에 가두어지는 사건으로 막을 연다. 별당아씨는 최참판댁이란 부유한 양반가의 며느리, 정실부인, 어머니란 풍요로운 페르조나[7]를 버리고, 모성애마저 의심받을 만큼 여자로서의 성의 정체성을 찾아 나선다. 그녀는 묘향산 북쪽 끄트머리에 쓸쓸히 묻히지만, 동학의 우두머리 환의 한 없는 사랑을 받았기에 결코 불행하지 않은 생을 살다 갔다. 화전, 진달래, 꽃송이, 구름으로 되살아나곤 하는 별당아씨는 여성에게만 강요되어

---

6 1세대는 『토지』 1부 1897년부터 대략 2부 시작 전까지인 1909년까지 등장하는 여성들이 주를 이룬다. 별당아씨, 귀녀, 삼월이, 임이네, 윤씨 부인, 함안댁, 영산댁, 월선, 김진사댁 두 청상, 김서방댁, 두만네, 석이네, 봉순네, 안산댁, 순이, 강청댁, 막딸네, 또출네, 홍씨, 야무네, 오서방댁, 우개동네가 해당된다.

7 집단사회 속에서 살아가는 가운데 집단에 의해서 요구되는 태도, 생각, 행동규범, 역할을 분석심리학에서는 페르조나(Persona, 외적 인격)라 부른다. '나'는 사회생활을 하는 가운데 여러 가지 페르조나를 썼다 벗었다 하며 그때그때의 사회집단에 적응해 나간다. 그러나 페르조나는 자아가 바깥세계에 적응할 때 필요한 수단이기는 하지만 삶의 최종 목표는 아니다. 이부영, 『아니마와 아니무스—이부영 분석심리학의 탐구』 2, 한길사, 2001, 30쪽.

온 정조관을 파기하며 저항한 삶을 살았던 것이다. 그에 비해 귀녀는 욕망실천형 인물로 여성정조를 신분상승의 도구로 이용한다.

귀녀는 "본시 양반과 종의 피가 나뉘어져 있었던 것은 아"(2권 97쪽)닐 것이란 인간평등사상을 가지고 있었다. 거기다 여자로서 자신의 육체에 자신감이 있었기에 신분상승을 꾀한다. 하지만 목표물 최치수는 강포수에게 '총 대신 너를 주겠다'며 귀녀를 물화해 버린다. 이에 앙심을 품은 귀녀는 최치수를 살해하라고 교사한다. 평산과 칠성에게는 물욕의 도구로, 같은 처지의 계집종들로부터는 감시와 배척의 대상이었던 귀녀. 하지만 그녀는 세상에 대한 원망 없이 생을 마감한다. 귀녀가 불행하기만 한 것은 아닌 죽음으로 결말이 맺어지는 것은, 그녀가 강철 같은 신분차별의식에 맞선 적극적이고 저항적 삶을 살았기 때문이다. 이에 비해 삼월이는 신분과 성차별의식으로 인해 파괴되는 삶을 산다.

삼월이는 최참판댁 계집종이기에 종놈 삼수와 공모한 양반 조준구에게 손쉽게 겁탈당한다. 삼수가 데리고 살면서 조준구가 한번씩 빌리는 성노리갯감으로 전락한다. 조준구는 당시 일제의 권력을 등에 업은 전형적 인물이며 삼수는 그런 조준구의 하수인이다. 삼월이는 한번 허신한 남자에게 일생을 걸던 조선 여성의 정조의식을 지녔고, 착한 심성을 지닌 순종적 여인이었기에 더욱 비극으로 치달린다. 누구 씨인지도 모를 아이를 낳은 삼월이는 우는 아이에게 젖을 먹이고 싶지만 젖조차 나오지 않고 아이는 이질을 앓다, 죽기를 바라는 야박한 인심 속에서 싸늘하게 생을 마친다. 즉 삼월이는 일제에 동조한 지배적 남성위주 성의식에 철저히 파괴되고 유린된 것이다. 종이라는 계급의식에, 여인이란 성별의식에 순종한 삼월이는 반미치광이가 되어 물에 투신자살하는 것으로 생을 마감한다. 그에 비해 임이네는 자유주의 성의식을 실천하는 삶을 산다.

임이네는 "젖을 먹다 잠이 와 젖꼭지를 문 어린 것의 뺨을 친" 후 "자식이고 뭐고 다 귀찮은 존재"(2권 53쪽)라 투덜거린다. 임이네는 모성본능이 신화일 뿐 여성의 자연적 성이 타고나는 속성이 아님을 보여준다. 임이네는 살인죄인 남편 칠성으로 인해 거지, 매춘부의 굴곡을 겪기도 하지만 한 끼의 밥을 얻기 위해 그녀가 치마를 걷는 모습은 추하지 않게 묘사되고 있다. 여성 정조가 생명유지보다 소중하지 않음을 보여주는 것이다. 또한 임이네는 남편이 살인죄인이면 아내도 순절해야 한다는 유교 남성위주의 가치관을 거역하고 성을 팔아 생을 잇는 삶을 살지만, 여전히 비극으로 묘사되고 있지는 않다. 뿐만 아니라 임이네의 육체는 여성 고유의 경험인 출산의 신비, 아름다움을 『토지』에서 유일하게 드러낸다. 칠성과의 섹슈얼리티[8]에서는 짐승으로, 모성애는 탈신비화하는 임이네가 출산의 위대함을 지닌 것은 흥미롭고도 중요하다. 왜냐하면 이것은 여성성에서 모순되고 양면적이라 여겼던 기존가치의 이분법에 대한 반박이며, 여성성은 개인의 다양성을 인정하는 것에서 비롯해야 함을 말하는 것이기 때문이다. 비극은 임이네가 재물의 노예가 되면서 이루어진다. 재물의 노예가 된 임이네는 결핵성 복막염을 앓다 처참하고 쓸쓸한 생을 마감한다. 임이네는 보수적 성의식에 저항하고 그 저항이 그르지 않다는 것을 보여준 여인이었다. 그에 비해 윤씨 부인은 모성본능을 이행하지 못했다는 자책 때문에 죄인의 길을 걷는다.

윤씨 부인은 과부로서 정절을 지키지 못했다는 죄책감과, 최치수와 구천이를 따뜻이 품어주지 못했다는 모성애 결핍을 자신만의 결함으로 인식하여 자신을 학대하는 삶을 산다. 윤씨 부인에게 내면화된 유교가치관

---

8 섹슈얼리티(sexuality)는 성교나 성행위와 같은 구체적 성행동을 포함하지만 보다 넓고 다양한 성적 욕망과 실천, 그리고 정체성을 지칭하는 포괄적 의미로 19세기 이후에 만들어진 개념이다. 성적 욕망을 창조하고 조직하고 표현하고 방향짓는 사회적 과정이다. 송명희, 『섹슈얼리티 · 젠더 · 페미니즘』, 푸른사상사, 2001, 60~61쪽.

이 빚은 비극인 것이다. 유교가치관은 윤씨 부인이 김개주란 남성의 겁탈 피해자임에도 가해자로 자책하도록 그녀의 생각을 변질시켰고, 남성보다 뛰어난 자신의 경영능력을 '최씨문중의 고공살이'로 과소평가하도록 생각을 부정적으로 변질시켰던 것이다. 내면화된 가부장제 가치관에 침몰당한 윤씨 부인은 호열자로 죽지만, 그녀는 자립적 삶을 사는 여가장의 긍정성을 보여주는 인물이기도 하였다. 그에 비해 함안댁은 현모양처 가치관을 내면화하였기에 비극적 삶을 산다.

함안댁은 양반 권위를 떠받들며, 무서운 가난과 포악한 남편 평산을 불평 없이 견뎌낸다. 하루 종일 집 안팎의 일과 삼베노동을 혼자서 묵묵히 해내고 아들에게 글을 가르치는 '어진 아내, 훌륭한 글 선생'이다. 함안댁은 진정 현부인을 본받으려 했고 부덕을 닦는 자신을 자랑스럽게 여겼다. 그러나 돌아온 것은 남편의 배설과 같은 욕정이며, 남편의 죄를 함께 짊어진 순절이었다. 함안댁은 여성의 일방적 희생을 기저로 하는 현모양처의 허위성을 적나라하게 보여주는 인물인 것이다. 이에 비해 영산댁은 주모라는 직업 때문에 남편에게 일방적으로 헌신한다.

영산댁은 남정네가 번 돈으로 밥 한 끼 먹지 못했고 돈 뺏어가서 계집질하고 노름하는 남편 때문에 한이 맺혔기에 '대역죄인보다 살인죄인보다 나쁜 놈은 연약한 계집 벌이시켜서 놀고먹는 놈'이라 외치기도 한다. 이는 주막일과 집안일이라는 이중의 여성노동을 가치 있게 생각하지 않고 평가절하 하는 남성에 대한 비판이며, 여성 직업에 대한 차별의식에 항의한 외침이다. 무위도식하는 남편을 향한 외침은 기존가치관에 대한 저항인 것이다. 그에 비해 월선은 종교차별로 인해 가슴 아픈 삶을 살아간다.

월선은 월선네(어머니)가 무속인이기에 군중으로부터 배제되는 유교적 종교차별을 받는다. 당시엔 샤머니즘이 자연신에 대한 숭고한 믿음인 동시에 경계해야 할 천형이었다. 사랑하는 용이와 혼인하지 못하는 것도, 용이와 육례로 만난 강청댁의 횡포에 대항하지 못하는 것도, 용이 아들을 낳은 임이네에게 벗겨 먹히는 것도 자신이 무속인이란 죄의식이 작용한 때문이었다. 월선은 평생을 원망 한마디 하지 않고 순응하며 살아간다. 하지만 월선도 다리병신 남편을 버리고 첫사랑 용이를 찾아 도망쳐 나오기도 한다. 이는 순응적인 여인이라도 가부장제 성윤리를 벗어난 삶을 선택하는 저항의식을 가지고 있었음을 보여주는 것이다. 그에 비해 김진사댁 두 청상은 대를 잇지 못했다는 죄의식에 빠진다.

김진사댁 두 청상은 가난한 선비 집으로 시집와 대를 잇지 못했다는 죄의식에 빠져 스스로 폐쇄적 삶을 산다. 조선 사대부 여인으로서 매우 정상적이었기에 불행했던 것이다. 양반의 체통을 지켜야 한다는 가치관에 묶여 자신을 틀 속에 가두는 그들은 '송장과 진배없는 인생'을 살다가 호열자로 허망하게 생을 마감한다. 김진사댁 두 청상처럼 사대부 여인들만 시대가 요구한 정상적 삶으로 인해 불행한 것은 아니었다. 김서방댁은 마름의 처로서 정상적이었기에 불행한 인물이다.

김서방댁은 부지런히 살았고 '계집은 자식 놓을 때 자식 놓고 지지고 볶으면서 살아도 가장 밑에서 살아야 좋다'는 구습여인이다. 남편 김서방이 호열자로 어처구니없이 죽고 난 뒤, 억울하게 최참판댁에서 빈 몸으로 쫓겨날 때에도 김서방댁은 자신의 신세만 한탄하였지, 쫓아내는 조준구에게 대항하지 않는다. 이후 김서방댁은 거리에서 떡장사로 근근이 연명할 때에도 이와 비슷하게 행동한다. 왜놈 순사가 발길질로 자신의 떡함지를 이유 없이 엎어버리고 거지취급해도 참아내는 것이다. 김서방댁은 조선 여인으로 사회화되면서 갖게 된 '인내'라는 미덕이, 이제는 일제라는 새로운 폭력에 힘없는 조선 여인이 대항하는 한 방법으로 사용되고 있음을 보여주고 있다. 김서방댁과 마찬가지로 두만네도 일제라는 새로운 권력에 구습으로 투쟁한다.

두만네는 평사리 아낙네 중에서 가장 후덕한 여인이기에 그녀의 집은 여성공동의 일터로 고정되어 등장한다. 항상 근면한 두만네지만 집 안팎을 깨끗하게 치우라는 통문을 우연히 딱 한번 지키지 못해, 왜순사에게 뺨을 맞게 된다. 이때 두만네는 큰아들이 없어서 그렇다면서 서울 어디 있는지도 모르는 두만이를 찾으러 간다. 이것은 "꼭 늙은 가장에게 맞은 아내가 아들집에 가서 쉬는 것처럼"(6권 206쪽) 저항한 것이라 할 수 있다. 조선 여인은 일제의 억압에도 유교 가부장제 가치관에 따라 저항하고 있는 것이다.

이렇게 1세대 여인들은 가부장제 권력이 지배적이며 일본 세력이 보조하는 시대에 사람의 도리지킴이란 감시의 시선 아래에서 살아간다. 어떤 이는 성의식의 자유화로 저항하고, 어떤 이는 신분을 전복하겠다는 의지로 저항하고, 어떤 이는 여성노동의 가치를 주장하는 방식으로 저항하며, 때로는 순응도 하며, 한 사람의 생명체로서 성실히 살아갔다.

3. 아니마의 비극성 인식과 2세대 저항

석이네가 어머니로서의 삶을 사는 2세대[9]는 간도 용정촌의 대화재로 최서희가 거상으로 변모하는 과정을 그리면서 이어진다. 이 무렵은 일제의 지배가 체계적으로 확산되고, 거기다 여전히 유지되고 있는 1세대의

---

9 2세대는 『토지』 2부 1910년부터 3부 끝까지인 1929년에 새롭게 등장하는 여인들이 주를 이룬다. 코보 딸, 심금녀, 두리, 임명희, 최서희, 민지연, 옥이네, 기화, 장씨, 송애, 여옥, 기성네, 서울댁, 홍성숙, 임이, 배설자, 봉춘네 딸, 화심, 월화, 향심, 금홍이, 막일꾼의 처자, 인이 처, 장이, 김숙희, 언년, 정호 어머니, 이상현의 처, 영광네, 양소림, 보연, 강혜숙, 파주댁, 중년아낙, 영호네가 해당된다.

가부장제 의식이 합세하여 조선 여성을 감시하고 조정한다. 즉 이민족의 권력장이 넓어졌기에 조선 '여성의 육체적 정조' 지킴을 파놉티콘으로 설정하여 더욱 범위를 좁혀 감시하게 된다. 특히 일부일처제가 요구한 다른 남성과의 접촉이 아닌, 일본 남성과의 접촉을 감시하게 되었다. 조선 사회 전체가 조선 여성의 정조 감시자가 된 것이다. 이는 공간적 배경이 조선에서 간도로 이동한 경우에도 공통된 의식이었다. 따라서 조선 여성의 육체에 가해지는 권력은 더욱 다각화·다변화되었고, 그에 맞춰 저항하는 여성의 움직임도 가열해진다.

석이네는 최하위계층으로 전락한다. 손에 물마를 날 없고 얼굴에 피멍 가실 날 없는 배 곯는 하루는, 석이네 집의 일상이다. 남의 집 빨랫감을 빨아 품을 버는 석이네였다. 하지만 세월이 흘러 석이가 최서희의 도움으로 학교선생님이 된다. 석이네는 아들을 장선생이라 호명하는 자체만으로도 행복을 느끼며 산다. 그러다 양을례(며느리)가 집을 나가면서 석이네는 다시 고난의 길로 접어든다. 양을례는 석이가 최참판댁 침모 딸이었으며 화류계 계집인 봉순이를 사모한다는 사실에 분노해 집을 나가고, 남편 석이가 학교에서 쫓겨나도록 만든다. 이후 양을례는 석이를 쫓는 나형사의 첩이 된다. 석이는 만주로 떠나 독립운동을 하게 되고 나형사의 집요한 감시로 다시는 조선에 돌아올 수 없는 처지가 된다. 때문에 석이네는 남희, 성환과 함께 사위의 눈치를 보는 삶을 살게 된다. 사실 자신의 집에 얹혀사는 사위다. 그럼에도 석이네는 큰딸 귀남네가 과부되는 것이 걱정스러워 사위와 귀남이만 편애하는 딸과 몰인정한 사위를 참아내는 것이다. 석이네는 일제라는 사회통제세력 때문에 남편과 아들을 잃었고, 이제는 가부장의식에 싸인 사위와 딸 때문에 수모를 받는 것이다. 즉 조선 여성에 대한 권력은 가부장제와 일제의 강압세력이 공모해 더욱 견고하게 억압하고 있는 것이다.

"다 들었소. 나룻선에서도 들었고 동네 들어서자마자 입 있는 사람은 다 말합디다. 내 짐작 안 한 일은 아니지마는, 불쌍한 울 어매! 이런 영화 볼라꼬 오동지 설한풍에 빨래품 들어감씨로 우리를 키았는가! 조상도 무심하고 하느님도 무심하지, 부치 겉은 울 어매, 눈이 등장 겉은 아들자식 어디 가고 늘그막에 눈칫밥이 웬말인고오!" 복연의 눈에선 샘솟듯 눈물이 솟아나온다. 오만상을 찌푸리고 나도 속상하다는 듯 울타리 밖을 바라보고 서 있던 귀남네 "나만 직일 년 됐다." "어지간히 했이믄 남들이 그럴까, 아이고오 아이고." "넘들이 머라캤는지 모리겄다마는 하기 좋은 기이 넘의 말 아니더나. 시끄럽다, 넘의 말 믿지 마라." 울다가 복연은 어미 얼굴을 쳐다본다. "개도 무는 개는 돌아본다요. 어매가 그리 아홉 폭 치마로 감싸니께 만만키 생각하고 사우도 장모를 대수로 안 여기는 거 아니겄소. 어매가 사우 번 밥 얻어묵고 샆니까. 따지고 보믄 처가 살이 하는 건데 어매가 기죽어 지낼 턱이 없는 기라요." 귀남네 얼굴이 벌게진다. "그만 해라. 이웃 사람 듣겄다. 그런 소리 자꾸 해싸으믄 동기간에 의이만 끊어지고, 자아 방에 들어가자." 성환 할매는 딸의 팔을 잡아끈다. (14권 285~286쪽)

코보 딸은 가부장제와 일제가 공모한 전형적 여성억압을 보여준다. 코보는 "술이 과해 딸을 청루에"(10권 131쪽) 팔아먹었다. 청루는 일인이 몰고 온 유곽이란 점에서 중요하다. 왜냐하면 코보 딸은 청루에서 몹쓸 병에 걸리고 이를 비관해서 물에 빠져 죽기 때문이다. 코보 딸은 조선 여성의 사물화에 두 세력이 상호협력하고 있음을 단적으로 보여주고 있는 것이다. 그에 비해 심금녀는 두 공모세력이 성립한 환경에 의해 기생이 된다.

심금녀는 아비가 투전으로 가산을 탕진했기에 술집에 팔린다. 당시엔 아버지가 딸의 소유권을 가지고 있었기에 가능했다. 금녀는 술집에서 도망쳐 첫사랑 윤이병을 찾아가지만, 윤이병의 책임감 없는 환락의 추구 앞에 처녀성을 잃고 김두수의 여편네라는 오욕 속에 산다. 그러다 김두수로부터 다시 도망친 금녀는 드디어 새로운 세상을 대한다. 심금녀는 조선인 학교에서 한글을 가르치기도 하고, 언제 어디서나 혼자서 설 것을 각오하는 당찬 여인으로 변모한다. 이는 금녀가 치욕적인 과거를 이겨내고 자립적 여인으로 성장하였음을 보여준다. 금녀는 자신을 둘러싼 사회폭력에 적극적으로 저항한 것이다. 하지만 두수에게 다시 포로가 된 금녀는, 결국 스스로 벽에 머리를 부딪고 죽는다. 심금녀를 평범한 여인으로 살 수 없게 만든 사회였음을 알 수 있다. 여성정조유린이 가부장 권력에서 시작되어 남성의 쾌락을 위해 진행되다 끝내는 조선 여성을 일본 밀정의 희생자로 남을 수밖에 없게 만든 시대였던 것이다. 평범한 여인의 정조가 타인의 욕망에 따라 결정되고 있음을 보여준다. 그에 비해 두리는 아버지의 욕망 때문에 파괴된다.

두리는 아버지 봉기가 삼수에게 두리를 은근슬쩍 내세워 최참판댁의 문전답도 얻어 부치고 쌀말이나 얻은 것이 화근이 되어 성폭행을 당한다. 삼수는 두리가 자신에게 시집을 줄 알았던 것이다. 그러나 봉기는 종놈에게 그것도 결혼한 종놈에게 딸을 줄 아버지가 어디 있느냐며 삼수를 면박 준다. 이에 화가 난 삼수는 두리를 '시체의 염을 할 때처럼 묶어' 겁탈한다. 딸의 처녀성은 거래될 수 있는 부계 재산이었고, 그것을 훔친 것은 일제의 세력이 확산되고 있다는 강박감으로 과대평가된 일제권력의 버려진 한 귀퉁이 삼수였던 것이다. 하지만 두리는 삶을 포기하지 않고, 겁탈당한 사실을 가족에게 알리는 진보적 의식을 보여준다. 정조유린을 당한 일은 떠들어보아야 여자망신일 뿐이라 여겼던 시대였다. 두리는 그런 시대 앞에 작은 몸짓에 불과하지만 당당히 저항한 것이다. 그에 비해 임명희는 이혼을 요구하는 것으로 저항을 개시한다.

가사과 선생 임명희는 결혼 재촉에 몰려 조용하의 아내가 된다. 조용하는 르네 지라르의 욕망의 삼각형처럼, 동생 찬하로 인해 명희에게 가는 집착이 강해지는 인물이다. "형제가 한 여자를 사랑한다는 비정상의 관계는 외부에서 실려 오는 무거운 도덕적 공포를"(11권 11쪽) 아무 죄

없는 임명희가 느끼게 만들었고, 역관의 딸이 조선왕조의 피가 흐르는 대일본제국의 귀족이며 대실업가인 조용하에게 시집왔다는 사람들의 시샘은 그녀를 박제된 학이 되게 만들었다. 겉으로는 만인의 부러움을 받는 신데렐라 명희지만 속은 생명이 말라버린 학이 된 것이다. 이에 명희가 이혼을 요구한다. 그러나 조용하의 대답은 능욕으로 돌아온다. 명희는 박제된 학으로 살기에는 창조적 생명력을 지닌 여인이라 어려웠고, 정신적 간음을 한다는 사회의 시선은 명희를 옭아매어 희생양이 되게 하였지만, 명희는 상처를 극복하고 유치원을 경영하며 조선인을 돕는 주체적 여인으로 성장한다. 이는 이혼녀를 멸시하던 시대에 대한 저항이기도 하다. 그에 비해 최서희는 주체적 삶을 사는 전형이다.

최참판댁 마지막 핏줄 최서희는 친가쪽 사람들이 모두 죽고 마침내 고아가 되었을 때, 외가로부터도 버림을 받는다. 별당아씨가 정조를 지키지 않았기에 외가가 나서서 외손녀를 보호할 입장이 아니라는 조선의 유교사상 때문이다. 결국 최서희는 외가로부터도 보호받지 못하고 조준구란 일본 세력에 밀려 이산의 삶을 산다. 최서희가 성장 과정에서 겪은 트라우마[10]는 일생을 두고 따라다니는 혐오감이 된다. 특히 트라우마는 꼽추 조병수에 대한 공포본능을 일으키게 한다. 최서희가 조병수를 괴물로 인식하는 것은 서희에게 일제 권력이 괴물로 상징되기 때문이다. 이후 최서희는 봉순이의 딸 양현을 자신의 딸로 귀애하며 키우고 지리산 조선인을 돕는 대모로 성장한다. 그에 비해 민지연은 지리산에 들어와 대모

---

10 트라우마(Trauma, 정신적 외상)는 정신생활에서 짧은 기간 내에 엄청나게 강한 자극의 증가를 가져오는 체험을 가리킨다. 그런 강도 높은 자극은 익숙한 방식으로 해소되거나 처리될 수 없기 때문에 정신에너지의 운영 과정을 지속적으로 교란하여, 신경증을 유발한다. (프로이트, 『정신분석 강의』, 열린책들, 1997, 392쪽) 경희대학교 인문학연구소, 이정희, 「트라우마와 여성 성장의 두 구도」, 『여성문화의 새로운 시각』, 월인, 1999, 324쪽에서 재인용함.

가 된다.

민지연은 처음엔 도솔암 일진스님을 찾아 산으로 들어왔다. 일진스님은 십년 전 결혼식 닷새를 남겨두고 속세를 버린 신랑이다. 민지연은 분한 마음에 자신을 버린 보복을 하고자 일진스님을 찾아 나선 것이다. 하지만 민지연은 보복은커녕 자신처럼 버려진 외로운 아이를 키우며 생을 이어간다. 민지연은 조선인(일진)에게 좌절감을 심어주어 개인 인생행로를 달리하게 만든 일제 폭력의 또 다른 피해자인 것이다. 그에 비해 옥이네는 일제의 폭력으로 유랑할 수밖에 없는 처지다.

옥이네는 일제에 의해 간도로 내몰리고 용정촌 대화재로 일자리마저 박탈당한다. 그러던 중 길상이 보여주는 인간적인 정성에 마음을 열고 육체를 허락하게 된다. 생산물을 중시하는 자본주의 사회로 들어서는 시기에 삯바느질로 하루하루를 지탱하는 옥이네는 감히 길상과의 혼인은 꿈꾸지 않는다. 아이 딸린 과부가 총각과 혼인하는 것은 불가능한 것이라 여겼고, 한 지아비를 섬기지 못한 여인이 불행한 것은 당연한 것이라 믿는 구시대 가치관을 가졌기 때문이다. 이후 옥이네는 선교사집에서 허드렛일을 하며 옥이를 훌륭히 키워내는 어머니로서의 삶만을 산다. 옥이네는 구시대적 가치관을 지닌 인물이었던 것이다. 그에 비해 기화는 구시대적 가치관을 답습한 기생이라 파괴된다.

기화(봉순)는 어릴 적 거복이의 돌팔매질로 이마 한가운데에 흉터가 있다. '계집이 면상에 흉이 생기면 팔자가 세어진다'는 복선대로 기막힌 삶을 산다. 평생을 비단옷에 분단장하고 노래 부르며 마음대로 사는 세상을 꿈꾼 기화. 천부의 교태를 지녔기에 사미승들까지도 고통스럽게 만든 기화는 전참봉, 서의돈, 이상현의 사랑의 대상이 되기도 하지만 외롭게 생을 마감한다. 진주의 예기, 명창 기화는 남성이 원하는 아름답고 선하고 욕심 없는 진정 착한 여인이었기에 불행했다. 즉 남성이 욕망한 아니마[11]이기에 불행했던 것이다. 그에 비해 장씨는 양반임에도 남성이 욕망한 아니마이기에 또한 파괴된다.

장씨는 요조숙녀요 미인이란 것이 원인이 되어 운흥사의 중 본연과 내연관계라는 헛소문이 돌게 된다. 남편 송영환은 아내의 소문 때문에 자신의 체면이 손상되었다는 생각에 골몰하여 분별없는 사람으로 변하고, 결국 장씨 부부는 아편쟁이가 된다. 사디스트 송영환과 마조히스트 장씨로 타락한 것이다. 송영환이 거짓소문인 줄 알면서도 의처증에 걸린 것은 조선 남녀의 정조관념이 엄청나게 양극화되어 있었기 때문이다. 여성정조의 파수꾼은 대사회였음을, 여성에겐 아니마의 탈피가 필요함을 보여주고 있다. 이에 비해 송애는 조선 사회가 일본 남성과의 성관계를 감시하는 파수꾼이었음을 보여준다.

송애는 공노인의 양딸로, 길상과의 결혼을 꿈꾸었으나 실패하고, 이일로 윤이병 선생과 결혼하여 길상이 보란 듯이 잘 살겠다 마음먹지만, 결국은 윤이병을 조종하는 김두수에게 겁탈당한다. 송애는 일본 밀정 김두수의 "아주 쓰기에 생광스런 끄나풀", "향락의 도구"(7권 117쪽)로 취급되다 카페 여급으로 팔린다. 그렇고 그런 장소를 전전한 송애는 '사내라면 모두 개' 니 세상의 남자는 다 죽기를 바라는 왜헌병의 여편네로 타락한다. 왜헌병의 여편네란 조선 "제일 밑바닥 색주가보다 못한"(8권 144쪽) 여인이기에 사람들의 야유와 멸시를 받는다. 송애는 성의 상실로

---

11 사람이 외적 인격(페르조나)을 가지고 외부세계와 관계를 맺는 것처럼 우리의 내면세계에도 외적 인격과 매우 대조되는 태도와 자세, 성향이 생기게 되는데 이를 내적 인격이라 부른다. 아니마(Anima) 아니무스(Animus)는 바로 이 내적 인격을 말한다. 사회적 요구에 맞추어가는 가운데 남성과 여성의 무의식에는 남성과 여성의 페르조나에 대응하는 또 하나의 내적 인격이 이루어진다. 그리하여 남성의 무의식에는 여성적 인격(아니마)이, 여성의 무의식에는 남성적 인격(아니무스)이 내적 인격으로 자리하게 된다. 이부영, 앞의 책, 30~31쪽.

추락을 거듭하고, 일제 권력에 조종당하는 타락한 인형이 된 것이다. 일제는 조선 여성의 정조유린을 일상화하고 있었던 것이다. 이에 비해 여옥은 일제의 정조유린이 성고문으로 자행되고 있음도 보여준다.

여옥은 개화한 기독교 집안에서 자랐고, 아버지는 사위를 동경 유학까지 보낸다. 하지만 남편은 동경에서 다른 여자와 사랑에 빠져 여옥에게 이혼을 요구한다. 여옥은 일본 유학생의 다반사적인 이혼의 희생양이 된 것이다. 악몽 같은 세월을 털고 일어선 여옥은 전도사업에 투신한다. 그러나 전도사업은 일제가 금지하던 것이다. 그래서 여옥은 옥에 갇히고 성고문을 받는다. 여옥은 병이 들어 죽게 되었을 때에야 겨우 병보석으로 풀려난다. 살아 있는 것이 기적만 같은 여옥을 최상길이 보살핀다. 이를 계기로 여옥과 최상길은 사랑하게 된다. 하지만 두 사람은 친구로 남는다. 이혼녀와 이혼남의 사랑이 이성애를 넘어 우애의 정으로 확대되고 있는 것이다. 여옥은 일제의 국가권력과 남성을 가족의 리더로 인식한 헌신적 사랑의 일방향성이 비극의 원인임을 보여주고 있다. 또한 이혼한 여성이 사회에서 자립해 살기 위해서는 악전고투해야만 하는 시대였음을, 여옥의 저항적 삶을 통해 보여준다. 그에 비해 기성네는 헌신적 사랑의 일방향성이 비극임을 드러내는 전형이다.

기성네는 첩 서울네로 인해 민적까지 파인다. 마음 좋고 일 잘하는 기성네. 시부모와 친척들의 사랑을 받지만 남편과 아들들로부터 외면당한다. 하지만 아무것도 원망하지 않고, 오히려 남편이 있다는 것 하나만으로도 족하다 생각하며 산다. 남편 두만의 끊임없는 외도와 구타와 욕설을 자신의 팔자로 묵묵히 견디는 기성네는, 현모양처의 숭상이 머슴 같은 불행한 여인들을 양산하는 결과임을 보여주고 있다. 그에 비해 서울댁은 첩으로서 현모양처.

서울댁은 자식을 낳지도 못하고 두만의 둘째 부인으로 산다. 그래서 더욱 헌신적이다. 불리한 자신의 처지이고 보면 남편의 몸을 소유하는 것이 자신의 입지를 견고히 하는 일이라 생각한 것이다. 그러나 삼십년이 지나고 자신이 호적에 본처로 오른 이후 남편 두만은 기생 월화를 소실로 들인다. 서울댁은 '소유에 대한 상실감'으로 철골같이 말라 사람의 형상이 아니게 된다. 영웅호색이라 불리는 남성적 행위는 남성을 소유의 대상으로 사물화 되도록 만들고 양성 모두를 피폐한 삶으로 몰아갔던 것이다. 이에 비해 홍성숙은 영웅호색이 여성에게도 해당할 수 있음을 보여준다.

홍성숙은 야망이 강한 여자다. 성악가로 대성하기 위해 유부녀임에도 조용하를 유혹한다. 가난하지도 지체가 형편없는 것도 아닌데 명성이나 재력에 약한 홍성숙은 조용하와의 불륜에 떳떳하다. 오히려 불륜의 욕은 홍성숙의 남편이 듣게 된다. 쓸개 없는 놈이니, 병신 같은 놈이니 사람들은 놀려댄다. 하지만 홍성숙은 이혼도 하지 않고 반성도 하지 않는다. 다만 생계를 위해 남편에게 예전보다 좀 더 잘해줄 뿐이다. 마찬가지로 임이도 여성이 성에 문란할 수 있음을 탐욕과 결부시켜 보여준다.

임이는 '기생이 되면 호강한다'는 말에 선망의 눈빛을 띠고, 청국인 노대인을 유혹한다. 하지만 노대인에게서 돈이 나오지 않자 김두수의 하수인과 도망가 왜놈의 끄나풀로 산다. 남편 허서방과 아들 구야를 버리고 나온 임이는 갈 곳 없는 노년기엔 동생 홍이에게 얹혀산다. 그러던 어느 날 금반지 사건으로 어린 조카들에게 몰매를 맞기도 한다. 임이는 모두가 싫어하는 대상이 되었던 것이다. 임이는 육체의 주체였던 반면 정신의 타자였고, 자신의 성을 도구로 사용하여 생활의 변화를 꾀하였지만 결국은 물적 욕망에 사로잡혀 있었기에 배척된 것이다. 빼앗기지 않기 위해 빼앗는 위치를 원한 임이였지만 결국은 왜놈의 도구로 사용되다 버려지는 일제 끄나풀 조선 여인의 비극을 보여준다. 그에 비해 배설자는 일제 밀정이었던 조선 여인의 비극을 첨예하게 보여준다.

배설자는 괴기와 사악함이 보일락 말락 떠도는 얼굴에 아름답기 그지 없는 몸매를 지닌 팜므파탈[12]의 전형이다. 배설자는 허정윤을 유혹하려 다 실패하지만 이전에는 많은 남성들을 유혹하고 파괴한 인물이다. 배설 자는 욕망을 위해서만 살기에도 너무나 짧은 인생이라 생각한다. 인생을 사랑하는 쾌락주의자, 아버지의 친구였던 곤도와 이십여 년간 동서(동 거)한 배설자는 "부친이 죽은 후 만주 벌판에서 썩은 고기를 쪼아 먹는 까마귀같이 살았을 무렵, 관계한 사내 중의 한 명에게 칼에 찔려"(20권 223쪽) 죽는다. 배설자의 죽음은 일제 앞잡이든, 밀정이든 조선인은 일 제의 만행에 희생된 것임을 보여준다. 배설자는 피의 배반이란 점에서 피해자이자 가해자였다.

이렇게 2세대 여성들은 일본의 세력이 체계적이고 조직적으로 조선을 장악하는 시대를 살았다. 그녀들은 조선 여인의 육체적 정조를 지켜야 한다는 감시의 시선 아래에서 때로는 파괴되고 때로는 자살하기도 하지 만 아니마 탈피가 필요함을 인식했다. 또한 자립을 추구하고, 주체적 여 성으로 성장하며, 대모적 여성으로 변모하는 등 각기 성실히 살아갔다.

4. 주체적 · 사회적 자립과 3세대 저항

석이네가 할머니로서 삶을 사는 3세대[13]의 서사는 일본 과자점에 온

---

12 악녀를 팜므파탈이라 한다. 팜므파탈은 남자들에게 불행을 자초하게 만들 수 있는 위 험도 있지만 매우 매력적인 미녀라고 한다. 신비한 매력으로 남자들을 홀려 위험한 상 황에 빠뜨리는 여자, 남성의 운명을 바꿀 수 있는 여성이다. 타마키 호리에, 정은지 옮 김, 『남자들은 왜 악녀에게 끌리는가』, 한언, 2004, 7~52쪽.

13 3세대는 『토지』 4부 1930년부터 5부 끝까지인 1945년에 새롭게 등장하는 여인들이 주 를 이룬다. 송인숙, 남희, 옥이, 모화, 양현, 영선, 숙이가 해당된다.

조선 아이들이 제 돈 내고도 빌어먹는 거지 취급을 받는 사건에서부터 연결된다. 조선놈이면 분풀이 상대로 안성맞춤인 시대, 즉 일본 세력이 권력을 남김없이 거머쥐었던 시대였다. 조선 남성은 독립운동차 부재가 전반화·일상화되었고 일본은 절대적 악이 되었다. 그리하여 조선 여성의 육체는 일제의 폭력 아래 허수아비가 되었기에 지킬 수 있는 대상이 아니다. 이제는 육체를 넘어 조선 여성의 정체성, 자립성 찾기란 '정신적 정조' 지킴이 파놉티콘의 감시대상이 된다. 즉 조선 여성의 일제에 대한 의식의 무장화를 독려한 시대였다.

석이네는 남희를 빼앗긴다. 세 살 때 사타구니에 난 종기를 그대로 방치해 아이를 위태롭게 했던 양을례는 일본인 정부와 고급요정을 차린 후 남희를 여학교에 보내겠다며 데려간다. 양을례가 강제로 데려간 남희는 철저히 망가져 돌아온다. 남희는 양을례의 정부와 친분이 있는 일본 장교에게 성폭행을 당하고 성병에 걸린 채 넋을 잃고 돌아온 것이다. 대일본제국의 군인에게 열여섯 어린 조선 여성은 당연히 소유하고 쾌락을 즐길 수 있는 소비재였다. 남희는 조선 여성을 부속품화하는 일제가 빚은 참극인 것이다. 이후 성환이마저 학병으로 끌려가자 석이네는 결국 두 눈이 먼다. 즉 석이네의 실명은 일제 말기의 가혹한 수탈을 표상하는 아이콘이다. 눈이 먼 채 석이네는 광복 때(작품 끝)까지 살아남는다. 이는 조선 여성의 시대를 체험한 몸의 견고함을 보이는 것이며 동시에 꺾이지 않는 저항의식을 드러내는 것이기도 하다.

성환 할매가 눈이 멀었다는 말을 듣고도 연학은 그 집에 가지 않았다. 그러다가 도솔암에 다녀온 후 찾아갔다. 성환 할매는 모든 희망을 다 놓아버린 것처럼 보였다. 도솔암에 다녀오는 길이라 했지만 남희가 어떻든가 묻지도 않았다. 연학은 성환 할매 귀에다 대고 속삭였다. "기운 내이소." "……" "조금만 참으시이소. 일본놈들 곧 망할 깁니다. 그라믄 석이도 돌아오고 성환이도 돌아올

깁니다." 그 말에 심봉사처럼 눈을 뜬 것은 아니었지만 희미한 희망의 줄을 거
머잡은 듯, 그러나 성환 할매는 고개를 저었다. 이제는 안 속겠다는 그런 몸짓
이었다. 이제는 속지 않겠다. "남희도 잘 있십니다. 병도 나았고." 아무도 모르
는 병명, 남희 본인조차 모르는 병, 허정윤과 자기만 아는 그 참혹한 병명은 어
떠한 무게보다 무겁게 연학을 휘청거리게 한다. "아이가 마음만 좀 돌리묵으믄
될 깁니다. 신경이 아주 약해져서." 말을 하면서도 연학은 남희가 과연 할머니
품에 돌아올 수 있을는지 믿을 수 없었다. (20권 162~163쪽)

　송인숙은 일제에 대한 꺾이지 않는 저항의식을 마음을 주지 않는 것으
로 행한다. 꽃다운 처녀였던 인숙을 김두수는 그의 방식대로 강탈한다.
그리곤 김두수는 송인숙을 달래기 위해 처음으로 정식처로 입적시켜 아
들딸을 낳고 산다. 하지만 김두수는 가혹하게 송인숙을 다룬다. 송인숙
이 마음을 폐기처분했기 때문이다. 조선 여성의 육체는 명명백백 일제의
것임이 기정사실이기에 송인숙은 정신을 지키는 내밀한 저항을 행한 것
이다. 그에 비해 남희는 정신을 사수하는 내밀한 저항을 간호사가 되겠
단 포부로 표면화한다.

　남희는 성폭행당한 후 성병이 치유되는 어느 날 사진관 쇼윈도에 있는
결혼사진을 주시한다. "한손에는 꽃다발 한손은 신랑 팔을 잡고 있는 신
부, 남희는 한순간 부르르 떨다가 그러나 결혼사진을 끝없이 바라보고
서"(21권 307쪽) 있다. 이는 일제에 강탈당한 여성성을 되찾으려는 심리
의 촉발이며, 꺼지지 않는 생명력을 보유하고 있는 여성성 회복의 조심
스런 움직임인 것이다. 그에 비해 옥이는 꺼지지 않는 생명력을 자립여
성으로 재현한다.

　옥이는 남편 두메가 독립운동가이기에 남성부재의 삶을 사는, 일제시
대 강인한 조선 여성상의 전형이다. 자립적이고 적극적인 옥이는 일제의
권력망이 조선 여성을 강인한 투사로 길러내는 역효과를 양산했음을 보

여준다. 그에 비해 모화는 강인한 여성을 길러내는 역효과를 과부재가에서 보여준다.

모화가 처음 결혼한 남편은 모화 모녀의 재산을 노린 자였다. 모화는 야간도주하여 통영에 오고, 옹기를 놓고 술장사를 하며 산다. 몽치보다 두 살 위의 과부 모화는 몽치가 같이 살자 하는 말에 기둥서방이나 해 달라고 한다. 주정뱅이의 횡포에는 칼을 들고 맞서는 모화지만 몽치가 총각인 것에 항상 죄의식을 갖기에, "모화는 같이 산다 했고 몽치는 장가들었다"(19권 306쪽) 한다. 총각이 과부와 사는 것이 해가 서쪽에서 뜨는 것과 같다고 생각하는 모화는 한시도 놀지 않는다. 모화는 과부의 재가가 총각과의 사랑으로 이루어지는 진보적 성의식을 보여준다. 그에 비해 양현은 주체적이고 자립적으로 시대에 저항한다.

양현은 최서희의 양딸에서 이상현의 딸로 호적이 바뀌는 아픔을 겪지만 여의전의 학생, 여의사가 되겠다는 뚜렷한 목표를 가진다. 백정의 피를 가진 영광과 기생의 피를 가진 자신이 운명이 비슷하다 생각하여 영광을 사랑하고 집안에서 원하는 윤국과의 결혼을 거부한다. 양현은 출생이란 계급의식에 괴로워하지만 조선의 결혼 제도에 반기를 들었으며, 개인병원의 의사로 당당히 살아간다. 자기 존재감에 대한 깊은 고뇌와 가치를 인식한 진보적 여성인 것이다.

그밖에, 영선은 관수가 아무 말도 없이 강쇠의 집으로 데려가 혼인시킨다. 본인의 결정권 없는 부모중심의 유교 가부장제가 여전함을 알 수 있다. 또한 숙이는 아비가 주막에 버리고 떠났기에 주막집 양녀가 되는데, 이는 일제하의 일상화된 가난 때문에 흩어져야 했던 조선 내의 이산현상을 보여주고 있다.

이렇게 3세대 여성들은 일본이 권력을 송두리째 거머쥐고 있는 시대에 조선 여성의 정신적 정조를 지켜야 한다는 감시의 시선 속에서 살았다. 그러나 그녀들은 절망적이지만 꺼지지 않는 희망을 마음속에 품고, 강탈당한 여성성을 되찾으려는 의지적 삶을, 주체적 · 사회적 자립을 일구는 삶을 그럼에도 불구하고 살아간다.

5. 나오며

석이네는 자신의 이름조차 호명 받지 못한 조선 여인이지만 어렵고 험난한 시대를 그럼에도 불구하고 살아간다. 시대적, 정치적, 사회적, 제도적, 계급적 통제가 아무리 강해도 이겨내는 여인이었다. 조선 여성의 삶은 이처럼 권력에 대한 순응과 저항이 교차하면서 이어지고 있다. 세대에 따라 달라지는 것이 아니라 비슷한 부류의 억압에 조금씩 진보하는 유형화 할 수 없을 만큼 다양하고 창조적인 반항을 하고 있다. 원인은 같으나 해결책이 다른 것이다. 누르는 세력이 클수록 튀어 오르는 힘도 세찬 것이 생명을 가진 인간이다. 특히 여성은 어떤 파놉티콘의 감시 아래서도 정형화, 유형화되지 않는다. 다채롭고 차이나고 지연되는, 결코 틀속에 통제할 수 없는 '사람'임을 보인다.

『토지』는 조선 여성의 페르조나가 노동자, 어머니, 아내, 며느리, 남성의 조력자에서 여성주체로 변모하고 있음을, 조선 과부의 삶이 남성이 몰래 업어오는 수동적 삶에서 적극적 삶으로 변화함을 보인다. 그러나 교육을 통한 '…답게'는 세대를 이어가도 여성의 몸에 잔존하여 영향을 미쳤다. 『토지』 전체 세대에서 남성의 축첩, 계집질은 신분을 넘어 항용 허용되고 있는데 이는 '여성답게' 속에 내재된 인내의 미덕 때문이며, 전세대를 걸쳐 여성의 노동을 당연시하는 것은 '어머니답게' 속에 각인된 희생의 미덕 때문이며, 남성의 가정폭력을 묵인하는 것은 '아내답게' 속에 매몰된 유순의 미덕 때문이다.

박경리가 『토지』에서 부정적으로 본 것은 일방향적 현모양처의 삶이었으며, 물질에 의해 생겨난 탐욕이었으며, 성행위 또는 성별역할의 위계를 설정하고 지지하는 일부일처제의 정조관이었다. 거기에 일제를 등에 업은 억압하는 자들이었다.

『토지』는 대사회폭력에 여성 개인의 저항이 일탈로 미미하게 시작되었지만 개개인의 지속적인 저항은 결국 사회변화를 일구고 있음을 보여주고 있다.

제4장 _____

박경리 『토지』에 나타난 여성의 몸 연구

●● 생물학적 결정론에 대한 저항을 중심으로

1. 들어가며

메를로 퐁티(Merleau Ponty)는 역사적, 사회적, 문화적 맥락에서 몸은 진지하게 검토해야 할 대상이라고 하였다.[1] 몸은 규율과 권력 메커니즘에 의해 중대한 영향을 받는 대상이기 때문이다.[2] 남성보다 여성은 더 자유롭지 못한 규율 속에 몸이 가두어져 왔다. 전통적 남성가부장제 의식이 지배적인 조선 사회를 배경으로 창작된 박경리의 『토지』에서 여성 인물들이 겪는 상황은 그래서 몸을 통해 분석될 필요가 있다. 물론 학자들의 "몸에 대한 관심은 그 어느 때보다 팽배해 있고, 몸은 우리 사회의

---

1 한국현상학회 엮음, 양해림, 「메를로-퐁티의 몸의 문화현상학」, 『몸과 현상학』, 철학과 현실사, 2000, 113쪽.

2 이는 미셸 푸코(Michel Foucault)가 서구의 형벌제도가 신체형의 시대에서 인도주의 시대로 변화하는 것을 설명하면서 이루어진다. 홍은영, 『푸코와 몸에 대한 전략』, 철학과현실사, 2004, 89쪽.

핵심적 화두가 되고"[3] 있는 현재이기 때문이기도 하다.

박경리(朴景利 1926.10.28~2008.5.5) 『토지』는 장대한 물결이 흐르듯 그 내용이 매우 방대하다. 이를 반영하기라도 하듯 『토지』에 대한 연구 또한 매우 다양한 관점에서 이루어져 왔다. 역사소설, 농민소설, 총괄체 소설, 가족사소설, 민족사소설, 총체소설로 장르론적 연구가 이루어지기 도 하였고, 리얼리즘적 접근, 여성주의적 접근, 탈식민적 접근, 비교문학 적 접근으로 연구되기도 하였다. 그 결과 『토지』의 주제는 다양한 인물 들을 통해 민족의 문제, 한의 문제, 사랑의 문제, 일본비판, 생명사상을 보여주는 것이라 말해지고 있다.[4]

이런 『토지』의 연구들 중에서도 여성에 초점을 둔 연구를 좀 더 상세 히 살펴본다면, 『토지』의 최씨 여성 삼대의 갈등구조를 분석한 것,[5] 『토 지』는 여성이 역사를 일구어 가는 생명의 모태로서 기능하고 있음을 밝 힌 것,[6] 『토지』를 여성의 근대체험에 관한 이야기라 보아, 전근대에서 근 대로 이행해가는 여성들로 분석한 것,[7] 여성의 수난사를 분석한 것,[8] 작 가의 세계관이 반영된 여성인물이 갈등과 좌절을 겪는 작품이라 본 것,[9]

3 송명희, 「김훈 소설에 나타난 몸담론 — '화장'을 중심으로」, 『한국문학이론과 비평』 48, 한국문학이론과 비평학회, 2010, 55~56쪽.

4 최유찬 외 공저, 이상진, 「수용환경의 변화와 해석의 지평」, 『『토지』의 문화지형학』, 소 명출판, 2004, 91~125쪽 참조.

5 김명준, 「박경리의 『토지』 연구 — '삼대담'의 갈등구조를 중심으로」, 단국대학교 석사학 위논문, 1992.

6 이태동, 「여성작가 소설에 나타난 여성성 탐구 — 박경리, 박완서 그리고 오정희의 경 우」, 『한국문학연구』 19, 동국대학교 한국문학연구소, 1997.

7 백지연, 「박경리의 『토지』 — 근대체험의 이중성과 여성 주체의 신화」, 『역사비평』 43, 역 사문제연구소, 1998.

8 정영자, 「박경리 소설 연구」, 『수련어문론집』, 부산여자대학교 국어교육학과 수련어문 학회, 1998.

9 이수경, 「『토지』의 인물 성격화 방법에 대한 연구」, 전남대학교 석사학위논문, 2001.

비극적 여성이 운명을 개척해 가는 이야기라 본 것,[10] 남성중심의 가족의례를 여성이 수행하는 작품이라 본 것,[11] 현실에 대응하는 여성인물들의 자아 찾기 과정으로 분석한 것,[12] 욕망에 따라 여성을 유형화하여 분석한 것,[13] 『토지』에 나타난 법과의 관련선상에서 지식인 여성 주체의 존재 양상을 분석한 것,[14] 여성가장에 중점을 두고 분석한 것,[15] 『토지』가 여성을 한 인간으로서 당당하게 근대와 역사의 주체로 세우려 한 작품이라 분석한 것[16] 등이다.

즉 『토지』 여성에 대한 연구는 최씨 여성 삼대, 생명의 모태, 여성 수난사, 여성 가장, 여성 주체를 분석하는 연구로 이루어져 온 실정이다. 이는 『토지』 연구가 여성의 몸에 관한 연구로는 나아가지 못하고 있음을 보여주는 것이기도 하다. 따라서 이 글은 『토지』 여성인물의 몸을 연구 대상으로 할 것이다. 그리하여 전통적 남성가부장제 의식을 지닌 조선 사회를 살아내는 여성들이 몸을 통해 어떻게 저항하고 있는지를 고찰하는 것에 목적을 둔다. 이는 여성인물들이 겪은 억압상황과 그에 대한 그녀들의 저항의지를 드러내 줄 것이며, 『토지』의 여성인물들을 좀 더 가까이 이해할 수 있게 만들 것이라 생각된다.

---

10 이인복, 「박경리 문학 연구」, 『지역학논집』 5, 숙명여자대학교 지역학연구소, 2001.
11 오세은, 「여성 가족사 소설의 의례와 연대성-『토지』, 『미망』, 『혼불』을 중심으로」, 『여성문학연구』 7, 한국여성문학학회, 2002.
12 강국희, 「박경리 『토지』의 여성인물연구」, 경희대학교 석사학위논문, 2004.
13 최재은, 「박경리의 『토지』 연구-여성인물의 욕망을 중심으로」, 안동대학교 석사학위논문, 2006.
14 김은경, 「박경리 문학에 나타난 지식인 여성상 고찰」, 『여성문학연구』 20, 한국여성문학학회, 2008.
15 이윤경, 「박경리, 박완서 소설의 여성 정체성 연구」, 이화여자대학교 석사학위논문, 2008.
16 오혜진, 「전근대와 근대의 교차적 여성상에 관해-박경리의 『김약국의 딸들』 『시장과 전장』 『토지』를 중심으로」, 『국제어문』 47, 국제어문학회, 2009.

2. 생물학적 결정론에 대한 여성의 저항

『토지』의 여성인물들은 다양한 여성의 몸을 그려내고 있다.[17] 그 중

---

17 『토지』 여성인물들의 몸은 전체적으로 생물학적 결정론에 순응한 몸과 저항한 몸으로 구분할 수 있다. 그러나 생물학적 결정론에 순응한 몸이 긍정적인 것도 아니며 저항한 몸이 부정적인 것도 아니라는 특징을 지닌다. 즉 이들의 몸은 남성중심에서 나눈 이분 법을 넘어서고 있다. 이분법을 넘어 다양성을 드러내고 있는 것이다. 이를 간략히 살펴보면 우선 생물학적 결정론에 순응하는 수동적인 여성의 몸은 함안댁, 윤씨 부인, 김서방댁, 김진사댁 두 청상, 삼월이, 최서희, 송영환 처, 이상현 처, 임명희, 보연, 코보 딸, 막일꾼 처자, 안산댁, 파주댁, 숙이, 민지연, 지리산 순이, 영선, 언년, 양차생 처가 해당된다. 이들 중 함안댁과 최서희를 보자. 함안댁은 중인의 계급으로 양반에게 시집왔다. 그것이 콤플렉스가 되어 비인간적인 남편에게 평생 순종한다. 그녀는 뼈 빠지게 일한다. 하지만 순종적이며 수동적인 함안댁에게 돌아오는 것은 남편의 '배설' 과도 같은 욕정이다. 함안댁은 남성의 욕정, 그 대상으로만 취급받는 몸이었던 것이다. 반면 최서희는 함안댁과 정반대되는 여성의 몸을 보여준다. 함안댁과 마찬가지로 남편에게 순종하는 최서희였다. 그러나 그녀의 이런 수동적이며 순종적인 일상은 존중받는다. 어느 대가댁 여인네와 비교하여도 기울지 않을 만큼 남편에게 복종하는 최서희로 등장함은 물론 그녀의 몸은 항상 고결함을 지니고 있다. 게다가 집밖에서는 남편과 손도 잡지 않을 만큼 수동적인데도 말이다. 즉 생물학적 결정론에 순응한 것만으로는 긍정과 부정이란 가치판단이 이루어질 수 없는 여성을 드러내고 있음이다. 반면 생물학적 결정론에 저항하는 능동적인 몸을 보여주는 인물로는 임이네, 귀녀, 송애, 금녀, 양을례, 인이 처, 임이, 유인실, 익란, 여옥, 홍성숙, 강선혜, 강혜숙, 배설자, 배용자, 부용, 산호주, 비연, 아냥이 해당된다. 이들 중 송애와 금녀를 보자. 송애는 일본 밀정 김두수에 의해 성폭행을 당한다. 우연히 당한 그 사건은 송애를 타락시킨다. 송애는 자신의 처녀성 상실, 그 결과 하나에만 매달려 괴로워한 후 '어차피 버린 몸' 이란 생각을 가지게 된다. 이후 스스로 매춘을 하는 인물로 전락한다. 송애와 마찬가지로 금녀도 자신의 의지와는 상관없이 술집 작부로 팔리는 인물이다. 그런데 금녀는 송애와는 정반대의 삶을 산다. 금녀는 아버지의 노름빚에 의해 술집에 팔렸다. 그런 와중에 처녀성을 잃게 된다. 물론 금녀도 처녀성 상실에 절망한다. 그래서 술집에 있었다는 사실 하나가 그녀의 삶을 짓누르는 콤플렉스로 작용한다. 그러나 금녀는 잃은 처녀성보다도 더 중요한 인간 금녀로 서야겠다고 마음을 다잡는다. 이후 한글학교 선생님이 되고 독립운동가들을 돕는 역할을 열심히 행한다. 험난할 것이 뻔한 자신의 삶을 누구에게도 의지하지 않고 스스로 살아내겠다 다짐한다. 그렇게 금녀는 삶을 개척해 간다. 이처럼 『토지』 여성인물들은 긍정과 부정을 넘어서는 다양한 몸의 양태를 보여 주고 있다.

귀녀와 임이네가 생물학적 결정론[18]에 대한 여성의 저항하는 몸을 가장 잘 보여줄 수 있다. 왜냐하면 귀녀는 남성중심주의에 처절히 저항하는 여성의 몸을 보여주는 인물이기 때문이다. 그녀는 여성의 몸을 생식중심의 성 대리물로 간주하여 왔던 역사를 드러내는 동시에, 그 역사를 역이용하려 하였던 것이다. 계집종으로 태어났기에 인권마저 속수무책 유린될 수밖에 없었던 시대를 살면서, 그 시대의 억압을 벗어나기 위해 행동한다. 그래서 살인을 교사한 귀녀는 고정된 의미에서는 악녀이지만 악녀로만 남지 않는 인물이 된다. 이런 귀녀라 주목할 필요가 있다. 귀녀와 마찬가지로 임이네의 몸도 생물학적 결정론에 처절히 저항하는 여성의 몸을 보여준다. 임이네의 몸은 작품에 등장하는 인물 중에서 가장 분명히 명명된 '자연' 그 자체의 몸이다. 서술자의 말을 빌리면 '대지'와 같다. 이런 임이네의 몸이 이분법적인 남성중심의 성을 넘어 무경계적인 성을 보여준다. 임이네가 하는 남편과의 정사는 짐승의 행위로 묘사되고, 용이를 유혹하는 모습은 자연으로 서술되며, 그녀의 성행위 양상은 여성이면서도 능동성과 적극성을 가지고 있는 것에서 확인할 수 있다. 이는 기존 여성의 성에서 크게 벗어난 모습이다. 대지라 불리는 임이네의 성은 이처럼 아이러니하다. 이런 아이러니가 임이네의 성을 주목하게 만든다. 이들을 자세히 살펴보자.

---

18 생물학적 결정론이란, 성은 자연적으로 타고난 본능이라는 입장이다. 개인 또는 집단 간의 성적인 차이를 성기의 구조나 생식 기능의 차이 또는 성호르몬이나 유전자의 차이 등을 들어서 설명하고 있다. 일반적으로 남성중심사회에서는 남성들은 강력하고 억누를 수 없는 성적 욕망을 가지고 있어서 적극적이고 주도적인 반면, 여성들은 성적 욕망이 없으며 수동적이고 수용적이라고 간주된다. 이러한 남녀의 성적 정체성의 차이를 생물학적 성차에 의해서 결정된 것으로 보고 이를 자연적인 것 또는 정상적인 것이라 보는 관점이다. 한국성폭력상담소 엮음, 조영미, 「한국 페미니즘 성연구의 현황과 전망」, 『섹슈얼리티 강의』, 동녘, 2005, 15~16쪽.

1) 남성중심의 성 비판과 여성의 성결정권 사수

귀녀는 계집종으로 태어났다. 계집종으로 태어난 이들로는 삼월이, 순이, 유월이, 언년이 등 다수의 여인들이 있다. 그러나 『토지』에서 계집종이란 신분의 벽을 넘어서기 위해 일생을 걸고 투쟁하는 인물은 귀녀가 유일하다. 귀녀는 자신이 가진 '아름다운 몸'을 이용하여 태어날 때부터 차별받아야 했던 억압상황을 넘어서고자 한다. 왜냐하면 그녀는 두 가지 이유가 있었기 때문이다. 우선 그녀는 계집종이라는 상황을 그대로 받아들일 수 없는 의식구조를 가지고 있었다. "본시 양반과 종의 피가 나뉘어져 있었던 것은 아닐 것"(2권 97쪽)[19]이란 인간평등사상을 가지고 있었던 것이다. 그래서 신분 체계의 명백함에 질문한다. 태어나 보니 정해진 운명이 계집종이었던 부당함에 굴복할 수 없다. 다음으로 그녀는 별당아씨를 가장 측근에서 모신 인물이기 때문이다. 별당아씨는 남편 최치수와 남보다도 못한 관계이다. 최치수는 별당아씨를 거들떠보지도 않는다. 귀녀가 보기에 이는 최치수를 유혹하려는 자신이 늘 그로부터 냉대를 당하는 것과 별반 다르지 않아 보인다. 귀녀가 생각하기에 별당아씨는 양반집 여인이고 최치수의 딸을 낳았다는 점만 자신보다 우월하다 생각된다. 그래서 귀녀는 계획한다. 최치수의 아들을 낳는다면 자신이 종의 신분일지라도 별당아씨처럼 될 수 있을 것 같다. 아들은 딸과는 비교할 수 없는 절대가치를 지닌 자식이기 때문이다. 이는 귀녀가 별당아씨를 보며, 별당아씨의 방청소를 하며 늘 별당아씨를 거울 같이 인식했던 것이 원인으

---

19 박경리, 『토지』 전21권, 나남출판, 2005 판본을 텍스트로 사용한다. 그리고 앞으로는 『토지』 몇권 몇쪽으로 간단히 기술하겠다.

로 작용한 것이다. 스피박이 말하는 '거울 비추기'[20] 인식이다. 결국 계집종 귀녀에겐 그녀가 선택할 수 없었던 밖으로부터 부당함이 시작되었던 것이다. 그래서 귀녀는 질문하고 대항할 필요를 느낀 것이다. 그 대항의 방법이 최치수를 '교살' 하는 것이라 옥에 갇히게 되지만 말이다.

이런 귀녀는 체계화된 담론에서 보면 '전형적인 악인'이다.[21] 그런데 놀라운 것은 귀녀가 악인이면서도 자기의 존엄을 지킬 줄 아는 인물로 독특하게 창조되고 있다는 점이다. 심지어 이수경은 "귀녀의 삶 속에는 인간의 존엄과 소외, 사랑, 그리고 생명사상이라는 작가의 사상이 고스란히 음각되어 있다"[22]고 보기도 한다. 그렇다면 『토지』 속 모든 사람들로부터 꺼림칙한 인물로 평가받는 전형적 악인 귀녀가 어찌하여 악인이기만 한 것이 아닌가에 주목할 필요가 있다. 그 이유는 귀녀가 몸으로 행하는 행위와 연결되어 있다.

> "쥐도 새도 모르게 그럴 수 있소?"
> "그럴 수 있지러. 안 그러믄 내가 여기 왜 왔일꼬?"
> "그러믄 됐소."
> "귀녀나 조심해야 될 기구마. 여자는 입이 헤프니께."
> "흐음… 거기 알이요? 내 일이지."

---

20 스피박은 거울 비추기(mirroring) 이미지에 대해 다음과 같이 말한다. 티아는 앙트와넷에게 가장 가까운 상대인 어린 흑인 하녀이다. "우린 같은 음식을 먹으며 나란히 같이 잠을 잤고 같은 강에서 멱을 감았어. 난 티아에게 달려가면서 티아와 같이 살고 티아처럼 되겠다고 생각했어. …내가 티아에게 가까이 다가갔을 때 그녀의 손에 삐죽삐죽한 돌이 들려 있는 걸 보긴 했는데 그걸 던지는 티아의 모습은 보지 못했지. …우린 서로를 노려보았고 내 얼굴에는 피가, 그녀의 얼굴에는 눈물이 흐르고 있었어. 마치 내가 내 자신을 본 것만 같던 걸. 마치 거울을 보듯이!" 연속적으로 꾸는 꿈들이 거울 이미지를 강화한다. 가야트리 스피박, 태혜숙 · 박미선 옮김, 『포스트식민 이성 비판』, 갈무리, 2005, 194쪽.
21 박혜원, 「박경리 『토지』의 인물 연구」, 이화여자대학교 박사학위논문, 2002, 94쪽.
22 이수경, 앞의 논문, 31~32쪽.

씹어뱉는다.

"누가 올라. 저기 어서 들어가자."

칠성이는 서둔다.

"오기는 누가 올꼬? 이 밤에."

"이마빡에 피도 안 마른 것들이 매구(늙은 여우) 겉은 년들 끌고 와서."

"그러니 그 양반을 파수보게 했지."

귀녀는 타박을 준다. 말씨도 반말 비슷하다.

'이기이? 풀 세구나. 누가 제년 몸뚱이 탐나서 온 줄 아나?'

귀녀가 먼저 삼신당으로 들어갔다. 귀녀는 부싯돌을 비벼, 들고온 초에 불을 붙였다. 칠성이 질겁을 한다.

"부, 불은!"

불을 끄려는 듯 팔을 들었으나 귀녀는 말없이 몸으로 막아선다. 삼신당 안에 모셔놓은 동자불 앞에 초를 세운다. 귀녀 머리칼은 물에 젖어 있었다. 개울에 서 목욕을 했던 것이다.[23]

귀녀는 최치수의 아들을 임신하기 위해 다른 사내와 정사를 한다. 이 말도 안 되는 계획을 이루기 위해 깊은 밤, 산 속에 위치한 삼신당에 모인 사람들 중에서 귀녀만이 태연하다. 비밀스럽고 조용하고 아무도 모르게 해야 할 일이건만 귀녀는 조심스럽지 않다. 오히려 그녀는 당당하다. 귀녀는 '내 일'이라 말하며 칠성이보다 '먼저 삼신당으로' 들어간다. 게다가 양반 남성이며 지긋한 나이를 가진 김평산에게 파수를 보도록 '지시'하고, 평민이지만 자신보다 한참 나이가 많은 남성 칠성에겐 '반말 비슷하'게 말을 한다. 칠성이 말을 '씹어뱉는' 느낌이 드는 말투다. 나이 어린 귀녀이지만 그 두 사람이 가지지 못한 무엇인가를 가지고 있기 때문에 그들에게 당당할 수 있는 것이다. 그렇지 않다면 김평산이나 칠성이가 두려움에 떨면서 계획을 진행시키려는 것과 이처럼 대조되지는 않

---

23 『토지』 2권, 120쪽.

을 것이다. 귀녀의 행동은 이를 뒷받침한다. 귀녀는 '초에 불'을 켜고 '개울에서 목욕'을 한다. 신성한 의식을 치룰 때 사람들은 불을 켜고 목욕을 하는데, 그렇다면 귀녀의 의식 속에는 정당성이 내재해 있음이 분명하다. 그래서 능동적이고 대범할 수 있었던 것이다. 이런 귀녀의 의식은 귀녀가 계략을 모의한 두 남성과는 다른 이유에서 계획을 감행하고자 마음먹었기 때문에 촉발된다. 두 남성은 최참판댁 '만석살림'을 차지하겠다는 물질에 대한 욕심에서만 계략을 시도하였다. 반면 귀녀는 그것 때문만이 아니었다. 최치수의 마음을 원하는 것도 아니며, 다만 재물만을 원하는 것도 아니며, 소원은 "나를 종으로 부려먹은 바로 그 연놈들을 종으로 내가 부려먹고 싶다"(2권 97쪽)는 것에서 반항이 시작되었다. 즉 귀녀에겐 노예가 아니라면 오직 자유인들이 사는 양극단의 세상이기에 계략을 실천한 것이다.

이는 귀녀가 계집종이기에 더욱 치열했다. 계집종 귀녀가 겪어야 하는 억압상황은 그녀의 명명에서도 짐작할 수 있다. 귀녀는 성이 없다. 귀녀란 이름의 뜻도 처음부터 사악함을 내포하고 있는 '귀기스런 여성'에서 비롯되었을 정도이다. 이름처럼 사악함이 묻어나는 귀녀의 행동은 같은 처지의 종들로부터도 배척받는다. 즉 배운 것도 없고 의지처도 없는 계집종 귀녀가 억압에서 자유로울 수 있는 길, 신분상승의 길은 결혼뿐이었다. '존중받을 자격이 있는 여성'이 되는 것 말이다. 그러나 결정적으로 최치수는 귀녀를 거들떠보지도 않는다. 그래서 귀녀는 계략을 수행하게 된다. 아이를 가지게 해 달라고 목욕재계하고 머리를 조아린다. 그런데 여기서 중요한 것은 이런 귀녀의 모습이 '처절하고 아름답게 묘사'되고 있다는 점이다. 서술은 계속된다. "음란도 이 여자에게는 죄가 아니었다. 거짓도 이 여자에게는 죄가 아니었다. 살인도 이 여자에게는 죄가 아니었다. 오로지 소망을 들어달라는 다짐만이 간절했을 뿐이다."(2권 121

쪽) 이런 아이러니한 서술이 계속되고 있는 것이다. 이는 작가가 최치수 교살 계획을 이끌어가는 귀녀에게서 드러내려는 의도가 다른 데에 있음을 짐작하게 한다. 작가는 귀녀를 통해 여성의 성의식이 '선 혹은 악'이라는 잣대로는 잴 수 없는 무엇을 담고 있음을 말하고자 하는 것이다. 그래서 서열상으로 절대 열세인 귀녀가 성행위를 이끌어가는 것이다. 삼신당에 촛불을 당당히 켜듯 귀녀는 여성에게 주입된 정상적, 수동적 성행위가 아닌 능동적 성행위를 이어간다. 남성중심의 성, 생물학적 결정론을 따른 성이 아닌 것이다. 그렇게 귀녀는 어떤 조건 속에서도 자신의 삶을 자신이 결정하는 의식을 가지고 있었던 것이다. 이런 귀녀에게 최치수는 치명적인 실수를 저지른다.

> "산중에 가서 화전을 일구며 살겠느냐?"
> "무슨 말씀이온지."
> 귀녀는 디딤판을 차 던지고 앞으로 나서듯이 반문했다. 자신들의 음모와 상관이 없는 다만 강 포수와의 관계를 두고 최치수가 추궁했었다는 것을 그는 재빨리 포착했던 것이다.
> "종문서를 내어줄 것이니."
> 종문서를 내주고 어쩌고 할 것도 없었다. 노비제도는 관습으로 남아 있을 뿐 나라에서 철폐한 지 이미 사오 년이 지났으니까.
> "무슨 말씀이온지 쇤네, 잘 모르겠사옵니다."
> 비로소 귀녀는 얼굴을 꼿꼿이 세우고 커다란 눈에 희미한 빛을 띠며 최치수를 쳐다본다. '이년' 하며 불호령을 내리던 얼굴과는 딴판으로 실실 웃고 있었다.
> "강 포수 계집이 되라 그 말이야. 총 대신 너를 주는 게야."
> 웃음은 일시에 사라졌다. 귀녀 얼굴에 이는 변화를 응시한다. 핏물이 괴기라도 한 듯 벌겋게 핏발 선 귀녀의 눈이 최치수의 눈을 피하기는커녕 무섭게 대항한다.[24]

---

24 『토지』 2권, 341~342쪽.

최치수는 귀녀를 총과 다름없는 사물로 취급한다. 최치수의 의식 속, 고루한 신분차별의식에서 계집종은 그런 가치였기 때문이다. 하지만 최치수가 권력처럼 행사하는 '철폐'된 '종문서'는 양가적 의미를 지니는 것이다. 하나는 여전히 남아있는 견고한 신분의식을 의미하며, 다른 하나는 바로 그 견고한 신분의식이 사실은 허구임을 드러내고 있다는 점이다. 그래서 종문서를 가운데 두고 '실실 웃고 있'는 최치수와 '핏물이 괴기라도 한 듯 벌겋게 핏발이 선' 귀녀의 대조는 강한 대립적 의미를 지닌다. 이는 주는 행위를 자행하는 주체 최치수에겐 놀이일지 모르나, 사물화 취급을 당하는 객체 귀녀에겐 절체절명의 위기임을 말하는 것이다. 계략이긴 하지만 절대 열세의 상황에서 행해지는 성행위에서도 능동성을 잃지 않았던 귀녀가 일방적으로 사물화 취급을 당하는 것은 참을 수 없는 분노를 심기에 충분하다. 그래서 귀녀는 더욱 못할 짓이 없어진다. 이제 그녀는 백만 석의 살림보다 노비로서 짓밟힘을 당한 원한이 더 치열하게 타오른다. 결국 최치수를 "그 개놈의 자식"(2권 348쪽)이라 칭하며 평산에게 죽이라 지시한다. '총 대신 너를' 주기로 했다, 이 발언은 귀녀의 인간존재를 깡그리 무시한 발언이었던 것이다. 그렇다면 귀녀는 자신을 물화하여 가치 매도한 최치수를 살해할 결심을 한 것이다. 즉 귀녀는 야망 때문이 아닌 보복 때문에 최치수를 교살한다. 그렇게 볼 때 귀녀는 신분상승보다 '인권' 찾기에 무게를 두고 살인교사를 지시한 것이라 이해할 수 있다. 바꿔 말하면 귀녀는 남성에 의해 일방적으로 여성 몸이 교환가치로 전락하는 것을 비판하고 있는 셈이며, 이는 작가가 생물학적 결정론으로 주입된 수동적인 여성의 성을 분절해야 할 필요성을 극단적 방법을 통해 드러내는 것이라 이해할 수 있다.

귀녀는 죄를 자백한다. 관가에 끌려갔을 때, 평산과 칠성의 무죄항변과 대조적으로 귀녀만은 모든 것을 숨김없이 말한다. 관가에서까지 당당하다. 다만 칠성이를 살인 공모자로 진술한 것만 사실과 달랐다. 이는 "백옥 겉은 내 몸을 물욕 하나로 짓밟은"(3권 25쪽) 칠성이기 때문에 귀녀가 끝내 용서하지 않았던 것이다. 그래서 칠성이가 처형되도록 만든다. 귀녀에게 몸은 그만큼 절대적인 가치판단의 기준이었다. 평산과 칠성에게는 물욕의 도구로 이용되었던 몸, 최치수에겐 사물화 취급을 받았던 몸, 같은 처지의 종들로부터는 감시와 배척의 대상일 뿐이었던 몸. 그런 귀녀가 끝내 불행하기만 한 것은 아닌 죽음을 맞게 된다. 이런 놀라운 반전에 귀녀의 몸이 중요한 역할을 한다.

> "강 포수, 손."
> "머라꼬."
> 강 포수는 흠씬 놀라며 물러섰다.
> 귀녀는 여전히 창살 밖으로 손을 내밀어놓고 있었다. 강 포수는 겁을 내어 떨면서 조그마한 귀녀의 손을 잡아본다. 조그마한 손, 손아귀 속에서 바스러질 것 같은 손이다.
> "마, 마, 많이 여빘고나."
> "강 포수의 손은 쇠가죽 겉소."
> 부드럽고 낮은 목소리였다.
> "이, 이거 배고플 긴데."
> 다시 꾸러미를 디밀려 하는데 이번에는 귀녀 쪽에서 강 포수의 손을 거머잡았다.
> "강 포수, 내 잘못했소."
> "알았이믄 됐다."
> "내 그간 행패를 부리고 한 거는 후회스러바서 그, 그랬소. 포전 쪼고 당신하고 살 것을, 강 포수 아, 아낙이 되어 자식 낳고 살 것을, 으으흐흐…."
> 밖에 나온 강 포수는 담벼락에 머리를 처박고 짐승같이 울었다. 하늘에는 별이 깜박이고 있었다. 북두칠성이 뚜렷하게 나타나서 깜박이고 있었다.
> 오월 중순이 지나서 귀녀는 옥 속에서 아들을 낳았다. 그리고 여자는 세상을 원망하지 않고 죽었다.[25]

---

25 『토지』 3권, 37~38쪽.

귀녀의 몸은 '손'을 통해 세상과 화해한다. 이것이 귀녀를 악인에서 결정적으로 구원해내고 있다. '조그마한 귀녀의 손'과 대조되는 '쇠가죽' 같은 강포수 손이 화해한다. 이는 '창살 밖으로' 내민 귀녀의 '손'에 의한 능동적 화해였다는 점에서 매우 중요하다. 이 몸의 행위가 그녀를 악인이 아닌 비극적 여인으로 만든다. 그리고 이 뉘우침은 강포수로 인해 깨닫게 되는 서사를 가진다. 옥에 갇힌 귀녀에게 지순한 마음을 바치는 강포수. 귀녀는 한결같이 강포수에게서 그녀가 그토록 간절히 받고 싶어했던 인정, 즉 '여자대접'을 받았다 깨닫게 된 것이다.[26] 이때의 여자대접은 낭만적 사랑에서 말하는 여자대접을 말하는 것이 아니다. 강한 남자의 보호를 받고 그 보호 아래에서 나약한 여성이 만족과 행복을 느끼는 것을 의미하지 않는다. 귀녀가 받은 여자대접은 '온전한 성파트너'로서의 인정을 의미한다. 남성의 욕구를 채워주는 여성이 아니라 '서로' 교감하는 성파트너를 의미하는 것이다. 이는 귀녀가 강포수로 인해 마침내 동침의 비밀, '쾌락'을 느끼게 되고 임신을 하게 된다는 서사에서도 확인할 수 있다. 그래서 강포수의 손을 청해 잡은 귀녀는 잘못을 뉘우치고 원망 없이 죽을 수 있었다.

---

26 강포수는 처음부터 귀녀에게 사랑하는 자신의 마음을 내보인 남자다. 사십이 다된 산사나이 강포수는 귀녀의 눈웃음에 철늦은 병이 들게 된다. 큰 짐승을 잡아 목돈이 생기면 더러 여자를 사기도 했던 사내지만 여자의 몸을 탐했을 뿐인 사내는 여자에게 정이 들어본 일이 없다. 여자와 살림도 두 번 차렸으나 매인다는 것이 싫은 사내가 좋기는 하나 딸뻘이나 되는 처녀 귀녀에게 반한 것이다. 귀녀는 강포수의 마음을 눈치채고 강포수를 훑어본다. 탄탄한 골격, 근육, 이목구비를 살핀다. 남자의 몸을 관찰한 귀녀는 이후 강포수와의 잠자리에 동의하게 된다. 강포수에게 몸을 허락한다. 어차피 버린 몸, 지아비가 있어 정조를 지켜야 할 처지도 아니고 남자의 씨가 필요했다. 여자로서 용모에 자신이 있는 귀녀는 여자로서의 매력에 엉기엉기 달라붙는 강포수가 한 가닥 위안이 되었던 것이다. 강포수는 귀중한 수중의 보물을 어찌해야 좋을지 몰라, 경건하며 수줍게 마치 신랑처럼 귀녀를 안았다. 눈물겹도록 지순한 강포수였다.

이런 귀녀의 삶은 처형됨으로서 끝나지 않고 있다. 귀녀는 그녀의 아이가 태어나는 과정으로 새롭게 전환되면서 여운을 남긴 채 사라진다. 강포수가 옥중에서 태어난 귀녀의 아이를 안고 사라지는 서사구조를 가지고 있기 때문이다. 이를 두고 최유찬은 "비온 뒤에 솟아오르는 죽순처럼 생명력이 뻗혀 오르는 세대를 예고하는 의미"를 지닌다고 하였다.[27] 여기서 우리는 작가 박경리의 의식을 다시 되뇌일 수 있다. 작가는 말했다. "비록 한시적이며 유한한 여정일지라도, 허상이라는 느낌이나 깨달음조차 살아 있다는 인식 아니겠습니까. 황막한 무한우주 속에 새싹과 태어난 울음소리가 울려 퍼진다는 것은 경이로운 천지가 열리는 것과도 같고 황막한 우주 속에서 캐낸 희귀하고 존귀한 보석이 생명 아니겠습니까."[28] 그렇다면 미래 세대를 예고하며 지난 삶을 마무리하는 귀녀를 휴머니즘이란 인간 자리에 들일 수도 있을 것이다. 물론 비극적 인간에 속하겠지만 말이다.

따라서 귀녀는 자신의 의사와는 상관없이 주어져 버렸던 자신의 위치, 환경, 상황에 대해 적극적으로 저항한 여성이다. 이런 귀녀의 몸 재현은 생물학적 결정론을 분절시키는 장점을 가진다. 귀녀의 몸은 무엇에도 의지할 수 없는 하위주체 여성의 성결정권을 담보하고 있기 때문이다. 귀녀는 남성들에 의해 물화되어왔던 여성의 경험적, 실체적 몸을 보여준다. 이때 중요한 것은 작가가 귀녀를 악인으로 몰아붙인 역사, 그것에 근원적, 시원적 죄를 물어야 함을 독자에게 인식시킨다는 점이다. 왜냐하면 남근중심주의에서 화폐형태로 취급되었던 여성 노예 귀녀의 몸, 그 몸의 반란이 부정이 아니기 때문이다. 오히려 남성 지배자의 생득적 우

---

27 최유찬, 『『토지』를 읽는 방법』, 서정시학, 2008, 192쪽.
28 박경리, 『가설을 위한 망상—박경리 신원주통신』, 나남출판, 2007, 94~95쪽.

월성에 비판을 가하는 역할을 하고 있는 귀녀는 코기토의 외로운 삶을 산 여성인물로 부상하고 있다 할 것이다.

2) 개방적이며 자유로운 여성과 성의 무경계성

백정하고 움막에 살았다는 풍문은 사실이 아니었다. 그러나 임이네는 아이들과의 한 끼를 위해 보리밭에서 치마를 걷은 일이 있었고 강가 바위 뒤에서 백정에서 몸을 맡긴 일이 있었고 빈 집에서도 몸을 팔았다. 몸을 맡겼던 사내는 백정말고도 소금장수, 머슴 놈, 떠도는 나그네, 얼굴조차 기억할 수 없는 사내들이었다. 여자에 궁한 그네들이지만 아이 셋이 따른 임이네를 길게 데리고 살려 하지는 않았다.[29]

임이네는 여성을 순간의 놀이 대상으로 여기는 남성들을 보여준다. 남성들은 임이네가 처녀가 아니고 '아이 셋이 따른' 처지이기에 놀이 대상으로 여겼을지도 모른다. 그렇다고 하더라도 아무도 임이네를 '데리고 살려 하지' 않는다는 공통점은 남성들이 가진 의식구조의 문제를 드러내기에 충분하다. 그래서 성매매를 하는 임이네보다 남성들이 더욱 이기적이며 파렴치하게 다가오는 것이다. 이를 증명하기라도 하듯 임이네의 성매매는 추하지 않게 묘사되고 있다. 임이네가 '아이들과의 한 끼를 위해' 치마를 걷은 행위는 추하지 않다. 더욱이 임이네는 작품이 끝날 때까지 다음과 같이 묘사되는 여성이기에 더욱 그러하다. 서술자는 임이네를 묘사할 때 '매우 건강하고 예쁘게 생겼다.'는 관점에서 벗어나지 않는다. 게다가 "어떤 경우에도 생명이 넘쳐흐를 것 같다."(1권 155쪽)고 반복해서 말한다.

---

29 『토지』 3권, 94쪽.

그런 임이네는 칠성의 아낙으로 어린애를 둘이나 두고, 임신한 상태에서도 외간 남자 용이에게 호감의 눈길을 던진다. 가부장제 의식에서 바라볼 때 이런 여성은 중대한 엄벌에 처해야 할 부정적 여인이다. 그런데 그런 임이네의 묘사가 '끈적이는 욕정'의 눈길이 아니라 '자연'의 한 양태와 같은 눈길로 나타나고 있다. 성매매는 먹고 살기 위해 어쩔 수 없이 했다고 이해한다고 쳐도 임이네가 임신한 유부녀의 처지로 외간 남자에게 유혹의 눈길을 던지는 것조차 자연으로 그려지고 있는 것은 지나치다. 독자는 당황할 수밖에 없게 되는 것이다. 즉 이런 아이러니를 지닌 임이네를 만날 때 독자는 과연 '성의식은 어떤 것인가' 되물을 수밖에 없게 될 것이다. 결국 작가는 임이네를 통해 가부장제 남성중심의 성의식에 관한 고정관념에 문제를 제기하고 있는 것이다.

임이네는 아주 평범한 아낙이었다. 특징이 있다면 임이네는 동네 아낙 그 누구보다 부지런하고 살림 잘하고 아이도 많이 낳은 아낙이라는 것 정도이다. 더불어 마을 아낙 중 최고의 미색이며 스스로도 용모에 자만심을 갖고 있는 여자라는 점일 것이다. 하지만 남편 칠성은 잠자리에서 임이네의 몸을 탐낼 적에 논다니나 매춘부를 다루는 것과 다를 바가 없었다. 그런 임이네와 칠성이의 정사는 "짐승의 세계"(2권 365쪽)로 나타난다. 끈질긴 생명력과 생식력, 쾌락은 이들 부부의 왕성한 식욕 같은 것이며 한술의 밥도 제 입에 더 쑤셔 넣고자 하는 식탐 같은 것이었다. 아낌과 보살핌이 없는 맹렬한 성행위요 격투 같은 것이었다. 이런 묘사는 임이네가 정상적 성 혹은 비정상적 성을 구분하지 않고 행동하는 인물임을 보여준다.

나아가 임이네는 평사리 마을 아낙들의 양피지적 성의식을 드러내는 역할도 한다. 이는 마을 아낙들이 임이네의 성매매를 단죄하나 아이를 임신한 '부정한 임이네를 쫓을 수 없는 형세'에 빠지는 사건에서 알 수 있다.[30] 이처럼 여성에 대한 성의 지배와 착취는 이미 만들어지고 주입되어 왔던 인식소적 폭력에 노출된 남성, 여성, 노인, 어린이의 '의식'이 문제였던 것이다. 이들 모두는 여성의 성을 억압하는 가해자가 되어버린 자신을 의식하지 못한 채, 오직 그들이 간직한 고정관념 속 '여성의 성'을 내면화한 오염된 상태였던 것이다. 그렇다면 임이네는 성의 남근중심주의를 비판하는 인물이라 할 수 있다. 놀랍게도 이런 임이네의 성은 자연의 성, '대지'의 모습으로 계속 이어진다. 임이네의 성, 그 몸의 아름다움은 여기서 한 단계 올라선 모습까지도 보여준다.

> 물려들어온 팔이 풀어지면서 임이네는 자리에 쓰러진다. 진통이 멎은 것이다. 빛나는 눈이 용이 얼굴을 올려다본다. 무섭게 부푼 배 때문인지 여자의 두 어깨는 가냘프고 홀몸일 때 찾을 수 없었던 처녀성을 느끼게 한다.
> "어지간했이믄 혼자 놓을라 캤소. 무서버서, 우짠지 이분에는 무서버서. 벌써 여러 날 전부터 배가 아프믄서 자꾸 끄는 기이 심상치가 않소. 구실이 할매도 아프다 카고. 누가 와줄라 캐야제요. 나는 팔자치리 못한 여자니께 밭이사 나쁘겠지마는 씨는 이녁 씨 아니요?"
> 임이네는 차분하게 말을 했다. 짐승같이 비명을 지르고 이빨을 드러내어 바드득 소리를 내던 조금 전의 처참했던 얼굴은 고통 뒤의 평화스런 휴식으로 돌아와 있었다. 슬기롭고 신비하기조차 했다. 땀에 흠씬 젖어서 아름다웠다.[31]

---

30 거지가 되어, 끼니 걱정을 하던 임이네에게 용이가 겉보리 한 말을 갖다 준다. 며칠 후에도 용이는 감자를 가져와 아이들에게 삶아 먹이라 한다. 임이네는 마침내 운다. 일년 넘게 울지 않았던 그녀였다. 그때 용이도 이상한 감동을 느낀다. 남자로서의 충동을 느낀 것이다. 이후 그들은 잠자리를 가지게 된다. 임이네는 용이의 조강지처 강청댁이 용이와 잔 일을 알고 싸우러 왔을 때 서방질했다고 큰소리로 되받는다. 이에 마을 여인들이 한꺼번에 덤벼들어 임이네를 사정없이 족친다. 살인죄인의 계집이 옛날과 같은 미모로 다시 돌아와 잘 사는 모습이 자존심을 짓밟았기 때문이기도 하다. 하지만 용이가 임이네의 임신 사실을 밝히자 그 말이 떨어지기 무섭게 매질이 일시에 멈춘다. 자식 없는 남성에게 아이를 낳아준다는 것에 마을 아낙과 남정네 모두 대항을 못한 것이다. 그들 모두 선영봉사를 중시하기 때문이다.
31 『토지』 3권, 247쪽.

'빛나는 눈' '처녀성' '신비' '아름다웠다' 이런 단어들이 성매매를 했던 임이네에게서 드러나고 있다. 갓 태어난 아이가 두 주먹을 모은 채 오줌을 눌 때 "임이네 얼굴에 승리의 미소가 떠올랐다. 일찍이 용이는 그와 같이 아름다운 미소를 임이네한테서 본 일이 없다."(3권 248쪽) 이런 서술들이 계속된다. 즉 임이네의 몸은 출산을 보여준다. 여성 고유의 경험인 출산의 신비, 아름다움을 등장인물 중 유일하게 드러내고 있는 것이다. 칠성과의 성행위에서는 짐승으로, '모성애는 탈신비화 하는 임이네'[32]가 출산의 위대함을 지닌 것은 흥미롭고도 중요하다. 왜냐하면 이것은 여성성에서 모순되고 양면적(어머니가 아니라면 창녀로 분리되어 판단된 여성)이라 여겨졌던 기존가치의 이분법에 대한 반박이며, 여성성은 개인의 다양성을 인정하는 것에서 비롯해야 함을 말하는 것이기 때문이다. 그렇다면 작가는 임이네를 통해 추잡하고 순수한 양면적 성, 그 긍정성을 보여주려 한 것이라 이해할 수 있을 것이다. 중층결정되어야 할성, 그 가치를 되살리려 한 것이며 이는 생물학적 결정론에 대한 저항이된다.

　루스 이리가라이(Luce Irigaray)는 여성의 몸, 여성의 욕망을 올바르게 파악하고 표현하는 일이 가부장적 사고 체계 내에서는 거의 불가능하다고 보고, 여성의 입장에서 여성의 욕망과 성욕을 다시 새롭게 쓸 수 있는

32　임이네는 젖을 먹다 잠이 와 젖꼭지를 문 어린 것의 뺨을 친다. 자식이고 뭐고 다 귀찮은 존재로 여긴다. 많은 농사일이 기다리고 있기 때문이다. 게다가 아이를 여럿 낳고 기르나 그 아이들에 대한 사랑이 작품 속 어디에도 등장하지 않는다. 호열자로 두 아들을 잃었을 때도 아이에 대한 슬픔이나 회상이 나타나지 않으며, 유일한 딸 임이와도 음식을 두고 짐승처럼 싸운다. 임이네는 기화가 사온 쇠고기, 간청어, 과일을 임이와 서로 많이 가지겠다고 싸운다. 그 어미에 그 딸이다. 먹을 것을 놓고 으르렁거리는 꼴이란 짐승만도 못하다. 임이네는 자신의 유일한 수호신이라 믿고 길렀던 홍이에게마저 모성으로 따뜻이 대해 준 적이 없다. 그래서 홍이는 성장한 후에 어머니 임이네를 야차, 짐승, 독사뱀 등으로 회상한다.

방법을 모색해야 한다고 말한다. 여성의 재현을 위해서, 여성의 몸을 비추기 위해서는 검시경이 필요하다고 비유적으로 말한다. 남성을 잘 비춰주는 일반 거울은 거리를 전제로 하며 시각에 중점이 주어진 반면, 여성의 몸을 제대로 재현하기 위해서는 검시경과 같이 몸에 밀착시켜 보는 틀, 보는 것이면서 동시에 촉각으로 느낄 수 있는 매체가 필요하다 말한다.[33] 그렇다면 임이네의 몸은 이런 검시경으로 산고를 보여주는 것이라 할 수 있을 것이다. 작품 속 등장인물 중 그 누구보다도 가장 몸에 밀착한 서술로 묘사되고 있는 인물이기 때문이다. 그리고 이런 임이네를 통해 정상과 비정상이란 경계가 없는 성이 재현되고 있다.

그렇다면 임이네의 몸 재현은 중심성으로 인해 배제되고, 추방되고, 탈락된 '억압된 것들의 회귀'가 정당함을 보여주는 것이라 할 수 있다. 추잡하고 순수한 양면적 성을 지닌 임이네의 몸이 섹슈얼리티의 중심에서 그려지고 있다는 것이 이를 뒷받침하며, 무경계성을 지닌 임이네의 성이 가장 섬세하게 논의되고 있다는 것에서 알 수 있다. 옹호되고 비판되고 다시 옹호되고 그래도 비판되는 여성의 성을 임이네는 드러내고 있는 것이다. 이는 '용이가 임이네를 보는 시각'[34]에서도 확인된다. 그런데 아름답던 임이네도 추악하게 변한다.

---

33 한국영미문학페미니즘학회, 『페미니즘, 어제와 오늘』, 민음사, 2000, 186~189쪽.

34 아들 홍이를 낳아 용이의 대를 이어준 임이네. 하지만 생전의 강청댁에게 어느 정도 허용되었던 자유랄까 남편에 대한 불손한 태도가 임이네에게는 허용되지 않았다. 제사를 모시던 날 밤에 부엌일을 거들어주는 그런 처지였다. 임이네는 용이 월선을 만난 눈치를 알고도 벙어리 냉가슴 앓듯이 말을 못했다. 용이 집에 들어앉았다는 것 이외는 아무것도 달라지지 않았기 때문이다. 차가운 부부. 이후 용이는 임이네를 증오했고 한 마리의 뱀으로 치부하며 저주했고 인연을 원망했다. 하지만 그 여자에 대한 한 가닥의 아픔이 있다. 그 아픔은 임이네가 성매매를 할 수밖에 없었던 과거를 지닌 여성이란 점이다. 그래서 용이는 임이네의 과거만은 절대로 건드리지 않는다. 지켜주고 싶었던 것이다.

"환자 치고 저런 환자 처음 봤습니다. 어떤 때는 반미치광이 같이 날뜁니다. 사는 것이 저리 추악한 것이라면 살아서 뭘 합니까."

"젊은 사람들은 다 그렇게들 말하지. 죽음을 기다리는 사람들을 위해서 천당이든 지옥이든 내세가 있었으면 얼마나 좋겠나."

"정말 퇴원 안 하려고 떼를 쓰면 골칫거립니다."

임이네의 병은 결핵성 복막염 치고는 급성이었다. 삼십구 도의 고열인데다, 환자는 심한 복통을 호소했다. 복막염으로 진단했으나 결핵성이 아닌가 하는 의혹이 없었던 것은 아니었다. 죽더라도 원이나 없게 수술을 해달라는 가족과 본인의 의향도 있고, 또 화농성 복막염일 경우 화급을 요하는 일이었으므로 착수한 수술이었다. 개복한 결과는 의심했던 바로 그 결핵성 복막염이었던 것이다. 장벽에는 이미 별만큼 무수한 결절이 형성돼 있었으며 군데군데 궤양을 일으키고 있었다.[35]

"질병은 육체를 통해 말하는 것이며 정신적인 것을 극화하는 언어"[36] 라고 볼 때, 임이네의 타락은 '별만큼 무수한 결절'이 되어 몸을 통해 나타난다. 게다가 '병은 결핵성 복막염치고는 급성이었다.'고 서술되는데 이는 임이네의 의식이 빠르고 추악하게 타락했음을 의미할 것이다. 신에게조차 자신을 살려내지 않으면 물어뜯겠다는 철저하고 완벽한 아집의 임이네로 변해 있다. 이런 임이네의 타락은 성의 결핍에서 시작되고 있기에 중요하다. 임이네가 끝까지 얻지 못하는 것, 가장 본질적이고 임이네가 가장 소망한 것, 그것은 바로 '여자대접'이었다. 물론 이때의 여자대접은 귀녀와 마찬가지로 '온전한 성파트너'로서의 인정이다. 첫 남편 칠성이는 정은 없었으나 부부로서 틈이 있고 사이가 멀었던 것은 아니었다. 그러나 성관계시 그녀의 몸을 논다니를 대할 때와 다름없이 다루었다. 이는 칠성이가 자신의 성욕을 채우기 위해 부부관계를 했을 뿐임을

---

35 『토지』 10권, 372~373쪽.
36 가야트리 스피박, 태혜숙 옮김, 『다른 세상에서』, 여이연, 2004, 520쪽.

증명한다. 두 번째 남편 용이는 부드럽고 자상하며 인색하지 않았고 여자를 위해주는 성품이며 욕설을 입에 담지 않으나 말이 없는 용이를 대할 때 임이네는 냉랭한 바람받이 속에 서 있는 것 같다. 그들의 부부관계도 이와 별반 다르지 않다. 식욕과 물욕와 성욕이 터질 듯 팽팽한 살가죽에 넘쳐흐르듯 왕성한 임이네는 대지에 깊이 뿌리박은 여자, 풍요한 생산의 터전이지만 용이는 부부관계를 해도 "정액을 밖에 쏟았다."(4권 122쪽) '혐오스럽다'는 듯이 밖으로 쏟아낸다. 즉 임이네는 자신이 진정 원한 온전한 성파트너로서의 대접을 아무에게서도 받지 못한 것이다. 임이네의 처지는 '무정란을 품은 새'에서 단 한 번도 나아가지 못하였던 것이다. 결국 임이네는 이런 성의 결핍을 자본소유로 보충하려 했다.

남편 없어도 돈 있으면 산다는 배짱을 갖게 된다. 이런 변화는 임이네가 두 번씩이나 평사리를 떠나야 했던 과거를 잊지 않고 있었기 때문이기도 하다. 한번은 칠성이 살인 죄인이기에 평사리를 떠났다. 평산이 살인 죄인이라 목매달아 죽은 함안댁처럼, 자신도 목매달아 죽을 수 없다는 공포에서 도망쳤던 것이다. 그러다 두 번째는 용이가 최참판댁을 습격하는 의병활동에 참여했기에 조선을 떠나야 했다. 처음 평사리를 떠나 빌어먹던 공포가 반복되는 상황에서 임이네는 강한 두려움을 느꼈다. 그래서 이제는 채워지지 않는 성 대신 물질에 욕망을 전이한 것이다. 이 세상 누구보다 소중한 것은 오직 돈이 된다. 임이네는 자신의 장래를 돈에다만 걸었다. 그녀의 이런 욕심스런 삶의 결과가 결핵성 복막염으로 나타난 것이다.

임이네의 성에 대한 심리적 상흔은 남성에게도 비극을 가져온다. 칠성은 사형되고 용이는 임이네로 인해 더욱 쓸쓸하고 외로운 노년을 보내는 것에서 알 수 있다. 성행위에 있어서만큼은 언제나 자연이었던 임이네가 부에 점점 집착해 욕심을 부리고 냉혹한 인간이 되면서 '아귀'가 되어버린다. 즉 임이네는 성의 결핍 때문에 자본의 노예가 된 것이다. 그만큼 임이네에게 온전한 성파트너로서의 인정은 중요한 삶의 요건이었던 것이다. 그리고 독자는 이런 임이네의 삶을 통해 질서인 동시 무질서였던 여성의 성, 그 무경계성이 긍정일 수 있음을 알게 된다.

3. 나오며

따라서 박경리 『토지』에 나타난 여성의 몸은 생물학적 결정론이 추구한 이미 주입된 성을 긍정적으로 산포하는 양상임을 알 수 있다. 이는 귀녀와 임이네의 삶을 통해 드러나고 있다. 우선 귀녀는 생물학적 결정론에서 여성에게 배제되어 왔던 성의 능동성과 자기결정권을 수행했다. 샛서방을 얻어서라도 아이를 낳아 남성권력을 쥐려 한 한계를 갖지만 의미 깊은 여성이다. 귀녀가 이런 계략을 수행한 데는 이유가 있었다. 귀녀에겐 모든 것이 밖에서부터 시작되었기 때문이다. 몸과 마음으로 나눈다면 밖은 몸에 해당한다. 즉 귀녀는 밖에서 시작한 자신에게만 배제된 인권을 밖에서부터 수정, 전복하려 한 것이다. 고귀함도 염원도 사랑도 밖이 잘못되어 그녀에게 부여되어왔던 것이기 때문이다. 이런 귀녀의 행동은 몸→마음→화해를 이루면서 하나가 된다. 강포수는 밖(몸)이었던 귀녀를 온전한 성파트너(인권)로 대해주었기에 귀녀는 처형되면서도 원한 없이 눈을 감는다. 더욱이 이때 주목할 것은 귀녀는 살인 사건과는 관계가 없었던 칠성이를 처형되게 하였다는 점이다. 이는 귀녀의 몸을 통해 여성 몸의 순수성을 되돌아보게 하려는 작가의 의도라 볼 수 있을 것이다. 살인을 교사하였지만 '백옥 같은 몸'으로 은유되는 귀녀였음을 상기해야 할 것이다.

마찬가지로 임이네도 생물학적 결정론에 대항한다. 임이네는 건강, 예쁘다, 임신, 출산, 정액, 복막염으로 특징지어지는 몸이다. 처음 등장부터 임신한 몸으로 등장한 후 복막염이란 몸의 질병으로 죽기까지 수많은 몸의 상태를 거친다. 건강→매춘(병)→출산(건강)→물욕의 노예(병)로 반복된다. 이런 반복은 임이네가 자연으로서의 몸임을 보여준다. 임이네의 몸은 자연의 순환과 마찬가지로 몸의 순환을 보여준 것이다. 그런 그녀가 물욕으로 야차가 되고 눈뜨고 죽은 시체가 되는데, 이는 임이네의 몸이 '무정란을 품은 새'였다는 점과 연관이 있었다. 즉 그녀의 타락도 몸에서 기인되고 있는 것이다. 임신과 출산이 유일하게 묘사되는, 검시경으로 세밀히 접근하는 임이네의 몸은 결코 어머니 혹은 아내가 되지 않았던 여성의 몸을 보여준다 할 것이다. 한마디로 귀녀와 임이네는 '자연=몸=미결정적'임을 보여주는 몸이었다.

제5장 _____

박경리 『토지』에 나타난 식민지 여성의 성역할 연구
●●● 제국주의 흉내내기와 젠더화된 서발턴의 저항을 중심으로

1. 들어가며

박경리 『토지』는 600명[1]에 이르는 등장인물들이 각자 주인공이 되어 전개하는 사건들로 얽혀 있는 작품이다. 이때 중심인물이 최서희란 점에서 여성중심의 서사를 지닌 작품이라 말해지기도 한다. 그만큼 『토지』는 여성의 삶이 중요하게 다루어진 작품인 것이다. 하지만 아쉽게도 기존 연구들은 『토지』의 여성인물을 분석할 때 '전통사회에서 근대사회로 넘어가는 과도기의 여성'에 맞추어져서 분석되어왔다. 가부장제 속 여성, 차별적 신분제도 속 여성, 근대적 주체를 확립하려는 여성으로 연구되어 온 것이다. 달리 말해서 조선이 '식민지'가 된 안타까운 상황 속에 놓인 여성으로는 미처 살피지 못한 한계를 가지고 있다. 『토지』는 1897년부터 1945년까지를 시대적 배경으로 하고 있다. 그러니 『토지』 연구는 식민지라는 시대에 좀 더 유의하여 탐구되어야 할 필요가 있는

---

1 이상진, 『박경리 대하소설 『토지』 인물사전』, 나남출판, 2005, 6쪽.

것이다.[2] 일본에 의해 조선이 식민지가 되어가는 쓰라린 고통을 민중의 시각에서 충실히 담아내는 작품이기 때문이다.

따라서 여성인물도 '식민지가 된 조선의 여성'으로 분석되어야 할 것이다. 이를 위해 이 글은 『토지』 여성인물을 크게 두 가지 유형으로 나눈다. 하나는 일본 제국주의에 동화되어 적극적으로 순응한 친일파 유형이며, 다른 하나는 일본 제국주의에 저항한 인물유형이다. 이런 분류는 이미 식민지가 되어버린 상황에서 조선의 백성들은 일본에 순응할 것이냐 아니면 저항할 것이냐를 선택할 수밖에 없었기 때문이다.[3]

이 글은 박경리 『토지』에 나타난 식민지 여성의 성역할이 제국주의에 의해 어떻게 변화하고 있는지를 살피는 것에 연구목적을 둔다. 이를 위해 중심적 인물[4]과 주변적 인물의 삶을 각각 다룰 것이다. 그리고 중심적 인물과 주변적 인물 중에서 제국주의에 순응하는 식민지 여성 인물과 제국주의에 저항하는 식민지 여성을 분석할 것이다. 왜냐하면 『토

---

2 이미화, 「박경리 『토지』에 나타난 여성인물 연구-탈식민적 페미니즘의 관점에서」, 부산대학교 박사학위논문, 2011, 1~12쪽 참고.

3 물론 윤해동, 『식민지의 회색지대』(역사비평사, 2003)에서 제국주의에 저항하지도 순응하지도 않은 식민지 백성들을 회색지대의 인물로 이야기하고 있기도 하다. 그런데 이들은 제국주의에 적극적 저항이나 적극적 순응을 하지 않은 공통성을 지닌 인물들이다. 그저 평범하게 자신의 삶을 이어간 사람들인 것이다. 그러니 이 글에서는 이 회색지대의 인물들을 저항적 인물유형에 넣으려 한다. 왜냐하면 자신이 살아내야 할 피할 수 없는 세월이기에 그저 묵묵히 살아가고 있는 평범한 인물들이며 그들은 공통적으로 제국주의에 대하여 반감을 가지고 있기 때문이다.

4 중심적 인물과 주변적 인물은 『토지』 솔출판사 1993년 판본에 나와 있는 분류를 참고하였다. 솔출판사 판본은 각 부마다 주요인물을 설명하고 있는데, 그 분류는 다음과 같다. 1부 주요인물-최서희, 윤씨 부인, 귀녀, 별당아씨, 강청댁, 공월선, 두만네, 임이네, 홍씨. 2부 주요인물-최서희, 봉순(기화), 공송애, 공월선, 심금녀, 임이네. 3부 주요인물-최서희, 봉순(기화), 강선혜, 길여옥, 김숙희, 민지연, 숙이, 유인실, 임명희, 임이네, 홍성숙. 4부 주요인물-최서희, 임명희, 유인실, 강선혜, 길여옥, 민지연, 숙이, 양소림, 홍성숙. 5부 주요인물-최서희, 이양현, 길여옥, 모화, 유인실, 이상의, 임명희, 정남희, 황덕희. 이미화, 앞의 논문, 178쪽.

지」 전체가 식민지 시대를 치밀하게 구성하는 서사임을 확인시키기 위해서는 중심과 주변이 함께 고찰되어야 한다고 생각하기 때문이며, 동시에 제국주의에 반응하는 조선 여성을 대조하기 위해서는 이 방법이 설득적이라고 생각하기 때문이다. 나아가 이를 통해 작품 속 모든 여성 인물들의 삶이 식민지 시대와 함께 호흡하고 있음을 새삼 알게 할 것이라 생각된다.

2. 제국주의 흉내내기에서 비롯된 성역할 거부

박경리 『토지』는 여성 성역할에 저항하는 인물과 순응하는 인물의 삶이 매우 다양하게 그려져 있다.5) 그 중에서도 본고는 제국주의에 순응하

---

5 박경리 『토지』의 여성인물들은 전통적이며 보수적인 가부장제 의식을 지닌 여성들이 대부분이다. 그리고 그녀들에게 주어진 성역할에 대한 인식도 변함이 거의 없다. 조선이 식민지가 된 상황에서도 예전과 크게 변하지 않는 것이다. 그런데 이런 여성들 중에도 여성의 성역할에 저항하는 인물과 순응하는 인물로 구분하여 살펴볼 수 있다. 우선 주어진 성역할에 저항한 여성인물들을 보자. 이에는 월선, 임이네, 별당아씨, 홍씨, 송애, 금녀, 양을례, 임이, 임명희, 유인실, 익란, 장이, 여옥, 홍성숙, 민지연, 유인성 처, 강혜숙, 수앵, 강선혜, 양현, 금홍이, 배설자, 옥이, 송인숙이 해당한다. 이들 중 별당아씨, 임이를 통해 성역할에 저항한 삶을 대략적으로 알 수 있다. 별당아씨는 누구나 선망하는 위치에 있다. 부잣집 맏며느리, 훌륭한 아내, 다정한 어머니였다. 그런데 그녀는 그 모든 것을 버리고 떠난다. 남편과 어린 딸을 버리고 구천이와 함께 사랑의 도피를 한 것이다. 여기서 놀라운 것은 도주한 별당아씨를 회상하는 마을 아낙들의 반응이다. 마을 아낙들은 별당아씨를 비난하지 않는다. 오히려 뭔지 모르지만 낭만적인 사랑이 이런 것이구나 싶어 부럽다. 그래서 별당아씨는 언제나 아름다운 여인으로 회상된다. 즉 주어진 성역할은 저버리고 도망쳤지만 별당아씨는 비극적 인물이 되지 않는 것이다. 오히려 낭만적 사랑의 대명사로 부상하고 있다 할 것이다. 반면 임이는 별당아씨와 정반대다. 임이도 남편이 있고 어린 아들이 있으면서 집을 나간다. 만주의 갑부 왕서방과 간통을 저지른 것이다. 하지만 임이의 도피행각은 모든 사람들로부터 비난을 받는다. 그런 임이는 이후 추악하고 흉악한 늙은 마녀로 전락하며 기생적 삶을 사는 비극적 인물이 된다. 다음으로 기존 성역할에 순응하는 인물을 보자. 이에는 강청댁, 함안댁, 막딸네, 간난할멈, 김진사댁 두 청상, 봉순네, 윤씨 부인, 김서방댁, 두만네, 선이, 삼월이, 최서희,

는 식민지 여성의 젠더 양상을 살펴본다. 이는 친일파가 되어 식민지 여성 성역할을 수행한 인물을 통해 알 수 있는데, 홍성숙이 이를 잘 드러낼 수 있다. 홍성숙은 제국주의적 의식, 그 중심부에서 성장한 인물이기 때문이다. 홍성숙은 일본에서 신식교육을 받은 후 조선으로 돌아온다. 그리고 조선에서는 그 이름조차 낯선 '성악가'가 되어 독주회를 연다. 독주회를 자주 열어 '조선 최고의 성악가'라는 명성을 얻고 싶다. 즉 홍성숙은 제국주의적 강자지향의 여인인 것이다. 홍성숙에 대한 이런 평가는

봉순이, 안산댁, 이동진 처, 옥이네, 공노인 처, 영팔이 처, 송영환 처, 이상현 처, 석이네, 기성네, 조병수 처, 푸건이, 야무네, 유월이, 임명빈 처, 점아기, 보연, 양소림, 파주댁, 홍수관 어머니, 숙이, 영산댁, 영광네, 우서방 처, 오서방 처, 강혜숙 어머니, 마당쇠 처, 인호, 한복이 처, 서서방 처, 한경이 처, 정호 할머니, 귀남이, 엽이네, 덕희, 영선, 모화, 복연, 모화 어머니, 쪼깐이, 월화, 남희, 젊은댁네, 양소림 어머니가 해당한다. 이들 중 두만네, 안산댁을 통해 성역할에 순응하는 삶을 대략적으로 살펴보면 다음과 같다. 두만네는 평사리에서 가장 팔자 좋은 아낙이다. 이는 동네 여인들이 그녀를 두고 하는 뒷담화에서도 여실히 드러난다. 두만네는 가장 밑에 살고 있으며, 아들 두 명에 딸 하나를 두었고, 남편이 사소한 폭언도 폭행도 하지 않으며 심지어 바람도 피우지 않는다. 더구나 두만네의 남편은 집안일을 처리함에 있어 아내의 의견을 존중하고 매사에 의논하여 결정한다. 그러니 부럽지 않을 수 없다. 이런 남편을 둔 두만네는 훌륭한 어머니, 착한 아내, 따뜻한 며느리로서 자신에게 주어진 성역할을 충실히 수행한다. 전통적 성역할을 성실히 수행하는 긍정적 여성인 것이다. 반면 안산댁은 이와 정반대다. 물론 안산댁도 훌륭한 어머니, 따뜻한 며느리의 성역할을 충실히 수행한다. 하지만 그 결과는 두만네와 판이하게 다르다. 안산댁은 실성한 시아버지를 극진히 모시기에 옛날 같으면 효부상을 탈 정도의 며느리라며 마을 사람들의 칭송을 받는다. 이는 그녀가 '여자는 시집간 집의 귀신이 되어야 한다'는 말을 믿었기 때문이다. 그래서 남편이 일찍 죽어 자식을 낳아본 적이 없으면서도 시집의 대를 이어주기 위해 먼 친척집에서 양자를 들인다. 안산댁은 핏덩이 양자를 애지중지 키운다. 그렇게 열심히 산다. 실성한 시아버지와 양자를 혼자서 돌보며 가정경제까지 도맡아 수십년을 산다. 그런데 이런 안산댁을 마을 사람들은 감탄이 아니라 안쓰러운 시선으로 바라보고 있다. 설상가상 안산댁은 추악한 모함을 받고 억울하게 자살하는 것으로 생이 마감된다. 안산댁은 주어진 성역할에 누구보다 충실히 순응했지만 비극적 인물이 된 것이다. 따라서 『토지』의 여성인물들은 주어진 성역할에 저항했느냐 순응했느냐에 따라 그녀들의 삶이 선악으로 판단되지 않고 있다. 이는 『토지』가 다양한 젠더를 보여주고 있기에 가능한 일이다.

김은경이 "사회의 지배담론에 무주견적으로 순응하는 여성 지식인"[6]이라고 평가한 것에서도 확인할 수 있다. 이런 홍성숙이 행하는 성역할은 특이하다.

> 성숙은 자신이 가난해서도 아니요, 지체가 형편없는 처지여서 그런 것도 아닌데 명성이나 재력에 약한 여자다. 실제 이해 관계가 얽혀 있다든지 경쟁자로서 출현했다면 모를까, 그럴 요인이 없는 상대에게는 단연 경의를 표하고 환심을 사려 하고 친하게 교제하며 자신을 빛내려는 경향이 짙은 여자다. 그러니까 자신보다 못한 사람은 버리고 자신보다 나은 사람을 취하는 성향인 것이다. 그렇다고 해서 성숙은 지금 서희에게 열등감을 느끼는 것은 아니었다. 최서희의 아름다움에는 자신이 미치지 못하나 서희보다 젊다는 자신이 있었다. 지체는 그쪽이 다소 높다 하더라도 하인과 혼인하였다는 하자로써 상쇄가 되었으며 막대한 재력에는 자신의 학벌, 예술가로서 대항할 수 있다는 생각이었다.[7]

일본에서 유학하고 돌아온 홍성숙은 여우목도리를 하고 화장이 짙은 차림으로 등장한다. 조선 사회에서 흔히 볼 수 있는 차림은 아닌 것이다. 낯선 차림의 홍성숙은 '가난'한 것도, '지체'가 낮은 것도 아닌데 수단과 방법을 가리지 않고 자신의 욕망을 성취하려 든다. 지금도 독주회를 열만큼의 여력은 있다. 그러나 더 높은 명성을 얻고 싶다. 그러기 위해서는 독주회를 자주 열어야 하며, 이를 후원할 사람이 필요하다. 지금의 남편보다 더 많은 권력을 지닌 사람이 필요한 것이다. 홍성숙의 이러한 의식은 파농(Frantz Fanon)이 말한 "피식민지인은 식민국의 문화적 수준을 자신이 어느 정도 전유하고 있느냐에 따라 밀림의 신분을 초월하기도 하

---

6 김은경, 「박경리 문학에 나타난 지식인 여성상 고찰」, 『여성문학연구』 20, 한국여성문학학회, 2008, 237쪽.
7 박경리, 『토지』 전21권 중 12권, 나남출판, 2005, 188쪽. 이후부터는 간략하게 몇 권 몇 쪽으로만 표시하겠다.

고 매몰되기도"[8] 하기 때문에 더 절실했을 것이다. 이는 최서희와 자신을 비교하는 모습에서도 확인할 수 있다. 최서희는 일본 제국주의자들도 감히 존경할 수밖에 없고 부러워하는 인물이다. 그들이 최서희를 경외하는 이유는 그녀가 지닌 문벌, 미모보다도 거상으로 군림하게 된 재력을 두려워했기 때문이다. 그런데 홍성숙은 이와 같은 최서희의 '막대한 재력'에 대항할 수 있는 것으로 '자신의 학벌, 예술가'로서의 위치를 꼽는다. 즉 홍성숙은 조선 최고의 예술가가 되면 최서희와 동등한 힘을 지니게 될 것이라는 믿음이 있었던 것이다.

홍성숙의 이런 강자지향의식이 조용하를 유혹해야겠다는 쪽으로 결론 짓게 한다. 홍성숙은 조용하를 선택한다. 조용하는 대실업가이며 조선 왕조의 피를 물려받아 일본으로부터 귀족 작위를 하사받은 조선 최고의 실세이기 때문이다. 그녀는 남편이 있으면서도 조용하와 불륜을 저지른다. 이런 행동은 홍성숙이 일본에서 유학하고 성악가란 타이틀을 가진 채 조선으로 넘어왔기에 더욱 강렬할 수밖에 없다. 제국주의자에 가까워지고 싶었던 마음이 이미 반은 성공했다고 여겨지기에 나머지는 그리 어렵지 않을 것이라고 생각했던 것이다. 그래서 '명성이나 재력에 약한' 홍성숙은 조용하와 함께 몸을 가까이하고 여관을 출입한다. 물론 홍성숙의 이런 행동을 불륜이 아닌 다른 의미로 해석해 볼 여지도 있다. 스피박 (Gayatri Spivak)은 "윤리의 문턱인 성적 조우를 복원하고자 새로 노력한다거나, 여성이 애무의 행동교섭능력을 따르는 가운데 역사적 서사를 침범해야"[9]만 기존 여성 억압적 사회가 변화할 것이라고 보고 있다. 즉 홍성숙의 행동은 '억압받아온 여성'의 진취적 변화양상으로도 읽을 수 있는

---

8 프란츠 파농, 이석호 옮김, 『검은 피부, 하얀 가면』, 인간사랑, 1998, 24~25쪽.
9 가야트리 스피박, 태혜숙 옮김, 『교육기계 안의 바깥에서』, 갈무리, 2006, 313쪽.

것이다. 왜냐하면 "성행위나 재생산을 초과해서 일어나는 여성의 오르가즘적 쾌락 추구를 그런 환원적 동일시를 벗어나는 방식"[10]으로 볼 수 있기 때문이다. 그렇다면 홍성숙은 불륜을 저지른 인물로 보기보다는 여성 억압적 성행위를 진취적으로 거부한 인물로 볼 수도 있는 것이다. 그러나 박경리는 홍성숙의 불륜을 일관되게 부정적으로 그려내고 있다. 그 이유는 홍성숙이 '무주견적'으로 강자지향의식에 물들어 행한 불륜이기 때문이다. 무주견적인 홍성숙의 타락은 조용하로부터 버림 받으면서 본격적으로 나타난다.

> '나쁜 자식! 나쁜 놈!'
> 그날 산장에서 발길질이나 다름없는 언동으로, 그것은 결별의 선언이었으며, 낯가죽을 벗기듯 잔인한 수모였다. 자살을 하든지 미치든지 그러나 성숙은 그럴 여자는 물론 아니었다. 본능적인 자위수단으로 그는 남편에게 밀착해 갔다. 자신의 명성? 하여간 그런 것이 땅에 떨어질 뻔했던 위험한 고비를 넘긴 성숙은 남편에 대하여 전보다 훨씬 강한 권태를 느끼기 시작한 것이다. 먹다 남은 식은 밥 대하듯, 사사건건 남편의 하는 짓이 눈에 거슬렸고 신경질을 참을 수 없게 되었다. 무능하다는 말을 하루에도 몇 번이나 내뱉었다. 누가 살짝 건드려주기만 하여도 달아나고 싶은 심정이었던 것이다. 어디 조용하와 비견할 만한 사람은 없는가, 용감하게 이혼을 하고 조용하에게는 복수도 될 것이 아닌가.[11]

조용하와 자신의 불륜 기사가 신문에 대문짝만 하게 나자, 홍성숙은 이번에야말로 조용하와 결혼할 수 있으리라 믿었다. 그래서 조용하와 밀애를 나눈 산장에서 결혼하자 고백한다. 그러나 돌아온 것은 조용하의 '발길질이나 다름없는 언동'이었다. 비참하게 차인 것이다. 하지만 조용

---

10 가야트리 스피박, 태혜숙 옮김, 『다른 세상에서』, 여이연, 2004, 514~515쪽.
11 『토지』 13권, 238쪽.

하에게 버림 받은 후에도 홍성숙은 여전히 남편을 멸시한다. 외도한 자신을 받아준 남편에게 오히려 '강한 권태'를 느끼게 되고 '신경질을 참을 수 없게' 된다. 이런 적반하장은 매우 중요한 의미를 갖고 있다. 왜냐하면 친일파 김두만의 식민지인 흉내내기 과정을 홍성숙이 똑같이 밟고 있는 것으로 읽히기 때문이다.[12] 홍성숙의 행동은 김두만이 기성네를 보면서 느낀 "자기 자신도 어쩔 수 없는 분노"(11권 54쪽)와 같은 감정이다. 홍성숙이 자신을 받아준 남편을 쓰레기 취급하는 모습은 김두만이 기성네를 대하는 태도와 별반 다르지 않다는 점에서도 확인할 수 있다. 즉 홍성숙은 오랫동안 조선 사회를 형성해왔던 아내와 남편 성역할을 역지사지로 보여주고 있는 것이다. 아내와 남편이란 고정된 성역할에 대해 박경리는 비판하고 싶었던 것이다. 그 비판의 초점은 홍성숙이 더욱 나락으로 떨어지는 비참한 모습에서 알 수 있다.

번번이 당하고 치사스럽게 싸우기도 하면서, 그야말로 배설자가 가지고 노는데 홍성숙은 그와 헤어지지 못했다. 상종하지 않으리라 굳게 결심을 하면서도 사흘이 못 가서 중독이라도 된 것처럼 배설자를 만나곤 했다. 홍성숙의 외로움 때문이었다. 사회적 발판을 다 잃은 때문이었다. 그에게서 모든 것은 쇠퇴해가고 있었다. 초창기의 성악가 홍성숙은 그 희귀 가치 때문에 존재했고 화

---

12 김두만의 조강지처인 기성네는 군소리 한번이 없다. 착한 며느리, 순종적 아내, 두 아들을 둔 어머니, 머슴처럼 일하는 집안 노동자다. 그러나 남편 두만이는 두 번째 아내를 들인다. 그럼에도 기성네는 시샘이 없다. 시어머니, 시누이가 보아도 측은할 정도다. 이런 기성네에게 두만이는 시간이 갈수록 짐승 같은 폭행과 폭언을 가한다. 두만이의 행동은 기성네를 향한 '자기 자신도 어쩔 수 없는 분노' 때문이었으며, 이 분노는 결국 '자신의 과거'에서 비롯되고 있었다. 제국주의자를 흉내내어 피식민지인의 위치를 벗어나고픈 두만이의 발버둥에 자신의 과거는 걸림돌이었기 때문이다. 대대로 최참판댁 종이었던 과거가 몸서리치게 싫었던 두만이는 갑부 소리를 듣게 될수록 '자신의 과거=기성네'로 생각이 고착된 것이다. 그래서 못난 아내가 더욱 역겹다. 즉 두만이의 끊임없는 외도와 구타와 욕설을 자신의 팔자로 묵묵히 견디는 기성네는 가부장제 여성 성역할의 비극성을 보여주고 있는 것이다. 이미화, 앞의 논문, 37~43쪽 참조.

려한 황금기를 누렸다. 그러나 자질이 뛰어나고 정통적으로 공부한 후배들에게 밀리면서 급속하게 그는 퇴조의 길을 걷게 되었다. 게다가 허영과 사치와 경박한 성품에 불미스런 사생활은 결과적으로 음악계에서 추방당한 것 같은 꼴이 되고 말았던 것이다.

울분과 초조, 오뇌와 권태, 사그라지지 않는 야망을 안고 뒹구는 가정 생활은 황폐 그것이었고 살림에 무관심한 나태한 생활은 그를 겉늙게 했다. 무골호인이지만 무미건조한 남편에, 슬하에는 자식도 없었다. 욕구불만에서 정신없이 먹어대는 음식, 소화불량은 반복이 되고 비대해질밖에 없었다. 몸이 망가지기 시작한 것이다. 이 무렵 배설자를 만났고 어울리면서 홍성숙은 별수없이 유한마담으로 전락해갔다.[13]

제국주의자를 흉내내려 했던 홍성숙은 결국 '쇠퇴' '추방' '사그라지지 않는 야망'을 안고 뒹구는 '유한마담'으로 전락한다. 반면, 그녀의 남편은 '무골호인이지만 무미건조'하다는 정도로만 간접적으로 등장하고 있다. 여기서 홍성숙이 행한 '아내로서의 성역할'에 대한 거부는 주위 사람들에게 비판받는 반면 남편에게서는 지탄받지 않는다는 점을 알 수 있다. 그녀의 남편은 홍성숙의 성역할 거부를 받아들이고 인내하는 인물이다. 즉 남편의 생각이 전혀 작품 속에 드러나지 않고 있을 뿐만 아니라 그는 세간의 맹렬한 비난[14]을 받아도 전과 같이 아내를 대하는 인물로 그려지고 있는 것이다. 이런 점들이 기성네와 홍성숙의 남편을 같은 처지의 인물로 비교할 수 있게 만든다. 결론적으로 말해 홍성숙의 '남편'은 기존 성역할의 '아내'를 보여주는 것이며, '홍성숙'은 기존 성역할의

---

13 『토지』 18권, 37쪽.
14 홍성숙은 물론이지만 욕은 조용하보다 홍성숙의 남편이 더 먹는다. 쓸개 없는 놈이니, 병신 같은 놈이니. 부정한 아내를 계속 데리고 사는 것은 가장 못난 남자만 하는 행동이라 사람들이 판단했기 때문이다. 이처럼 아내의 불륜 행각에 홍성숙 남편이 가장 비판받고 있다.

'남편'을 보여주는 것이다. 이를 통해 박경리는 기존 성역할이란 남성 역할을 여성이, 여성 역할을 남성이 교환하여 수행하여도 비판받아 마땅한 차별적인 것임을 독자에게 인식시킨다. 달리 말하면 박경리는 홍성숙과 그의 남편을 통해 여성 성역할의 편파성을 되받아쓰고 있는 것이다. 남녀 어느 쪽이든 한쪽의 일방적 능동/수동, 폭력/인고는 성의 교환으로도 상쇄되지 못하는 차별적이고 파괴적인 이분법적 경계이며, 그런 경계의 부정성을 경고하고 있다. 따라서 성역할도 이분법이 아닌 공생과 상호작용으로 변화해야 할 것이다. 이것이 홍성숙이 행한 '성역할에 대한 거부'가 주는 교훈이다.

따라서 홍성숙은 아내 되기를 거부하고 경멸하고 가볍게 여겼는데, 그녀의 이런 의식은 조선 최고의 여성 성악가로 찬미받기 위해서였다. 그러나 조선 여성의 아내 되기가 조작되어 온 인식이라 할지라도 거부만이 진보나 문명인이 되는 정당한 길은 결코 아니었다. 홍성숙이 여성의 자기희생을 거부한 것은 긍정적으로 볼 수 있으나 그녀는 제국주의자가 심어놓은 강자지향의식에 중독되어 자기 판단을 놓치고 있는 단점이 있었다. 그래서 홍성숙이 행한 성역할에 대한 저항은 제국주의 흉내내기에서 비롯된 맹목적 거부로 보여진다. 즉 홍성숙은 제국주의 흉내내기를 시도하는 여성인물의 성역할 거부 또한 보편적 인간애의 상실을 초래하는 부정적인 것임을 보여준다. 그렇다면 제국주의자를 흉내내다 비인간으로 전락하는 홍성숙은 '열등한 아시아라는 의식에 괴로워하면서 동시에 아시아를 깔보는 우월감을 팽창시키는 일본의 패망'[15]과 같은 양상으로 읽을 수도 있지 않을까 싶다.

---

15 강상중, 이경덕 · 임성모 옮김, 『오리엔탈리즘을 넘어서』, 이산, 2000, 90쪽.

3. 제국주의 국가권력에 저항하는 젠더화된 서발턴

다음은 홍성숙과 반대로 제국주의에 저항하는 인물을 보자. 이는 홍수관 어머니를 통해 알 수 있다. 홍수관 어머니는 광주고보뿐만 아니라 3·1운동 이후 1920년대부터 전국 각처 수없이 많은 학교에서 항일운동이 계속되는 때에 등장한다. 학교측은 퇴학, 정학으로 응징하며 양보하지 아니했고 학생들은 일본 식민지정책을 규탄하며 민족의 해방을 표방하는 양상을 띠게 된 시점이었다. 백성들은 이제 의병운동을 학생들이 하고 있다고 말하는 상황인 것이다. 그 시점에 학생운동을 하다 잡힌 홍수관이 바로 그녀의 외아들이다. 홍수관은 유치장에 갇힌 많은 학생 중 유일하게 일본 형사에게 제국주의 만행을 비판하는 적극성을 갖는다. 이런 아들을 둔 홍수관 어머니이기에 식민지 어머니가 겪는 고난을 잘 보여줄 수 있다.

> "마음과 행위는 언제나 그럴 것이오! 내 나라 독립을 위해 죽는 그날까지! 비록 생명을 건 침 하나밖에 가진 것이 없을지라도."
> 홍수관은 마루에 구부리고 앉았다. 두 손으로 머리를 붙잡고 오열한다. 윤국이도 울었다. 모두 울었다. 두 달 후면 홍수관은 졸업한다. 학교 근처에서 구멍가게를 하는 홀어머니를 위해 홍수관은 울었을 것이다. 그의 집이 가난하다는 것, 잿물이며 숯이며 사탕 따위를 집 앞에 내놓고 파는 그의 홀어머니, 여름에는 풀을 쑤어 팔았고 겨울에는 나뭇단도 갖다놓고 팔았으며 사철 머리에 수건을 쓰고, 시위하던 날에도 맨 먼저 학교로 달려왔던 그의 어머니였다.
> "수관아, 만세를 부르믄 잽히간다 카든데 우짤라꼬 니가."
> "걱정 마이소, 어머니."
> 수관은 웃었다. 그리고 어머니의 등을 밀었다.
> "그람 나도 함께 따라갈 기다. 니가 하는 일에 에미가 못하겠나."
> 수관의 어머니는 시위 행렬을 따라다녔다. 아들 옆을, 계속 따라다녔다. 수건을 쓴 채, 치맛자락을 걷어 콧물을 닦아가며. 친구들과 후배들은 수관이 가

난했기 때문에 함께 울었다. 그의 어머니를 알기 때문에 울었다.

　"너는 죽었다. 퇴학은 물론이고 콩밥을 먹게 된다. 콩밥이 끝난 뒤에도 너는 내 눈 밖에 벗어날 수는 없을 게야, 역사적 사실 운운한 것만으로도 너의 반역 죄는 충분했지만 말이야, 하하핫핫핫핫……　하하하핫……"16)

　홍수관 어머니는 『토지』 전체에서 위의 장면에서만 유일하게 잠깐 등장한다. 주변적 인물 홍수관 어머니는 아들을 통해서 간접적으로 그것도 단발마로 등장을 하고 있는 것이다. 그런 그녀가 제국주의에 저항하는 식민지 아들을 둔 어머니로서 전형성을 갖고 있다. 홍수관 어머니는 '사철 머리에 수건을 쓰고' '치맛자락을 걷어 콧물을 닦아가며' 아들을 따른 노동자인 동시에 헐벗고 가난한 맹목적인 조선의 어머니 모습이기 때문이다. 이는 물론 가부장제 삼종지도를 좇는 여성 성역할에 순응한 어머니의 모습이기도 하다. 하지만 그런 홍수관 어머니의 미래는 '콩밥'으로 암시되고 있기에 순종적 어머니이기만 한 것은 아니다. 그녀의 미래가 감옥 속 삶과 같이 암울하게 될 것이라는 암시는 오로지 홍수관의 미래가 일본 형사에 의해 그렇게 결정되었기 때문에 일어나는 현상이기 때문이다. 그리고 홍수관 어머니의 미래가 홍수관과 연결되어 결정되는 것은 "이 작품에서 인물의 갈등과 관계를 형성하는 데 있어 가족은 그 모든 서사의 중심을 이루고"17) 있다는 점에서도 짐작할 수 있으며, "수관의 어머니는 시위 행렬을 따라다녔다. 아들 옆을, 계속 따라다녔다."는 지문에서도 분명 그러했을 것임을 짐작할 수 있다. 이처럼 아들을 따르는 것으로 사회와의 갈등을 해결하려는 그녀로서는 의심의 여지가 없는 미

---

16 『토지』 13권, 122~123쪽.

17 이상진, 「박경리의 토지에 나타난 유교가족윤리의 해체양상과 그 지향점」, 『현대소설연구』 20, 한국현대소설학회, 2003, 327쪽.

래인 것이다. 즉 홍수관 어머니는 가부장제 여성 성역할에 순응한 어머니이면서 식민지 억압당하는 어머니임을 알 수 있다. 아무것도 가지지 못한 홍수관 어머니는 쉬지 않고 일하는 동시에 식민압제자에게 저항하는 아들을 끝까지 지지한다. 그래서 홍수관 어머니는 제국주의 국가권력에 저항하는 '젠더화된 서발턴'[18]의 삶을 산 여성으로 이해할 수 있게 된다. 따라서 그녀의 삶을 결정짓는 기준이 된 홍수관을 살펴볼 필요가 있다. 그녀의 아들 홍수관은 일본 형사의 제국주의적 발언을 듣게 된다.

"너희들이 학생이라는 것은 대일본제국의 은총이다. 옛날에는 서당이 고작이요. 그것도 양반의 자식 몇몇이 꿇어앉아서 고리타분한 글자 좀 배우는 정도, 그러나 지금은 신분의 구별 없이 많은 청소년들은 균등하게 새로운 학문의 혜택을 받고 있다. 자아 보아라! 이 유치장을 비춰주는 전등을. 등잔을 켜고 살던 너희들의 생활은 전등으로 바뀌어졌다. 거리에는 자동차, 기차가 달리고 초가집이 있던 자리엔 이층 건물들이 들어섰다. 진주는 지방 도시다. 서울에 비하면 말할 것도 없고, 부산보다 작은 도시다. 함에도 불구하고 현대문명은 빠짐없이 들어왔다. 방안에 요강을 들여놓고 긴 담뱃대 물고서 팔자걸음으로 길을 걷는 너희들 조선인은 도시 위생 관념이 없고 게으르다. 그같은 민족성과 문명에 동떨어진 미개한 상태에서 언제? 백 년이 걸려도 안 될 발전을 우리 대일본제국이 실현시킨 것이다. 내 말이 틀렸느냐? (중략) 힘은 역사상 언제나 정의였고 아름다운 것이었다. 그리고 풍요한 것이다! 힘이 없다는 것은 언제나 불의, 추악한 것, 빈곤이다! 멍텅구리 같은 놈들! 뭐 어째? 일본 제국주의를 멸

---

18 서발턴(subaltern)은 말 그대로 한 사회의 실질이자 실체를 이루는데도 타자화되고 하위가 되어 잘 보이지 않는 사람들의 존재와 삶의 방식을 가리키는 용어이다. 그람시가 감옥에서 『옥중수고』를 쓰면서 프롤레타리아 대신 썼던 이 용어는 스피박에게서 젠더 문제로 맥락화됨으로써 '젠더화된 서발턴(gendered subaltern)' 개념으로 심화된다. 이로써 스피박은 전지구화한 사회구성체에서 특히 잘 보이지 않는 제3세계 여성들이 지속해왔던 다양한 노동형태를 가시화할 수 있고 그 착취구도를 논의할 수 있게 된다. 소련 해체 이후 새로운 국제적 경제 질서 속에서 가장 효과적으로 사회화되어 왔던 것은 바로 가부장적으로 정의된 서발턴 여성의 노동이기 때문이다. 가야트리 스피박, 태혜숙·박미선 옮김, 『포스트식민 이성 비판』, 갈무리, 2005, 117~118쪽.

망시키자? 식민지 교육을 철폐하라? 독립을 쟁취하자? 자알 논다. 똑똑히 들어. 대일본제국에 있어서 조선은 우리 피의 대가다! (중략) 대일본제국의 나갈 길을 막을 자 없다! 머지않아 대일본제국은 동양의 맹주가 된다! 그리고 세계를 웅비할 것이다. 꿈이 아니다. 눈앞에 다가오는 바로 그 현실인 것이다. 너희들 조선민족이 살아남으려면, 또 자손들의 안녕을 보장받고 행복을 누리려면 대일본제국에 동화되어야 한다. 황공하옵게도 천왕폐하께오서는 일시동인(一視同仁)을 유시하셨으니 크나큰 은총에 너희들은 무엇으로 보답하겠느냐. 결사보은해야 하거늘 가소롭게도 꿀벌의 침 하나 가지고 반역을 시도했다. 독립을 쟁취한다고? 조선이 언제 독립국이었냐. 일청전쟁 무렵까지도 조선은 청국의 속국이 아니었냐!"[19]

홍수관은 학생운동에 가담하다 '유치장'에 갇히게 되고, 그 유치장 앞에서 일본 형사 이치가와는 위와 같은 제국주의적 발언을 한다. 그런데 일본 형사의 발언은 문명의 이기를 들어 침략을 정당화하는 오도된 논리였던 것이다. 그 오도된 논리는 다음과 같은 세 가지 특징을 가지고 있다. 첫째, 계몽[20]을 통한 진보를 주장하고 있는 점이다. 이치가와 형사가 '전등' '자동차' '기차' '이층 건물'과 같은 일본을 통해 들어왔을 법

---

19 『토지』 3권, 116~118쪽.

20 계몽의 세계에선 지배라는 목적과 주체의 의도가 개입된다. 그러므로 계몽이 사물에 취하는 행태는 독재자가 인간에게 대해 취하는 행태와 같아진다. 자연을 지배의 대상으로 본다는 것이다. 하지만 이렇게 법칙에 복종하는 계몽의 사유는 희망을 이야기할 수 없다. 계몽의 계몽은 계몽적 방법이 아니라 다른 방식으로 수행해야 성공가능하다. 계몽의 계몽은 진보에 대한 강박 자체가 철폐될 때 가능하다.(노명우, 『계몽의 변증법-야만으로 후퇴하는 현대』, 살림출판사, 2005, 136~141쪽) 하지만 안타깝게도 진보란 무심하고 야만적인 영역, 역사의 진흙에서 인간성을 구원해서, 이성과 문명의 밝은 빛으로 인간성을 이끌어가는 것으로 간주되었다. 그랬기에 자연을 정복하겠다는 야심을 근대인류가 품은 것이다. 그러나 이 문명 속에는 인간 권력을 외적 자연을 통제하는 프로젝트로 승화시키는 문제점이 감추어져 있다. 즉 근대주의적 사고는 식민주의와 공모하고 있는 단점을 지닌다.(김재용, 『협력과 저항-일제 말 사회와 문학』, 소명출판, 2003, 43쪽)

한 발전된 기기 혹은 현대문명을 긍정적으로 보는 반면, 조선의 '요강' '긴 담뱃대' '팔자걸음'과 같은 문화는 미개로 치부하는 인식에서 알 수 있다. 이런 인식은 계몽을 통해 진보를 이루겠다는 강박에서 유래한 대조이기 때문이다. 달리 말하면 이치가와 형사의 근대적 사고는 식민주의에서 비롯되고 있는 것임을 알 수 있다. 둘째, 체계를 중시한다는 점이다.[21] 이치가와 형사가 조선의 저항력을 겨우 '꿀벌의 침 하나'로 비유하며 '청국의 속국'이었다고 말하는 것에서 알 수 있다. 이는 조선의 저항을 멸시하고 조선의 역사를 왜곡하는 이치가와 형사가 전체주의적인 제국주의 체계의식을 지녔기 때문에 나타나는 발언이기 때문이다. 셋째, 국체의식을 가진다는 점이다.[22] 이치가와 형사는 국체의식에 사로잡혀

---

21 계몽이 중요시한 것은 무엇보다 체계를 세우는 것이다. 그래서 계몽은 결합될 수 없는 것에 대해서는 적대적이었다. 형상의 다양성은 위치와 배열로, 역사는 사실성으로, 사물은 질료로 환원되었다. 언제나 명확한 논리적 연관성이 존재해야 했기 때문이다. 그래서 숫자는 계몽의 경전이 되었다. 즉 계몽은 질의 파괴를 초래했고, 양에 의해 결정되었다. 나아가 동일성이 통일성이 되었다. 이렇게 계몽은 어떤 체계 못지않게 전체주의적이다. 따라서 계몽의 비진리성은 그 진행 과정이 사전에 이미 결정되어 있다는 데 있다. 계몽된 정신은 모든 비합리성에 대해 파멸을 초래하는 것이라는 낙인을 찍었다. 계몽의 본질은 양자택일이었기 때문이다.(노명우, 앞의 책, 119~126쪽) 그런 까닭에 일본은 낙후되고 더러운 종속민족을 지도해야 할 지위, 천황제 이데올로기라는 비문명적, 비과학적 세계에 안주하려는 허구를 특징적으로 가지게 된다. 식민초기 일본의 한탕패들이 조선을 천국이나 다름없다 느낀 것도 식민자로서 피지배의 땅에 왔기 때문이며 일본의 국가의식과 정한론으로 대표되는 아시아멸시감에 젖어있었기 때문이다.(김재용 외 편저, 『역사와 지성』, 한길사, 1996, 457~484쪽)

22 일본이 쓰는 국체라는 말은 요시다와 야마켄이 주고받은 서간에서 찾아볼 수 있다. 요시다는 국체를 일본 민족의 특유한 추진력을 지적하는 말로 해석한다. 메이지 유신 이후 국체는 일본의 현 정체 질서에 특유한 의미로 쓰여진다. 천황가의 선조가 하늘에서 내려왔다는 신화에 입각해서 국체란 신화기 이래 결코 끊기지 않았던 일계 천자의 가계를 중심으로 그 가계에 대한 신앙을 핵심으로 지니고 있는 것으로 이해하게 된다. 일신교로서의 성격을 갖추고 있다. 이렇게 하여 잘못을 범하지도 않는 완벽한 천황이라는 모습이 만들어진다. 따라서 현인신으로서의 천황이라는 기만적이고 잘못된 국체가 성립한다. 쓰루미 슌스케, 강정중 옮김, 『일본 제국주의 정신사』, 한벗, 1982, 38~50쪽.

있었다. 그래서 '위생관념이 없고 게으'른 조선을 발전시킨 것이 '대일본제국의 은총'이요, 그 은혜에 조선은 보답해야 한다고 강력히 주장하게 된 것이다. 하지만 이러한 일본 제국주의자들의 인식소[23]는 정당성을 가질 수 없다. 왜냐하면 이치가와 형사의 발언은 강간의 논리와 같은 것일 뿐이기 때문이다. 스피박은 말했다. "건강한 아이를 생산하게 한다는 강간 논리에서 보듯, 능력을 갖게 하는 침범이라는 것을 제공하였다. 그러나 건강한 아이의 존재가 그 강간의 정당화로 개진될 수는 없다. 인도에 철도가 깔리고 내가 영어를 잘 말한다는 사실로 제국주의가 정당화될 수는 없다."[24] 즉 합리화된 이치가와 형사의 발언은 깨뜨려져야 한다. 그래서 홍수관은 적극적으로 대항하게 된 것이다.

> "과거 우리 조선도 오랑캐로 모멸했던 청나라와 싸운 적이 있었습니다. 명나라와의 우의를 저버릴 수 없다는 명분 때문에 싸운 것입니다. 대가도 지원도 없는 외로운 싸움, 만일에 지금 말하듯 속국이거나 식민지였었다면 누가, 하라 하지도 않았던 전쟁을 왜 합니까. 억압해온 힘에서 벗어난 기쁨 때문에 만세를 불렀음 불렀지, 검(劍)을 싫어하기에 뺀 검이었고 야만을 싫어하는 검, 침략을 싫어하는 검 그래도 조선이 미개국(未開國)입니까?"[25]

이처럼 조선을 모멸하기 위해 중국의 속국이라 말하는 이치가와 형사에게 홍수관은 오히려 조선 역사를 근거로 들어 그 주장에 반박을 가한다. 이는 제국주의 공리가 심어 온 권력→지식→인식의 체계가 지닌 비진리성, 비논리성을 공격한 것이다. 조선은 '검을 싫어하기에 뺀 검' '야

---

23 인식소(에피스테메, episteme)란 한 시대를 지배하는 지식의 중심축이다. 데리다는 서구 역사에서 과학적, 철학적 지식이라는 의미로 이 인식소를 사용한다. 자크 데리다, 김웅권 옮김, 『그라마톨로지에 대하여』, 동문선, 2004, 15쪽.
24 가야트리 스피박, 태혜숙 · 박미선 옮김, 앞의 책, 508~509쪽.
25 『토지』 13권, 120쪽.

만을 싫어하는 검' '침략을 싫어하는 검'임을 말하여, 서로 다른 문화적 가치를 깨달아야 한다고 설파한다. 제국주의 국가권력에 저항하기 위해서, 인식되어온 기존 사실에 항거하기 위해서, 은폐되어온 진리의 역사를 드러내기 위해서 그는 비판을 가한 것이다. 홍수관의 이런 담론은 제국주의 국가권력이 행한 구분들이 부정확하다는 것을 드러내고 있다. 여기서 제국주의자들의 의식을 강력히 비판하고, 이미 정상적이라고 인식되어왔고 인식되어가는 지식이 사실은 은폐와 열등감과 조작으로 얼룩져 만들어진 것임을 주장하는 작가 박경리를 마주하게 된다.

홍수관은 어머니가 고생 고생해 공부시킨 유종의 미를 거두지 못하고 제국의 반역자로 낙인찍힌다. 어머니의 입장에선 자신의 희망을 꺾어버린 못된 아들이지만, 어머니는 그 아들을 원망 없이 따른다. 아들의 의지를 믿었던 것이다. 그녀의 믿음이 삼종지도를 행한 것으로 읽힐 수도 있지만 제국 국가권력은 아들을 제거하려 했기에 보호본능이 앞선 것으로 읽을 수도 있다. 이런 홍수관 어머니에 의해 우리는 어머니에 대해 넓혀 생각해야 할 필요를 느끼게 된다. 이제 어머니는 "무의식적이고 감정적인 행위자가 아니라, 의식적이고도 감정적인 양측면의 이미지를 수렴하는 지각력 있는 행위자다. 어머니의 인식과 행동은 모성이 맹목적인 것이 아니라, 모성적 실천의 경험을 통해서 축적되고 발현되는 것으로, 현실 속에서 상황 적합성을 갖는 보살핌이란 의미를 획득한다."[26]라고 넓혀 보는 쪽으로 생각해야 한다. 즉 홍수관 어머니의 모성은 아들을 따름으로 해서 억압받는 조선 민중을 보살피는 행위였다고 보아야 할 것이다. 홍수관 어머니의 모성은 어머니로서 선택할 수 있는 상황 적합성을

---

26 조형 엮음, 양민석, 「모성의 사회적 확장과 여성 리더십」, 『여성주의 가치와 모성 리더십』, 이화여자대학교출판부, 2005, 95~98쪽.

가진 최선의 대안이기 때문이다. 버려지고 버려지는 자신과 아들, 그리고 조선 민족을 지키기 위한 선택이었다. 따라서 젠더화된 서발턴 홍수관 어머니가 보인 행위는 식민지 여성 젠더의 억압적 상황, 내몰린 상황, 벗어날 수 없는 굴레처럼 감시와 박탈, 배제를 넘어서는 상황을 극복하기 위한 '보살핌의 인간애'였다고 말할 수 있을 것이다. 동병상련, 보호본능, 측은지심 그런 휴머니즘이라 보아야 한다.

한마디로 말해 홍수관 어머니로만 명명되는 그녀는 젠더 역할로만 드러나는 여인이다. 그래서 성도 이름도 없는 식민지 전형적인 어머니를 상징하게 된다. 이런 홍수관 어머니의 방어기제는 소통이었다. 아들과의 소통 그것을 통해 제국주의 국가권력에 항거하고 있기 때문이다. 말없는 홍수관 어머니의 수행성은 그래서 식민지 어머니들의 저항으로 확대될 수 있는 것이다. 그렇다면 홍수관 어머니는 강인한 전통적 어머니이면서 동시에 적극적으로 순응적 성역할을 수행한 어머니이며 제국주의에 저항한 어머니인 것이다.

4. 나오며

박경리 『토지』를 '식민지가 된 조선' 여성의 성역할에 주목하여 살펴본 결과 제국주의를 흉내내는 여성 성역할 거부적 인물과 여성 성역할에는 순응하지만 제국주의에 저항하는 젠더화된 서발턴이 있었음을 알 수 있었다. 이처럼 식민지 여성의 성역할은 제국주의에 의해 부정적이든 긍정적이든 그 영향을 지대하게 받을 수밖에 없었다. 이를 요약하면 다음과 같다.

홍성숙은 작품의 중심적 인물이다. 그녀는 여성 성역할에는 진보적으로 저항하나 일본 제국주의자들이 그러하듯 강자지향의식에 사로잡혀 있기에 타락하게 된다. 홍성숙의 삶은 일본 제국주의에 적극적으로 순응한 것으로 인해 비극이 된 것이다. 이는 '무주견적'으로 제국주의 강자 지향의식에 물들어 그녀 스스로 불륜을 행한 것에서 비롯한 결과였다. 나아가 그녀는 아내 역할을 내팽개치고 외도를 했고, 그로 인해 주위 모든 사람들로부터 비난받는 처지에 놓여 있으면서도, 갈 곳 없는 자신을 받아준 남편을 멸시하는 적반하장적 태도를 보인다. 그런데 놀랍게도 이런 홍성숙의 태도가 친일파 김두만의 식민지인 흉내내기 과정과 똑같다는 점이다. 즉 홍성숙은 제국주의를 흉내내기 위해 식민지 여성에게 주입되어왔던 순응적 성역할을 거부한 것이라 할 수 있다. 동시에 이는 조선 사회를 형성해왔던 남녀 성역할을 역지사지로 보여주는 의미도 있다. 즉 제국주의적 권력을 지향하다 쇠퇴하고 추방당하여 유한마담으로 전락하는 홍성숙을 통해 기존 남녀 성역할의 이분법적 경계를 비판하고 있는 것이다. 성역할이란 이분법이 아닌 공생과 상호작용으로 변화해야 할 것임을 드러내고 있다. 즉 『토지』 3, 4부의 중심적 인물 홍성숙은 제국주의 흉내내기 속에 숨어 있었던 위험성을 젠더를 통해 보여주고 있는 것이다.

이와 반대로 홍수관 어머니는 작품의 주변적 인물이다. 홍수관 어머니는 간접적으로 그것도 단발마로 등장하면서 제국주의 아래 신음하는 식민지 어머니의 전형성을 보여준다. 홍수관 어머니는 아무것도 가지지 못하였고, 일평생 쉼 없이 일하였지만 불행이 끝없이 이어지는 삶이다. 그녀의 외아들 홍수관이 제국주의 국가권력에 저항하는 인물이기 때문이다. 그런 아들을 의심 없이 지지하는 홍수관 어머니는 '젠더화된 서발턴'의 저항력을 보여주게 된다. 그리고 이런 홍수관 어머니의 삶은 비극이 아니라는 점에서 의미 깊다. 애참한 모습일 뿐이다. 즉 성도 이름도 없는 식민지 전형적인 어머니가 제국주의에 저항하는 삶을 이어가는 모습은 애참한 조선의 어머니 바로 그것인 것이다. 그래서 홍수관 어머니의 모성은 식민지 어머니로서 선택할 수 있는 상황 적합성을 가진 최선의 대안이었다고 보여진다. 즉 4부의 주변적 인물 홍수관 어머니는 제국주의 국가권력에는 적극적 저항만이 저항은 아니었음을 보여주고 있다. 그녀는 저항, 그 이외의 저항 정신을 보여주고 있는 것이다.

제6장 _____

박경리 『토지』에 나타난 조선 문화의 토대 연구

1. 들어가며

박경리 『토지』는 일제 식민지를 살아낸 우리 민족의 역사를 민중의 대화를 통해 그려내고 있다. 역사적 사건이 일어나는 것에 중점을 둔 것이 아니라, 작품 속에 등장하는 인물들의 대화에서 역사적 사건들이 이미 지나간 어제의 일로 회상되는 방식이다. 배경적 역사소설인 것이다.[1] 이는 박경리가 작품에서 중요시한 것이 이름 없는 민중의 삶이었기에 가능했다. 박경리는 조선 민중이 생명 있는 모든 것을 숭배하는 마음을 가졌고 그것이 조선 민중의 원형임을 인식한다.

이런 박경리 『토지』에 관한 연구는 1994년 작품 완간 이후 눈에 띄게 활발해졌다. 그리하여 생명사상, 한, 동학에 관한 연구들도 많이 나왔다. 우선 생명사상은 『토지』의 중심핵일 뿐만 아니라 박경리 문학 전체의 키

---

1 이재선, 『현대소설의 서사시학』, 학연사, 2002, 232쪽.

워드이다. 그래서 생명사상에 관한 연구는 많다.[2] 하지만 이들은 생명사상이 『토지』에서 가지는 의미를 밝히는 데에 중점을 두고 있다. 한에 관한 연구도 그렇다.[3] 조선 민족이 지닌 한의 특성을 밝히는 데에 중점을

---

2 『토지』의 생명사상에 관한 연구는 다음과 같다. 생명사상이 서구적 의미의 근대에 적대적 태도를 취하는 사상, 동양의 전통사상과 친화성이 깊은 신비주의 사상 계열에 속한다고 본다.(심원섭, 「박경리의 생명사상 연구」, 『현대문학의 연구』 6, 한국문학연구학회, 1996) 『토지』가 농후한 민간적 색채를 띠게 된 것이 생명평등사상 때문이라 본다.(김명숙, 「박경리의 『토지』에서 본 민간적 색채」, 『현대문학의 연구』 11, 한국문학연구학회, 1998) 박경리의 생명관은 개체중심적이며, 비극적이고, 부정적인 것이지만 모든 생명체와 교류하려는 의식, 영성 불멸의식이라 본다.(조윤아, 「박경리 『토지』의 생명사상적 변모에 관한 연구」, 서울여자대학교 박사학위논문, 1998) 고립 속에서 필연적으로 만나는 외로움과 슬픔. 이것이 바로 생명의 본질이며 자연의 속성이기도 한, 모순의 역설적 진실이다. 자기 연민은 하찮고 가련한 것들에 대한 연민, 생명 자체의 사랑으로 확장된다.(최유찬 편저, 강창민, 「박경리의 시에 나타난 자유의 표상」, 『박경리』, 새미, 1998) 박경리 문학의 놀라운 힘은 가난과 억압 속에서도 놀라운 생명력으로 버티다가 죽어간 이름없는 무수한 인물들의 삶과 죽음의 서술에 있다고 할 것이다.(위의 책, 김치수, 「『토지』의 세계」) 인물들이 갈등을 통해 생명에 대한 의지와 대자대비의 사상을 깨닫게 되는데, 작가는 이 인물들의 관계와 복합적인 삶을 통해 궁극적으로 더불어 사는 생명원리를 드러내고 있다.(이수경, 「『토지』의 인물 성격화 방법에 대한 연구」, 전남대학교 석사학위논문, 2001) 생명에 대한 사랑이 바탕이 된 새로운 가족관계의 지향이 『토지』다.(이상진, 「박경리의 『토지』에 나타난 유교가족윤리의 해체양상과 그 지향점」, 『현대소설연구』 20, 한국현대소설학회, 2003) 『토지』는 생명존중사상과 상생정신, 인간존중정신, 평등과 화해정신을 중심으로 한 가치관들이 전통적 가치관으로 작용하고 있다.(이우화, 「박경리 『토지』에 나타난 전통적 가치관에 관한 연구」, 한국교원대학교 석사학위논문, 2003) 작품뿐만 아니라 원주의 삶과 청계천 복원문제에서 보듯 작가의 실천적인 삶의 모습에서도 생명사상이 드러난다. 자연과 함께 살면서 서로를 살리는 상생의 세계를 만들려는 것이 생명사상이다.(김현숙, 「박경리 문학의 생명사상」, 『한중인문과학연구』 24, 중한인문과학연구회, 2008) 지리산을 화해와 생명의 공간으로서 보여주고 있다.(이상진, 「자유와 생명의 공간, 『토지』의 지리산」, 『현대소설연구』 37, 한국현대소설학회, 2008)

3 『토지』의 한에 관한 연구는 다음과 같다. 『토지』가 어두운 시대를 살아가는 개개인의 한과 갈등을 그려냈다고 파악하면서 인물들이 나름대로 가족과 애정, 신분의 차이와 식민지 시대에서 파생되는 한을 수렴하고 극복하여 해한의 경지에 이른다고 본다.(김영신, 「박경리의 『토지』연구」, 배제대학교 석사학위논문, 1993) 혹은 등장인물의 한맺힘과 풀림으로(하태욱, 「박경리 『토지』연구: 등장인물의 한맺힘과 풀림을 중심으로」, 연세대학교 석사학위논문, 1997) 한의 궤적들로(최유찬 편저, 천이두, 「한의 여러 궤적들」, 위의 책) 개인의 한과 민족의 한으로 본다.(위의 책, 임진영 「개인의 한과 민족의 한」) 특히 원

두고 있다. 동학에 관한 연구도 그렇다.[4] 동학이 민족운동의 모태이며 항쟁의 총본산이라며, 동학의 의미를 규명하는데 중점을 두고 있다. 박상민, 권은미의 연구도 마찬가지다.[5] 이들은 『토지』에 나타난 문화를 일본이나 양가성에서 다루고 있다. 이처럼 거의 모든 논문에서 박경리 사상의 핵으로 생명사상, 한, 동학을 염두에 두고 있지만 그에 관한 세밀한 논의는 정작 되어 있지 않다. 즉 이 글이 주목하고자 한 조선 문화, 창조적 조선 문화의 토대에 대한 직접적인 연구는 없는 실정인 것이다.

한이 세상의 초월적 바깥으로 투영된 소외와 연결되어 있는 것과 달리, 한은 세상의 안으로 간다. 안으로의 경계들에서 긴다. 그리하여 세상의 안으로 기어가면서 기꺼이 슬픔과 고통, 소산함과 비어 있음을, 비대칭성과 비선형성을 열리게 하는 일이 소내의 한이라 보았다.(위의 책, 김진석, 「소내하는 한의 문학 『토지』」)

4 『토지』의 동학에 관한 연구는 다음과 같다. 민족운동의 흐름에서 동학을 본다.(정선경, 「박경리의 『토지』연구: 민족운동의 흐름과 일본관을 중심으로」, 성신여자대학교 석사학위논문, 1998) 『토지』는 민중의 힘에 의해 독립이 성취될 수 있음을 보여주고 있다. 특히 그 중에서도 경남 하동을 중심으로 한 지리산 자락의 동학 잔당의 의도적인 세 규합과 그를 통한 끈질긴 독립투쟁에 초점을 맞추고 있다.(한승옥, 「박경리 『토지』에 나타난 동학의 의미」, 『숭실어문』 15, 숭실어문학회, 1999) 종교와 관련된 교육의 의미를 천착하면서, 동학의 사상과 인물들의 행적들을 살폈다.(임금희, 「『토지』에 나타난 종교와 교육」, 『한국문예비평연구』 25, 한국현대문예비평학회, 2008) 동학의 양상과 그 의미에 대해, 최참판가의 몰락과 재생이 작품의 표면적 구조를 이룬다면, 동학혁명의 실패에도 불구하고 면면히 이어지는 동학운동의 거대한 흐름은 작품의 이면적 구조를 이루고 있다고 본다. 동학이 작품의 핵심 주제로 해석될 수 있음을 논증한다.(박상민, 「박경리 『토지』에 나타난 동학−소멸하지 않는 민족 에너지의 복원」, 『문학과종교』 14, 한국문학과종교학회, 2009)

5 박상민은 『토지』 작품 전체가 소설로 쓴 일본론이라 할 만큼 일본에 대한 언급이 많이 나오지만, 이에 대한 연구는 별로 진행되지 않았다며, 오가다 지로를 중심으로 일본론을 연구한다. 그리하여 일본론은 민족적 존엄성을 지키고자 노력하는 일종의 해한의 방식으로 기능하고 있었음을 밝혀낸다.(박상민, 「박경리 『토지』에 나타난 일본론」, 『현대문학의 연구』 24, 한국문학연구학회, 2004) 권은미는 『토지』가 일제의 식민지 자본주의에 대한 총괄적 대항서사로 읽는 경우는 그리 많지 않다고 보아, 한민족 고유의 문화 또는 고유문화와 근대에 의해 유입된 문화와의 충돌 면을 살피고, 그것이 드러내는 차이에 의한 양가성을 연구하기도 한다.(권은미, 「박경리 『토지』의 탈식민적 양상 연구−소설적 형상화와 그 양가성을 중심으로」, 울산대학교 석사학위논문, 2006)

『토지』에서는 일본에 대한 저항의식을 드러낼 때 조선 문화[6]의 창조성과 일본 문화의 비창조성을 든다. 창조력을 지닌 조선 문화를 가졌기에 일본의 식민정책에 저항할 수 있는 저력을 조선 민중이 지니고 있음을 그려낸다. 박경리는 조선 문화가 창조적인 생명력에서 시작되고 있다고 본다. 조선이 유교를 받아들일 때 효를 숭상하며 받아들인 것에 반해, 일본은 유교를 받아들일 때 충을 숭상하며 받아들였다. 그처럼 조선 민중은 백의민족, 홍익인간처럼 생명을 중시하는 원형을 지닌 반면 일본은 무사도 정신 아래 주군에 충성하는 것에 가치를 두는 원형을 지니고 있었기 때문이다. 이렇게 차이나는 조선과 일본의 문화다.

이 글에서는 박경리 『토지』에 나타난 조선 문화의 토대를 밝히는 것에 목적을 둔다. 왜냐하면 식민자는 문명을 피식민자에게 전해주는 것으로 식민 지배의 당위성을 갖기 때문이다. 이때 피식민지 경험을 가졌던 나라가 진정한 저항의 방법으로 정당하게 내세울 수 있는 것은 대항문화를 창조하는 것이다.[7] 대항문화는 창조적 문화를 말한다. 즉 피식민지 역사를 가진 나라는 억압에 대항하는 수단으로서 문화를 효과적으로 사용해야 할 필요성을 갖고 있다.[8] 따라서 조선이 창조적 문화를 지닐 수 있게 된 토대를 밝히는 것은 가치 있는 작업이 될 것이다.

---

6 우리에게 문화는 그 말이 등장한 때부터 긴장, 갈등, 대립의 장이었다. 1910년대 후반 일본 유학생들에 의해 조선에 수용, 소개된 문화라는 단어는 다의적이고 복합적이다. 문화는 정신적, 내적, 자기 목적적 분야의 가치를 강조하면서 종교, 예술, 학문 등의 자율성과 독립성을 표현한 개념이기도 했다. 한편 조선 문화라고 했을 때 문화는 종교, 학문, 예술뿐만 아니라 생활 방식 일반까지도 가리키는 집단의 정체성과 특수성을 부각시키는 용어다. 김현주, 『이광수와 문화의 기획』, 태학사, 2005, 24쪽.
7 나병철, 『탈식민주의와 근대문학』, 문예출판사, 2004, 24~45쪽.
8 고부응 엮음, 『탈식민주의─이론과 쟁점』, 문학과지성사, 2004, 158~169쪽.

2. 박경리 『토지』에 나타난 조선 문화의 토대

점잖지 못하게 원색적으로 조선인을 멸시하는 것도 그만큼 일본은 문화적인 콤플렉스를 가지고 있다 할 수 있을 거예요. (중략) 조선의 예술은 생명이 내포된 힘을 예술이에요. 전 조선인을 예술적인 천재로서 선택받았다, 따위의 비현실적인 얘길 하는 게 아니에요. 칼로써 힘을 빼는데 무한한 힘이 소요되는 창조에 바칠 힘이 있겠느냐, 일본의 문화적 빈곤은 바로 거기에 이유가 있고 칼을 삼가며 치지 않고 내 나라를 지키는 데 그친 조선은 당연히 창조에 그 힘을 살렸다, 전 그렇게 보고 싶은 거예요. 비애가 아닌 생명의 힘, (중략) 오늘 조선의 처지를 일본의 처지라 가상한다면 그렇게 치열하게 끈질기게 저항했을까요? 당신네들은 내심 무서운 거예요. 중국에서, 만주에서, 연해주, 미국, 또 일본 내에서 조선 국내에서도 벌어지고 있는 독립투쟁, 당신네들의 야만적인 탄압은 공포에서 오는 거예요.[9]

우리로서의 주체, 집단적 주체는 존재한다. 민족주체를 상정할 수 있는 것이다. 민족주체란 하나의 민족이 다른 민족들에 대비해 공유하는 규정성들이 전제되는 내에서 표현할 수 있는 단어[10]로, 조선 민중은 일제의 수탈과 억압이라는 상황 아래 함께 저항하고 비판하는 의식을 가졌던 민족주체를 형성할 수 있었다. 박경리는 『토지』에서 창조적인 문화를 지닌 조선 민족주체를 형상화한다. 민족주체는 고유한 문화를 가진다. 이때의 문화란 주어진 사회에서 면면히 이어져 온 세대들이 우선적으로 중요성을 부여한 가치, 기준, 제도, 사고방식을 이르며, 문화에서 핵심이 되는 것은 언어와 종교다.[11] 박경리는 이를 생명존엄과 관계된 것들에서

---

9 박경리, 『토지』 전21권 중 15권, 나남출판사, 2005, 126~128쪽. 이후부터는 간략하게 몇 권 몇 쪽으로만 표시하겠다.

10 이정우 · 조광제 · 김석수 · 장미란 · 정수복, 『주체』, 이연기, 2001, 12~30쪽.

11 새뮤얼 헌팅턴, 이희재 옮김, 『문명의 충돌』, 김영사, 1997, 47~74쪽.

찾아낸다.

1) 시베리아 샤머니즘의 친환경성

조선의 샤머니즘은 알타이 샤머니즘 중의 하나인 시베리아 샤머니즘에 해당하는데, 자연 속의 한 구성원으로서 순수하게 살아가는 친환경적 샤머니즘이다.[12] 샤먼과 신령 사이의 특수한 관계, 샤먼의 사회성과 전통성, 엑스터시를 공통요소로 가진다. 샤먼은 신령, 사령 및 동물 영혼을 포함한 자연의 정령과의 직접적인 교류 전문가[13]로, 샤먼이 되는 방법에는 세습무, 강신무, 자유의지 또는 씨족의 의지에 의한 개인적 샤먼이 있다.[14] 이렇게 샤먼이 중심이 되어 고찰되고 있는 것이 일반적인 샤머니즘이다. 그러나 『토지』의 월선네는 유일한 숙련무로 등장하나 그 역할은 샤먼이 얼마나 비하, 비난받는 계층으로 인식되고 있는지를 드러내는 것에 맞추어져 있다. 즉 일반적인 샤머니즘과는 다른 면을 드러내고 있는 것이다.

『토지』는 샤먼의 절대성에 대한 의존도가 낮은 편이었다. 이는 치병의 제의적 모습이 샤먼이 아닌 일반 민중에 의해 이루어지고 있는 것에서 알 수 있다. 김서방댁은 남편이 호열자로 몹시 앓고 있는 상황에서 귀신이 붙은 것이라 판단하고 스스로 객구를 물리는 주술[15]을 한다. 강청댁

---

12 알렉세이 츄마까예프 · 이건욱 · 양민종 · 니꼴라이 예꼐예프 H.EKEEB, 『알타이 샤머니즘』, 국립민속박물관, 2006, 121쪽.
13 김열규, 『동북아시아 샤머니즘과 신화론』, 아카넷, 2003, 21~61쪽.
14 송미숙, 「샤머니즘 직능과정의 연행 현장적 의미」, 『한국미래춤학회연구논문집』 제13차, 한국미래춤학회, 2007, 61쪽.
15 주술은 초자연적인 존재의 신비한 힘을 빌어서 재앙을 막거나, 복을 비는 일종의 신앙 행위이다. 그리하여 모든 주술은 세 가지 요소를 갖추게 된다. 주사와 모종의 어떤 행위와 그런 주사를 발하고 그런 행위를 함으로써 바라는 바를 성취할 수 있으리라는 주술

도 용이가 호열자에 걸렸을 때에 마찬가지 행동을 한다.

김 서방댁이 오물을 미처 다 치우기 전에 김 서방은 다시 얼굴을 내어밀고 툇마루에 두 손을 짚으며 구토를 했다. "이거 아무래도 객구가 들었는가배. 가만 있이소." 김 서방댁은 부리나케 부엌으로 달려가서 바가지에다 물밥을 말고 커다란 식칼을 들고 나왔다. "이리 나오소. 한분 물리봅시다." (중략) "성주 구신도 아니고 부리재석도 아니고 굶어죽은 구신아, 칼 맞아 죽은 구신아, 오다가다 죽은 구신아, 임벵에 죽은 구신아, 괴정에 죽은 구신아!" 지껄이는 그 자체에 무한한 기쁨을 느낀 김 서방댁은 입에서 나오는 대로 귀신을 불러대었다. (중략) 드디어 "쉰네 살 묵은 김씨방성한테," 하며 또 한참을 지껄여대더니 "썩 물러가라! 써어억! 위이." 휘두르던 칼을 냅다 던진다. 칼날은 바깥 쪽을 향해 떨어졌다. 바가지 속의 물밥을 문밖에 가서 버리고 돌아온 김 서방댁은 "이자 괜찮을 기요. 아주 깨분하구마."[16]

박경리는 샤머니즘이 민간신앙 속에 포괄되어 치병, 축사 등 제의적 의식과 교류하며[17] 무당의 접신보다는 일반 민중이 행하는 일상적인 행동에서 진정성을 찾았다. 왜냐하면 샤머니즘을 무속으로 치부하기보다는 생명주의로 보아야 한다고 주장하기 때문이다.[18] 생명에 대한 숭배[19]

주체의 믿음이 그것이다. 양태순, 『한국고전시가의 종합적 고찰』, 민속원, 2003, 35쪽.

16 『토지』 3권, 216~217쪽.

17 이숭원, 「백석 시와 샤머니즘」, 『인문논총』 제15집, 서울여자대학교 인문과학연구소, 2006, 5~6쪽.

18 "어릴 적에 일자무식인 내 어머니는 '그것도 생물인데 꽃모가지를 함부로 꺾는 것은 안 좋다.' 그런 말을 하곤 했다. 물론 그 말은 어머니의 발상은 아니었을 것이다. 오랜 옛적부터 우리 민족 본래의 사상, 더 깊이 근원을 찾아가면 샤머니즘의 그 생명공경의 사상에서 비롯된, 잠재적인 것이 아니었을까. 천년 오백년을 살아온 거목에 대한 신앙은 말할 것도 없이 생명에 대한 경이로움이며 거목 앞에서 기도하는 것도 생명이 갖는 동질감, 그 존귀함을 믿으며 생명의 일체를 지녔다고 생각하는 영성과의 교신을 간절히 바랐기 때문일 것이다." 박경리, 『생명의 아픔』, 이룸, 2004, 14쪽.

19 "무속만을 연구하면 안 된다, 샤머니즘 자체를 연구를 해라. 그런데 어떻게 보냐 하면, 무당, 그것만을 샤머니즘이라고 생각하고 있거든요. 절대 무당의 행사가 샤머니즘이

로 샤머니즘을 보아야 한다는 것이다. 큰 나무에 제사를 드리는 것. 무당이 굿을 하는 행위보다는 큰 나무가 가지는 천년의 능동적인 생명에 대한 존중이 샤머니즘이라 보았다. 또한 샤머니즘을 불교, 도교, 유교와 혼합된 생명주의로 보았기에 『토지』에는 삼신당과 서낭당이 구별되지 않는 조선이 그려진다. 귀녀가 삼신당에서 아들 하나를 소원하며 빌 때 '삼신제앙님, 목신제앙님, 누구든 관계없으니' 소원 성취하게 해 달라고 수없이 머리 조아리며 손을 비볐던 것에서 알 수 있다.

그렇다면 박경리가 생각하는 샤머니즘[20]은 무엇인가. 원래 샤머니즘은 지구상의 거의 전 지역, 전 인종, 전 문화권에서 고루 논의되고 있는, 인류 역사상 미증유의 보편의 문화이다. 통시적으로 가장 원초적이면서 공시적으로는 가장 보편적인 종교 현상인 것이다.[21] 유럽의 인류학자들은 샤머니즘을 '인간과 환경의 조화를 지향하는 시베리아 지역 고유의 우주관이자 종교철학이며, 접신을 시도하는 샤먼의 극적인 정신상태(ecstasy)로의 진입, 지상이 아닌 신들의 세계로의 영혼여행을 중심으로 진행되는 공연적인 독특한 성격을 가진 문화체계'라 한다.[22] 그러나 아

아니에요. 샤머니즘은 어떤 면에서는 생명주의입니다. 어디서 볼 수 있냐 하면, 큰 나무에 제사를 드리잖아요. 그것은 생명에 대한 존중이에요. 사람은 오십 년, 백 년밖에 못사는데 이 나무는 천 년을 살았다. 이 나무가 사람과 마찬가지로 능동적인 생명체다. 천 년을 살았다면 이 천 년의 세월 속에서 이 나무는 어떤 노하우가 있는가, 이것을 교신해 볼 수는 없는가, 그런 소망이거든요. 그러니까 자연이 위대한 것을 다 숭상한 것이 샤머니즘이다." 박경리, 「사회학자 송호근의 작가 박경리론―대담 2004.9」, 『가설을 위한 망상―박경리 신원주통신』, 나남, 2007, 308~309쪽.

20 무교의 세계인식을 담고 있는 작품이 한국의 원형성을 더욱 충실히 보여주는 작품이 될 수 있다. 설성경·최유찬·김영민·양문규·심원섭 공저, 앞의 책, 429쪽.

21 김열규, 앞의 책, 21~61쪽.

22 양민종, 「시베리아 샤머니즘인가, 아니면 엘리아데의 샤머니즘인가?」, 『한국시베리아연구』 제11집, 배재대학교 한국·시베리아센터, 2007, 91~94쪽.

직 샤머니즘에 대한 정확한 정의는 내려져 있지 않다.[23] 이런 상황 속에서 박경리는 샤머니즘을 생명주의[24]로 정의하고, 조선 샤머니즘을 보존하는 것이 중요한 소명임을 밝힌다.

> "무속이 한 나라의 문화유산인 만큼 보존할 가치가 있다! 내가 그 말을 했기로, 그게 어째서 잘못이야?" 명빈은 버럭 소리를 지른다. (중략) "내가 무속도 보존할 가치가 있다 한 것은 그 속 검은 왜놈들이 저희들 미신은 뒤로 감추고서 야만이다, 미개다 하는 수작을 빤히 알기 때문이라구. 그것이 다 이 나라 문화를 깡그리 없이 하자는 수작이거든. 그러니 내가 보존하자는 것은 미신을 보존하자 그것은 아니라구. 무속도 우리 백성들이 살아온 자취요 풍속이라면, 그걸 아주 싹 지워버릴 수는 없어."[25]

> 훌륭한 개명파 지식인들, 일본물 마시고 서양서 온 기독교에 목욕한 사람들, 미신타파를 외치고 민족개조를 외치고 조선인을 계몽하려고 목이 터지는 사람들, 미신타파하면 땅을 찾고 수천 년 내려온 조선의 문화를 길바닥에 내다버려야 땅을 찾고, (중략) 우리 것을 길바닥에 내다버리는 족속 때문에, 그들 때문에 조선민족은 말살될지 모른다.[26]

박경리는 조선과 일본의 샤머니즘에 차이가 있다는 점에도 주목한다. 그는 '무당은 어디든지 있다. 서양 문명한 나라도 있고 일본도 있다. 미신도 귀신도 어디에나 있는 것이다. 그러나 일본이라는 나라는 전체가 미신 덩어리이다. 신궁이라는 게 그것이다'라고 말한다. 신궁에 머리를 조아리는 일본. '일본은 조선백성을 야만이다 미개다 하며 무속을 천시

---

23 알렉세이 츄마까예프 · 이건욱 · 양민종 · 니꼴라이 예꼐예프 H.EKEEB, 앞의 책, 120쪽.
24 "아득한 옛날 우리나라에는 샤머니즘 시대가 있었습니다. 지금은 무속이라는 형식만 남아 있고 원시종교다 미신이다 하는 말을 듣지만 나는 생명주의라고 감히 말합니다." 박경리, 『생명의 아픔』, 앞의 책, 132쪽.
25 『토지』 6권, 254~256쪽.
26 『토지』 13권, 18쪽.

하지만 조선백성들은 임금능을 찾아가서 손뼉치고 절하지 않는다. 사당이라는 것도 조상을 공양하는 것이지 줄줄이 찾아와서 참배를 하는 것은 아님'을 명백히 밝힌다.

일본은 식민지 조선의 샤머니즘을 무속으로 치부, 비하하여 없애기 위해 조선 민간신앙을 조사하기 시작하였는데 그 기간이 매우 길었다고 한다. 이를 두고 이수경은 "조선의 민간신앙을 바라보는 일본의 시각은 한낱 운명론적 미신으로 간과하는데 머물지 않았다. 그 심층의 저변에는 두려워하고 경계하고자 했던 민간신앙의 본질적 요소가 존재하고 있었다. 즉 끊임없이 행복을 염원하며 보다 나은 생활을 영위하고자 하는 생활이상의 발현이자, 가족애와 향토애를 바탕으로 하는 사회적 행위이며, 혈성을 초월한 지역공동체의 결속력을 공고히 하는 친목과 오락의 장이기도 한 것이다"라고 말한다.[27] 다시 말해 일본은 조선 민간신앙의 숨은 저력을 깨닫고 있었기에 경계했던 것이다.

따라서 박경리『토지』가 창조적 문화를 가질 수 있었던 이유 첫 번째는 샤머니즘에서 찾을 수 있다. 『토지』는 1897년 한가위 타작마당에서 벌어지는 농민들의 굿놀이를 묘사하면서 서사의 막을 열 듯, 조선 민중의 주변 어디에나 샤머니즘은 존재하고 있음을 보인다.

조선 백성들의 정신을 지배하고 있는 것은 자연 종교 또는 무속의 세계이다. 유교에서 비롯된 삼강오륜의 도덕과 예의 숭상에서 온 관혼상제의 제도조차 무속의 빛깔을 띠었다 하여도 무리한 얘기는 아니기 때문이다. 제반의 행사는 항상 무속을 동반했으며 신앙의 대상이라면 그 어느 것도 거부하지 않았다. 목신이든 산신이든 지신이든 풍신이든 상사바위든 벽사의 처용화상이든 성황당

27 한국외국어대학교 일본연구소, 이수경, 「'조선총독부 조사자료'에 나타난 조선의 민간 신앙」, 『일본연구』 제32집, 한국외국어대학교 일본연구소, 2007, 70~74쪽.

에 모신 가면이든, 고사에 연유되거나 혹은 전설에 유래한 인물과 장소는 거의
가 다 신앙의 대상으로 정성을 들여온 것이다.[28]

조선 샤머니즘도 일반적인 샤머니즘의 특징을 가진다. 한국 샤머니즘
의 기능은 기복, 양재, 점복, 오락이라 할 수 있다. 기복은 신령을 제사하
고 복을 비는 것이다. 강청댁이 돌 하나를 주워 돌무덤 위에 얹으며 자식
하나 점지받기를 소원하는 것에서, 동네의 미친년으로 등장하는 또출네
가 죽은 아들이 감사되어 금의환향할 것을 터주대감께 소원하는 것에서,
정석의 어머니 성환 할매가 만주에서 돌아오지 못할 몸이 된 아들을 걱
정하며 아들의 명이 쇠닻줄 같이 질겨 자식들과 상봉하고 옛말 하면서
살게 해달라고 정성을 들이는 것에서 알 수 있다.

양재는 모든 질병과 재액을 가져오는 악령과 악귀들을 제거하기 위한
기제나 금압이다. 어린아이가 천연두에 걸렸을 때 떡, 나물, 팥밥을 걸게
해서 손님네 대접을 하는 모습에서, 콜레라가 평사리를 점령했을 때 여
러 가지 모양의 부적이 나붙고 귀신을 쫓는다는 가시 돋친 엉게나무 토
막을 방문 위에 걸어놓고 여인의 피 묻은 속곳, 닭 피 묻은 짚으로 만든
허수아비가 삽짝에 내걸리기도 하는 모습에서, 막딸네가 호박 도둑을 잡
기 위해 쥐를 잡아 양밥을 해놓고 범인의 손목때기가 썩을 것이라 저주
하는 모습에서, 음식 맛이 변하는 것을 방지하기 위해 김서방네가 부엌
문지방을 이리 넘고 저리 넘고 하며 두루미병에 입을 맞추는 모습에서
알 수 있다.

점복은 예언적 기능으로 길흉을 예지하는 것이다. 새로운 물건을 구입
하면 그것이 개다리소반이라도 집안에 들이기 전에 떡과 술을 해서 객구

---

28 『토지』 4권, 62쪽.

를 물려야 동티가 안 난다 여기는 것에서, 혼인날의 비는 불길한 징조라 믿는 것에서, 혼인 닭이 죽는 것도 변괴를 알리는 징조라 보아 그날 혼인 한 집들은 상가 같다는 것에서 알 수 있다.

그런데 오락 기능은 한국 샤머니즘만의 특징이다.[29] 『토지』에서는 무엇보다 오락 기능이 잘 드러난다. 어린 서희와 봉순이 소꿉놀이를 할 때에 객구를 물리는 놀이로 시간을 보내는 것에서, 상사풀이 굿 구경을 하고 나서 동네사람들이 '그 굿 볼 만하다 누구만 못하다'며 무당의 굿 솜씨를 품평하는 것에서, 그리고 앞에서 언급했던 굿 놀이에서 알 수 있다. 박경리가 바라본 조선 샤머니즘은 소망을 기원하는 것으로 부정적이지 않고 희망적이며 오락적인 성격을 지니고 있다. 이처럼 밝고 긍정적인 샤머니즘으로 정착할 수 있었던 것은 생명존중의 사상이 작용한 때문이다.

생명에 대한 경이로움, 인간과 거목이 함께 가지는 생명이라는 동질감, 생명이라는 존귀함을 숭배했다. 박경리는 샤머니즘을 무속이라 치부하는 것에 이의를 제기한다. "삶의 터전/죽음의 계곡/당신은 생과 사를 주관합니다//풀잎 한 가닥도/바람에 눕혀 살게 하시고/공평한 당신은/부성과 모성의 일체입니다//당신은 태양과 물과 흙의 삼위일체입니다/일어나소서//삼천 년 잠을 깨고 일어나소서/잠 깨어 오소서//죽어가는 우리를 잡아주시고/오시어/생명을 찬미하소서"(「샤머니즘」 중)[30] 부성과 모성의 일체란 생명에 대한 사랑이라 볼 수 있다. 또한 태양, 물, 흙이 일체가 되면 자연이다. 즉 박경리는 샤머니즘을 자연의 생명체에 대한 사랑이라 인식하고 있다. 샤머니즘에게 오시어 생명을 찬미하소서라고 말하는 부분은 이를 분명히 드러내준다.

---

29 한국외국어대학교 일본연구소, 이수경, 앞의 논문, 62~68쪽.
30 박경리, 『우리들의 시간』, 나남출판, 2000, 121~122쪽.

에리히 프롬(Erich Fromm)은 존재지향적 삶과 소유지향적인 삶으로 삶의 양식을 구분하고 있다. 그에 따르면 존재지향적 삶이 인류가 지향해야 할 삶의 모습이다. 존재지향적 삶에서 행사되는 권위는 합리적 권위가 된다. 어떤 확고하게 체계 지워진 교의나 관념이나 사제나 권력자에 대한 믿음이 아니라 진정하게 절대적이고 무한한 것에의 귀의며 이러한 무한하고 절대적인 것과의 합일을 통하여 인간 역시 신과 같이 절대적이고 무한한 존재로 고양되는 것을 의미한다. 그것은 능동적인 자기창조 내지 과정이다. 사랑에서도 존재지향은 생산적인 능동성을 갖는다. 어떤 인물, 나무, 그림, 관념 등을 존중하고 그것에 능동적으로 반응하며 향유하는 것이다. 그것은 생명을 주는 것을 의미하며 생명력을 증대시키는 것을 의미한다. 존재지향적인 삶이란 자신이 살아있다는 것 자체에서 충만한 만족을 느끼면서 인간을 비롯한 모든 자연물에 대해서 사랑을 느끼는 태도[31]를 말한다. 박경리의 샤머니즘은 존재지향적 삶의 모습과 닮은 꼴임을 알 수 있다.

2) 한울(天)을 중시하는 동학

박경리 『토지』가 창조적 문화를 가질 수 있었던 이유 두 번째는 동학에서 찾을 수 있다. 왜냐하면 동학은 샤머니즘이 숭배했던 생명존중사상을 가졌고, 동학이 조선 민중의 마음속에 등불로 남아 있어서 일제의 폭압에 저항하는 움직임이 활발할 수 있었기 때문이다. 박경리는 '조선민족이 죽지 않고 남아 있던 뿌리가 다시 거목이 되어 나타난 것이 동학'이라 말한다. '백성 하나하나, 생명 있는 모든 것이 하눌님'이라는 것이다.

---

31 박찬국, 『에리히 프롬과의 대화』, 철학과현실사, 2001, 69~77쪽.

'왜놈들에게 원수를 갚기 위해서는 동학군들이 모여야' 하며, 녹두장군 같은 사람이 있었다면 일제로부터 나라를 구할 수 있었을 것이라 본다.

한울(天)사상은 생명이 살아 움직이는 활동에 관심을 갖는다. 살아 움직이는 상태를 바람직한 가치로서 인정하고 받아들여 생명을 소중히 하고 자신과 모든 생명이 살아 움직이고자 함을 서로 도와주는 인간 이해와 활동에 주목한 사상인 것이다. 동학이 지향하는 삶은 하늘, 땅, 사람이 하나가 되어 세상을 위하고 세상을 기르는 천·지·인 삼재합일의 삶이라 한다. 천·지·인이 하나의 거대한 우주적 생명체를 이루고 어느 하나가 없으면 나머지도 성립될 수 없는 삼재의 인간, 삼재의 한울 말이다. 동학은 인간 안에서 활동하고 있는 이러한 한울을 깨달을 때 사람이 곧 한울(인내천)이 된다고 본다. 인간과 만물이 동귀일체(同歸一體)한다는 전일적 한울님 이해는 천지만물에 대한 감사와 인간에 대한 정성과 공경으로 실천된다.[32] 박경리는 이런 동학의 한울사상을 중시한다. 샤머니즘의 생명에 대한 경외심, 생명존엄정신이 동학으로 나타나 조선 민중의 정치형태를 이상적으로 변화시킬 수 있는 적극적 힘으로 작용하였다고 본다. 한마디로 샤머니즘의 재래, 강림[33]이 동학이라 본 것이다.

"태어난 생명들이 다 고르게 배불리 먹을 수 있고 무리에서 따돌림받지 않고 업신여김을 받지 않고 복되게 사는 것을 꿈꾼 것이 어디 오늘만의 염원이던가? 그것이 어디 사람만의 염원이던가? 천지만물 생명 있는 일체의 염원 아니

---

32 정혜정, 『동학의 한울 교육사상』, 모시는사람들, 2007, 6~10쪽.
33 "동학에 대해서 전문가는 아니지만 작가적인 직감으로서 얘기한다면, 동학은 샤머니즘의 재래다." "강림이다." 박경리, 「사회학자 송호근의 작가 박경리론―대담 2004.9」, 앞의 책, 308~309쪽.

겠는가. 하낫도 새삼스러울 것이 없지. 사람의 경우 그러기 위하여 정치의 형태가 달라져야 한다는 그 자각도 변함없이 내려온 것이고 보면 동과 서의 차이가 뭐 그리 대단할꼬. (중략) 정치의 형태가 달라져야 한다는 염원이 우리나라에서는 진작부터 백성들에 의해 폭발했었다는 일을 서양 사회주의 하는 젊은이들이 깡그리 잊고 있는 것이 나로선 안타깝네." (중략) "학문한 젊은 놈들, 특히 신식 학문을 한 젊은놈들, 동학사상을 뭘로 생각하느냐, 미신이다, 하눌님 떠받드는 황당한 미신이다, 좋게 말해서 종교전쟁이다, 이군 자네도 그리 생각하지? 아니 그런가?" (중략) "그 생각이야말로 황당한 것이야. 동학의 사상은 천상을 향한 것이 아니네. 지상에 세워야겠다는 바로 그 염원일세. 증산교에서 강일순이 말했듯이 천상이 아니고 천하공사를 다시 하는 일인 게야. 그것은 조선민족의 죽지 않고 남아 있던 뿌리가 다시 거목이 되어 우리 앞에 나타났던 거고 동학은 그렇게 꺾이었으나 다시 살아날 것이네. 하눌님은 천상에 계신 것이 아니며 백성 하나하나, 사람뿐만 아니라 억조창생 생명 있는 것, 그 생명이야말로 하눌님이기 때문이다."[34]

1806년에 창도한 동학[35]은 그 전개과정이 최초의 대중민족주의 운동으로 규정[36]되고 있다. 대부분 문학의 제재로 선택된 동학은 동학혁명이 주요내용[37]인데, 『토지』에서도 동학란에 참가했던 윤보, 주갑이 등 많은 인물이 등장하여 혁명을 위해 고군분투한다. 이들은 '순사가 찔려 죽고 주재소 몇 군데에 불이 난 것' 같은 일을 저지른다. 그리곤 왜놈들이 군대를 풀어서 샅샅이 뒤져도 누가 했는지 가려내지 못하는 신출귀몰한 행동을 자행한다. 이런 행동들은 모두 동학의 우두머리 김환의 계략이다. '토지조사로 땅을 빼앗긴 백성들, 웃을래야 웃을 수 없고 울래야 울 수도 없는 그들의 실낱같은 희망'이 동학이다.

---

34 『토지』 19권, 348~350쪽.

35 김진기·조미숙·황수진, 『페미니즘문학의 이해』, 건국대학교출판부, 2002, 79쪽.

36 이홍구, 『시민정신과 역사의식』, 나남출판, 1996, 51쪽.

37 임금복, 『동학 문학과 예술 그리고 철학』, 모시는사람들, 2004, 15~16쪽.

그렇기에 스님 혜관도 동학군을 돕는다. 그들은 윤씨 부인이 남긴 '오백 섬지기 땅'을 밑천 삼아 의병 잡아먹는 동학군을 모으기 시작하고 혜관, 환이, 운봉 노인을 중심으로 지리산에서 동학군을 결성한다. 석이는 '왜놈을 치자 왜놈을 죽이자'는 동학의 목표가 마음에 들어 동학에 가담한다. 그러나 지삼만은 포교를 하여 신도를 끌어들이는 동학교를 설립하자 한다. 그리하여 동학은 동학당과 동학교로 갈라지게 될 운명에 처한다. 하지만 '동학당이야 말로 왜놈 전대라도 털어올 수 있는 실질적인 방책'임을 그들은 알고 있다. 동학당과 동학교의 분열과 대립 속에, 동학은 낡고 무너진다. 동학교의 지삼만은 동학당 환이를 살해할 계획을 세우고 모략한다. 결국 "동학당의 지리멸렬, 친일파로 정좌했고 매국노로 타락했고 거듭되는 분파로 동학란 중추를 이룬 농민들은 대부분 탈락했으니 대가리뿐인 동학"이 된다. 그럼에도 불구하고 박경리는 동학을 통해 조선 민중의 끊임없는 저항의식을 그린다.

세상이 달라져야 하는 기라, 세상이. 되지도 않을 꿈이라 생각하겠지. 모두가 그렇기 생각한다. 천한 백성들은 그렇기 자파하고 살아왔다. 그러나 꿈이라고만 할 수는 없제. 세상이 한번 바뀔 뻔했거든. 왜놈만 아니었으믄. 지난 동학당 난리얘기는 니도 많이 들었을 기다. 왜놈만 병정을 몰고 안 왔이믄…38)

"석아, 우리같이 설운 놈들이 마음을 굽히지 않고 산다는 것이 얼매나 좋노. 굽히도 굽히는 기이 아니요 기어도 기는 기이 아니라. 안 그렇나? (중략) 일만 잘되믄 못할 짓이 머 있겠노. 도리어 보람이 있제. 내가 살아 있는 것 같아서 말이다. 저기 저 하늘에 별이 깜박깜박한께 내 가심도 깜박깜박하는 것 겉고, 내 새끼 내 계집 그리고 온 세상사람들 가슴도 그러리라 생각하든은, 그렇지 내가 하는 일도 과히 헛된 일은 아닐 기라."39)

38 『토지』 6권, 321쪽.
39 『토지』 9권, 206쪽.

『토지』에서 동학은 '일제강점기 아래 형성된 항쟁의 총본산이며, 저항의식의 원류'로 일제 식민지를 관통하여 면면히 이어져 오는 조선 민중의 정신적 지류다. 살기 힘든 세상이기에 '난리가 나도 큰 난리가 날 것'이라 믿으며 '난리가 나기만 하면 동학당에게 쓰던 철포 대포는 유도 아닐 것'이라 민중들은 믿고 있다. 그들은 난리를 동학과 연결 지어 비교하는 습성을 지녔고, 어딘지 범상치 않은 사람을 만나면 동학당이 아니었을까 상상하는 것이 습관이다.

마하트마 간디(Mahatma Gandhi)는 모든 사람들의 생득적인 평등성을 믿었기에 많은 통치자들이 사칭하는 우월성의 교의에 저항하여 싸워야 한다고 말했듯, 태생에 의해 혹은 태생 이후 획득한 지식에 의해 우월성을 주장할 때 우리는 저항해야 한다. 누구든지 자신의 동료에 비해 우월하다고 주장하는 사람은 비인간적[40]이기 때문이다. 박경리도 생득적 평등성을 믿었다. 일본이 생명파괴적인 억압을 감행하였고 일본인의 우월성을 주입시키는 일제강점기였기에 동학을 통해 생명존중의 사상을 계속 이어가는 항거를 놓을 수 없게 되었던 것이다. 이렇듯 동학은 생명존중사상을 지닌 샤머니즘의 재래이며, 한을 가진 민중에 의해 끊어질 듯 끊어질 듯 이어진다.

생명공경이 동학이며, 과학적 조명 아래 오늘의 현실에서 동학을 새롭게 강조하는 것은 민족문화운동의 하나이기에 중요하다. 동학은 생명사상을 가졌기에 생명의 문화운동으로 볼 수 있는 것이다.

---

40 라가반 이예르 엮음, 허우성 옮김, 『비폭력 저항과 사회 변혁(하)—마하뜨마 간디의 도덕·정치사상』 권3, 소명출판, 2004, 619쪽.

3) 우호성과 진취성을 지닌 한(恨)

박경리 『토지』가 창조적 문화를 가질 수 있었던 이유 세 번째는 한에서 찾을 수 있다. 왜냐하면 박경리가 가진 생명존중의 사상에서 보았을 때, 생명체는 원초적으로 한을 갖고 있으며, 한을 갖고 있기에 미래지향적이고 저항적인 삶을 살 수 있었다고 보기 때문이다. 그녀는 '생명이기에 원초적으로 한을 갖는다' 말한다.[41] 왜라는 궁구에 의해 생명이 뻗어나간 곳을 향한 염원, 이것이 한이라 본다. 또한 그녀는 백성들이 희망이라는 생각을 늘 품고 있다 믿는다.[42] 식민지의 지배를 받는 동안에도 한을 간직한 백성에게서 희망을 찾았다.

> "이 서방, 파도가 눈에 뵈지 않는다고 바다가 조용한 것 아닐세. 상어떼가 무리를 지어 날뛰고 피라미 한 마리 숨을 곳이 없다면 조용한 그 자체는 더 무서운 것 아니겠나? 그러나 절망하지 말라. 민중들은 아직 순결하다. 친일파는 말할 것도 없지만 지식인들이 일본이라 할 때 대다수 민초들은 왜놈 왜년이라 하네. 역사적인 자부심과 피해의식은 그들 속에 굳게 간직되고 있어. 그들은 일본인을 두려워하면서도 모멸하고 복종하는 체하면서도 결코 섬기지 않아. 그들은 조선의 대지이며 생명이다."[43]

---

41 "태어나면서 죽음에 이르는 생명, 그 원초적 숙명에 심어진 것이 한이 아닐까. 만남과 이별에서 재기되는 왜라는 물음표 자체가 한일 것이다. 그러나 우리는 왜라는 의문 때문에 절망하지 않으며 왜라는 물음이 역사를 관류해 왔기 때문에 우리는 중단하지 않았던 것이다. 한은 절망이 아니며 체념이 아니다. 왜라는 물음에 대한 해답의 요구일 수도 있고 추구, 출발일 수도 있을 것이기 때문이다. 다시 만날 것을 소망하며 이루어지기를 기원하며 현세에서 뿐만 아니라 내세까지, 생명이 간 곳을 향해 뻗어가는 염원이기 때문이다." 박경리, 『꿈꾸는 자가 창조한다─박경리의 원주통신』, 나남, 1994, 42쪽.

42 "싸구려 흰 블라우스에/해맑은 얼굴들/하루 벌어 하루 사는 백성들/참으로 그들이 희망이로구나." 박경리, 「남해 금산사」, 『우리들의 시간』, 51쪽.

43 『토지』 18권, 320쪽.

『토지』에서 민중이 한을 품게 되는 이유는 다양하다. 귀녀는 천한 종의 신세가 한이다. 삼월이는 자신을 농락하고 버린 조준구로 인해 한을 가진다. 한복이는 아버지의 살인행위와 어머니의 자살, 형이 남에게 손가락질 받기 때문에 한을 갖는다. 서서방은 아사로 죽은 아내로 인해, 월선은 무녀의 딸이란 출생에 의해, 서희는 조준구 내외가 자신의 전 재산을 빼앗으려 하고 자기를 꼽추 조병수와 혼인시키려 하기에 한을 품는다. 정석은 아버지가 조준구의 모함으로 일본군에게 무고하게 죽게 되자 한을 갖는다. 숙이는 가난 때문에 아버지와 동생 몽치와 생이별한 것이 한이다. 영산댁은 평생을 남정네가 번 돈으로 밥 한 끼 먹지 못하였고, 돈 뺏어가서 계집질하고 노름하는 남편에게서 짚세기 한 켤레 얻어 신은 적이 없는 것이 한이다. 송관수는 동학당으로 죽음을 당한 장돌뱅이 아비, 행방을 모르게 된 어미, 은신처에서 만나 부부로 맺어진 백정의 딸인 아내, 아들 영광이 앞으로 가야 할 험난한 길로 인해 한을 갖게 된다. 일제 앞잡이의 대표적 인물로 등장하는 김두수도 어머니의 자살이 한으로 남는다. 조병수는 아버지 조준구와 어머니 홍씨의 탐욕으로 인해 한을 갖는다. 몽치는 지리산에서 홀로 맞이한 쓸쓸한 아버지의 죽음이 한이 된다. 성환 할매는 한으로 눈이 멀게 되는 피식민지 여성을 대표하는 인물로, 아들 석이가 독립운동으로 조선에 돌아오지 못할 처지에 놓이고, 손자 성환이의 학병 차출, 손녀 남희마저 일본 장교에게 성폭행당해 성병에 걸리는 모진 삶으로 인해 한을 가진다. 평사리 마을에서 가장 푸근한 마음을 지닌 인물로 등장하는 두만네도 한을 갖긴 마찬가지다. 두만네는 아들 두만이의 첩질과 본처 막딸이를 민적에서까지 파내는 인정 없는 모습에 한을 갖는다.

세계적으로 한이라는 정서는 보편적이다. 한은 내버려진 사람들만이 가지는 정서라는 측면을 지니기 때문이다. 비록 『토지』처럼 우리나라에

유난히 많이 나타난다고는 하나 우리만이 가진 기이한 현상은 아니다. 그런데 박경리에게 한은 소망의 표출[44]이란 점에서 특이함을 지닌다. 박경리는 한을 '없는 것이, 무식한 것이 한이 되어서 자식들은 자신과 다르게 살게 하려고 삶을 열심히 살게 만드는 오기, 미래지향적 소망'이라 보았다. 한이 결코 퇴영적·부정적인 정서가 아니라고 주장한다. '판소리의 감동적인 한 대목에서 느낄 수 있듯이 순간적인 교감'이기에 한을 미래지향적 소망으로 보는 자신의 판단이 독선이 아닌 우리 민족 누구나 느끼고 있는 감정이라 말한다.

한은 퇴영적·부정적 정서로 인식되어 온 것이 기존 사실이다. 한이란 서로 모순되는 두 충동의 갈등에서 빚어지는 감정으로 아이러니 혹은 역설적인 감정이라고 말할 수 있다. 현실적으로는 앞으로 나아가야 할 상황임에도 불구하고 속마음에서는 뒤로 돌아가고자 하는 미련이 강렬하게 남아 있는 감정, 그리하여 앞으로도 뒤로도 가지 못하고 모순에 맺혀 있는 감정이 한이다. 이렇게 한은 좌절과 미련의 상호모순된 감정의 충돌을 통하여 그 일차적인 갈등을 형성한 후 원망과 자책이라는 모순 갈등을 보이는 특성을 갖는다.[45] 그러나 이런 퇴영적·부정적 정서만이 한의 특성은 아니다. 즉 박경리는 다른 개념을 부각시킨 것이다. 우호적·

---

44 "우리의 한이라는 것은 여러분도 잘 아시지만, 내가 너무 없는 것이 한이 되어서 (중략) 말하자면, 내가 뼈가 빠지게 일해서 땅을 샀다. 내가 무식한 것이, 낫 놓고 기역자 모른 것이 너무나 한이 되어서 내 자식은 공부시켰다. 미래지향이거든요. 소망이거든요. 이게 절대로 퇴영적인, 부정적인 정서가 아닙니다. 어떤 때는, 버선목을 뒤집어 보일 수가 없지만, 판소리를 듣고 있을 때 판소리 어느 대목에서 저게 바로 우리 민족의 모습이다, 그런 것을 느낄 때가 있어요. 그것을 우리가 어떻게 표현을 합니까. 언어로써는 표현이 안 되죠. 어떤 교감, 순간적인 교감에서 그런 것을 느끼는데." 박경리, 「사회학자 송호근의 작가 박경리론—대담 2004.9」, 앞의 책, 308~309쪽.

45 오세영, 『김소월, 그 삶과 문학』, 서울대학교출판부, 2000, 43~45쪽.

진취적인 정과 원의 감정을 찾아내어[46] 미래지향적 소망을 추구하게 되는 것이 조선 민중의 한의 모습이라 밝힌 것이다.

일본인 식료품가게였다. (중략) "노랑김치, 이거, 이거 말이요. 좀 팔라 카는데 와 그라요?" 중년쯤 보이는 아낙이 안쪽에 노랑물이 든 통을 손가락질하며 말했다. "우란요, 우라나이. 앗치니 이케(안 판다, 안 팔아. 저리 가아)!" (중략) "장사는 물건을 팔게 돼 있소. 조선사람 돈엔 똥이 묻었나? 와 안 팔겠다는 거요." (중략) "내 것 안 판다는데 무슨 건방진 소릴 짖어대는 게야! 일등 국민인 우리가 너거들 야만인한테 네, 네 고맙습니다, 하게 돼 있느냐구! 오카미상? 혓바닥을 잘라줄까? 고노 쿠소다레(이 똥싸개)! 일본인한테 덤비는 조선놈의 새끼는 모조리 부다고야(돼지우리, 유치장이란 말)에 처넣어버릴 테다!" (중략) "제에기랄! 이럴 때마다 독립운동에 뛰어들고 싶단 말이다!" (중략) "실개가 빠진 거는 아니다. 단단해졌다. 진주바닥을 들엎을 만한 일이 아니면, 어리석은 짓이라구. 거지 같은 왜년 하나 깔봐서 멀쩡한 사내자식이 병신 돼야겠나? 밟아죽인다 해도 그게 뭐 떳떳한 일일꼬? 감정으로야 밟아죽이고 싶지. 나 역시 벌레처럼 꽉 밟아죽이고 싶었다. 그러나 우리는 자신의 감정에 이겨야 해."[47]

과자점의 하얀 앞치마 입은 오카미상(여주인)은 동전을 내미는 아이를 노려보기 일쑤였고 과자집게가 아이 손(더러움)에 닿지 않게 사탕을 떨어뜨려주곤

---

46 한의 밝은 내포에는 정(多情多恨)으로서의 한, 원(願 원하다, 바라다)으로서의 한, 긍정과 부정의 복합체로서의 한, 멋의 표상으로서의 한 등이 있다. 우호성을 갖는 정(情), 진취성을 갖는 원(願)으로서의 의미망은 한이라는 본래의 사전적 의미에서 벗어나며 또한 본래의 원한과 한탄이라는 의미들과 모순된 양상을 보이는 것이기도 하다. 상위개념으로서의 한의 사전적 의미는 원한과 한탄이지만, 대타적 공격성으로서의 원한은 대타적 우호성으로서의 정과 대응하고 있으며, 또 한의 퇴영적·과거지향성으로서의 한탄은 진취적·미래지향성으로서의 원과 대응하고 있는 것이다. 말하자면 상위개념으로서의 원, 탄의 한이 실제 문장의 전후관계에 있어서 정, 원으로 표상되는 경우도 적지 않다는 것이다. 이런 대응은 상호모순적 양상을 반영할 뿐 아니라 상승관계에 있기도 하다. 한편의 속성이 고양되면 그에 대응하여 다른 한편의 속성도 비례하여 고양된다. 다정다한이 그렇듯 정이 많으면 한도 많아지고, 또 한이 많으면 정도 많아지기 때문이다. 천이두, 『한의 구조 연구』, 문학과지성사, 1993, 33~50쪽.

47 『토지』 11권, 212~218쪽.

했었다. (중략) 일인 업주는 소비자를 거지 보듯 오만불손하였고 식민지의 가
난한 백성은 내 돈 내고도 빌어서 먹는 시늉을 해야만 했다. 하기는 농토에서
잡초같이 뽑혀 나간 농민들과 뭐 다를 것이 별로 없다.[48]

『토지』에 등장하는 욕심 없는 조선 농민의 삶이 이렇듯 통곡 같다. 잘
못도 없으면서 주권을 빼앗겼다는 이유로 핍박과 고문을 받는 농민들,
그들은 억울함을 안고 살아간다. 노랑김치를 사러 갔다 핍박만 받고 오
는 조선 농민, 과자 사러 갔다 거지 취급당하는 조선 농민의 아이에서 알
수 있다. 그러나 그들은 핍박에 서러움만을 갖지 않는다. 도리어 단단해
지려고 스스로 노력한다. 단단해져서 이런 핍박을 받지 않는 내일을 만
들려면 피식민지 상황인 지금은 자신의 감정을 절제하고 독립이 되도록
계획을 세우고 실천해야 한다고 다짐한다. 피식민지 조선 농민의 한이
미래지향적인 소망으로 승화한 것이다. 창조적인 생명이 보편적으로 가
지는 한. 그러므로 퇴영적·부정적 정서보다는 미래지향적 소망의 정서
로서 더 많은 효과를 양상하고 있음을 보인다.

스스로를 돌아보고 만족할 줄 아는 조선 민중을 일본은 그들의 욕심을
채우기 위해 짓밟았다. 한국은 일본의 침략을 받기 전까지 식민지 일본
에 거꾸로 문화를 전파한 역사를 가지고 있었다. 그러한 상황에서 피식
민지로의 전락은 조선 민족의 자존심을 짓밟히는 좌절의 경험이었다.[49]
때문에 상처와 좌절을 딛고 독립을 쟁취하여 다시 문화국으로서의 자존
심을 회복하려 한 것이 조선인이 가진 한의 모습인 것이다.

박경리는 일제에 문화적으로 강국이었던 조선이었기에, 더욱이 그 문

---

48 『토지』 13권, 13쪽.
49 유석춘 편저, 유석춘, 「식민지배의 다양성과 탈식민지의 전개─한국을 중심으로」, 『한
국의 사회발전─변혁운동과 지역주의』, 전통과현대, 2002, 54~55쪽.

화가 생명을 존중하는 창조적 문화였기에 파괴를 일삼는 일본을 이겨낼 수 있는 미래지향적인 한을 지니게 되었다고 본다. 다정다한처럼 상호모순적 상승관계로 인해, 파괴적 문화를 지닌 일본에게서 받는 핍박은 조선 민중을 더욱 단단하고 강인하게 만드는 오기를 형성하게 하였고, 이런 오기는 우호적이고 진취적인 한을 가지게 하는 동력이 되었다. 즉 더 나은 미래를 지향하는 한이 조선 문화에 작용하고 있음을 알 수 있다.

> "칼로써 힘을 빼고 황폐해진 정신으로, 파괴가 있을 뿐 창조는 없다, 당연하지 않습니까? 당신들이 즐겨 말하는 조선의 사대주의 그게 진실이라면 고유하고 독특한 문화는 있을 수가 없지요. 평화는 무력이 아니에요. 평화는 한의 대상이며 생명에의 지향이에요. 오늘날 결과가 어떠하든, 이건 악의 승리, 하지만 결정은 아닌 거예요." 인실은 날카롭게 몸을 돌렸다.[50]

흔히 쓰여진 역사, 말해진 역사는 그 시대의 삶과 행동을 읽을 수 있는 것이며 문화적 경쟁력[51]을 보여주는 행위이기에 중요하다고 한다. 정통 역사서는 왕의 행위를 기록했고, 농민은 주변부에 머물러 있었다. 농민의 잠재력이 무궁했음에도 불구하고 그들의 실제적인 힘과 영향력은 제한되어 있었다. 농민들은 효과적인 무장 세력이 부족하였으며, 지식수준이 허약하였고, 추수기에는 농사에서 자유로울 수 없는[52] 그들의 생래적 특성 때문이었다. 그런데 이런 시각이 변화를 보인다. 왕의 기록에서 다수 농민의 기록으로 민족 정체성의 고취 양상이 변화하는 모습을 보이는 것이다. 역사가는 단순히 고립된 인물로서의 왕만을 그린 것이 아니라

---

50 『토지』 15권, 121쪽.

51 이승원·오선민·정여울, 오선민, 「민족통합의 서사전략」, 『국민국가의 정치적 상상력』, 소명출판, 2004, 159~166쪽.

52 에릭 홉스봄, 김동택·김정한·정철수 옮김, 『저항과 반역 그리고 재즈』, 영림카디널, 2003, 244~245쪽.

집단에 이미 중심을 두고 있었다. 또한 역사가 흐름과 경향 또는 추세에 근거를 두고 있다 해도 그러한 것에 조직적인 통일성을 부여하는 것은 그것이 이야기될 만한 가치가 있고 그 이야기들을 많은 이들이 따라갈 만한 가치가 있다고 판단[53]했기 때문에 기술하게 되는 것이었다. 따라서 역사가들은 민중이 늘 함께해 왔다는 것을 인식하게 되었기에 왕의 자리를 대신하게 만든다.

창조적 문화는 박경리가 『토지』를 통하여 강렬히 부르짖은 조선 문화 그 자체이다. 고전적인 19세기 제국 문화의 용어는 열등, 하위인종, 종속 인민, 의존, 확장, 권위 같은 말과 개념으로 가득했다. 그 제국의 경험으로부터 문화에 대한 개념이 분명해졌고 강화, 비판, 거부되었다. 그리하여 제국의 통치에 대한 저항은 문화로 성공할 수 있다[54] 말하게 된다. 문화적 저항에는 서로 연관된 세 가지 요소가 있다. 첫째는 공동체의 역사를 전체적으로 일관되고 통합적으로 보는 권리이다. 둘째는 저항을 단순히 제국주의에 반발하는 것으로 보지 않고 새로운 인간의 역사를 구상하는 대안으로 보는 사고방식이다. 셋째는 분리주의적인 민족주의로부터 떨어져 나와 인간의 공동체와 인간의 해방을 더욱 지향하는 것[55]이다. 즉 공동체를 지향하는 것이 문화적 저항과 연관된다.

박경리는 『토지』에서 우주만상이 스스로 생명존엄을 지켜가며 함께 어울려 사는 공동체를 지향했다. 조선 문화와 일본 문화를 언급할 때에도 문화는 서로 상호작용하는 것[56]임을 말한다. 모든 문화의 역사는 문

---

53 폴 리쾨르, 김한식 · 이경래 옮김, 『시간과 이야기 1 − 줄거리와 역사 이야기』, 문학과지성사, 1999, 302~304쪽.

54 에드워드 W. 사이드, 박홍규 옮김, 『문화와 제국주의』, 문예출판사, 2005, 60~69쪽.

55 위의 책, 418~422쪽.

56 "어차피 문화란 다소간에 서로가 영향을 줄 수 있는 건데 처지에 따라 강조하는 것은 불공평한 일 아닙니까?" 『토지』 15권, 117쪽.

화적 차용의 역사임을 안 것이다. 문화는 결코 소유권의 문제가 아니다. 상이한 문화 사이에는 모든 종류의 공동 체험과 상호의존이 있다. 보편적인 규범이란 것이다. 따라서 문화는 관용적인 인간 공동체의 모습을 선택하는 민족주의를 만들어야 하고, 이러한 공동체는 제국주의에 대한 저항에 의해 예고된 인간의 참된 해방과 연결되어 움직[57]일 수 있게 된다. 박경리가 조선 문화의 창조력을 강력하게 드러내는 것은 식민지 권력을 전복하기 위한 방법의 하나로 볼 수 있다. 식민지 권력은 효과적인 경제적 수탈을 위해 근대적인 제도와 질서를 일방적으로 이식할 뿐만 아니라 자국의 역사적 패러다임으로 식민지 국가의 역사를 전면적이고 총체적으로 다시 구성하기 때문이다. 즉 제도와 질서 그리고 보편적 내러티브의 총체적인 이식을 통해 근대화를 진행시켰으며, 이 과정에서 식민지 민중의 역사와 염원은 왜곡되고 왜소해지고 결국은 배제[58]되었음을 알았기 때문이다. 이런 왜곡과 배제를 바로잡는 방법으로 『토지』라는 장대한 조선 민중의 이야기를 역사적 시각에서 쓰게 된 것이다.

이야기는 역사적 시간 경험을 언표할 수 있는 우회로라 한다. 역사적 시간에 내재하는 역사적 삶은 이야기를 통한 역사적 시간을 재구성한다. 이야기는 문화와 사회를 변화시키는 창조적 힘을 가지고[59] 있기에 중요하다. 이야기와 역사 간의 서술적 연속성이 과거에 주목받지 못한 이유는 증거의 문제에 모든 주의를 기울였기 때문[60]이었다. 하지만 진리가 이야기(서사)를 통해 전승되고 있다는 점에서, 이야기를 통해 문화적 원형을 드러내는 것은 필요하고 중요한 작업이라 생각된다. 이야기를 만들

---

57 에드워드 W. 사이드, 박홍규 옮김, 앞의 책, 423쪽.
58 류보선, 『한국 근대문학의 정치적 (무)의식』, 소명출판, 2006, 583쪽.
59 정기철, 『상징, 은유 그리고 이야기』, 문예출판사, 2002, 276~297쪽.
60 폴 리쾨르, 김한식·이경래 옮김, 앞의 책, 302~304쪽.

기 위해서는 문화적 원형으로 간주하는 것이 필요[61]하고 『토지』는 생명 존중의 사상에서 조선 문화의 원형을 찾아낸다. 따라서 진리와 연관된 여러 개념들이 서사의 관점에서 이해[62]되고 있는 실정이기에 『토지』와 같은 전통적으로 계승되어 온 조선의 창조적 문화를 드러내는 작업은 의의를 가지게 되는 것이다.

3. 나오며

이 글은 박경리 『토지』에 나타난 조선 문화의 토대를 밝히는 것에 목적을 두었다. 피식민지 역사를 가진 나라는 억압에 대항하는 수단으로서 문화를 효과적으로 사용해야 할 필요성을 갖기 때문이다. 조선 문화의 토대는 샤머니즘, 동학, 한으로 볼 수 있다.

조선의 샤머니즘은 시베리아 샤머니즘의 친환경성을 갖는다. 박경리는 샤머니즘을 생명주의라고 정의한다. 생명에 대한 경이로움, 인간과 거목이 함께 가지는 생명이라는 동질감, 생명이라는 존귀함을 숭배했다. 박경리는 샤머니즘을 무속이라 치부하는 것에 이의를 제기한다. 무당이 굿을 하는 행위보다는 큰 나무가 가지는 천년의 능동적인 생명에 대한 존중이 샤머니즘이라 주장한다. 조선 문화의 유산인 만큼 보존할 가치가 있고, 미신 타파를 외치며 수천 년 내려온 조선 문화인 샤머니즘 정신을 버려야 한다는 족속들 때문에 조선 민족이 말살될 것이라 비판한다. 즉 박경리는 조선 민중의 삶에 늘 함께한, 소망을 추구하는 형태로 샤머니즘을 인식하였고, 샤머니즘이 조선 문화의 토대라고 본다.

---

61 위의 책, 95쪽.
62 나병철, 『근대 서사와 탈식민주의』, 문예출판사, 2001, 19쪽.

동학은 일제강점기 아래 형성된 항쟁의 총본산이며, 저항의식의 원류로 일제 식민지를 관통하여 면면히 이어져 오는 조선 민중의 정신적 지류였음을 드러내고 있다. 박경리에게 동학은 샤머니즘의 재래, 샤머니즘의 강림이었다. 샤머니즘의 생명에 대한 경외심, 생명존엄정신이 동학으로 나타나 조선 민중의 정치형태를 이상적으로 변화시킬 수 있는 적극적 힘으로 등장한 것이라 본다. 박경리는 동학이 사교로 치부되는 현실을 안타까워하고, 조선 민중에게 이상적인 정치형태였음을 재인식시키려 했다. 박경리는 동학의 한울 사상을 중시한다. 즉 생명이 살아 움직인다는 것의 소중함, 인간과 만물이 동귀일체한다는 한울 사상이 조선 문화의 토대라고 본다.

한은 삶을 열심히 살게 만드는 오기, 미래지향적 소망이라 본다. 결코 퇴영적·부정적인 정서가 아니라고 주장한다. 박경리는 한의 상위개념으로서의 퇴영적·부정적인 원한과 한탄의 감정 아래에 있는 또 다른 한의 개념을 부각시킨 것이다. 창조적인 생명이 보편적으로 가지는 한. 미래지향적인 소망의 정서로서의 역할에 주목한다. 파괴적 문화를 지닌 일본에게서 받는 핍박은 조선 민중을 더욱 단단하게, 강인하게 만드는 오기를 낳았다. 이런 오기가 우호적이고 진취적인 한을 가지게 하는 원인이 되었다. 즉 우호적이고 진취적인 한이 창조적 문화를 형성하는 토대가 되었다 본다.

따라서 박경리는 『토지』를 통해 샤머니즘, 동학, 한이 토대가 되어 창조적인 문화가 나타나게 되고, 창조적인 문화를 지닌 조선 민족주체가 공동체를 지향하게 되고, 일본에 대한 정당한 문화적 저항을 하게 되었음을 보여준다.

●● 참고문헌

1) 기본자료

박경리, 『가설을 위한 망상─박경리 신원주통신』, 나남, 2007.

_____, 『꿈꾸는 자가 창조한다─박경리의 원주통신』, 나남, 1994.

_____, 『만리장성의 나라』, 동광출판사, 1990.

_____, 『문학을 사랑하는 젊은이들에게』, 현대문학, 2003.

_____, 『문학을 지망하는 젊은이들에게』, 현대문학, 1995.

_____, 『생명의 아픔』, 이룸, 2004.

_____, 『Q씨에게』, 솔출판사, 1993.

_____, 『토지』전16권, 솔출판사, 1993.

_____, 『토지』전21권, 나남출판사, 2005.

2) 국내서

가람기획 편집부 엮음, 『한국현대문학 작은사전』, 가람기획, 2000.

고부응, 『초민족 시대의 민족정체성─식민주의, 탈식민 이론, 민족』, 문학과지성사, 2002.

────── 엮음, 『탈식민주의─이론과 쟁점』, 문학과지성사, 2004.

고현철, 『구체성의 비평』, 전망, 1997.

_____, 『탈식민주의와 생태주의 시학』, 새미, 2005.

_____, 『현대시의 패러디와 장르이론』, 태학사, 1997.

_____ 편저, 『문학과 영상예술』, 삼영사, 2006.

김경일, 『여성의 근대, 근대의 여성』, 푸른역사, 2004.

김미현, 『한국여성소설과 페미니즘』, 신구문화사, 1996.

김상봉, 『나르시스의 꿈─서양정신의 극복을 위한 연습』, 한길사, 2002.

김영철·이명희·여지선, 『문학체험과 감상』, 건국대학교출판부, 2002.

김열규 외, 『정신분석과 문학비평』, 고려원, 1992.

김윤식, 『박경리와 『토지』』, 강, 2009 .

김윤식·정호웅, 『한국소설사』, 문학동네, 2000.

김의락, 『탈식민주의와 현대소설─제3세계 문학과 영미문학의 이해』, 자작아카데미, 1998.

김재용, 『협력과 저항─일제 말 사회와 문학』, 소명출판, 2003.

_____ 외 편저, 『역사와 지성』, 한길사, 1996.

김정자, 『소외의 서사학』, 태학사, 1998.

_____ 외, 『몸의 역사와 문학』, 태학사, 2002.

_____ 외, 『한국현대문학의 성과 매춘 연구』, 태학사, 1996.

_____ 외, 『현대문학과 양가성』, 태학사, 1999.

김 현, 『현대 한국 문학의 이론─사회와 윤리』, 문학과지성사, 1995.

김현주, 『이광수와 문화의 기획』, 태학사, 2005.

김형효, 『데리다의 해체철학』, 민음사, 1995.

나병철, 『근대서사와 탈식민주의』, 문예출판사, 2001.

_____, 『탈식민주의와 근대문학』, 문예출판사, 2004.

노명우, 『계몽의 변증법─야만으로 후퇴하는 현대』, 살림출판사, 2005.

문순홍 엮음, 『생태학의 담론─담론의 생태학』, 솔출판사, 1999.

민족문학연구소, 『탈식민주의를 넘어서』, 소명출판, 2006.

박종성, 『탈식민주의에 대한 성찰─푸코, 파농, 사이드, 바바, 스피박』, 살림출판사, 2006.

박찬국, 『에리히 프롬과의 대화』, 철학과현실사, 2001.

박형지·설혜심, 『제국주의와 남성성』, 아카넷, 2004.

박훈하, 『소설담론과 주체형식』, 삼지원, 1998.

방민호, 『문명의 감각』, 향연, 2003.

상허학회, 『한국문학과 탈식민주의』, 깊은샘, 2005.

서정자, 『한국 여성소설과 비평』, 푸른사상사, 2001.

설성경·최유찬·김영민·양문규·심원섭 공저, 『세계 속의 한국문학─통일 한국

　　　　문학의 진로와 세계화 방안』, 새미, 2002.

손준식 · 이옥순 · 김권정, 『식민주의와 언어』, 아름나무, 2007.

송명희, 『섹슈얼리티 · 젠더 · 페미니즘』, 푸른사상사, 2001.

_____, 『여성과 남성에 대해 생각한다』, 푸른사상, 2010.

_____, 『페미니즘과 우리시대의 성담론』, 새미, 1998.

_____, 『타자의 서사학』, 푸른사상사, 2004.

송　무 외 엮음, 『젠더를 말한다』, 박이정, 2003.

심진경, 『한국문학과 섹슈얼리티』, 소명출판, 2006.

연합통신, 『한국인명사전 2003』, 연합뉴스, 2003.

우종모 · 권오상 · 유병래 · 김영 공저, 『문화와 철학』, 두남, 2004.

유종호 외, 『현대 한국문학 100년』, 민음사, 1999.

유현옥, 『페미니즘 교육사상』, 학지사, 2004.

윤상인 외 공저, 『일본을 강하게 만드는 문화코드 16』, 나무와숲, 2000.

윤석산, 『동학사상과 한국문학』, 한양대학교출판부, 1999.

윤혜린, 『여성 리더십의 공간과 철학』, 철학과현실사, 2009.

이광래, 『해체주의와 그 이후』, 열린책들, 2007.

이기상, 『존재와 시간 — 인간은 죽음을 향한 존재』, 살림출판사, 2006.

이덕화, 『박경리와 최명희, 두 여성적 글쓰기』, 태학사, 2000.

이명재, 『한국 근대 민족문학사론』, 한국문화사, 2003.

이부영, 『그림자 — 이부영 분석심리학의 탐구』, 한길사, 1999.

_____, 『아니마와 아니무스 — 이부영 분석심리학의 탐구』 2, 한길사, 2001.

이상진, 『박경리 대하소설 『토지』 인물사전』, 나남출판사, 2005.

이수자, 『후기 근대의 페미니즘 담론 — 능동, 몸, 그리고 욕망의 변증법』, 여이연,
　　　　2004.

이재선, 『현대한국소설사 1945 — 1990』, 민음사, 2000.

이현재, 『여성의 정체성 — 어떤 여성이 될 것인가』, 책세상, 2007.

이화어문학회, 『우리 문학의 여성성 · 남성성』, 월간, 2001.

인명사전편찬위원회, 『인명사전』, 민중서관, 2002.

임금복, 『현대여성소설의 페미니즘 정신사』, 새미, 2000.

일본지역연구회, 『일본은 우리에게 무엇인가?』, 책사랑, 2002.

장휘숙, 『여성심리학-여성과 성차』, 박영사, 1996.

정은경, 『디아스포라 문학』, 이룸, 2007.

_____, 『한국 근대소설에 나타난 악의 표상 연구』, 월인, 2006.

정정호·이소영 편역, 『여행하는 이론』, 동인, 1999.

정현백, 『민족과 페미니즘』, 당대, 2003.

조애리 외 공저, 『여성의 몸, 어떻게 읽을 것인가』, 한울, 2001.

조영미, 『섹슈얼리티 강의』, 동녘, 2005.

조   형 엮음, 『여성주의 가치와 모성 리더십』, 이화여자대학교출판부, 2005.

최석영, 『일제의 동화이데올로기의 창출』, 서경문화사, 1997.

최유찬, 『『토지』를 읽는 방법』, 서정시학, 2008.

_____ 외 공저, 『『토지』의 문화지형학』, 소명출판, 2004.

_____ 편저, 『박경리』, 새미, 1998.

최혜실, 『신여성들은 무엇을 꿈꾸었는가』, 생각의나무, 2000.

태혜숙, 『대항지구화와 아시아 여성주의』, 울력, 2008.

_____, 『한국의 탈식민 페미니즘과 지식생산』, 문화과학사, 2004.

_____, 『탈식민주의 페미니즘』, 여이연, 2001.

_____ 외, 『한국의 식민지 근대화 여성공간』, 여이연, 2004.

한국민족운동사연구회 편저, 『한국민족운동과 민족주의』, 국학자료원, 1999.

한국성폭력상담소 엮음, 『섹슈얼리티 강의』, 동녘, 2005.

한국영미문학페미니즘 학회, 『페미니즘, 어제와 오늘』, 민음사, 2000.

한수영, 『친일문학의 재인식-1937~1945년간의 한국소설과 식민주의』, 소명출판, 2005.

현대철학연구소, 『이성의 다양한 목소리』, 철학과현실사, 2009.

3) 국외서 및 번역서

가야트리 스피박, 문학이론연구회 옮김, 『경계선 넘기-새로운 문학연구의 모색』, 인간사랑, 2008.

_____, 이경순 옮김, 『스피박의 대담』, 갈무리, 2006.

_____, 태혜숙 옮김, 『교육기계 안의 바깥에서』, 갈무리, 2006.

_____, 태혜숙 옮김, 『다른 세상에서』, 여이연, 2004.

_____, 태혜숙 · 박미선 옮김, 『포스트식민 이성 비판』, 갈무리, 2005.

강상중, 이경덕 · 임성모 옮김, 『오리엔탈리즘을 넘어서』, 이산, 2000.

노마 마사아키, 서혜영 옮김, 『전쟁과 인간─군국주의 일본의 정신분석』, 길, 2000.

니시카와 나가오, 윤대석 옮김, 『국민이라는 괴물』, 소명출판, 2002.

니체, 강수남 옮김, 『권력에의 의지』, 청하, 1994.

라마자노글루 외, 최영 외 옮김, 『푸코와 페미니즘─그 갈등과 긴장』, 동문선, 1998.

로지 브라이도티, 박미선 옮김, 『유목적 주체』, 여이연, 2004.

리타 펠스키, 김영찬 · 심진경 옮김, 『근대성과 페미니즘』, 거름, 1998.

릴라 간디, 이영욱 옮김, 『포스트식민주의란 무엇인가』, 현실문화연구, 2000.

마가렛 L.앤더슨, 이동원 · 김미숙 옮김, 『성의 사회학』, 이화여자대학교출판부,
    1997.

마단 사럽 외, 임헌규 편역, 『데리다와 푸꼬, 그리고 포스트모더니즘』, 인간사랑,
    1992.

미나미 히로시, 서정완 옮김, 『일본적 자아』, 소화, 1996.

_____, 이관기 옮김, 『일본인론』, 소화, 1999.

미셸 푸코, 김부용 옮김, 『광기의 역사』, 인간사랑, 1999.

_____, 문경자 · 신은영 옮김, 『성의 역사 2─쾌락의 활용』, 나남출판, 2004.

_____, 박정자 옮김, 『비정상인들』, 동문선, 2001.

_____, 박정자 옮김, 『사회를 보호해야 한다』, 동문선, 1998.

_____, 심세광 옮김, 『주체의 해석학』, 동문선, 2007.

_____, 오생근 옮김, 『감시와 처벌─감옥의 역사』, 나남출판, 2004.

_____, 이규현 옮김, 『성의 역사 1─앎의 의지』, 나남출판, 2004.

_____, 이혜숙 · 이영목 옮김, 『성의 역사 3─자기배려』, 나남출판, 2004.

미우라 노부타카 · 가스야 게이스케 엮음, 『언어제국주의란 무엇인가』, 돌베개,
    2005.

벨 훅스, 박정애 옮김, 『행복한 페미니즘』, 백년글사랑, 2002.

_____, 이경아 옮김, 『벨 훅스, 계급에 대해 말하지 않기』, 모티브북, 2008.

루스 이리가라이, 박정오 옮김, 『근원적 열정』, 동문선, 2001.

_____, 이은민 옮김, 『하나이지 않은 성』, 동문선, 2000.

빌 애쉬크로프트 외, 이석호 옮김, 『포스트 콜로니얼 문학이론』, 민음사, 1996.

삐에르 끌라스트로, 변지현·이종영 옮김, 『폭력의 고고학−정치 인류학 연구』, 울력, 2003.

사에구사 도시카쓰 외, 『한국 근대문학과 일본』, 소명출판, 2003.

새뮤얼 헌팅턴, 이희재 옮김, 『문명의 충돌』, 김영사, 1997.

샌드라 하딩, 이재경·박혜경 옮김, 『페미니즘과 과학』, 이화여자대학교출판부, 2002.

소피아 포카 지음, 레베카 라이트 그림, 윤길순 옮김, 『포스트 페미니즘』, 김영사, 2005.

수전 보르도, 박오복 옮김, 『참을 수 없는 몸의 무거움』, 또하나의문화, 2003.

스티븐 모튼, 이운경 옮김, 『스피박 넘기』, 앨피, 2005.

슬라보예 지젝, 김상환 외 옮김, 『탈이데올로기 시대의 이데올로기』, 철학과현실사, 2005.

쓰루미 슌스케, 강정중 옮김, 『일본 제국주의 정신사』, 한벗, 1982.

앙드레 베르제즈, 드니 위스망, 남기영 옮김, 『지식과 이성』, 삼협종합출판부, 2001.

앤 브룩스, 김명혜 옮김, 『포스트페미니즘과 문화이론』, 한나래, 2003.

에드워드 사이드, 박홍규 옮김, 『문화와 제국주의』, 문예출판사, 2005.

_____, 박홍규 옮김, 『오리엔탈리즘』, 교보문고, 2000.

에리히 프롬, 최혁순 옮김, 『소유냐 존재냐』, 범우사, 1997.

에릭 홉스봄 외, 박지향·장문석 옮김, 『만들어진 전통』, 휴머니스트, 2004.

엘렌 식수·카트린 클레망, 이봉지 옮김, 『새로 태어난 여성』, 나남, 2008.

엘리자베스 그로츠, 임옥희 옮김, 『뫼비우스 띠로서 몸』, 여이연, 2001.

오구마 에이지, 조현설 옮김, 『일본 단일민족신화의 기원』, 소명출판, 2003.

우줄라 I.마이어, 송안정 옮김, 『여성주의철학 입문』, 철학과현실사, 2006.

위르겐 오스터함멜, 박은영·이유재 옮김, 『식민주의』, 역사비평사, 2006.

유제분 엮음, 김지영·정혜욱·유제분 옮김, 『탈식민페미니즘과 탈식민페미니스트들』, 현대미학사, 2001.

응구기 와 씨옹오, 이석호 옮김, 『탈식민주의와 아프리카 문학』, 인간사랑, 1999.

자크 데리다, 김보현 옮김, 『해체』, 문예출판사, 1996.

_____, 김응권 옮김, 『그라마톨로지에 대하여』, 동문선, 2004.

자크 라캉, 권택영 옮김, 『욕망이론』, 문예출판사, 2000.

장 라플랑슈·장 베르트랑 퐁탈리스, 임진수 옮김, 『정신분석 사전』, 열린책들, 2005.

제프 콜린스 지음, 빌 메이블린 그림, 이수명 옮김, 『데리다』, 김영사, 2005.

주디스 버틀러·가야트리 스피박 지음, 주해연 옮김, 『누가 민족국가를 노래하는 가』, 웅진씽크빅, 2008.

줄리아 우드, 한희정 옮김, 『젠더에 갇힌 삶―젠더, 문화 그리고 커뮤니케이션』, 커뮤니케이션북스, 2006.

찬드라 모한티, 문현아 옮김, 『경계 없는 페미니즘』, 여이연, 2007.

치누아 아체베, 이석호 옮김, 『제3세계 문학과 식민주의 비평―희망과 장애』, 인간사랑, 1999.

칼 구스타프 융 외, 권오석 옮김, 『무의식의 분석』, 홍신문화사, 1993.

케이트 밀렛, 김전유경 옮김, 『성 정치학』, 이후, 2009.

크리슈나무르티·지두, 권동수 옮김, 『자기로부터의 혁명』, 범우사, 1985.

티모 에이락시넨, 박병기·장정렬 옮김, 『사드의 철학과 성윤리』, 인간사랑, 1997.

프란츠 파농, 이석호 옮김, 『검은 피부, 하얀 가면』, 인간사랑, 1998.

하루오 시라네·스즈키 토미 엮음, 왕숙영 옮김, 『창조된 고전―일본문학의 정전형성과 근대 그리고 젠더』, 소명출판, 2002.

한나 아렌트, 김정한 옮김, 『폭력의 세기』, 이후, 2008.

호미 바바, 나병철 옮김, 『문화의 위치―탈식민주의 문화이론』, 소명출판, 2003.

4) 논문

가야트리 스피박, 「세 여성의 텍스트와 제국주의에 대한 비판」, 『외국문학』 31, 열음사, 1992.

강국희, 「박경리 『토지』의 여성인물연구」, 경희대학교 석사학위논문, 2004.

강남순, 「한국 탈식민주의 페미니스트 신학―그 담론적 의미와 과제」, 『신학사상』 132, 한국신학연구소, 2006.

강덕상, 「'쟁점논단' 일본의 대한 내셔널리즘」, 『한일민족문제연구』 6, 한일민족문제학회, 2004.

강찬모, 「대하소설에 등장하는 여성의 인물 유형 연구―역사적 인물을 중심으로」,

『현대소설연구』 34, 한국현대소설학회, 2007.

_____, 「박경리의 소설 『토지』에 나타난 간도의 이주와 디아스포라의 귀소성 연구」, 『어문연구』 59, 어문연구학회, 2009.

강창민, 「박경리의 시에 나타난 자유의 표상」, 『현대문학의 연구』 6, 한국문학연구학회, 1996.

강 희, 「스피박−탈식민주의 과제와 윤리적 책임」, 『제4차 한국영미문학페미니즘학회 학술대회』, 한국영미문학페미니즘학회, 1999.

경희대학교 인문학연구소, 이정희, 「트라우마와 여성 성장의 두 구도」, 『여성문화의 새로운 시각』, 월인, 1999.

고현철, 「탈식민주의와 문화적 민족주의 문학의 상관성 연구」, 『비교한국학』 10, 국제비교한국학회, 2002.

권은미, 「박경리 『토지』의 탈식민적 양상 연구−소설적 형상화와 그 양가성을 중심으로」, 울산대학교 석사학위논문, 2006.

김두한, 「박경리 시의 예비적 고찰−유고시집 『버리고 갈 것만 남아서 참 홀가분하다』를 중심으로」, 『문학과 언어』 30, 문학과언어연구회, 2008.

김명숙, 「박경리의 『토지』에서 본 민간적 색채」, 『현대문학의 연구』 11, 한국문학연구학회, 1998.

김명신, 「박경리 소설 비평의 궤적」, 『현대문학의 연구』 6, 한국문학연구학회, 1996.

김명준, 「경계선과 깨뜨림의 미학−『토지』의 최씨가문 여성 삼대를 중심으로」, 『우리문학연구』 21, 우리문학연구회, 2007.

_____, 「박경리의 『토지』연구− '삼대담' 의 갈등구조를 중심으로」, 단국대학교 석사학위논문, 1992.

김미정, 「이호철 장편소설의 탈식민성 연구−『소시민』을 중심으로」, 부산대학교 석사학위논문, 2009.

김상욱, 「박경리 초기 소설 연구−증오의 수사학」, 『현대소설연구』 4, 한국현대소설학회, 1996.

김성곤, 「탈중심 경향과 포스트콜로니즘 문학−탈식민주의와 문화적 제국주의」, 『성균관대인문과학』 27, 성균관대학교 인문과학연구소, 1997.

김양선, 「전후 여성 지식인의 표상과 존재방식−박경리의 『표류도』론」, 『한국문학이론과 비평』 13, 한국문학이론과 비평학회, 2009.

김영신, 「박경리의 『토지』연구」, 배제대학교 석사학위논문, 1993.

김은경, 「갈등구조를 통한 박경리 『토지』의 담론특성」, 『비교문학』 33, 한국비교문학회, 2004.

_____, 「박경리 문학에 나타난 지식인 여성상 고찰」, 『여성문학연구』 20, 한국여성문학학회, 2008.

_____, 「박경리 장편소설의 인물 정체성과 현실 대응 양상의 관계−『영원한 반려』, 『나비와 엉겅퀴』, 『단층』을 중심으로」, 『한국현대문학연구』 21, 한국현대문학회, 2007.

_____, 「박경리 장편소설에 나타난 인물의 가치에 대한 태도와 정체성의 관련 양상−『김약국의 딸들』, 『파시』, 『시장과 전장』을 중심으로」, 『국어국문학』 146, 국어국문학회, 2007.

_____, 「박경리 『토지』에 나타난 '굴절'의 원리와 인물 정체성의 문제」, 『민족문학사연구』 35, 민족문학사학회, 2007.

_____, 「박경리 『토지』의 유기적 인물 관계와 '리좀적' 서사구성」, 『관악어문연구』 31, 서울대학교 국어국문학과, 2006.

_____, 「박경리의 『토지』와 바진의 『격류삼부곡』 비교 고찰」, 『한국현대문학연구』 29, 한국현대문학회, 2009.

_____, 「『토지』 서사구조 연구」, 서울대학교 석사학위논문, 2000.

김인경, 「박경리 『토지』 프랑스어 번역의 문제점」, 『프랑스어문교육』 27, 한국프랑스어문교육학회, 2008.

김인숙, 「박경리 『토지』의 대화성 연구」, 연세대학교 석사학위논문, 2000.

김종운 엮음, 강창일, 「일제의 조선지배정책과 군사동원」, 『일제 식민지정책 연구논문집』, 광복50주년 기념사업위원회 한국학술진흥재단, 1995.

김창민, 「푸에르토리코 문학에 나타난 탈식민주의 페미니즘 − '저주받은 사랑'을 중심으로」, 『외국문학』 38, 열음사, 1994.

김현숙, 「박경리 문학의 생명사상」, 『한중인문과학연구』 24, 중한인문과학연구회, 2008.

_____, 「박경리 작품에 나타난 죽음과 생명의 관계」, 『현대소설연구』 17, 한국현대소설학회, 2002.

김형중, 「정신분석학적 서사론 연구-한국 전후 소설을 중심으로」, 전남대학교 박
사학위논문, 2003.

김희진, 「탈식민주의의 집단성과 개별성」, 『연세대연세학술논집』 30, 연세대학교
대학원, 1999.

류승희, 「드넓은 사가소바다에 나타난 탈식민주의 페미니즘-뿌리 없는 정체성 탐
구를 중심으로」, 건국대학교 석사학위논문, 2000.

민경숙, 「마사 퀘스트-진정한 여성성과 탈식민을 향한 여정」, 『용인대인문사회논
총』 6, 용인대학교 인문사회과학연구소, 2000.

_____, 「프란츠 파농과 포스트콜로니얼 문화」, 『용인대인문사회과학연구』 2, 용인
대학교 인문사회과학연구소, 1998.

박상민, 「박경리 『토지』에 나타난 동학-소멸하지 않는 민족 에너지의 복원」, 『문학
과종교』 14, 한국문학과종교학회, 2009.

_____, 「박경리 『토지』에 나타난 악의 상징 연구」, 연세대학교 박사학위논문, 2009.

_____, 「박경리 『토지』에 나타난 일본론」, 『현대문학의 연구』 24, 한국문학연구학
회, 2004.

박자영, 「강경애 소설의 탈식민주의 페미니즘 연구」, 한국교원대학교 석사학위논
문, 2007.

박정애, 「전후 여성 작가의 창작 환경과 창작 행위에 관한 자의식 연구」, 『아시아여
성연구』 41, 숙명여자대학교 아시아여성공간연구소, 2002.

박혜원, 「박경리 소설의 인물창조원리와 『토지』로의 확대양상 연구」, 『구보학보』 2,
구보학회, 2007.

_____, 「박경리 『토지』의 인물 연구」, 이화여자대학교 박사학위논문, 2002.

배경열, 「박경리의 초기단편소설 고찰」, 『한국문학이론과 비평』 18, 한국문학이론
과 비평학회, 2003.

백지연, 「박경리의 『토지』-근대체험의 이중성과 여성 주체의 신화」, 『역사비평』
43, 역사문제연구소, 1998.

서영인, 「박경리 초기 단편 연구-1950년대 문학 속에서의 의미를 중심으로」, 『어
문학』 66, 한국어문학회, 1999.

서현숙, 「장편소설 주제 탐색을 위한 지도 방법 연구-박경리 『토지』를 중심으로」,
대구대학교 석사학위논문, 2001.

송경숙, 「팔레스타인 여성작가 사하르 칼리파 연구-탈식민주의 페미니즘 인식을 중심으로」, 『지역연구』 4, 서울대학교 국제학연구소, 1995.

송명희, 「탈식민주의 페미니즘」, 『여성학연구』 11, 부산대학교 여성연구소, 2001.

_____, 「한국과 프랑스의 여성주의 문학의 비교연구」, 『비평문학』 14, 한국문화사, 2000.

심원섭, 「박경리의 생명 사상 연구」, 『현대문학의 연구』 6, 한국문학연구학회, 1996.

안남연, 「박경리, 그 비극의 미학」, 『여성문학연구』 4, 한국여성문학학회, 2000.

안세영, 「소설 『토지』의 작중인물 연구」, 동아대학교 석사학위논문, 1999.

안숙원, 「소설의 크로노토프와 여성 서사시학 1」, 『현대소설연구』 21, 한국현대소설학회, 2004.

_____, 「탈식민주의와 페미니즘의 트랜스크리티시즘-'미망'을 대상으로」, 『국어국문학』 140, 국어국문학회, 2005.

안혜련, 「탈식민주의 여성소설의 함의」, 『한국언어문학』 57, 한국언어문학회, 2006.

오민석, 「탈식민주의, 프란쯔 파농, 그리고 감자」, 『단국대논문집』 33, 단국대학교, 1998.

오세은, 「여성 가족사 소설의 의례와 연대성-『토지』, 『미망』, 『혼불』을 중심으로」, 『여성문학연구』 7, 한국여성문학학회, 2002.

오혜진, 「전근대와 근대의 교차적 여성상에 관해-박경리의 『김약국의 딸들』 『시장과 전장』 『토지』를 중심으로」, 『국제어문』 47, 국제어문학회, 2009.

윤철홍, 「박경리의 『토지』에 나타난 토지법 사상」, 『법과사회』 11, 법과사회이론연구회, 1995.

이 경, 「질병의 은유로 『토지』 읽기」, 『현상과 인식』 32, 한국인문사회과학회, 2008.

이경순, 「탈식민주의 페미니즘」, 『외국문학』 31, 열음사, 1992.

이금란, 「가족 서사로 본 박경리 소설 연구-초기 단편을 중심으로」, 『현대소설연구』 19, 한국현대소설학회, 2003.

이덕화, 「박경리의 심미적 존재론」, 『논문집』 9, 평택대학교, 1997.

_____, 「자유의지를 구현하는 인물들-『토지』이전의 문학세계」, 『논문집』 8, 평택대학교, 1996.

_____, 「『토지』이전의 박경리론-비극적 세계와 여성의 운명」, 『현대문학의 연구』 8, 한국문학연구학회, 1997.

이미화, 「나혜석의 탈식민주의 페미니즘 연구-'경희'를 중심으로」, 부경대학교 석사학위논문, 2003.

_____, 「박경리 『토지』에 나타난 여성 하위주체의 저항」, 『한국문학논총』 51, 한국문학회, 2009.

_____, 「박경리 『토지』에 나타난 탈식민주의 페미니즘 연구-저항의식으로 사용된 민족주의, 문화, 차연」, 『한국문학논총』 49, 한국문학회, 2008.

_____, 「박경리의 탈식민주의 페미니즘 연구」, 『한국문학이론과 비평』 12, 한국문학이론과 비평학회, 2008.

이상진, 「박경리의 『토지』에 나타난 유교가족윤리의 해체양상과 그 지향점」, 『현대소설연구』 20, 한국현대소설학회, 2003.

_____, 「식민 체험과 기억의 이면-박경리의 『토지』, 『환상의 시기』, 『옛날이야기』에 나타난 역사적 무의식」, 『어문학』 94, 한국어문학회, 2006.

_____, 「일제하 진주지역의 역사와 박경리의 『토지』」, 『현대문학의 연구』 27, 한국문학연구학회, 2005.

_____, 「자유와 생명의 공간, 『토지』의 지리산」, 『현대소설연구』 37, 한국현대소설학회, 2008.

_____, 「탈식민주의적 시각에서 본 『토지』속의 일본, 일본인, 일본론」, 『현대소설연구』 43, 한국현대소설학회, 2010.

_____, 「탕녀의 운명과 저항-박경리의 『성녀와 마녀』에 나타난 성 담론 수정양상 읽기」, 『여성문학연구』 17, 한국여성문학학회, 2007.

_____, 「『토지』에 나타난 동아시아 도시, 식민주의와 물질성 비판」, 『현대문학의 연구』 37, 한국문학연구학회, 2009.

_____, 「『토지』의 평사리 지역 형상화와 서사적 의미」, 『배달말』 37, 배달말학회, 2005.

이석호, 「제3세계 탈식민주의 문학논쟁의 한 유형-치누아 아체배의 신의 화살을 중심으로」, 『한국외대이문논총』 18, 한국외국어대학교 대학원, 1998.

이수경, 「『토지』의 인물 성격화 방법에 대한 연구」, 전남대학교 석사학위논문, 2001.

이승윤, 「1950년대 박경리 단편소설 연구」, 『현대문학의 연구』 18, 한국문학연구학회, 2002.

이우화, 「박경리 『토지』에 나타난 전통적 가치관에 관한 연구」, 한국교원대학교 석사학위논문, 2003.

이윤경, 「박경리, 박완서 소설의 여성 정체성 연구」, 이화여자대학교 석사학위논문, 2008.

이인복, 「박경리 문학 연구」, 『지역학논집』 5, 숙명여자대학교 지역학연구소, 2001.

이태동, 「여성작가 소설에 나타난 여성성 탐구-박경리, 박완서 그리고 오정희의 경우」, 『한국문학연구』 19, 동국대학교 한국문학연구소, 1997.

임금희, 「『토지』에 나타난 교육 양상」, 『한국문예비평연구』 22, 한국현대문예비평학회, 2007.

_____, 「『토지』에 나타난 종교와 교육」, 『한국문예비평연구』 25, 한국현대문예비평학회, 2008.

임영민, 「박경리 『토지』에 나타난 죽음의 고찰」, 조선대학교 석사학위논문, 1997.

임호준, 「국가로서의 여성-혁명후 쿠바 영화에서의 페미니즘과 민족주의」, 『서울대이베로아메리카연구』 11, 서울대학교 스페인중남미연구소, 2000.

장미영, 「박경리 소설 연구-갈등 양상을 중심으로」, 숙명여자대학교 박사학위논문, 2002.

_____, 「박경리 소설에 나타난 죽음의식-죽음을 통한 인간 존엄성 확인」, 『한성어문학』 26, 한성대학교 한성어문학회, 2007.

장정윤, 「응구기의 한알의 밀알에 나타난 탈식민적 상황 연구」, 『숙명여대원우논총』 17, 숙명여자대학교, 1999.

정금철, 「역의 기호와 서사의 통사체계-박경리 『토지』의 담론 양상을 중심으로」, 『인문과학연구』 8, 강원대학교 인문과학연구소, 2000.

정영자, 「박경리 소설 연구」, 『수련어문론집』, 부산여자대학교 국어교육학과 수련어문학회, 1998.

정종진, 「박경리 『토지』 속의 인물 외양묘사 연구」, 『어문연구』 52, 어문연구학회, 2006.

정현기, 「2부만으로 읽는 박경리 『토지』론」, 『하이데거연구』 15, 한국하이데거학회, 2007.

조세희·박경리, 「상생의 문화를 찾아서-작가 박경리에게 듣는다」, 『당대비평』 6, 생각의 나무, 1999.

조윤아, 「1970년대 박경리 소설에 나타난 아버지에 관한 연구-『단층』과 『토지』를 중심으로」, 『현대소설연구』 36, 한국현대소설학회, 2007.

_____, 「박경리 소설에 나타난 통영 공간의 상상력」, 『비평문학』 32, 한국비평문학회, 2009.

_____, 「박경리의 소설가 주인공 소설 연구－『내 마음은 호수』, 『영원한 반려』, 『겨울비』를 중심으로」, 『비평문학』 29, 한국비평문학회, 2008.

_____, 「박경리의 『토지』 연구－생명사상으로의 변모를 중심으로」, 『논문집』 7, 서울여자대학교 대학원, 1999.

_____, 「박경리 『토지』의 공간 연구」, 『현대문학의 연구』 21, 한국문학연구학회, 2003.

최수정, 「가야트리 스피박－탈식민주의 비평가」, 『외국문학』 33, 열음사, 1992.

최재은, 「박경리의 『토지』 연구－여성인물의 욕망을 중심으로」, 안동대학교 석사학위논문, 2006.

최지선, 「박경리 『토지』에 나타난 남성인물의 존재방식과 욕망 양상 연구」, 부산대학교 석사학위논문, 2009.

최현주, 「'녹두장군'의 탈식민주의 페미니즘 연구」, 『배달말』 40, 배달말학회, 2007.

태혜숙, 「탈식민주의 페미니즘－하위주체로서의 여성 개념을 중심으로」, 『한국여성학』 13, 한국여성학회, 1997.

한국외국어대학교 일본연구소, 이수경, 「'조선총독부 조사자료'에 나타난 조선의 민간신앙」, 『일본연구』 32, 한국외국어대학교 일본연구소, 2007.

한승옥, 「박경리 『토지』에 나타난 동학의 의미」, 『숭실어문』 15, 숭실어문학회, 1999.

허 윤, 「한국전쟁과 히스테리의 전유－전쟁미망인의 섹슈얼리티와 전후 가족질서를 중심으로」, 『여성문학연구』 21, 한국여성문학학회, 2009.

현남숙, 「불법 거주자들의 권리 요구－주디스 버틀러, 가야트리 스피박 대담 '누가 민족국가를 노래하는가' 서평」, 『진보평론』 38, 진보평론, 2008.

홍성암, 「가족사, 연대기소설 연구－안수길의 『북간도』와 박경리의 『토지』를 중심으로」, 『한민족문화연구』 7, 한민족문화학회, 2000.

_____, 「역사소설의 양식 고찰－해방 이후의 작품을 중심으로」, 『동아시아문화연구』 11, 한양대학교 국어학연구소, 1987.

홍순이, 「박경리의 『토지』 연구－존재론적 생극론을 중심으로」, 가톨릭대학교 석사학위논문, 2001.

찾아보기

●● 저자 소개

이미화(李美花)

　부산대학교에서 「박경리 『토지』에 나타난 여성인물 연구-탈식민적 페미니즘의 관점에서」로 문학박사 학위를 취득했다. 논문으로 「박경리의 탈식민주의 페미니즘 연구-『토지』의 여성인물을 중심으로」, 「박경리 『토지』에 나타난 탈식민주의 페미니즘 연구-저항의식으로 사용된 민족주의, 문화, 차연」, 「박경리 『토지』에 나타난 여성하위주체의 저항」, 「박경리 『토지』에 나타난 여성의 몸 연구-생물학적 결정론에 대한 저항을 중심으로」, 「박경리 『토지』에 나타난 식민지 여성의 성역할 연구-제국주의 흉내내기와 젠더화된 서발턴의 저항을 중심으로」, 「박경리 『토지』에 나타난 조선 문화의 토대 연구」 외 다수가 있다. 현재 부산대학교, 부경대학교, 동서대학교에서 학생들을 가르치고 있다.

푸른사상 현대문학연구총서

박경리 『토지』와 탈식민적 페미니즘

인쇄 2012년 11월 30일 | 발행 2012년 12월 5일

지은이 · 이미화
펴낸이 · 한봉숙
펴낸곳 · 푸른사상사
주간 · 맹문재 | 편집 · 지순이 | 마케팅 · 박강태

등록   제2-2876호
주소   서울시 중구 초동 42번지 아시아미디어타워 502호
대표전화   02) 2268-8706~7 | 팩시밀리 02) 2268-8708
이메일   prun21c@yahoo.co.kr / prun21c@hanmail.net
홈페이지   www.prun21c.com

ⓒ 이미화, 2012

ISBN 978-89-5640-958-0 93810
 값 29,000원